Het meisje zonder naam

Van Diney Costeloe verscheen ook:
De verloren kinderen

Diney Costeloe

Het meisje zonder naam

De Fontein

Eerste druk september 2018

Oorspronkelijke titel *The Girl With No Name*
Oorspronkelijke uitgever Head of Zeus Ltd.

Vertaling Lia Belt
Omslagontwerp Baqup, op basis van de uitgave van Head of Zeus
Omslagillustratie © Getty Images/Popperfoto
Opmaak binnenwerk ZetSpiegel, Best
ISBN 978 90 261 4629 9
ISBN e-book 978 90 261 4630 5
NUR 302

MIX
Papier van verantwoorde herkomst
FSC www.fsc.org FSC® C014496

www.uitgeverijdefontein.nl

Voor al diegenen die geëvacueerd zijn en al diegenen die hun huis voor hen hebben opengesteld.

Proloog

Hanau, Duitsland, 9 november 1938

'*Juden raus! Juden raus! Juden raus!*' Het gejoel op de nachtelijke straten kwam steeds dichterbij. Het werd begeleid door knallen, gerinkel en kreten van angst. De familie Becker zat ineengedoken in de keuken van hun appartement op de eerste verdieping, met de lichten uit en alle gordijnen dicht. Vroeger had Franz Becker op de begane grond zijn praktijk gehad, maar die was overgenomen door een collega toen nieuwe wetten Franz verboden nog langer als arts te werken. Maar het gebouw en hun appartement waren gemarkeerd.

Marta duwde haar kinderen Lisa en Martin de kleine bezemkast in. 'Lisa, je moet! Dapper zijn!' zei ze, terwijl ze de deur stevig voor Lisa's neus dichtdeed. Ze wist dat haar dochter doodsbang werd van kleine ruimtes – dat had ze altijd al gehad – maar het was voor haar eigen veiligheid en Marta moest nu sterk zijn voor hen allemaal.

Terwijl de schreeuwende menigte op straat voorbijtrok kroop Marta onder de keukentafel. Bakstenen zeilden door de ramen naar binnen en glasscherven regenden op de tafel. Ze rolde zich zo klein mogelijk op om niet door rondvliegende splinters te worden geraakt.

Gelukkig leek de opgewonden joelende stoet door te lopen. Maar nog terwijl Marta onder de tafel vandaan kroop en haar kinderen uit de bezemkast liet, klonk er gestamp van laarzen op de trap en werd de deur van hun appartement ingetrapt. Twee Bruinhemden stormden naar binnen, een van hen met een pistool, de ander gewapend met een lange houten knuppel. Ze werden gevolgd door een man van de Gestapo, lang en sinister in zijn kenmerkende donkere jas en pet.

Hij bleef in de deuropening staan en keek om zich heen. 'Niet te geloven dat er nog steeds smerige Joden in zo'n appartement wonen, terwijl zo veel echte Duitsers geen fatsoenlijke woning hebben,' zei hij walgend. Zijn blik gleed over de vrouw en twee kinderen die doodsbang in de keuken stonden. 'Waar is je man? Waar verstopt hij zich?'

'Die is er niet. Hij is... Hij is weg... naar een patiënt,' antwoordde Marta hakkelend.

'Zoek hem op,' snauwde de Gestapo-officier tegen zijn mannen. 'Hij heeft geen patiënten!'

De twee Bruinhemden gehoorzaamden meteen. Ze klosten door het appartement, kiepten bedden om, trokken gordijnen opzij en openden alle kasten. Uiteindelijk meldde een van hen: 'Er is hier niemand, meneer.'

De Gestapo-man keek kwaad naar Marta. 'We vinden hem wel. Pak één koffer in, en dan wegwezen! Neem je Jodengebroed mee en hoepel op... voordat ik terugkom!' Daarop stampten de drie mannen de trap weer af.

Toen ze weg waren, liet Marta zich op een stoel zakken en ze sloeg haar handen voor haar gezicht. Gelukkig was Franz inderdaad naar een patiënt toe, een jonge Joodse moeder die moest bevallen, en gelukkig hadden de Bruinhemden en de Gestapo-officier door het weinige licht in de keuken niet opgemerkt dat Martin blind was. Voorlopig waren haar twee mannen veilig, maar ze wist dat dat niet lang meer zou duren.

Wat moesten ze doen? Haar hersenen leken verdoofd en ze moest zichzelf dwingen na te denken. De Gestapo-man zou bijna zeker over een paar uur terugkomen, op zoek naar Franz, en om zeker te weten dat zij en haar kinderen het appartement hadden verlaten. Maar buiten op straat liepen nog steeds uitzinnige menigten te schreeuwen, brand te stichten, ruiten in te gooien en iedereen in elkaar te slaan die dom genoeg was om te protesteren.

'*Mutti,*' fluisterde Lisa, 'waar is papa?'

'Dat weet ik niet, Lisa,' antwoordde Marta. Dat was de waarheid. Franz kon overal zijn; alleen niet, hoopte ze vurig, in de klauwen van de menigten op straat.

‘Wat gaan we doen, moeder?’ vroeg Martin zachtjes.

‘Ik ga een koffer inpakken, dan hebben we in elk geval wat spullen bij ons als ze terugkomen en ons wegjagen.’

‘Het is niet veilig om hier te blijven,’ zei Martin.

‘Op straat is het ook niet veilig. We zijn nergens veilig, maar voorlopig lijkt het me beter om hier te blijven. Als ze ons in het donker zien lopen met een koffer, grijpen ze ons en slaan ze ons in elkaar. Zo te horen zijn ze doorgelopen.’

Ze liep behoedzaam naar het raam en gluurde van achter het gordijn het grijze ochtendlicht in. Er bewogen nog wat schaduwen op de straat beneden, donkere silhouetten afgetekend tegen de rossig-oranje gloed van de brandende synagoge aan het eind van de straat en het huis van de rabbi daarachter. De hemel zelf leek wel in brand te staan, en Marta vroeg zich even af waarom hun woning gespaard was. Waarschijnlijk omdat een brave ‘Duitse’ familie er wilde wonen. Hoe dan ook hadden ze hier nog een uurtje of twee veilig onderdak, schatte ze. Als ze nu de straat op ging met twee kinderen, van wie de ene blind was, zou dat zelfmoord zijn, maar ze moesten er wel voor zorgen dat ze klaarstonden om te vluchten.

Marta pakte de grootste koffer die ze hadden en begon hem te vullen met wat kleding voor ieder van hen. In de zak van haar rok stopte ze de parelketting die haar man haar op hun trouwdag had gegeven en een ring die van haar oma was geweest.

‘Pak de pot met bloem even,’ zei ze tegen haar dochter. Toen Lisa haar die bracht, stak ze haar hand in de bloem en haalde er een rolletje Rijksmarken uit. ‘Stop die in je ondergoed,’ droeg ze een geschrokken Lisa op, en toen ging ze verder met de koffer.

Buiten klonken het geroep en het gerinkel van glas steeds verder weg.

Martin zat op een stoel, met zijn hoofd in zijn handen. Zijn blindheid maakte hem nog banger. Het hele huis was ondersteboven gehaald en hij wist nu niet meer waar alles stond. Als hij ging rondlopen, zou hij zeker struikelen. ‘Waar kunnen we naartoe, moeder?’ vroeg hij.

'Naar tante Trudi,' antwoordde Marta ferm, hoewel ze eigenlijk geen idee had. 'Papa komt vast daarnaartoe om ons op te halen als...' Ze aarzelde, hield de woorden 'als ze hem niet hebben opgepakt' voor zich en zei in plaats daarvan: 'Als hij kan.'

Met hun drieën bleven ze in de vroege ochtenduren zitten wachten. Langzamerhand dommelden de kinderen in een onrustige slaap, maar Marta bleef klaarwakker. Slapen zou haar toch niet lukken, en ze wist dat het zelfs dom zou zijn. Ze moest alert blijven voor het geval de Gestapo terugkwam. Buiten hoorde ze nog steeds af en toe geroep.

Zodra het een beetje licht werd, liep ze weer naar het raam om naar buiten te kijken. Ze schrok enorm van wat ze zag. Was dit echt de straat waar ze woonde? Hij lag bezaaid met glas, stukken van ingetrapte deuren en kapotte meubels. De ramen van de twee huizen aan de overkant waren ingegooid, met een paar kartelige scherven nog in de kozijnen, de voordeur van het ene huis lag plat op de grond en de deur van het andere huis hing scheef aan slechts één scharnier. De huizen aan weerskanten daarvan leken onbeschadigd, en Marta besefte met een schok dat dat de woningen waren van twee van haar niet-Joodse buren. Er woonden weinig niet-Joden in deze buurt, maar voor zover ze kon zien, waren die huizen met rust gelaten. In geen van de huizen brandde licht. Ze zag mevrouw Klein buiten door haar spullen zoeken, die vertrapt in de goot lagen.

We moeten weg, dacht ze. Net toen ze zich wilde omdraaien om de kinderen te wekken, zag ze in de schaduwen bij de ingang van een steeg iets verderop een flits van beweging. Er was daar iemand. Ineens zag ze dat het Franz was, die ongerust om het hoekje gluurde. Ze tilde haar hand op om te zwaaien, maar op dat moment stapten twee mannen een deur uit en spraken hem aan. Franz wilde wegrennen, maar een derde man stond al achter hem. De man haalde uit met een houten knuppel, waarop Franz geluidloos in elkaar zakte. De eerste twee mannen grepen hem bij zijn voeten en sleepten hem achter zich aan, zonder zich er iets van aan te trekken dat zijn achterhoofd op en neer stuiterde op de keien. Ze verdwenen om een hoek.

Marta beet op haar hand om niet te gaan gillen en staarde naar de ingang van de steeg. De derde man, die er nog stond, keek omhoog. Hoewel Marta zeker wist dat hij haar niet kon zien achter het dikke fluweel van het gordijn, richtte hij zijn blik op hun raam en glimlachte. En toen draaide hij zich om, volgde zijn kompanen en Franz en verdween uit het zicht.

Met hernieuwde paniek liep ze naar haar kinderen toe en schudde aan hun schouders. 'Wakker worden. We moeten gaan.'

'Waarheen?' vroeg Lisa slaperig, blijkbaar even vergeten wat er was gebeurd.

'Naar tante Trudi. Nu. Voordat ze terugkomen. Kom op, jongens. Er is geen tijd te verliezen.' Ze kon alleen maar bidden dat de woning van haar zus Trudi niet ook kort en klein was geslagen en dat de waanzin tot deze wijk beperkt was gebleven.

De twee kinderen kleedden zich snel aan. Op aandringen van hun moeder trokken ze twee stel ondergoed, twee truien en dikke wollen kousen aan. Ze wilde dat de kinderen zo veel mogelijk kleren droegen, want ze wist dat hun kostbare koffer zomaar afgepakt kon worden als ze ermee over straat liepen.

'En deze,' zei ze, terwijl ze hun winterjassen aangaf. Het zou koud zijn op dit vroege uur van een novemberdag. 'En mutsen, sjaals en handschoenen,' ging ze door, terwijl ze zelf ook haar winterkleding aantrok, 'en jullie warme laarzen.'

Algauw waren ze klaar voor vertrek. De koffer was zwaar. Marta had hem zo vol mogelijk gepropt, want ze wist dat ze heel lang niet meer zouden terugkomen in dit appartement… Of misschien wel nooit.

'Hou Martins hand vast,' droeg Marta haar dochter op, 'en laat niet los, wat er ook gebeurt.'

'Goed, *Mutti*,' antwoordde het meisje. Ze pakte de hand van haar broer. 'Niet loslaten, Martin.'

'Mijn stok!' riep Martin geschrokken. 'Ik heb mijn stok nodig.'

'Nee,' snauwde Marta. 'Geen stok. Ze mogen niet zien dat je blind bent. Leg je hand hier.' Ze pakte zijn hand en legde die op het handvat van de koffer. 'Je moet me helpen. We dragen hem samen, zodat ik je hiermee onopvallend kan leiden.'

Na nog een laatste blik op het appartement waar ze meer dan vijftien jaar had gewoond, zei ze zachtjes: 'We gaan nu naar beneden en dan naar buiten. Blijf bij elkaar, maar als we elkaar toch kwijtraken, probeer dan naar het huis van tante Trudi te komen.'

1

Londen, juli 1939

Toen Naomi Federman een advertentie in de *Evening Standard* zag staan, waarin werd gevraagd om pleegouders voor vluchtelingenkinderen uit Duitsland, zette die haar aan het denken.

Ze liet hem aan haar man Daniel zien toen hij die avond thuiskwam van zijn werk als taxichauffeur. 'Zouden wij dat niet kunnen doen?' vroeg ze. 'We hebben hier ruimte voor een kind.'

'Prima, schat,' zei hij meegaand. 'Als jij dat wilt, zullen we eens navraag doen.'

Ze gingen naar Bloomsbury House, waar de opvang van Joodse vluchtelingenkinderen uit Duitsland werd gecoördineerd, en schreven zich in.

'Het liefst zouden we een baby of peuter willen,' zei Naomi aarzelend tegen de vrouw achter de balie die hun gegevens noteerde.

'Ik vrees dat we dat niet kunnen garanderen,' antwoordde de medewerkster. 'We weten tegenwoordig nooit helemaal zeker wie er in de treinen zitten. De meeste kinderen van wie we de namen doorkrijgen, zijn al aan gezinnen gekoppeld, maar er zitten soms ook kinderen bij die op het laatste ogenblik op de trein zijn gezet. Dat zijn degenen voor wie we nog pleegouders nodig hebben.' Ze keek glimlachend naar de Federmans. 'Grootmoedige mensen zoals jullie, die bereid zijn hen op te nemen en een thuis te geven.'

'Dat begrijpen we volkomen,' zei Daniel. 'En we zijn graag bereid een thuis te geven aan welk kind dan ook dat dat nodig heeft. Toch, schat?'

Naomi knikte.

Het was een warme middag in juli toen mevrouw Carter van Bloomsbury House in de grote stationshal van Liverpool Street op de aankomst van de vluchtelingentrein uit Frankfurt wachtte. Achter haar stonden de toekomstige pleegouders. De meesten kenden de namen en leeftijden van de kinderen die bij hen zouden komen wonen, maar de Federmans waren pas de vorige dag gevraagd naar het station te komen, want er zou een extra kind in deze trein zitten.

De aanblik van de rij kinderen die behoedzaam de stationshal in stapten, beroerde zoals altijd haar hart. Ze droegen allemaal een naamsticker op hun jas, ze hadden allemaal één klein koffertje bij zich, en allemaal zagen ze er moe en bleek, armoedig en bang uit. Een paar kinderen waren in tranen na hun lange reis, nu al met heimwee, aangekomen in een vreemd land waar alles er anders uitzag en ze de taal niet spraken.

Gelukkig sprak mevrouw Carter Duits. Rustig en efficiënt stelde ze de pas aangekomen kinderen aan hun nieuwe gezinnen voor en vinkte hun namen en adressen af op haar lijst. Geleidelijk aan verlieten ze de stationshal – pleegmoeders met hun nieuwe beschermelingen aan de hand, pleegvaders met hun koffertjes – en gingen ze Londen in om hun nieuwe leven te beginnen.

Uiteindelijk was er nog maar één kind over, een meisje van een jaar of dertien, klein voor haar leeftijd, met piekerig bruin haar en vuile vegen op haar gezicht. Ze stond er verloren bij, met haar koffertje aan haar voeten en betraande bruine ogen.

Mevrouw Carter liep naar haar toe en vroeg glimlachend: 'Hallo, en wie ben jij? Hoe heet je, lieverd?'

'Lisa Becker,' antwoordde het meisje fluisterend.

'Nou, Lisa, we zijn blij dat je er bent. We hoorden pas dat jij ook in de trein zat toen die in Nederland aankwam, maar je bent heel welkom. Waar kom je vandaan?'

'Hanau.'

Niet de eerste uit die stad, dacht mevrouw Carter. 'Nou, je bent nu veilig in Londen. Hebben ze je een brief voor me meegegeven?'

Lisa knikte, haalde een envelop uit haar zak en gaf die aan haar. Mevrouw Carter maakte hem open en las hem snel.

Ze wendde zich tot de Federmans en schakelde over op het Engels. 'Ze heet Lieselotte Becker, dertien jaar oud, en ze komt uit Hanau, een stad in de buurt van Frankfurt. Ze is Joods, maar volgens deze brief niet praktiserend.' Ze keek Naomi aan. 'Jullie wel?'

Naomi schudde haar hoofd. 'Mijn vader was Joods, maar we hielden ons niet aan de joodse leefregels.'

'Lieselotte houdt zich niet aan bepaalde geloofsregels wat betreft eten, dus daar hoeft u zich geen zorgen om te maken. Ze kan gewoon met jullie mee-eten.'

Mevrouw Carter wendde zich weer tot het meisje. 'Lieselotte, dit zijn de aardige mensen bij wie je gaat wonen: meneer en mevrouw Federman. Je gaat nu met hen mee naar huis. Schrijf maar zo snel mogelijk naar je ouders om te vertellen dat je bent aangekomen en waar je nu woont.'

Lisa keek naar het echtpaar dat stond te wachten. De man was klein en pezig. Hij droeg een nogal wijde donkere broek en een geruit jasje over een kraagloos overhemd. Er zat wat grijs in zijn haar, voor zover het te zien was onder zijn platte pet, maar zijn ogen waren diepblauw en er verschenen rimpeltjes bij de hoeken toen hij naar haar glimlachte.

Zijn vrouw was een stukje kleiner dan hij, alleen dan veel weelderiger gebouwd. Haar donkerblonde haar was opgestoken, ze droeg een blauwe katoenen jurk die een beetje strak over haar flinke boezem zat, en haar armen zagen er sterk en kordaat uit. Zij glimlachte ook, maar haar ogen, scherp en lichtgrijs, kregen een ietwat afkeurende blik toen ze de verfomfaaide toestand van Lisa zag.

Mevrouw Carter voelde een steek van medelijden met haar: zoals bij veel pleegouders en hun Duitse pleegkinderen zou de communicatie tussen hen in het begin lastig zijn. Lisa sprak amper Engels en de Federmans spraken geen woord Duits.

'Hallo, Lieselotte,' zei Naomi Federman. 'Welkom in Londen.'

Lisa staarde haar niet-begrijpend aan totdat mevrouw Carter vertaalde, en toen zei ze aarzelend in het Engels: 'Dag, mevrouw.' Ze wees naar zichzelf en voegde eraan toe: 'Lisa, *bitte.* Lisa.'

'Een verkleinvorm van haar naam,' legde mevrouw Carter glimlachend uit. 'En een stuk gemakkelijker uit te spreken. Ik denk dat jullie haar maar Lisa moeten noemen. Trouwens,' ging ze door, 'hoe willen jullie dat Lisa jullie aanspreekt?'

De Federmans keken elkaar aan. De man haalde zijn schouders op, maar zijn vrouw opperde aarzelend: 'Tante Naomi en oom Dan?'

'Perfect,' beaamde mevrouw Carter monter. Ze schakelde weer om naar het Duits en legde het aan Lisa uit.

Voordat ze het station verlieten, noteerde mevrouw Carter Lisa's gegevens op haar lijst, gaf de Federmans een hand en nam afscheid.

Daniel droeg Lisa's koffertje toen ze het station uit liepen, in een dubbeldekkerbus stapten en de trap op gingen naar het bovendek.

'Zo dan... Liesel... Lisa,' zei Dan een beetje hakkelend. 'Nu kun je op weg naar huis alvast iets van Londen zien.' Hij gebaarde naar het raam en het uitzicht.

Naomi en Daniel gingen op het bankje achter het meisje zitten, dat met grote ogen naar buiten keek, en spraken op gedempte toon met elkaar.

'Niet helemaal waarop we hadden gehoopt,' zei Dan behoedzaam.

'Nee,' beaamde Naomi. 'Ik had eigenlijk gehoopt op een veel jonger kind, maar we konden haar toch moeilijk laten staan?'

'Natuurlijk niet, schat. Het komt wel goed,' zei Dan met enige opluchting.

'Deze kant op,' zei Dan toen ze uit de bus stapten. 'Het is niet ver.' Hij beende voor hen uit met Lisa's koffertje, en Naomi volgde hem met Lisa door het netwerk van straten achter de hoofdweg.

Naomi kletste tegen het meisje, ook al wist ze dat Lisa er geen woord van verstond.

Dan wachtte op de hoek op hen en wees naar het straatnaambordje aan de muur. 'Kemble Street,' zei hij. 'Wij wonen in Kemble Street.' Hij keek verwachtingsvol naar Lisa, maar toen ze niets zei, herhaalde hij het en raakte haar met zijn wijsvinger aan. 'Jij zegt: "Ik woon in Kemble Street."'

Zodra Lisa eenmaal besefte wat hij van haar wilde, deed ze een poging om de straatnaam te herhalen. Ze stamelde: 'Ik woon in Kemble Street.'

Haar nieuwe pleegouders glimlachten goedkeurend. 'Goed zo!' zei Dan. 'Goed gedaan!'

Voor het eerst sinds ze hun pleegkind hadden ontmoet, zagen ze haar glimlachen, waardoor haar bleke gezichtje transformeerde.

Ze liepen de straat een stukje in en bleven voor hun rijtjeshuis staan, met een groene deur waarop het getal 65 was geschilderd.

'Dit is het,' zei Dan. 'Nummer vijfenzestig. Hier wonen wij, Lisa. Kemble Street nummer vijfenzestig.' Hij maakte de voordeur open en ging hun voor naar binnen. In de smalle gang, met aan de linkerkant een zitkamer, een doorgang naar de keuken aan de achterkant van het huis en de steile trap naar de bovenverdieping, zette Dan haar koffertje neer. 'Welkom in je nieuwe huis, Lisa.'

'Ik zal Lisa haar kamer laten zien,' zei Naomi. 'Zet jij alvast water op, Dan, dan drinken we straks een kopje thee. Deze kant op, Lisa.' Naomi pakte het koffertje en wenkte Lisa mee naar boven. Boven aan de trap wees ze naar een deur en toen naar zichzelf. 'Onze slaapkamer.' Ze opende een tweede deur, waar een piepklein badkamertje was, en daarna een derde. Ze wenkte Lisa naar binnen. 'Dit is jouw kamer, Lisa.'

Het was een kleine kamer met een bed, een ladekast en een stoel. Op het bed lag een bloemetjessprei en op de kast stonden een porseleinen schaal en een waterkan versierd met roosjes. Aan de ene muur hing een spiegel en aan de andere een schilderijtje van een paard voor een ploeg.

Naomi legde de koffer van het meisje op het bed. 'Als jij nou eens je spullen uitpakt en daarna naar de keuken komt?' Lisa keek haar nietbegrijpend aan, dus trok ze de laden open, wees naar de koffer en gebaarde 'uitpakken'.

Toen Lisa knikte, glimlachte Naomi en ging ze naar beneden.

Lisa stapte naar het raam van haar kamer en keek naar buiten. Beneden was een onverzorgd tuintje met houten schuttingen eromheen, met aan weerskanten identieke tuinen. Erachter lag zo te zien een steegje, en daarachter de achtertuinen van de huizen aan de volgende straat. Ze draaide zich weer om naar het bed en maakte haar koffertje open. Alles wat ze op de wereld bezat zat erin. Haar moeder had haar weinige kleding voor haar ingepakt en had het zelfs nog voor elkaar gekregen om een nieuwe winterjas voor haar te kopen, maar Lisa droeg haar enige paar schoenen.

De tranen sprongen haar in de ogen toen ze naar de kleding keek die zo zorgvuldig door Mutti was hersteld en opgevouwen. Wat deed Mutti nu? Waar was papa? Was hij al thuisgekomen? Hoe ging het met Martin nu hij in een onbekend, overvol appartement moest wonen? Kon hij er de weg al vinden? Ze pakte de foto die van hen was gemaakt in gelukkiger tijden, glimlachend naar de camera. Haar familie. Het was de enige foto die ze van hen had. Ze stopte hem in haar zak, vermande zich met moeite, snoot haar neus en begon haar kleren in de ladekast te stoppen. Toen haar koffertje leeg was, schoof ze het onder het bed en ging zitten. Hier was ze dan, in Londen, in een piepklein huis, bij mensen die ze niet kende. Voor Lisa hadden alle straten er hetzelfde uitgezien toen ze hierheen waren gelopen, en de huizen allemaal identiek, als papieren poppetjes aan een slinger. Ze had zich afgevraagd hoe ze ooit de weg zou moeten leren vinden in dit doolhof. Ze wilde alleen maar naar huis, terug naar Hanau om bij haar eigen familie te zijn, hoe moeilijk het leven daar ook werd. Tranen van ellende en eenzaamheid liepen over haar wangen.

Papa had gedacht dat ze veilig waren. Hij was een bekende huisarts in de stad, met een goedlopende praktijk. Het feit dat zijn moeder toevallig Joods was geweest, had voor hem nooit uitgemaakt. Ze waren volledig geïntegreerd en hij beschouwde zichzelf op de eerste plaats als een Duitser. Hij was legerarts geweest in de vorige oorlog en had zelfs een medaille gekregen. Maar nu stelde dat allemaal niets meer voor. Zijn moeder was Joods, dus was hij ook Joods en mocht hij alleen nog Joodse patiënten behandelen. Zijn vroegere collega's deden nu alsof hij de pest had. En toen hij een van zijn zwangere patiënten te hulp was geschoten omdat haar kind te vroeg geboren werd, was hij opgepakt door de Gestapo en verdwenen. In de beruchte Kristallnacht waren ze hun huis uit gezet en was een andere arts, een Ariër die al eerder de praktijkruimte had overgenomen, in het appartement erboven gaan wonen. Zij hadden tijdelijk bij Mutti's zus Trudi en haar gezin kunnen logeren, maar hun appartement was klein. Het was bijna onmogelijk geweest om er drie extra personen onder te brengen, vooral met een blind kind erbij, en dus hadden ze daar niet lang kunnen blijven. Mutti had een tweekamerwoning weten te vinden in een oude huurflat aan de rand van de stad, en daar hadden ze wel kunnen blijven. Martin, Lisa's blinde oudere broer, had er geleidelijk aan de weg gevonden, en enige tijd lang hadden ze weer een min of meer normaal leven kunnen leiden. Alleen was papa er niet. Hij was niet vrijgelaten, hij was simpelweg verdwenen, en dus had Marta besloten een manier te zoeken om haar kinderen in veiligheid te brengen. Ze had Lisa's naam op de lijst gezet van Joodse kinderen die op een plekje in de kindertransporttreinen wachtten, die hen naar veilige plekken in het buitenland zouden brengen.

'Ik wil niet weg,' had Lisa gesmeekt, maar haar moeder had zich niet laten vermurwen.

'Als er een plekje vrijkomt, lieverd, dan gá je. Ik wil dat je veilig bent.'

'Maar Martin dan?'

'Martin nemen ze niet,' zei haar moeder bitter. 'Ze willen zijn naam niet eens op de lijst zetten; blinde kinderen zijn te lastig.'

Dagen en weken waren voorbijgegaan. Er was geen nieuws gekomen over papa, ondanks alle moeite die haar moeder had gedaan om te ontdekken wat er met hem was gebeurd en waar hij naartoe was gebracht. Lisa kreeg een paspoort, maar ze had nog geen plekje in de trein gekregen. Daar was ze blij om. Ze wilde niet weg en hoopte vurig dat ze nooit zou worden gekozen. Maar plotseling, op een middag, was er een man naar hun huis gekomen met de mededeling dat er een plekje vrij was in de trein die de volgende dag uit Frankfurt vertrok. Lisa wilde niet, maar haar moeder stond erop dat ze ging en begon haar spullen in te pakken.

'Er komt oorlog,' zei Mutti. 'Ik kan Duitsland niet uit zonder je vader, en Martin kan niet weg zonder mij. Zodra je in Londen bent, moet je me schrijven met je adres. Stel dat er oorlog komt en je kunt niet rechtstreeks naar ons schrijven, dan kun je proberen brieven naar ons toe te krijgen via je vaders neef Nikolaus in Zwitserland.' Ze drukte een opgevouwen velletje papier in Lisa's hand. 'Dit is zijn adres in Zürich. Als het kan, gaan we naar hem toe. En misschien kan het, want Zwitserland zal waarschijnlijk neutraal blijven in een oorlog.'

De volgende dag had Lisa in tranen afscheid genomen van Martin en haar moeder.

Nu, op haar nieuwe kamer, bekeek Lisa het papiertje met het adres van Nikolaus Becker. Zou papa ooit nog thuiskomen? En zo ja, zouden papa, mama en haar broer dan Duitsland mogen verlaten om naar Zürich te gaan?

Ze keek om zich heen in het sombere kamertje dat nu van haar was. Het zou niet gemakkelijk worden, maar ze was hier nu en moest er het beste van maken. Ze stond op. In het badkamertje dat aan de achterkant van het huis uitstak, alsof het er als bijgedachte aan vast was gebouwd, spetterde ze wat koud water in haar gezicht, vermande zich en ging naar beneden.

2

Augustus 1939

'Het komt wel goed,' had Dan gezegd. Het was een optimistische uitspraak, maar hij en Naomi wisten toen nog geen van beiden hoe optimistisch.

Er was een leemte in Naomi's leven geweest waarvan ze altijd had gehoopt dat die zou worden gevuld met kinderen van henzelf, maar die waren nooit gekomen. Toen ze eenmaal de vijfendertig was gepasseerd, had ze de hoop op een eigen gezin opgegeven, maar ze had gedacht dat een pleegkind zou kunnen helpen die leemte op te vullen. Pleegouder zijn bleek echter veel lastiger dan Naomi had verwacht: de verantwoording voor een kind dat niet van jou was, haar moeten beschermen zodat ze op een dag misschien kon worden herenigd met haar ouders. Toen Daniel en zij zich hadden aangemeld, had Naomi niet beseft hoe zwaar die verantwoordelijkheid haar zou vallen.

De eerste weken waren voor niemand gemakkelijk geweest. Lisa had verschrikkelijk veel heimwee, maar ze kon haar angsten en gevoelens niet onder woorden brengen tegenover haar Engelssprekende pleegouders. Voor Lisa was alles vreemd, en zonder eigen kinderen waren Naomi en Dan niet voorbereid op een meisje van dertien dat met grote angstogen naar de wereld om haar heen keek en zichzelf vaak in slaap huilde.

'Ik begin me af te vragen wat we ons op de hals hebben gehaald,' verzuchtte Naomi op een avond tegen Dan. 'Dat arme kind heeft het zo moeilijk, en ik kan amper met haar communiceren, behalve met gebaren en hier en daar een woordje. Ik probeerde haar vandaag een knuffel te geven omdat ze zo verdrietig leek, maar ze rukte zich van me los en rende weg. Ik weet niet wat ik moet doen. Ik voel me zo machteloos.'

Dan nam haar in zijn armen. 'Je doet je uiterste best, schat. Meer kun je niet doen. We zullen het gewoon dag voor dag moeten aankijken. Als haar Engels verbetert, kunnen we echt met haar praten. Tot die tijd moeten we maar gewoon geduldig zijn en proberen te begrijpen hoe ze zich voelt: bij totale vreemden ondergebracht, ver weg bij alles en iedereen die ze kent en van wie ze houdt.'

Naomi omhelsde hem stevig. 'Je bent een wijs man, Daniel Federman,' mompelde ze. 'Ik verdien je niet, maar ik ben blij dat ik je heb.'

Het kostte inderdaad geduld en goede wil van beide kanten, maar met gebarentaal wisten ze voldoende te communiceren om zich te redden.

Kort na Lisa's aankomst was Naomi's oudste vriendin Mary James op een middag thee komen drinken. Zij en haar man Tom baatten de pub op de hoek uit, de Duke of Wellington. Het was Dans stamcafé, en de twee stellen waren al sinds hun schooltijd bevriend en in deze Londense buurt opgegroeid. Toen Naomi en Dan hadden besloten zich in te schrijven als pleegouders voor een vluchtelingenkind, wist Naomi, had Mary met Tom overlegd of zij dat niet ook konden doen, maar Tom had geweigerd. Hij had de vorige oorlog meegemaakt, had voor zijn leven genoeg van die verrekte Duitsers gezien en zou er nooit een in huis nemen.

Mary was er niet meer op teruggekomen, maar toen Lisa in Kemble Street was komen wonen, had ze moeite gedaan om haar te leren kennen. Bij een van haar eerste bezoekjes had ze een woordenboek Engels-Duits meegebracht. 'Op de markt gevonden,' zei ze tegen Naomi. 'Het leek me handig voor jullie!'

Naomi omhelsde haar. 'Je bent een reddende engel! Kijk, Lisa!' Ze hield het woordenboek omhoog.

Toen Lisa zag wat het was, glimlachte ze stralend naar Mary en zei: 'Dank u wel, mevrouw.'

Mary glimlachte terug. 'Ik hoop dat het helpt.'

Dat deed het heel beslist. Het woordenboek werd veel gebruikt. Het lag op de schoorsteenmantel in de keuken, altijd bij de hand wanneer iemand een bepaald woord in het Engels of Duits zocht.

Sindsdien was tante Mary, zoals Lisa haar noemde, vaak langsgekomen om te kijken hoe het met het meisje ging, en Lisa leek altijd blij om haar te zien. Mary scheen te begrijpen hoe verloren en eenzaam ze zich moest voelen als kind in een vreemd land bij vreemde mensen.

Het was een tijd van landelijke spanningen. Er zou een oorlog komen, dat wist inmiddels iedereen; de vraag was alleen nog maar wanneer. Het land bereidde zich er nu al maanden op voor.

Naomi nam Lisa mee naar het plaatselijke distributiecentrum waar gasmaskers werden uitgedeeld. Mensen stonden in de rij voor hun maskers, die op tafels uitgestald lagen om te passen. Gestreste vrijwilligers hielpen iedereen bij het vinden van de juiste maat en legden uit hoe het masker moest worden gebruikt.

Lisa keek met grote ogen toe terwijl Naomi haar masker paste en leek helemaal niet blij met wat ze zag. Toen was zij aan de beurt.

De medewerkster pakte een masker, drukte het tegen Lisa's gezicht, zei dat ze haar kin naar voren moest steken en trok de riempjes aan zodat het stevig om haar hoofd zat.

'Gewoon normaal ademhalen,' zei de vrouw.

Maar Lisa rukte het masker af en hapte naar adem. Naomi probeerde haar over te halen het weer op te zetten, maar dat weigerde ze. Ze kon haar paniek niet verklaren, alleen maar 'Nee! Nee! Nee!' roepen.

'Ze is een vluchteling,' legde Naomi aan de vrouw uit. 'Ze spreekt geen Engels.'

'Nou,' snauwde de overwerkte vrijwilligster, 'dat zal haar niet beschermen tegen een gasaanval, hè? Laat maar zitten.' Ze keek naar de rij wachtende mensen. 'Het paste goed genoeg. Neem het mee naar huis en laat haar ermee oefenen zodat ze eraan went. Instructies staan in het deksel.' Ze overhandigde hun de twee gasmaskers in de bijbehorende kartonnen kokers en wendde zich tot de volgende wachtende in de rij.

Op de markt wist Naomi de hand te leggen op een rol zwarte stof om verduisteringsschermen van te maken. Zittend in de voorkamer spanden zij en haar pleegdochter samen de stof om de houten frames die Dan had gemaakt.

'Het is maar goed dat onze ramen niet zo groot zijn,' zei Naomi. 'We hadden echt geluk dat we dit nog konden vinden.' Er was veel vraag naar zwart textiel op het moment.

Het samenwerken bracht hen een beetje dichter naar elkaar toe. Naomi zag dat iemand Lisa goed had leren naaien: haar steekjes waren keurig gelijkmatig en ze werkte snel.

'Goed, Lisa,' zei ze. 'Dat is heel goed. Je werkt heel netjes.'

Ze werd beloond met een verlegen glimlach en Lisa's eerste spontane uitspraak: 'Mijn moeder me dit gedaan.'

Aangemoedigd door die poging zei Naomi: 'Heeft je moeder je dat geleerd? Dat is goed, Lisa, heel goed!' Ze glimlachten allebei.

De avond erop, terwijl Naomi naar de radio luisterde en intussen Dans sokken stopte, pakte Lisa er ongevraagd ook een uit de verstelmand en stopte netjes het gat in de hiel.

Lisa had haar moeder geschreven dat ze veilig in Londen was aangekomen en had haar het adres van de Federmans gegeven. Ze had tot nu toe één brief teruggekregen. Tante Naomi had haar de envelop op een ochtend overhandigd met de mededeling: 'Deze is voor jou, Lisa. Zo te zien een brief van thuis.'

Lisa had het ding bijna uit haar handen gegrist en was met een gemompeld 'dank je wel, dank je wel' naar haar slaapkamer gerend om hem te lezen. In de envelop vond ze een brief geschreven op een blaadje uit een schrift. Daar, plotseling zo dierbaar, stond haar moeders bekende handschrift.

Lieverd,

Ik was zo blij om te horen dat je veilig bent aangekomen en dat je nu bij van die aardige mensen woont. Bedank meneer en mevrouw Federman alsjeblieft voor me, en denk eraan dat je braaf bent. Het

is ontzettend gul van ze om je in huis te nemen en voor je te zorgen, dus laat zien hoe dankbaar je bent en gedraag je als het lieve, zorgzame meisje dat ik ken. Met ons gaat het goed. Je zult blij zijn te horen dat papa weer thuis is, en hoewel het niet zo goed met hem ging, gaat het nu weer wat beter.
We missen je allemaal heel erg, maar zijn opgelucht te weten dat je veilig bent. Denk eraan dat je ook kunt schrijven naar neef Nikolaus, die heel graag van je zou horen.
Schrijf me snel weer, lieverd, want we willen alles weten over je nieuwe leven in Londen, over je school en de vriendjes die je hebt gemaakt, en alles wat er met je is gebeurd sinds je in de trein stapte.
Lieve groetjes van ons allemaal, en ik moest van Martin zeggen dat hij heel goed voor ons zorgt.

Met al onze liefde,
Mutti

De tranen sprongen Lisa in de ogen terwijl ze de brief steeds opnieuw las, blij met het nieuws. Hoewel de bewoording zo algemeen was gehouden dat niets in de brief kon worden opgevat als opruiend of gevaarlijk voor het geval dat hij werd onderschept, wist Lisa nu toch veel van wat ze had willen weten.

Papa was weer thuis. De Gestapo, of wie hem dan ook had vastgehouden – haar moeder had dat opzettelijk niet geschreven – had hem eindelijk laten gaan. Misschien konden ze nu hij weer thuis was samen uit Duitsland weg en proberen naar Nikolaus in Zwitserland te komen. Het was vast nog niet te laat.

Hoewel de brief Lisa's heimwee weer aanwakkerde, had ze in elk geval wat nieuws over haar familie. Ze bewaarde de brief onder haar kussen, las hem vaak nog een keer voordat ze ging slapen en kuste het papier dat haar moeder had aangeraakt. Deze brief en de foto die ze altijd bij zich droeg, waren haar laatste kostbare verbindingen met thuis.

In Kemble Street hadden ze geen ruimte in de tuin voor een van de Anderson-schuilkelders die de overheid verstrekte. Hoewel er een openbare schuilkelder was aan het eind van Hope Street, vonden de Federmans het een angstaanjagend idee om daar midden in de nacht tijdens een luchtaanval heen te rennen en op een kluitje te moeten zitten met zo veel mensen, dus besloot Dan hun oude groentekelder in te richten als schuilkelder.

'Is hij wel diep genoeg?' vroeg Naomi.

'Dat zou hij wel moeten zijn,' zei Dan geruststellend, 'behalve bij een rechtstreekse inslag.'

'Kunnen we dan toch niet beter naar de schuilkelder in Hope Street gaan?' drong Naomi aan.

'Die zou een rechtstreekse inslag ook niet overleven,' zei hij stellig. 'We zijn hier net zo veilig.' Hij zeulde een paar doorgezakte leunstoelen, een gammel tafeltje en een oude matras met dekens en kussens naar beneden, zodat ze er ook konden slapen als een luchtaanval lang aanhield. De ruimte had geen ramen of elektrisch licht en het rook er bedompt en schimmelig, maar op een plank langs de muur stonden kaarsen in bierflesjes. Dan had er ook lucifers, een paar flessen water en een trommel met biscuits naartoe gehaald.

Toen Lisa de donkere, benauwde schuilkelder met het lage plafond en de grijze stenen muren zag, reageerde ze doodsbang. Ze bleef verstijfd boven aan de trap staan en liet zich pas meevoeren toen Dan haar stevig bij de hand hield. Hij had een paar kaarsen in de kelder aangestoken, die flakkerden in de tocht die door de deur binnenkwam.

'Niet deur dicht,' smeekte het meisje. 'Niet deur dicht.'

'Nee.' Hij sprak haar op sussende toon toe in een poging haar te kalmeren. 'Niet vandaag, in elk geval. En we hoeven hier niet vaak naartoe, lieverd. Alleen als er een luchtaanval is.' Daarna leidde hij haar weer naar boven, naar de keuken.

'Volgens mij heeft ze claustrofobie,' zei hij tegen Naomi. 'Het zal niet meevallen om haar die kelder in te krijgen als de sirene gaat.'

Naomi bleef pragmatisch. 'Dat zien we dan wel als het zover is. Het is nog geen oorlog, gelukkig.'

Maar de oorlogskoorts hing in de lucht, en slechts drie weken later hoorden ze op de radio het grimmige nieuws dat Hitler Polen was binnengevallen. Naomi en Lisa waren beladen met boodschappen van de markt thuisgekomen: blikken met vlees en groenten, soep, sardines en ijzerrantsoenen. Iedereen was aan het hamsteren voor de schaarste die werd verwacht. De Londenaren wisten dat zij Hitlers hoofddoelwit zouden zijn en bereidden zich voor.

'Gelukkig ben jij deze keer te oud om naar het front te gaan,' zei Naomi tegen haar man.

Daniel, tien jaar ouder dan zij, had als zeventienjarige een paar maanden in de loopgraven in Vlaanderen doorgebracht. Hij was niet gewond geraakt, maar zijn gezondheid had een knauw opgelopen en sindsdien had hij problemen met zijn luchtwegen, waardoor hij soms piepend en moeizaam ademde. Stiekem dacht Naomi wel eens dat zijn zwakke gestel mogelijk de reden was dat ze nooit kinderen hadden gekregen, maar dat zou ze nooit hardop zeggen. Ze hield ontzettend veel van hem, en als kinderloos blijven de prijs was die ze moest betalen voor haar huwelijk met Dan, dan zij het zo.

'Ze zeiden dat het de oorlog was die een einde zou maken aan alle oorlogen,' mompelde Naomi, 'en dat was nog maar twintig jaar geleden!'

'Dit zal een ander soort oorlog zijn,' zei Dan, 'met luchtaanvallen zoals in Spanje.'

Naomi keek hem angstig aan. Net als ieder ander was ze van afgrijzen vervuld geweest door de bioscoopjournaals over de bombardementen in de Spaanse burgeroorlog.

'En dat,' zei Dan nonchalant, 'was alleen nog maar een oefening van Hitler. Wacht maar af.'

'Ik zag vandaag een stel kindertjes die naar het treinstation werden gebracht,' vertelde Naomi. 'Het was vreselijk. Ze stonden allemaal op een rijtje, met etiketten op hun jas, van huis weggehaald om wie weet waar naartoe te worden gebracht.' Ze keek hem even aan en voegde er zachtjes aan toe: 'Net als die arme Lisa.'

'Beter dan hier in Londen blijven en omkomen bij een bombardement,' zei Dan.

'Natuurlijk,' erkende Naomi schoorvoetend, 'maar hartverscheurend voor de moeders.' Ze had zich vaak afgevraagd hoe Lisa's moeder het had aangekund om haar dochter zo ver weg te sturen, helemaal alleen; het was onnatuurlijk, had ze gedacht. Maar nu besefte ze dat moeders in Londen precies hetzelfde deden. Ze stuurden hun kinderen het onbekende tegemoet, zonder enig idee van waar ze heen gingen of wie er voor hen zou zorgen. Het moesten dappere vrouwen zijn, die heel veel van hun kinderen hielden. En voor het eerst was ze blij dat ze zelf geen kinderen had die ze moest wegsturen. Toen dacht ze aan Lisa.

'Moeten wij Lisa niet ook naar het platteland sturen?' vroeg ze.

Dan schudde zijn hoofd. 'Ik weet niet. Het zou wel een beetje veel voor haar zijn, hè? Ze is nog maar net hier, die arme meid.'

'Misschien moet ik het eens aan mevrouw Carter vragen, van Bloomsbury House. Wat denk jij?'

'Dat zou je kunnen doen. Kijken wat haar het beste lijkt.'

Naomi knikte. 'Ja, ik denk dat ik dat maar doe. Ik moet er niet aan denken dat Lisa net is ontsnapt aan de nazi's in Duitsland, om dan alsnog hier door ze te worden gebombardeerd.'

De volgende dag ging ze naar Bloomsbury House, waar een zeer drukke mevrouw Carter twee minuten tijd voor haar had.

'Momenteel kan ik niets voor haar doen,' zei de vrouw. 'Het is het beste als u haar voorlopig bij u houdt. Zorg dat ze zo snel mogelijk ergens op een school komt. Als er dan een evacuatie van de school plaatsvindt, kan ze met hen mee.'

En dus bleef Lisa bij de Federmans in hun huisje aan Kemble Street, zonder ooit te weten hoe weinig het had gescheeld of ze had weer met een etiket op haar jas in een trein gezeten.

Op zondagochtend 3 september luisterden Lisa en haar pleegouders zwijgend naar een bekendmaking van Neville Chamberlain.

'Hedenochtend heeft de Britse ambassadeur in Berlijn de Duitse overheid een laatste waarschuwing gegeven. Als we niet om uiterlijk elf uur van hen zouden horen dat ze bereid waren onmiddellijk hun troepen terug te trekken uit Polen, zou dat oorlog tussen ons betekenen.' De toespraak van de premier klonk traag en somber, en alleen zijn toon al vervulde Lisa van angst. 'Ik moet u meedelen dat zo'n bevestiging niet is ontvangen, en als gevolg daarvan is ons land nu in oorlog met Duitsland.'

Lisa had slechts een paar woorden van de uitzending begrepen, maar 'oorlog' en 'Duitsland' herkende ze, en ze zag het afgrijzen op tante Naomi's gezicht en de vermoeide gelatenheid op dat van oom Dan.

'Daar gaan we weer,' zei hij. 'Dat was dan zijn "*peace in our time*"!'

Oorlog met Duitsland. De woorden galmden door Lisa's hoofd. Mutti, papa en Martin zitten daar nog vast, dacht ze, vechtend om tranen van eenzaamheid en wanhoop binnen te houden. Ik zie ze nooit meer terug.

Op dat moment begon de sirene te janken. Het was slechts een test, maar bij het horen van dat geluid beseften ze alle drie dat het niet lang meer zou duren voordat ze het weer hoorden, en dan zou het menens zijn.

3

September 1939

Het nieuwe schooljaar was nog maar net begonnen, maar veel kinderen waren al uit Londen geëvacueerd. De kinderen van ouders die hadden besloten hen niet weg te sturen, waren verzameld op een aantal buurtscholen. Er was ook een school niet ver bij Kemble Street vandaan en Naomi ging langs bij mevrouw Hammond, het schoolhoofd. Ze vertelde haar over Lisa's achtergrond en vroeg of er een plekje voor haar was. Het schoolhoofd wilde haar graag toelaten.

'Het zal een gemengd stel leerlingen worden,' vertelde ze, 'van overal en nergens. Maar het zal goed voor Lisa zijn om met andere kinderen om te gaan. Ze zal sneller aan haar leven hier wennen als ze regelmaat heeft. Breng haar maar. Het komt allemaal goed, let maar op.'

En dus, een paar dagen later, nam Naomi een zeer onwillige Lisa mee naar de Francis Drake-school. Het was een groot victoriaans gebouw waarvan de bakstenen waren bedekt met een dikke laag vuil, waardoor haast onmogelijk te zien was welke kleur ze ooit hadden gehad. Om het gebouw stond een hek dat het afscheidde van de weg, langs de geplaveide speelplaats stond een hoge stenen muur, en groezelige rechthoekige ramen keken over de speelplaats uit op de straat.

Lisa hield een beetje in terwijl ze naar de voordeur van het sombere, grimmige gebouw liepen, belangstellend gadegeslagen door de kinderen die buiten stonden te wachten tot de bel ging.

'Maak je geen zorgen, Lisa,' zei Naomi bemoedigend. 'Ik heb al met de directrice gesproken, dus ze verwacht je.'

Bij de ingang werden ze opgevangen door iemand die zich voorstelde als juffrouw Barker, de schoolsecretaresse. 'Ik zal jullie naar mevrouw Hammond brengen. Volg mij maar.' Ze leidde hen een trap op. Aan het eind van een korte gang klopte ze op een deur en deed die voor hen open.

Mevrouw Hammond zat achter haar bureau, maar ze stond meteen op en stapte naar voren om hen met een vrolijk 'goedemorgen' te begroeten.

'Goedemorgen, mevrouw Hammond,' zei Naomi. 'Dit is Lieselotte Becker; we hebben het over haar gehad.' Ze wendde zich tot Lisa. 'Lisa, dit is mevrouw Hammond.'

Lisa maakte een kleine kniebuiging en zei: 'Goedemorgen, mevrouw Hammond.' Ze had een Duits accent, maar de weinige woorden die ze kende sprak ze zorgvuldig uit.

Mevrouw Hammond glimlachte. 'Goedemorgen, Lisa. Je hoeft niet te buigen, hoor.'

Lisa keek Naomi aan voor uitleg. Naomi deed haar kniebuiging na, maakte een hakbeweging met haar hand en zei op ferme toon: 'Nee, Lisa.'

Lisa kleurde en deed een stapje achteruit.

Mevrouw Hammond negeerde dat en zei tegen Naomi: 'Ik neem haar nu wel over. We hebben het allemaal zo geregeld. Komt u haar na school ophalen?'

'Ja, vandaag wel, om zeker te weten dat ze de weg weet. Maar ze is dertien, dus ze zal vast niet willen dat ik haar elke dag kom ophalen.' Ze legde haar hand op Lisa's arm. 'Ik ga nu, Lisa, maar ik ben om drie uur weer terug.' Ze wees naar haar horloge en stak drie vingers op. 'Drie uur!' Ze glimlachte kort en vertrok.

'Goed, Lieselotte,' zei mevrouw Hammond, terwijl ze naar de deur liep. 'Kom maar mee.' Ze liep met het meisje naar beneden en ging een gang in met verschillende klaslokalen. In de deuren zat glas, en in elk lokaal waar ze langskwamen zag Lisa rijen met tafeltjes en een schoolbord. Mevrouw Hammond deed de deur van het vierde lokaal open.

Aan de lerarentafel zat een kleine, magere vrouw met een stapel schriften voor zich. Ze keek op toen de deur openging en kwam meteen glimlachend overeind. Ze had een smal gezicht, dat nog smaller leek door de manier waarop ze haar grijze haar had gevlochten en om haar oren had gedraaid. Door een rond brilletje met een dun montuur keken haar lichtblauwe ogen met belangstelling naar de nieuwkomer.

'Goedemorgen, juffrouw May,' zei de schooldirectrice. 'Dit is Lieselotte Becker, een vluchteling uit Duitsland. Ze woont nu bij meneer en mevrouw Federman en komt in uw klas.' Ze wendde zich tot Lisa. 'Dit is juffrouw May, Lieselotte. Zeg maar goedemorgen.'

Eraan denkend dat ze niet moest buigen, zei Lisa plichtmatig: 'Goedemorgen, juffrouw May.'

'Ik vrees dat Lieselotte nog maar heel weinig Engels spreekt,' ging de directrice door, 'daarom stel ik voor dat u haar naast Hilda Lang zet. Verder moeten we ons maar behelpen. Ik zal haar bij de dagopening aan de rest van de leerlingen voorstellen.' Toen knikte mevrouw Hammond en ging terug naar haar kantoor.

'Nou, Lieselotte, jij kunt hier zitten.' Juffrouw May wees naar een tafeltje vooraan.

Lisa liep ernaartoe, maar toen draaide ze zich om, wees naar zichzelf en zei: 'Lisa. Beter Lisa.'

'Lisa,' herhaalde juffrouw May. 'Dat is veel makkelijker. Lieselotte is nogal lang, hè? We houden het op Lisa.' Ze gebaarde dat Lisa kon gaan zitten.

Op dat moment ging er een bel en begonnen er nog meer kinderen binnen te komen. Hun geroezemoes stierf weg toen ze belangstellend naar het nieuwe meisje aan het voorste tafeltje keken.

'Ga snel zitten,' zei juffrouw May, en met veel geschraap van stoelen namen ze plaats. Juffrouw May opende het register dat voor haar lag en begon de presentielijst af te vinken. Iedere leerling riep 'present' als zijn of haar naam werd opgenoemd.

Lisa's naam werd aan het eind van de lijst toegevoegd, en ze herhaalde het woord dat ze de anderen had horen zeggen: 'Plezant.'

Daarop volgde een uitbarsting van gelach waarvan haar wangen kleurden, maar het gelach viel abrupt stil toen juffrouw May streng zei: 'Genoeg!' Ze keek naar haar bijna veertig leerlingen, die verwachtingsvol terugkeken. 'Zoals jullie zien, hebben we er een nieuw meisje bij gekregen. Ze heet Lisa Becker en ze komt uit Duitsland.'

Dat werd beantwoord met gesis ergens achter in de klas. Juffrouw May negeerde het. 'Lisa heeft haar huis en haar familie moeten achterlaten om te ontsnappen aan de nazi's. Ze is hier gekomen voor de veiligheid –'

'Totdat ze met bommen gaan gooien,' mompelde iemand.

Juffrouw May ging onverstoorbaar door. 'Lisa spreekt nog niet veel Engels, maar ze leert het vast snel als we haar allemaal helpen.'

'We willen hier geen Duitsers,' zei een jongen die achter Lisa zat. Hij schopte tegen de achterkant van haar stoel.

'Sta op, Roger Davis!' snauwde juffrouw May. De jongen schoof lawaaiig zijn stoel achteruit en stond langzaam op. 'Ik schaam me voor je, Roger,' zei de lerares, 'en ik wil dat soort praat niet meer horen.'

Nog steeds met een rood gezicht hield Lisa haar blik naar voren gericht; ze keek niet naar Roger die achter haar stond. Ze wist niet precies wat hij had gezegd, maar ze had zijn toon herkend, want die had ze thuis in Hanau ook maandenlang gehoord. Die toon zei: *we willen je hier niet, jij hoort niet bij ons.*

Op dat moment ging er weer een bel. De kinderen stonden op en vormden een nette rij bij de deur.

'Hilda,' zei juffrouw May. Een van de meisjes kwam uit de rij teruglopen. 'Ik wil graag dat jij op Lisa past totdat ze gewend is. Kun jij ervoor zorgen dat ze weet wat ze moet doen en waar ze moet zijn?'

'Ja, juf.' Het meisje trok aan Lisa's arm en ging met haar achter aan de rij staan. 'Kom mee, we gaan nu eerst naar de dagopening. Kijk maar gewoon naar mij, dan weet je wel wat je moet doen.'

Lisa staarde haar stomverbaasd aan. Hilda had vloeiend Duits tegen haar gesproken.

'Na vandaag geen Duits meer, Hilda,' waarschuwde juffrouw May. 'Alleen Engels op school, behalve als ik je specifiek vraag om Lisa iets belangrijks uit te leggen. Ze moet zo snel mogelijk Engels leren, en jij kunt haar daarbij helpen.'

De leerlingen liepen met ferme pas door de gang naar de aula. Ze stelden zich in keurige rijen op voor een podium aan het eind, de jongste kinderen vooraan en de oudste achteraan. Lisa stond naast Hilda, kijkend en wachtend.

Toen de hele school was verzameld, kwam ook mevrouw Hammond binnen. Ze ging op het podium staan. 'Goedemorgen, allemaal!'

'Goedemorgen, mevrouw Hammond! Goedemorgen, allemaal!' klonk het in koor.

De dagopening scheen een vaste volgorde te hebben, hoewel die grotendeels onbegrijpelijk was voor Lisa, waardoor ze al snel in gedachten verzonk. Wat was het onvoorstelbaar dat haar klasgenootje Hilda Duits sprak. Was zij ook Duits? Was zij ook met de trein hierheen gekomen?

Voordat ze de leerlingen terugstuurde naar hun klassen zodat de lessen konden beginnen, zei mevrouw Hammond: 'Vanaf vandaag hebben we een nieuwe leerling. Ze heet Lieselotte Becker en is helemaal hierheen gekomen vanuit Duitsland, in haar eentje, wat heel dapper is. Ze spreekt nog niet veel Engels, hoewel dat vast snel zal veranderen, en ze kent nog niemand, dus ik wil graag dat jullie haar een welkom gevoel geven.'

Haar woorden werden beantwoord met wat gemompel van de verzamelde klassen, dat ze meteen de kop indrukte door haar hand op te steken. 'Laten we hopen dat jullie nooit voor vervolging hoeven weg te vluchten van je thuis en je familie.'

Terug in het klaslokaal zette juffrouw May Hilda aan het tafeltje naast Lisa. Ze deed alsof ze het niet merkte als Hilda Duits tegen Lisa sprak, maar de andere kinderen merkten het wel.

Tussen de middag gingen ze allemaal naar de speelplaats. Het was mooi weer en de meeste meisjes stonden in groepjes te kletsen. Een paar jongere meisjes gingen hinkelen op een baan die op de grond was geverfd, anderen draaiden om beurten het touw rond bij het touwtjespringen. De jongens speelden tikkertje, voetbalden of reageerden zich af door met elkaar te gaan vechten.

Hilda nam Lisa mee naar een bankje aan de rand van het plein, weg bij de uitbundige spelletjes, en ze gingen in het warme septemberzonnetje zitten.

'Waar kom je vandaan?' vroeg ze.

'Hanau, bij Frankfurt,' antwoordde Lisa.

'Zijn je ouders ook meegekomen?'

'Nee.' De tranen sprongen in Lisa's ogen, maar ze knipperde ze woest weg. 'Ik ben met de trein gekomen. Ze namen alleen kinderen mee. Mijn broer Martin kon niet mee. Hij is nog thuis bij mijn moeder.' Haar stem brak op een snik. 'Ik wou dat ik daar ook nog was.' Ze pakte een zakdoek en snoot haar neus. 'Mijn vader was meegenomen door de Gestapo. Het duurde een hele poos voor hij terugkwam, en nu zegt mijn moeder dat hij ziek is.'

Vastbesloten om niet te gaan zitten grienen in het bijzijn van dit onbekende meisje, en helemaal alle andere kinderen, van wie er een aantal onopvallend naar haar keken, snoot Lisa haar neus nog een keer en veranderde van onderwerp. 'En jij dan? Hoe kan het dat je Duits spreekt?'

'Mijn moeder is Duits. Ze leerde mijn vader kennen toen hij in Berlijn werkte. Hij is Engels. Mijn broer Peter en ik zijn geboren in Berlijn, maar we zijn Joods, dus toen Hitler zijn wetten tegen de Joden begon uit te vaardigen, zijn we hierheen gekomen. Hier is het veilig.' Ze keek belangstellend naar Lisa. 'Ben jij Joods?'

'Ja. Of nee, niet echt. Oma is Joods, en dat is daar genoeg.'

Aan het eind van de schooldag liepen de twee meisjes over de speelplaats naar het hek, waar tante Naomi stond te wachten. Lisa stelde Hilda aan haar voor.

'Ik help Lisa op school,' zei Hilda. 'Ik kan haar dingen in het Duits vertellen als ze iets niet begrijpt.'

'O, dat is geweldig.' Er was grote opluchting in Naomi's stem te horen. 'Arme Lisa. Zij verstaat ons niet en wij verstaan haar niet, en dat is heel lastig voor iedereen.' Ze keek Hilda glimlachend aan. 'Hoe heet je?'

'Hilda Lang. Nou, eigenlijk Hildegarde, maar' – ze glimlachte spijtig – 'het is nu niet zo handig om een Duitse naam te hebben, hè?'

Toen Hilda Lang die avond thuiskwam, vertelde ze over een nieuw meisje op school. 'Ze is met de trein hierheen gekomen, helemaal vanuit Frankfurt, mam, in haar eentje, en de Gestapo had haar vader opgepakt.'

Esther Lang voelde een bekende steek van angst, hoewel ze haar best deed om niets aan haar dochter te laten merken. Voor een Duitse Jodin was alleen al het woord 'Gestapo' angstaanjagend genoeg. Haar eigen ouders woonden nog in Berlijn, in omstandigheden die zij zich niet eens kon voorstellen. Ze waren een paar maanden geleden uit hun huis gezet en ingetrokken bij Esthers jongere zus Elsa en haar gezin. Voor zover Esther wist, zaten ze nog steeds op elkaar gepakt in dat kleine appartementje, maar sinds de oorlogsverklaring was er geen communicatie meer met hen mogelijk. Haar hart ging uit naar het kind dat zo'n lange reis had gemaakt op zoek naar veiligheid in Londen. Een kind alleen.

Esther was met Hilda's vader Max getrouwd in de jaren twintig, toen hij voor zijn werk in Berlijn gestationeerd was. Met de opkomst van Hitler en het wijdverbreide antisemitisme in Duitsland was het gezin naar Londen verhuisd, en Esther was Brits staatsburger geworden. Allebei hun kinderen waren tweetalig, want hun ouders wisten hoe nuttig het was om nog een andere taal te beheersen, al werd er thuis meestal Engels gesproken.

'Nou, lieverd, help haar dan maar waar je kunt,' zei Esther. 'Ik denk niet dat ze het heel gemakkelijk heeft.' Ze dacht even na en vroeg toen: 'Waar zei je dat ze woonde?'

'Bij meneer en mevrouw Federman in Kemble Street.'

'O ja? Misschien moet ik een keertje bij ze langsgaan.'

Een paar dagen later liep Esther inderdaad de anderhalve kilometer naar Kemble Street om zichzelf voor te stellen. Naomi vroeg haar binnen, en in een gezellig halfuurtje leerden ze elkaar een beetje kennen.

'Het is heel aardig van Hilda dat ze Lisa helpt op school,' zei Naomi. 'Ze heeft het erg moeilijk aangezien ze zo weinig Engels spreekt. Dan en ik doen ons best, natuurlijk, we praten heel veel tegen haar en proberen het haar te leren, maar ze kan ons niet vertellen over de dingen die belangrijk voor haar zijn, over haar thuis en haar familie.'

Esther had al iets over Lisa's achtergrond gehoord, maar dat herhaalde ze niet; dat moest Lisa zelf maar doen wanneer ze dat kon. In plaats daarvan zei ze: 'Ik zat te denken dat Lisa misschien na school met Hilda mee zou willen komen naar ons huis. Spelen met Hilda en haar broer is misschien wel een van de snelste manieren om Engels te leren.'

'O, mevrouw Lang,' zei Naomi, 'dat lijkt me een schitterend idee. Weet u het zeker?'

'Natuurlijk,' antwoordde Esther. 'Ze is een dapper kind, maar ze heeft alle hulp nodig die ze krijgen kan. Vraag het haar maar, en als ze het leuk vindt, kan Hilda haar morgen na school meenemen.'

Die avond vroeg tante Naomi aan Lisa: 'Hilda's moeder heeft gevraagd of je na school mee wilt komen naar hun huis. Zou je dat willen?'

'Naar Hilda toe?'

'Ja, na school.'

'Niet slapen?'

'Nee, hier slapen. Ik kom je wel ophalen.'

Lisa lachte stralend. 'Ja, tante Naomi, dat wil ik.'

Vanaf dat moment ging Lisa bijna elke dag na school met Hilda mee naar huis.

Mevrouw Lang verbood hun Duits te spreken. 'Lisa moet Engels leren,' bracht ze hun in herinnering. 'Als ze hier bij ons is, spreken we alleen maar Engels. Jij ook, Peter,' zei ze tegen haar zoon. 'En niet valsspelen als jullie buiten zijn!'

Lisa vond het heerlijk bij de familie Lang. Ze waren welvarender dan de Federmans, en hoewel Grove Avenue niet zo ver van Kemble Street lag, was hun huis heel anders; veel groter, met een achtertuin waar Max Lang groenten kweekte. De ramen waren groot en binnen was het licht en luchtig. De herfstzon scheen de keuken in als de kinderen daar 's middags aten en het was er altijd warm. Esther Lang zette hen aan de keukentafel om hun huiswerk te doen en hielp Lisa een handje wanneer ze dacht dat het allemaal te moeilijk werd.

'Je bent hier altijd welkom,' zei mevrouw Lang tegen haar. 'Als je gezelschap wilt van kinderen van je eigen leeftijd, mag je gewoon langskomen. Je hoeft niet te wachten tot je wordt uitgenodigd.'

Lisa werd door de andere kinderen in de buurt al snel geaccepteerd als vriendinnetje van Hilda. Hilda leerde haar de woorden die ze weten moest, zij het dan met een Oost-Londens accent en woordenschat, en haar Engels verbeterde met sprongen. Ze werden goede vriendinnen, en omdat de familie Lang slechts een paar straten verderop woonden, vond tante Naomi het prima dat Lisa zo vaak bij hen was. Ze was blij voor Lisa dat ze iemand van haar eigen leeftijd had om mee te spelen.

Lisa leerde snel, en hoewel haar Engels nog lang niet vloeiend was, begreep ze al gauw het meeste van wat er tegen haar werd gezegd en kon ze zich zelf ook verstaanbaar maken.

Maar het leven op school was niet gemakkelijk. Ondanks mevrouw Hammonds waarschuwing was er nog steeds een behoorlijk grote groep kinderen die haar als een vijand beschouwde en haar pestte. Roger Davis en zijn trawanten, opgejut door leeftijdgenoten, gingen om Lisa heen staan, verdrongen haar, deden alsof ze haar aanraakten maar sprongen dan weer achteruit en schreeuwden: 'Lisa heeft de mazelen! Duitse mazelen! Raak niet besmet met haar bacillen! Vieze Duitse bacillen!' Dan grepen ze naar hun keel en lieten zich met een theatraal doodsgereutel op de grond vallen.

Lisa liep altijd bij hen weg, maar ze bleven haar bestoken. Eén keer haalde ze uit; ze stompte een van Rogers vriendjes op zijn gezicht en bezorgde hem een bloedneus. Daarna hielden ze een tijdje afstand, maar ze waren al snel weer terug, altijd op de uitkijk, altijd buiten het zicht van de leraren die een oogje op de speelplaats hielden. Hilda kon er niets tegen doen, want anders zou zij dezelfde behandeling krijgen.

'Zeg er thuis maar niks over,' waarschuwde ze Lisa. 'Als je gaat klikken en je tante komt naar school om te klagen, wordt het alleen maar erger. Het gaat ze uiteindelijk wel vervelen, en dan zoeken ze iemand anders om te pesten.'

Lisa wist dat haar vriendinnetje gelijk had. Ze deden haar niet fysiek pijn, ze scholden alleen maar, en dat was ze wel gewend. Het was zo vaak gebeurd in Hanau. Toch verlangde ze ernaar om iets terug te doen, om terug te vechten.

Maar er kwam een nogal plotseling einde aan de pesterij. Rogers bende sloot haar op een dag in toen ze van school onderweg was naar huis. Het was de eerste keer dat ze haar belaagden buiten het schoolterrein. Ze duwden haar tegen een muur, brachten de nazigroet en schreeuwden: *'Heil Hitler!'*

'Ga weg! Ga weg!' schreeuwde ze. 'Ik haat jullie! Ik haat jullie. Jullie zijn allemaal nazi's!'

Ze brulden van het lachen om haar woede, maar bleven jennend de weg versperren, zodat Lisa niet kon ontsnappen. Toen ze uithaalde naar Albert, de jongen die ze al een keer eerder een bloedneus had bezorgd, was hij daarop voorbereid. Hij pakte haar arm vast en hield haar met gemak van zich af. 'Hé, Rog,' zei hij sarrend, 'we hebben hier een wild katje. Zullen we haar eens een lesje leren? Duitse teef!' De anderen joelden uitgelaten, maar hun gejuich was van korte duur.

Plotseling kwam er iemand de hoek om. Hij sprong tussen hen in, zijn vuisten suisden rond, zijn ellebogen porden en zijn stevige leren laarzen schopten tegen schenen en stampten op tenen. Totaal verrast lag de hele bende op de grond met blauwe plekken, bloedneuzen, kapotte wenkbrauwen en pijnlijke hoofden. Roger, die in gevecht wilde gaan, werd tegen een muur gebeukt, met zijn arm pijnlijk omhooggedraaid op zijn rug, waardoor hij een kreet slaakte.

Lisa, net zo verbaasd als haar belagers om deze plotselinge aanval, deinsde achteruit, maar toen ze zag dat Roger in een houdgreep werd gehouden en zijn trawanten ervandoor gingen, stapte ze naar haar redder toe.

Tot haar verbazing sprak hij haar aan in het Duits.

'Ik had die etters je al eerder zien pesten,' zei hij. 'Zeg het maar, dan breek ik zijn arm.'

'Nee, niet doen,' antwoordde Lisa. 'Dan wordt het alleen maar erger. Maak hem gewoon zo bang dat hij en zijn vrienden nooit meer bij me in de buurt komen.'

'Zeker weten?' Hij gaf een ruk aan Rogers arm, en Roger schreeuwde van pijn. 'Nou, als jij het zegt.'

De jongen – want hij was nog maar een jongen – keek teleurgesteld, maar met een snelle beweging draaide hij Roger om en zette hem met zijn rug tegen de muur. 'Ze zegt dat ik je arm niet mag breken, al zou ik dat het liefst wel doen. Je komt niet meer bij haar of haar vriendin in de buurt.' Hij sprak het zorgvuldige Engels van iemand die het nog aan het leren was. 'Heb je dat begrepen?' Toen Roger niet meteen antwoordde, stompte hij hem in zijn buik, waardoor Roger dubbelklapte. 'Heb je dat begrepen?' herhaalde hij.

Roger wist krassend een 'ja' uit te brengen, wat hem redde van een volgende stomp.

'Als je dat meisje nog één keer aanraakt, kom ik achter je aan. Begrepen?'

'Ja, nazi-Jodenjoch.'

'Stomkop. De nazi's vermoordden de Joden juist.' De jongen smeet Roger als een lappenpop opzij.

Roger krabbelde van de grond op en holde achter zijn vrienden aan. Maar nadat die gezien hadden hoe Roger zo totaal werd vernederd, waren ze allang verdwenen.

Lisa keek naar de jongen die naast haar stond. Hij was niet veel langer dan zij, maar pezig en sterk. Zijn kleren waren oud en versteld en zijn dunne benen staken uit stevige werklaarzen. Hij had kortgeknipt donker haar, bruine ogen, een prominente neus en een brede mond. Toen hij grijnsde zag ze dat hij een voortand miste.

'Zo, dat is geregeld,' zei hij weer in het Duits. 'Als het goed is, heb je geen last meer van hem.'

Lisa antwoordde ook in het Duits. 'Bedankt dat je me kwam redden.'

'Tuurlijk. Ik had al gezien dat ze je pestten op het schoolplein, maar daar kon ik er niet veel tegen doen. Te veel mensen. Dat had problemen kunnen opleveren!'

'Zit je bij mij op school?' vroeg Lisa. 'Ik heb je daar niet gezien.'

'Nog maar pas,' antwoordde de jongen. 'Heinrich Schwarz, tot je dienst.' Hij maakte een grappig buiginkje. 'Al heet ik nu Harry Black.'

'Ik ben Lisa. Lisa Becker. Waar kom je vandaan? Ben jij ook met de trein gekomen?'

'Dezelfde trein als jij,' antwoordde Harry. 'Ik zag je op het station van Frankfurt en ook in Londen.'

'O ja?' Lisa was stomverbaasd. 'En je herkende me op school?'

'Ik zag dat die jongens je treiterden, en toen ik besefte waarom, herinnerde ik me weer dat ik je in de trein had gezien.'

Lisa schudde ongelovig haar hoofd. 'Nou, daar ben ik heel blij mee.'

'Woon je hier ergens bij een pleeggezin?'

'Ja, de Federmans.'

'Aardige lui?'

'Ja, ze zijn wel oké. Ze zijn aardig voor me en proberen me met dingen te helpen. Het gaat al gemakkelijker nu ik een beetje Engels spreek. En jij? Woon jij ook bij een pleeggezin?'

'Nee, niet meer,' antwoordde Harry vlak. 'De pleegouders en ik konden het niet met elkaar vinden, dus ben ik weggegaan.'

Lisa staarde hem verbaasd aan. 'Ben je gewoon de deur uit gelopen?'

'Niet helemaal. Ze gingen klagen bij de mensen van Bloomsbury en ik werd verkast. Nu woon ik in een hostel in Stoke Newington. Dat is stukken beter. Ik kan komen en gaan wanneer ik wil.'

'Maar je gaat wel naar school?'

'Dat is onderdeel van de afspraak,' zei Harry. 'Ik mag in het hostel wonen, maar ik moet wel naar school totdat ze een baan voor me vinden.'

'Een baan?'

'Ja, ik word deze maand vijftien. Ik moet de kost toch verdienen?'

Lisa keek nog eens naar hem. Hij zag er niet uit als vijftien. In sommige opzichten leek hij jonger – hij was klein voor zijn leeftijd – maar in andere opzichten juist ouder. Er was een soort wereldwijsheid in zijn gezicht te zien, het air van iemand die voor zichzelf kon zorgen.

Zijn ontbrekende voortand wees erop dat hij vaker had gevochten, en ze wist al dat hij snel was met zijn vuisten.

'Waar heb je zo leren vechten?' vroeg ze. 'Tegen alle vier, in je eentje!'

Harry snoof achteloos. 'Die lui? Die stellen niks voor.' Zijn gezicht verhardde. 'Ze zijn niks vergeleken met de Hitlerjugend van Hanau. Je moest wel voor jezelf kunnen opkomen tegen die gasten.'

'Hanau?' Lisa dook daar meteen bovenop. 'Kom je uit Hanau? Echt waar? Ik ook!' Tranen vulden haar ogen toen ze naar Harry keek. Harry was een jongen uit een ander leven, iemand van thuis, die zich 'vroeger' herinnerde.

'Hé,' zei Harry opgelaten. 'Ga nu niet staan janken!'

'Ik jank niet,' protesteerde Lisa, woest knipperend met haar ogen. 'Ik kan gewoon niet geloven dat je van thuis komt.'

'Dat is thuis niet meer,' zei Harry. 'Ik ga nooit meer terug.'

'Maar... je ouders dan... je familie?' vroeg Lisa aarzelend.

'Die zijn er niet meer.' Harry's toon maakte duidelijk dat hij er niet over wilde praten, en hij veranderde abrupt van onderwerp. 'Wie is dat meisje met wie je omgaat? Ik zie jullie heel vaak samen.'

'Dat is Hilda.' Lisa legde uit hoe Hilda en haar familie haar hielpen Engels te leren.

'Dus zij is wel oké?'

'Ja, we zijn goede vriendinnen. Ik ga vaak na school met haar mee naar huis.'

'Maar niet vandaag. En daardoor kreeg dat tuig hun kans.'

'Ja, dat zal wel.' Lisa keek een beetje ongerust om zich heen. 'Ik kan beter gaan. Tante Naomi zal zich wel afvragen waar ik blijf.'

'Ik loop wel even met je mee,' zei Harry. 'Mijn bushalte is ook die kant op.'

Onder Harry's bescherming werd het leven op school een stuk gemakkelijker voor Lisa. Niemand belaagde haar meer op het speelplein, ze werd geleidelijk geaccepteerd door de andere meisjes in haar klas en deed mee met hun spelletjes. Ze plaagden haar wel met haar Engels, lachten als ze dingen verkeerd zei, maar het was goedmoedige plagerij en haar Engels bleef verbeteren. Ze ging nog steeds soms na school met Hilda mee en voelde zich altijd prettig in het huis van de familie Lang, alsof ze echt deel uitmaakte van het gezin.

Af en toe ging Hilda ook met Lisa mee naar huis, want Naomi wilde graag iets terugdoen. Maar de meisjes waren geen van beiden net zo op hun gemak in het kleine huis van de Federmans als bij de familie Lang. Lisa had het gevoel dat Hilda haar pleegouders veroordeelde en voelde zich merkwaardig beschermend ten opzichte van hen. Ze was op hen gesteld geraakt, vooral op oom Dan, en ze wilde niet dat Hilda op hen neerkeek.

Op andere dagen wachtte Harry op haar bij het hek van de school en liep dan met haar mee naar het eind van Kemble Street. Eerst dacht Lisa dat hij dat deed omdat Roger en zijn vriendjes haar misschien weer zouden gaan pesten, maar ze besefte al snel dat Harry gewoon eenzaam was. Hij zocht het gezelschap van iemand die de nachtmerrie van Duitsland ook had meegemaakt en die de angst begreep waarin ze zo lang hadden geleefd. Soms wandelden ze het park in en gingen op een bankje zitten kletsen. Als er niemand in de buurt was, spraken ze Duits; het was een opluchting om zich te kunnen uiten zonder te hoeven zoeken naar woorden, maar ze zorgden er wel voor dat ze Engels spraken wanneer iemand hen zou kunnen horen. Roger en zijn vriendjes waren niet de enigen voor wie ze moesten uitkijken; het anti-Duitse sentiment was begrijpelijk genoeg erg sterk.

Eerst vertelden ze allebei weinig over hun leven van vroeger, maar geleidelijk aan begonnen ze te praten over de mensen die ze hadden achtergelaten. Lisa vertelde Harry over haar ouders en Martin, en eindelijk kon ze vertellen wat hun was overkomen aan iemand die het begreep. Omdat ze allebei dezelfde dingen hadden meegemaakt, begon er een bijzondere band tussen hen te ontstaan.

Net als Lisa's vader was ook Harry's vader gearresteerd in de Kristallnacht, waarna de jonge Heinrich alleen was achtergebleven met zijn gehandicapte moeder. Ze hadden geen geld en ook weinig manieren om aan inkomsten te komen. Harry was de straat op gegaan en had hier en daar wat geld verdiend met vuil werk dat was voorbehouden aan de Joden: goten reinigen of graffiti met de tekst *Juden raus* van muren en ramen poetsen, zodat de nieuwe Duitse bewoners er niet aan zouden worden herinnerd dat er ooit Joden in hun huizen hadden gewoond. Hij stal ook wel eens van marktkramen en af en toe uit de collectebus van de plaatselijke kerk, maar bleef altijd op zijn hoede voor de Hitlerjugend, die ervan genoot om iedere onfortuinlijke Jood die hun pad kruiste te treiteren. Daardoor was hij een taaie straatjongen geworden, een wildebras die hard en smerig vocht om zichzelf te beschermen tegen de bendes. Op een dag ontving zijn moeder per post de mededeling dat haar man, Ezra Schwarz, in de gevangenis was overleden aan koorts. Er werd geen nadere verklaring gegeven. Harry was kwaad op alles en iedereen; zijn moeder leek het op te geven en gewoon weg te kwijnen. Binnen een maand overleed zij ook en was Harry een wees.

'En wat deed je toen?' vroeg Lisa.

'Hanau was te riskant geworden voor Joden, dus ging ik naar Frankfurt. Er was daar nog een Joodse gemeenschap. Ze brachten me onder in een weeshuis en later zetten ze me op de trein, en zo ben ik hier beland. En hier zal ik blijven.'

Net als Lisa was ook hij niet opnieuw geëvacueerd toen de oorlog met Duitsland zich naar Engeland uitbreidde; op die dag waren ze allebei nog te kort hier, ze waren al vluchtelingen en konden niet nog verder vluchten.

Lisa nam Harry niet mee naar huis om kennis te maken met tante Naomi en oom Dan. Ze wist intuïtief dat vooral tante Naomi hem niet zou goedkeuren. Hoewel ze in een gewone volksbuurt woonden had tante Naomi heel hoge normen. Haar huis, hoe klein het ook was, was altijd onberispelijk, het stoepje geveegd en de ruiten stralend schoon. Lisa mocht alleen naar school in schone en gestreken kleding, en het eten dat op tafel werd gezet was eenvoudig maar altijd goed klaargemaakt. Zelfs met hun beperkte inkomen wist tante Naomi haar kleine gezin goed te voeden. Ze zou beslist niet blij zijn met een straatschoffie als Harry, in zijn sjofele kleren en werklaarzen. Stiekem wist Lisa wel dat haar eigen moeder hem ook niet zou goedkeuren. Thuis in

Hanau zouden ze elkaar nooit zijn tegengekomen, want hun families kwamen uit heel verschillende sociale kringen, maar hier was Harry bijzonder. Hij was Lisa's enige connectie met thuis, en dus bracht ze hem niet eens ter sprake in Kemble Street.

Het was jammer dat Lisa's twee vrienden, Hilda en Harry, elkaar niet lagen. Hilda wist dat Harry Lisa had gered, maar ze mocht hem niet. Ze vond hem niet het soort persoon dat iemand zoals Lisa zou moeten kennen en was verbaasd dat ze bevriend met hem bleef. Harry, op zijn beurt, vond Hilda maar een snobistische kleine madam. Ze woonde in een chique huis en hij zei dat ze op hem neerkeek. Hun wederzijdse antipathie hield hen bij elkaar weg, maar Lisa putte kracht uit hen allebei.

4

September 1939

Toen Harry een pakje sigaretten jatte van een van de marktkramen in Petticoat Lane, werd hij bij zijn oor gegrepen door een grote kerel met rood haar, die hem pijnlijk strak vasthield en hem meesleurde naar de Black Bull; de pub die het hoofdkwartier was van zijn baas Mikey Sharp.

'Ik heb dit ettertje betrapt op stelen van je kraam,' zei hij, en hij gaf Harry zo'n zet dat die op de vloer aan Mikeys voeten belandde.

'O ja?' Mikey keek belangstellend op Harry neer. 'Heb je van me gestolen, zonnestraaltje?'

'Alleen maar Woodbines,' zei Harry met overslaande stem. 'Tien maar.'

'Alleen maar Woodbines,' herhaalde Mikey alsof hij de misdaad overpeinsde. 'Tien maar? Wat zou er gebeuren als iedereen dacht dat ze zomaar saffies van mijn kraam konden jatten? Waar zou ik dan blijven?'

'Weet ik niet, meneer,' zei Harry ellendig.

'Nee, ik ook niet,' zei Mikey. 'Nou, dan moet je er maar voor betalen, op een of andere manier. Heb je geld?'

Harry was blij dat hij de paar munten die hij had in het hostel had achtergelaten. 'Nee, meneer.' Misschien zou hij nu een pak slaag krijgen, maar dat was hij wel gewend; het was een stuk beter dan dat ze zijn weinige geld afpakten.

'Hoe ga je me dan betalen?'

'Ik zou voor u kunnen werken,' stelde Harry met plotselinge dapperheid voor. 'Wat klusjes voor u doen en zo.'

Mikey keek hem een poosje speculerend aan. 'Je bent niet Engels, hè?' vroeg hij. 'Hoe heet je?'

'Harry Black, en ik ben nu wel Engels.'

'Nu wel?' Mikey trok één wenkbrauw op. 'Wat was je daarvoor dan?'

'Een vluchteling.'

'Uit?'

Harry dacht snel na. Geen Duitsland zeggen, dacht hij, want dan vermoordt hij je misschien. 'Gevlucht voor Hitler.'

'Dat betekent dan waarschijnlijk dat we aan dezelfde kant staan,' zei Mikey lachend. De man die Harry had gegrepen lachte ook.

Harry niet. Hij wist niet of het verstandig was. Hij bleef gewoon op de grond zitten en wachtte af.

'Volgens mij ben je Duits,' zei Mikey, en hij wachtte tot Harry knikte voordat hij eraan toevoegde: 'Maar niet zo'n verrekte nazi.'

Harry schudde heftig zijn hoofd. 'Nee! Geen nazi!'

'Mooi,' zei Mikey. 'Nou, zonnestraaltje, dat is dan prima, zolang je je maar gedraagt. Ik kan een knul zoals jij wel gebruiken. Spreek je ook Duits?'

Harry knikte.

'Natuurlijk. Zelfs dat zou nuttig kunnen zijn.' Mikey wendde zich tot de andere man. 'Oké, Rooie, terug naar de kraam. Ze zullen de helft van mijn spullen wel hebben gejat terwijl jij hier rondhing. Schiet op!'

'Ja, baas.' De man haastte zich naar buiten.

Mikey keek Harry weer aan. 'En hoe heet je dan… als je geen Harry Black heet?'

'Heinrich Schwarz.'

'Hmm. Ik weet namelijk graag wie er voor me werken. En dat is toch wat jij wilt? Voor me werken?'

Harry knikte.

'Nou, Harry, kom dan maar overeind en luister goed. Als ik je ooit weer betrap op jatten van mij of van mijn kramen, zul je wensen dat je nooit geboren was. Dat begrijp je wel, hè?'

Hoewel hij bang was knikte Harry. 'Ja, meneer.' Het zou een risico zijn, werken voor een man als Mikey, maar alles was beter dan teruggaan naar school.

De luchtaanvallen waren een paar dagen na de officiële oorlogsverklaring begonnen. De eerste keer dat de sirene zijn waarschuwing de vroege ochtendlucht in jankte, drongen de Federmans erop aan dat Lisa met hen meeging naar de schuilkelder.

Net als voorheen verstijfde ze in de deuropening en keek omlaag de ondergrondse kamer in, en Dan moest haar bijna de trap af slepen. 'Kom mee, lieverd,' zei hij bemoedigend. 'We moeten naar beneden. Het duurt vast niet lang.'

Toen Naomi achter hen aan kwam en de deur dichttrok, waaide door de tochtvlaag de kaars uit en zaten ze even in het pikkedonker. Lisa begon te gillen. Dan sloeg zijn armen om haar heen en sprak sussend tegen haar. 'Het is al goed, meisje, niks aan de hand.' Ze bleef verstijfd zitten, hijgend, totdat Naomi een lucifer afstreek en de kaarsen in de bierflesjes aanstak, het enige licht dat ze hadden. De luchtaanval duurde twee uur, en al die tijd bleef Lisa stram van angst.

Dan en Naomi spraken op gedempte toon met elkaar.

'Denk je dat het elke keer als er een aanval is zo zal gaan?' vroeg Naomi.

'Laten we hopen van niet,' zei Dan. 'Misschien went ze er wel aan. Ze is doodsbang, die arme meid.'

Toen het sein veilig eindelijk werd gegeven, sprong Lisa overeind en ze rende naar boven. Ze duwde de deur open en was al buiten in de frisse ochtendlucht voordat Dan en Naomi zelfs maar waren opgestaan.

'Ik weet niet wat ik met haar aan moet,' vertelde Naomi later in vertrouwen aan Mary. 'Ze is echt bang om ingesloten te zijn. We zouden ook naar de openbare schuilkelder in Hope Street kunnen gaan, maar Dan denkt dat het daar misschien nog erger is.'

'Lastig,' zei Mary peinzend. 'Ik weet het ook niet. Moet je per se de deur dichtdoen? Stomme vraag, natuurlijk moet dat.'

‘Ik weet trouwens toch niet of dat zou helpen,’ zei Naomi. ‘Konden we het maar fatsoenlijk met haar bespreken, er misschien achter komen waardoor ze dat heeft.’

Ze wachtten allemaal angstig op de volgende sirene, maar de dagen werden weken en er was geen spoor van de Luftwaffe. Iedereen begon zich een beetje te ontspannen, behalve misschien de luchtaanvalspotters. De verduistering werd strikt gehandhaafd en de spotters patrouilleerden over de straten zodra het donker werd, en ze klopten op deuren waar gevaarlijk licht langs slecht passende gordijnen naar buiten lekte. Iedereen droeg nog wel overal een gasmasker mee, en op scholen en bedrijven werden regelmatig oefeningen met de gasmaskers gehouden.

Op een ochtend nadat Lisa naar school was gegaan, plofte er een envelop op de mat; een envelop met Zwitserse postzegels en geadresseerd aan Lisa in een net, puntig handschrift. Naomi raapte hem op en bekeek hem.

Zal dit de brief van haar ouders zijn waarnaar ze zo heeft verlangd? dacht ze, terwijl ze hem in de keuken op de schoorsteenmantel zette. Ik hoop het maar, want het valt haar zo zwaar om helemaal niets te horen.

Dan en zij wisten allebei dat Lisa naar Nikolaus had geschreven en nog geen antwoord had gekregen, maar ze durfden er geen van beiden over te beginnen uit angst een gedeeltelijk geheelde wond weer open te halen.

De ochtend ging traag voorbij en Naomi was zich doorlopend bewust van de dikke envelop die tegen de klok stond te wachten, met wie weet wat voor nieuws over Lisa’s familie. Ze wenste dat Dan thuis was, zodat ze er allebei zouden zijn wanneer Lisa thuiskwam van school, maar Dan was op pad met zijn taxi en zou pas ’s avonds terugkomen. Moest ze de brief verstoppen totdat Dan thuiskwam? Hem bewaren tot een moment waarop ze alle drie samen waren?

Ik ga wel even naar Mary, dacht Naomi. Kijken wat zij ervan vindt.

Ze haastte zich naar de Duke of Wellington en trof Mary daar, bezig de lunchgasten te bedienen in de pub.

'Ik weet niet wat ik moet doen,' zei Naomi tegen haar. 'Er is een brief uit Zwitserland gekomen voor Lisa. Ik geloof dat ze daar familie heeft, dus ik hoop dat het goed nieuws is over haar ouders, maar Dan is niet thuis, en stel nou dat het géén goed nieuws is...'

'Voor het geval het geen goed nieuws is, kom ik wel naar je toe voordat ze thuiskomt van school,' zei Mary glimlachend. 'Maak je geen zorgen, ik zal er zijn. We sluiten om twee uur, en Tom en Betsy kunnen wel alleen opruimen.'

Na de officiële oorlogsverklaring had Lisa geweten dat ze niet meer rechtstreeks naar haar familie kon schrijven, en op advies van haar moeder had ze hun geschreven per adres Nikolaus Becker in Zürich. Ze had nog geen antwoord gekregen en wist niet eens zeker of de brief wel bij Nikolaus was aangekomen. Ze schreef er nog een, deze keer aan de man zelf, waarin ze vroeg of hij haar brief had ontvangen. Het duurde enige tijd voordat Nikolaus antwoordde dat hij de brief inderdaad had doorgestuurd, maar nog niets had gehoord.

Lisa had zich vastgehouden aan de hoop dat Nikolaus meer nieuws over haar familie zou hebben. Ze smachtte ernaar om van hen te horen, zeker te weten dat het goed met hen ging en of ze nog steeds in Hanau woonden, in hetzelfde flatje dat zij vijf maanden eerder had verlaten.

'Denk je dat het goed met ze gaat?' vroeg ze toen Harry 's middags een keer met haar mee naar huis liep van school, verlangend naar geruststelling om haar hoop aan op te hangen.

Harry haalde zijn schouders op. 'Dat weet ik toch niet?' Toen hij zag dat ze daar van streek over was, zei hij: 'Het gaat waarschijnlijk wel goed met ze als ze zich gedeisd houden en geen aandacht op zich vestigen. De nazi's hebben nu wel andere dingen aan hun hoofd, hè? Ze zijn in oorlog met iedereen: Polen, Engeland, Frankrijk. Ze hebben geen tijd om zich druk te maken om een paar Joden die hun kostje nog bij elkaar schrapen in een of ander stadje ergens. Dat is logisch.'

'Ja, je zult wel gelijk hebben.' Lisa wilde zijn uitleg graag geloven, want het alternatief was te verschrikkelijk om over na te denken. Ze dacht graag dat haar ouders en Martin sterk voor elkaar konden zijn.

Harry veranderde van onderwerp. 'Ik kom trouwens na de kerst niet meer terug naar school. Ik heb een baan.'

'Wat voor baan?'

'Boodschappenjongen.'

'Bóódschappenjongen?'

'Zeg het niet op zo'n toon. Het is een baan, oké? Ik krijg ervoor betaald. Ik ga werken voor een vent met een marktkraam, spullen bezorgen.'

'Wat voor spullen?' vroeg Lisa geïntrigeerd.

Harry tikte grijnzend tegen de zijkant van zijn neus. 'Gewoon spullen,' zei hij. 'Hij regelt spullen voor mensen, dingen die ze willen hebben.'

'Zwarte markt?' riep Lisa.

'Ssst!' Harry keek ongerust om zich heen. 'Natuurlijk niet. Het is allemaal legaal.' Hij grijnsde. 'Hoe dan ook,' ging hij door, 'ik ben nu een man met een baan, dus ik ga van school af.'

'Dan zie ik je dus niet meer,' zei Lisa teleurgesteld.

'Natuurlijk wel,' stelde Harry haar gerust. 'Alleen niet op school. Maar als die etterbak van een Roger je nog een keer lastigvalt, moet je het zeggen, dan kom ik terug en breek zijn nek.'

'Dat doet hij niet,' zei Lisa. 'Hij laat me nu met rust.'

'Ja, nou, anders moet je het me laten weten,' zei Harry duister. 'Zeg... We zouden morgen naar het westen kunnen gaan. Wat denk je daarvan?'

'Naar het westen?' herhaalde Lisa onzeker. 'Hoe bedoel je?'

'Het West End. Buckingham Palace en Trafalgar Square. De winkels bekijken en zo.'

'Dat vindt tante Naomi vast niet goed.'

'Vraag het haar dan niet,' antwoordde Harry. 'We gaan gewoon.'

Lisa dacht erover na. Het was verleidelijk. Ze was nog amper buiten Shoreditch geweest sinds ze hier woonde en wilde graag de beroemde plekken van Londen zien, de plekken waarover ze al had gehoord voordat ze hierheen kwam.

'Kom op,' zei Harry grijnzend. 'Ga nou gewoon mee.'

'Jij hebt makkelijk praten.' Lisa porde hem in zijn ribben. 'Jij kunt gewoon je hostel uit lopen en niemand vraagt jou waar je heen gaat. Tante Naomi laat mij niet ver weg gaan. Ze wil altijd weten waar ik ben en met wie.' Ze keek zijdelings naar Harry. Zijn donkere, krullende haar moest nodig worden geknipt. Hij had een schram op zijn wang en een veeg modder onder zijn kin. Hij was altijd modderig of bloederig, of allebei. Had altijd ruzie of problemen. 'Jou zou ze niet goedkeuren!'

'Waarom nou niet?' riep Harry. 'Wat is er mis met mij?'

'Niks,' zei Lisa grijnzend, 'maar ze houdt me het liefst dicht bij haar. Ze laat me naar Hilda's huis gaan omdat ze Hilda's ouders kent, maar jou kent ze niet.'

'Zeg dan gewoon dat je daarheen gaat. Kom op, Lisa, laten we een beetje lol maken.' Ze waren aan het begin van Kemble Street aangekomen, waar Harry op de hoek bleef staan. 'Tot morgenochtend,' zei hij alsof alles was geregeld. 'Ik wacht op je in het park.'

'Ik weet niet hoe laat ik zal kunnen komen,' zei Lisa, terwijl ze besefte dat ze door de knieën ging.

'Ik wacht wel.'

'Goed dan. Maar ik ga niet met de metro. Ik ga niet onder de grond!'

'Nee, oké,' beloofde Harry meteen. 'We gaan wel met de bus.'

'Heb je geld voor de bus?'

Harry grijnsde. 'Maak je daar maar niet druk om. Ik kan wel aan geld komen.'

Lisa rende het laatste stukje naar huis. Het was bitterkoud geworden; ze had te lang buiten gelopen en wilde de warmte in.

Mary en Naomi zaten met een pot thee in de keuken, en ze plofte op een stoel bij hen neer. De keuken was de warmste kamer van het huis, maar nu de haard nog niet was aangestoken, was het er toch decemberkoud.

'Thee, lieverd?' vroeg Naomi en ze keek naar Lisa's vurige gezicht. 'Je zult het wel ijskoud hebben.'

'Ja, alsjeblieft, tante Naomi.'

Naomi schonk een beker thee voor haar in en vulde die van haar en Mary bij.

Lisa sloeg haar handen om de beker heen voor de warmte en nam kleine slokjes van de hete thee.

Naomi pakte een brief van de schoorsteenmantel en legde hem op tafel. 'Deze is vanochtend voor je gekomen, Lisa.'

Lisa keek er een hele poos naar en toen zette ze haar beker neer, pakte de envelop en draaide hem om. 'Van Nikolaus in Zürich,' zei ze. De envelop was dik en gaf mee. Wat kon erin zitten? Een brief van haar moeder? Dat moest het zijn. Ze scheurde hem open. Er viel een kleinere envelop uit, gewikkeld in een velletje papier. Lisa keek naar de tweede envelop, in het puntige handschrift van Nikolaus geadresseerd aan haar ouders in Hanau. Hij was opengemaakt en op de achterkant stond een vlekkerige zwarte stempel met de tekst VERTROKKEN. In de envelop zat de brief die Lisa weken eerder aan haar ouders had gestuurd. Ze voelde dat de kleur uit haar gezicht wegtrok en liet hem op tafel vallen. Mary en Naomi keken ongerust naar haar toen ze haar handen voor haar gezicht sloeg.

'Wat is er?' vroeg Mary zachtjes.

'De brief die ik naar mijn familie had gestuurd,' zei Lisa vlak. 'Hij is teruggekomen.' Ze las snel het briefje van Nikolaus dat erbij zat.

Lieve Lisa,

Ik had je brief doorgestuurd naar je ouders, maar zoals je ziet is hij teruggekomen. Ik vrees dat ik niet weet waar ze naartoe zijn gegaan, en ik zou ook niet weten hoe ik erachter kan komen. Ik hoop dat het je goed gaat bij je familie in Londen. Zodra ik weer iets hoor zal ik je schrijven.

Nikolaus Becker

Ze werd overspoeld door pijn; de pijn van de wanhoop. Vechtend tegen een brok in haar keel wist ze uit te brengen: 'Hij zegt dat hij geen nieuws heeft over mijn familie. Ze zijn weg. Nu heb ik niemand meer.' Ze griste beide brieven van tafel en rende de trap op naar haar slaapkamer.

Naomi en Mary keken elkaar ontzet aan. 'Arm kind,' zei Naomi zachtjes. 'Arm, arm kind. Zoals ze zegt: nu heeft ze niemand meer.'

'Ze heeft jullie,' antwoordde Mary ferm. 'Jou en Dan. Jullie zijn nu haar familie. Haar ouders.'

'Karige vervanging voor haar eigen vader en moeder,' verzuchtte Naomi.

'Maar levend en wel, en degenen die van nu af aan voor haar zorgen.'

'Het zal wel...' zei Naomi. 'Ik wou dat Dan hier was.'

'Hij komt straks terug,' zei Mary, 'maar intussen kun je beter naar haar toe gaan. Ze heeft je nodig.'

Naomi knikte en stond op. Stilletjes liep ze de trap op en bleef voor de deur van Lisa's kamer staan. Ze hoorde het meisje huilen en aarzelde. Moest ze haar alleen laten om zelf haar verdriet te verwerken, of moest ze naar binnen gaan en proberen haar te troosten? Ze keek om en zag Mary onder aan de trap staan, gebarend dat ze naar binnen moest gaan. Ze draaide zich weer om, klopte zachtjes aan en stapte de kamer in.

Lisa zat op haar bed, met de brieven tegen zich aan gedrukt en tranen op haar wangen. Naomi zei niets, maar liep naar haar toe, ging naast haar zitten en omhelsde haar. Ze was enorm gesteld geraakt op haar pleegdochter in de paar maanden dat ze nu bij hen was, en nu was ze waarschijnlijk nog de enige moeder die het kind had. Ze bewogen zich geen van beiden; Naomi hield haar armen om het meisje heen en Lisa hield zich aan haar vast, schokkend van het huilen.

Toen ze eindelijk een beetje uitgehuild was en zich losmaakte, haalde Naomi een zakdoek uit haar zak en Lisa snoot haar neus.

'Hier staat "vertrokken".' Lisa wees naar het vage stempel op de envelop. 'Waar zouden ze naartoe zijn? Niet naar Nikolaus. Hij weet niet waar ze zijn.'

'Misschien moesten ze gewoon verhuizen,' opperde Naomi. 'Naar een ander adres.'

'Dan zouden ze dat tegen Nikolaus zeggen. Hij is... Hoe zeg je dat? Hij zit in Zürich tussen ons in.'

'Nou, misschien hebben ze hem wel geschreven,' zei Naomi, die probeerde de moed erin te houden, 'en heeft hij hun brief gewoon nog niet gekregen.' Ze stond op, pakte Lisa bij de hand en trok haar overeind. 'Kom mee, lieverd,' zei ze, 'we moeten het eten gaan klaarmaken voor oom Dan.'

Toen ze weer in de keuken aankwamen, begon het donker te worden en was Mary weg.

'Ze is teruggegaan naar de Duke, neem ik aan,' zei Naomi, terwijl ze het verduisteringsscherm op zijn plek zette en het licht aandeed. Ze bukte zich om een lucifer bij het klaargelegde hout in de haard te houden, en meteen werd het gezelliger in de keuken. 'De pub gaat bijna open, dus Tom zal haar daar wel nodig hebben.'

'Zij is heel aardig,' zei Lisa met een blik op het woordenboek dat nog op de schoorsteenmantel lag. 'Maar hij mag me niet.'

'Wie? Tom? Natuurlijk mag hij je wel.'

'Nee, ik kwam hem op straat tegen en toen keek hij met een kwaad gezicht weg.'

'Dan moest hij zeker snel ergens naartoe,' zei Naomi. 'Hij heeft je vast niet gezien.' Maar diep in haar hart wist ze dat Lisa gelijk had. Tom was gevangengenomen door de Duitsers in de vorige oorlog en bijna verhongerd in een van hun krijgsgevangenenkampen. Ze wist maar al te goed dat Tom alles haatte wat Duits was. Ze had hem fronsend naar Lisa zien kijken, en dat had haar kwaad gemaakt. Lisa was nog maar een kind en had niets te maken met wat er in Duitsland gebeurde. Zij was een slachtoffer van deze oorlog, net zoals hij dat was geweest van de vorige.

Het was een grote opluchting voor Naomi toen Dan die avond thuiskwam. Terwijl ze zelf aardappels ging schillen, had ze Lisa bij het keukenvuur neergezet met de verstelmand om het meisje bezig te houden, zodat ze niet kon gaan piekeren.

'Nou, nou,' zei Dan, terwijl hij snel de deur achter zich dichtdeed om de warmte binnen te houden. 'Wat een drukke bezigheden hier.'

Hij kuste Naomi op de wang en gaf Lisa een klopje op haar hoofd. 'Stop je mijn sokken weer?' vroeg hij. 'Blij toe, want ik kreeg koude voeten.' Hij keek Naomi aan. 'Is er thee, schat?'

Terwijl Naomi water opzette en een schone kop en schotel pakte, ging Dan op zijn stoel zitten en keek naar Lisa. 'Heb je een goeie dag gehad, Lisa?' Die vraag stelde hij elke avond als hij thuiskwam. Het was bijna een spelletje geworden, waarbij Lisa naar de juiste woorden zocht om hem over haar dag te vertellen, maar deze avond keek ze niet op. Ze hield haar hoofd gebogen en leek zich te concentreren op haar stopwerk.

'Lisa heeft vandaag slecht nieuws gekregen, Dan,' zei Naomi zachtjes. Ze vertelde hem kort wat er was gebeurd. 'Zoals je kunt zien is ze erg overstuur.'

Dan legde zijn hand op die van Lisa. 'Wat vind ik dat erg om te horen, meisje. Maar wat er ook gebeurt, wij zijn er voor je. Tante Naomi en ik zijn je vader en moeder niet, dat weten we wel, maar je hebt ons.'

Lisa liet de sok die ze aan het stoppen was vallen en pakte zijn hand. Hoewel de tranen haar in de ogen sprongen, wist ze een bevend glimlachje op te roepen. 'Bedankt dat jullie zo aardig zijn,' zei ze. 'Ik bedank jullie, en mijn moeder bedankt jullie ook.' Haar zorgvuldige Engels klonk een beetje houterig, maar de Federmans hoorden dat het uit het hart kwam, en zelfs Dan kreeg tranen in zijn ogen.

5

December 1939

Lisa sliep niet goed die nacht. Ze werd geplaagd door dromen over de inval van de Gestapo en werd zwetend wakker, ervan overtuigd dat de man in de lange zwarte jas de trap op zou komen en haar zou vinden. Toen ze eenmaal wakker was, kon ze de slaap niet meer vatten. Ze lag te draaien en te woelen en bleef nazi's op de trap horen. Omdat ze tante Naomi en oom Dan niet wilde wekken, smoorde ze haar snikken in haar kussen. Haar pleegouders hadden allebei de hele avond geprobeerd haar op te monteren, maar zij had bijna niet kunnen praten.

Zodra het licht begon te worden, gaf Lisa pogingen om in slaap te komen op. Ze schoof het verduisteringsscherm voor het raam weg en ging naar buiten zitten kijken, naar de kleur die langzaam terugkwam in de huizen langs de straat achter die van hen. Terwijl ze daar zat nam ze haar besluit. Ze zou tegen Naomi zeggen dat ze naar Hilda's huis ging, en dan ging ze naar Harry in het park. Lisa wist dat Hilda nu niet degene was die ze nodig had. Harry wist hoe hun leven vroeger was geweest. Hij zou weten hoe ze zich voelde. Iemand die nooit in angst had geleefd voor de nazi's kon zich niet voorstellen hoe dat was, dag na dag, nooit wetend of ze je zouden oppakken. Dat je de Gestapo op straat tegenkwam en ze op je neerkeken gewoon omdat je een Joodse vader of moeder had. Heel veel mensen waren gevlucht, maar haar vader had er te lang mee gewacht. Lisa wilde bij Harry zijn, iets anders doen, iets waardoor ze de wanhopige eenzaamheid die haar verteerde kon vergeten, al was het maar een paar uur.

Ze was al beneden toen Naomi de keuken in kwam om het ontbijt klaar te maken.

'O, goed gedaan, Lisa, je hebt al water opgezet. Wil je ook de tafel dekken?'

Lisa dekte de tafel, terwijl Naomi eieren bakte en toast maakte.

'Tante Naomi, mag ik vandaag naar Hilda?'

Naomi keek glimlachend om. 'Als je bent uitgenodigd.'

'O ja,' loog Lisa. 'Om de hele dag te komen.'

'Dan mag het natuurlijk,' zei Naomi.

Met een licht schuldgevoel omdat ze tegen tante Naomi had gelogen, maar vastbesloten te gaan, liep Lisa na het ontbijt naar het park.

Harry zat te wachten op hun bankje en gooide kiezels in de vijver. 'Ik wist wel dat je zou komen,' zei hij grijnzend, maar zijn grijns verpieterde toen hij haar bleke gezicht zag. 'Hé, meid, wat is er?'

Lisa plofte naast hem neer. 'Ik heb een brief gekregen.'

'Van je familie?'

'Nee, die zijn daar niet meer,' antwoordde ze, en haar stem brak op een snik. Ze vertelde hem wat Nikolaus had geschreven.

Toen ze klaar was stond Harry op, pakte haar hand en trok haar overeind. 'We hebben elkaar nog,' zei hij, 'wij wezen. Jij en ik. Dus kom mee, we gaan naar het westen, kijken wat daar allemaal is.'

Lisa wist niet zeker welke reactie ze van Harry had verwacht, maar niet deze. 'Naar het westen? Vandáág?'

'Je moet nu je eigen leven vormgeven,' zei hij. 'Dat heb ik ook op de harde manier geleerd. Je moet voor jezelf zorgen. We zijn geen kleine kinderen meer. Dus gaan we door. En vandaag gaan we naar het westen om dingen te bekijken. Kom mee, Lisa, het wordt een bijzondere dag.'

Nog steeds onzeker liet Lisa zich meevoeren naar de bushalte bij de ingang van het park.

'We kunnen vanaf hier de bus nemen,' zei hij, en een paar minuten later stak hij zijn hand op en hield lijn 22 aan. 'Kom mee.' Hij ging haar voor naar boven en liep helemaal naar de voorkant van de bus. Naast elkaar gezeten keken ze naar de straten van Londen, net zoals Lisa die eerste dag op weg vanaf station Liverpool Street had gedaan. Bussen, auto's, vrachtwagens, taxi's; ze kwamen van alle kanten, toeterend en met brullende motoren. De stoepen waren vol mensen die winkels en kantoren in en uit gingen of in de doolhof van straten achter de doorgaande weg verdwenen. Maar inmiddels was Lisa aan de drukte gewend en ze keek belangstellend naar buiten.

'Je hebt hier een goed uitzicht,' zei ze. 'Ik ben blij dat we boven zijn gaan zitten.'

'Boven is het beste,' beaamde Harry. 'Je zult het wel zien.'

'Heb je echt geld voor de kaartjes?' vroeg ze zachtjes.

'Nee, maar dat maakt niet uit, wacht maar af.'

Een halte of wat verderop verscheen de conducteur, die door het gangpad liep om het bustarief te innen. 'Plaatsbewijzen,' zei hij toen hij bij hen was aangekomen.

Harry voelde in zijn zak. Hij stond op en voelde in de andere zak, en toen schudde hij zijn hoofd. 'Mijn geld,' zei hij met zijn vette accent. 'Waar is mijn geld? Het is weg!' Hij doorzocht theatraal zijn lege zakken.

Maar de conducteur liet zich niet bedotten. 'Eruit!' brulde hij. 'Die trap af en de bus uit!'

'Ja, ja, we gaan al. Sorry!' Harry greep Lisa bij de hand en trok haar haastig mee door het gangpad en de trap af. De conducteur rinkelde met het belletje, en zodra de bus bij de volgende halte stopte, sprongen Harry en Lisa eruit. Toen de bus doorreed en zij op de stoep achterbleven zei Harry: 'Zie je? Makkie!'

'Harry, heb je helemaal geen geld?' vroeg Lisa.

'Niet voor buskaartjes, nee,' antwoordde Harry vrolijk. 'Kom op, daar is de volgende bus al.' En hij stak zijn hand weer op.

Ze moesten zes bussen nemen voordat ze op Piccadilly Circus aankwamen, maar Harry's systeem werkte, en zodra Lisa eenmaal wist hoe het ging, volgde ze zijn voorbeeld en giechelde ze als ze weer door een kwade conducteur een bus uit werden gezet.

Het was een mooie decemberochtend, met een strakblauwe hemel en een waterig winterzonnetje, maar het was bitterkoud. Lisa huiverde ondanks haar winterjas. Harry, met alleen een colbert aan, leek geen last te hebben van de kou.

Het was de zaterdag voor kerst. Mensen haastten zich over de stoepen en gingen winkels in en uit om hun laatste kerstinkopen te doen.

Ondanks de oorlog was iedereen vastbesloten om het feest niet door Hitler te laten verpesten. Er lagen misschien minder dingen in de winkels en de cadeaus die werden gekocht waren wat ongebruikelijker, maar als je naar de kerstversieringen en drukte op straat keek, zou je kunnen denken dat alles normaal was. Dat was natuurlijk niet zo; het was maar al te duidelijk dat het land in oorlog was. Soldaten in uniform, voor de kerstdagen met verlof, liepen te midden van het winkelende publiek beladen met pakjes. Iedereen had een gasmasker over zijn schouder hangen, er hingen bordjes om mensen de weg te wijzen naar openbare schuilkelders, en een enorm bord aan de gevel van het grote warenhuis Swan & Edgar spoorde iedereen aan om een moestuin te beginnen en te GRAVEN VOOR DE OVERWINNING!

Midden op Piccadilly Circus, waar Eros boven op een fontein had moeten staan, was nu een vreemde kegel van planken en zandzakken te zien. Eros was weggehaald en de fontein was afgedekt. Rondom de voet van de kegel hing een spandoek met de tekst: *Maak ze blij! Bescherm ze! Kerstfonds voor kinderen.*

Dit jaar zou het een heel andere kerst worden. Veel kinderen zouden de kerstdagen niet thuis doorbrengen; kinderen die waren geëvacueerd uit angst voor de bombardementen. Aangezien die er in de stad zelf nog niet waren geweest, begonnen ouders hun kinderen weer naar huis te halen, iets wat de overheid graag wilde ontmoedigen. Toch zouden nog veel gezinnen deze kerst van elkaar gescheiden zijn, en er was een kerstfonds opgericht om extra cadeaus uit te delen aan die kinderen.

Harry en Lisa stonden langs de weg en keken naar het verkeer rondom de ingepakte fontein, vol ontzag over de eindeloze drukte op het beroemde Piccadilly Circus.

'Je zou niet denken dat het oorlog is,' zei Lisa. 'Niet echt. Moet je al dat verkeer zien.' Benzine was gerantsoeneerd, wist ze, want oom Dan kreeg nu een beperkte hoeveelheid voor zijn taxi, maar hier leken er niet minder voertuigen op de weg te zijn. Er werd getoeterd, mannen riepen, motoren brulden, een man op een fiets zwenkte tussen de rijen auto's door.

Hoog boven hen hingen enorme reclameborden voor Bovril, Coca-Cola en Wrigley's kauwgum, dingen waar nu bijna onmogelijk aan te komen was, en de beroemde Guinness-klok tikte de minuten van de drukke zaterdagochtend weg. Boven dat alles hingen gigantische sperballonnen, als zilveren walvissen zwevend tegen de ijsblauwe hemel.

'Denk je dat die ballonnen de bommenwerpers zullen tegenhouden?' vroeg Lisa zich hardop af, terwijl ze ernaar keek.

'Als ze laag aankomen wel,' zei Harry. 'Maar in elk geval komen ze niet vandaag.'

'Misschien komen ze helemaal niet,' zei Lisa hoopvol.

'O, ze komen wel,' verzekerde Harry haar. 'Hitler zal heus niet zeggen "Bedankt voor Polen, nu blijf ik maar hier," hè?' Hij draaide zich om en liep in de richting van Piccadilly.

'Zullen we de winkels in gaan?' vroeg Lisa. Ze wilde dolgraag een van die hoge, elegante gebouwen in om te kijken wat ze daar verkochten. Ze liep naar Swan & Edgar en bekeek de etalage.

'Oké,' verzuchtte Harry, 'maar niet heel lang, hoor.'

Binnen dwaalden ze over de verschillende afdelingen. Lisa wenste dat ze wat geld had. Ze had graag iets willen kopen voor tante Naomi en oom Dan.

Harry was het rondkijken in de winkel al snel zat en dirigeerde haar terug naar de straat. 'Kom op,' spoorde hij haar aan, 'we gaan deze kant op. Iets te eten halen.' Hij beende langs Piccadilly weg.

Lisa moest bijna rennen om hem bij te houden. 'Vanwaar die haast?' vroeg ze hijgend. 'Rustig even.'

Harry vertraagde uiteindelijk zijn pas, en toen haalde hij een zijden sjaal uit zijn zak en knoopte die om zijn nek. 'Je had gelijk,' zei hij grijnzend. 'Ze hadden daar best goeie spullen.'

'Harry! Die heb je gestolen!' riep Lisa.

'Ze hadden er een heleboel liggen, dus ze kunnen er best eentje missen...' Hij reikte weer in zijn zak. 'En deze is voor jou.' Hij gaf haar een ketting van blauwe kralen. 'Vrolijk kerstfeest!'

Ze liepen verder langs Piccadilly en stopten bij het Ritz om naar de rijke mensen te kijken die er gingen lunchen: dames in bontjassen aan de arm van officiers in uniform, goedgeklede heren in mohairjassen die aankwamen in taxi's.

'Rijkelui,' zei Harry ongeïnteresseerd. 'Snobistische rijkelui. Net als de nazi's.'

Op zijn gemak in de anonimiteit van de drukke straten was Harry weer Duits gaan spreken.

Nog terwijl hij het zei belandde er een hand op zijn schouder, die hem vasthield met een greep als een bankschroef. 'Je moet een beetje inbinden, straatschoffie.' Een lange man in onberispelijke burgerkleding torende boven hem uit en sprak tegen hem in het Duits. 'Oppassen met wat je zegt over de mensen die je hebben binnengehaald en een thuis hebben gegeven.'

'Jij weet niks van mij,' antwoordde Harry vol bravoure.

'Ik weet dat je een vluchteling bent, jongeman. Niet alleen doordat je Duits spreekt, maar omdat het voor iedereen overduidelijk is. Moet je jezelf nou zien! Moet je die kleren zien! Ondankbare straatkinderen zoals jij zouden ze moeten terugsturen naar waar jullie vandaan komen.' De vingers verstrakten hun greep op Harry's schouder, en hij slaakte een kreet van pijn.

'Laat hem los!' gilde Lisa. 'Hij heeft u niks gedaan.'

'Nou, kleine madam, jij bent er ook zo een! Zijn jullie aan het zakkenrollen, soms? Aan het stelen?' Hij keek argwanend naar Harry's zijden halsdoek. 'Ik zou hier maar heel snel wegwezen als ik jullie was, voordat ik de politie erbij roep.'

Op dat moment stapte de portier van het Ritz naar voren en vroeg: 'Is er soms een probleem, sir Edward?'

'Nee, alleen maar een paar onbeschofte Duitse kinderen die lastig doen.' Sir Edward liet Harry's schouder los. Hij gaf hem een oorvijg waardoor Harry wankelde en op zijn achterwerk belandde, draaide zich om en liep het hotel in.

'Gaan jullie er nou maar vandoor,' beet de portier hun toe. 'Kom op! Wegwezen.'

Harry krabbelde overeind en ze slopen weg.

'Typisch Teddy Marshway,' zei een lijzige vrouwenstem. 'Hij vergeet graag dat zijn moeder Duits was.' Ze sprak Engels, maar de kinderen begrepen het meeste van wat ze had gezegd en draaiden zich om.

Het was een lange dame in een zwarte bontjas en met een bijpassende muts op haar sluike blonde haar. 'Let maar niet op hem. Hij is altijd al een bullebak geweest.' Ze reikte in haar handtas en haalde er twee shilling uit. 'Hier. Deze kunnen jullie vast wel gebruiken. Vrolijk kerstfeest.'

Harry griste de munt uit haar hand en stopte hem met een gemompeld 'bedankt, mevrouw' in zijn zak. Hij greep Lisa's hand en trok haar mee.

Achter hen hield de norse portier de deur voor de dame open en zei: 'Goedemiddag, lady Meldon.'

Verderop bleef Harry staan om even uit te blazen. 'Op een dag loop ik dat hotel binnen en zal die kerel de deur voor míj openhouden.'

Halverwege de middag waren ze via Green Park naar de top van The Mall gelopen, starend naar de met zandzakken ingepakte gevel van Buckingham Palace.

'Denk je dat de koning thuis is?' vroeg Lisa. 'Ik zou hem best willen zien.'

'Niet als hij slim is,' antwoordde Harry. 'Hij hoeft niet in Londen te blijven, hè? Hij heeft overal paleizen.'

Ze liepen door tot ze uiteindelijk bij Trafalgar Square aankwamen, waar ze opkeken naar Nelson op zijn pilaar, hoog en trots afstekend tegen de lucht.

'Ik geef hem niet veel kans als de bombardementen echt beginnen,' zei Harry. 'Ze hebben de onderkant wel ingepakt, zie je, maar dat zal niks uithalen tegen een bom.'

Ze liepen over het plein, bewonderden de leeuwen en gingen op het trapje van de National Gallery zitten om samen een pasteitje van een kraampje te delen, en een nogal oud uitziende chocoladereep die Harry nog in zijn zak had zitten. De fonteinen waren niet aan, maar toch waren ze allebei van alles onder de indruk.

Het begon bewolkt te raken en was inmiddels heel koud geworden.

De grijze wolken leken beladen met sneeuw, en Lisa keek er ongerust naar. Terwijl ze dat deed, ving ze een glimp op van de klok op de toren van St Martin-in-the-Fields en zag hoe laat het was.

'Harry!' riep ze, en ze greep zijn hand. 'Het is al bijna vier uur!'

'Nou en?'

'Ik moet naar huis. Voordat het donker wordt. Tante Naomi zal zich afvragen waar ik ben. Misschien gaat ze me wel zoeken bij Hilda thuis!'

'Oké.' Harry klonk nog steeds totaal onbezorgd. 'Kom dan maar, dan zoeken we een bushalte.'

'We hebben geen tijd om steeds van bus te wisselen,' zei Lisa. 'We moeten het buskaartje betalen.'

'Zonde van het geld,' vond Harry.

'Maar Harry, we kunnen het geld gebruiken dat die mevrouw ons heeft gegeven.'

'Jij wel, als je wilt,' zei Harry. Hij gaf haar een sixpence en hield een bus naar Shoreditch aan.

'Ga jij niet mee?' vroeg Lisa ongerust.

'O, best,' zei Harry zuchtend. 'Maar ik ga niet betalen.'

Ze stapten in de bus en liepen door naar boven. Toen de conducteur kwam, betaalde Lisa voor haar kaartje, maar Harry deed zijn 'geen geld'-toneelstukje weer en werd er bij de volgende halte uit gezet.

En dus moest Lisa alleen terug naar Kemble Street. Het was bijna donker en ijzig koud. Sneeuwvlokken die omlaagkwamen uit de loodgrijze hemel begonnen al een koud tapijt te vormen op de aanvriezende grond. Toen Lisa nummer vijfenzestig naderde, zag ze oom Dan door de straat naar haar toe komen.

'Lisa!' riep hij. 'Gelukkig, daar ben je! Waar heb je in vredesnaam gezeten? Je tante Naomi was gek van ongerustheid.'

Als ze naar Hilda's huis was geweest, zou ze uit een andere richting zijn gekomen, maar toch zei Lisa: 'Ik was bij Hilda.'

'Niet waar,' zei Dan boos, 'want Naomi is erheen gegaan om je op te halen toen het begon te sneeuwen. De familie Lang had je niet gezien en ze verwachtten je ook niet.' Hij greep haar pols vast. 'Nou, dus waar ben je geweest? We hebben je de hele dag lopen zoeken.'

Lisa had oom Dan nog nooit boos gezien en kreeg tranen in haar ogen. Ze liet zich mee naar binnen trekken en zag dat Naomi en Mary in de keuken zaten.

Beide vrouwen sprongen overeind, en Naomi omhelsde Lisa meteen. 'Lisa, waar heb je gezeten? Ik was zo ongerust.'

Door het gevoel van die sterke armen om haar heen begonnen Lisa's ingehouden tranen te stromen. Ze hield zich aan haar pleegmoeder vast en huilde; om haar familie, omdat oom Dan boos op haar was, omdat Harry haar alleen had gelaten in de bus, omdat Naomi haar vasthield, omdat ze niet meer kon ophouden.

'Nou, nou,' zei Naomi sussend, terwijl ze haar stevig omarmde totdat ze ophield met snikken. 'Het is al goed. Je bent veilig thuis. Zolang je maar veilig bent. Maar Lisa, je voelt ijskoud. Hier, kom bij het vuur om op te warmen.' Naomi trok een stoel bij het vuurtje en Lisa liet zich er dankbaar op neerzakken.

Mary zette een pannetje melk op. Toen het warm was, goot ze het in een beker en gaf die aan Lisa. 'Alsjeblieft, drink dat maar op. Dan ben je zo weer opgewarmd.'

Lisa hield de beker tussen haar koude vingers, nam kleine slokjes en voelde de warmte geruststellend door haar heen stromen. Maar het was duidelijk dat iedereen wachtte op een verklaring. Lisa wilde hun niet vertellen over Harry; Harry was háár geheim en ze koesterde het, dus hield ze het op een halve waarheid.

'Na die brief van Nikolaus wilde ik even alleen zijn. Ik ben gaan lopen, en toen heb ik een bus genomen. Daarna wist ik de weg niet meer.'

'En je hebt de hele dag rondgedwaald?' Dan klonk ongelovig.

'Ik heb dingen bekeken,' zei Lisa. 'Trafalgar Square en Nelson.'

'Hemeltjelief, kind, dat is kilometers ver weg!' riep Naomi uit.

'Ik vroeg welke bus ik moest hebben naar Shoreditch, en een aardige mevrouw vertelde me het nummer en gaf me wat geld.'

'Nou, gelukkig ben je weer thuis. Maar ik moet ervandoor,' zei Mary. 'We gaan straks open, en Tom zal zich wel afvragen waar ik blijf.' Ze stond op en omhelsde Lisa nog een keer voordat ze de deur uit liep.

‘Ga jij de familie Lang even vertellen dat ze veilig thuis is,’ zei Naomi tegen Dan. ‘Zij zullen zich ook wel zorgen maken.’ Dan knikte, trok zijn jas aan en liep naar buiten.

‘Je zult wel honger hebben, Lisa,’ zei Naomi, zoals altijd praktisch ingesteld. ‘Ik heb vis gehaald, en ik zal er wat friet bij maken. Lust je dat?’

‘Ja, alsjeblieft, tante Naomi,’ antwoordde Lisa, die toekeek terwijl haar pleegmoeder aan het eten begon.

6

Maart 1940

Na de kerstvakantie was Lisa weer naar school gegaan. Ze miste Harry, die was begonnen in zijn baan als boodschappenjongen, maar haar vriendschap met Hilda leek te worden versterkt door zijn afwezigheid. Een paar kinderen die in september waren geëvacueerd, waren weer naar huis teruggekeerd toen de verwachte bombardementen uitbleven. De leerlingenaantallen namen toe en er werden nieuwe klassen gevormd.

Heel af en toe stond Harry om de hoek bij school op Lisa te wachten. Hij was veranderd, leek plotseling veel volwassener; niet langer een jongen maar een door de wol geverfde jongeman met een wetende uitdrukking op zijn scherpe gezicht. Hij leek altijd geld te hebben, en vaak nam hij een reep chocolade voor Lisa mee.

'Nou ja, ik krijg nu salaris, hè?' antwoordde hij toen Lisa er iets van zei. 'Gaat het goed met je?' vroeg hij altijd. 'Geen problemen meer met die nazi's?'

'Nee, die laten me nu met rust. Er zijn andere, jongere kinderen om te pesten.'

'Nou, anders geef je maar een gil.'

Hij vertelde haar heel weinig over zijn nieuwe baan toen ze hem ernaar vroeg.

'Ik vervoer boodschappen voor mijn baas, meestal,' antwoordde hij vaag. 'Pakjes en zo, leveringen, je weet wel.'

'Maar wat lever je dan?'

'Dingen die de baas afgeleverd wil hebben, natuurlijk,' snauwde Harry. 'Hij heeft een handelsbedrijf. Ik weet toch niet wat hij afgeleverd wil hebben? Ik doe gewoon wat me gezegd wordt, en hij betaalt mijn salaris.'

'Woon je nog in het hostel?'

'Ja, voorlopig nog wel, maar misschien moet ik binnenkort verhuizen. Ze hebben mijn kamer nodig voor jongere jongens, die nog op school zitten.'

Ze liepen dan samen naar Kemble Street langs het park, waar een luchtafweerinstallatie met zandzakken eromheen was neergezet, met erboven twee sperballonnen aan ankertouwen. De oorlog was overal om hen heen, en toch hadden zij er merkwaardig weinig last van. Geen bommen, geen gas, geen invasie, maar wel een acuut bewustzijn van de mogelijke 'interne vijand'.

Esther Lang had allebei haar kinderen en Lisa gewaarschuwd dat ze geen Duits moesten praten waar anderen hen konden horen. 'Er wordt zo veel gekletst over een "vijfde colonne",' had ze gezegd. 'Je weet wel, Duitse spionnen die zijn geïnfiltreerd in het Britse leven. Mensen zullen heel erg wantrouwig worden als ze jullie Duits horen spreken. Van nu af aan alleen nog maar Engels.'

Harry wist ook dat Duits spreken vragen om problemen was. 'Ik spreek het nooit meer,' zei hij tegen Lisa. 'Het is mijn taal niet meer. Ik ben nu Engels. Heinrich Schwarz bestaat niet meer, alleen nog maar Harry Black.'

Lisa was het met hem eens, en behalve als ze echt alleen waren, spraken ze uitsluitend Engels met elkaar.

De oorlog verspreidde zich door Europa, zowel ter land als ter zee. Britse expeditielegers waren naar Frankrijk en België gestuurd om daar ondersteuning te bieden. Ondanks de moed van de marine werden Britse schepen, die dringend noodzakelijk voedsel naar Groot-Brittannië brachten, tot zinken gebracht door Duitse onderzeeërs. In januari werden er rantsoenen ingesteld voor boter, suiker en bacon, en Naomi had alle drie hun rantsoenenboekjes laten registreren bij de plaatselijke winkels.

Het leven thuis bij de Federmans had een aangename regelmaat bereikt en Lisa ging met plezier elke dag naar school. Naomi had een baan aangenomen in een kledingfabriek, waar ze dienstuniformen maakte. Het grootste deel van haar dagen bracht ze door achter een naaimachine om mouwen in uniformjassen te zetten. Het was ontzettend saai werk, maar ze genoot van het gezelschap en de camaraderie van de andere vrouwen en vond het fijn om waardevol werk te kunnen doen voor de oorlog. Dan was het met haar eens geweest toen ze de baan wilde aannemen, hoewel hij eigenlijk liever niet had dat zijn vrouw werkte.

'Ik sta voor gek als ik mijn eigen vrouw niet kan onderhouden,' zei hij toen ze hem vertelde wat ze wilde doen.

'Je weet dat ik het niet zou doen als het geen oorlog was,' antwoordde ze, 'maar ik wil mijn steentje bijdragen, net als ieder ander. Iedereen moet iets doen.'

'Weet ik, meisje, en ik ben trots op je. Maar alleen zolang de oorlog duurt, hè?'

Dan ging vaak op pad met zijn taxi. Als taxichauffeur had zijn inkomen eronder geleden toen meteen bij het uitbreken van de oorlog de benzine op rantsoen ging. Maar de overheid, die besefte dat taxi's een belangrijke vorm van transport waren, stond de chauffeurs elf liter benzine per dag toe, dus kon hij nog steeds zijn beroep uitoefenen. Nu de benzinerantsoenen strenger werden, lieten steeds meer mensen hun eigen auto staan; alle soorten openbaar vervoer waren hard nodig, en zo kon hij net rondkomen.

Hij was blij dat hij zijn taxi nog had. Andere taxi's waren al geconfisqueerd om te worden omgebouwd tot brandweerwagens of ambulances.

'Taxi's zijn sterke wagens, weet je,' legde Dan aan Naomi uit. 'Oude Malcolm, ken je die nog?' Naomi knikte. 'Nou, ze hebben zijn taxi gevorderd, en ze hebben een ladder op het dak gemonteerd en brandslangen in de kofferbak gelegd. Nu is hij onderdeel van de brandweer!'

'Maar Malcolm zelf dan?' vroeg Naomi. 'Rijdt hij er nog in?'

'Nee, hij is te oud. Nu rijdt er een speciaal opgeleide vent in rond. Een paar andere taxichauffeurs rijden nog wel, omdat ze kennis hebben. Ze kennen snelle manieren om van A naar B te komen, vooral als de wegen versperd zijn, dus zijn ze omgeschoold tot reserve-brandweermannen en kunnen ze nog in hun eigen taxi rijden.'

Naomi kwam aan het eind van de dag altijd moe en stram thuis, dus hielp Lisa bij het klaarmaken van het avondeten. Zodra ze van school kwam, begon ze aardappelen te schillen of groenten te snijden, en als Naomi dan ook thuiskwam, werkten ze gezellig samen in de keuken, terwijl ze naar de radio luisterden.

Lisa's Engels was nog verder verbeterd en ze kon nu goed gesprekken voeren. Met wat extra hulp van juffrouw May leerde ze ook Engels lezen en schrijven.

Op een avond kwam Dan thuis met de *Daily Mirror*. Hij ging aan de keukentafel zitten en spreidde de krant erop uit. 'Kom eens hier, Lisa,' zei hij. 'Lees me eens voor uit de krant.'

'Dat kan ik niet,' zei Lisa wanhopig. 'Het is te moeilijk.'

'Nee hoor,' drong Dan aan. 'Kom op, meisje, kom hier zitten, dan doen we het samen.'

Schoorvoetend schoof Lisa een stoel bij en keek naar de krant. Dan koos een kort artikel uit over het belang van het altijd bij je dragen van een gasmasker, en aarzelend begon Lisa het te ontcijferen. Het ging langzaam, maar met veel raadplegen van het beduimelde woordenboek op de schoorsteenmantel werkten ze zich er samen helemaal doorheen.

Dan was vol lof, en Lisa was dolblij dat ze zo'n groot deel van het artikel zelf had kunnen lezen. Vanaf dat moment kozen ze elke avond als Dan vroeg van zijn werk thuiskwam een artikel uit de krant en lazen dat samen. Geleidelijk aan begon Lisa te beseffen dat ze zelfs begon te denken in het Engels, en hoewel ze nog steeds het woordenboek nodig had om sommige woorden op te zoeken, gebeurde dat steeds minder vaak.

Zij nam al het verstelwerk op zich dat moest gebeuren en zat vaak 's avonds bij het vuur, luisterend naar populaire programma's op de radio terwijl ze sokken stopte, scheuren repareerde en knopen aanzette. Lisa hield van naaien, en ze was blij dat ze iets kon doen waarmee ze Naomi echt kon helpen. Sinds haar dagje uit met Harry, toen ze zo laat was thuisgekomen, was haar relatie met tante Naomi en oom Dan veranderd. Ze miste haar ouders en Martin met een bijna lichamelijke pijn, maar ze wist ook, al hadden ze dat nooit echt uitgesproken, dat Naomi en Dan op haar gesteld waren geraakt. Zij voelde diezelfde genegenheid voor hen, en dat was een veilig gevoel.

De koude, natte lente maakte eindelijk plaats voor een warme meimaand. Er waren nog meer dingen op rantsoen gegaan en het nieuws vanuit Europa werd almaar duisterder. De oorlogsmachine van de nazi's baande zich een weg door België, drong Nederland binnen en viel Frankrijk aan. Alles werd erdoor platgewalst. In de laatste week van mei was het Britse expeditieleger afgesneden van het hoofdleger van Frankrijk en ingesloten in de haven van Duinkerken. De Britse overheid besloot te proberen een zo groot mogelijk deel van hun gedoemde leger te redden, en een armada van meer dan achthonderd schepen, groot en klein, vertrok naar de kust van Frankrijk. Negen dagen lang staken de marine, vissersboten en vele vrijwilligers herhaaldelijk Het Kanaal over om Britse soldaten op te pikken uit de haven en van de stranden van Duinkerken.

De Federmans en Lisa volgden het nieuws over de evacuatie op de radio. Het hele land leek zijn adem in te houden, terwijl steeds meer soldaten, bijna doorlopend bestookt door Duits artillerievuur en aanvallen van de Luftwaffe, aan boord van reddingsschepen werden gebracht en de veiligheid van de Engelse kust bereikten. De Fransen hielden de Duitsers op afstand, waardoor meer dan driehonderdduizend soldaten konden worden gered, en het duurde tot 4 juni voordat de Duitsers de swastika hesen boven de verwoeste haven.

Zittend bij hun radio, net als miljoenen anderen, luisterden Lisa en haar pleegouders naar de toespraak die Winston Churchill hield voor de natie, waarin hij beloofde dat Groot-Brittannië zou blijven vechten tot het einde, hoe de oorlog in grote delen van Europa ook verliep. 'We zullen koste wat het kost ons eiland verdedigen. We zullen vechten op de stranden, we zullen vechten op de landingsplaatsen, we zullen vechten in de velden en in de straten, we zullen vechten in de heuvels... maar overgeven zullen we ons nooit.'

Zijn woorden werden de volgende morgen aangehaald op de voorpagina van de *Daily Mirror* onder de kop WE GEVEN ONS NOOIT OVER. Lisa stortte zich op de krant toen Dan die mee naar huis bracht en las het artikel over wat het 'het wonder van Duinkerken' werd genoemd.

'Komen de nazi's nu hierheen?' vroeg ze angstig aan Dan.

'Als ze dat doen, meisje, lopen ze een bloedneus op,' antwoordde hij kloek. 'Je hebt toch gehoord wat Winston gisteravond zei? We hebben onze jongens gered, en ook een paar van die Fransen en Belgen. We kunnen nog steeds doorvechten, maar ik neem aan dat we nu allemaal in de frontlinie zitten.'

Dan had gelijk. De oorlog was naar hen toe gekomen, naar hen allemaal. Frankrijk capituleerde en Hitler richtte zijn aandacht op Groot-Brittannië. Hij was vastbesloten het moreel van de Engelsen te breken voordat zijn nazi's het land overnamen zoals ze overal elders deden. De strijd die Winston Churchill zou beschrijven als de Slag om Engeland was van start gegaan en de langverwachte luchtaanvallen begonnen. De RAF steeg talloze keren op om de aanval in te zetten op de golven bommenwerpers die dood en vernietiging op de vliegvelden zaaiden in een poging suprematie in de lucht te krijgen door de RAF te vernietigen. Maar steeds opnieuw werden de aanvallers teruggedreven van de kust, en Hitlers plan mislukte. Daarop besloot hij de bevolking te gaan bestoken met nachtelijke luchtaanvallen en – zoals Dan al had voorspeld – iederéén naar de frontlinie te halen.

Eind juni kwam de eerste golf bommenwerpers over Londen heen. Rond een uur 's nachts begonnen de sirenes te janken. Lisa schrok wakker van het lawaai, dat iedereen waarschuwde naar de schuilkelders te gaan.

Naomi kwam naar Lisa's kamer toe. 'Kom mee,' zei ze ferm. 'Neem je gasmasker mee naar de kelder.' Lisa trok snel een ochtendjas aan over haar pyjama en liep met Naomi mee naar de keuken.

'Het komt wel goed, meisje,' verzekerde Dan haar toen ze weer angstig boven aan het trapje bleef staan. 'Ik heb de kaarsen al aangestoken, dus het is niet donker.'

Hij pakte haar hand en leidde Lisa de kelder in, waar kaarsen een warme gloed verspreidden in de benauwde ruimte.

Naomi bleef nog even in de keuken om water te koken en er een thermoskan mee te vullen. 'Ik kan warme chocolademelk maken,' zei ze toen ze beneden kwam met de thermoskan, een fles melk en een blikje cacao. 'We maken het wel gezellig.'

Ze zaten in het kaarslicht, dronken chocolademelk en aten kaakjes uit blik. Boven hoorden ze niets; geen gedreun van vliegtuigen of ontploffingen van bommen.

'Misschien hadden ze ze al afgeworpen voordat ze hier aankwamen,' opperde Dan.

Uiteindelijk werd het sein veilig gegeven en ging het gezin weer naar boven.

'Je bent een dapper meisje, Lisa,' zei Dan. 'Het is niet gemakkelijk voor je daar beneden, dat weet ik, maar je hebt je er met pit doorheen geslagen.'

'Pit?' vroeg Lisa.

'Moed,' legde Dan uit, terwijl hij haar een knuffel gaf. 'Je bent een moedig meisje.'

Een paar weken lang werd Londen niet meer gebombardeerd, maar de luchtgevechten boven Het Kanaal gingen door en de kuststeden werden verschrikkelijk bestookt. Elke ochtend werd Lisa opgelucht wakker als ze niet weer een nacht in de kelder hadden hoeven doorbrengen. Op school werden luchtaanvaloefeningen gehouden, die ze vreselijk vond, maar Hitler leek Londen voorlopig met rust te laten.

Maar Londen had lang geleden al voorbereidingen getroffen voor de aanval waarvan ze wisten dat die moest komen. Uitkijkposten werden versterkt en blokhoofden getraind. Tot zoverre patrouilleerden ze alleen op de straten, maar ze wisten dat hun al snel een veel grotere beproeving te wachten zou staan. Zand en water werden op strategische plekken opgeslagen om brandbommen te neutraliseren voordat het vuur om zich heen kon grijpen. Vrijwilligers bemanden eerstehulpposten. Antiluchtaanvalinstallaties lagen ingepakt met zandzakken onder camouflagenetten; zoeklichten stonden klaar om de nachthemel af te speuren naar vijandelijke vliegtuigen en ze in een lichtbundel vast te pinnen als doelwitten voor de artillerie.

'Hoe weten de vliegtuigen in het donker waar ze heen moeten?' vroeg Lisa zich hardop af.

'Die smeerlappen hoeven alleen de Theems maar te volgen,' antwoordde Dan. 'Gewoon de rivier volgen, en dan zijn ze er.'

'Daniel!' zei Naomi berispend. 'Let op je taal!' Ze wendde zich tot Lisa. 'Dat woord moet je niet gebruiken,' waarschuwde ze. 'Het is heel onbeschoft.'

'Weet jij wat "smeerlappen" betekent?' vroeg Lisa toen Harry haar een paar dagen later stond op te wachten bij school.

'Smeerlappen?' Harry schudde zijn hoofd.

'Het is heel onbeschoft,' liet Lisa hem weten.

'Dan kom ik er wel achter,' beloofde hij.

Ze liepen terug naar Kemble Street, en op de hoek bij de Duke of Wellington bleven ze staan; Harry kwam nooit dichter bij Lisa's huis. Net toen ze afscheid wilden nemen, kwam Mary de pub uit rennen, waarbij ze bijna tegen hen op botste.

'Lisa!' riep ze verbaasd uit. 'Sorry, ik had je niet gezien.' Toen keek ze belangstellend naar Harry. 'Hallo. En wie is dit?'

Harry keek terug, maar hij zei niets.

Lisa reageerde een beetje verstrooid. 'O, gewoon een vriend van school. Dag, Harry, tot morgen.'

Harry begreep de hint, draaide zich met een 'dag, Lisa' om en slenterde weg.

Mary keek hem met een argwanende blik na, maar vroeg alleen: 'Heb je een goeie dag gehad?'

'Ja,' antwoordde Lisa, blij dat Mary verder geen vragen stelde. 'We zijn een boek aan het lezen, *Grote verwachtingen*. Het is best moeilijk, maar ik vind het heel mooi.'

'Dickens? Nee, dat is zeker niet gemakkelijk! Goed zo, Lisa.'

'Er komt een oude dame in voor die haar bruidsjurk draagt,' vertelde Lisa. 'Het is een beetje vreemd, maar ik vind het een goed verhaal.'

Later die avond glipte Mary even de pub uit om bij Naomi langs te gaan. Lisa was al naar bed. Dan was op pad met de vrijwillige brandweer en Naomi zat te dutten in haar stoel.

'Wie is die knaap met wie Lisa omgaat?' vroeg Mary toen ze met een pot thee aan tafel zaten.

Naomi keek geschrokken op. 'Welke knaap?'

'Ik zag ze vandaag samen,' zei Mary. 'Lisa zei dat hij een vriendje van school was, maar dat geloof ik niet. Hij zag er te oud uit, en hij was behoorlijk sjofel. Hij had iets over zich... Ik weet eigenlijk niet wat het was, maar ik vertrouwde het niet helemaal. Ze zei dat hij Harry heet.'

'Ze heeft het tegen mij nooit over een Harry gehad,' zei Naomi. 'Ze lijkt helemaal niet veel vrienden te hebben, alleen Hilda Lang. Daar gaat ze vaak naartoe.'

'Weet je zeker dat ze daarheen gaat? Die keer dat we haar kwijt waren, was ze daar niet.'

'Ze was ook niet bij die Harry,' zei Naomi. 'Ze was alleen.'

'Ja, wel toen Dan haar tegenkwam.'

Naomi dacht er nog lang over na toen Mary weg was.

'We moeten weten met wie ze omgaat,' zei ze later tegen Dan. 'Die jongen klinkt niet erg geschikt, en zij is pas veertien.'

De volgende morgen zei Naomi nonchalant: 'Lisa, denk eraan dat je vriendjes van school hier altijd welkom zijn als je ze wilt uitnodigen.'

Lisa kleurde. 'Dank je, tante Naomi, ik zal Hilda vandaag uitnodigen.'

'Ik had het niet alleen over Hilda,' zei Naomi. 'Ik dacht dat er misschien nog iemand anders was.'

Lisa glimlachte. 'Heeft tante Mary je verteld dat ze me met Harry had gezien? Hij is gewoon een jongen van school. Hij woont hier ook ergens in de buurt, en soms lopen we samen terug. Ik wil hem niet thuis uitnodigen.'

Naomi merkte dat ze glimlachte om Lisa's gemakkelijke gebruik van het woord 'thuis'. Ze vond het heerlijk dat Lisa hun thuis nu ook als het hare zag, en dus stelde ze verder geen vragen over Harry.

7

Augustus 1940

Tijdens de zomervakantie richtte de Luftwaffe uiteindelijk hun aandacht op Londen. In augustus jankten de sirenes een paar keer 's nachts, en af en toe ook overdag.

Op een dag, toen Lisa had gezegd dat ze naar Hilda's huis zou gaan, vertrok ze vroeg en ontmoette Harry. Samen gingen ze naar de markt van Petticoat Lane en liepen door de smalle paadjes vol mensen op zoek naar koopjes. Lisa vond het niet prettig in het gedrang, maar Harry, in zijn element te midden van de marktdrukte, pakte haar hand en leidde haar van kraam naar kraam. Hij raakte kledingstukken aan, bekeek de vreemde goederen die te koop werden aangeboden en luisterde naar het geklets van de kooplui.

Lisa besefte plotseling dat het al laat werd en zei: 'Harry, ik moet naar huis.'

'Zullen we zaterdag weer naar het westen gaan?' stelde Harry voor toen ze de markt verlieten en terugliepen in de richting van Kemble Street.

'Bedoel je morgen?'

'Nee, morgen moet ik werken. Volgende week. Deze keer heb ik geld.'

'Waar zou dat vandaan komen?' mompelde Lisa.

'Kom op, Lisa, ga mee. We hebben het al eerder gedaan.'

'Ja, en daardoor kwam ik in de problemen.'

'O ja?' Harry klonk niet erg belangstellend. 'Dat wist ik niet.'

'Je hebt er ook niet naar gevraagd,' snauwde Lisa.

'Zeg dat je naar Hilda gaat.'

'Zo gemakkelijk is het niet, Harry.'

'Ik zal op je wachten in het park. Volgende week zaterdag, oké?' Hij leek haar zwijgen als instemming op te vatten, zwaaide kort met zijn hand, en met een 'tot dan' was hij weg.

Lisa haastte zich naar huis, wetend dat ze laat was en dat tante Naomi ongerust zou zijn. Het probleem was alleen dat tante Naomi altíjd ongerust was, en Lisa had het gevoel dat zij daar vaak de oorzaak van was. Toen ze dat op een dag tegen Hilda had gezegd, had Hilda's moeder dat toevallig opgevangen.

'Natuurlijk is ze ongerust om je,' zei Esther. 'Ze zorgt voor je ten behoeve van je ouders. Dat is een grote verantwoordelijkheid.'

'Ik heb geen ouders meer,' zei Lisa vlak. 'Ze zijn dood.'

'Nee, Lisa,' zei Esther wat vriendelijker. 'Dat weet je niet zeker, en je moet nooit de hoop opgeven. Mijn ouders wonen in Berlijn en ik heb ook niets meer van hen gehoord, maar we moeten eraan denken dat ze ons niet kunnen schrijven vanuit Duitsland, hè? We moeten hoop houden.'

Lisa had een klein vlammetje van hoop nog gekoesterd in haar hart, maar Harry vond dat dom. 'Je moet accepteren dat ze er niet meer zijn, Lisa,' had hij gezegd. 'Net als mijn ouders.'

'Ik weet wel dat je gelijk hebt,' zei ze dan. Maar stiekem bleef ze toch hoop houden.

Terwijl ze op weg was naar huis klonk plotseling het geloei van de sirene dat alle normale middaggeluiden op straat overstemde. Even bleef Lisa staan en ze keek op naar de augustushemel. Zilveren sperballonnen, afstekend tegen het heldere blauw van de lucht, deinden in de bries en trokken aan de ankertouwen, maar er waren geen vliegtuigen te zien. Was het vals alarm? Misschien wel, want luchtaanvallen bij dag kwamen zelden voor. Maar toen hoorde ze door het gejank van de sirene heen in de verte het geknetter van luchtafweergeschut en het zachte maar aanhoudende gedreun van motoren: vliegtuigen die nu nog niet te zien waren, maar die onhoudbaar op hun doelwit af kwamen. Mensen haastten zich naar de openbare schuilkelder aan het eind van de straat, maar niets zou Lisa zover krijgen dat ze daar ook haar toevlucht zocht. Ingesloten zitten, vooral met een heleboel mensen, was haar ergste nachtmerrie. Alsof ze levend begraven zou zitten. Ze was niet meer ver van huis. Daar zou ze de kelder in moeten; het was al erg genoeg om daar onder de grond te zitten, daadwerkelijk ónder het huis, maar altijd nog beter dan de openbare schuilkelder.

In haar straat aangekomen zag ze tante Naomi al bij de voordeur staan en ongerust naar buiten turen. Toen ze Lisa zag begon ze druk te zwaaien en haar te roepen, maar haar stem ging verloren in het gejank van de sirene. Lisa begon te rennen.

'Waar was je nou, Lisa?' riep Naomi, terwijl ze haar naar binnen trok. 'Je bent laat! Je had er wel middenin kunnen zitten!' Haar angst maakte haar boos. 'Ga de kelder in.'

Lisa opende de kelderdeur, maar bleef boven aan het stenen trapje staan, luisterend naar het aanhoudende loeien van de sirene buiten. Ze vroeg zich af waar oom Dan was en wenste dat hij bij hen was.

Tante Naomi griste de ketel van het fornuis en vulde de thermoskan met heet water. 'Kom mee, Lisa,' zei ze. 'We moeten naar beneden.' Ze ging haar voor naar de betrekkelijke veiligheid van het ondergrondse kamertje. Naomi had meestal nog wel tijd om haar thermos te vullen, zoals nu, en beneden had ze een deel van haar kostbare theerantsoen in een potje staan, zodat ze ook in de kelder iets warms te drinken hadden.

Lisa en Naomi zaten in de met kaarsen verlichte kelder te luisteren naar het gedreun van de vliegtuigen, het geknal van de luchtafweerbatterij in het park nog geen drie straten verderop en het knallen en ploffen van vallende bommen. Het huis leek boven hen te beven en ze zaten hand in hand om elkaar gerust te stellen.

Lisa vroeg zich af of Harry nog had kunnen terugkomen naar zijn hostel voordat de aanval begon. Ze wist dat daar ook een schuilkelder was, dus zou het goed met hem moeten gaan. Tante Naomi maakte zich zorgen om oom Dan. Hij was op pad met zijn taxi toen de sirene ging en een onverwachte aanval bij dag zou hem, net als veel anderen, rauw op zijn dak zijn gevallen.

Door een zeer luide explosie schudde en kreunde het hele huis, en ze klemden zich angstig aan elkaar vast bij het horen van de geluiden van vernietiging. 'Die was vlakbij!' riep Naomi. 'Lieve help, ik hoop dat het goed gaat met Dan.'

'Hij zal wel ergens een schuilkelder in zijn gegaan.' Lisa probeerde geruststellend te klinken, maar haar stem sloeg over van angst. Zij hoopte ook dat hij veilig was.

Het duurde meer dan anderhalf uur voordat het sein veilig werd gegeven en Lisa en Naomi terug konden naar boven. Naomi keek wanhopig naar het kapotte glas op de keukenvloer. Het raam boog door naar binnen, nog bijeengehouden door de repen zwart plakband ter bescherming tegen bominslagen, maar de bekers van het afdruiprek en twee vazen die op de schoorsteenmantel hadden gestaan, lagen aan scherven op het linoleum. De voordeur was open geblazen en hing scheef aan een doorgebogen scharnier.

Buiten klonk geschreeuw; stemmen galmden door de straat terwijl mensen uit de schuilkelders kwamen om de schade te bekijken die de Luftwaffe had aangericht. Er was commotie verderop in de straat, en Naomi en Lisa gingen naar buiten om te kijken wat er was gebeurd.

'O nee!' riep Naomi, terwijl ze ontdaan door de straat rende. 'De Duke is geraakt.'

Lisa rende met haar mee naar de menigte die zich buiten de pub had verzameld. Er zat een krater in de straat en het dak van de Duke of Wellington hing scheef boven een ingestorte muur.

Leon Hardman, het blokhoofd, had de leiding genomen en hield de mensen uit de buurt van het gebouw. 'Dat dak kan het elk moment begeven,' zei hij. 'Hou afstand.' Nog terwijl hij dat riep, kwam er een lading dakpannen omlaag, brekend op de stoep eronder, en iedereen ging achteruit en keek ongerust naar het verbrokkelende dak.

Maar toen ving iets anders hun blik: een oranje flakkering, overgaand in iets roods. Vlammen. Naomi gilde in paniek. 'De Duke staat in brand!' schreeuwde ze. 'De Duke staat in brand!' Er begon rook naar buiten te kringelen door een kapot raam.

'Waar zijn Mary en Tom?' riep iemand. 'Zijn ze nog binnen?'

Terwijl hij nog een keer 'Achteruit! Achteruit!' brulde, rende Leon

Hardman naar de deur van de pub. Het glas was eruit, en hij tuurde door de kleine opening in de ruimte erachter.

'Mary ligt binnen!' riep hij. 'Ik zie brand en rook.' Leon beukte met zijn volle gewicht tegen de deur, maar er zat geen beweging in; hij was vastgeklemd geraakt door het verzakken van de muur.

'Haal een bijl! Roep de brandweer! Haal water!' Hij beukte nog een keer met zijn schouder tegen de weerspannige deur. Iemand rende naar de luchtafweerpost om hulp en een bijl te halen, maar op dat moment kwam Tom de hoek om rennen. Hij drong zich door de menigte heen en dook op de deur af.

'Waar is Mary?' brulde hij. 'Is Mary binnen?' Hij duwde Leon opzij en wierp zich tegen de deur.

'Hij zit klem!' riep Leon. 'Tom, hij zit klem. Ze halen al een bijl.'

Tom brulde van woede en begon om het gebouw heen te lopen. Met een blik omhoog naar het hellende dak klom hij tegen de verbrokkelde resten van de draagmuur op en verdween naar binnen. De rook stroomde nu uit het beschadigde gebouw en het geknetter van vlammen was buiten op straat duidelijk te horen. Er kwamen nog meer dakpannen omlaag en de toeschouwers deden weer een stap achteruit.

Met een ongeruste blik omhoog volgde Leon Tom over de kapotte muur naar binnen. Twee mannen probeerden nog steeds de deur in te beuken, terwijl andere buren emmers water doorgaven, maar het water dat door een kapot raam naar binnen werd gegooid, bereikte het vuur amper.

Een luid geklingel kondigde de komst van een brandweerwagen aan. Brandweerlieden sprongen van de wagen. Ze namen de situatie in ogenschouw, en toen ze hoorden dat er mensen binnen waren, grepen twee van hen bijlen en vielen ermee op de klem zittende voordeur aan. Al snel begaf de deur het, en ze liepen door de kolkende rook het gebouw in, namen Mary van de twee mannen over en droegen haar naar buiten. Een derde man was hen naar binnen gevolgd en hielp de hoestende en naar adem happende Tom en Leon naar buiten.

'Waar is Mary?' riep Tom zodra hij weer kon ademen. 'Waar is mijn

Mary?' Hij rende naar de brandweerman die haar op de stoep had gelegd en bij haar zat.

Lisa, die met Naomi tussen de groep aan de overkant van de straat stond, keek met afgrijzen en fascinatie toe terwijl de man die op zijn knieën bij Mary zat als een gek op haar borstkas drukte. Ze zag dat Mary's gezicht doodsbleek was en de tranen sprongen haar in de ogen. Mary was tante Naomi's beste vriendin en was altijd heel aardig voor haar geweest.

'Mary! Mary!' riep Tom terwijl hij zich op zijn knieën bij haar stille gedaante liet vallen. 'Mary, ik ben het, Tom! Praat tegen me, Mary! Doe je ogen open. Doe alsjeblieft je ogen open!' Zijn stem werd almaar wanhopiger.

Een brandweerman legde een hand op zijn schouder. 'Sorry, kerel. We kunnen niets meer doen. Ze is overleden.'

Tom brulde smartelijk. Hij trok zijn levenloze vrouw in zijn armen en drukte zijn gezicht in haar haar. Maar toen hief hij plotseling weer zijn hoofd en keek met een wilde blik om zich heen. 'Val dood, Hitler!' brulde hij. 'Alle Duitsers mogen doodvallen! De enige goeie Duitser is een dooie Duitser!'

Zijn blik richtte zich op Lisa, die bleek en bang naast Naomi stond, en met een felle, hatelijke blik zei hij: 'Jullie smerige Duitsers hebben mijn Mary vermoord, en jullie verdienen allemáál de dood. Allemaal, verdorie!'

Lisa verbleekte nog meer van de haat die hij uitstraalde. Naomi greep haar hand en trok haar mee. Er klonk gemompel van de omstanders toen die uiteenweken om hen door te laten. De tranen stroomden over Lisa's wangen, en Naomi sloeg haar armen om haar heen en hield haar stevig vast.

'Maar ik haat Hitler net zo erg als hij,' zei Lisa snikkend.

'Weet ik, lieverd,' zei Naomi zachtjes, 'maar hij is net zijn vrouw kwijtgeraakt door de Luftwaffe en hij denkt niet helder na. Hij geeft jou niet de schuld.'

Maar Lisa wist dat het wel zo was, en ergens gaf ze zichzelf ook de schuld.

Er leken geen andere slachtoffers of gewonden te zijn gevallen tijdens de aanval. De Duke stond nog in brand, maar toen de brandweerlieden eenmaal een slang hadden aangesloten op een brandkraan in de buurt begon een krachtige waterstraal het vuur onder controle te krijgen. De zurige stank van de drijfnatte, zwartgeblakerde pub vulde de lucht, terwijl de ene ploeg brandweerlieden bleef blussen en een andere controleerde of de naastgelegen panden niet ook smeulden en brandgevaar liepen.

Mary's lichaam werd afgevoerd op een draagbaar, gevolgd door een bleke Tom, en nu het drama voorbij was begon de menigte toeschouwers zich te verspreiden om de schade aan hun eigen huizen in ogenschouw te nemen.

Daniel was op pad met zijn taxi toen de sirenes begonnen te loeien. Hij bracht een RAF-officier naar het Air Ministry.

'Breng me maar gewoon naar mijn bestemming, alsjeblieft, chauffeur,' zei de officier rustig. 'Ze zijn er nog niet, en er is een schuilkelder vlak om de hoek.'

Dan voldeed aan het verzoek, wetend dat de eskadercommandant gelijk had. De sirenes gingen zodra er vijandelijke vliegtuigen werden gespot en dat was overdag soms al lang voordat ze de kust bereikten. Dan besloot zijn taxi niet te laten staan en naar een schuilkelder te gaan. Nee, hij zou zijn auto op de gebruikelijke plek onder de spoorbrug zetten en dan naar de kazerne gaan, waar hij als vrijwillige brandweerman was gaan werken. Naomi vond het vreselijk dat hij de straat op ging tijdens luchtaanvallen, maar Dan was vastbesloten geweest.

'Ik kan niet alleen maar de hele tijd in de kelder zitten, terwijl ik ook buiten kan helpen branden te blussen. Ze zullen steeds meer brandbommen gaan gooien, en als niet iedereen zijn steentje bijdraagt, brandt heel Londen tot de grond toe af.' Hij glimlachte naar haar. 'Maak je geen zorgen, meiske, ik kan wel op mezelf passen. En jij past op jezelf en op Lisa, oké?'

In het afgelopen jaar was Dan erg gesteld geraakt op zijn pleegdochter. Net als Naomi wenste hij dat ze zelf kinderen hadden gekregen, en hij had met liefde een vluchtelingenkind een thuis gegeven. Toch had het hem verbaasd hoe snel Lisa, ondanks de aanvankelijke moeilijkheden, een integraal onderdeel van hun leven was geworden. Hij bewonderde het lef waarmee ze naar haar nieuwe school was gegaan toen ze nog geen Engels sprak. Ze had een onafhankelijke inslag die soms lastig was, maar ze trok ook naar hem toe, stelde hem vragen en luisterde goed naar hem, en dat was heel innemend.

De sirene bleef loeien en de straten waren vol mensen die zich naar de veiligheid van de metrogangen haastten. Terwijl hij de vijf kilometer naar zijn parkeerplek reed, zag hij iedereen de metrostations binnenstromen. Hij glimlachte grimmig. Hitler zou hen deze keer niet te pakken krijgen.

Hij parkeerde zijn taxi en haastte zich naar de brandweerkazerne.

'Ik heb een spotter nodig op het dak van dat pakhuis,' zei commandant John Anderson. 'Ga daarheen en hou je ogen open.'

'Oké, baas! Ik ben al op weg.'

Er werd altijd iemand naar het dak van het nabijgelegen pakhuis gestuurd. Omdat het vol stond met verf, zou het branden als een fakkel als vuur er grip op kreeg. Spotters waren nodig om brandjes te blussen voordat ze zich konden verspreiden en indien nodig de brandweer erbij te halen.

Dan liep hijgend de metalen trap op; zijn longen knapten bijna toen hij boven was. Sinds die vijftien maanden in de Vlaamse loopgraven kon hij zich niet meer overmatig inspannen zonder pijnlijk te gaan hijgen. Hij kon niet meer vechten, dat was voor jongere mannen; en wat zagen ze er tegenwoordig allemaal jong uit. Kinderen haast nog. Toch kon hij zo nog zijn steentje bijdragen om zijn thuis te beschermen.

Toen hij op het dak aankwam, keek hij uit over de straten beneden. De rivier glinsterde in de late middagzon als een glanzend spoor dat de inkomende vliegtuigen recht naar de havens, fabrieken en pakhuizen van Londen leidde. Allemaal hoofddoelen voor de Luftwaffe.

Zijn partner Arthur stond er al en tuurde door een verrekijker naar de lucht in het zuidoosten.

'Daar heb je ze,' zei Arthur zacht, hoewel zijn angst duidelijk was. 'En onze jongens ook.'

Zwarte stipjes, ver weg tegen het blauw van de lucht, werden groter: een kwade zwerm dodelijke machines, vastbesloten vernietiging te zaaien. Maar de indringers konden niet zomaar hun gang gaan. De RAF was ook in de lucht, suizend te midden van de vijandelijke bommenwerpers om hen met ratelende machinegeweren te bestoken, neerduikend vanuit het zonlicht om hen uit de lucht te schieten. Een paar Duitsers drongen tussen de verdedigers door en dropten hun bommen op de havens en omliggende buurten voordat ze snel terugvluchtten naar waar ze vandaan waren gekomen.

Luchtafweergeschut bestookte de hemel en ze zagen een bommenwerper neergaan. Het vliegtuig zeilde onbestuurbaar tollend naar de grond, met een rookpluim erachteraan, en ontplofte in een vuurbol boven de rivier.

'Hebbes!' zei Arthur met bittere tevredenheid. 'Dat is één smeerlap die niet meer terugkomt!'

Veel van de projectielen die ze gooiden waren brandbommen, en de twee mannen zagen overal vlammen opschieten.

Boven hen bliezen de Duitse vliegtuigen haastig de aftocht, nadat ze hun vernietiging hadden uitgegoten over de stad, en ze werden de hele weg naar de kust achtervolgd door moedige gevechtspiloten. Rook en stof hingen overal en vormden een grijs waas boven de straten. Beneden bloeiden kwade rode brandjes op, maar wonder boven wonder was het pakhuis niet geraakt. Het sein veilig werd gegeven, en Dan en Arthur keken nog een laatste keer rond door de verrekijker. Ze haastten zich naar beneden om de brandweerlieden te vertellen waar brandhaarden waren en gingen met hen mee om die te blussen.

Het duurde een poos voordat de branden in hun buurt onder controle waren. Dan, Arthur en andere vrijwillige brandweerlieden bekommerden zich om de kleine brandjes die waren uitgebroken in de smalle straten en op braakliggend terrein, terwijl de serieuzere branden werden overgelaten aan de gewone en reservebrandweer.

'Ik hoorde dat Kemble Street is geraakt,' zei een van de mannen, terwijl hij zand over een pol brandend onkruid schepte. Hij keek zijdelings naar Dan. 'Jij woont toch daar ergens?'

Dan verbleekte. 'Kemble Street? Weet je het zeker?'

'Ik hoorde de melding eerder bij de luchtafweerpost. Een pub in brand.'

Arthur keek hem aan. 'Ga jij maar naar huis, Dan,' zei hij. 'Wij redden ons hier nu wel!'

Dan aarzelde nog even, maar na een kort bedankje rende hij de straat door, op weg naar huis.

Lisa en Naomi liepen net naar hun huis toen hij de hoek van de straat om kwam rennen, hijgend en met een rood aangelopen gezicht van inspanning. Hij holde naar hen toe en boog zich met pijn in zijn borst naar voren.

'Gelukkig ben je in orde!' zei hij hijgend, terwijl hij Naomi in zijn armen nam. 'Ze zeiden dat onze straat was geraakt.'

Naomi omhelsde haar man stevig. 'Met ons is alles goed.' Ze trok Lisa naar zich toe en zei: 'De Duke is geraakt. Mary was nog binnen. Ze is dood.'

'Mary?' herhaalde Dan. 'Weet Tom dat al?'

'Ja, hij was erbij toen ze haar naar buiten haalden. Je snapt wel dat hij er verschrikkelijk aan toe is. Ze hebben haar weggedragen. Tom is meegegaan.'

Dan was aangeslagen. Hij probeerde zich voor te stellen wat Tom moest doormaken, maar hij kon het niet. Als het zijn Naomi was geweest... Hij keek naar hun huis en zag de beschadigde deur die scheef aan één scharnier hing. Voor haar had het ook niet veel gescheeld. 'Is er veel schade binnen?' vroeg hij en hij probeerde zo normaal mogelijk te klinken.

Naomi schudde haar hoofd. 'Wat gebroken glas, dat is alles, geloof ik. We hebben geluk gehad. We hoorden de explosie, Lisa en ik, in de kelder. Dat moet de klap zijn geweest van de Duke, die...' Ze maakte haar zin niet af.

Gedrieën gingen ze het huis binnen en begonnen de rommel op te ruimen.

'Ga jij maar verder met piepers schillen,' zei Naomi nu tegen Lisa om hun pleegdochter ook iets omhanden te geven, hoe eenvoudig ook.

Zonder een woord te zeggen, draaide Lisa zich om naar de gootsteen, pakte een mes van het afdruiprek en begon aardappelen te schillen.

'Heb je boven gekeken?' vroeg Dan nadat hij een deken voor de openstaande voordeur had gespijkerd.

'Nee, nog niet,' antwoordde Naomi. 'We zijn meteen de straat op gegaan.'

'Ik ga wel even kijken.'

Hij liep door hun huis om te controleren op verdere schade. Het raam van de kleine voorkamer was niet kapot, hoewel er een barst in de hoek zat, maar het raam van een slaapkamer boven lag in stukken op de vloer.

Toen de keuken op orde was, het glas opgeveegd en de kapotte ramen dichtgemaakt, zette Naomi een pot thee en gingen ze samen aan de keukentafel zitten.

'We zullen de verduistering moeten controleren,' zei Dan. 'Misschien past het allemaal niet meer goed met die kapotte ramen. Jij kunt me helpen, Lisa. Ik maak het vast, en dan ga jij buiten kijken of er geen licht te zien is.'

Later, toen Lisa naar bed was, zaten Dan en Naomi samen in de keuken.

'Ik kan gewoon niet geloven dat ze er niet meer is,' snikte Naomi, die nu eindelijk haar verdriet toeliet.

Ze dacht aan die arme Mary, bleek en gebroken op de stoep, omgekomen in haar eigen huis. Ze waren zo lang bevriend geweest. Al zolang als Naomi zich kon herinneren, hadden ze deel uitgemaakt van elkaars leven. Ze kon nog niet bevatten dat Mary nooit meer binnen zou komen lopen met een monter: 'Is er al thee, Naomi?' Die lieve Mary, die ondanks Toms antipathie de moeite had genomen om Lisa te leren kennen en altijd zo aardig voor haar was geweest. Naomi had zich vermand ten behoeve van Lisa. Dat kind was alweer iemand kwijtgeraakt op wie ze gesteld was geweest, en Naomi had geweten dat ze sterk voor haar moest zijn.

'En ik had haar nog wel zulk goed nieuws te vertellen.'

'Nieuws?' vroeg Dan. 'Wat wilde je haar dan vertellen?'

'Ik zou het jou eerst vertellen, natuurlijk,' zei Naomi, en ze pakte zijn hand. Ondanks haar tranen en het verdriet en de angst van die verschrikkelijke dag gloeiden haar ogen van blijdschap.

'Nou?' spoorde Dan haar aan. 'Wat voor nieuws?'

'Je wordt vader.'

'Wat?' vroeg Dan zwakjes.

'Je wordt vader. Ik ben zwanger. Dokter Marshall heeft het vandaag bevestigd. Ik ben al bijna vier maanden in verwachting.'

Dan staarde haar even in stomme verbazing aan, maar toen wist hij uiteindelijk uit te brengen: 'Weet je het zeker? Ik bedoel, waarom heb je me dit niet eerder verteld?'

'Ik wilde je geen valse hoop geven... of mezelf, wat dat betreft,' zei Naomi stralend. 'Ik wilde het eerst zeker weten.'

'Wanneer ben je uitgerekend?'

'Januari.'

'Januari!' herhaalde hij. 'In januari word ik vader.'

Dan keek haar nog steeds vol ongeloof aan. 'Maar ben je niet te oud? Ik bedoel...' stamelde hij toen hij de uitdrukking op haar gezicht zag. 'Ik bedoel, nou, ik dacht...'

'Ik ben pas negenendertig. Dat is wel oud voor een eerste kind, maar dokter Marshall zegt dat alles goed lijkt te gaan. Ik ben fit en gezond, en een heleboel vrouwen van mijn leeftijd krijgen nog baby's. Dokter Marshall zegt dat het waarschijnlijk komt doordat Lisa hier is. We hebben ons zo druk gemaakt om haar dat we ons niet meer druk hebben gemaakt om baby's en ons hebben ontspannen. Stel je eens voor, Dan, onze eigen baby!'

'Ik stél het me ook voor,' zei Dan, 'en ik vind het prachtig nieuws, meiske, maar ik moet wel even aan het idee wennen.'

'Ik wou alleen dat Mary het had geweten,' zei Naomi droevig.

'Misschien weet ze het ook wel.'

'Denk je dat echt?' Naomi's gezicht klaarde een beetje op.

'Dat weet ik natuurlijk niet zeker, maar misschien wel. Belangrijker nog, wat zal Lisa ervan vinden?'

'Weet ik niet. Ik hoop dat ze blij zal zijn met het idee van een broertje of zusje. Maar we hoeven het haar nog niet te vertellen. Het is nog vroeg. Laten we het nog maar even voor onszelf houden. Ons geheimpje.'

'Wat jij wilt, meiske,' zei Dan. 'Wat jij wilt.'

8

September 1940

De dood van Mary en de vernietiging van de Duke drukten zwaar op Kemble Street. Er hing een sfeer van verdriet, maar met onderliggende woede omdat Hitler was binnengedrongen in hun hoekje van de wereld. Het puin werd opgeruimd, het scheef hangende dak werd neergehaald en de ramen werden dichtgetimmerd. De Duke of Wellington, het sociale middelpunt van de wijk, was gesloten.

De sirenes bleven loeien, vaak wel twee of drie keer per nacht. In het begin renden ze steeds allemaal naar de kelder, maar na zo veel verstoorde nachten ging Dan er eindelijk mee akkoord – tot Lisa's enorme opluchting – om pas naar beneden te gaan als er vliegtuigen overkwamen en ze geweervuur hoorden.

Mary en Dan gingen naar Mary's begrafenis. Lisa bleef thuis; ze wisten allemaal dat Tom haar er niet bij zou willen hebben. 'Het zal een zware dag voor hem zijn, lieverd,' had Naomi tegen haar gezegd. 'Het is niet jouw schuld.'

Dat was wat Lisa deed besluiten om de zaterdag erop met Harry af te spreken. Ze was het eigenlijk niet van plan geweest, maar nu wilde ze bij iemand zijn die ook een buitenstaander was, net zoals zij. Ze had gezegd dat ze naar Hilda ging, maar Lisa liep naar het park.

Harry zat op het gebruikelijke bankje op haar te wachten. 'Ik dacht al dat je zou komen,' zei hij bij wijze van begroeting.

'Ik moest even weg.' Lisa ging naast hem zitten en vertelde hem over Mary.

'Nou, ze is niet de eerste en ze zal ook niet de laatste zijn,' zei Harry achteloos.

'Harry! Hoe kun je dat nou zeggen?' riep Lisa.

'Nou, het is toch waar? Het is iets waaraan je moet wennen, Lisa. Dat wéét je. We hebben een paar bommen gehad, ja, maar Hitlers Blitzkrieg is nog niet eens begonnen. Er zullen nog een heleboel meer mensen doodgaan voordat hij klaar is.'

'Je klinkt alsof het je niets kan schelen,' zei Lisa verbitterd.

'Logisch toch?' zei Harry vurig. 'Het is allemaal te groot voor mij om te behappen. Ik kan me alleen maar druk maken om mezelf.'

'En om mij?'

'Ja, en om jou. Kom mee, Lisa, we gaan naar het westen en zetten het allemaal even van ons af. Ik heb geld. We gaan worstjes en patat eten in een café.'

Deze keer haalde Harry in de bus wel geld uit zijn zak voor de kaartjes, en dus konden ze helemaal meerijden tot aan Trafalgar Square. Die ochtend verkenden ze de straatjes rondom Soho en Leicester Square en toen, zoals hij had beloofd, trakteerde Harry op patat en worstjes.

Lisa was nog nooit naar een café geweest, en aan hun tafeltje bij het raam keek ze naar alle mensen die voorbijliepen. 'Dit is leuk,' zei ze, 'eten in een echt restaurant, als volwassenen.' Toen keek ze ongerust naar Harry. 'Je hebt toch echt wel geld, hè, Harry?'

'Natuurlijk!' Harry keek beledigd. 'Dat heb ik toch gezegd?'

Na hun lunch wist Lisa dat ze terug moest. Ze was uitgenodigd om die avond bij Hilda thuis te komen eten en wilde er op tijd zijn. Ze had immers tegen Naomi gezegd dat ze naar Hilda ging, en ze wilde ervoor zorgen dat ze niet had gelogen.

'Ik moet gaan, Harry. Ik moet naar Hilda, zoals ik tegen tante Naomi had gezegd.'

'Oké.' Harry haalde zijn schouders op. 'Maar ik kan nog niet weg.'

'Hoe bedoel je?'

'Ik moet nog even bij iemand langs,' zei Harry. 'Ik zet je wel op de bus.'

'Ga je niet met me mee?'

'Nee, dat zeg ik net: ik heb een afspraak bij iemand hier in de buurt.

Maak je niet druk,' zei hij met overdreven geduld. 'Ik geef je geld voor de bus.'

Hij wachtte samen met haar bij de bushalte en toen ze was ingestapt, zwaaide hij nog een keer voordat hij tussen de menigten op straat verdween.

Het was behoorlijk druk in de bus en Lisa was blij dat ze een zitplaats vond. Ze betaalde en leunde naar achteren om te genieten van de rit. Dat plezier was van korte duur. Plotseling begonnen de sirenes weer te krijsen.

'Die verrekte sirenes weer!' kermde de man die naast haar zat.

De bus reed nog een paar minuten door, maar kwam toen tot stilstand. 'Iedereen uitstappen,' riep de chauffeur. 'We rijden pas verder als die nazi's naar huis zijn.'

De mensen stapten uit en renden naar de openbare schuilkelders. Velen van hen haastten zich naar de metro. Lisa, die nog even op de stoep bleef staan, wist niet wat ze moest doen. Overal renden mensen naar schuilplaatsen, aangespoord door het geloei van de sirenes, en nog terwijl ze daar stond, hoorde ze het denderende geraas van honderden vliegtuigen in de lucht.

'Kom mee, meisje!' riep een vrouw, die haar bij de arm pakte en meetrok naar het metrostation. 'We moeten naar binnen.'

Maar toen ze bij de ingang aankwamen en Lisa de mensenmassa's op de trappen naar beneden zag, wist ze dat ze daar niet naar binnen kon. Ze rukte zich los en begon te rennen. Ze wist niet waar ze heen ging, maar ze was echt niet van plan om dat metrostation in te gaan. Op een of andere manier voelde het veiliger om te rennen dan om stil te blijven staan en naar de bommenwerpers te staren.

En toen begonnen de bommen te vallen; een gefluit in de lucht, gevolgd door de knal van een ontploffing. Ze zag al brandjes ontstaan in gebouwen in de buurt. Brandweerlieden en vrijwilligers renden naar elke oranje gloed om die te doven met zand of water, zodat het vuur niet om zich heen kon grijpen.

Lisa bleef rennen, wegduikend in portieken of tegen de gevels van gebouwen terwijl de intensiteit van de aanval verergerde. Het lawaai van de vliegtuigen, het gedender van de bommen en het geratel van het luchtafweergeschut was oorverdovend, een allesoverheersende herrie die de chaos om haar heen nog versterkte. Ze was totaal gedesoriënteerd en zwenkte van de ene kant van de straat naar de andere op zoek naar veiligheid. Ze had geen idee waar de dichtstbijzijnde schuilkelder was of hoe ze terug zou moeten komen naar het metrostation. Er waren nog andere mensen op straat, de luchtaanvalspotters, brandweerlieden en hulpverleners, maar die waren allemaal druk met het beperken van de schade die de bommen aanrichtten. Niemand leek het jonge meisje te zien dat door de chaos en verwarring ronddoolde. Er was geen respijt; de ene na de andere golf vijandelijke vliegtuigen vulde de lucht. Bestookt door de piloten van de RAF, verwikkeld in luchtgevechten tussen de wolken, bleven de bommenwerpers hun dodelijke lading neersmijten op een Londen dat al in brand stond.

Lisa dook trillend van angst de portiek van een winkelpand in, sloeg haar armen over haar hoofd en rolde zich zo klein mogelijk op.

'Mijn hemel, kind!' riep een man. 'Wat doe je hier?' Hij boog zich de portiek in en hees haar overeind. 'Er is een schuilkelder deze kant op. Kom mee!' Hij hield haar stevig vast en trok haar mee naar de betonnen schuilkelder op iets meer dan honderd meter afstand. Lisa liet zich meeslepen, omdat haar benen te zwak van angst waren om haar fatsoenlijk te dragen.

Boven hen klonk gesuis en een fluitend geluid. De man sloeg zijn armen om haar heen alsof hij haar met zijn lichaam wilde afschermen, en toen volgde er een enorme ontploffing. Een gebouw, slechts honderd meter achter hen, stortte in met een geraas dat door de smalle straat denderde, gevolgd door een dichte stofwolk.

De man en Lisa vielen allebei op de stoep en bleven roerloos liggen.

Het was even na vier uur die zaterdagmiddag. Dan was net thuisgekomen toen de sirenes hun klaagzang begonnen. Hij greep Naomi vast. 'De kelder in, meiske. Jij en de kleine moeten nu allebei veilig zijn.'

'Waar is Lisa?' riep Naomi.

'Maak je geen zorgen om haar,' zei Dan overtuigd. 'Ze is bij Hilda, en zij hebben een Anderson in hun tuin. Lisa is wel in orde.'

'Kom met me mee,' smeekte Naomi. 'De baby heeft ook een vader nodig, weet je.'

'Ja, dat weet ik, maar ik moet naar buiten. Ze hebben me nodig bij de kazerne. Ik kan de anderen toch niet in de steek laten?' Hij hielp zijn vrouw de kelder in, controleerde of ze een zaklantaarn had en stak de kaarsen aan. Inmiddels hoorden ze het gedreun van vliegtuigen en het geratel van het luchtafweergeschut in het park.

'Het is een grote aanval,' zei Naomi met trillende stem. 'Laat me niet alleen, Dan.'

'Ik moet, meisje. Zo'n grote aanval is des te meer reden om te gaan helpen. Ze hebben alle hens aan de pompen nodig.' Hij nam Naomi in zijn armen en fluisterde: 'Bescherm jij die kleine voor me, oké? En kom pas naar buiten als het sein veilig is gegeven, hoor je me?' Toen ze knikte, maakte hij zich voorzichtig van haar los en blies haar nog een kus toe voor hij de kelderdeur achter zich sloot.

Zodra hij buiten kwam besefte hij hoe groot deze aanval werkelijk was. Overal waren vliegtuigen te zien, zware bommenwerpers die log rondvlogen, en op dat moment begonnen de bommen die ze bij zich hadden al naar beneden te komen. De sirene bleef krijsen en overal renden mensen naar de dichtstbijzijnde schuilkelders. Dan haastte zich door de leeglopende straten naar de brandweerkazerne.

'Allemachtig,' riep de commandant toen hij aankwam. 'Ze hebben deze keer de hele verrekte Luftwaffe gestuurd!'

Sommige vliegtuigen vlogen door naar doelwitten verderop langs de rivier. Andere gingen er na het droppen van hun lading snel weer vandoor, bestookt door de piloten van de RAF. Maar de bommenwerpers waren niet alleen gekomen. Vastbesloten Londen te bereiken en de stad in brand te steken, werden ze begeleid door jachtvliegtuigen, en de strijd in de lucht was fel. Luchtafweerbatterijen overal in de stad schoten op de vijandelijke vliegtuigen. Het lawaai was oorverdovend en onophoudelijk.

Beneden op de straten werden bevelen geschreeuwd en renden ploegen brandweerlieden en vrijwilligers van de ene plek naar de andere, terwijl nieuws over brand en vernietiging binnenstroomde via de luchtafweerposten.

Dan werkte in een team van drie man, met Arthur en de wat jongere George. Ze gingen snel op pad om op te treden tegen brandbommen, die sissend tot uitbarsting kwamen zodra ze waren neergekomen. Het was hun taak om die branden met zand en een beperkte hoeveelheid water zo klein mogelijk te houden, zodat ze niet konden uitmonden in een witheet inferno dat alles verteerde waarmee het in contact kwam. De aanval leek eeuwig door te gaan. Dan was al snel uitgeput, maar ze kregen geen respijt. Zodra het ene brandje was geblust, diende het volgende zich alweer aan, moesten ze zand scheppen en de handpomp bedienen. De hemel boven de stad was gloeiend rood, overal stegen dikke rookwolken op, en nog steeds bleven de bommenwerpers komen.

Pas twee uur nadat de sirenes waren gaan loeien, werd het sein veilig gegeven. Toen Dan en zijn team het dak van het pakhuis op werden gestuurd om uit te kijken naar overgebleven brandhaarden, kregen ze voor het eerst een beeld van de verwoesting die de Luftwaffe had aangericht. Overal in de stad laaiden ongecontroleerde branden op. Veel gebouwen waren kapotgeschoten, andere stonden opstandig nog deels overeind met ontbrekende daken, muren of voorgevels. Mensen die de schuilkelders uit kwamen, werden geconfronteerd met een onvoorstelbaar tafereel van vernietiging.

Zelfs nadat het sein veilig was gegeven, was er nog geen rust voor de brandweerlieden. Dan wilde dolgraag weten of alles in orde was met Naomi. Nu hij gewend was geraakt aan het idee dat hij echt vader zou worden, was hij enthousiaster dan hij ooit voor mogelijk had gehouden.

Ik kan Naomi niet aan dit gevaar blootgesteld laten blijven als er nog meer van zulke aanvallen komen, dacht hij. *Zij en Lisa moeten maar naar het platteland. Ik wil het risico niet lopen dat ik hen en de baby kwijtraak.*

Maar hij kon zijn team niet achterlaten om bij haar te gaan kijken. Ze werkten allemaal door, probeerden de branden te beheersen, sleepten met emmers zand en duwden waterkarren naar de plekken waar ze nodig waren. Hij was nog nooit zo moe geweest. Hij en zijn team hadden geput uit energiereserves waarvan ze niet eens hadden geweten dat ze die hadden. Na een paar uur droeg de commandant hun op om pauze te nemen en iets te gaan eten.

'Een kwartier, niet langer,' waarschuwde hij. 'We hebben allemaal pauze nodig en gaan om de beurt. Jullie eerst, Arthur, en zodra jullie terug zijn gaan Tony en zijn team.'

'Geen tijd om naar huis te gaan,' zei Arthur. 'Laten we kijken of de Dog & Duck open is.'

Ze haastten zich door het puin op de straten en zagen tot hun verbazing dat de pub inderdaad open was. Er was geen warm eten, maar de barmeid stond als een gek boterhammen te smeren. Arthurs mensen waren niet de enigen die hier kwamen om bij te tanken.

Ze ploften aan een tafeltje neer en schrokten een stapel boterhammen met kaas naar binnen, vergezeld van een paar pinten bier.

'Kom op,' zei Dan na tien minuten. 'Als ik nu niet opsta, sta ik helemaal niet meer op!'

Ze hesen zich overeind, maar net toen ze naar buiten stapten begonnen de sirenes weer.

'Mensenkinderen!' riep George. 'Houden die verrekte gasten dan nooit op?'

'Misschien is het vals alarm,' opperde Arthur hoopvol.

Maar dat was het niet. Daar kwamen ze al snel achter, toen in de verte het geluid van geweervuur opklonk. Even later was het gedreun van de indringers te horen. Na het achterlaten van een vuurbaken dat niet kon worden gedoofd, waren de Duitsers weer terug. Eskaders bommenwerpers denderden op Londen af. De RAF-piloten boden weerstand in de lucht, maar de Londenaren zelf konden niets anders doen dan wachten tot het bombardement weer begon. Pas om halfvijf de volgende ochtend werd het sein veilig gegeven. De gevreesde Blitzkrieg was begonnen.

Naomi worstelde al tegen haar paniek sinds Dan die middag was vertrokken. In haar eentje in de kelder zitten was doodeng. Ze hoorde bommen vallen, maar waar? Waren ze zo dichtbij als ze klonken, of werd het geluid alleen maar versterkt door de smalle straten, weerkaatst tussen de rijtjeshuizen? Was de straat boven haar nog wel een straat, of was alles platgegooid? Ons huis staat nog overeind, hield ze zichzelf voor, dus de andere waarschijnlijk ook. De bommen die ze had gehoord, moesten verder weg zijn gevallen. Het was veel enger om het niet te weten, besloot ze, om niet te kunnen zien wat daar boven gebeurde; om opgesloten te zitten in de kelder terwijl het huis elk moment boven op haar kon instorten, waarna ze dan in haar eentje onder de brokstukken zou sterven. Ze overwoog serieus om boven te gaan kijken – dan zou ze in elk geval weten wat daar gebeurde – maar ze had Dan beloofd dat ze in de kelder zou blijven tot het veilig was. Knarsetandend hield ze zich aan die belofte. Meer dan eens klonk er gekrijs, een fluitend en suizend geluid, en dan een ontploffing waardoor het huis op zijn grondvesten beefde.

Ze dacht aan Dan, buiten, te midden van deze nachtmerrie, en de paniek maakte zich bijna van haar meester. Hoe kon iemand op straat zulke felle aanvallen overleven?

Het aanhoudende gedreun van het luchtafweergeschut in het park was oorverdovend, en Naomi sloeg haar handen over haar oren om het lawaai buiten te sluiten. Dat lukte niet. Bevend van angst ging ze opgerold op de matras liggen en stopte haar hoofd onder een deken.

Toen eindelijk het sein veilig werd gegeven, lag ze nog steeds te trillen. Haar oren bleven nog een hele poos piepen van het lawaai. Ze sloop de trap naar de keuken op, opende voorzichtig de voordeur en keek angstig naar buiten. Er hing rook in de lucht en er was een oranje gloed aan de hemel te zien. Aan het eind van de straat stond iets in brand, en schimmige gedaanten liepen eromheen in een poging het te blussen. Mensen kwamen langzaam uit hun huizen en uit de openbare schuilkelder op de hoek van Hope Street tevoorschijn.

Blokhoofd Leon Hardman kwam net aanlopen over de stoep om eventuele bomschade aan de huizen op te nemen. Hij glimlachte vermoeid toen hij haar naderde. 'Alles goed?' vroeg hij. 'Is Dan bij je?'

'Nee,' antwoordde Naomi. 'Hij is bij de brandweer. Wat staat daar in brand?' Ze wees naar de roodoranje gloed aan het eind van de straat.

Ze hoorde het geknetter van de vlammen die tussen de rookwolken dansten.

'De Duke,' antwoordde Leon. 'De rest ervan is nu ook ingestort. Niet door een inslag, maar waarschijnlijk door de luchtdruk van een bom verder weg. Het is alleen nog maar een berg puin. De weg is versperd en er zijn nog twee branden aan de andere kant van Hope Street. Ga maar weer naar binnen. Hoe minder mensen op straat, hoe beter. Het is niet veilig met alle branden en instabiele gebouwen. Morgenochtend zullen we alles beter kunnen zien.' Hij ging verder met zijn inspectie van de huizen in zijn buurt en bleef af en toe staan voor een praatje met Naomi's buren.

De Duke was nu echt weg! Naomi kon het amper geloven. De pub had heel haar leven op de hoek van de straat gestaan. Het was het middelpunt van de gemeenschap geweest, het stamcafé van haar vader, en nu was er niets meer van over dan een berg zwartgeblakerde stenen.

Gelukkig is Tom al bij zijn zus in Bow gaan wonen, dacht Naomi. In elk geval hebben de bommenwerpers hem niet ook te pakken gekregen.

Ze bleef nog even staan kijken langs de weg, hopend Lisa te zien aankomen.

Doe niet zo stom, zei ze tegen zichzelf. De familie Lang zou haar nooit zo snel na een aanval de straat op sturen. En wat Dan betrof, ze had geen idee wanneer hij thuis zou komen. De hele hemel was rood, met roze rookwolken door de weerkaatsende vlammen. Dan en alle brandweerlieden in Londen zouden hun handen vol hebben aan het blussen van zo veel branden. Naomi stond zichzelf niet toe om te denken dat hij misschien niet meer thuiskwam. Hij had de vorige oorlog overleefd, dus dan zou hij hier, thuis in Londen, ook blijven leven. Ze kon niets anders doen dan wachten tot Lisa en Dan weer naar huis konden komen. En dus, op advies van het blokhoofd, draaide ze zich weer om naar haar huis.

Toen ze bij de voordeur aankwam, hoorde ze de verloren kreet van een baby, de kleine Jonathan Doig van drie huizen verderop. Haar hand vloog naar haar buik alsof ze wilde controleren of haar eigen baby daar nog zat. Hoe angstaanjagend moest het zijn om een kleine baby te moeten beschermen in zo'n aanval als die ze net hadden doorstaan. Gelukkig zat haar geliefde kindje nog veilig in haar buik. Zolang zij leefde was hij of zij ook veilig.

Terug in het huis had Naomi behoefte aan iets te doen, dus bereidde ze het avondeten alvast voor. Aardappels schillen, uien hakken, alles klaarzetten om aardappelpuree met worstjes te maken. De worstjes waren nog niet op rantsoen gezet zoals het andere vlees, dus ze hoopte Dan te kunnen verrassen met een van zijn lievelingskostjes. Hij zou wel uitgehongerd zijn als hij thuiskwam, en Lisa natuurlijk ook.

Ze zette de radio aan voor wat gezelschap en zocht naar een licht programma, hopend op *It's That Man Again* of een van de andere komedies die haar konden opvrolijken, of misschien zelfs een beetje dansmuziek. Er werd muziek gedraaid, maar dat werd al snel onderbroken door Alvar Lidell met het journaal. Hij deed verslag van het nieuws dat zij al uit de eerste hand kende: dat Londen was bestookt door honderden bommenwerpers van de Luftwaffe en dat de gevreesde 'Blitz' was begonnen. Naomi zette de radio uit.

Het leek nog maar even later dat de sirenes hun spookachtige waarschuwingsgeluiden weer lieten horen.

'Niet weer!' jammerde Naomi. Ze konden toch niet al zo snel terug zijn? Maar het leek erop van wel, want ze hoorde het geluid van de luchtafweer in de verte. Ze overwoog naar de schuilkelder in Hope Street te rennen, zodat ze de aanval niet haar eentje zou hoeven uitzitten en zich niet weer het allerergste in haar hoofd zou halen. Maar nog terwijl ze haar jas pakte, klonk er niet ver weg een luide ontploffing en liet ze dat idee weer varen. Nu de straat op gaan zou zelfmoord zijn.

Ze vulde de thermosfles, pakte haar zaklantaarn en ging terug naar de kelder. Terwijl ze een lucifer afstreek om de kaarsen aan te steken, kreeg ze plotseling een visioen van de dansende vlammen aan het eind van de straat. Stel dat hun huis werd geraakt? Stel dat de kaarsen dan omvielen en er brand uitbrak in de kelder? Dan zou ze opgesloten zitten.

Naomi blies de lucifer uit en sloop met de zaklantaarn naar de matras. Voor de tweede keer die dag trok ze een deken over haar hoofd, stak haar vingers in haar oren en wachtte, alleen en in het donker, tot het lawaai buiten stopte en het sein veilig werd gegeven. Ze moest nog eens acht uur wachten. Ondanks haar angst en de strijd die boven in de lucht werd gevoerd, dommelde ze steeds even in, in een onrustige slaap vol angst en nachtmerries.

Toen na een eeuwigheid het sein veilig klonk, was ze stram en verkild en voelde ze zich ellendig. Ze ging naar boven om de schade te bekijken. Hun gerepareerde voordeur hing weer scheef, maar verder stond het huis nog overeind. Ze had nog een thuis. Anderen in de straat hadden minder geluk gehad. Verderop waren twee huizen ernstig beschadigd door een brandbom. Zelfs nu nog vochten brandweerlieden tegen het vuur. De bewoners, meneer en mevrouw Goldman, een ouder echtpaar dat naar de schuilkelder in Hope Street was gegaan, moesten worden tegengehouden toen ze het huis in wilden gaan in een poging nog iets van hun bezittingen te redden.

Naomi wendde zich wanhopig af. Hoe moesten ze in vredesnaam nog meer van dit soort aanvallen overleven? Ze ging weer naar binnen om te wachten. Ze kon wel huilen, maar de tranen kwamen niet. Ze wilde alleen maar dat Dan en Lisa thuiskwamen.

Toen ze eindelijk de voordeur hoorde schrapen en Dan zag binnenkomen, met roet in zijn haar en zwarte vegen op zijn gezicht, gilde ze uitgelaten en wierp zich in zijn armen.

'Gelukkig! Je bent veilig. O Dan, je bent veilig.'

Dan hield haar tegen zich aan, met zijn gezicht tegen haar wang, die nat was van de tranen van opluchting. 'Het is al goed, meiske,' zei hij sussend. 'Ik ben terug en jij bent veilig, en dat is alles wat er nu toe doet. Waar is Lisa?'

Naomi's moed liet haar eindelijk in de steek en ze barstte in tranen uit. 'Ik weet het niet. Ze is niet thuisgekomen na de eerste aanval, dus ik denk dat ze bij Hilda moet zijn gebleven. Mevrouw Lang vond het waarschijnlijk niet veilig om haar in haar eentje naar huis te laten gaan in al die chaos. Er waren een paar harde ontploffingen, en Leon Hardman zei dat er overal brandjes en gevaar zijn. Ze hebben haar waarschijnlijk daar gehouden totdat het licht werd. Het is maar goed dat ze niet heeft geprobeerd naar huis te komen, want anders was ze misschien overvallen door die tweede aanval. O, Dan! Hoe kan het dat ze twee keer achter elkaar zijn gekomen?'

'Ze willen ons doodsbang maken,' zei Dan. 'Maar dat gaat ze niet lukken!'

'Maar ik wás doodsbang.'

'Weet ik, meisje, weet ik. Maar we laten die smeerlappen niet winnen, dus we moeten dapper zijn.'

Naomi omhelsde hem weer. 'In elk geval ben jij thuis,' zei ze. 'Je zult wel uitgeput zijn.'

'Een beetje,' gaf hij toe.

'Heb je honger?'

'Ik eet wel iets als ik heb geslapen!'

'En Lisa?'

'Maak je geen zorgen,' zei hij sussend. 'Ik ga een uurtje pitten en als het straks licht is, ga ik haar wel halen.'

Samen liepen ze naar boven, waar Dan meteen uitgeput in slaap viel.

Naomi bleef wakker en luisterde naar de regelmatige ademhaling van haar man. Hoewel ze moe was, en ondanks Dans geruststelling, maakte ze zich enorme zorgen om Lisa. Waarom was ze nog niet thuisgekomen? Dan had waarschijnlijk gelijk dat ze bij de familie Lang in hun schuilkelder was gebleven tijdens de eerste luchtaanval, maar ze had toch thuis moeten komen voordat de tweede aanval kwam?

Wat zou zij zelf hebben gedaan als Hilda bij hen was geweest in plaats van andersom? Zou ze haar bij hen hebben gehouden totdat alle vliegtuigen weg waren? Tot het licht werd? Ze slaakte een diepe zucht. Ja, dat zou ze waarschijnlijk hebben gedaan. En met die gedachte rolde ze zich op tegen Dans rug en viel ze uiteindelijk ook in slaap.

9

September 1940

Toen de eerste golf vijandelijke vliegtuigen was verdreven, patrouilleerden Mark Davenham en Andy Drew, luchtaanvalspotters in Clerkenwell, door hun sector om te controleren op beschadigde gebouwen, overgebleven brandjes en belangrijker nog: slachtoffers die nog buiten waren geweest toen de aanval begon. Ze kwamen langs een kantoorgebouw waarvan de hele voorgevel in brokken op straat lag.

'Wat een puinhoop,' zei Andy en hij schuifelde naar voren om in de blootliggende kantoorruimtes te turen.

'Pas op!' waarschuwde Mark. 'De rest kan ook elk moment naar beneden komen.'

Andy hield afstand van de ruïne, zette zijn handen om zijn mond en riep: 'Is daar iemand? Iemand binnen?'

Er kwam geen reactie, maar ze riepen het allebei nog een keer: 'Is er iemand in dit gebouw?'

Binnen was het donker, er was geen brand te zien, en voor zover ze konden bepalen waren er ook geen mensen. Ze maakten wel een aantekening, zodat het gebouw later nog grondig zou worden bekeken door de reddingswerkers.

'Er zal waarschijnlijk om vijf uur op een zaterdagmiddag niemand meer binnen zijn geweest,' zei Mark.

'Dat is zo,' beaamde Andy, 'al houden de mensen er de laatste tijd vreemde werktijden op na, dus je weet het nooit.' Maar nog een keer roepen leverde niets dan stilte op en ze liepen door.

Er was nog meer schade aan nabijgelegen gebouwen, zoals gebroken ruiten en hier en daar een deur of brokstukken van een portiek op de stoep, maar dit was voornamelijk een zakendistrict, en het leek erop dat er niemand in de gebouwen was geweest toen de bommenwerpers toesloegen.

Op de hoek aangekomen trok iets in Marks ooghoeken zijn aandacht. Half verborgen in de deuropening van een onbeschadigd gebouw lag… iets. Hij greep Andy's arm vast en wees ernaar. 'Kijk. Wat is dat?'

Ze liepen ernaartoe en vonden twee mensen op de grond: een man met wijd open, starende ogen en zijn arm om een roerloos meisje heen.

Mark knielde bij hen neer. Hij zag meteen dat de man dood was. Het kind lag op haar buik en leek ook niet te ademen. Hij drukte zijn vingers tegen haar hals. 'Hartslag! Zwakke hartslag.' Hij keek Andy aan. 'Zorg dat er een ambulance komt, Andy. Ik blijf wel hier. Deze is misschien nog te redden.'

'Ik ben al onderweg!' Andy rende naar de dichtstbijzijnde luchtafweerpost om een ambulance te laten oproepen.

Mark ging op de stoep zitten en hield de koude hand van het kind vast. 'Hou vol, dapper meisje,' mompelde hij. 'Er is hulp onderweg. Ik beloof het je, er is hulp onderweg. Hou gewoon vol.'

Er kwam geen reactie van het kind, en hij checkte haar hartslag nog een keer. Haar hart klopte nog, maar zwakjes, amper meer dan een trilling. Mark wist dat er uiteindelijk hulp zou komen, hij had alleen geen idee wanneer. Na zo'n aanval zou de ambulancedienst onder zware druk staan. Terwijl hij daar zat, hoorde hij plotseling gerommel en geraas achter zich. Hij keek om en zag de rest van het kantoorgebouw waar ze net hadden gekeken in een kolkende stofwolk instorten, waardoor er een gat als van een afgebroken tand ontstond in de rij gebouwen langs de straat. Hij probeerde het kind met zijn eigen lichaam af te schermen van het ergste stof, maar durfde haar niet te verplaatsen. Stel dat ze rugletsel had? Dat kon hij dan nog verergeren.

Een halfuur lang bleef hij steeds uitkijken naar hulp. Andy was vast naar de afweerpost gekomen en had melding gedaan van het slachtoffer. Natuurlijk had hij dat. Ze hadden het gewoon druk en waren nog niet aan het meisje toegekomen. De dode man lag nog naast hem met die starende ogen. Mark boog zich opzij en sloot ze. Hij was getraind als blokhoofd sinds hij zich als vrijwilliger had aangemeld in oktober 1939, maar hij had nog nooit met een echte dode te maken gehad; hij had zelfs nooit eerder een dode gezien. Mark was pas drieëntwintig, maar vanwege zijn astma had hij niet in dienst kunnen gaan. Het stof dat overal in de lucht hing, in combinatie met de rook van de branden verderop, sloeg op zijn longen. Hij hoestte en snakte naar adem toen de ambulance, in de vorm van een omgebouwde taxi, eindelijk aankwam.

Er sprongen twee broeders uit. Eén blik was voor hen voldoende om te weten dat ze geen moeite hoefden te verspillen aan de man die nog steeds met zijn arm over het meisje heen lag.

‘Wat hebben we hier, vriend?’ vroeg een van hen aan Mark.

‘Dat meisje leeft nog, maar ik weet niet hoe ernstig gewond ze is. Ze is gedeeltelijk afgeschermd door die man, denk ik. Ze moeten zijn verrast toen de bom daarop viel.’ Hij wees met zijn duim naar het verwoeste kantoorgebouw verderop.

‘Identiteit?’

‘Weet ik niet,’ antwoordde Mark. ‘Ik durfde haar niet te bewegen uit angst dat ik nog meer schade zou aanrichten.’

‘Oké, we kijken wel even.’ De man knielde bij haar neer en voelde haar pols, en toen begon hij haar heel voorzichtig te onderzoeken. ‘Ze is buiten westen, en dat komt hierdoor.’ Hij tilde haar haar op en onthulde een bloedende wond aan de zijkant van haar hoofd. ‘Haar arm is ook gebroken, waarschijnlijk toen ze viel. Help me haar om te draaien, Mike,’ zei hij tegen zijn partner, en samen draaiden ze het meisje op haar rug zodat ze haar verder konden onderzoeken.

‘Ze zit onder de blauwe plekken. Als die knal haar vader heeft gedood, heeft ze geluk dat ze nog leeft. Hij heeft waarschijnlijk haar leven gered.’

‘Denk je dat hij haar vader is?’ vroeg Mark.

‘Dat lijkt me waarschijnlijk. Kijk eens of hij legitimatie bij zich heeft.’

Mark draaide voorzichtig de dode man om en stak een hand in zijn binnenzak. Er zat een identiteitskaart in waarop stond dat hij Peter Smith was, vijftig jaar, uit Harrogate in Yorkshire.

'Hij was een heel eind van huis, die arme drommel,' zei Mike. 'De verkeerde dag voor een bezoekje aan Londen, hè, Jack?'

'Heeft dat kind ook iets van legitimatie bij zich?' vroeg Jack.

Mike keek in de zak van Lisa's jurk, maar daar zat alleen een foto in. 'Nee, niks. Die kinderen gaan altijd de deur uit zonder hun identiteitskaart.'

'Nou, laten we haar maar naar het ziekenhuis brengen,' zei Jack. 'Daar kunnen ze haar grondig onderzoeken en oplappen.' Hij pakte het gasmasker dat nog om haar nek hing. Vervolgens liep hij naar de taxi en haalde een label, schreef er *Smith uit Harrogate?* op en bond het om haar enkel. Ze haalden een draagbaar uit de kofferbak van de taxi, tilden haar er voorzichtig op en schoven haar in de wagen.

'En meneer Smith?' vroeg Mark met een blik op de dode man die nog op de stoep lag.

'We moeten ons eerst om de levenden bekommeren, kerel,' liet de ambulancebestuurder hem weten. 'Geef zijn naam en locatie door bij de afweerpost, dan halen ze hem wel op.' Hij zwaaide kort, en toen verdween de taxi om de gewonde naar het ziekenhuis af te voeren.

Mark bleef naar Peter Smith staan kijken. Het voelde niet goed om zomaar weg te lopen en hem te laten liggen, maar de ambulancebroeder had gelijk: nu hadden eerst de levenden zijn hulp nodig. Hij bukte zich en legde de man zo neer dat het leek alsof hij lag te slapen.

'Je hebt je best gedaan, vriend,' zei hij. 'In elk geval heb je je kleine meid gered.' Hij boog zijn hoofd even, en toen rende hij terug naar de afweerpost om te melden wat ze tot dusverre hadden gevonden en om door te gaan op zijn ronden met Andy; er lag ongetwijfeld nog meer belangrijk werk op hen te wachten.

Het begon donker te worden, maar de hemel was een gloeiende oranje boog. Zo veel branden, dacht hij terwijl hij terugrende. Zo veel vernietiging. De brandweerlieden moesten tot over hun oren in het werk zitten. Zodra hij bij de post was gaf hij gegevens over het slachtoffer door, en toen stuurde de blokkapitein Andy en hem naar een andere sector. Ze waren nog maar een kwartier op pad voordat de sirenes weer begonnen te loeien.

'Tering!' riep Andy uit. 'Zijn die etters nu alweer terug?'

Inderdaad, en de twee blokhoofden begonnen met hun inmiddels vertrouwde routine: mensen die op straat liepen terugsturen naar de schuilkelders en controleren of niemand hulp nodig had om er te komen. Ze keken uit naar licht dat langs verduisteringsgordijnen naar buiten lekte, maar zoals Mark zei: 'Dat heeft eigenlijk weinig zin, nu de hele verrekte stad in de fik staat.'

Tegen de tijd dat het ochtend begon te worden, stond een groot deel van Londen in brand en vele gebouwen, groot en klein, waren verwoest of beschadigd. Het gebouw dat Peter Smith had beschut, was geraakt door een brandbom en stond in lichterlaaie, met een zo intense hitte dat er niets meer te vinden was toen de brandweer het vuur eindelijk had geblust. Alleen Mark Davenhams aantekening van Peter Smiths vindplaats toonde nog aan dat hij daar ooit was geweest.

Het kind werd het ziekenhuis binnengedragen vlak voordat de tweede luchtaanval begon. Een verpleegster die het label om haar enkel bekeek schreef haar in als: *Smith, Harrogate?*.

De afdeling Eerste Hulp was een geordende chaos. Er was een toestroom geweest van gewonde en gedesoriënteerde mensen. De ernstigste gevallen werden het eerst behandeld, de minder ernstige moesten wachten. De brancard met het bewusteloze meisje werd een hokje in gerold, waar ze moest wachten tot een arts haar kon onderzoeken. Haar jas zat onder het bloed, en een verpleegster knipte hem open om haar gebroken arm te kunnen bekijken. Toen er een dokter kwam, was hij bezorgd om haar hoofdwond en het feit dat ze nog niet bij kennis was gekomen.

Hij scheen met een lampje in haar ogen om te kijken hoe haar pupillen reageerden. 'Nog steeds bewusteloos, maar stabiel,' concludeerde hij. 'Ik denk niet dat er een bloeding is, maar daar kun je nooit helemaal zeker van zijn. Verzorg die wond en hou een oogje op haar. Ik denk dat het alleen maar een zware hersenschudding is en dat ze vanzelf wel bijkomt. Zorg dat ze op haar zij blijft liggen, voor het geval dat ze moet overgeven.'

Commotie op de gang trok zijn aandacht, dus hij liep naar de deur. 'Hou haar zo rustig mogelijk en ga elk halfuur even bij haar kijken,' zei hij over zijn schouder. 'Zodra die arm in het gips zit kan ze naar de afdeling kindergeneeskunde, waar ze nog vierentwintig uur goed in de gaten moet worden gehouden. Als er verder geen complicaties zijn kijken we daarna verder.'

Het meisje werd naar een kleine zaal aan de zijkant verplaatst, waar een verpleegster zich om haar hoofdwond bekommerde, en daar moest ze wachten tot haar arm kon worden gezet voordat ze naar de afdeling zou gaan.

Toen het donker werd en de sirenes waarschuwden voor een volgende luchtaanval, werden alle ambulante patiënten snel naar de kelder van het ziekenhuis gebracht. Degenen die niet konden worden verplaatst, werden zo goed mogelijk beschermd in hun bed.

Een verpleegster haastte zich naar de zaal aan de zijkant en zette een kooiconstructie over het meisje heen, die ze vervolgens afdekte met een matras om haar te beschermen tegen eventuele rondvliegende splinters of brokstukken. Ze controleerde de hartslag van het kind, die regelmatig was, en toen liep ze naar het bed ernaast. Daar lag een oudere vrouw met een gebroken been, gevallen in de haast om naar een schuilkelder te komen. Zij kon ook niet naar de kelder worden verplaatst, dus de verpleegster nam bij haar dezelfde voorzorgsmaatregelen.

'Maakt u zich maar geen zorgen, mevrouw...' Ze keek naar het naamplaatje op het bed. 'Mevrouw Dean. Dit zal u beschermen als het nodig is. Blijft u maar gewoon rustig liggen en kijk of u wat kunt slapen. Dat is het beste voor u tot we ons om dat been van u kunnen bekommeren.'

'Slapen, zuster?' kermde de oude vrouw. 'Dat is zeker een grapje! Met zo veel pijn in mijn been en die Hunnen die zo'n lawaai maken, doe ik geen oog dicht.'

'Nou, probeer het toch maar,' zei de verpleegster met een bemoedigende glimlach. 'De aspirine die de dokter u heeft gegeven zal helpen tegen de pijn. Ik kom straks weer even bij u kijken.'

Zuster Carlton kwam twintig minuten later terug naar de afdeling, waar mevrouw Dean zachtjes lag te snurken. De toestand van het kind was onveranderd. Normaal gesproken zou de dokter haar gebroken arm hebben gezet terwijl ze nog bewusteloos was, om haar de pijn te besparen, maar nu buiten de hel was losgebroken en er nog steeds patiënten binnenstroomden, was daar geen tijd voor. Intussen hield zuster Carlton een oogje op het kind; hoewel ze bewusteloos bleef, leek ze gedurende de nacht wat rustiger te worden, ondanks het lawaai buiten.

Op het moment dat het sein veilig klonk, werd ze teruggeroepen naar de zijafdeling door mevrouw Dean, die op het belletje drukte. Zodra ze de kamer binnenkwam, besefte ze waarom. Het kind in het andere bed was bijgekomen en lag te gillen onder de beschermende afdekking; een doordringend, doodsbang gegil. Zuster Carlton haastte zich naar haar bed en tilde de matras en de kooi eraf. Het meisje, met grote, starende ogen, hield haar mond open in een bijna doorlopende gil.

'Kunt u haar niet stil krijgen, zuster?' vroeg mevrouw Dean kwaad. 'Ik word gek van die herrie.'

Zuster Carlton negeerde haar en richtte al haar aandacht op het panische kind. 'Het is al goed, lieverd, het is al goed,' zei ze sussend. Ze pakte de hand van het meisje en streelde die. 'Alles is goed. Je bent in het ziekenhuis. Je was in een luchtaanval terechtgekomen, maar je bent nu veilig. Je bent veilig.'

Geleidelijk kalmeerde het meisje en ze hield op met gillen, maar ze bleef wild om zich heen staren en hield de hand van de verpleegster in een felle greep. Ze mompelde iets onverstaanbaars. Zuster Carlton boog zich naar voren en probeerde te verstaan wat ze zei, maar ze begreep het niet.

'Waar heeft ze het over?' wilde mevrouw Dean weten. 'Dat is Duits, wat ze spreekt. Is ze een mof? Ze zouden hier geen moffen moeten toelaten!'

'Natuurlijk is ze geen mof,' snauwde de verpleegster. 'Ze is een kind en ze is in de war en heeft een hersenschudding. Ze was buiten tijdens die luchtaanval en heeft een ernstige hoofdwond opgelopen. Ze is gedesoriënteerd. Ik ga de dokter halen.' Ze maakte rustig haar hand uit de greep van het meisje los en verliet de zaal. Al snel keerde ze terug met een arts, die het kind een injectie gaf waardoor ze zich ontspande en weer in slaap viel.

'Dat was een akelige hoofdwond,' zei hij. 'We zullen die arm nu meteen zetten, dan kan ze daarna naar de afdeling kindergeneeskunde.'

Een halfuur later werd het nog half bewusteloze kind op een rijdende brancard gelegd om naar de kinderafdeling te worden vervoerd.

'Bij de kinderafdeling zeggen ze dat ze geen bedden hebben,' liet de bode de verpleegster weten. 'We moeten haar naar de vrouwenafdeling brengen.' Hij keek naar het naamkaartje van het kind. 'Smith?' vroeg hij. 'Wat is haar voornaam?'

'Dat weten we niet,' antwoordde de verpleegster. 'Ze is op straat gevonden, maar had geen identiteitskaart bij zich. We weten alleen dat ze Smith heet en uit Harrogate komt.'

De bode haalde zijn schouders op. 'Het zal lastig worden om haar familie te vinden na die puinhoop. Maar waar ligt dat Harrowgate? Harrow, dat is toch waar die chique school staat?'

'Harrogate,' zei de verpleegster. 'Dat ligt in Yorkshire.'

'Wat deed die meid dan helemaal hier?' vroeg de bode zich hardop af. 'Ik dacht dat we alle koters uit Londen juist dáárheen hadden gestuurd!'

'Dat weten we ook niet,' antwoordde de verpleegster ferm. 'Kun je haar nu naar boven brengen zodat er voor haar wordt gezorgd?'

'Ja, oké, ik ga al,' morde de man, en hij duwde de rijdende brancard naar de lift.

Enige tijd later kwam het meisje weer bij. Deze keer ging ze niet paniekerig gillen; ze lag daar gewoon en keek om zich heen.

Zuster Sherwood liep naar haar bed en pakte haar hand. 'Hallo, lieverd,' zei ze. 'Ben je wakker? Dat is mooi.' Ze glimlachte naar haar patiënt, maar het kind lachte niet terug en bleef haar alleen maar glazig aankijken. Onder het verband om haar hoofd was haar gezicht bleek. Haar arm, met spierwit gips eromheen, lag op de dekens, maar ze deed geen poging om hem te verplaatsen.

De verpleegster nam haar hartslag en temperatuur op, die allebei aan de hoge kant waren. Ze maakte er een aantekening van en zei: 'Ik zal de hoofdzuster gaan vertellen dat je wakker bent.'

Bij de afdelingsbalie sprak ze met hoofdzuster Miller. 'Het meisje is wakker, maar ze reageert niet als ik tegen haar praat.'

'Wat weten we van haar?' vroeg zuster Miller.

'Heel weinig. Toen we haar uitkleedden en in bed legden, vonden we een foto in haar zak, waarschijnlijk van haar familie, en ze had een blauwe kralenketting om, maar geen legitimatie. Ze mompelde wel iets toen we haar in bed stopten, maar ik kon het niet verstaan. Ze heeft hoofdletsel opgelopen, dus mogelijk heeft ze nog last van een hersenschudding.'

'Ik zal dokter Greaves vragen om bij haar te komen kijken zodra hij kan, en intussen ga ik zelf even bij haar langs.'

Nadat ze de dokter had gesproken, ging zuster Miller naar het kind toe, trok een stoel bij het bed en ging naast haar zitten. 'Hallo,' zei ze. 'Ik ben zuster Miller en ik ga voor je zorgen zolang je hier op mijn afdeling ligt.'

Het meisje gaf geen teken dat ze haar had gehoord, maar bleef met glazige ogen voor zich uit staren.

'Nu weet je wie ik ben,' zei de verpleegster. 'Mag ik ook weten wie jij bent?'

Het meisje zei niets, maar sloot haar ogen en leek weer in te dommelen.

Toen de dokter binnenkwam, onderzocht hij haar nog een keer en bekeek zorgvuldig haar ogen. 'Haar arm is geen probleem,' zei hij. 'Dat was een simpele fractuur van de radius, maar het bevalt me niet dat ze steeds weer wegzakt. Hou haar goed in de gaten en roep me meteen als ze achteruitgaat.'

De verpleegsters hielden een oogje op het kind, en de volgende keer dat ze wakker was, at ze wat soep en leek ze zich veel meer bewust van haar omgeving. Maar ze sprak nog steeds niet. Pas toen de sirenes weer gingen loeien voor een volgende luchtaanval, probeerde ze te communiceren.

Zuster Sherwood dekte haar patiënten weer af met kooien, matrassen en dekens in een inmiddels vertrouwde poging om hen af te schermen, maar toen ze bij het bed van het meisje kwam, kreeg ze te maken met een stellige weigering.

'*Nein! Nein!*' riep het kind. Haar ogen waren groot van angst. 'Nee! Nee!'

Verbaasd om haar felheid, en ook om haar gebruik van twee talen, maar vooral blij dat ze sprak, zette zuster Sherwood de kooi op de grond. Ondanks de loeiende sirene ging ze bij het bed zitten. 'Wil je niet dat ik je afdek voor je eigen veiligheid?' vroeg ze.

Die woorden werden beantwoord met een heftig hoofdschudden.

'Als het ziekenhuis beschadigd raakt, kunnen deze dingen' – ze gebaarde naar de kooi en de stapel dekens op de vloer – 'ervoor zorgen dat je geen snijwonden of blauwe plekken oploopt.'

'Alsjeblieft, niet insluiten,' was het antwoord. De stem van het meisje sloeg over, haar Engels klonk vreemd en haar accent buitenlands, maar er bestond geen twijfel over dat ze het meende toen ze herhaalde: 'Alsjeblieft, niet insluiten.'

Er was geen tijd voor discussie, want andere patiënten op de afdeling moesten ook worden beschermd, dus glimlachte zuster Sherwood naar dat angstig gezichtje en zei: 'Goed dan, dan laat ik je zo liggen.' Snel en efficiënt dekte ze de andere patiënten in hun bedden af, en toen ging ze naar zuster Miller om te vertellen over haar gesprek met het onbekende meisje.

'Ze lijkt niet bang voor de sirene,' legde ze uit, 'alleen maar om "ingesloten" te worden, zoals zij het noemt. Misschien heeft ze claustrofobie. Wat moet ik doen?'

'Zijn de andere patiënten verzorgd?'

'Ja, dat is allemaal geregeld.'

'Laten we het dan nog eens proberen.'

De twee verpleegsters liepen naar het onbeschermde bed. Het meisje lag met haar ogen dicht, maar zodra ze hen hoorde aankomen, deed ze ze weer open en ging rechtop zitten om te protesteren. ‘Alsjeblieft, niet insluiten!’ zei ze ferm.

Zuster Miller pakte haar hand. ‘Het is al goed, lieverd, we gaan je niet insluiten.’

Het meisje ontspande zich zichtbaar en zakte weer achterover.

De verpleegster ging naast haar bed zitten. Buiten was fel luchtafweergeschut ingezet en het nu bekende gedreun van vliegtuigen vulde de hemel, maar zuster Miller negeerde dat en pakte de hand van het kind. ‘Kun je me vertellen hoe je heet, lieverd?’

Het meisje schudde haar hoofd in verwarring, alsof ze op een of andere manier orde in haar brein probeerde te schudden.

‘Je ligt in het ziekenhuis omdat je buiten was tijdens een luchtaanval. Je hebt een klap tegen je hoofd gekregen en je arm is gebroken. Maar we weten niet wie je bent.’

Het meisje luisterde, maar ze schudde haar hoofd weer.

‘We weten dat je achternaam Smith is,’ ging de verpleegster bemoedigend door, ‘en dat je uit Harrogate in Yorkshire komt, maar we weten je voornaam niet. Hoe moeten we je noemen?’

‘Dat weet ik niet.’

‘Weet je niet hoe je heet?’

‘Ik weet het niet,’ zei het meisje, en er kroop wat paniek in haar stem. ‘Wie ben ik?’

Het geluid van explosies op niet al te grote afstand overstemde wat ze verder nog had willen zeggen. De twee verpleegsters, die andere patiënten te hulp moesten schieten, lieten haar met grote, angstige ogen in haar bed achter, terwijl bommenwerpers de buitenwereld probeerden te verwoesten.

10

September 1940

Dan en Naomi sliepen een uur, maar hun knagende ongerustheid om Lisa wekte hen al snel nadat de zon op was. Naomi glipte het bed uit en ging naar de keuken om thee te zetten; ze wist iets min of meer theekleurigs uit de al twee keer eerder gebruikte theeblaadjes te persen en bracht de kopjes naar boven, waar Dan al rechtop in bed zat.

Ze gaf hem zijn thee en liep naar het raam om de verduisteringsschermen weg te halen. Buiten begon de straat net weer tot leven te komen. De schade aan de huizen aan de overkant, huizen van oude buren, zag er bij daglicht een stuk erger uit. Het huis van de Goldmans was niet veel meer dan een ruïne. De bakstenen waren zwartgeblakerd, de ruiten lagen eruit en het dak was weggebrand. Verkoolde balken staken de lucht in als beschuldigende vingers die de bommenwerpers uitdaagden om terug te komen. Met het huis ernaast was het niet veel beter afgelopen. Het dak zakte door en de ramen en deuren waren eruit geblazen. Het was onbewoonbaar, maar de muren stonden nog opstandig overeind in de ochtendzon.

'Die arme Shirley Newman,' zei Naomi ontdaan. 'Haar huis heeft de bommen niet doorstaan. En ze is helemaal alleen omdat haar man op zee zit. Wat moet ze nu doen? En de Goldmans ook. Ik zag ze gisteravond nog proberen iets van hun spullen te redden, maar de brandweer wilde ze niet naar binnen laten gaan.'

'Daar hadden ze gelijk in,' zei Dan. 'Als ze naar binnen waren gegaan, had een arme drommel van een brandweerman zijn leven moeten wagen om ze er weer uit te halen.'

'Maar toch is het begrijpelijk,' zei Naomi. 'Het is hun huis. Vorige week nog vertelde ze me dat ze daar al veertig jaar woonden.' Ze deed het raam open en boog zich naar buiten om verder langs de weg te kunnen kijken naar het derde beschadigde huis, van de familie Drake. De schoorsteen was door het dak gevallen, maar het had niet in brand gestaan.

'Ik geloof dat ze allemaal in de schuilkelder van Hope Street waren,' zei ze, terwijl ze het raam dichtdeed en zich weer naar Dan omdraaide. 'Ik denk niet dat er slachtoffers zijn gevallen in onze straat.'

Dan dronk zijn thee op en kwam uit bed. 'Nu het licht is, ga ik naar de familie Lang om Lisa op te halen,' zei hij, terwijl hij een overhemd aantrok. 'We willen ons meisje zo gauw mogelijk weer thuis hebben, toch?'

'Ik ga mee.' Naomi trok snel haar jurk aan en pakte haar schoenen.

Vijf minuten later liepen ze in de richting van het huis van de familie Lang aan Grove Avenue. Aan het eind van Kemble Street bleven ze nog even staan kijken naar de berg stenen en puin die ooit de Duke of Wellington was geweest.

'Ik kan nog steeds niet geloven dat het echt weg is,' fluisterde Naomi.

'Het kon niet anders,' zei Dan. 'Het kon niet zo blijven als het was. Als die klap gisteravond de klus niet had geklaard, zou er binnen een paar dagen een slooploeg zijn gekomen. Wees maar gewoon blij dat er deze keer niemand binnen was.'

Ze liepen door gehavende, verschroeide straten waar uitgeputte brandweerlieden nog steeds bezig waren de laatste brandjes te blussen of zand over nagloeiende sintels te scheppen. Ze passeerden de bakstenen schuilkelder van Hope Street. Hij was nu verlaten, en een vrijwilliger was aan het vegen en de rommel aan het opruimen van de mensen die er het grootste deel van de nacht op elkaar gepakt hadden gezeten. Overal rondom waren sporen van het bombardement te zien: kapotte ramen, uitgerukte deuren, bergen puin, rokerige stofwolken.

'Ik ben blij dat Lisa niet heeft geprobeerd naar huis te komen door deze puinhoop,' zei Dan, terwijl hij Naomi een hand gaf om haar over een stapel bakstenen heen te helpen. 'Blij dat ze haar daar hebben gehouden.'

'Ja, ik ook,' zei Naomi. 'Ik dacht vannacht nog dat ik hetzelfde zou hebben gedaan als Hilda bij ons thuis was geweest.'

Het duurde veel langer dan normaal om Grove Avenue te bereiken. Een paar straten waren afgesloten, omdat instabiele gebouwen de stoepen bedreigden of vanwege kraters in de weg. In één straat stond de kruising onder water door een gesprongen waterleiding, en in een andere vormde een geknapte gasleiding een brandende fakkel in het vroege ochtendlicht. Overal zwoegden arbeiders om de puinhopen op te ruimen en de buurt weer veilig te maken. Mensen deden wat ze konden om de schade aan hun woningen te repareren; mannen en ook vrouwen stonden op ladders, spijkerden zeildoek over kapotte daken, timmerden gebroken ramen dicht en repareerden scheefhangende deuren. Hitler had hun de afgelopen nacht een flink pak slaag gegeven, maar ze gaven het niet op. Zoals Dan had gezegd: ze waren vastbesloten om die smeerlappen niet te laten winnen!

Uiteindelijk bereikten ze Grove Avenue, maar op de hoek bleven ze abrupt staan. De straat was bijna verlaten en de schade hier was enorm. Halverwege was een gapend gat tussen de huizen te zien: twee huizen waren helemaal weg. Niet alleen maar beschadigd of uitgebrand, maar totaal weggevaagd door de directe inslag van een groot explosief. De huizen aan weerskanten helden dronken over naar de opening ertussen, met zwartgeblakerde randen van inmiddels gebluste branden rondom blootgelegde kamers. Dan en Naomi bleven ernaar staan staren.

'Welk huis was van hen?' fluisterde Naomi.

'Vierendertig, toch?' antwoordde Dan.

'Ja, maar welk huis is nummer vierendertig?'

'Een stukje verderop, geloof ik,' antwoordde Dan. 'Kom, we gaan kijken.' Hij pakte haar hand en ze liepen door de verwoeste straat.

'De weg is afgesloten, kerel!' riep een stem. Een man in het uniform van de luchtafweer kwam vanuit een van de huizen naar hen toe. 'De gebouwen zijn te gevaarlijk.'

'Maar we zoeken onze dochter,' zei Naomi. 'Ze logeerde hier vannacht.'

'Dan zit ze waarschijnlijk in de schuilkelder in Madison Road.' De man wees in de richting waar ze vandaan waren gekomen. 'De volgende straat links. De afweerpost is daar ook. Vraag het de man die daar dienst heeft maar.'

'Welk huis is nummer vierendertig?' vroeg Naomi. 'Ze logeerde daar.'

De gezichtsuitdrukking van het blokhoofd veranderde. 'Vierendertig, zegt u?'

'Ja,' antwoordde Dan. Hij verbleekte toen hij het antwoord al van het gezicht van de man kon aflezen. Hij keek weer naar het gat waar twee huizen hadden moeten staan.

Het blokhoofd keek ook die kant op. 'Sorry, kerel, maar daar waren geen overlevenden. Een heel gezin weg.'

'Weg?' Het drong nog niet tot Naomi door. 'Waarheen?'

'Het was een directe inslag. Er is niets van hen over. Geen overlevenden.'

Naomi wankelde, en Dan ving haar op toen ze flauwviel en naar hem toe zakte. Samen droegen de twee mannen haar het huis binnen waaruit het blokhoofd was gekomen.

'Doris!' riep het blokhoofd, terwijl hij de voordeur openduwde. 'Er is een mevrouw flauwgevallen.'

Zijn vrouw kwam de keuken uit draven en deed de deur naar de voorkamer open. 'Hier,' droeg ze hun op. 'Breng die arme vrouw hier maar heen.'

De twee mannen legden Naomi op de bank en Doris haalde een deken die ze over Naomi heen legde.

'Joe, wat is er gebeurd?' vroeg ze aan haar man.

'Ze denkt dat haar dochter op nummer vierendertig logeerde.'

'Lieve help,' zei de vrouw ademloos. 'Dat was het huis van de familie Lang.'

'Klopt,' mompelde Dan. 'Ze was op bezoek bij haar vriendinnetje Hilda toen de sirenes gingen. Wij dachten dat ze bij hen in de schuilkelder was gebleven. We waren niet verbaasd toen ze na de eerste luchtaanval niet thuiskwam. Het zou niet slim zijn geweest om door die straten te gaan lopen terwijl het donker werd, dus we dachten dat ze voor de veiligheid bij hen was gebleven.'

'Dat is waarschijnlijk ook zo,' antwoordde Joe. 'Het huis van de familie Lang werd geraakt bij de tweede aanval.'

'Maar zaten ze dan niet in hun schuilkelder?' vroeg Dan. 'Waarom niet? Ze zouden toch wel dekking zoeken?'

'Nee, er zat niemand in de Anderson, of wat ervan over was. We zijn meteen gaan kijken.'

'Maar ze hadden er wel een?'

'O ja, de meeste huizen langs deze straat hebben er een, maar niet iedereen gebruikt ze.'

'Maar dat is krankzinnig!' riep Dan.

'Ik ben het volkomen met je eens, vriend,' antwoordde Joe, 'maar ik kan ze niet dwingen.'

'Weet je zeker dat ze thuis waren? Misschien zijn ze ergens anders gaan schuilen. Je zei toch dat er een schuilkelder in Madison Road is? Misschien zijn ze daarheen gegaan.'

Joe keek even naar Naomi, die begon bij te komen. 'Het was een directe inslag,' fluisterde hij, 'maar er lagen... resten. Zeker weten. Van zowel volwassenen als kinderen. Sorry, kerel.'

Enige tijd later, met hulp van Joe en Doris, kreeg Dan Naomi weer naar huis. Aan weerskanten ondersteund door de mannen kon ze zelf door de gehavende straten teruglopen naar Kemble Street.

'We weten niet zeker dat ze in dat huis was,' zei Naomi toen ze weer thuis waren. 'Misschien was ze al op weg naar huis en is ze naar een van de openbare schuilkelders gegaan.'

'Dat lijkt me niet waarschijnlijk,' zei Dan voorzichtig. 'Als ze daar was geweest, meisje, dan zou ze inmiddels wel zijn thuisgekomen.'

Terwijl Doris thee zette voor Naomi, liep Dan met Joe mee terug. Samen stonden ze bij de gapende krater die de bom had achtergelaten. Er was weinig te zien.

'Weet je zeker dat de lichamen die je hebt gevonden op nummer vierendertig lagen?' vroeg Dan. 'Ik bedoel, er zijn twee huizen weg. Misschien waren het de buren.'

'Nee, ik vrees van niet.' Joe sprak vriendelijk. 'Die waren allemaal in de schuilkelder aan Madison Road. Na de eerste aanval besloten ze daarheen te gaan, omdat ze andere mensen om zich heen wilden hebben. Zij zijn nu in het opvangcentrum.'

'Dus hun huis was leeg.'

'Ja, voor zover we weten.'

'En de lichamen lagen in het andere huis.'

'Voor zover we konden zien.'

'Maar ze zijn geïdentificeerd?'

'Er was niet veel over om te identificeren. De ambulance heeft meegenomen wat ervan over was. Ze waren weggevaagd. Sorry, vriend, maar ik denk niet dat ze daar nog verder gaan graven. Ze halen de bulldozers erbij en gooien de boel plat.'

'Laten ze eventuele resten liggen?' Dan was vervuld van afgrijzen.

'Dat hangt ervan af wat er nog meer moet gebeuren. Maar na dit soort aanvallen moeten ze snel werken. Ze moeten ook aan de volksgezondheid denken, hè?'

Joe was heel nuchter, en zijn evenwichtigheid hielp Dan om kalm te blijven voor Naomi, maar ze gingen die dag geen van beiden naar hun werk. Het verlies van Lisa was te hartverscheurend.

'Dat blokhoofd zei dat het huis van de familie Lang neerging in de tweede aanval,' zei Naomi snikkend. 'Als ik er na de eerste aanval heen was gegaan om Lisa op te halen in plaats van me hier te verstoppen, had ik haar kunnen redden, hè? Als ik er meteen naartoe was gegaan, zou ze nu nog bij ons zijn.'

'Lieve meid, dat weet je niet,' probeerde Dan haar gerust te stellen.

'Natuurlijk wel. Dat huis is pas gebombardeerd tijdens de nachtelijke aanval, zei die man. Denk je dat ze niet naar de schuilkelder zijn gegaan omdat Lisa dat niet wilde?' ging ze somber door. 'Misschien wilde zij er niet heen en zijn ze toen allemaal thuisgebleven om haar gezelschap te houden. O Dan, ik had haar moeten gaan ophalen.'

Dan wist niet wat hij kon zeggen om haar te troosten. Als Joe gelijk had – en er was geen reden om te denken dat het niet zo was – dan ja:

als Naomi Lisa was gaan halen, had ze misschien nog geleefd. Maar dat had ze niet gedaan, en daar was nu niets meer aan te doen.

'Misschien,' zei hij uiteindelijk. 'Maar luister, Naomi, als je erheen was gegaan, had jij misschien ook wel vastgezeten in dat huis en was ik jullie alle drie kwijtgeraakt.' Het was een schrale troost, maar meer kon hij niet bieden. De baby was veilig, en dat betekende alles voor hen allebei.

Naomi stortte zich op het huishouden. Ze ging het hele huis door, lapte ramen en boende alles tot het blonk. Stof van buiten was door de open deur naar binnen gewaaid en vormde een dikke laag op alle meubels. Ze schrobde het bad en toilet en veegde de overloop en de trap aan. Poetsen verdoofde haar, en verdoving was wat ze nu nodig had. Toen Lisa's kamer aan de beurt was verschoonde ze het bed, legde een schone handdoek neer en stofte alle meubels af.

Ze konden het ook mis hebben, hield ze zichzelf voor. Lisa kon nog steeds ergens rondlopen. Haar kamer zou klaar voor haar zijn als ze terugkwam. In de kussensloop vond ze de brief van Lisa's moeder. Naomi vouwde hem open op het dressoir en keek ernaar. Ze kon er natuurlijk geen woord van lezen, maar ze wist wat het was en legde hem zorgvuldig opgevouwen weer op de kast, zodat dat het eerste was wat Lisa zou zien als ze thuiskwam.

Iets later die dag werd er aan de deur geklopt, en toen Dan opendeed, stond Shirley Newman uit het andere beschadigde huis op de stoep.

'Hallo, mevrouw Newman,' zei hij, 'wat een ramp. Is er iets dat we voor je kunnen doen?' Hij keek over haar schouder naar wat overgebleven was van haar huis en besefte dat er weinig was dat ze kónden doen. 'Kom binnen. Naomi is in de keuken. We wilden net thee zetten.'

Mevrouw Newman volgde hem naar de keuken. Naomi, die voor het eerst was gaan zitten sinds ze was begonnen het huis schoon te maken, sprong weer overeind.

'Shirley!' riep ze. 'Wat erg. Ik vind het zo erg.' Ze wist niet wat ze anders moest zeggen.

Haar buurvrouw schudde afwezig haar hoofd en zei: 'Ik leef nog. Ik was in de schuilkelder.'

'Wat ga je nu doen?' vroeg Naomi.

Shirley haalde haar schouders op. 'Weet ik nog niet. Ik kan nergens heen behalve het opvangcentrum, maar die hebben niet veel ruimte meer na wat er afgelopen nacht allemaal is gebeurd.'

'Je kunt vannacht wel hier slapen,' zei Naomi impulsief. 'Dat vinden we niet erg, toch, Dan?'

'Nee, natuurlijk niet,' antwoordde Dan. 'Ik moet straks een poosje naar de kazerne,' ging hij door. 'Als u hier slaapt, mevrouw Newman, kunnen jullie elkaar mooi gezelschap houden terwijl ik weg ben. En als er een aanval komt, ga dan allebei de kelder in en kom niet naar buiten voordat het sein veilig wordt gegeven, oké?'

Terwijl Naomi het huis aan het poetsen was, had Dan zo goed en zo kwaad als het ging de voordeur gerepareerd. Nu liep hij nog even naar de overkant om te kijken wat hij voor hun buren kon doen. De Goldmans hadden een handkar geleend, die ze volstapelden met alles wat ze nog uit hun uitgebrande huis konden redden.

'We gaan een paar dagen naar mijn schoonzus, totdat we iets anders kunnen vinden,' vertelde Jeremiah Goldman. 'Deze spullen zetten we in de garage, en haar zoon komt ze dan later ophalen.' Dan hielp hen de kar inladen en keek hen na toen ze wegliepen door de straat, achter hun neef aan naar de schijnveiligheid van een ander huis.

Dan was opgelucht toen hij de twee vrouwen thuis achterliet. Hij was niet meteen enthousiast geweest over Naomi's aanbod om de buurvrouw bij hen te laten slapen. Als je eenmaal buren je huis in liet, al was het maar voor één nacht, wist je nooit hoelang ze zouden blijven of hoe je er later weer vanaf zou kunnen komen. Maar hij had zich ook afgevraagd hoe hij Naomi alleen zou kunnen laten na de verschrikkelijke zesendertig uur die ze net hadden doorstaan, en nu had ze in elk geval gezelschap.

Onderweg dacht hij aan die arme Lisa. Ze was hier gekomen voor de veiligheid en nu was ze gedood bij een luchtaanval. Hitlers lange arm had haar hier in Londen bereikt, terwijl hem dat in Duitsland niet was gelukt. De ironie ervan was hartverscheurend. Die arme, moedige kleine Lisa. Ze was gewoon op het verkeerde moment op de verkeerde plek geweest. Het was zinloos dat Naomi zichzelf daar de schuld van gaf, maar hij wist dat ze dat nog wel een tijdje zou blijven doen.

Het is net zomin Naomi's schuld als van het mannetje in de maan, dacht Dan, maar het zal heel lastig worden om haar daarvan te overtuigen. Misschien was het anders gegaan als ik thuis was geweest. Misschien zou ik Lisa dan zijn gaan halen.

Maar Dan wist dat hij niet veilig thuis kon blijven zitten terwijl ze vanuit de lucht werden bestookt, en dus zou hij zichzelf niet folteren met wat had kúnnen zijn. Hij wist alleen wel dat hij nog lang zou rouwen om het vluchtelingenkind dat ze in huis hadden genomen, het moedige meisje dat hun dochter was geworden.

De sirene ging toen hij bij zijn post aankwam, en vanaf dat moment had hij geen tijd meer om te piekeren, geen tijd meer om aan andere dingen te denken behalve de branden en het blussen ervan. De Luftwaffe was terug en alle hens waren nodig aan de pompen – letterlijk.

11

September 1940

Harry was die zaterdagmiddag nog in het West End toen de vijandelijke bommenwerpers kwamen. Hij was naar Soho Square geweest voor een afspraak met Dave Dickett, een zakenpartner van zijn baas Mikey Sharp.

'Ik koop alle peuken op die hij kan krijgen,' had Mikey hem verteld. 'Zeg maar dat hij ze dinsdag moet meenemen naar de opslag.' Mikey was graag bereid om een lading sigaretten in ontvangst te nemen die eerder die week van een vrachtwagen was gestolen, maar hij was natuurlijk veel te slim om zelf in het openbaar af te spreken met een bekende dief.

Harry kwam net van die afspraak vandaan toen de sirenes gingen. Die stomme dingen weer, dacht hij terwijl hij opkeek. De hemel was helderblauw en de zon nog steeds warm, maar hij hoorde het geratel van het luchtafweergeschut al, en het aanzwellende gedender van honderden vliegtuigen. En toen waren ze er: een zwerm sprinkhanen, vliegend in formatie, zo veel dat de hemel ervan verduisterde.

'Ga van de straat af, knul!' riep een blokhoofd dat haastig zijn sector vrijmaakte. 'De schuilkelder in!' Hij wees achterom naar het plein.

Dat hoefde hij Harry geen twee keer te vertellen. Hij rende terug naar het plein en perste zich tussen de mensen door die vanuit andere straten, winkels, pubs en cafés op weg waren naar de schuilkelder. De ondergrondse ruimte zat al snel propvol met duwende en ellebogende mensen op zoek naar een zitplaats.

Geen wonder dat Lisa niet naar dit soort plekken toe wil, dacht Harry, terwijl hij zich een weg baande naar een plekje bij de muur. Hij hoopte dat zij ook ergens de veiligheid had opgezocht. Ze was misschien zelfs al bij Hilda's huis aangekomen en zat nu veilig in hun Anderson.

Het geroezemoes in de grote schuilkelder kon het gedender van de luchtaanval buiten niet overstemmen. Iemand begon te zingen; een paar anderen deden een poosje mee en zorgden voor een gevoel van camaraderie. Iedereen in de schuilkelder zat in hetzelfde schuitje, en samen zouden ze zich erdoorheen slaan. Toen een uur of twee later eindelijk het sein veilig werd gegeven, was het gedrang om uit de drukte en de bedompte lucht in de schuilkelder weg te komen bijna net zo erg als het gedrom om binnen te komen was geweest. De camaraderie was vergeten toen iedereen het plein weer op stroomde.

Eenmaal buiten keek Harry om zich heen. Hij zag weinig schade in de directe omgeving, maar er hing rook in de lucht en de hemel had een oranje gloed. Overal waren mensen opgelucht omdat ze de aanval hadden doorstaan. Velen keerden terug naar waar ze vandaan waren gekomen, anderen haastten zich weg om te kijken hoe het met hun huis gesteld was.

Harry liep terug naar het hostel. Het was een lange wandeling, maar er leken geen bussen te rijden en hij wilde niet met de metro, zelfs al zou die nog wel rijden. Voorlopig had hij even genoeg van ondergrondse ruimtes.

Hij bereikte het hostel net toen de sirenes opnieuw gingen. Het blokhoofd daar dirigeerde de bewoners naar de dichtstbijzijnde schuilkelder en Harry, die werd meegestuurd, zat de rest van de nacht hutjemutje met de andere jongens.

Weer dacht hij even aan Lisa, die in haar eentje met de bus was vertrokken. Het gaat heus wel goed met haar, hield hij zichzelf voor. Ze is vast ergens gaan schuilen. Ik ga maandag wel even bij de school langs om te kijken hoe het met haar gaat.

De volgende morgen ging Harry naar Mikey Sharp om verslag uit te brengen over zijn bespreking met Dave Dickett. Op weg naar Petticoat Lane was hij geschokt door de omvang van de schade. Gebouwen waren verwoest of uitgebrand. Nog steeds woedden hier en daar brandjes. Het East End van Londen was heel zwaar gebombardeerd, met als doelwit de pakhuizen en schepen in de haven van Londen. Terwijl Harry opeengepakt zat met al die anderen in de schuilkelder bij het hostel, had hij tegen zichzelf gezegd: 'Dit nooit meer.' Hij zou het er wel bovengronds op wagen met die bommen. Maar nu, terwijl hij zich door de straten haastte en zag wat voor puinhoop ze hadden aangericht, wist hij dat niet meer zo zeker.

Hij trof zijn baas met twee van zijn medewerkers in een achterkamertje van de Black Bull achter Middlesex Street. Harry wachtte nerveus tot de andere twee mannen de kamer verlieten.

Mikey keek Harry eindelijk aan. 'En, knul, is Dickett komen opdagen?'

'O ja, meneer Sharp,' zei Harry. 'Hij komt dinsdag, zoals u zei, en hij neemt –'

'De handel mee,' viel Mikey hem in de rede.

'Precies, en hij zei dat hij nog iets anders had wat u wel zou willen zien.'

Mikey trok één wenkbrauw op. 'O ja? Wat dan wel?'

Harry keek om zich heen om na te gaan of ze niet werden afgeluisterd. 'Whisky. Hij heeft een paar kratten die van een vrachtwagen waren gevallen of zoiets.'

'Aha. En wat gaat hij daarmee doen?'

'Ik heb gezegd dat hij die ook maar dinsdag moest meebrengen,' zei Harry.

'O, is dat zo?' Mikey glimlachte kort. 'Ben jij even slim.' Hij haalde een rol bankbiljetten uit zijn zak en pelde er een pondbriefje af. 'Alsjeblieft,' zei hij, terwijl hij Harry het geld gaf. 'En nu wegwezen. Kom dinsdag naar de opslag. Ik heb je nodig bij het lossen.'

Die avond kwam de Luftwaffe weer terug voor een bombardement van de havens en het gebied eromheen. De bommenwerpers leken van alle kanten te komen, zich oriënterend op een paar nog nasmeulende branden, al kwamen er deze keer minder dan de vorige dag langs de verdediging aan de zuidkust. Maar toch kwamen ze nog, tussen de versperring van het luchtafweergeschut door duikend. Hun bommen vlogen fluitend naar de grond, ontploften in dodelijke fragmenten en vaagden pakhuizen, winkels, huizen en mensen weg.

Zoeklichten richtten hun krachtige lichtbundels omhoog in de duisternis, vormden kruiselingse patronen in de lucht om de aanvalsvliegtuigen vast te pinnen zodat de artilleristen op de grond erop konden schieten. Granaten ontploften met felle oranje en witte flitsen tegen de nachthemel om de vijandelijke vliegtuigen te verdrijven. Enkele bommenwerpers werden neergeschoten en doken in een spiraalvlucht krijsend omlaag voordat ze, nog steeds met hun dodelijke lading aan boord, ontploften in een uitbarsting van vuurwerk, met vuurbollen die de lucht tot kilometers in de omtrek verlichtten.

Vrijwillige brandweerlieden renden van hot naar her, blusten brandjes en riepen de reguliere brandweer naar de grotere branden. Overal stortten gebouwen in, waardoor lawines van bakstenen op de straten denderden. Het lawaai was oorverdovend en ze moesten schreeuwen om zichzelf verstaanbaar te maken. Het werk was nietaflatend en ze werkten net zo hard en lang als de mannen in de officiele diensten. Iedereen wist dat ze allemaal hun uiterste best moesten doen om te helpen de stad te redden.

Naomi en Shirley zaten samen in de kelder van Kemble Street. Ze hoorden het geraas, gebulder en geknal; soms ver weg, soms angstaanjagend dichtbij.

'Hoelang kunnen ze dit nog volhouden?' riep Naomi toen een volgende knal het huis liet beven.

'Hoelang kunnen wij het nog aan?' vroeg Shirley met trillende stem. 'Straks is er niks meer van Londen over.'

'Dat is wat Hitler wil,' zei Naomi. 'Dan zegt dat hij ons zo bang probeert te maken dat we capituleren.'

'Hij heeft me mijn huis afgepakt,' zei Shirley opstandig, 'maar we laten hem hier niet binnenmarcheren.'

‘Hij heeft mijn Lisa afgepakt,’ zei Naomi, en op dat moment begaf haar ijzeren greep op haar emoties het en ze barstte in tranen uit.

‘Vertel.’ Shirley pakte haar handen vast. ‘Vertel me wat er met haar is gebeurd.’

En dus, in het licht van de zaklamp in de kelder, vertelde Naomi Shirley alles over Lisa, waar ze vandaan was gekomen, hoe moeilijk het voor haar was geweest, en uiteindelijk wat er met haar was gebeurd.

‘Maar je weet niet zeker dat ze dood is,’ zei Shirley toen Naomi klaar was. ‘Je weet niet zeker dat ze in dat huis was toen het werd geraakt.’

‘Ze hebben lichamen gevonden.’ Naomi moest even slikken. ‘Delen van lichamen. Volwassenen en kinderen.’

‘Dat hoeft nog steeds niet Lisa te zijn geweest,’ hield Shirley vol. ‘Je zei dat die mensen zelf ook kinderen hadden. Die kunnen het ook zijn geweest.’

‘Zij vast ook, ja,’ zei Naomi bitter. ‘Maar Lisa moet daar zijn geweest. Waar kan ze anders naartoe zijn gegaan?’

‘Heb je navraag gedaan bij de opvangcentra? De ziekenhuizen? Alle luchtaanvalspotters in de buurt gesproken?’

‘Nee, dat niet,’ verzuchtte Naomi. ‘Het heeft geen zin. Ze was in dat huis en het blokhoofd daar zei dat het een directe inslag was. Iedereen is omgekomen, en er was bijna niets van hen over.’

‘Nou,’ zei Shirley, ‘als het mijn kind was, zou ik eerst bij alle ziekenhuizen en centra langsgaan voordat ik ervan uitging dat ik haar echt kwijt was. Als ze gewond is geraakt of zo, weten ze misschien niet wie ze is.’

Dat idee gaf Naomi een sprankje hoop. ‘Je hebt gelijk,’ zei ze. ‘Dat ga ik morgenochtend meteen doen. O Shirley, ik ben zo blij dat jij er bent. Afgelopen nacht zat ik hier helemaal alleen, en ik was zo bang.’

‘Ik was naar Hope Street gegaan,’ zei Shirley, ‘maar daar was het ook eng. Ik voel me hier veiliger.’

Naomi schonk wat chocolademelk in uit haar thermosfles en ze dronken daarvan, terwijl ze luisterden naar de oorlog die buiten woedde. Het was nog steeds eng, maar in elk geval hadden ze elkaars gezelschap.

Shirley vertelde over haar man Derek, die in de koopvaardij zat. 'Het probleem is dat hun schepen een even groot doelwit zijn als de oorlogsschepen, maar zij hebben geen wapens. Hij heeft me de laatste keer dat hij in Liverpool was geschreven, maar dat is al tien dagen geleden. Hij kan nu wel weet ik veel waar zijn.'

Naomi vertelde over Dan, over haar bezorgdheid omdat hij buiten rondliep tijdens die verschrikkelijke luchtaanvallen, en voordat ze het wist had ze hun geheimpje verklapt: dat ze in verwachting was.

'O Naomi, wat geweldig!' zei Shirley enthousiast. 'Maar dat betekent dat je nu extra voorzichtig moet zijn.'

'Ja, weet ik. Maar in wat voor wereld komt mijn baby straks terecht? Die arme kleine wordt gebombardeerd zodra hij geboren is.'

'Niet als je Londen uit gaat,' zei Shirley. 'Dat zou ik doen als ik zwanger was. Je wilt toch niet het risico nemen dat het nog voor de geboorte wordt gedood? Wat zegt Dan ervan?'

'Weet ik niet. We hebben het er nog niet over gehad.'

'Nou, dat moet je wel doen,' zei Shirley ronduit. 'Vooral nu die luchtaanvallen erger worden. Je moet naar het platteland, naar een plek die Hitler niet kan vinden.'

Zodra het sein veilig werd gegeven, gingen beide vrouwen weer naar boven. Net als de vorige keer keken ze in de straat, maar ze zagen niemand lopen en niets wat erop wees dat er nog meer in de buurt was vernietigd. Er hing rook in de lucht en de hemel gloeide nog, maar Kemble Street leek geen verdere schade te hebben opgelopen.

'Kom op,' zei Naomi. 'We kunnen beter proberen een beetje te gaan slapen. Morgen wordt een drukke dag.'

'En Dan?'

'Die komt naar huis zo gauw hij kan,' antwoordde Naomi. 'Ik denk dat hij nog wel even druk is met al die branden.' Nu ze weer controle had over haar emoties, was ze niet van plan die weer los te laten. Ze zou naar bed gaan en daar op haar man wachten.

Naomi haalde dekens en een kussen voor Shirley, en nadat ze haar buurvrouw op de bank in de voorkamer had geïnstalleerd, ging ze naar boven. Ze keek Lisa's kamer in. Shirley had ook in Lisa's bed kunnen slapen, maar om een of andere reden moest Naomi daar niet aan denken. Totdat ze alles had gedaan wat ze kon om Lisa te vinden, totdat ze zeker wist dat het meisje niet meer terugkwam, wilde ze niet dat iemand anders daar sliep.

Dan kwam pas thuis toen het licht werd. Zijn gezicht was zwart, zijn ogen roodomrand. Hij kwam zachtjes de trap op en kroop bij Naomi in bed. Ze nam hem in haar armen, en meteen viel hij in een diepe slaap.

Naomi bleef naast hem liggen, peinzend over alles wat er de vorige dag was gebeurd. Positief blijven, hield ze zichzelf voor. Shirley zou gelijk kunnen hebben. Naomi begon alvast na te denken over haar zoektocht naar Lisa straks. De school, opvangcentra, ziekenhuizen. Ze zou overal langsgaan.

Ik ga niet naar mijn werk, besloot ze. Ze redden zich nog wel een dagje zonder mij. Ik vertel ze later wel waarom.

Ze dacht ook aan wat Shirley had gezegd over weggaan uit Londen. Ze wist dat veel zwangere vrouwen de steden hadden verlaten toen de oorlog pas was uitgebroken, maar er waren er ook veel teruggekeerd toen de bombardementen uitbleven. Zouden ze weer weggaan nu de gevreesde Blitz echt was begonnen? Moest zíj dat doen? Hoe kon ze weggaan en Dan alleen achterlaten bij die bombardementen? Kon ze het aan om hem wekenlang niet te zien? Maar Shirley moest het ook zonder haar Derek stellen, die op zee was. Duizenden vrouwen moesten het zonder hun man stellen. Waarom zou het voor haar anders zijn? Ze moest haar baby beschermen. Haar belangrijkste plicht was aan haar ongeboren kind. Maar Dan achterlaten, blootgesteld aan de Blitz, en dan niet eens veilig in een kelder maar buiten op straat, onbeschermd... Haar hart kneep samen van liefde en angst bij de gedachte.

Uiteindelijk dommelde zij ook weer in en ze werd pas wakker toen ze iemand in de keuken hoorde. Even wist ze niet wie dat was. Dan lag nog naast haar te slapen. Toen dacht ze weer aan haar logee Shirley. Ze glipte het bed uit, trok haar ochtendjas aan en liep naar beneden.

'Ik kon niet meer slapen,' zei Shirley, 'dus ben ik maar iets te drinken gaan maken.'

'Ik ook niet.' Naomi schonk thee in uit de pot die Shirley had gezet.

'Als ik dit op heb,' zei Shirley, gebarend met haar beker, 'ga ik naar het opvangcentrum om te kijken of ze een plek weten waar ik tijdelijk kan wonen.'

'Je kunt nog wel een poosje hier blijven,' bood Naomi aan. 'Ik was blij dat je hier was vannacht.'

'Bedankt, en ik doe het ook wel als het moet, maar het is beter als ze iets permanenters voor me kunnen vinden.' Zodra ze haar thee op had ging ze naar buiten.

Toen Dan beneden kwam keek hij om zich heen. 'Waar is Shirley?'

'Weg. Misschien komt ze later nog terug. Ga jij vandaag met de taxi op pad?'

'Ja, ik moet wel,' antwoordde Dan, terwijl hij de toast opat die Naomi voor hem had gemaakt. 'Ik kan niet nog een dag missen, hè? En jij?'

'Nee, ik ga vandaag niet werken. Ik ga naar Lisa's school. Dit zou de eerste schooldag na de vakantie moeten zijn. Misschien hebben een paar kinderen daar haar gezien.'

'Naomi –' begon Dan.

'Nee, zeg dat niet!' kapte ze hem scherp af. 'Ik ga haar zoeken, Dan. Als ik bij haar school ben geweest, ga ik naar de ziekenhuizen, kijken of ze daar misschien heen is gebracht. Het ís mogelijk,' zei ze ferm toen hij haar weer wilde onderbreken. 'En dan ga ik naar de opvangcentra. Misschien hebben ze haar gevonden en wordt ze ergens verzorgd. Ze kan nog leven, Dan. Ze hoeft niet in dat huis geweest te zijn.'

Dan keek haar aan en glimlachte meegaand. 'Doe dat dan maar, meisje,' zei hij. 'Maar alsjeblieft, lieverd, heb niet te veel hoop.'

Hij verliet het huis en ging naar de spoorbrug waar hij en een paar andere chauffeurs hun taxi's altijd onder parkeerden. Dan was er al twee dagen niet meer geweest en was bang voor wat hij daar zou kunnen aantreffen. Als de taxi was verwoest tijdens een van de aanvallen, dan hadden ze geen ander inkomen meer behalve Naomi's karige salaris. Bij de brug trof hij een aantal van zijn vrienden. Ze waren allemaal opgelucht te zien dat hun auto's er nog geparkeerd stonden, zonder schade.

'Het zal lastig navigeren worden door de stad vandaag,' zei Jim Tucker. 'De schade is verschrikkelijk, vooral rondom de havens.'

'Ik moest omrijden bij Milton Road,' zei Bert Halford. 'Onontplofte bom!'

'Ik denk dat ik naar het westen ga,' zei Dan. 'Meestal pik ik wel een vrachtje op bij Whitehall.'

De chauffeurs reden hun taxi's onder de beschutting van de brug vandaan. De bombardementen van die nacht waren voorbij en ze gingen weer aan het werk.

Naomi ruimde de ontbijtboel op, trok haar jas aan en verliet het huis. Ze had de school gekozen als eerste tussenstop. Ze liep via de route die Lisa ook zou nemen, en keek uit naar kinderen die ze kende, maar ze herkende niemand. Bij de schoolpoort aangekomen keek ze het speelplein rond. Er kwamen wel een paar kinderen aan, maar niet de gebruikelijke menigte die stond te wachten tot de bel ging. Waar waren ze allemaal? Ze kreeg haar antwoord snel. Toen ze binnen vroeg of ze mevrouw Hammond kon spreken, werd ze meteen naar het kantoor van de directrice geleid.

Mevrouw Hammond zag er bleek en uitgeput uit. 'Wat kan ik voor u doen?' vroeg ze vermoeid. 'Er is geen les vandaag. We sturen iedereen weer naar huis, dus als u kwam vertellen dat u Lisa thuishoudt, hoeft u zich niet druk te maken. Of wie dan ook. Niet vandaag.'

De moed zonk Naomi in de schoenen. 'Nee,' mompelde ze, 'daar kwam ik niet voor. Ik kwam vragen of u Lisa had gezien. Ze wordt sinds zaterdagmiddag vermist.'

Mevrouw Hammond werd zo mogelijk nog bleker. 'Lisa ook al?' fluisterde ze. 'Ik heb net gehoord dat Hilda en Peter Lang en hun ouders zaterdagavond zijn omgekomen.'

Naomi haalde diep adem. 'We denken dat Lisa misschien bij hen was.'

'Bij de familie Lang?'

'We weten het niet zeker. Daar probeer ik achter te komen. Ze zou zaterdag naar hun huis gaan, maar misschien...' Naomi's stem brak op een snik. 'We hoopten dat ze misschien op weg naar huis ergens was gaan schuilen.'

'Dat zou ook best kunnen,' zei mevrouw Hammond. 'Hebt u al navraag gedaan bij de ziekenhuizen?'

'Daar ga ik zo meteen naartoe.' Naomi snoot haar neus. 'Ik dacht alleen dat het beter was als ik eerst even hier langsging... Voor het geval dat andere kinderen haar hadden gezien of ze misschien met iemand anders was meegegaan.'

'Ik zal navraag doen, mevrouw Federman, en als ik iets over haar te weten kom, beloof ik dat u de eerste bent die het hoort. Er is vandaag geen les, omdat we proberen een evacuatie te organiseren voor mensen die dat willen. Londen is niet veilig meer, want reken maar dat we dit soort aanvallen nog vaker gaan meemaken. We kunnen niet riskeren dat we nog meer kinderen kwijtraken.'

Naomi verliet de school en ging naar het eerste plaatselijke ziekenhuis. Ze kende verschillende ziekenhuizen in de stad, en als Lisa ergens gewond was gevonden, kon ze naar een daarvan zijn gebracht. Naomi was vastbesloten om ze allemaal aan te doen.

Ze ging bij elk ziekenhuis naar de Eerste Hulp-afdeling en meldde zich bij de receptie. Het was overal hectisch, omdat er nog steeds veel slachtoffers van het bombardement werden binnengebracht. Sommigen konden worden opgelapt en werden naar huis gestuurd, anderen werden opgenomen voor verdere behandeling.

Overal hadden de receptionisten het verschrikkelijk druk, maar ze namen wel telkens de tijd om het register te raadplegen en te kijken of er een Lisa Becker was opgenomen. 'Sorry, mevrouw,' zei de dame achter de balie van het Bart's ziekenhuis. 'Er is hier niemand met die naam behandeld.'

'Ze is pas veertien,' legde Naomi uit. 'Ze kan ook zijn binnengebracht zonder dat iemand wist wie ze was.'

'Er zijn zaterdag geen onbekende tienermeisjes binnengebracht,' antwoordde de vrouw ferm. 'Het spijt me dat ik u niet kan helpen.'

'Zou ik iemand kunnen spreken die hier toen aan het werk was?' vroeg Naomi.

'Mevrouw.' Nu werd de stem van de receptioniste bruusk. 'U hebt geen idee wat voor chaos het hier zaterdagavond was, en het is nu nog steeds weinig beter. Als er niet in het boek staat dat ze hier is behandeld, dan is ze hier niet behandeld.' Ze keek over Naomi's schouder en riep: 'Volgende!'

Het was hetzelfde bij het London Hospital. 'Nee, ik vrees van niet. Niemand met die naam is hierheen gebracht.'

'En ook geen andere meisjes van rond de veertien?' vroeg Naomi wanhopig. 'Misschien zonder naam?'

'Nee, we hebben zaterdag maar één onbekend kind binnengekregen, maar zij bleek Smith te heten en kwam uit Harrogate. Sorry. Probeer het eens bij King's College...'

'Probeer het bij Guy's...'

'Probeer het bij St Thomas's...'

Naomi ging alle ziekenhuizen af, over de rivier en weer terug, maar niemand wist iets van een veertienjarig meisje met de naam Lisa Becker en nergens lag een jonge, ongeïdentificeerde patiënt. En overal had het ziekenhuispersoneel het even druk.

Laat in de middag kwam Naomi uitgeput en doodongelukkig thuis. Ze had geen spoor van Lisa gevonden en begon te aanvaarden dat ze misschien toch in Grove Avenue was geweest toen de bommen vielen. Maar vastbesloten om het nog niet op te geven, smeerde ze gauw een boterham voor zichzelf en ging daarna nog bij de drie plaatselijke opvangcentra langs.

Het eerste centrum was niet ver bij Grove Avenue vandaan. Mevrouw Barber, een overwerkte vrijwilligster, deed haar uiterste best om onderdak te vinden voor alle mensen die niet meer terug konden naar hun verwoeste huizen. Nee, ze had geen veertienjarig meisje in haar eentje zien ronddwalen.

'Sorry,' zei mevrouw Barber, terwijl ze een losgeraakte haarlok uit haar gezicht veegde. 'Ik heb een lijst van iedereen die hier vandaag en gisteren is geweest, ik weet waar ze vandaan kwamen en waar ze heen zijn gestuurd, maar er staat geen Lisa Becker bij. Probeer het centrum aan Kingsland Road eens. Dat is veel groter.'

Maar het was hetzelfde in Kingsland Road en Shoreditch High Street. Niemand had van Lisa of eventueel een onbekend meisje gehoord.

Met een zwaar hart keerde Naomi terug naar Kemble Street.

12

September 1940

Met zijn pondbriefje in zijn hand vertrok Harry snel uit de achterkamer van de Black Bull. Eigenlijk was hij bang voor Mikey Sharp, maar dat gaf hij liever niet toe. Hij hield zichzelf voor dat het geweldig was om voor een man als Mikey te werken, een man van de wereld die wist hoe je dingen voor elkaar kreeg, een man met visie, dé Man!

Sinds zijn eerste werkdag als loopjongen voor Mikey Sharp bezorgde hij berichten, leverde pakketjes af, laadde en loste vrachtwagens en deed alle andere dingen die Mikey hem opdroeg.

Harry maakte zich erg nuttig voor Mikey, maar hij vergat nooit dat zodra dat nut ophield of hij een blunder beging, Mikey niet zou aarzelen om zich van hem te ontdoen, en misschien wel permanent.

Hij maakte zichzelf al snel wegwijs in de straten van Oost-Londen en leerde alle steegjes en doorgangetjes kennen, zodat hij iedereen die hem zou willen grijpen en uithoren zou kunnen ontlopen. Als werknemer van Mikey had hij nooit gebrek aan geld, maar hij wist dat hij zich op glad ijs begaf en dat niemand hem zou komen redden als hij werd betrapt terwijl hij ergens met een klusje bezig was. Mikey zou hem meteen laten vallen.

Hij was zich ervan bewust dat hij een risico had genomen toen hij tegen Dickett had gezegd dat hij dinsdag die whisky moest meebrengen. Mikey had het mogelijk niet willen hebben, en het kon al problemen opleveren dat het in dezelfde wagen lag als de peuken. Maar, dacht Harry terwijl hij over de markt in de richting van Lisa's school liep, Mikey had er wel blij mee geleken, want in plaats van de gebruikelijke tien shilling per klus had hij een heel pond gekregen!

Toen hij langs een kraam met goedkope sieraden kwam, bleef hij staan. Hij dacht eraan hoe blij Lisa was geweest met de ketting van Swan & Edgar die hij haar vlak voor kerst had gegeven. Hij kon natuurlijk niets 'lenen' van de kramen of venterskarren in Petticoat Lane, want hij wist niet welke er allemaal onder Mikey vielen, maar met een heel pond in zijn zak kon hij wel iets voor Lisa kopen om goed te maken dat hij haar afgelopen zaterdag in haar eentje naar huis had laten gaan. Hij koos een armband van blauwe kralen uit, in ongeveer dezelfde kleur als de ketting, betaalde met een muntje van twee shilling en kreeg geen wisselgeld. Dat was duur, maar Lisa was het waard.

Bij de school aangekomen was hij verbaasd te zien dat die gesloten leek. Hoewel het bijna etenstijd was, waren er geen kinderen op de speelplaats, geen leerlingen op weg naar huis. Hij bleef een poosje voor de poort staan wachten, maar niemand liep in of uit. Waar waren ze allemaal? De school leek verlaten. Hij wilde net vertrekken toen hij juffrouw May de voordeur uit zag komen. Ze droeg een mand en haar handtas en was duidelijk op weg naar huis.

Toen ze de poort uit kwam, stapte Harry op haar af. Ze bleef verbaasd staan. 'Harry Black, toch? Jou heb ik sinds voor de kerst al niet meer gezien. Ik herkende je amper.'

'Is de school gesloten?' vroeg Harry bij wijze van antwoord. 'Is de vakantie nog niet voorbij?'

'Jawel, we hadden vandaag weer moeten beginnen,' zei juffrouw May, 'maar door de bombardementen zijn er wat dingen veranderd.'

'Waar is iedereen dan?'

'Thuis, neem ik aan. Sorry, jongeman, maar ik kan geen schoolzaken met jou bespreken.' Toen vroeg ze: 'Wat doe je hier eigenlijk?'

'O, niks. Ik zocht gewoon iemand die nog hier op school zit.'

'Nou, sorry, maar hier is niemand. Als ik er nu even langs mag...'

Harry stapte opzij en keek haar na, terwijl ze haastig wegliep en bij de slager verderop naar binnen ging.

Dan ga ik maar kijken of Lisa thuis is, dacht Harry, en hij liep in de richting van Kemble Street. Toen hij op de hoek aankwam, waar de pub nu aan puin lag, keek hij de straat in en zag een vrouw vanuit de andere richting ergens halverwege een huis binnengaan. Was dat Lisa's huis? Harry dacht van wel. Hij voelde aan de armband in zijn zak en besloot het er maar op te wagen.

Als ik een paar keer langsloop, dacht hij, ziet Lisa me misschien en komt ze naar buiten.

Hij slenterde de straat in, aan de overkant van Lisa's huis. Ja, het huis waar de vrouw naar binnen was gegaan was nummer vijfenzestig. Hij keek ernaar, maar voor het raam aan de voorkant zaten nog verduisteringsschermen. Zelfs als Lisa daar was, zou ze in een achterkamer zitten, niet in het donker in de voorkamer. Hij was er net voor de tweede keer langsgelopen toen de vrouw weer naar buiten kwam en de voordeur achter zich dichttrok. Ze beende de straat door zonder zelfs maar Harry's kant op te kijken.

Harry wachtte nog een paar minuten voor het geval dat ze terugkwam en liep toen naar de voordeur. Hij gaf er een duwtje tegen, maar de deur ging niet open. De vrouw zou hem vast niet hebben afgesloten als er nog iemand in huis was. Hij keek snel heen en weer door de straat. Er was niemand te zien. De twee huizen aan de overkant waren uitgebrand en stonden leeg, dus nam hij het risico. Hij bukte zich, duwde de brievenbus open en gluurde erdoor. Er was niet veel te zien: alleen maar de hoek van de trap en de gang naar de achterkant van het huis.

Hij klopte aan, en toen er geen reactie kwam riep hij door de brievenbus: 'Lisa! Lisa? Ik ben het, Harry. Ben je daar, Lisa? Ik heb iets voor je.' Het bleef stil. Er was niemand thuis.

Waar zou ze kunnen zijn? Nu Harry een cadeautje voor haar had, wilde hij het haar ook meteen geven.

Bij Hilda natuurlijk, dacht hij ineens. Daar zal ze wel zijn.

Hij was niet van plan om daar aan te kloppen, maar hij kon wachten tot ze naar buiten kwam en dan konden ze samen naar Kemble Street teruglopen.

Harry liep terug in de richting waar hij vandaan was gekomen. Hij wist waar Hilda woonde, want hij was de meisjes uit nieuwsgierigheid een keer na school gevolgd. Nu ging hij naar Grove Avenue, vastbesloten om Lisa te zien voordat hij terugkeerde naar het hostel.

Net zoals Dan en Naomi eerder hadden gedaan, ging hij de hoek naar Grove Avenue om en bleef abrupt staan. Er zat een gapend gat waar twee huizen totaal verwoest waren. Een ervan, daarvan was hij overtuigd, was het huis van Hilda geweest. Hij staarde naar de scheefhangende huizen aan weerskanten van het gat, allebei instabiel door de ontbrekende zijmuren. De voordeur van het ene huis had een prachtige kleur koningsblauw. Hij herinnerde zich die deur, want hij had het een mooie kleur gevonden; dat was het huis van Hilda's buren.

Hun huis is door een bom geraakt, dacht hij geschokt. Waar zijn ze dan nu?

Op dat moment ging er een deur achter hem open en kwam er een man in het uniform van de luchtafweer naar buiten. 'Kan ik iets voor je doen?' vroeg hij. 'Ik ben het blokhoofd hier. Zoek je iemand?'

'Ik... Ik ben een vriend van de familie Lang,' zei Harry aarzelend. 'Was dat hun huis? Dat weg is? Gaat het goed met ze? Waar zijn ze naartoe?'

'Een vriend van de familie Lang?' Het blokhoofd bekeek hem eens goed.

'Ik heb op school gezeten met Hilda,' zei Harry toen hij de argwaan van de man aanvoelde. 'Ik kwam kijken hoe het met haar gaat...'

'Aha.' De houding van het blokhoofd verzachtte wat. 'Nou, het spijt me dat ik je dit moet vertellen, maar er is hier een bom ingeslagen. Geen overlevenden.'

Harry staarde hem ongelovig aan. 'Bedoelt u dat ze dood zijn?'

'Ik vrees van wel, knul,' antwoordde het blokhoofd. 'Het hele gezin, en een vriendinnetje. Misschien ken je haar dan ook. Lisa nog-wat?'

Alles begon te draaien. 'Lisa?' fluisterde hij. 'Lisa?'

'Ik vrees van wel. Sorry dat je het op deze manier moet ontdekken. Haar arme ouders waren hier gisteren nog om naar haar te zoeken. Het brak mijn hart toen ik het ze moest vertellen. Ze was die dag bij de familie Lang en was in het huis toen de luchtaanval begon.'

'Waren ze... Hebt u lichamen gevonden? Lisa's lichaam?'

'Er was niet veel te vinden,' zei het blokhoofd nuchter. 'Ze hebben gisterochtend meteen weggehaald wat er lag. De bulldozer zal binnenkort wel komen. Die andere twee huizen moeten ook gesloopt worden, want die zijn niet meer veilig.' Hij keek aandachtig naar Harry's gezicht. 'Gaat het wel, jongen?'

Harry slikte moeizaam. 'Het komt wel goed. Het komt wel goed. Het is de schok maar, snapt u?' Hij keek nog een laatste keer naar de krater, draaide zich om en liep weg.

Zodra hij uit het zicht was van het blokhoofd begon Harry te rennen. Hij rende naar het park, naar het bankje waar Lisa en hij altijd afspraken. Het was warm en zonnig; op de zandzakken en de luchtafweerinstallatie na zag het park er nog net zo uit als altijd. De bomen waren gehuld in prachtige herfstkleuren: geel en oranje en goud. De eenden zwommen nog steeds kwakend in de vijver en kinderen speelden op de schommels en de glijbaan onder toezicht van hun moeders.

Hoe kan dit allemaal gewoon doorgaan alsof er niets is gebeurd? dacht Harry boos. Hoe kan de hele wereld gewoon doorgaan alsof er niets is gebeurd?

Hij herinnerde zich de dag dat de Duke voor het eerst was gebombardeerd, toen Lisa's kennis Mary was omgekomen. Wat had hij toen ook al weer gezegd? Iets van 'ze is niet de eerste en ze zal de laatste ook niet zijn'. Lisa had hem ervan beschuldigd dat het hem niets kon schelen, en ze had gelijk gehad, maar hij had beloofd dat hij wel om háár gaf. Hij had het noodlot getart door te zeggen dat er nog veel meer slachtoffers zouden vallen, maar toch niet Lisa, niet de moedige Lisa uit Hanau?

Denkend aan zaterdag, toen hij haar op de bus had gezet om in haar eentje naar huis te gaan, verkilde hij. Als hij met haar mee was gereden, was ze misschien niet naar Hilda's huis gegaan, maar bij hem gebleven totdat ze naar huis moest. Nee, de luchtaanval was te vroeg gekomen. Maar als hij dan nog bij haar was geweest, zou hij met haar naar een schuilkelder zijn gegaan. Hij zou haar hebben beschermd.

Maar hij had niet bij haar kunnen blijven. Hij had een afspraak met Dickett voor Mikey. Harry wist best dat hij nooit naar Mikey had durven teruggaan met de mededeling: 'Sorry, ik kon niet naar die afspraak, want ik moest een meisje thuisbrengen.' Een meisje thuisbrengen! Dat klonk alsof ze zijn vriendinnetje was, en dat zou nog erger zijn. Nee, hij had echt niet onder die afspraak met Dickett uit gekund. Mikeys zaken moesten op de eerste plaats komen, anders zou hem dat grote problemen opleveren.

Hij bleef zitten nadenken over wat hij al dan niet had kunnen doen, en toen herinnerde hij zich plotseling dat het blokhoofd had gezegd dat er weinig te vinden was geweest. Stel dat Lisa niet bij Hilda was geweest? Harry wist immers dat ze daar niet de hele dag was geweest, zoals ze haar pleegouders had verteld. Stel dat ze er helemaal niet naartoe was gegaan? Even gloorde de hoop, maar toen nam zijn nuchtere verstand het weer over. Als ze niet naar Hilda's huis was gegaan, waar dan wel naartoe?

Terwijl hij daarover nadacht, besefte hij dat hij Lisa's pleegouders moest vertellen dat ze een groot deel van die dag bij hem was geweest en dus mogelijkerwijs niet in het huis van de familie Lang was toen dat werd geraakt. Nu hij zijn besluit had genomen, sprong hij overeind en liep weer naar Kemble Street, bang dat hij niet meer zou durven als hij er nog langer over bleef nadenken.

Het begon net te schemeren toen hij het huis naderde. Er was geen licht te zien, maar hij nam aan dat de verduisteringsschermen waren geplaatst en dat ze toch thuis waren. Hij liep rechtstreeks door naar de voordeur en legde zijn oor ertegen. Omdat hij binnen een radio hoorde, schraapte hij zijn moed bijeen en klopte aan.

De radio werd zachter gezet en een vrouwenstem riep: 'Wie is daar?'

Harry haalde diep adem en antwoordde: 'Harry Black. Een vriend van Lisa.'

Meteen werd de deur opengegooid en tekende het silhouet van een vrouw zich af in de gang. 'Kom snel binnen!' riep ze. 'Weet jij waar ze is? Is ze bij jou? O, gelukkig, gelukkig maar.'

Zodra Harry binnen stond en de deur dicht was, deed de vrouw het licht aan. 'Hoe zei je dat je heette? O, kom binnen. Kom naar de keuken en vertel me waar ze is.'

Harry liep achter haar aan naar de keuken, waar een man en een andere vrouw aan tafel zaten.

'Dit is een vriend van Lisa,' zei Lisa's pleegmoeder.

De man sprong overeind. 'Weet jij waar Lisa is?' vroeg hij.

Harry keek naar hun verwachtingsvolle gezichten en schudde langzaam zijn hoofd. De man zakte terug op zijn stoel en de vrouw slaakte een kreet van wanhoop. De andere vrouw pakte haar hand en leidde haar terug naar een lege stoel.

'Wie ben jij?' vroeg de man.

'Meneer Federman, mevrouw Federman.' Ze knikten. 'Ik weet niet waar Lisa is. Wist ik het maar.'

'Je zei dat je een vriend van haar was,' zei de man.

'Dat was ik ook... Ben ik ook. Uit Hanau, net zoals Lisa. We zaten in dezelfde trein. Op dezelfde school. Lisa werd gepest door een stel nazi's...'

'Nazi's? Hier in Engeland?'

'Fascistische jongens,' legde Harry uit. 'Ze treiterden haar omdat ze Duits was. De leraren zagen het niet, maar ik wel.'

'En toen?'

'U ziet wel dat ik een Jood ben. De Hitlerjugend zag dat ook, dus heb ik leren vechten. Die nazi-jongens... Ik heb hun leider aangepakt, wilde eigenlijk zijn arm breken, maar Lisa zei nee. Ik heb gezegd dat als ze haar nog een keer aanraakten of uitscholden, ik de volgende keer wél hun arm zou breken. Toen renden ze weg.'

'En dat werkte?'

'Ja. En sindsdien zijn Lisa en ik vrienden.'

'Maar wij weten niets over jou. Waarom heeft ze ons niet over jou verteld?'

Harry haalde zijn schouders op. 'Weet ik niet. Haar geheimpje.'

'Waarom ben je dan nu hierheen gekomen?' vroeg Lisa's pleegvader een beetje argwanend.

'Omdat Lisa zaterdag niet bij Hilda was. Ze was met mij naar het westen.'

'Wat? Naar het westen? Waar?'

'Het West End.'

'Waarom? Nee, laat maar zitten. Waar is ze nu?'

'Weet ik niet. Ze ging vanuit het West End met een bus naar huis. Vandaag hoorde ik dat Hilda's huis was gebombardeerd. Iedereen dood. Maar misschien was Lisa daar niet. Misschien zat ze nog in de bus toen de bommenwerpers kwamen.'

'Zou ze naar Hilda gaan nadat ze bij jou was geweest?' vroeg Lisa's pleegmoeder.

'Ze zei van wel. Omdat ze niet tegen jullie wilde liegen. Ze had tegen jullie gezegd dat ze naar Hilda zou gaan, dus wilde ze dat ook doen, alleen niet de hele dag. Ze móét nog in de bus hebben gezeten,' voegde Harry er hartstochtelijk aan toe.

'Nee, ik vrees van niet,' zei meneer Federman. 'Hun huis is pas geraakt in de tweede aanval. Ze moet toch daarheen zijn gegaan, want ze is niet thuisgekomen. We denken dat ze daar is gebleven' – zijn stem sloeg over – 'voor de veiligheid.'

Harry's schouders zakten moedeloos omlaag. Hij was er zo van overtuigd geweest dat Lisa ergens anders naartoe moest zijn gegaan. 'Misschien is ze gewond geraakt?' opperde hij.

Maar mevrouw Federman schudde haar hoofd. 'Ik ben bij alle ziekenhuizen langs geweest. Niemand heeft van haar gehoord. Daar ligt ze niet.'

Even bleef het stil in de keuken, maar de stilte werd plotseling verbroken door het gejank van de sirene.

Lisa's pleegvader stond op. 'Ik moet ervandoor,' zei hij. 'Gaan jullie maar de kelder in.'

De twee vrouwen stonden ook langzaam op, maar Harry keek de man aan. 'Niet naar de schuilkelder?' vroeg hij.

'Nee, naar de brandweer,' zei Dan Federman, en hij trok zijn jas aan.

'Ik ga mee,' zei Harry. 'Branden blussen.'

Dan wierp hem een scherpe blik toe, maar toen zei hij: 'Kom dan maar. We hebben altijd renners nodig.' Hij gaf zijn vrouw een kus. 'Blijf in de kelder tot het veilig is, oké?'

De twee vrouwen beloofden dat en Dan en Harry gingen samen naar buiten, de gevaarlijke avond in.

13

September 1940

'Het lijkt erop dat ze aan geheugenverlies lijdt, dokter,' zei zuster Miller over het kind in het bed in de hoek.

'Hoe gaat het met haar sinds ze fatsoenlijk is bijgekomen?' vroeg dokter Greaves.

'Fysiek beter, haar hoofd en arm genezen goed, maar ze herinnert zich niets. Ze weet niet eens hoe ze heet. Ze spreekt Engels, maar ik ben ervan overtuigd dat het niet haar moedertaal is. Af en toe spreekt ze Duits.' Ze keek even naar het bed in de hoek, afgeschermd met gordijnen. 'Daarom hebben we haar daar neergelegd. De andere patiënten raken van streek als ze Duits spreekt. Ze is erg teruggetrokken. Het enige wat ze zegt is: "Ik weet niet hoe ik heet." Ik maak me echt zorgen om haar.'

'Goed, laten we maar even bij haar gaan kijken.' Ze liepen naar haar bed. 'Goedemorgen, jongedame,' zei de arts vrolijk. 'Hoe gaat het vandaag met je?'

Het meisje keek naar hem. Ze was bleek en haar ogen waren enorm groot in haar zorgelijke gezicht. 'Ik weet niet hoe ik heet,' fluisterde ze.

'Dat hoorde ik al,' antwoordde hij. 'Je hebt een flinke klap op je hoofd gehad, waardoor je geheugen even niet werkt. Dat gebeurt wel vaker, en het is niks om je zorgen over te maken. Binnenkort weet je alles weer, let maar op.'

'Maar ik weet niet wie ik ben,' drong het meisje aan. 'Ik heb geen naam.'

'Ja, wel een achternaam,' zei zuster Miller. 'Je achternaam is Smith. Zeg,' zei ze met plotselinge inspiratie, 'wil je mijn voornaam een poosje lenen? Ik heet Charlotte. Als jij nou ook eens Charlotte bent totdat je weer weet hoe je heet? Zou je dat willen?'

Het meisje keek een beetje weifelend, maar toen knikte ze. 'Ja, graag.'

'Dan ben je nu Charlotte,' zei de zuster glimlachend. 'Goed, Charlotte, ik kom heel snel weer even bij je kijken.'

'Dat was een goed idee,' zei dokter Greaves toen ze waren weggelopen. 'Het is gemakkelijker voor jullie, en het geeft haar het gevoel van een echte identiteit. Het zal waarschijnlijk niet lang duren voor ze haar geheugen terug heeft. Zo gaan de hersenen om met het trauma dat ze heeft meegemaakt: alles wordt gewoon even verdrongen totdat de hersenen eraan toe zijn om het te verwerken.'

Hij keek om naar de gordijnen om het bed in de hoek. 'Het volgende probleem is wat we met haar moeten doen. Ze kan niet veel langer hier blijven. Ze heeft geen last meer van die hersenschudding, haar hoofdwond geneest goed, en haar gebroken arm zit in het gips en herstelt ook. Had je gehoord dat St Thomas's vannacht door een bom is geraakt?'

Zuster Miller schudde haar hoofd; dat had ze nog niet gehoord.

'We hebben de bedden hier dus nog harder nodig, begrijp je wel,' ging hij door. 'Zij neemt nu een bed in beslag dat we voor iemand anders nodig hebben.'

'Ik weet het.' Zuster Miller keek ongerust. 'Dat begrijp ik wel, maar we kunnen haar niet zomaar ontslaan zonder dat ze ergens heen kan of tot haar familie is gevonden.'

'Neem maar even contact op met de sociaal werkster,' raadde de arts haar aan. 'Zij is degene die dat soort situaties regelt. Goed, wie is de volgende?'

Zuster Miller sprak later die dag met mevrouw Barnett, de sociaal werkster. 'Dokter Greaves zegt dat het meisje dat bij ons bekendstaat als Charlotte Smith zo snel mogelijk moet worden ontslagen. Het punt is dat "Smith uit Harrogate" het enige is wat we over haar weten.'

'Er zullen wel honderden Smiths in Harrogate zijn,' antwoordde mevrouw Barnett vermoeid. Ze was in de vijftig, maar zag er ouder uit. Haar normale werklast was honderd keer zwaarder geworden sinds het uitbreken van de oorlog, en net als zo veel anderen was ze uitgeput. ‘Het zal niet gemakkelijk worden om haar familie te vinden, maar we kunnen het proberen.’

‘Ik heb het idee,’ zei de zuster behoedzaam, ‘dat ze misschien half Duits is. Misschien van haar moeders kant, aangezien haar achternaam Smith is.’

De sociaal werkster keek verbaasd. ‘Waarom denkt u dat?’

‘Nou,’ antwoordde zuster Miller, ‘we weten dat ze Duits en Engels spreekt. Toen ze nog verward was en in zichzelf praatte, was dat bijna altijd Duits, maar als je haar in het Engels aanspreekt, antwoordt ze ook in het Engels. Ze heeft iets van een accent, maar misschien komt dat doordat ze uit het noorden komt. Ik ben niet goed in accenten.’

‘Ik begrijp het,’ zei mevrouw Barnett. ‘Nou, dat zou het gemakkelijker kunnen maken om haar familie op te sporen. Misschien kunnen de autoriteiten in Harrogate een familie Smith vinden met een Duitse moeder.’ Ze zuchtte. ‘Het probleem is alleen dat alles overal een complete chaos is. Het zal een poosje duren.’

‘Ja, dat begrijp ik wel,’ antwoordde zuster Miller. ‘Maar wat kunt u in de tussentijd voor haar doen?’

‘Een plek in een kindertehuis zoeken, maar ook dat zal niet meevallen. Het aantal ontheemde kinderen neemt alleen maar toe.’ De vrouw sloeg het notitieboek waarin ze alle informatie had genoteerd dicht en stond op. ‘Ik zal kijken wat ik kan doen.’

De volgende dag kwam mevrouw Barnett naar zuster Miller toe. ‘Ik heb een plekje voor haar gevonden. Het heet St Michael’s. Een kindertehuis in Streatham.’

‘Maar dat is vlak bij het vliegveld van Croydon!’ riep de verpleegster wanhopig uit. ‘Dat is beslist een doelwit voor de bommenwerpers.’

‘Ik weet het,’ verzuchtte de sociaal werkster. ‘Het is niet ideaal, maar momenteel is het de enige plek die ik voor haar kan vinden. Ze zijn een soort doorgangsstation. Meestal blijven kinderen er niet lang. Ze geven ze daar een thuis totdat ze iets permanents kunnen vinden, dus het verloop is er behoorlijk groot. Daarom hebben ze nu ook een plekje vrij. Wanneer kan ze ontslagen worden?’

‘Vandaag al.’

'Dan kom ik haar vanmiddag halen,' zei mevrouw Barnett. 'St Michael's zal die plek niet lang openhouden.'

'Ik zal de dokter de ontslagpapieren laten tekenen als hij zijn ronden doet,' beloofde de verpleegster. 'Dat zou rond lunchtijd moeten zijn. Ik denk dat u haar dan vanaf een uur of drie kunt komen ophalen.'

Toen de sociaal werkster weg was, ging zuster Miller naar het bed in de hoek en trok er een stoel bij. 'Hallo, Charlotte,' zei ze vriendelijk. 'Hoe voel je je?'

'Wel goed,' was het nietszeggende antwoord.

'Dat is mooi,' zei de verpleegster monter, 'want we laten je vandaag gaan. Dokter Greaves zegt dat je naar huis kunt.'

'Maar ik heb geen huis!' Het klonk panisch. 'Ik weet niet wie ik ben en ik weet niet waar ik woon!'

'Weet ik, lieverd, weet ik,' zei zuster Miller sussend. 'Maar hier kun je niet blijven. We hebben je bed nodig voor iemand anders. Maak je geen zorgen,' ging ze door voordat Charlotte haar kon onderbreken. 'We hebben een plekje voor je gevonden waar je heen kunt totdat we je familie kunnen vinden.'

'Waar dan?' Charlotte keek argwanend.

'Het heet St Michael's, een kindertehuis. Er zijn daar nog andere kinderen.'

'Daar wil ik niet heen,' jammerde Charlotte.

'Ik vrees dat je geen keus hebt,' zei zuster Miller ferm. 'Je moet hier weg, en daar is een plekje voor je. We proberen je familie te vinden, maar omdat je van zo ver weg komt, zal dat niet snel of gemakkelijk gaan. Mevrouw Barnett, de sociaal werkster, doet haar best, maar het kan een poosje duren.'

Het meisje zei niets, maar ze keek opstandig.

'En wie weet,' ging zuster Miller door, 'duurt het niet lang voordat je je geheugen terug hebt. Je gaat je straks weer stukjes en beetjes herinneren: je naam, misschien je adres. Dan is het een stuk gemakkelijker om je familie te vinden.'

'Ik heb al geprobeerd om me dingen te herinneren,' zei Charlotte. 'Ik heb heel erg mijn best gedaan.'

'Dat weet ik wel, lieverd, maar zo werkt het niet altijd. Misschien is het zelfs beter als je níét zo je best doet. Laat de informatie gewoon naar boven drijven in je hoofd.'

Toen mevrouw Barnett later die middag arriveerde, had ze kleren voor Charlotte bij zich, omdat die van haar waren gescheurd tijdens de luchtaanval. Ze had geen andere persoonlijke eigendommen dan het gasmasker dat met haar mee was gekomen in de ambulance, een ketting van blauwe kralen en de foto die in haar zak was gevonden.

'We hebben deze foto vaak samen met haar bekeken,' vertelde zuster Miller, terwijl ze hem aan de sociaal werkster liet zien, 'en met haar gepraat over de mensen die erop staan, maar hoewel we aannemen dat dat haar familie is, herkent ze niemand.'

Ze gaf de foto aan Charlotte. 'Pas hier goed op, lieverd. Hij is heel belangrijk. Ik weet zeker dat dat je ouders en je broer zijn.'

Ze gingen met een taxi naar Streatham. Toen ze instapten overviel Charlotte en gevoel van herkenning. Ze had een herinnering aan taxi's, maar hoe, waarom?

St Michael's was een rood bakstenen huis van drie verdiepingen, een eindje van de straat af. Pilaren waar nu geen hekken meer tussen hingen, gaven toegang tot een gebogen oprit. De taxi reed het terrein op en zette hen voor de deur af. Mevrouw Barnett liet de chauffeur wachten, liep de treden naar de voordeur op en belde aan. Even later stonden ze binnen en werden ze begroet door de huisbewaarster, Caroline Morrison.

Ze was een lange, slanke vrouw met kastanjebruin haar dat als een stralenkrans haar gezicht omhulde. Haar ogen, donker fluweelbruin, waren warm en twinkelden toen ze glimlachte. 'Hallo, Charlotte,' zei ze. 'Welkom in St Michael's. Ik ben juffrouw Morrison, de huisbewaarster, wat betekent dat ik hier de leiding heb, maar we zijn hier allemaal om voor je te zorgen.'

Mevrouw Barnett gaf haar wat documenten en ging terug naar de wachtende taxi; haar werk zat erop.

Juffrouw Morrison nam Charlotte mee naar boven. 'De meisjes slapen op deze verdieping,' zei ze, 'en de jongens helemaal boven.' Ze opende een deur naar een kleine slaapkamer die lichtgroen was geschilderd. De middagzon scheen naar binnen, waardoor de kamer licht en vrolijk was. Er stonden drie bedden, keurig opgemaakt met groen-witte spreien, en een kast naast elk ervan. 'Dit wordt je slaapkamer, en dat is dan jouw bed.' Juffrouw Morrison wees naar het middelste. 'Je kunt kennismaken met je kamergenootjes Clare en Molly als ze straks terugkomen van school. Intussen moesten we maar eens wat meer kleren voor je regelen. Mevrouw Barnett vertelde me dat je alleen dat hebt wat je nu draagt. Laat je gasmasker maar even op je bed liggen. Kom, dan leid ik je rond.'

Charlotte liep achter haar aan door de gang.

'Dit is de badkamer,' zei juffrouw Morrison met een gebaar naar een gesloten deur, 'en hier zijn de toiletten.' Ze liepen langs twee andere slaapkamers naar een deur aan het eind van de gang. 'Dit is de kamer van de matrone,' zei ze, terwijl ze aanklopte.

De matrone was een kleine vrouw met kortgeknipt staalgrijs haar, dat achter haar oren gestoken was. Ze droeg een blauw uniform met een wit schort en zag er in Charlottes ogen uit als een van de verpleegsters in het ziekenhuis. Ze stond achter een tafel wasgoed te sorteren, maar ze keek op en glimlachte toen de twee binnenkwamen. 'Hallo,' zei ze. 'Wie is dit?'

'Dit is Charlotte Smith,' antwoordde juffrouw Morrison. 'Ze is nieuw hier, en ze heeft wat kleren nodig.'

'Welkom in St Michael's, Charlotte. Ik ben mevrouw Burton, maar iedereen noemt me gewoon matrone.' Ze gebaarde om zich heen. 'Dit is mijn kamer, dus als je je niet goed voelt of iets nodig hebt, ben ik meestal hier te vinden. De deur staat altijd open. En,' ging ze door, 'hier bewaren we ook de extra kleding.'

'Ik laat je in de vaardige handen van de matrone achter,' zei juffrouw Morrison tegen Charlotte. 'Zij neemt je wel mee naar beneden als jullie hier klaar zijn.'

'Goed,' zei de matrone toen juffrouw Morrison vertrokken was. 'Eens even kijken.' Ze trok een grote kast open en begon door de kleren die er lagen te rommelen. Ze haalde een donkergroene winterjas tevoorschijn en hield die voor Charlotte omhoog. 'Die zou wel moeten passen, denk ik. Trek hem eens aan.'

De jas paste inderdaad, en al snel had Charlotte ondergoed, een pyjama, een warme rok, twee blouses en een rood vest. 'Dat zou voorlopig wel genoeg moeten zijn,' zei de matrone, terwijl ze haar de stapel kleding overhandigde. 'Laten we ze maar op je kamer gaan leggen, dan gaan we daarna naar beneden. De anderen kunnen elk moment van school terugkomen.'

Charlotte stopte haar nieuwe kleren in de kast bij haar bed en liep achter de matrone aan naar een grote zitkamer beneden.

'Dit is de gezamenlijke zitkamer,' vertelde de matrone. 'Hier kunnen jullie je huiswerk doen en 's avonds lekker zitten. Zie je, we hebben een radio die we na het eten aanzetten, en daar staan boeken voor als je van lezen houdt.'

Charlotte keek om zich heen. Het was een gezellige kamer, al waren de meubels wat aftands. Dankzij de radiator langs een van de muren voelde het er warm en verwelkomend.

'De eetkamer is hiernaast,' zei de matrone. 'We eten allemaal samen, natuurlijk, en daarna helpen we onze kokkin mevrouw Downs met de afwas.'

Op dat moment klonken er stemmen en sloeg er een deur dicht, en een groep meisjes kwam de kamer binnenlopen. Ze bleven staan toen ze Charlotte zagen.

'Ha, meisjes, jullie zijn er weer,' zei de matrone. 'Dit is Charlotte, en ze komt bij ons wonen. Ze slaapt bij jullie op de kamer, Molly, dus bekommer je om haar en zorg ervoor dat ze weet wat ze moet doen. We eten over ongeveer tien minuten, en daarna doen we weer een oefening, dus zorg dat jullie je gasmaskers bij je hebben.'

Molly liep naar Charlotte toe. 'Hallo,' zei ze. 'Is jouw huis ook gebombardeerd?'

Charlotte schudde haar hoofd. 'Nee... Ik bedoel, ik weet het niet.'

Molly staarde haar aan. 'Hoe bedoel je: dat weet je niet?'

'Ik weet het gewoon niet,' snauwde Charlotte. 'Ik kan me niks herinneren.'

'Oké, rustig maar,' zei Molly. 'Het was maar een vraag.'

Tien minuten later ging er een bel en liepen de kinderen allemaal naar de eetkamer. Er stonden twee lange tafels, elk gedekt voor negen personen.

Toen iedereen zat, introduceerde juffrouw Morrison Charlotte. 'We zijn blij dat Charlotte een poosje bij ons komt wonen. Jullie weten allemaal nog wel hoe lastig het voor jullie was toen jullie hier nieuw waren, dus wees een beetje aardig voor haar. Ik moet jullie nog wel vertellen dat die arme Charlotte door een klap tegen haar hoofd tijdelijk haar geheugen kwijt is. Het zal vast snel terugkomen, maar intussen moeten jullie onthouden dat zij nou juist dát niet kan!'

Na het gebed volgde er een uitbarsting van gesprekken en gerammel van eetgerei.

Charlotte zei niet veel tijdens het eten. Ze was zich bewust van de onopvallende blikken van de andere kinderen, maar wilde niet met hen praten. Ze bleef zwijgend naast Molly zitten, at haar bloemkool met kaas en gestoofde appel toe, dronk haar melk op en wachtte tot het voorbij was.

Na het eten riep Caroline de kinderen naar de zitkamer voor een luchtaanvaloefening. Die werden elke paar dagen gehouden, legde ze uit. De bezetting van St Michael's wisselde veel, omdat sommige kinderen maar een paar dagen bleven, dus was het belangrijk dat iedereen wist wat ze moesten doen als de sirenes gingen.

'Jullie gaan zo meteen allemaal in jullie slaapkamer op bed liggen,' vertelde ze. 'Zorg dat je gasmasker naast je ligt, zodat je dat snel kunt pakken.'

Er werd gemord door een paar kinderen, maar ze legde hun met opgeheven hand het zwijgen op. 'Ik weet dat jullie denken te weten wat jullie moeten doen,' zei ze, 'maar vandaag wil ik dat jullie ordelijk de trap af komen, zonder dat geduw van de vorige keer.'

Er werd 'ja, juffrouw' gemompeld, en ze ging door. 'Mooi. Goed, als de matrone met de bel rinkelt kom je uit bed, trek je je jas aan over je pyjama, pak je je gasmasker en kom je naar beneden. We lopen naar buiten via de keukendeur, nog steeds zonder te duwen, en gaan de schuilkelder in. Er is ruimte genoeg voor iedereen, dus eenmaal binnen ga je gewoon rustig zitten en wacht je tot we zeker weten dat iedereen er is.'

De oefening verliep zoals uitgelegd, totdat Charlotte bij de deur van de schuilkelder aankwam. Ze bleef abrupt staan, waardoor de kinderen achter haar niet konden doorlopen.

'Kom op,' riep Caroline. 'Meteen naar binnen, alsjeblieft.' Maar toen Charlotte niet in beweging kwam, liep ze naar voren om te kijken wat het probleem was. Charlotte was verstijfd voor de deur blijven staan en haar gezicht was een masker van angst. Zachtjes pakte Caroline haar hand en trok haar opzij, zodat de andere kinderen naar binnen konden. Toen iedereen in de schuilkelder was zei ze: 'We moeten naar binnen, Charlotte. Voor de veiligheid. Kijk, het is er niet donker.' Ze duwde het kind zachtjes door de deur.

De schuilkelder was elektrisch verlicht. Er hingen twee peertjes aan het plafond die een gelige goed verspreidden. Op de vloer lagen matrassen, en de kinderen waren er allemaal op gaan zitten en keken verwachtingsvol naar de deur.

'Schuif eens op, Clare,' zei Caroline tegen het meisje dat het dichtst bij de deur zat. 'Maak wat ruimte voor Charlotte.'

Charlotte ging naast het andere meisje op de matras zitten, maar ze bleef verstijfd en straalde niets dan angst uit. Clare pakte haar hand, en Charlotte greep de hare vast alsof haar leven ervan afhing.

De deur werd achter hen gesloten en Caroline vinkte een presentielijst af om zeker te weten dat iedereen veilig in de schuilkelder zat.

'Een van ons zal apart met Charlotte naar beneden moeten gaan,' zei ze tegen de matrone toen de oefening afgelopen was en de kinderen terug waren gegaan naar de zitkamer. 'Ze heeft een of andere diepgewortelde angst die we niet mogen negeren. Ik stel voor dat u en mevrouw Downs de volgende keer de rest begeleiden, zoals gewoonlijk, en dan haal ik Charlotte op en neem haar mee naar beneden. Ik zal ervoor zorgen dat ze dicht bij de deur zit.'

Dat plan moest nog geen twee uur later al ten uitvoer worden gebracht, toen de sirenes jankten en de kinderen hun bed uit moesten om naar de schuilkelder te gaan, waar ze de rest van de nacht met jassen en dekens over zich heen op de matrassen sliepen. Charlotte was nog steeds bang, maar met wat lichte dwang en aanmoediging wist Caroline haar uiteindelijk naar binnen te loodsen.

De aanvallen gingen nacht na nacht door, en Caroline merkte dat het geleidelijk aan gemakkelijker werd om Charlotte de schuilkelder in te krijgen. Ze was er wel altijd als eerste weer uit zodra het sein veilig werd gegeven, maar dat was niet erg.

Ze had nagedacht over wie Charlotte kon zijn. Sinds haar aankomst hier ging ze samen met de andere kinderen naar de plaatselijke school. Daar hadden ze ontdekt dat haar niveau van lezen en schijven achterliep op dat van de anderen, maar dat ze heel goed was in rekenen.

'Hoe beter ik haar leer kennen,' zei Caroline tegen de matrone, 'hoe zekerder ik ervan ben dat ze een vluchteling is. Ik denk dat ik eens een experiment ga proberen.'

De matrone keek haar geschrokken aan. 'Wat voor experiment?'

'Mijn broer George spreekt Duits,' zei Caroline. 'Als hij Duits tegen haar praat, geeft dat haar geheugen misschien een zetje.'

'Het is een poging waard, denk ik,' zei de matrone.

Die avond belde Caroline haar broer, die een week verlof had, en legde de situatie aan hem voor. 'Ik wilde jou vragen of je eens met haar zou kunnen komen praten. In het Duits.'

'Nou, als jij denkt dat het kan helpen, Caro, maar het is wel al een hele poos geleden dat ik mijn Duits nog heb geoefend.'

'Maar je spreekt het wel,' drong ze aan. 'Wil je het proberen?'

'Goed dan,' verzuchtte George. 'Wanneer?'

'In het weekend? Of op een middag als ze thuiskomt van school?'

'Mijn verlof duurt nog maar tot vrijdag,' zei hij, 'dus ik kom dan morgenmiddag wel.'

De volgende dag, toen de kinderen terugkwamen van school, haalde Caroline Charlotte op uit de zitkamer en bracht haar naar haar eigen kamer, waar George zat te wachten. Charlotte stapte een beetje nerveus de kamer in, misschien denkend dat ze iets fout had gedaan, maar Caroline glimlachte en zei: 'Niks om je zorgen over te maken, Charlotte. Ik wilde je gewoon even aan iemand voorstellen. Dit is George. Hij wil even met je kletsen.'

Charlotte keek vragend naar de man en zei: 'Goedemiddag.'

George antwoordde wat aarzelend in het Duits en gebaarde naar een leunstoel aan de andere kant van de open haard.

Charlotte ging op het puntje van de stoel zitten, alsof ze klaar was om elk moment te vluchten.

George glimlachte en stelde haar een vraag; over school, dacht Caroline.

'Wel goed.' Hoewel hij zijn vraag had gesteld in het Duits, antwoordde Charlotte in het Engels.

George stelde weer een vraag in het Duits en lachte een beetje opgelaten.

'Ik versta u wel,' zei het meisje daarop, 'maar waarom spreekt u Duits tegen me?'

'We dachten dat je dat misschien fijner zou vinden,' antwoordde George in het Engels. 'We weten dat je het kunt. Je bent je geheugen toch kwijt? We dachten dat Duits praten misschien zou helpen om je weer dingen te herinneren.'

'Ik heb een klap op mijn hoofd gehad,' zei Charlotte. 'Ze zeggen dat ik op straat was tijdens een luchtaanval, maar ik weet het niet meer. Ze zeggen dat mijn geheugen snel weer zal terugkomen, maar dat is nog niet gebeurd.' Ze keek hem aan en zei met trillende lippen: 'Ik weet niet wie ik ben.'

'Dat weet ik,' zei George vriendelijk. 'Het moet heel naar voor je zijn, maar uiteindelijk komt het allemaal wel weer goed.'

Toen Charlotte de kamer had verlaten, zei George tegen Caroline: 'Volgens mij haalde dat helemaal niets uit. Je hebt het gehoord: ze sprak tegen mij geen woord Duits, hoewel ze duidelijk wel verstond wat ik zei.'

Caroline zuchtte. 'Nou ja, het was een poging waard. Bedankt, George.' Ze liep met hem mee naar de voordeur. 'Wanneer moet je weer weg?'

'Vrijdagochtend.'

'En waar ga je deze keer naartoe?'

George glimlachte spijtig. 'Caro, je weet wel beter dan daarnaar te vragen.'

'Zie ik je nog voordat je weggaat?'

'Dat betwijfel ik. Ik ga eerst nog bij Avril in Somerset langs voordat ik vertrek.'

'O ja? Wat leuk. Doe haar de groeten.'

'Doe ik.' Hij omhelsde haar.

Ze hield hem even vast. 'Pas goed op jezelf, waar je ook heen gaat.'

Hij kuste haar op de wang. 'Jij ook, Caro.'

14

September 1940

Dan Federman nam Harry mee naar de brandweerkazerne en stelde hem voor aan de commandant, John Anderson, die kort knikte. 'Renners kunnen we altijd gebruiken,' zei hij. 'Blijf maar bij Arthur en zijn team. Zij sturen je naar mij terug met nieuws, oké, knul?'

'Ja, oké. Ik kan hard lopen.'

'Mooi zo. Ken je hier een beetje de weg?'

'Ja.'

'Waar heb je hem vandaan?' vroeg de commandant aan Dan.

'Hij bood gewoon aan om te helpen,' zei Dan. 'En ik dacht dat we hem wel konden gebruiken.' Hij haastte zich weg zonder nadere verklaring.

Binnen een halfuur gingen de sirenes weer en moesten alle brandweerlui volop aan het werk. Harry begon bij Arthurs team, maar toen hij terugrende naar de brandweerpost om een uitslaande brand bij de werf te melden, werd hij van daaruit weggestuurd voor andere dingen – een waterkar duwen, zand scheppen – en hij zag Dan daarna amper nog. Hun werk ging nog lang na het sein veilig door.

Harry en Dan bleven doorwerken totdat Anderson hen naar huis stuurde. 'Goed werk vandaag, knul,' zei hij, en hij sloeg Harry op zijn rug.

'Ik kom morgen weer,' beloofde Harry.

'Mooi, we kunnen je goed gebruiken.'

Niemand maakte zich illusies dat de bombardementen binnen afzienbare tijd zouden ophouden, maar juist die aanvaarding en de verwachting van nog meer aanvallen maakte ze op een of andere manier draaglijker.

Harry liep een eindje op met Dan en nam vlak voor Kemble Street afscheid om terug te gaan naar zijn hostel.

'Waar woon je eigenlijk?' vroeg Dan toen ze op de straathoek bleven staan.

'In een hostel in Stoke Newington.'

'Dat is hier kilometers vandaan,' zei Dan verbaasd. 'Wil je bij ons blijven pitten?'

Nu was Harry degene die verbaasd keek. 'In uw huis slapen?'

'Alleen vannacht maar,' zei Dan.

'Ja, graag.'

Ze liepen naar het huis en Dan troonde Harry mee naar de kelder, waar een matras lag. 'Hier zit je veilig,' zei hij, terwijl hij een kaars aanstak. 'Maar steek de boel niet in de fik, oké?'

Harry bleef nog een poos wakker liggen, denkend aan Lisa. Ze was dood, dat wist hij nu. Ze zou nooit de armband dragen die hij nog steeds in zijn zak had. Ze zou nooit meer naar hem grijnzen als ze elkaar ontmoetten in het park, of giechelen als ze weer een bus uit sprongen zonder te betalen. Harry lag in het donker, de kaars zorgvuldig gedoofd, en voor het eerst sinds hij over de dood van zijn vader had gehoord liepen de tranen over zijn wangen. Hij had niet gehuild om zijn moeder, want zij had het opgegeven en had zelf dood gewild. Dat had hij gelaten aanvaard. Maar nu, hier in deze kille kelder, huilde hij; om het meisje dat zo dapper was geweest. Hij had gezegd dat hij om haar gaf en dat was inderdaad zo, meer dan hij ooit voor mogelijk had gehouden, maar nu was hij haar kwijt.

'Ik kom vanavond weer, als u wilt,' zei hij 's morgens tegen Dan. 'Meehelpen bij de brandweer.' Na zijn nacht met de brandweerlui was hij vast van plan om hen ook tijdens toekomstige luchtaanvallen te helpen. Hij had het gevoel dat hij Hitler een slag kon toebrengen daar buiten op de straten, zijn natuurlijke omgeving; beter nog, hij zat niet hutjemutje in een schuilkelder met de andere jongens, waar hij werd behandeld als een kind.

'Daar zouden we blij mee zijn, knul,' zei Dan, die wegliep om zijn taxi op te halen bij de spoorbrug, en Harry keerde terug naar zijn hostel.

Zodra hij daar aankwam werd hij begroet door meneer Pate, het hoofd. 'Ach, daar ben je, Heinrich.'

Harry keek hem kwaad aan. Hij had Pate maanden geleden al verteld dat hij nu Harry Black heette, geen Heinrich Schwarz, maar hij was als Heinrich Schwarz ingeschreven bij het hostel, en Pate was er de man niet naar om veranderingen te accepteren die niet in drievoud van hogerhand kwamen.

'Ja, meneer Pate,' zei hij. 'Ik ben er.'

'Ik vrees dat ik je moet verzoeken tot nader order in het hostel te blijven,' zei Pate.

'Bedoelt u dat ik helemaal niet naar buiten mag?' Harry staarde hem aan.

'Precies,' beaamde de man duidelijk opgelucht.

'Waarom niet? En mijn werk dan?' vroeg Harry kwaad. 'Ik moet weg.'

'Ik vrees dat de politie met je wil praten.'

'Met mij?' Harry's hoofd liep om. Wat wilde de politie van hem? Had het iets met Mikey te maken? Was hij gezien met Dickett? Wat kon er zijn misgegaan?

'Dat vertellen zij je wel,' antwoordde Pate. 'Ze komen straks weer terug. Ga naar je kamer en wacht daar op ze.'

Harry ging naar zijn kamer zoals hem was opgedragen, maar hij was niet van plan om op de politie te gaan zitten wachten. Hij moest naar de Black Bull om Mikey te waarschuwen dat er iets aan de hand was. Hij kon hier niet blijven, en hij kon al helemaal niet meer hier terugkomen. Snel propte hij zijn weinige bezittingen in het koffertje dat hij had meegenomen vanuit Duitsland. Zijn geld, dat hij had verstopt in een scheur in de dunne matras op zijn bed, stak hij in zijn broekzak. Het was iets wat hij door schade en schande had geleerd in Hanau: bewaar je geld nooit in je jaszak. Als iemand je dan vastgrijpt, kun je je gewoon uit je jas wurmen en die in de handen van je belager achterlaten terwijl je ervandoor gaat. Het was hem een keer overkomen toen hij in een hoek was gedrukt door twee jongens van de Hitlerjugend. Harry had zich kranig geweerd en was ontkomen, maar zonder zijn jas en dus ook zonder het geld dat in de binnenzak daarvan had gezeten. Nu had hij alles wat hij bezat bij zich en hoefde hij alleen nog maar ongemerkt het hostel uit zien te komen. Pate zou wel in zijn kantoor bij de voordeur zitten, maar er was nog een uitgang aan de achterkant, via de keuken naar de tuin en dan over de muur.

Heel zachtjes opende hij zijn deur. Alles was stil. De meeste bewoners van het hostel waren jonger dan hij en zaten op school. Hij hoorde een van de schoonmaaksters zingen in de keuken. Hij zou langs haar heen moeten zien te komen zonder argwaan te wekken. Dat zou lastig worden met die koffer bij zich. Misschien kon hij toch beter de voordeur proberen.

Hij sloop door de gang en gluurde om de hoek. Daar zat Pate, achter het bureau in zijn werkkamer met de deur wijd open. Kon hij erlangs sluipen zonder dat de man het merkte? Toen zag hij de ketting. De voordeur zat dicht en de ketting, die er normaal alleen 's nachts op zat, hing er nu ook voor. Niet zo moeilijk open te krijgen, maar het zou te lang duren. Harry draaide zich weer om.

Dan de achterdeur maar, dacht hij. Wat kan een oude schoonmaakster immers doen om me tegen te houden?

Terwijl hij naar de keukendeur sloop, hoorde hij de voordeurbel, gevolgd door stemmen. Er was geen tijd meer voor voorzichtigheid. Harry rende de keuken in, maar struikelde over de dweilemmer van de schoonmaakster en belandde plat op zijn gezicht in een plas smerig water. Hij krabbelde overeind en rende met zijn koffertje naar de achterdeur. Die zat ook op slot, maar dat was alleen maar een kwestie van de sleutel omdraaien en de deur opengooien.

Terwijl hij door de tuin rende, hoorde hij de vrouw achter hem schreeuwen, en meteen daarna het geklos van zware laarzen. Hij smeet zijn koffertje over de muur, sprong omhoog en wilde de rand van de muur grijpen, maar die was net te hoog. De tweede keer wist hij een uitstekende steen te pakken en zichzelf op te trekken. Achter hem kwam een politieman de keukendeur uit rennen. De man graaide naar zijn voeten. Harry trapte van zich af en raakte de man tegen zijn oog, en toen was hij de muur over en landde in de steeg aan de andere kant.

Bij zijn landing verzwikte hij zijn enkel, waardoor een pijnscheut door zijn been omhoogging. Met een kreet zocht hij steun tegen de muur, maar voordat hij zijn koffertje kon grijpen en in de Londense steegjes kon verdwijnen, greep een hand zijn arm en vroeg een stem: 'Ging jij soms ergens naartoe?'

De politieman in uniform torende boven hem uit en zijn greep op Harry's arm leek wel een bankschroef. Harry probeerde zich los te trekken, maar de smeris was te sterk. Even later verscheen er een tweede agent in het steegje, die een paar handboeien om Harry's polsen sloeg. Ze pakten zijn koffer en leidden hem strompelend en wel terug naar de voorkant van het hostel, waar Pate met een ongerust gezicht rondhing.

'Ah, u hebt hem, agent. Goed gedaan. Dat is mooi.' Hij wendde zich tot Harry. 'Dat was heel stom, Heinrich. Dacht je nou echt dat ik je zomaar zou laten weglopen? Je bent een vijandige buitenlander.'

Harry staarde hem vol ongeloof aan. Hij was zich ervan bewust dat veel mannelijke vluchtelingen waren opgepakt na de val van Frankrijk, toen het hele land panisch was voor spionnen en leden van de vijfde colonne, maar zelf was hij niet eens verhoord. Een jongen van nog geen zestien zouden ze niet gauw voor een spion van de Führer aanzien. Hij was pas veertien geweest toen hij op station Liverpool Street was aangekomen en vormde duidelijk voor niemand een bedreiging.

'Vijandige buitenlander? Dat meent u niet!'

'Heinrich Schwarz, op bevel van Zijne Majesteit zul je als vijandige buitenlander gedetineerd blijven tijdens de duur van de vijandelijkheden,' verklaarde een van de politiemannen.

'Niet Heinrich Schwarz,' smeekte Harry wanhopig, plotseling worstelend met het Engels. 'Harry Black, renner voor de brandweer. Daar was ik vannacht. Vraag maar na bij de haven.'

Dat viel verkeerd. De agent die hem vasthield gaf een ruk aan zijn arm. 'Dus je was bij de havens? Wat heb je daar uitgespookt? De brandweer helpen? Brand stíchten, zeker!'

'Sorry, knul,' zei de andere smeris, 'maar wat je ook gedaan hebt, je moet met ons mee.' Hij wendde zich tot Pate. 'U hebt zijn papieren klaarliggen?'

'O ja, agent.' Pate haastte zich naar zijn kantoor en griste een dossier van zijn bureau. 'Alles zit erin: paspoort, immigratiepapieren, rantsoenenboekje, schoolrapport, werkgeversinformatie...'

'Wat gaat mijn baas zeggen als ik niet kom?' vroeg Harry kwaad. Hij kon het wel over zijn baan hebben nu hij wist dat de politie hier niet was vanwege iets wat met Mikey Sharp te maken had.

'Hij heeft zijn eigen identiteitskaart, natuurlijk,' ging Pate door alsof Harry niets had gezegd. 'Alles wat u nodig hebt, denk ik.'

Een van de politiemannen pakte het dossier aan, en samen dirigeerden ze hem naar de straat. Terwijl ze met hem naar het politiebureau in de volgende straat marcheerden, keken voorbijgangers nieuwsgierig toe.

Naomi had moed verzameld om het met Dan over haar en de baby te hebben. De Luftwaffe was sinds die noodlottige zaterdag elke nacht teruggekomen. Terwijl Dan overdag probeerde de kost te verdienen met zijn taxi, was hij ook nog tot in de kleine uurtjes buiten op straat. Als vrijwilliger was hij niet verplicht te komen elke keer als de sirenes gingen, maar hij ging toch.

'Ik praat er vanavond wel met hem over, voordat hij de deur uit gaat,' had Naomi Shirley beloofd.

'Nou, dat zou ik maar doen,' zei Shirley ferm. 'Want als je het niet snel doet, ga ik zonder jou. Er is hier nu niets meer voor mij, en ik blijf hier niet om Hitler een plezier te doen. Ik wil ervandoor! Ik ga wel even de deur uit terwijl je het hem vertelt, maar dat moet dan wel vanavond, anders ben ik weg.'

Dus toen Dan terugkwam van een dag in zijn taxi, zat alleen Naomi in de keuken te wachten.

'We moeten praten,' zei ze bijna zodra hij binnen was. Ze zag op tegen dit gesprek en wist dat ze het weer zou uitstellen als ze er niet meteen over begon.

'Inderdaad, meiske,' beaamde hij. 'Maar eerst een bakkie thee?'

Naomi schonk thee voor hen in en ze gingen aan tafel zitten, allebei wachtend op het juiste moment om te beginnen.

Uiteindelijk zei Naomi: 'Dan, ik heb zitten denken…'

'O ja? Waarover?'

'Over mij en de baby.'

'Ik ook,' zei Dan, en plotseling liet hij erop volgen: 'Ik vind dat je Londen uit moet, en snel ook. Die bombardementen gaan niet ophouden en ik wil je hier weg hebben, jou en de baby.'

Naomi kon wel huilen van opluchting. Ze wilde dit niet, maar als ze het er allebei over eens waren dat het moest, dan was dat al een pak van haar hart. 'Ik wil niet weggaan,' zei ze, 'maar…'

'Je gaat,' zei Dan. 'Ik denk daar al over na sinds… de bombardementen zijn begonnen.'

'Maar jij dan?' vroeg Naomi. 'Ga je met me mee? De baby heeft ook een vader nodig.'

'Naomi, schat, je weet dat dat niet kan. Ik moet mijn steentje bijdragen hier in Londen.'

'Je hebt "je steentje bijgedragen", zoals jij het noemt, in de vorige oorlog,' zei Naomi verbitterd. 'Is dat niet genoeg?'

'Nee, meisje, dat is het niet, en dat weet je best.'

Dit had Naomi al gevreesd. Dan zou Londen niet samen met haar verlaten, maar hoe moeilijk ze het ook vond en hoe vreselijk het ook zou zijn zonder hem, ze zou zich nu niet meer bedenken. 'Eigenlijk wist ik wel dat je dat zou zeggen,' bekende ze, 'dus heb ik een plan. Shirley heeft een nicht, Maud. Ze woont in een dorpje in Suffolk. Shirley gaat bij haar logeren, en ze zegt dat ik mee kan. Er is ruimte voor ons allebei.'

Dan staarde haar aan. 'Ik zie dat je het allemaal al voor elkaar hebt,' morde hij.

'Nee,' zei Naomi geïrriteerd. 'Ik heb nog niet gezegd dat ik mee zou gaan, maar Shirley wil zo gauw mogelijk weg. Haar huis hier is verwoest, ze heeft geen mogelijkheid om aan de kost te komen, en haar nicht heeft haar onderdak aangeboden.'

'En jou ook?'

'Shirley heeft haar nicht verteld dat wij haar hadden geholpen toen ze nergens heen kon, en nu wil zij hetzelfde doen voor mij en de baby.'

'Het gaat allemaal wel heel snel,' zei Dan een beetje nukkig.

'Het zou het verschil kunnen maken tussen leven en dood!' kaatste Naomi plotseling boos terug. Zij had de moed verzameld om het onderwerp aan te snijden, en hoewel Dan het hoge woord er als eerste uit had gegooid en het met haar eens was, leek hij niet enthousiast over de plannen die ze had gemaakt. Nu ze hadden besloten dit door te zetten, wilde ze snel weg, voordat de Luftwaffe weer kwam en het te laat was.

'Natuurlijk,' zei Dan schaapachtig. 'Je hebt gelijk. Ik ben gewoon stom bezig. Het is gewoon... Nou, ik ben gewoon stom.'

Naomi stond op en omhelsde hem. 'Nee, lieve Dan, je bent niet stom. Ik wil je niet achterlaten, dat weet je, maar mijn prioriteit moet bij de baby liggen. Als er iets met mij gebeurt, wordt ons kind nooit geboren. Ik voel het nu bewegen en weet dat hij of zij een echt mensje is. Ik moet het kind beschermen.'

'En niet alleen de baby,' zei Dan, terwijl hij haar stevig vasthield. 'Ik wil dat jij ook veilig bent. Wanneer ga je?'

'Shirley vertrekt morgen al,' zei Naomi.

Dans gezicht vertrok even alsof hij een stomp tegen zijn borst had gekregen, maar toen forceerde hij een glimlach. 'Dan vind ik dat je met haar mee moet gaan. Ik kan over een weekje of zo ook komen, gewoon om te kijken of je je draai hebt gevonden.'

Het was besloten, ook al vonden ze het allebei een verschrikkelijke gedachte.

Toen Naomi eenmaal haar besluit had genomen om te vertrekken, ging ze naar de fabriek waar ze werkte.

'Ik ben zwanger,' vertelde ze haar baas. 'Ik word geëvacueerd.'

Hij bekeek haar van top tot teen alsof hij haar niet helemaal geloofde, maar bij het zien van haar uitdijende middel zei hij alleen maar: 'O, nou, ik neem aan dat we nu zo veel mogelijk baby's nodig hebben.'

Bij thuiskomst liep ze door naar Lisa's slaapkamer en deed de deur achter zich dicht. Het was er koud en somber. Plotseling trok ze Lisa's koffertje onder het bed vandaan en hevelde alles uit de laden erin over. Het laatste wat ze erin stopte was de brief. Toen besefte ze dat de foto van Lisa's familie hier niet lag. Die moest ze bij zich hebben gehad toen ze overleed, dacht Naomi. Dus op een vreemde manier waren ze toch allemaal bij elkaar geweest, aan het eind. Ze deed het koffertje dicht en nam het mee naar beneden.

Shirley zag haar de trap af komen. 'Wat is dat?'

'Lisa's spullen,' antwoordde Naomi. 'Ik zet ze in de kelder. Daar zijn ze veiliger als... Daar zijn ze veiliger.'

'Waarom bewaar je ze nog?' wilde Shirley weten.

'Er moet een keer een einde komen aan deze oorlog, en wie weet, misschien komt Lisa's familie haar dan wel zoeken.'

'Ik dacht dat je zei dat die dood waren.'

'We weten niet waar ze zijn, maar ik weet wel dat er nog een neef in Zwitserland woont. Als er niemand voor haar komt, stuur ik alles wel naar hem op.'

'Wat jij wilt,' zei Shirley, maar haar toon maakte duidelijk dat zij het maar tijdverspilling vond. 'Ik zou denken dat een kind hier die kleren ook wel kon gebruiken.'

Naomi antwoordde daar niet op. Ze wist dat Shirley waarschijnlijk gelijk had, maar toch ging ze naar de kelder en zette Lisa's koffertje achterin tegen de muur. Ze bleef er nog een poosje naar staan kijken, en toen draaide ze zich abrupt om en ging terug naar de keuken.

Bij het avondeten vroeg Dan aan Shirley waar haar nicht Maud woonde.

'Vlak over de grens van Suffolk,' antwoordde ze. 'Een dorpje dat Feneton heet. Er gaat een trein rechtstreeks heen vanaf station Liverpool Street. Je bent er zo.'

Tegen de tijd dat de sirenes weer loeiden was het afgesproken. De twee vrouwen zouden de volgende dag naar Feneton vertrekken.

'Ik zal nog proberen mijn nicht te bellen om te zeggen dat we met z'n tweeën komen,' zei Shirley.

'Heeft ze telefoon?' vroeg Dan verbaasd.

'Ja. Maak je geen zorgen, ik zal je het nummer geven, dan kun je Naomi af en toe bellen.'

Dan stond al bij de deur, maar er was nog geen spoor van Harry, ondanks zijn belofte om weer te komen helpen bij het bestrijden van branden.

'Misschien is hij daar al,' zei Naomi, terwijl ze hem een knuffel en een kus gaf.

'Dat betwijfel ik,' zei Dan. 'Dan zou hij hier al geweest zijn. Niet zo'n betrouwbare jongen, als je het mij vraagt.' Hij draaide zich om en deed het licht in de gang uit voordat hij de voordeur opende. 'Passen jullie goed op jezelf. Ik kom zo gauw mogelijk terug.'

Het werd weer een gebroken nacht met twee luchtaanvallen. Het gedreun van de bommenwerpers in de lucht dwong Naomi en Shirley de kelder in.

'Als ik al niet had besloten met je mee te gaan,' zei Naomi, 'dan zou ik me vannacht zeker hebben bedacht.'

'En ik zou zonder jou zijn gegaan als je je niet had bedacht,' antwoordde Shirley, terwijl ze in een reflex in elkaar dook bij de knal van een bom in de verte. 'Ik heb hier genoeg van!'

'Ik wil alleen maar een nachtje rustig slapen,' riep Naomi. 'Ik ben kapot!'

Toen Dan thuiskwam, weer in de vroege uurtjes, zat Naomi in bed op hem te wachten. Hoewel hij doodop moest zijn, gingen ze niet meteen slapen, maar lagen ze in elkaars armen om te genieten van elk moment dat ze nog samen hadden, allebei beseffend dat ze niet wisten wanneer ze weer zo bij elkaar zouden kunnen zijn.

'Je zult toch wel voorzichtig zijn?' smeekte Naomi. 'Ik weet dat je vindt dat je elke nacht de straat op moet, dat Londen je nodig heeft, en misschien is dat ook wel zo, maar je vergeet toch niet dat ik je ook nodig heb, hè, Danny?'

Dan trok haar tegen zich aan en drukte zijn gezicht in haar haar. 'Jij bent alles voor me, meisje,' mompelde hij. 'Juist omdat ik zo veel van je hou, kan ik het aan om je te laten gaan.'

Het was een sombere, grijze ochtend. Er was een koude wind opgestoken die de rook van de nachtelijke branden verdreef. Naomi stopte haar laatste spulletjes in een koffer, samen met de weinige babykleertjes die ze op de markt had weten te kopen, alles zorgvuldig opgevouwen. Dan had zijn taxi opgehaald en de twee vrouwen stapten achterin.

'Heb je echt wel genoeg benzine?' vroeg Naomi ongerust.

'Genoeg om mijn vrouw en haar vriendin naar het station te brengen,' antwoordde Dan. 'Bovendien kan ik daar waarschijnlijk wel weer een vrachtje oppikken.'

Terwijl ze door de straten reden, schrok Naomi van alle verwoesting. Ze wist natuurlijk dat de Blitz al wekenlang meedogenloos huishield in Londen, maar ze was haar eigen wijk nauwelijks uit geweest en de realiteit en schaal van de vernietiging drongen nu pas echt tot haar door. Gebouwen waren aan puin geschoten en in sommige keek je zo naar binnen en zag je meubels scheef op hellende vloeren staan. Er waren kraters in de straten geslagen waar het verkeer omheen moest rijden, één straat was afgesloten omdat er een niet-ontplofte bom lag, en in een andere straat woedde een brand, aangewakkerd door de opstekende wind, door de ruïnes van iemands huis.

'Hoe moeten we dit allemaal overleven?' riep ze wanhopig. 'Hoe kunnen we dit doorstaan?'

'Dat kunnen we omdat we wel moeten,' antwoordde Dan ferm. 'Blijf gewoon zeggen: "We laten die smeerlappen niet winnen!"'

Bij het station aangekomen stapten Naomi en Shirley uit de taxi. Dan zette hun bagage op de stoep. Shirley had alleen een grote schoudertas waarin ze de weinige kleren had gestopt die ze sinds de verwoesting van haar huis had gekocht. Bijna al het andere wat ze bezat, was in vlammen opgegaan samen met haar huis. Dan en zij waren naar haar uitgebrande woning terug geweest, waar Shirley nog een paar dierbare spullen had gevonden die niet door het vuur waren verteerd, maar toen ze naar Feneton vertrok, was alles wat ze op de wereld bezat verpakt in een tas die ze over haar schouder kon dragen.

Dan liep met hen mee en droeg Naomi's koffer toen ze naar het kaartjesloket en daarna naar het perron liepen. Er zou pas over een halfuur weer een trein naar Feneton vertrekken, dus zei Naomi: 'Ga nu maar, Dan. Ik ben niet goed in afscheid nemen.'

Hij zette haar koffer neer en nam haar in zijn armen. 'Pas goed op jezelf, meiske,' zei hij schor. 'Pas op jezelf en de kleine.'

'Doe ik,' beloofde Naomi, al brak haar stem. 'Jij ook, Danny. We hebben je nodig.' Ze hielden elkaar een hele poos vast.

'Maak je maar niet druk om mij,' zei Dan toen hij losliet. 'Ik kom zo snel mogelijk bij je op bezoek.' Hij legde een hand op Shirleys schouder. 'Bedankt dat je haar meeneemt. Het beste!' En toen liep hij weg zonder nog om te kijken.

De twee vrouwen gingen op een bankje zitten wachten. Naomi veegde haar tranen weg, vastbesloten moedig te zijn. Overal om haar heen stortte de wereld in, gingen mensen dood of verloren ze hun geliefden, hun huizen. Waarom zou het voor haar anders zijn? Zij ging naar een veilige plek, zij droeg een zeer gewenste baby, dus zij had meer geluk dan veel anderen die alles hadden verloren.

Terwijl ze om zich heen keek, verscheen Lisa's gezicht voor haar geestesoog, maar ze zette gedachten aan haar van zich af. Ze kon niet nadenken over Lisa's dood, nog niet, en totdat dat wel kon, zou ze zich er niet door laten overmannen.

15

November 1940

De luchtaanvallen hielden nacht na nacht aan. Niet één nacht brachten de kinderen van St Michael's geheel in hun eigen bed door. Elke morgen moesten ze weer beginnen aan een nieuwe dag en vertrokken ze moe en met zware ogen naar school.

Charlotte was al aardig gewend in het tehuis. Op een vreemde manier vond ze de regelmaat en routine daar geruststellend. Ze wist precies wat ze moest doen en wanneer. Op school was het net zo: de dag was georganiseerd en opgebroken in beheersbare delen door bellen en pauzes.

Ze putte er troost uit dat ze samenleefde met kinderen die ook op een bepaalde manier verloren waren. Molly, ontdekte ze, was in augustus haar huis kwijtgeraakt toen een bommenwerper, verjaagd door Britse gevechtsvliegtuigen, zijn lading had gelost boven New Cross. Geen van haar familieleden was omgekomen, maar hun huis was onbewoonbaar geworden en het gezin had zich verspreid naar vrienden en familie. Molly, als de oudste telg, was in St Michael's ondergebracht.

Clare had haar hele leven bij haar oma gewoond. Ze herinnerde zich haar moeder niet, want die was al overleden toen zij pas twee was, en haar vader was bij de marine en werd vermist op zee. Nadat haar oma tijdens de verduistering was aangereden door een auto en was overleden, was Clare uit het door oorlog verscheurde Londen weggehaald en naar St Michael's gebracht.

Ieder kind hier had een eigen verhaal, en Charlotte begon te beseffen dat zij niet de enige was die met verlies moest leven.

‘Maar jij weet tenminste nog wie je bent,’ zei ze op een avond somber tegen Clare toen ze samen in de zitkamer hun huiswerk deden. ‘Ik kan me niets herinneren van voordat ik in het ziekenhuis bijkwam. Mijn naam niet. Mijn huis niet. Mijn familie niet.’

‘Weet ik, maar in elk geval heb je een foto van ze,’ bracht Clare haar in herinnering.

‘Ik heb een foto van… mensen. Ik ken ze niet.’

‘Dat moeten haast wel je ouders en je broer zijn.’

‘Misschien,’ verzuchtte Charlotte. ‘Ik hoop dat ik me alles snel weer herinner. Het is zo stom dat ik me wel de tafel van zes kan herinneren, maar niet mijn eigen naam!’

‘Kom op,’ zei Clare alsof ze het liever over iets vrolijkers wilde hebben. ‘Ik denk dat ik dit gedicht nu wel ken. Wil jij me overhoren?’ Samen zeiden ze hun huiswerkgedicht op.

Caroline Morrison zag de ontluikende vriendschap tussen de meisjes en was er blij mee. Ze hoopte nog steeds dat Charlotte geleidelijk haar geheugen zou terugkrijgen als ze zich ontspande en aan haar nieuwe omgeving wende. Misschien zou een vriendschap met Clare, ook een moedig meisje, helpen bij haar herstel.

Maar op een nacht aan het begin van november zou alles veranderen. De sirene begon met zijn troosteloze gejammer en de kinderen liepen ordelijk de trap af en gingen naar de schuilkelder in de achtertuin. Zoals inmiddels gewoonte was geworden tijdens dit soort nachtelijke uittochten, pakte Clare Charlottes hand en trok haar zachtjes mee de schuilkelder in. Caroline glimlachte vermoeid toen ze zag dat de twee meisjes samen op een matras gingen zitten. Terwijl de luchtaanval buiten in hevigheid toenam, spoorde ze de kinderen aan om te gaan liggen en te proberen nog wat te slapen. Gehoorzaam deden ze dat, maar toen klonk er een daverende klap ergens dichtbij, waardoor de hele schuilkelder beefde.

Iedereen schrok weer wakker en de kleine Polly Elliott, een van de jongere meisjes, begon te huilen. De matrone trok het kind op schoot, hield haar tegen zich aan en mompelde sussend in haar haren. Aangezien er nu nog weinig kans was dat ze weer in slaap zouden vallen, begon juffrouw Morrison te zingen. Een of twee kinderen deden aarzelend mee, en al snel zongen ze allemaal 'My Bonnie Lies Over the Ocean' en 'Old MacDonald Had a Farm'. Het lawaai van de luchtaanval vulde de buitenwereld, maar in de schuilkelder bleven ze zingen.

Toen het op een gegeven moment stilviel, begon een zachte stem aan een nieuw liedje. Niemand zong mee; ze kenden de woorden niet. Het was Charlotte, en ze zong in het Duits. 'Grün, grün, grün sind alle meine Kleider.'

Iedereen staarde naar haar, maar niemand onderbrak haar. Caroline luisterde gefascineerd. Het was overduidelijk een liedje ergens diep uit Charlottes afgesloten geest, en ze vroeg zich af of dit de doorbraak was waarop ze hadden gewacht. Toen het lied afgelopen was zei ze: 'Dat was heel mooi, Charlotte. Dank je wel.'

Na het horen van het sein veilig verlieten ze de schuilkelder en werden ze geconfronteerd met een totaal veranderde wereld. St Michael's zelf stond nog overeind, maar een paar andere huizen langs de straat stonden in brand en twee ervan waren gedeeltelijk verwoest, met scheve muren, gesprongen ramen en gevaarlijk overhellende daken.

Caroline bracht snel de kinderen naar binnen en stuurde hen terug naar bed om nog een paar uur te slapen voordat ze weer moesten opstaan voor een nieuwe dag, maar ze riep de twee andere inwonende personeelsleden naar haar kamer voor overleg. Ze had nagedacht terwijl ze met de vijftien kinderen in de betonnen schuilkelder zat, luisterend naar de vernietiging boven, en had een paar besluiten genomen.

'We zitten hier te veel aan de frontlinie,' begon ze zonder omhalen. 'Het vliegveld van Croydon is maar een paar kilometer hiervandaan, en de bommenwerpers zullen zich daar zeker op richten. We moeten de kinderen naar een veiligere plek brengen. Een van die bommen had boven op ons kunnen vallen, en dan zouden we allemaal dood zijn geweest.'

'U zegt wel dat we de kinderen moeten verplaatsen,' zei de matrone, 'maar waarheen dan? Als ze ergens anders heen konden, zouden ze hier niet wonen.'

'Dat besef ik,' zei Caroline, 'maar ze zijn hier in groot gevaar en we moeten ze verhuizen. Het beste zou zijn als ze allemaal naar het platteland geëvacueerd konden worden.'

'Natuurlijk,' beaamde mevrouw Downs, 'maar waar dan? De door de overheid georganiseerde evacuatie schijnt afgelopen te zijn. Mensen vertrekken natuurlijk nog wel uit eigen beweging om bij kennissen buiten de steden te gaan logeren, maar wie kennen wij nou die zo plotseling vijftien kinderen zou kunnen opnemen?'

'Mijn zus Avril,' antwoordde Caroline.

'Uw zus?' herhaalde de matrone. 'Waar woont ze dan? Heeft ze ruimte voor vijftien evacuees?'

'Ze woont in Wynsdown, een dorp in Somerset, waar haar man dominee is. Als ik het haar vraag, zal ze vast gezinnen kunnen vinden die bereid zijn kinderen op te nemen die hun thuis zijn verloren door de Blitz.'

'Het is wel veel gevraagd,' zei mevrouw Downs twijfelend.

'Weet ik,' bekende Caroline, 'maar ik ga haar vanochtend nog bellen en vragen of ze het kan organiseren. Ik denk niet dat ze nee zal zeggen.'

Zodra de kinderen naar school waren, trok Caroline de stoute schoenen aan en belde haar zus in Wynsdown.

Avril Swanson nam op. 'Pastorie St Mark's, goedemorgen.'

'Av? Met Caro.'

'Caro?' Avril reageerde blij op het horen van de stem van haar zus. 'Waar ben je? Kom je bij ons langs? Zeg alsjeblieft van wel!'

'Nee, ik vrees van niet,' antwoordde Caroline. 'Luister, ik heb maar drie minuten. Kan ik de kinderen van St Michael's naar jou toe sturen?'

'Wat? Wat zeg je nou?'

'We kregen vannacht bijna een bom op ons dak, Avril. Huizen overal rondom zijn beschadigd en ik moet die kinderen Londen uit krijgen, weg bij de Blitz. Het gaat hier sinds september al elke nacht zo.'

'Ja, we hebben gehoord hoe erg het is,' zei Avril.

'Dat geloof ik best. Maar tot je die aanvallen zelf hebt meegemaakt, heb je geen idee hoe erg het echt is. De halve straat is vannacht verwoest. Het is een wonder dat St Michael's nog overeind staat. Ik moet die kinderen hier weghalen, Avril, en ik dacht dat jij misschien kon helpen. Het zijn er maar vijftien.'

'Máár vijftien!' riep Avril. 'Waar moet ik vijftien kinderen laten, Caro? Ik weet dat de pastorie groot is, maar zo groot nu ook weer niet!'

'Ik bedoelde niet alleen jij,' zei Caroline met een bevend lachje. 'Ik hoopte dat je ze verspreid in jullie dorp kwijt zou kunnen.'

'Ik kan het proberen, natuurlijk,' antwoordde Avril. 'We hebben hier een paar evacuees gehad toen de oorlog uitbrak, maar die zijn bijna allemaal voor de kerst weer naar huis gegaan. Ik weet alleen niet of de mensen hier blij zullen zijn als er nog een stel komt.'

'Zouden ze blij zijn als vijftien kinderen omkwamen door ontploffingen of brandbommen?'

'Zeg niet zulke dingen, Caro,' riep Avril. 'Natuurlijk niet, maar ik zal dit eerst met David moeten overleggen. Ik zal proberen je later terug te bellen.'

Caroline Morrison zuchtte. Haar drie minuten beltijd waren bijna om. 'Oké, maar wacht niet te lang, Avril, anders zit ik weer in de schuilkelder met vijftien kinderen, midden in een luchtaanval.'

Toen ze de hoorn op de haak had gelegd, begon Caroline meteen plannen te maken voor de evacuatie. Ze was ervan overtuigd dat Avril en haar man plekjes zouden vinden voor de kinderen, maar het zou tijd kunnen kosten, en na de aanval van de afgelopen nacht wist ze niet hoeveel tijd ze nog hadden.

In Somerset legde Avril Swanson de telefoon neer. Ze staarde uit het keukenraam naar de tuin. Er was niets meer over van het gazon en de borders met bloeiende planten waarvan ze zo had genoten toen ze pas naar deze parochie waren gekomen. Nu stonden er nette rijen wintergroenten, en daarachter was het kippenhok met de ren.

Ik kan ze beter gaan voeren, dacht ze, want we zullen straks beslist meer eieren nodig hebben. Die gedachte maakte haar aan het lachen. Als er vijftien Londense kinderen kwamen, zouden ze heel wat meer nodig hebben dan alleen extra eieren!

Wynsdown was een klein dorp in de Mendip Hills. De cottages en een of twee grotere huizen stonden langs straatjes die als spaken uitstaken vanaf het kleine dorpsplein. Dit hier was het middelpunt van het dorpsleven. De kerk en de pastorie stonden aan de ene kant van het plein, met het kleine dorpshuis er vlakbij. De Magpie, de pub, was aan de overkant van het plein en aan de andere kant stonden de lage stenen gebouwen van de dorpsschool. Het postkantoor en de kruidenier, aan weerskanten van de Magpie, voltooiden de naaf. De bus naar Cheddar kwam hier 's morgens en 's avonds langs om mensen naar hun werk te brengen, maar de meeste gezinnen in Wynsdown werkten op het land. Kinderen van verder weg gelegen boerderijen kwamen soms meeliftend op een tractor naar de dorpsschool, maar de meesten legden de ongeveer vijf kilometer heen en terug te voet af.

Avril vond het hier heerlijk. Ze had gedacht dat ze zich geïsoleerd zou voelen toen ze pas in het dorp kwamen wonen, want het lag erg afgelegen en was totaal anders dan de steden waar ze tot dan toe had gewoond, maar het duurde niet lang voordat ze zich realiseerde dat ze zich hier thuis voelde. Ze genoot van de hechte gemeenschap en vond het heerlijk om er een integraal deel van uit te maken. David had als dominee al snel de meesten van zijn parochianen leren kennen en was schoorvoetend verwelkomd als jongere vervanger van de dominee die met pensioen was gegaan, Gerald Parker. Hij had eventuele veranderingen langzaam doorgevoerd en geleidelijk nieuwe ideeën geïntroduceerd zonder de bewoners, die hier vaak al hun hele leven woonden en argwaan koesterden ten opzichte van alle 'nieuwigheden', tegen zich in het harnas te jagen. De Swansons woonden hier nu vier jaar en waren door de meeste mensen geaccepteerd als een deel van het dorp.

Toen de vorige groep evacuees in Wynsdown was neergestreken, hadden ze onderdak gevonden voor al die kinderen.

Maar kunnen we dat nog een keer doen? vroeg Avril zich af. Het zag er hier allemaal zo vredig uit; geen spoor van de vernietiging waar mensen elders mee te kampen hadden. Konden ze zo'n verstoring nog een keer aan? Ze zuchtte en ging toen, zoals ze Caro had beloofd, op zoek naar haar man om het idee met hem te bespreken.

Hij stond in de kerk te praten met Marjorie Bellinger. Ze was een trouwe volgeling van de kerk en regelde de bloemen, de schoonmaak en het rondbrengen van het parochieblad. De lange vrouw van achter in de vijftig, met gepermanent grijs haar en serieuze grijze ogen, was zich bewust van haar positie als echtgenote van de landheer, met de verantwoordelijkheden die daarbij hoorden, en was altijd bereid naar voren te stappen en de leiding te nemen in dorpsaangelegenheden. Haar man, majoor Peter Bellinger, had in Vlaanderen gediend tijdens de vorige oorlog en werkte er nu hard aan om iets positiefs bij te dragen aan de oorlogsinspanningen. Hij zorgde ervoor dat elk stukje van zijn land productief was. Hun zoon Felix was piloot bij de RAF en vloog in een gevechtsvliegtuig. Het echtpaar, meer dan ieder ander in Wynsdown, kende de verschrikkingen van de Blitz en vreesde elke nacht opnieuw voor hun zoon.

Marjorie was bezig een koperen plaquette te poetsen voor dorpsbewoners die waren gesneuveld in de vorige oorlog terwijl ze het idee voor een kerstbazaar besprak met David. 'Als de mensen het maar lang genoeg van tevoren weten, dominee...' zei ze, maar ze brak haar zin af toen Avril de kerk in kwam rennen.

Ze keken allebei verbaasd op.

'Lieverd, je ziet er verhit uit. Is er iets gebeurd?' vroeg David.

'Ik had net Caro aan de telefoon vanuit Londen.'

'Wat leuk,' zei David. 'Komt ze op bezoek?'

'Ze wil ons vijftien kinderen van St Michael's sturen!'

'Vijftien!' riep Marjorie uit.

'Dat zei ik ook,' antwoordde Avril, 'maar ze zegt dat er vannacht een heel zware luchtaanval was en dat ze geluk hadden dat ze niet zijn geraakt. Ze vindt dat die kinderen daar echt weg moeten.'

'Waar denkt ze dat we die gaan laten?' vroeg de vrouw van de landheer.

'Laten we naar de pastorie gaan voor een kopje thee,' opperde de dominee, 'dan kunnen we het bespreken.'

Ze liepen het winterzonnetje in en staken het kerkplein over naar de pastorie. Het was hier moeilijk voor te stellen dat de Blitz elke nacht zou toeslaan, wekenlang, zoals in Londen. Ze hoorden af en toe wel een vliegtuig overkomen, maar meestal op grote hoogte, en tot nu toe bleven de nachten verder onverstoord.

'Ik denk dat we beter de evacuatiecommissie weer bij elkaar kunnen roepen,' zei Avril toen ze om de grote gewreven tafel in de keuken van de pastorie zaten.

Sinds het uitbreken van de oorlog was deze ruimte het hart van het huis geworden. Het was een grote keuken met bijkeuken die uitkeek over de pastorietuin. Het oude houtgestookte fornuis was een oase van warmte in de verder onverwarmde, grote pastorie. David had twee leunstoelen hierheen gehaald vanuit de kille zitkamer en dit was de plek geworden waar ze aten, 's avonds naar de radio luisterden, overleg voerden over problemen in de parochie en de gebeurtenissen van elke dag bespraken. David had wel een werkkamer voor privégesprekken en ander parochiewerk, maar vaak deed hij dat nu ook in de warme keuken.

'Dat lijkt me een goed idee,' beaamde David. 'We hebben iedereen hierbij nodig.'

'Dus ik kan zeggen dat we ze zullen opnemen?' vroeg Avril.

David schonk haar zijn vriendelijke glimlach. 'Natuurlijk nemen we ze op. Bel jij Caroline maar terug, zodat zij alles aan haar kant in gang kan zetten.' Hij wendde zich tot Marjorie. 'Heb jij de lijst nog van mensen die de vorige keer hun huis hebben opengesteld?'

'Die heb ik vast nog wel ergens, maar ik denk dat je gelijk hebt: we moeten de commissie weer bijeenroepen, zodat iedereen zich hierbij betrokken voelt. Plekjes vinden voor vijftien kinderen zou mogelijk moeten zijn, maar het moet zorgvuldig worden aangepakt.'

'Ik zal iedereen vanavond bij elkaar roepen,' zei Avril. 'Dan kunnen we concrete plannen maken.'

Binnen het uur had Avril de commissieleden die telefoon hadden opgebeld en was ze op de fiets bij de rest langsgegaan.

'Vijftien! Dat is veel,' zei Nancy Bright, de eigenares van het postkantoor. Nancy wist altijd alles in het dorp, dus was Avril als eerste naar haar toe gegaan, wetend dat er geen snellere manier was om informatie te verspreiden dan via haar.

'We houden vanavond een vergadering van de commissie, dus als je om zeven uur naar de pastorie zou kunnen komen...'

Andrew Fox, de dorpskruidenier, zei meteen dat hij erbij zou zijn. 'Het verbaast me niks dat uw zus die kindertjes weg uit Londen wil hebben,' zei hij.

Avril sprak Michael Hampton, het hoofd van de dorpsschool, in de lunchpauze. 'Dus je bedoelt dat ik ruimte zal moeten vinden voor nog eens vijftien leerlingen,' verzuchtte hij. Maar ze zag de fervente gloed in zijn ogen en wist dat hij de uitdaging zou oppakken en het op een of andere manier voor elkaar zou krijgen.

'Misschien niet allemaal,' zei ze tegen hem. 'Er zullen vast ook kinderen bij zitten die al te oud zijn voor de lagere school hier.'

Die avond kwamen ze allemaal samen in de pastorie. Aan de keukentafel haalde Marjorie Bellinger de lijst tevoorschijn van de gezinnen die de eerste groep evacuees hadden opgevangen.

'Een paar van die kinderen zijn hier nog,' zei ze. 'De Tates hebben de Morgan-tweeling nog, Daphne Cooper woont nog bij mevrouw Harper en dan zijn de Cleggs er natuurlijk nog.'

Er klonk gekreun om de tafel toen ze aan de familie Clegg dachten. Het gezin was kort na het begin van de oorlog aangekomen: de zwangere Sheila met haar vier kinderen van onder de acht. Ze waren ondergebracht in een boerenhuisje op het landgoed van de Bellingers. Ze kwamen uit Manchester, waren niet gewend aan het plattelandsleven en waren nooit opgehouden met klagen tegen de Bellingers over wat zij zagen als de tekortkomingen van het huisje. Het had drie slaapkamers en een keuken, maar het toilet was buiten en jezelf wassen moest in een kuip bij het vuur. Marjorie had gezegd dat het vast niet veel anders was geweest waar zij vandaan kwamen, maar mevrouw Clegg had haar verzekerd dat ze echt niet gewend was aan zulke primitieve omstandigheden. Toen de nieuwe baby was geboren, een jongen die Eustace werd genoemd, waren ze alle zes in het huisje blijven wonen. Meneer Clegg was een paar maanden geleden langsgekomen om zijn nieuwe zoon te bewonderen, en nu was mevrouw Clegg weer in verwachting.

'Laten we hopen dat er niet nog meer van zulke mensen bij zitten,' zei Nancy Bright.

'Die kinderen kunnen er niks aan doen, Nancy,' merkte Michael Hampton vriendelijk op. 'Een moeilijk begin van het leven met een zwakke moeder en een afwezige vader. En die kinderen zijn niet eens zo erg, al met al. De jonge Edwin is bijvoorbeeld behoorlijk intelligent.'

Avril bracht hen weer bij de les. 'Ik heb mijn zus teruggebeld. Ze heeft me een namenlijst gegeven, zodat we weten wie we kunnen verwachten. Het zijn zeven jongens en acht meisjes. Een paar kinderen komen uit hetzelfde gezin. Paul Dawson van elf komt samen met zijn zusjes Frances van acht en Valerie van vijf. Het lijkt me het beste om die hier in de pastorie onder te brengen. Wij hebben de ruimte, en dan kunnen ze bij elkaar blijven.'

'Dat lijkt me prima,' zei Marjorie. Ze maakte een aantekening. 'En het andere stel?'

'Jack en Diane Payne. Jack is tien en Diane acht.'

'Die kunnen wel bij ons,' bood Rose Merton aan. Zij en haar zus woonden samen in een cottage langs het dorpsplein. Hun vader was de dorpsarts geweest tot zijn dood, tien jaar geleden, en zij waren in het huisje gebleven waar ze het grootste deel van hun leven hadden gewoond. 'Violet en ik hebben wel ruimte voor twee kinderen.'

'De andere kinderen zijn allemaal alleen, maar als er gezinnen zijn die er twee willen opnemen, helpt dat natuurlijk enorm.'

'Weten we al wanneer ze precies aankomen?' vroeg Rose.

'Nee,' antwoordde Avril, 'maar ik zal het jullie zo gauw mogelijk laten weten.'

Ze maakten een lijst van mogelijke pleeggezinnen en probeerden die alvast te koppelen aan de namen op Avrils lijst. Michael Hampton kreeg ook de namen en leeftijden van de kinderen, zodat hij kon kijken hoe hij ze kon onderbrengen op zijn school.

'Ik heb dit allemaal nog niet aan Martha Mason verteld,' zei hij. 'Ik zal het morgen op school met haar bespreken, nu ik precies weet wie er komen.'

'Nog één ding,' zei Avril. 'Ik denk dat ik Charlotte Smith even speciaal moet noemen. Ze is een jaar of veertien, en Charlotte Smith is de naam die haar is gegeven...'

'Arm kind,' zei Marjorie toen Avril in het kort de omstandigheden van het kind had uitgelegd. 'Wat verschrikkelijk droevig. Laten we hopen dat haar geheugen terugkomt als ze weg is bij al die bommen.'

'Daar hoop ik ook op,' zei Avril, 'maar ik wilde jullie gewoon even informeren.'

Avril had besloten de commissie nog niet te vertellen dat Charlotte Duits kon zijn. Het was immers niet zeker, en het zou oneerlijk zijn als het niet waar bleek te zijn. Ze wist dat als ze het zei, het hele dorp het morgen zou weten. Nancy kon met de beste wil van de wereld geen geheim bewaren. Volgens Nancy was een geheim iets wat je maar aan één persoon tegelijk vertelde, en dan natuurlijk in strikt vertrouwen.

Iedereen stond op en pakte jassen en zaklantaarns voor de tocht naar huis. Het was helemaal donker buiten, want de verduistering werd hier net zo strikt gehandhaafd als in de steden. David deed alle lichten uit voordat hij de voordeur opende, en zachtjes verder pratend verdwenen de commissieleden in de nacht.

Toen ze weg waren, lieten Avril en David zich weer op hun stoelen in de warme keuken zakken.

'Nou, dat ging niet al te slecht,' zei Avril met een zucht van verlichting. 'Nu hoeven we alleen nog die gezinnen te benaderen om te vragen of ze de evacuees willen opnemen.'

'Jij en Marjorie zullen ze vast wel kunnen overhalen,' zei David. 'Maar kunnen we dat bijzondere kind, die Charlotte, niet beter hier bij ons onderbrengen?'

'Dat zou ik wel willen, maar ik denk dat wij beter de Dawson-kinderen kunnen nemen. Het is belangrijk dat ze bij elkaar kunnen blijven, en niemand anders heeft ruimte voor alle drie.'

'Ja, daar heb je gelijk in. Kom op, oudje,' zei David liefkozend, terwijl hij haar overeind trok. 'Naar bed. Je ziet er doodmoe uit.'

Avril liep achter hem aan naar boven en zei: 'Ik weet zeker dat Caro gelijk heeft. We moeten die kinderen uit Londen weghalen.'

'En dat doen we ook,' zei David. 'Hou nu op met piekeren. Alles komt goed.'

16

November 1940

In Londen deed Caroline Morrison haar best om de bureaucratie te omzeilen die een snelle evacuatie van haar kinderen zou kunnen dwarsbomen. Ze ging naar de plaatselijke autoriteit die toezicht hield op St Michael's en sprak daar met een nogal onhulpvaardige vrouw die volgens het naambordje op haar bureau Ruth Miles heette.

'Ik weet niet of we u die kinderen zomaar naar het platteland kunnen laten verplaatsen,' zei de vrouw. 'De families zou eerst om toestemming moeten worden gevraagd.'

'Ik vrees dat enkele van de betrokken kinderen geen familie meer hébben,' merkte Caroline op. 'Drie van hen zijn wezen, een andere weet niets van haar familie, en een paar anderen zijn door bommen uit hun huis verdreven; dat is juist de reden dat ze nu bij ons wonen.' Ze keek juffrouw Miles vastberaden aan. 'Ik zou geen enkele reden kunnen bedenken waarom ze niet naar een veiligere omgeving zouden moeten worden verplaatst. Of wilt u ze liever hier laten, waar hun leven constant gevaar loopt door die verrekte Blitz?'

'Zulk taalgebruik is nergens voor nodig, juffrouw Morrison,' zei de vrouw fronsend.

Caroline probeerde haar geduld te bewaren. Dit zou een hopeloze zaak worden als ze juffrouw Miles' goede wil verspeelde. 'Het spijt me,' zei ze, 'maar u kunt zich vast voorstellen dat ik behoorlijk onder druk sta om die kinderen te beschermen, en dat begint zijn tol te eisen.' Ze forceerde een glimlach. 'Wat ik probeer uit te leggen, juffrouw Miles, is dat St Michael's dicht bij het vliegveld van Croydon ligt, op de vliegroute van Duitse bommenwerpers. Afgelopen nacht zijn overal om ons heen huizen verwoest, uitgebrand of anderszins onbewoonbaar geworden. Wonder boven wonder staat ons gebouw nog onbeschadigd overeind, maar ik denk echt dat het niet lang meer zal duren voordat ook St Michael's wordt getroffen. U begrijpt vast wel waarom ik die kinderen daar moet weghalen.'

'Ik zal met meneer Carver moeten overleggen,' zei juffrouw Miles. De vrouw zou het niet toegeven, maar haar functie was waarschijnlijk niet hoog genoeg om zo'n besluit op eigen houtje te nemen. 'Wacht hier, alstublieft.'

Caroline Morrison wachtte... en wachtte, en ze wilde net het kantoor uit lopen toen juffrouw Miles terugkeerde, gevolgd door een man van middelbare leeftijd die ze voorstelde als 'meneer Carver, die zich met kindertehuizen bezighoudt'.

'Goed, juffrouw Morrison,' zei de man. 'Vertel eens wat u wilt doen.'

En dus haalde Caroline diep adem en vertelde het hele verhaal nog een keer.

'Ik begrijp het,' zei meneer Carver langzaam toen ze klaar was. 'En u zegt dat u al een plek hebt geregeld waar die kinderen naartoe kunnen?'

'Ja, inderdaad,' antwoordde ze, met het gevoel dat ze nu eindelijk ergens begon te komen. 'Een aanbod van pleeggezinnen voor vijftien kinderen in Wynsdown in Somerset.'

'En wat weet u daar verder van?' vroeg hij.

'Mijn zwager David Swanson is de dominee in Wynsdown. Hij en zijn evacuatiecommissie hebben onderdak voor de kinderen gevonden.'

Dat leek meneer Carver even het zwijgen op te leggen. Toen zei hij: 'Maar u moet wel beseffen dat we St Michael's niet kunnen sluiten. Zelfs als we deze kinderen wegsturen, zullen we er indien nodig weer anderen moeten onderbrengen.'

'Dus in ruil voor toestemming om de kinderen naar jullie toe te sturen,' vertelde Caroline die avond toen Avril haar weer aan de telefoon had, 'moest ik accepteren dat ik het tehuis open moet houden, zodat er nog meer kinderen aan hetzelfde risico worden blootgesteld, zelfs terwijl we de huidige bewoners hebben weten te redden!' Ze zuchtte. 'Ik neem aan dat ze wel een punt hebben. Er zullen altijd kinderen blijven die een thuis nodig hebben, en St Michael's zal beslist weer nodig zijn.' Ze lachte droogjes. 'Behalve als de Luftwaffe het opgeeft en naar huis gaat.'

'En wanneer komen ze dan?' vroeg Avril. 'Kom je ze zelf brengen? Het zou heerlijk zijn als je dan een paar dagen zou kunnen blijven.'

'Inderdaad,' zei Caroline. 'Ik moet alle regelingen nog treffen, dus dat hoor je nog, maar ik hoop dat ik ze morgen of uiterlijk overmorgen op de trein kan zetten.'

'Wij zullen er klaar voor zijn,' beloofde Avril, en ze hoopte dat ze dat inderdaad konden waarmaken.

De dag na de commissievergadering waren Marjorie Bellinger en zij bij de mensen langsgegaan die de vorige keer evacuees hadden opgenomen.

'Dus ze worden niet gewoon opgehaald van het station en in het dorpshuis verzameld, zoals de vorige keer?' Mevrouw Marston bleef met over elkaar geslagen armen in de deuropening van haar huis staan, zonder hen binnen uit te nodigen.

Avril glimlachte innemend naar haar. 'Deze keer proberen we het wat beter te organiseren, mevrouw Marston. Nu hebben we de namen en leeftijden van de kinderen die komen, dus weten we precies hoeveel plekken er nodig zijn.'

'U had de vorige keer een kind in huis genomen,' zei Marjorie, 'dus hoopten we dat u dat nu weer zou aanbieden.'

'Niet als het weer zo'n straatschoffie is als de vorige,' snauwde mevrouw Marston. 'Hij was een nachtmerrie, met zijn gevloek en geschreeuw, en hij keek neer op fatsoenlijk, goed eten. Werkte zich altijd in de nesten, hier en op school. Mijn Charlie heeft hem meer dan eens met de mattenklopper moeten geven. Zo een hoef ik er niet meer, dank je feestelijk.' Ze stapte achteruit en wilde de deur dichtdoen.

Avril zette vastberaden haar voet ertussen. 'Geen jongen dan, mevrouw Marston, maar misschien een meisje? Er zijn ook een paar meisjes bij die onderdak nodig hebben.'

'Haal die voet tussen mijn deur vandaan, mevrouw Swanson, dan zal ik erover nadenken. Maar ik denk niet dat mijn Charlie erom zal staan te springen.'

Avril trok haar voet terug en mevrouw Marston gooide de deur voor hun neus dicht.

'Ik weet zo net nog niet of ik wel een kind bij hen wil onderbrengen als ze het zo behandelen,' zei Avril, terwijl ze wegliepen.

'Ik herinner me die jongen nog wel,' zei Marjorie. 'Hij was geen makkelijke. Ik geloof dat we allemaal blij waren toen zijn vader hem ophaalde en mee terug nam naar Londen.'

Ze gingen verder langs de andere huizen en spraken met iedereen van wie ze hoopten dat die bereid zou zijn een kind op te nemen. Er waren er verschillende bij die er ongeveer net zo over dachten als mevrouw Marston.

'Ja, de vorige keer hadden we er een, maar dat was niet echt een succes. Ze huilde elke nacht en hield ons allemaal wakker.'

'Die kinderen uit Londen snappen niets van het platteland. Ze wilden geen melk van onze koe drinken, zeiden dat het vies was omdat het niet uit een fles kwam.'

'Wij hadden die knaap, Bert, maar hij kon niet goed opschieten met onze Tommy. Altijd vechten, die twee. We waren blij toen zijn moeder hem met kerst weer kwam halen.'

'Ik zou wel een meisje willen,' zei Janet Tewson van School Lane Cottages. Ze was de moeder van een tweeling, jongens van tien, en hoewel ze had gehoopt op een dochter, had ze die nooit gekregen.

'Er zijn er twee die goed met elkaar bevriend zijn,' vertelde Avril. 'Charlotte en Clare. Ze zouden graag bij elkaar blijven. Misschien kunt u ze allebei nemen.'

'Nou, twee, dat weet ik niet, hoor,' zei mevrouw Tewson twijfelend. 'Hoe oud zijn ze?'

'Veertien,' antwoordde Avril met een blik op haar lijst. Niemand wist natuurlijk precies hoe oud Charlotte was, maar veel zou het niet schelen.

'Te oud,' was het antwoord. 'Zijn er geen kleine meisjes bij?'

'Ja, twee,' zei Avril. 'Ik neem aan dat die ook graag bij elkaar zouden blijven.'

'Hoe oud?'

'Polly is zes en Jane zeven.'

'Dan neem ik de jongste wel. Polly, zei u?'

'Bedankt, mevrouw Tewson,' zei Marjorie. 'Dat is heel aardig van u.'

'En wanneer komen ze?' vroeg mevrouw Tewson.

'Morgen of overmorgen. We laten het horen zodra we het zeker weten.'

'Ze heeft toch wel een rantsoenenboekje, hè?' vroeg Janet Tewson, die zich waarschijnlijk nu al afvroeg of ze hier wel goed aan had gedaan en wat haar man Frank zou zeggen als hij thuiskwam van de bank in Cheddar.

'Jazeker,' verzekerde Marjorie haar, en ze schreef Polly's naam bij de Tewsons.

Geleidelijk aan vonden ze onderdak voor alle kinderen op hun lijst, totdat alleen Charlotte nog over was. Ze hadden een paar keer geprobeerd haar samen met Clare te plaatsen, want Caroline had gevraagd: 'Als je die twee bij elkaar kunt houden, Avril, probeer dat dan alsjeblieft. Charlotte heeft wat extra problemen, maar sinds zij en Clare bevriend zijn, lijkt ze veel rustiger.'

Maar niemand wilde twee tienermeisjes tegelijk. Er waren slechts een paar gezinnen waarvan Avril dacht dat ze daar op haar gemak zou zijn, en die waren niet beschikbaar.

Marjorie en Peter hadden beloofd zelf de twee oudste jongens op te nemen, Fred Moore en Malcolm Flint, allebei dertien; die zouden anders het moeilijkst te plaatsen zijn.

'Het wordt al laat,' zei Marjorie en ze keek op haar horloge. 'Ik moet naar huis. Ik zal nog eens nadenken of ik verder nog iemand ken die misschien zou willen helpen.'

'Bedankt voor al je hulp, Marjorie. Als het echt niet anders kan, vinden we wel een plekje voor haar in de pastorie.'

Marjorie ging naar huis, en Avril liep door naar het dorpsplein.

Toen ze bij de poort van de pastorie aankwam, hoorde ze dat iemand haar riep. Ze keek om en zag Edith Everard naar haar toe komen.

'Ik hoor dat u pleegouders zoekt,' zei juffrouw Everard zonder omhaal. 'Ik neem wel een meisje.'

'Dat zou heel fijn zijn,' zei Avril verbaasd.

Ze kende juffrouw Everard amper. De vrouw was niet kerks en bemoeide zich eigenlijk met niemand. Ze woonde alleen in een huisje aan de rand van het dorp en kwam af en toe boodschappen doen bij de kruidenier. Avril had haar wel eens de bus naar Cheddar zien nemen en dacht dat ze iets voor het Rode Kruis deed, maar ze wist niet precies wat.

Toen ze pas in Wynsdown woonden, was David langsgegaan bij alle huizen in de parochie, ook dat van juffrouw Everard, maar ze had hem afgekapt met de mededeling dat ze niet in God geloofde. David had glimlachend gezegd dat God wel in háár geloofde. Juffrouw Everard had het gesprek beëindigd met de mededeling dat ze overtuigd was van zijn goede bedoelingen, maar dat hij haar niet meer moest lastigvallen. Daarop had het domineesechtpaar besloten haar met rust te laten en zich niet op te dringen.

'We zoeken nog een plekje voor een meisje dat Charlotte heet,' zei Avril nu. 'Ze is ongeveer veertien en –'

'Dat voldoet wel,' zei juffrouw Everard. 'Wanneer komt ze?'

Avril zei dat ze haar dat nog zou laten weten, en de twee vrouwen namen afscheid van elkaar.

Toen ze thuis aan David vertelde dat ze plekjes hadden gevonden voor alle kinderen, was hij enthousiast. 'Goed gedaan, oudje,' zei hij. 'Dat viel vast niet mee.'

'Het vreemdste is nog wel,' zei Avril, 'dat we nog geen plek voor Charlotte hadden gevonden, je weet wel, dat meisje met geheugenverlies. Nou, juffrouw Everard sprak me net aan op het dorpsplein en bood aan om haar te nemen. Charlotte was nog de enige op onze lijst, dus ik was dolblij. Ik dacht al dat we haar alsnog hier erbij zouden moeten persen.'

'Nou, dat is mooi,' zei David. 'Ik heb zo'n idee dat juffrouw Everard behoorlijk eenzaam is. Ze zal waarschijnlijk blij zijn met Charlottes gezelschap, zelfs al geeft ze het niet toe.'

Die avond belde Caroline weer. 'We komen overmorgen met de trein naar Cheddar,' zei ze. 'Kunnen jullie ons daar ophalen?'

'Je zei "we",' riep Avril uit. 'Kom jij ook mee? Echt?'

'Ja, maar alleen om ze te brengen, en dan moet ik weer terug.'

'Maar je kunt wel een nachtje blijven slapen?'

'Ja, bedankt, Avril, natuurlijk. Ik verheug me erop.'

Toen Avril de volgende dag aan Marjorie vertelde dat ze uiteindelijk ook een plekje voor Charlotte had gevonden, vroeg ze: 'Waar dan?'

'Geloof het of niet, maar bij juffrouw Everard.'

'Bij Edith Everard?' Marjorie klonk niet bepaald enthousiast. 'Is dat wel een goed idee?'

'Waarom niet?' vroeg Avril verbaasd.

'Nou, ze is niet zo' – Marjorie zocht naar het juiste woord – 'sociaal.'

'Misschien niet,' antwoordde Avril korzelig, 'maar ze bood het spontaan aan en ik heb ja gezegd.'

'Nou, het zal vast allemaal wel goed komen,' zei Marjorie.

Avril nam contact op met alle pleegouders en vertelde dat hun kinderen de middag erop zouden aankomen. 'Ze komen aan op het station van Cheddar,' zei ze, 'en wij halen ze naar Wynsdown met de schoolbus. Ze krijgen waarschijnlijk alleen maar een boterham in de trein, dus zullen ze avondeten moeten krijgen als ze hier zijn. Als u voor de eerste avond iets kunt regelen, delen we daarna hun rantsoenenboekjes uit.'

Avril besteedde de rest van de dag aan het voorbereiden van de pastorie op de nieuwe bewoners. Ze maakte de twee ongebruikte slaapkamers schoon en verplaatste een elektrisch kacheltje van de ene kamer naar de andere om ze wat op te warmen. Ze verschoonde de bedden, legde handdoeken klaar en hing dekens voor de ramen als verduisteringsgordijnen.

Daarna kocht ze bij Andrew Fox wat cornedbeef voor een stoofschotel met aardappels uit de voorraad in de garage en kool uit haar eigen tuin.

'Ik hoop dat ze het lekker vinden,' zei ze onzeker tegen David toen hij tussen de middag naar de keuken kwam voor een boterham en een kom soep.

'Natuurlijk wel,' zei hij geruststellend. 'Wie is er nou niet dol op je beroemde stoofpot met cornedbeef?'

'Haha, grapjas. Eet je broodje op.'

'Ga jij ook naar het station van Cheddar?' vroeg David.

'Uiteraard. Sam wacht daar met de schoolbus, en dan rijden we allemaal samen hierheen.'

'Past dat wel?'

'Het wordt een beetje krap,' bekende Avril, 'maar volgens Sam zou het wel moeten lukken.'

De volgende dag na de lunch fietste Avril heuvelaf naar Cheddar. Ze ging naar de school, waar Sam in zijn bus langs de hoofdweg wachtte.

'Zodra ze aankomen, komen we met z'n allen naar je toe,' beloofde ze.

'Geen zorgen,' zei hij, 'ik wacht wel. Ik heb de ouders in de andere dorpen al op de hoogte gesteld dat het vandaag wat later kan worden.'

Avril fietste door naar het station en wachtte daar ongeduldig op de trein, die niet alleen de evacuees zou brengen, maar ook haar geliefde zus. Uiteindelijk zag ze een rookwolk in de verte, en niet veel later kwam de trein puffend en dampend onder de brug door en stopte met een gesis van stoom en gepiep van remmen langs het perron.

Zodra de trein stilstond, gingen de deuren open en sprong Caroline eruit. Ze zwaaide naar Avril, maar haar aandacht werd in beslag genomen door de kinderen die ze bij zich had.

'Oké, naar buiten,' riep ze, 'en blijf hier staan totdat ik zeker weet dat ik iedereen heb.' De kinderen stroomden het perron op. De oudere kinderen droegen ieder twee koffertjes, een van henzelf en een van een jonger kind.

Caroline telde ze snel en toen ze ervan overtuigd was dat er niemand in de trein was achtergebleven, zwaaide ze naar de conducteur.

'Ik heb ze allemaal!' riep ze. Hij blies op zijn fluitje, en de trein reed het station weer uit en liet hen in een wolk stoom achter.

Avril rende naar Caroline toe en omhelsde haar. 'O, Caro!' riep ze. 'Ik ben zo blij om je weer te zien.'

Caroline omhelsde haar zus ook. 'Goed. En nu?'

Avril leidde hen het station uit naar de plek waar de bus stond te wachten. Een aantal kinderen zat al in de bus, klaar om naar huis te gaan.

'Moeten we allemaal daarin?' vroeg Caroline twijfelend.

'Geen probleem, juffrouw,' zei Sam, en hij stak zijn hoofd naar binnen. 'Oké, jongens, schuif een beetje op en maak ruimte voor dit stel.'

Met behoorlijk wat gemor schoven de kinderen op en uiteindelijk zat iedereen in de bus. Het laatste wat aan boord werd getild was Avrils fiets, en toen startte Sam de motor en pruttelde de bus heuvelopwaarts naar de hoger gelegen dorpen in de Mendip Hills.

Avril en Caroline zaten voorin. Aanvankelijk hing er een merkwaardige stilte achter hen terwijl de kinderen elkaar in ogenschouw namen, maar geleidelijk begon het geluid aan te zwellen, totdat ze elkaar amper nog konden verstaan.

Sam overschreeuwde hen allemaal. 'Kappen met die herrie!' brulde hij. 'Koppen dicht!' Heel even werd het weer stil. Bij het eerste dorp stapten een paar kinderen uit, waardoor er meer ruimte ontstond. De overgebleven kinderen schoven meteen verder uit elkaar.

'Ik wil niet naast die vaccies zitten,' hoorde Avril iemand zeggen, en toen ze omkeek was ze verbaasd te zien dat het Stephen Morgan was geweest, zelf een van de oorspronkelijke 'vaccies'.

In Wynsdown stopte de bus zoals gewoonlijk op het dorpsplein en alle kinderen stapten uit. Caroline verzamelde haar groep, die nerveus om zich heen keek, en onder begeleiding van Avril leidde ze hen naar het dorpshuis.

Daar stonden de meeste mensen die hadden aangegeven een kind te willen opnemen al te wachten. Avril had haar lijst bij zich, en terwijl Caroline de naam van een kind noemde, riep zij de pleegouders erbij.

Marjorie nam haar twee jongens mee naar het landhuis. Janet Tewson pakte Polly Elliotts hand, tilde haar koffertje op en leidde haar over het plein naar haar nieuwe huis in School Lane.

Uiteindelijk stonden alleen de Dawson-kinderen en Charlotte nog in de zaal. 'Jullie blijven bij ons,' zei Avril tegen de Dawsons. Toen wendde ze zich tot Charlotte. 'Jij gaat bij juffrouw Everard wonen. Ze is onderweg van haar werk, maar de avondbus uit Cheddar komt pas over een halfuur aan, dus heb ik gezegd dat ik je zou meenemen. Ze komt je straks ophalen bij de pastorie.' Ze zag Charlotte onzeker naar Caroline kijken en vroeg op gedempte toon: 'Ze verstaat me toch wel?'

Charlotte had haar wel verstaan, maar ze werd zenuwachtig van het idee dat ze alleen zou zijn, met niemand die ze kende. Ze had gehoopt dat Clare en zij naar hetzelfde huis zouden gaan, maar Clare was haastig meegetroond door een verhit uitziende vrouw met een sjaaltje om haar hoofd die had gezegd: 'Opschieten, lieverd, meneer Prynne komt zo thuis voor het eten.' Clare had zich nog omgedraaid om te zwaaien, en toen was ze de deur uit gelopen, aangespoord door mevrouw Prynne die met het koffertje tegen haar been duwde.

Ze had toegekeken terwijl de andere kinderen werden meegenomen, totdat ze alleen nog met de Dawson-kinderen bij de vrouw had gestaan die de leiding scheen te hebben. Ergens achter in haar hoofd kwam deze situatie haar bekend voor, maar hoe ze ook haar best deed, ze had geen idee waarvan.

Juffrouw Morrison kwam naar haar toe en glimlachte. 'Mijn zus zegt dat de vrouw bij wie jij gaat wonen, juffrouw Everard, heel aardig is. Ze woont alleen, dus ik weet zeker dat ze meer dan blij zal zijn met je gezelschap. We gaan nu allemaal naar het huis van mijn zus, en juffrouw Everard komt je daar ophalen zodra ze terug is van haar werk.'

Ze verlieten het dorpshuis en Avril Swanson leidde hen door het hek van de pastorie. Toen ze naar de voordeur liepen, werd die opengegooid en stond David Swanson daar om hen te begroeten.

‘Welkom, welkom in Wynsdown. Kom, dan installeren we jullie.’ Ze liepen achter elkaar aan naar binnen, waar David hun voorging naar de keuken. ‘Zo, daar zijn we dan,’ zei hij. ‘En wie zijn jullie?’

De jongen stapte naar voren. ‘Ik ben Paul, meneer, en dit zijn Frances en Valerie.’ Hij gebaarde naar zijn zusjes, die zich probeerden te verstoppen achter juffrouw Morrisons rug. ‘Maar wij noemen ze Fran en Val… als dat ook goed is, meneer.’

‘Dat is uitstekend,’ antwoordde David. ‘Fran en Val, dus. Goed, ik ben meneer Swanson, maar iedereen hier noemt me “dominee”, dus ik denk dat jullie dat ook maar moeten doen.’

‘En hoe moeten we haar noemen, meneer?’ vroeg Paul nerveus en hij wees naar Avril Swanson, die van een afstandje toekeek. ‘Is zij dan mevrouw Dominee?’

Toen er werd gelachen, kleurde de jongen van schaamte, maar David zei: ‘Ik vind dat een perfecte naam voor haar. Mevrouw Dominee! Goed idee, Paul. Goed gedaan.’ Hij wendde zich tot zijn vrouw. ‘Nou, mevrouw Dominee, ik denk dat je ze maar eens moet laten zien waar ze slapen, hè?’

Avril dirigeerde hen naar boven, en Charlotte bleef in de keuken achter met de dominee en juffrouw Morrison. Ze hoorde opgewonden stemmen boven, terwijl de Dawson-kinderen hun slaapkamers bekeken en ze wenste dat zij ook in dit warme, welkome huis mocht blijven. De dominee zei dat ze moest plaatsnemen, dus ging ze op het puntje van een van de stoelen aan tafel zitten.

Terwijl hij en juffrouw Morrison met elkaar kletsten, liet Charlotte haar gedachten afdwalen, zoals ze de laatste tijd vaak deed. Ze dacht terug aan het advies van zuster Miller: laat de informatie gewoon naar boven drijven in je hoofd.

Dit is zo stom, dacht ze voor de zoveelste keer. Ik herinner me haar advies, ik herinner me hoe ze eruitzag, ik herinner me hoe zíj heet. Waarom weet ik dan niet meer hoe ik zelf heet?

Net toen de Dawsons en mevrouw Dominee weer naar beneden kwamen, ging de deurbel. Mevrouw Dominee deed open. Op de stoep stond een lange, magere vrouw met haar haar in een knot en een vreemd levenloze gezichtsuitdrukking. Toen ze glimlachte, bereikte die lach haar donkere, diepliggende ogen niet.

'O, juffrouw Everard,' zei mevrouw Swanson. 'U bent er. Dat is mooi. Charlotte zit al op u te wachten.'

De moed was Charlotte in de schoenen gezonken bij het zien van de vrouw bij wie ze zou gaan wonen. Het liefst wilde ze roepen: *Nee! Alsjeblieft niet bij haar!*

Het moest van haar gezicht af te lezen zijn, want juffrouw Morrison zei ferm: 'Zeg juffrouw Everard eens gedag, Charlotte.'

17

November 1940

Het was koud en donker terwijl Charlotte het deinende licht van juffrouw Everards zaklantaarn door het dorp volgde. De vrouw hield er stevig de pas in en Charlotte moest bijna rennen om haar bij te houden, terwijl ze onder het lopen haar koffertje van de ene naar de andere hand verplaatste. Aan de rand van het dorp gingen ze een smal landweggetje in en kwamen bij een klein huis aan, met een voortuin met hoge heggen eromheen. Juffrouw Everard wachtte bij het hekje tot Charlotte haar had ingehaald, en toen liepen ze over het pad naar de deur.

'Kom binnen,' zei ze, terwijl ze hem openmaakte, 'en wacht hier terwijl ik de verduistering op orde breng.'

Charlotte bleef in het donker staan wachten, terwijl juffrouw Everard haar tas neerzette en verdween. Plotseling werd het huis overspoeld met licht en verscheen juffrouw Everard weer in de gang. 'Hoe zei je dat je heette?'

'Ik weet niet hoe ik heet,' antwoordde Charlotte droevig, 'maar ze noemen me Charlotte.'

'Nou, blijf daar niet zo staan, Charlotte,' zei juffrouw Everard kregelig. 'Trek je jas uit en kom de warmte in.'

Charlotte deed wat haar gezegd werd en liep achter de gastvrouw aan naar de keuken, waar nog een klein beetje warmte uit een fornuis kwam.

Juffrouw Everard begon erin te poken, pakte een kolenkit met cokes en goot die er aan de bovenkant in. 'Het vuur was nog niet helemaal uit,' zei ze, 'dus het is hier snel warm.'

Ze draaide zich om en leek nu voor het eerst eens goed naar Charlotte te kijken. 'De vrouw van de dominee heeft me verteld dat je je geheugen kwijt bent. We zullen moeten kijken of we dat voor je kunnen terughalen. Kom mee naar boven, dan laat ik je je kamer zien.' Juffrouw Everard had een abrupte manier van praten, waardoor alles wat ze zei geïrriteerd klonk.

Is ze altijd boos? vroeg Charlotte zich af, terwijl ze met haar meeliep.

Boven aan de trap was een vierkante overloop met vier deuren.

'Deze kamer is van jou,' zei juffrouw Everard, terwijl ze een ervan opende. 'Ik heb hier zelf als kind geslapen.' Het was koud in de kamer, met de verduisteringsgordijnen al voor de ramen, maar hij was netjes en comfortabel ingericht met een bed, een stoel, een tafel en een ladekast. Een grote kast met een spiegel in de deur stond in een van de hoeken, en het verduisterde raam had een brede vensterbank met een zitkussen.

'De badkamer is hiernaast,' zei juffrouw Everard gebarend. 'Als jij nu eens gaat uitpakken, dan gaan we daarna eten. Doe het licht uit voor je naar beneden komt.'

Charlotte opende haar koffertje en haalde er de kleren uit die ze van de matrone had gekregen. Het waren er niet veel, maar het was genoeg, en ze legde alles zorgvuldig in de ladekast. Ze ving een glimp van zichzelf op in de spiegel en ging ervoor staan. Er keek een meisje terug met een bleek gezicht, piekerig donker haar en bruine ogen. Dun, of misschien zelfs mager. Smalle polsen staken uit de manchetten van haar rode trui en haar rok hing om haar heen. Ze schrok van haar spiegelbeeld. Er waren geen spiegels geweest in St Michael's, dus ze had zichzelf sinds voor het ziekenhuis niet meer gezien, en nu herkende ze zichzelf niet.

Wie ben ik? vroeg ze zich voor de duizendste keer af. Waar kom ik vandaan?

Dat was haar meest recente vraag geworden. Ze sprak zowel Engels als Duits, dus misschien was ze wel Duits. Soms betrapte ze zichzelf erop dat ze in het Duits dacht, maar dat probeerde ze te laten. Duitsland bombardeerde immers Londen, waarbij duizenden mensen omkwamen, en ze wílde niet Duits zijn. Maar stel dat ze het toch was? Waarom was ze dan in Londen geweest?

Juffrouw Morrison had geprobeerd die vraag te beantwoorden. 'Het kan zijn dat je een vluchteling bent. Misschien ben je Joods en ben je hierheen gestuurd om aan de nazi's te ontkomen. Dat is met veel kinderen gebeurd, weet je.'

Maar waarom was ze dan op straat geweest tijdens een luchtaanval?

'Waarschijnlijk gewoon pech,' had juffrouw Morrison daarop gezegd. 'Je vindt het toch niet prettig om een schuilkelder in te gaan? Misschien liep je toevallig op straat toen het begon en wilde je geen schuilkelder in. Wat denk jij?'

Charlotte had niet geweten wat ze moest denken. Het enige wat zij zeker wist, was dat ze een hersenschudding en een gebroken arm had opgelopen. Het gips was eraf gehaald vlak voordat ze Londen verliet, maar haar arm deed nog steeds pijn als het koud was, en ze drukte hem nu ook tegen zich aan.

Ze deed het licht uit en ging naar de warmte van de keuken beneden. Ze bleef bij de keukendeur staan.

Juffrouw Everard was bezig bij het fornuis en stond in een steelpan te roeren. 'Soep om op te warmen,' zei ze, en ze keek over haar schouder. Op tafel lagen een stuk brood en een homp kaas en er stonden al twee borden met messen en lepels ernaast. 'Glazen staan in de kast,' zei ze en ze wees naar een kast in de hoek.

Charlotte haalde glazen en zette ze op tafel. Er stond ook een waterkan in de kast, dus nam ze die mee naar de gootsteen en vulde hem.

Juffrouw Everard knikte goedkeurend, tilde de pan van het vuur en schonk de soep in twee kommen. 'Goed,' zei ze, 'laten we gaan eten voordat het koud wordt.'

De soep was gevuld met veel groenten, heet en heel lekker. Juffrouw Everard sneed twee dikke sneden brood af, gaf er een aan Charlotte en doopte die van haar in haar soep. Charlotte volgde haar voorbeeld, en een poosje aten ze in stilte.

'Morgen is het zaterdag,' zei juffrouw Everard. 'Er is een bijeenkomst in het dorpshuis voor jou en alle andere nieuwe kinderen, waar ze alles uitleggen over de school en het dorp en zo. We gaan er samen heen, goed?'

'Ja, juffrouw Everard,' antwoordde Charlotte.

'Ik vind eigenlijk dat je me niet meer zo moet noemen nu je hier woont,' zei juffrouw Everard met een gespannen glimlachje. 'Zeg maar juffrouw Edie.'

'Ja, juffrouw Edie.'

Er viel weer een stilte terwijl ze aten, en toen verzamelde Charlotte moed. 'De soep was heel lekker, dank u, en de kaas ook.'

'Je spreekt goed Engels,' merkte juffrouw Edie ineens op. 'Spreek je ook Duits?' De vraag klonk zo scherp dat Charlotte aarzelde.

'Ja, hè?' vroeg de vrouw, terwijl er een hatelijke uitdrukking over haar gezicht trok. 'Je bent Duits, of niet?'

'Dat weet ik niet,' antwoordde Charlotte simpelweg. 'Ik weet niet wie ik ben.'

Juffrouw Edie begon abrupt de tafel af te ruimen, kletterend met borden en bestek. Haar stilzwijgen vulde de keuken met een dikke nevel die alles smoorde en die Charlotte onthutste en bang maakte. Charlotte wist niet wat ze anders moest doen, dus ze pakte de theedoek van de stang aan het fornuis en begon de borden af te drogen die juffrouw Edie met een klap op het afdruiprek zette.

'Jij kunt nu beter naar bed gaan,' zei juffrouw Edie uiteindelijk. 'Welterusten.'

Charlotte zei niets. Ze draaide zich om en ging naar boven.

Toen ze in bed lag, merkte ze dat ze trilde. Ze zag de uitdrukking op juffrouw Edies gezicht weer voor zich. De mensen hier in Engeland haatten Duitsers, en zij was er bijna zeker een. Bij die gedachte kwam ook het besef dat ze weer in het Duits had gedacht.

Hoe moe ze ook was na haar lange reis vanuit Londen, het duurde een hele poos voordat Charlotte sliep, tot lang nadat ze juffrouw Edie de trap op hoorde komen, in de badkamer hoorde rommelen en haar slaapkamerdeur hoorde dichtdoen.

Edith sliep ook niet meteen. De woede die haar bijna had overmand toen ze besefte dat het kind Duits was, was nu een beetje bekoeld. Charlotte had niet het zachte accent van deze omgeving, maar het was ook anders dan de luide en naar haar mening onverzorgde accenten van de eerdere evacuees; het klonk harder, met meer keelgeluiden. Een Europees accent, maar niet zo snel en licht als van de Fransen. Beslist Duits. Die domineesvrouw had een Duits kind bij haar ondergebracht, zonder enige waarschuwing! Een plotselinge woede had zich van haar meester gemaakt, en ze had de gootsteen laten vollopen met water en was met de afwas begonnen. Hoe dúrfden ze? Uitgerekend bij haar, die alles aan de Duitsers had verloren. Ze had amper kunnen ademen van kwaadheid.

Maar de bekende pijn, de pijn die ze had omhelsd en vastgehouden sinds ze in augustus 1918 dat telegram had ontvangen, was er nog steeds, een deel van haar. Ze dacht aan Herbert, zoals ze elke avond deed voordat ze ging slapen. Zijn foto, in vervaagde sepiakleuren, stond op haar nachtkastje; het laatste waar ze elke avond naar keek en het eerste wat ze 's morgens zag. Voor altijd jong glimlachte hij haar toe, met rechte rug, trots op de sergeantsstrepen op zijn mouw, met zijn nette snor, nog net zo knap als op de dag dat ze hem een afscheidskus had gegeven aan het eind van zijn verlof. De dag dat ze voor het eerst haar verlovingsring had gedragen.

Ze deed het licht weer aan, schoof de la van haar nachtkastje open en haalde er het telegram uit, nog steeds opgevouwen in de getaande envelop met versleten randen. Ze vouwde het open en las die noodlottige woorden weer...

Met deelneming informeren wij u dat sergeant Herbert Clapham van het Cheshire Regiment sinds 10 augustus 1918 vermist wordt en vermoedelijk is gesneuveld. De minister van Oorlog condoleert u met uw verlies.

Hoe vaak had ze het al gelezen? Ontelbare keren. Herbert kwam nooit meer naar huis om met haar te trouwen. Ze zou de rest van haar leven om hem blijven treuren.

Zijn lichaam was nooit gevonden. Zijn naam was bijgeschreven op de Menin Gate samen met die van achtendertigduizend anderen van wie de naam bekend was, maar niet hun laatste rustplaats. Ediths leven was ten einde gekomen op de dag dat dat telegram arriveerde.

O, ze leefde nog wel, bij haar ouders in Blackdown House, waar ze was geboren. Ze had haar vader verpleegd toen hij in 1919 Spaanse griep kreeg en overleed, en was voor haar moeder blijven zorgen totdat zij in 1930 ook overleed. Maar Edith was nooit over het verlies van de man van wie ze hield heen gekomen.

Iets binnen in haar was verschrompeld toen ze dat telegram las en nooit meer opgebloeid. Ze haatte alles wat Duits was. Ze had niet meer kunnen genieten van de muziek van Duitse componisten. Beethoven, Brahms, Mendelssohn; ze weigerde ernaar te luisteren en ontzegde zichzelf daarmee een plezier dat ze sinds haar jeugd had gekend. Sindsdien was ze alleen in Blackdown House blijven wonen en had banden verbroken met vrienden om alleen met haar herinneringen te leven. Ooit was ze lid geweest van het kerkkoor, maar ze geloofde niet meer in God; een god die Herbert liet sterven en haar voor de rest van haar leven in een woestenij van eenzaamheid liet ronddolen, kon haar geen troost bieden.

Haar aanbod om een geëvacueerd kind in huis te nemen was haar eerste echt onbaatzuchtige daad in jaren geweest, en nu had zich dat tegen haar gekeerd. Want wie hadden ze haar in de maag gesplitst? Een Duits kind.

Het meisje kon daar zelf niets aan doen, dat wist ze wel, maar of de mensen die Charlotte hierheen hadden gehaald het nu toegaven of niet: Edith Everard wist zeker dat het kind Duits was.

De volgende morgen was zonnig en koud. In haar onverwarmde kamer opende Charlotte de gordijnen, ging met een deken om haar schouders in de vensterbank zitten en keek naar buiten. Beneden lag een keurig verzorgde groentetuin met nette rijen spruitjes en kool; daar waren waarschijnlijk de groenten in de soep van de vorige avond vandaan gekomen. Ze herkende niet alle planten, maar het was duidelijk dat juffrouw Edie gehoor gaf aan de instructie om een moestuin aan te leggen – te 'graven voor de overwinning', zoals de slogan zei. *Graven voor de overwinning*. Charlotte had die tekst ergens gezien, en niet zomaar op een poster – want die hingen overal – maar in enorme letters. Maar waar?

Ze staarde over het platteland achter de tuin: glooiende velden met heggen en stenen muurtjes ertussen, en hier en daar wat bomen die kaal afstaken tegen de winterhemel. Pollen gras en braamstruiken vingen het zonlicht, terwijl kuilen en holten in schaduwen gehuld bleven. Het was een lappendeken van winterkleuren. Er graasden schapen op de velden, een paar koeien stonden onder de bomen op een andere wei, en in de verte zag ze nog net een paar boerengebouwen van grijs steen met leiendaken, alsof ze waren ontsproten uit het leisteen in de bodem. Verderop was een rij heuvels, amper meer dan een veeg langs de horizon. Charlotte was nog nooit op zulk afgelegen platteland geweest. Het leek zich eindeloos in alle richtingen uit te strekken. Toen ze de vorige middag vanuit Cheddar hierheen waren gereden, had ze door de hoge heggen langs de wegen niets gezien wat haar had voorbereid op de grote vlakten die ze vanuit hier kon zien. Zo veel ruimte had bijna iets griezeligs.

Terwijl ze op het kussen in de vensterbank zat, vroeg Charlotte zich af wat er straks met haar zou gebeuren. Ze wist dat juffrouw Edie kwaad was geweest toen ze besefte dat haar nieuwe pleegdochter Duits was, maar wat ging ze daaraan doen? Als ze ergens anders heen had gekund, zou Charlotte haar koffer weer hebben gepakt en zijn vertrokken. Maar ze kon nergens naartoe, behalve naar die eindeloze velden rondom het dorp.

Juffrouw Edie riep haar naar beneden voor het ontbijt, schepte een kom vol havermout en zette die voor haar neer. Het was duidelijk dat zij al had gegeten, want haar lege kom stond afgewassen op het afdruiprek.

'De bijeenkomst in het dorpshuis is om halfelf. Ik ga tot die tijd in de tuin werken. Jij kunt afwassen en de keuken opruimen. Ik heb mijn eigen bed opgemaakt, jij doet het jouwe. Begrijp je dat?' Ze sprak langzaam en nadrukkelijk, alsof ze bang was dat haar Duitse pleegdochter haar anders niet zou verstaan.

'Ja, ik begrijp u heel goed,' antwoordde Charlotte. 'U hoeft niet met me mee te komen naar die bijeenkomst. Ik zal mijn koffer pakken en naar mevrouw Dominee gaan. Haar zus gaat vandaag terug naar Londen. Ik zal met haar meereizen. U wilt mij hier niet, en ik wil hier niet blijven.'

'Doe niet zo belachelijk, kind,' snauwde juffrouw Edie. 'Dat doe je helemaal niet. Ik vraag je alleen maar om te helpen met wat klusjes terwijl ik in de tuin bezig ga. Zorg dat je om kwart over tien klaarstaat.'

Charlotte waste de weinige ontbijtspullen af en ging terug naar boven. Ze wilde net naar haar kamer gaan toen ze zag dat de deur van juffrouw Edies kamer op een kier stond. Uit nieuwsgierigheid duwde ze hem verder open, sloop naar binnen en keek om zich heen. Deze kamer was veel groter dan die van haar en was waarschijnlijk van juffrouw Edies ouders geweest toen zij klein was. Hij was best comfortabel ingericht, maar de meubels waren oud en aftands en er was duidelijk al vele jaren niets meer aan gedaan. Op de muren zat bloemetjesbehang, maar de kleuren waren vervaagd en hier en daar was het papier gescheurd. Een groot deel van de vloer werd bedekt door een sleets kleed en de gordijnen aan weerskanten van het raam hadden ook betere tijden gezien. Charlotte liep op haar tenen naar het raam en gluurde naar buiten. In de tuin beneden zag ze juffrouw Edie druk schoffelen.

Toen ze zich veilig wist, richtte Charlotte haar aandacht weer op de kamer. Op het nachtkastje lagen een boek en een bril en er stond een foto in een zilveren lijstje. Een soldaat in uniform, met krullend haar, keek haar met glimlachende ogen aan.

Wie was dat? Ze pakte de foto op om hem beter te bekijken. Een echtgenoot? Een broer? Een vriendje? De foto zag er behoorlijk oud uit.

Verder was er niet veel te zien. Het bed was keurig opgemaakt en juffrouw Edies ochtendjas hing aan een haak aan de achterkant van de deur. Charlotte liep de kamer weer uit en zorgde ervoor dat de deur weer net zo ver op een kier stond als toen ze was binnengekomen. Er was nog een deur op de overloop, en omdat ze zich afvroeg wat daar was, probeerde ze de klink. Maar de deur klemde of zat op slot en ging niet open.

Ze ging terug naar haar eigen kamer en maakte haar bed op zoals haar was opgedragen. Charlotte had nog steeds de neiging om haar koffer te pakken en die mee te nemen naar de bijeenkomst in het dorpshuis. Ze had niet gelogen. Als juffrouw Edie haar hier niet wilde hebben, dan wilde zij hier niet blijven. Ze zou juffrouw Morrison vragen of ze met haar mee terug mocht naar Londen, en zo ja, dan kon ze altijd nog haar spullen gaan halen.

Ze liep de trap af en keek in de twee andere kamers beneden. De ruimte naast de keuken was een eetkamer, nogal donker, met een laag stof op de zware meubels. Hij werd duidelijk al een hele poos niet meer gebruikt of schoongehouden. De andere deur gaf toegang tot een zitkamer. Er stonden sjofele maar comfortabele leunstoelen en het had een gezellige plek kunnen zijn om te lezen of naar de radio te luisteren als het vuur aan was. Tegen de ene muur stond een piano en tegen de andere een kast vol boeken, maar ook deze kamer voelde koud en ongebruikt aan. Geen van beide kamers was voorzien van verduisteringsgordijnen, en Charlotte vermoedde dat dat was omdat ze maar zo zelden werden gebruikt.

Ze keek net in de kast onder de trap toen ze de achterdeur hoorde opengaan. Omdat ze niet wilde worden betrapt op rondneuzen, ging ze snel weer naar boven. Tegen de tijd dat juffrouw Edie op de overloop aankwam, zat Charlotte voor haar raam en keek ze uit over de Mendip Hills.

Ze liepen samen naar het dorpshuis, dat al begon vol te stromen met de evacuees en hun pleegouders.

Zodra Charlotte Clare zag, liep ze naar haar toe. Clare zat naast een grote vrouw met een overslagschort en een sjaaltje om haar hoofd. Charlotte plofte aan de andere kant naast haar neer. 'Hoe is het bij jou?' mompelde ze.

Met een snelle blik opzij om zeker te weten dat mevrouw Prynne niet meeluisterde, zei Clare: 'Best oké. We hebben gisteravond een soort stoofpot gegeten. Niet al te slecht. Maar ik moet een kamer delen met Sandra, mevrouw Prynnes dochter, en daar ben ik minder blij mee, want ze snurkt als een kerel. En jij?'

'Ik heb een eigen kamer,' bekende Charlotte, 'en het eten was lekker. Maar ze houdt niet van Duitsers.'

'Wie wel!' riep Clare.

'Ze denkt dat ik er een ben.'

'Wat stom!' riep Clare. 'Dat ben je niet!'

'Maar ik denk misschien van wel,' zei Charlotte. 'Dat is het probleem.'

'Nou, zelfs al was je er een, jij bent toch niet zó'n Duitser? Dat is logisch. Als je er zó een was, zou je nog in Duitsland zijn, hè?'

'Ik denk dat ze gaat zeggen dat ze me toch niet wil, en als ze dat doet ga ik juffrouw Morrison vragen om me mee terug te nemen naar Londen. Ik hou niet van het platteland. Er zijn nergens huizen, alleen maar velden en schapen en zo.'

Avril stond in een hoekje van de zaal met haar zus Caroline te praten toen Edith Everard op hen af stapte en op kwade toon vroeg waarom niemand haar had verteld dat haar pleegkind Duits was.

Avril was een beetje overdonderd door de felheid van die vraag. 'Dat weten we niet zeker. Maar maakt het echt uit?'

'Voor mij wel,' zei juffrouw Everard. 'We zijn in óórlog met de Duitsers... voor de twééde keer in twintig jaar!'

'Daar ben ik me van bewust, juffrouw Everard, maar we zijn niet in oorlog met Charlotte Smith.' Ze keek Caroline aan. 'We zullen Charlotte moeten verplaatsen als juffrouw Everard haar niet wil –'

'Ik heb niet gezegd dat ik haar niet wil,' snauwde Juffrouw Everard. 'Ik zei alleen dat het wel zo beleefd zou zijn geweest om me van tevoren te vertellen dat het kind Duits was. Ik ben volkomen bereid haar een thuis te bieden, maar ik vind dat jullie me hadden moeten waarschuwen.'

'Mijn verontschuldigingen als u denkt dat ik u heb misleid, juffrouw Everard,' zei Avril, die haar geduld probeerde te bewaren. 'Dat was echt niet de bedoeling. Maar we willen wel zeker weten dat ze in een huis woont waar ze welkom is.'

'Nou, dat is ze,' drong juffrouw Everard aan, 'en ik wil dat ze blijft.' Het leek wel alsof de vrouw zich ter plekke bedacht: alsof ze was gekomen om over de situatie te klagen, maar zodra Avril zei dat ze Charlotte dan maar bij haar zou weghalen, ontdekte dat ze dat toch niet wilde. 'Ik vind het prima dat het meisje bij mij woont,' ging ze door, snel terugkrabbelend. 'Ik klaagde alleen maar over het gebrek aan beleefdheid, het gebrek aan communicatie.'

'Nou, goed dan, als u het zeker weet,' zei Avril twijfelend. 'Maar als u zich op enig moment bedenkt, of als het toch lastig wordt, laat het me dan alstublieft meteen weten, dan kan ze alsnog bij ons in de pastorie komen wonen.'

'Dat zal vast niet nodig zijn,' zei juffrouw Everard stijfjes. En toen voegde ze eraan toe: 'Is er verder nog iets wat ik over haar zou moeten weten?'

'Ze houdt niet van kleine ruimtes, houdt er niet van om ingesloten te worden,' vertelde Caroline. 'Ze gaat wel een schuilkelder in als het moet, maar ze wil er zo snel mogelijk weer uit, dus wij zetten haar meestal dicht bij de deur.'

Juffrouw Everard knikte. 'Ik zal eraan denken.' En toen draaide ze zich om en beende weg.

'Ik hoop dat we de juiste keus hebben gemaakt,' zei Avril zachtjes. 'Het zal niet gemakkelijk worden voor dat kind.'

'Ze is taaier dan je denkt,' verzekerde Caroline haar. 'Ik weet niets van haar achtergrond, maar ze heeft het duidelijk zwaar gehad, en toch is ze daar doorheen gekomen.'

'Wat was dat allemaal?' Nancy Bright had de confrontatie gezien en was komen aanlopen om te kijken wat er aan de hand was.

'Nou, we vermoeden dat Charlotte Smith waarschijnlijk half Duits is, of misschien een Duitse vluchteling, en juffrouw Everard is in alle staten omdat we haar dat niet hadden verteld.'

'Hebben jullie een Dúíts meisje bij Edith Everard ondergebracht?' Nancy staarde haar ongelovig aan.

'Ja, waarom niet?' vroeg Avril onthutst.

'Edith heeft haar verloofde verloren in de vorige oorlog, en dat was een harde klap voor haar. Ze heeft het de Duitsers nooit vergeven dat ze hem hebben vermoord. Sinds haar ouders zijn overleden woont ze alleen, en heel eerlijk gezegd denk ik dat ze een beetje getikt is.'

'Goeie genade!' riep Avril. 'Waarom heb je me dat nooit verteld?'

'Nou, ik hou niet van roddelen,' antwoordde Nancy met een uitgestreken gezicht, 'maar ik nam aan dat je het wel wist. Hoe dan ook, ten eerste wist ik niet dat Edie had aangeboden om een vaccie op te nemen, en ten tweede wist ik niet dat het kind Duits was.'

'Dat wéten we niet,' herhaalde Avril gefrustreerd. 'We weten niet wie ze is, en dat arme kind weet het zelf ook niet. Lieve help, hadden we maar gewoon ruimte voor haar gemaakt in de pastorie.'

'Laat haar maar een poosje met rust,' adviseerde Caroline. 'Ze is wel even vaak genoeg verplaatst; maar hou haar goed in de gaten.'

Charlotte zat nog naast Clare op het bankje toen Avril Swanson naar de voorkant van de zaal liep, in haar handen klapte en iedereen vroeg plaats te nemen zodat ze konden beginnen.

'Als eerste wil ik graag mijn zus Caroline Morrison vragen om iets te vertellen over de kinderen die ze hierheen heeft gebracht en haar redenen daarvoor. Daarna zal ik uitleggen hoe we van plan zijn de kinderen welkom te heten in ons dorp en ze te integreren in het dorpsleven.'

Juffrouw Morrison stond op, keek naar de verwachtingsvolle gezichten in de zaal en schonk hun haar charmantste glimlach. 'Ten eerste wil ik jullie, de bewoners van Wynsdown, allemaal hartelijk bedanken voor jullie vriendelijke ontvangst van de kinderen van St Michael's in Streatham. St Michael's is een tehuis voor kinderen die vanwege de oorlog geen ander onderdak en vaak ook geen familie meer hebben. Wij nemen die kinderen op en zorgen voor ze totdat we een betere, veiligere plek voor ze kunnen vinden. Sommigen kunnen terug naar hun families wanneer die een nieuwe woning hebben, anderen gaan door naar een ander tehuis dat mogelijk geschikter is voor hun leeftijdsgroep, en weer anderen worden geëvacueerd naar dorpen zoals dat van jullie, die naar wij hopen te klein zijn om de belangstelling van de Duitsers te wekken. Het probleem met St Michael's is dat het dicht bij het vliegveld van Croydon ligt, en dat is een doelwit voor de bommenwerpers. Veel van de huizen rondom ons tehuis zijn al volledig verwoest of onbewoonbaar geworden. Er zijn slachtoffers gevallen, helaas zelfs een paar dodelijke, en dus kreeg ik toestemming om deze kinderen hierheen te brengen, in de wetenschap dat dat hun leven zou kunnen redden. Door deze kinderen op te nemen, doen jullie meer dan hun een thuis bieden. Jullie bieden ze een toekomst, een toekomst die ze anders mogelijk niet zouden hebben. Dus onze dank gaat naar jullie allemaal uit, en we zullen ons best doen om ervoor te zorgen dat jullie nooit spijt krijgen van jullie grootmoedigheid.' Caroline glimlachte nog een keer en keerde onder applaus terug naar haar zitplaats naast haar zus.

Avril, ook klappend, stond weer op. 'Goed, vanmiddag houden we een feestje hier in het dorpshuis om elkaar wat beter te leren kennen. Alle dorpskinderen zijn uitgenodigd, net als iedereen die voor hen zorgt. Maar intussen zijn er wat schoolzaken te regelen. Kinderen, als ik je naam noem, sta dan alsjeblieft op zodat we kunnen zien wie je bent, en dan vertel ik je waar je na het weekend naar school gaat. Fred Moore, sta op, alsjeblieft.'

Met een knalrood hoofd stond Fred op, en daarna werden de namen van Malcolm Flint, Molly Hart, Charlotte Smith en Clare Pitt afgeroepen.

'Jullie gaan met de schoolbus naar Cheddar, samen met de andere kinderen die op de Cheddar Secondary School zitten. Zorg dat je om kwart over acht voor de Magpie op het dorpsplein staat. De bus wacht niet als je te laat bent, dus kom ruim op tijd. Goed, kinderen, jullie mogen weer gaan zitten.'

Clare en Charlotte waren blij dat ze in elk geval naar dezelfde school zouden gaan. 'Als ik tenminste blijf,' mompelde Charlotte. Ze had juffrouw Edie met mevrouw Dominee zien praten voordat de bijeenkomst begon en vroeg zich af wat er over haar was gezegd.

'Natuurlijk blijf je,' antwoordde Clare zachtjes. 'Ze gaan je toch niet terugsturen naar al die bommen?'

Terwijl zij fluisterend overlegden, waren de namen van de andere kinderen ook geroepen. Daarna mochten ze allemaal weer gaan zitten en stapte meneer Hampton naar voren om zichzelf en lerares juf Mason voor te stellen.

'Jullie hoeven echt niet bang te zijn,' zei hij grijnzend. 'Juf Mason en ik zijn allebei best aardig, en we bijten niet. Kom alleen maandagochtend iets eerder naar school, dan wijzen we jullie je plek voordat de andere kinderen aankomen.'

Mevrouw Swanson herinnerde iedereen nog een keer aan het feestje die middag. 'Dokter Masters heeft een heleboel kastanjes van de boom in zijn tuin, en die gaat hij vanmiddag hier poffen.'

Zodra het kon, schuifelde Charlotte door de drukte naar juffrouw Morrison toe. 'Ik vind het hier niet fijn,' stak ze van wal. 'Ik wil met u mee terug naar Londen.'

'Ach, Charlotte, lieverd,' antwoordde juffrouw Morrison, 'dat kan echt niet. We hebben jullie net allemaal veilig weg gekregen bij de bombardementen. Ik vrees dat jullie pas terug kunnen als de oorlog voorbij is.'

'Maar dat kan nog jaren duren,' jammerde Charlotte.

'Weet ik, maar het is voor je eigen veiligheid. Charlotte, lieverd, we weten nog niet eens waar je thuishoort. Zodra we dat weten, kunnen we je terugbrengen bij je eigen familie, veilig en wel.'

'Wat gebeurt er als ik het weer weet?' drong Charlotte aan. 'Als ik weer weet wie ik ben?'

'Zodra je het weer weet, schrijf je mij op St Michael's. Dan kan ik kijken wat ik kan doen. Maar intussen moet je hier blijven.'

'Maar die juffrouw Edie, de mevrouw bij wie ik woon, die wil me niet,' zei ze.

'Daar vergis je je in, Charlotte. Ik heb haar net gesproken, en ze zei tegen mij en mijn zus dat ze je wel wil. Ze wil dat je blijft.'

'Ze mag me niet omdat ik Duits ben,' zei Charlotte vlak.

'Dat is niet helemaal waar. Ik zal je iets vertellen, als je belooft je mond erover te houden tegen juffrouw Everard.'

'Wat dan?'

'Ze is nog steeds heel bedroefd omdat de man met wie ze zou gaan trouwen is omgekomen aan het eind van de vorige oorlog. Hij is gesneuveld in de loopgraven. Je moet begrijpen dat het heel moeilijk is om over zoiets heen te komen,' vertelde juffrouw Morrison.

Charlotte dacht aan de foto die ze die ochtend in juffrouw Edies slaapkamer had gezien, van een soldaat in uniform. Een jongeman; veel jonger dan juffrouw Edie, had ze gedacht, maar natuurlijk niet veel jonger dan juffrouw Edie in 1918 was.

'Geef het een paar dagen, Charlotte, en kijk het aan. Als het niet gaat, zeg het dan tegen mijn zus, dan beloof ik je dat ze je zal verhuizen.'

Aan het eind van de ochtend liepen ze samen terug naar Blackdown House.

Juffrouw Edie warmde nog wat soep op en zei: 'Ik heb gisteren wat gehakt kunnen kopen bij de slager in Cheddar, dus ik dacht dat ik voor vanavond cottage pie kon maken. Hou je van cottage pie?'

'Weet ik niet,' zei Charlotte voorzichtig.

Juffrouw Edie glimlachte. 'Nou, daar komen we dan vanavond wel achter, hè?'

18

November 1940

Het feestje in het dorpshuis was aanvankelijk een matig succes. De dorpskinderen kwamen allemaal, verleid door de belofte van gepofte kastanjes en jambroodjes. Marjorie Bellinger leverde de broodjes en Avril had haar voorraadje zelfgemaakte bosbessenjam geplunderd om ze mee te vullen. De evacuees werden meegebracht door hun gastgezinnen, en de twee groepen stonden aan weerskanten van de zaal en namen elkaar in ogenschouw.

'Het is net als de dansfeesten toen wij nog jong waren,' zei Janet Tewson tegen Sally Prynne. 'Weet je nog dat wij dan vanaf de ene kant van de zaal naar de jongens aan de overkant stonden te kijken?'

Sally lachte. 'Ik weet nog wel dat jij de blik van je Frank probeerde te vangen.'

Janet lachte ook. 'Nou, ik heb meer dan alleen zijn blik gevangen, hè?' Ze wenkte haar tweeling. 'Dick, Chris, passen jullie een beetje op onze Polly; ze is nu jullie kleine zusje, hè?'

Dick trok een gezicht, maar Chris liep naar Polly toe, die zich verstopte tussen de andere kinderen van St Michael's. Hij pakte haar hand. 'Mam zegt dat je met ons mee moet.' Polly begon te huilen, waarop hij boos zei: 'Waarom begin je nou te janken? Ik wilde alleen maar een paar gepofte kastanjes en een broodje voor je regelen.'

'Ik lust geen kastanjes,' jammerde Polly, die ze nog nooit had gegeten.

'Maar ik wed dat je wel jambroodjes lust,' drong Chris aan. 'Kom mee, Polly-dolly. Mam zegt dat je een broodje moet komen eten.'

Geleidelijk aan begonnen de twee groepen zich te vermengen. Dokter Masters' gepofte kastanjes vonden gretig aftrek, en zodra de Londense kinderen ze eenmaal hadden geproefd, kwamen ze terug voor meer.

'Ik dacht dat jullie op de straten van Londen ook wel kastanjeventers hadden,' zei Nancy tegen Caroline.

'Vroeger wel, en het zal ook wel weer komen,' antwoordde Caroline, 'maar de straten van Londen zijn niet meer wat ze ooit waren. De oudere kinderen weten het misschien nog, maar sommige van deze kinderen zijn pas vijf of zes.'

Caroline hield een oogje op Charlotte. Ze had besloten nog een nacht te blijven voordat ze terugging naar Londen, en niet alleen omdat haar oude vriend Henry Masters haar had uitgenodigd voor het eten, maar omdat ze zich echt zorgen maakte om Charlotte en haar plaatsing.

Zodra juffrouw Edie en zij weer in het dorpshuis waren voor het feestje, ging Charlotte op zoek naar Clare, die al een broodje had verorberd en elk laatste beetje jam van haar vingers stond te likken.

'Hé, Charlotte, je moet zo'n broodje proeven. Ze zijn ontzettend lekker.'

Charlotte en Clare vertelden elkaar over de huizen waar ze waren ondergebracht. Clare was vrij filosofisch over haar nieuwe thuis bij meneer en mevrouw Prynne en hun dochter Sandra.

'Het had erger gekund,' zei ze. 'We hebben gisteravond naar de radio geluisterd. Sandra gaat nog niet met ons mee naar school, want ze wordt pas in de lente elf.'

'Jij woont in elk geval nog bij een echt gezin. Ik heb alleen juffrouw Edie,' zei Charlotte.

'Noem je haar zo?' vroeg Clare geïntrigeerd. 'Juffrouw Edie? Nogal een mondvol, hè?'

'Hoe noem jij de jouwe?' vroeg Charlotte.

'Ze zei dat ik haar maar gewoon "ma" moet noemen, net zoals Sandra en meneer Prynne doen. Lekker makkelijk.'

'Hoe denk je dat het op die school zal zijn?' vroeg Charlotte. 'We moeten er met de bus heen en we eten daar ook.'

'Het zal wel goed komen,' zei Clare. 'Ik vind school leuk.'

Plotseling klonk er een bel en ging meneer Hampton midden in de zaal staan. 'Oké, mensen,' zei hij. 'Het is spelletjestijd. Stoelendans, onder begeleiding van juffrouw Mason op de piano.'

Juffrouw Mason ging achter de piano zitten en begon te spelen. De oudere kinderen keken laatdunkend toe, terwijl de jongere naar het midden van de zaal renden. Charlotte en Clare keken ook toe. Ze hadden best willen meedoen, vooral aangezien de winnaar een dropveter kreeg, maar toen was het al te laat.

Het was koud buiten, maar dat weerhield niemand ervan om wedstrijdjes te houden op het dorpsplein. Meneer Hampton, dokter Masters en de dominee verdeelden iedereen in teams, waarbij ze niet alleen de kinderen van St Michael's vermengden met die uit Wynsdown, maar ook de meisjes met de jongens. Ze hadden een parcours afgebakend met zandzakjes, en een halfuur lang was het een lawaai van jewelste op het plein, terwijl de kinderen hun teamgenoten aanmoedigden bij de estafette, de driebenige race en uiteindelijk het zaklopen.

Charlotte kwam in een team terecht met Teddy Baker en de kleine Valerie Dawson van St Michael's. Een oudere jongen uit het dorp werd aangewezen als teamleider. Hij heette Billy Shepherd en was lang en gespierd, met krullend blond haar en diepliggende blauwe ogen. Hij bekeek zijn team. Toen hij de kleine Val een stukje bij de anderen vandaan zag staan, ging hij naar haar toe en bukte zich. 'Hallo. Wie ben jij?'

Val deinsde achteruit, dus zei Charlotte: 'Dat is Val. Ze is pas vijf. Ze kent jou niet.'

'Ik ben Billy Shepherd en ik woon op Charing Farm op de heuvel. Wie ben jij?'

Voor het eerst sinds ze uit het ziekenhuis was ontslagen, zei Charlotte niet dat ze dat niet wist. Ze keek in Billy's vriendelijke gezicht en antwoordde: 'Charlotte Smith. Ik kom van St Michael's.'

'Ja, dat wist ik,' zei hij. 'Ik had al naar je staan kijken.'

Charlotte keek hem geschrokken aan. 'O ja? Waarom deed je dat?'

'Weet ik niet,' antwoordde Billy en hij krabde op zijn hoofd. 'Je leek me wel aardig, denk ik.'

Billy deelde zijn team zorgvuldig in en zorgde ervoor dat iedereen bij het spel betrokken werd. Toen de kleine Valerie Dawson aan de estafetterace meedeed, moedigde hij haar luid aan, en toen Charlotte voor de driebenige race werd vastgemaakt aan een van de dorpsmeisjes, Emmy Gripton, juichte hij het hardst toen ze wonnen.

Maar toen de wedstrijden klaar waren en de laatste stukken drop als prijs waren uitgereikt, trokken de kinderen zich bijna meteen weer terug in hun twee groepen: de dorpskinderen aan de ene kant van de zaal en de evacuees aan de andere. Vanaf hun eigen kant bekeken ze elkaar wat wantrouwig.

'Het regelt zich vanzelf wel,' zei Michael Hampton geruststellend tegen Caroline Morrison toen ze er iets van zei. 'Kinderen zijn erg gericht op "wij" en "zij", weet je, maar ze wennen gauw genoeg aan elkaar. Zie je dat jochie daar?' Hij wees naar een kleine roodharige jongen die bij de dorpskinderen stond. 'Dat is Sidney Morgan. Hij en zijn tweelingbroertje zaten bij de eerste groep evacuees, maar zoals je ziet, beschouwt hij zichzelf nu al als een van de dorpskinderen.'

Toen de middag ten einde liep en de temperatuur van de novemberdag naar het vriespunt daalde, riepen de dorpelingen hun gezinnen en nieuwe kinderen bij elkaar, en haastten zich terug naar de warmte van hun eigen haard.

Edith liep met haar gebruikelijke ferme tred vooruit toen Charlotte en zij het dorpsplein verlieten, en al snel waren ze terug in Blackdown House, waar ze het eigenzinnige fornuis oppookte.

'Ik zal de cottage pie in de oven zetten,' zei ze. 'Ik heb vanochtend wat prei uit de tuin gehaald. Als jij die nu eens wast en snijdt.'

'Wat is prei, juffrouw Edie?'

Edith stond op het punt iets te snauwen, maar toen bedacht ze zich. 'Ik zal het je laten zien.' Uit een emmer bij de achterdeur haalde ze een handvol stengels met modder aan de wortels. Ze sloeg ze een paar keer tegen de zijkant van de emmer om het ergste eraf te tikken en legde ze op het aanrecht.

'Hier,' zei ze. 'Kijk maar.' Met een haal van een scherp mes sneed ze een stengel overlangs door en liet Charlotte zien hoe ze de binnenkant moest uitspoelen in de gootsteen, en daarna sneed ze er ringen van. Ze gaf haar het mes en ging zelf verder met de cottage pie. Charlotte pakte een preistengel en was al snel aan het spoelen en hakken alsof ze haar hele leven niet anders had gedaan. Toen ze klaar was, gaf Edith haar een paar wortels. Charlotte had blijkbaar geen les in wortels schrappen nodig; ze pakte het mes en deed het gewoon.

'Nou,' zei Edith, 'dat heb je overduidelijk vaker gedaan. Misschien hielp je je moeder vroeger in de keuken.'

Charlotte deed haar mond open, maar Edith was haar voor. 'Ik weet dat je denkt dat je het niet weet, maar het zijn dit soort kleine flarden die je zullen helpen je geheugen terug te krijgen. Je hebt je bed opgemaakt, je hebt afgewassen, je hebt de tafel gedekt. Het is duidelijk dat je die dingen thuis ook hebt gedaan.'

'Ja,' beaamde Charlotte langzaam. 'Ja, dat moet wel.'

Het avondeten ging er veel meer ontspannen aan toe dan de vorige avond. Nu ze haar schok had verwerkt over Charlottes waarschijnlijke nationaliteit, merkte Edith dat ze geïntrigeerd was door het meisje. Het was duidelijk dat het kind zich niets herinnerde van haar familie, maar ze deed bepaalde dingen automatisch. Ze was beslist intelligent, want ze sprak twee talen. En ze was ook dapper; hoe ze Edith die ochtend voor het blok had gezet, het initiatief had genomen en had gedreigd weg te gaan als ze ongewenst was... Waarschijnlijk was het dat vertoon van moed en vastberadenheid geweest waardoor Edith zich had bedacht; ze had inderdaad willen eisen dat Avril Swanson het meisje weghaalde, totdat het daadwerkelijk leek te gaan gebeuren.

Op maandagochtend stonden de oudere kinderen voor de pub op de schoolbus te wachten. Charlotte stond bij Clare en de vier anderen van St Michael's, een stukje bij de dorpskinderen vandaan. Ze herkende een paar kinderen die in haar team hadden gezeten op het feestje, maar die leken haar niet op te merken. Toen de bus de hoek om kwam, zaten er al een paar leerlingen in. De kinderen uit Wynsdown klommen aan boord; de dorpskinderen luidruchtig zelfverzekerd, die van St Michael's stil en timide.

Het was een lawaaiige tocht, waarbij nog meer kinderen uit een ander dorp instapten, en toen ze bij de school aankwamen, stroomden die de bus uit en het schoolplein op, terwijl de nieuwkomers buiten bleven staan.

'Kom op,' zei Malcolm Flint, die de leiding nam. 'We kunnen beter naar binnen gaan.'

Het was niet gemakkelijk, maar zodra ze waren ingedeeld in klassen en de schooldag echt begon, ging het beter. Charlotte, Clare en Molly zaten in dezelfde klas, dus hadden ze in elk geval elkaar, en ze gingen in de pauze samen naar buiten en bleven ook bij elkaar tijdens het eten. Hun klassenlerares juf Davis sprak met ieder van hen en noteerde hun namen en adressen voor de schoolsecretaresse. Toen het Charlottes beurt was, zei ze simpelweg: 'Charlotte Smith, Blackdown House, Wynsdown.'

De problemen begonnen de volgende morgen al, terwijl ze stonden te wachten voor de Magpie. Toen de bus stopte, duwde Tommy Gurney, een van de dorpsjongens, Fred Moore opzij met de opmerking: 'Vaccies gaan als laatste.' Fred, die bij Tommy in de klas zat, was de hele vorige dag al gesard met dat 'vaccie' en had er nu genoeg van. Hij stompte Tommy op zijn gezicht, en Tommy belandde met een bloedneus op de grond. Meteen keerden Tommy's vrienden zich tegen Fred en brak er een knokpartij uit. Sam de buschauffeur stapte uit en probeerde de jongens uit elkaar te halen, maar tegen die tijd werd er al wild met vuisten gezwaaid en werden de dorpsjongens aangemoedigd door hun zusjes. Jack Barrett, de eigenaar van de Magpie, zag wat er gebeurde, en hij en zijn vrouw Mabel stormden de pub uit.

Mabel, een grote vrouw met sterke armen van het zeulen met bierfusten, duwde de meisjes die vol afgrijzen toekeken de bus in. 'Jullie, de bus in, en blijf daar,' beval ze voordat ze zich omdraaide om twee jongere jongens vast te pakken.

Toen Jack eenmaal Fred en Tommy uit elkaar had gehaald en Sam Malcolm bij zijn kraag had gevat, die meteen Fred te hulp was geschoten, kwam er een einde aan het gevecht.

'De bus in, en snel een beetje!' brulde Sam, terwijl hij Malcolm stevig bleef vasthouden. De andere jongens, aangespoord door meppen van Mabel, klommen snel in de bus, en toen pas lieten de mannen de drie jongens los.

Tommy's neus bloedde nog, dus propte Mabel haar zakdoek in zijn hand. 'Hier,' zei ze nors. 'Veeg je neus af.'

'Jij zit op het bankje achter mij,' zei Sam tegen Malcolm. Hij wendde zich tot Tommy. 'Jij gaat achterin. En jij, onruststoker,' zei hij beschuldigend tegen Fred, 'gaat hier zitten, naast haar,' en hij duwde Fred op de plek naast Molly. Zelf nam hij plaats achter het stuur. 'Ik wil geen kik meer van jullie horen,' brulde hij achterom, 'anders laat ik jullie langs de weg staan, ik zweer het je.'

'Die vaccie begon,' zei een meisje ergens achter in de bus.

Sam keek kwaad haar kant op. 'Nog één woord…' Hij zette de bus in de versnelling en ze reden weg.

Nieuws over het gevecht in Wynsdown verspreidde zich als een lopend vuurtje op school. Iedereen die erbij betrokken was geweest, werd naar het kantoor van de directeur geroepen, en ze keerden allemaal terechtgewezen terug naar hun klaslokalen. De drie aanstichters kregen briefjes mee naar huis voor hun ouders, zodat ze daar ook nog eens op hun kop zouden krijgen.

Peter Bellinger luisterde naar Fred en Malcolms kant van het verhaal voordat hij hen allebei waarschuwde dat er wat zou zwaaien als ze nog een keer gingen vechten. Hij en Marjorie hadden stiekem sympathie voor de jongens, omdat ze beseften dat die waren aangevallen, maar ze waren vastbesloten dit soort gedrag in de kiem te smoren voordat het uit de hand liep. Fred en Malcolm hoorden die waarschuwing zwijgend aan. Ze wisten allebei dat ze het heel goed hadden getroffen in het landhuis en wilden niet het risico nemen die plek kwijt te raken.

Tommy Gurneys vader Bert, een arbeider op Charing Farm, zei:

'Die bloedneus is je eigen schuld. Zorg dat je de volgende keer wint, jongen. We moeten niet hebben dat die vaccies naast hun schoenen gaan lopen, hè?'

In de dagen erna was er spanning terwijl ze voor de pub op de bus wachtten, maar er braken geen schermutselingen meer uit. Terwijl de weken verstreken, bleek Malcolm een eersteklas voetballer, en de kinderen van Wynsdown waren heel trots op hem toen hij bij het schoolteam mocht spelen. Fred, ook geen slechte voetballer, genoot mee van zijn roem. Er ontstond een behoedzame wapenstilstand tussen de evacuees en de plaatselijke kinderen. Ze gingen met elkaar om in het dorp en de jongens werden lid van de padvinders. Sid Slater, een vrijgezelle boer die met zijn moeder een akkertje vlak buiten het dorp had, was de hopman, en elke donderdagavond kwamen ze bij elkaar in het dorpshuis. Toen de geëvacueerde jongens eenmaal in de groep waren geïntegreerd, werkten ze samen aan verschillende projecten in het dorp en verdween de vijandigheid tussen de beide groepen bijna helemaal. Hier en daar werd nog wel een geschreeuwd 'Vaccie!' over het dorpsplein gehoord, maar uiteindelijk wenden alle kinderen aan elkaar. Als er rivaliteit ontstond met een ander dorp, bestond er geen twijfel over dat de Wynsdown-kinderen verenigd waren.

Charlotte wende aan haar leven bij juffrouw Edie. Er was weinig warmte tussen hen, maar ook geen verdere vijandigheid. Op de dagen dat juffrouw Edie in Cheddar werkte, ging Charlotte vaak na school met Clare mee naar huis, naar de familie Prynne. Ze kwam er graag en speelde dan in de keuken met Sandra en Clare. Ma Prynne was heel ontspannen, en hoewel huishoudelijk werk niet erg hoog op haar prioriteitenlijstje stond, was haar huis altijd warm en comfortabel. Zeker vergeleken met het kille, onberispelijk keurige Blackdown House. Als juffrouw Edie thuiskwam met de avondbus, klopte ze bij de Prynnes aan en liep Charlotte met haar mee naar huis.

's Avonds zaten ze samen in de keuken, waarbij Charlotte haar huiswerk deed aan de keukentafel en juffrouw Edie boeken las over tuinieren, herstelwerk deed of kleren vermaakte.

'We zouden ook iets voor jou kunnen maken,' zei ze op een zaterdagmiddag toen Charlotte klaar was met haar huiswerk en een knoop aan haar winterjas zette. 'Ik geloof dat er nog een doos van mijn moeder op zolder staat. Misschien zitten daar spullen in die we voor jou kunnen verstellen. Laten we gaan kijken.'

Ze legden hun naaiwerk neer en gingen naar boven, naar de derde slaapkamer, waar juffrouw Edie met een sleutel de deur openmaakte.

Charlotte keek belangstellend om zich heen. Ze was hier nog nooit binnen geweest en had zich altijd afgevraagd waarom de deur op slot zat. Voor zover zij kon zien, lag er niets van waarde in de kamer. Er stonden alleen een bed en nog wat andere meubels, maar niets waarvoor de deur op slot zou moeten. In een hoek zag ze een driehoekig deurtje onder de dakbalken. Juffrouw Edie liep ernaartoe en bukte zich om het open te maken. Het deurtje klemde, dus ze moest er een paar keer aan rukken om het open te krijgen.

Ze knielde neer en scheen met haar zaklantaarn naar binnen. 'Dit is de bergzolder,' zei ze over haar schouder. 'Alle spullen van mijn ouders liggen hier.' Ze kroop naar binnen en verdween uit het zicht.

Charlotte stapte naar het deurtje en stak haar hoofd naar binnen. Erachter lag een ruimte van ongeveer anderhalve meter hoog aan de ene kant, scherp afdalend naar de zoldervloer. Tegen de muur lagen koffers en dozen opgestapeld. Op sommige ervan zaten etiketten. In het licht van juffrouw Edies zaklantaarn zag Charlotte een doos met de tekst *Moeders schoenen*, een andere met *Winterkleren* en een doos met *Vaders pak*.

Juffrouw Edie pakte het handvat van de koffer waar *Winterkleren* op stond. 'Dit zou wat kunnen zijn. Help me even hem naar buiten te trekken, dan bekijken we hem beneden, waar het warm is.'

Even aarzelde Charlotte, maar toen haalde ze diep adem zoals ze had geleerd voordat ze de schuilkelder van St Michael's in ging en ze kroop door het deurtje. Omdat er geen ruimte was om te staan, bleef ze op handen en knieën zitten, diep ademend.

'Ik ben hier,' riep juffrouw Edie van achter een stapel dozen. 'Je moet me even helpen. Dat ding lijkt ergens achter vast te haken.' Samen verschoven ze dozen om de koffer te bevrijden, alleen was het niet de koffer die vrijkwam, maar de dozen. Ze tuimelden om Charlotte heen, waardoor ze opzij viel en vast kwam te zitten in een hoekje. Juffrouw Edies zaklantaarn kletterde op de vloer en ging uit.

Juffrouw Edie vloekte binnensmonds, maar Charlotte begon te huilen.

'Gaat het wel, Charlotte?' vroeg juffrouw Edie. 'Wat is er?'

'Laat me eruit! Laat me eruit!' riep Charlotte met stijgende paniek. 'Ik kan er niet uit. Laat me eruit!'

Edith ontworstelde zich aan de stapel dozen en begon ze weg te trekken en door het zolderdeurtje de slaapkamer in te schuiven. Het schemerige middaglicht dat door het slaapkamerraam kwam, was voldoende om bij te zien, en ze werkte zich naar buiten en trok nog meer dozen en de koffer achter zich aan. Toen kroop ze weer naar binnen, waar ze nu bij de dozen kon die Charlotte in de hoek vastklemden, en trok ze weg. Omdat ze meer licht nodig had, tastte ze rond naar de gevallen zaklantaarn, maar hij deed het niet meer en ze schudde er gefrustreerd mee.

Ze hoorde het meisje snikken en riep: 'Het is al goed, Charlotte, het is al goed, ik kom eraan. Geen paniek. Ik kom je halen. Het komt wel goed.'

Is het kind misschien gewond? vroeg ze zich af, terwijl ze zich door de rommel naar haar toe werkte. De bergzolder was groter dan ze zich herinnerde, over de hele lengte van het huis. En waar waren al die spullen vandaan gekomen? Toen haar ouders waren overleden, had ze simpelweg alles in dozen gestopt en ze tegen de schoorsteen opgestapeld. Maar ze had niet gedacht dat het zo veel was.

Eindelijk had ze voldoende ruimte vrijgemaakt om te kunnen zien waar Charlotte lag. Met alleen het licht dat door het geopende deurtje binnenkwam, zag ze weinig meer dan het gezicht van het meisje, maar ze bleef spullen opzijschuiven en wist eindelijk een pad vrij te maken.

Ze ging op haar buik liggen en stak haar hand uit. 'Het is al goed, het is al goed,' zei ze sussend. 'Ik ben er nu, en je kunt eruit. Pak mijn hand.' Eerst leek Charlotte haar niet te horen, maar toen werd plotseling Ediths hand zo stevig vastgepakt dat haar vingers bijna werden geplet.

'Goed zo, meisje, kijk of je je een beetje kunt omdraaien, zodat je er achteruit uit kunt. Rustig aan. Goed zo, je bent er bijna.' Terwijl ze het kind bleef aanmoedigen, voelde ze haar onder het schuine dak wegschuiven, waar haar hoofd de dakbalken bijna raakte. Hoe verder ze naar achteren kwam, hoe hoger de ruimte werd en hoe meer bewegingsruimte ze kreeg.

'Kom naar het licht toe, Charlotte,' zei Edith zo rustig mogelijk. 'Goed zo, meisje, ik heb je al.' Ze was achteruit door het deurtje naar de slaapkamer gekropen en sleepte Charlotte achter zich aan.

Toen ze eenmaal allebei veilig in de slaapkamer waren, liet ze zich op de vloer zakken, nam het meisje in haar armen en hield haar tegen zich aan. Even bleef Charlotte nog verstijfd liggen, maar toen leek ze zich te ontspannen. Ze voelde zacht tegen Ediths nogal hoekige lichaam, en een hele poos bleven ze samen zwijgend op de vloer liggen.

Uiteindelijk maakte Charlotte zich los en wreef over haar betraande wangen. 'Sorry,' mompelde ze, alsof ze zich schaamde voor haar paniek.

'Geeft niks. Ga naar de badkamer en was je gezicht,' stelde Edith vriendelijk voor, 'dan gaan we beneden een beker thee drinken.'

Toen Charlotte opstond en naar de badkamer liep, bleef Edith op de vloer zitten. Eigenlijk had ze het liefst gehad dat Charlotte nog even bij haar was gebleven, om haar warmte tegen zich aan te voelen. Ze kon zich de laatste keer niet herinneren dat ze iemand had omhelsd; beslist niet haar ouders, want dat waren geen knuffelaars geweest. Herbert, dan. Ze had niemand meer in haar armen gehouden sinds Herbert afscheid van haar had genomen. Die dag dat ze op het perron van station Bristol Temple Meads hadden gestaan, in een eigen wereld terwijl ze op de trein wachtten. Er waren nog anderen geweest die afscheid van elkaar namen, maar Edith, met haar nieuwe verlovingsring om haar vinger, was zich totaal niet van hen bewust geweest. Herbert keerde terug naar Frankrijk en elk laatste moment met hem was kostbaar. Misschien keken mensen wel fronsend naar hen omdat ze elkaar kusten in het openbaar, maar dat kon hun niet schelen, en ze hielden elkaar stevig vast totdat de stomende trein het station binnenreed. Die lieve Herbert; het was allemaal zo lang geleden.

Ze hoorde het toilet doorspoelen en kwam stram overeind. Overal rondom lagen nog de dozen en koffers die ze de bergzolder uit had gesleept om Charlotte te bevrijden. Het was een puinhoop in de kamer, maar voor het eerst kon het Edith, normaal altijd zo ordelijk, niets schelen. Ze pakte het koffertje met winterkleren mee en deed de deur achter zich dicht.

19

December 1940

Met de naderende kerst werd de dorpsbazaar hét gespreksonderwerp. Marjorie Bellinger en Avril Swanson namen de organisatie op zich. Er zouden kraampjes met kerstspullen komen, met versieringen gemaakt door de kinderen van de dorpsschool en handwerkjes die mee naar huis waren gebracht van de middelbare school. De padvinders maakten een grabbelton en waren het hele dorp al rond geweest om oud speelgoed op te halen, dat ze in kranten verpakt in een oud vat stopten, die ze hadden geleend van de Magpie. De Morgantweeling had gezegd een eigen kraam nodig te hebben. Niemand wist wat ze wilden verkopen, maar Marjorie had hun een tafeltje in de hoek gegeven. Juffrouw Mason van de dorpsschool had de meisjes twee volksdansen geleerd en er zou 's middags na de markt een opvoering worden gehouden. Al het geld dat werd opgehaald, zou naar het Rode Kruis gaan voor hun goede werk met gewonde burgers en soldaten.

Toen juffrouw Edie en Charlotte uiteindelijk de koffer hadden opengemaakt die ze van zolder hadden gehaald, hadden ze daar een paar truien en warme winterjurken, blouses en rokken in gevonden. Juffrouw Edie had ze omhooggehouden en verbaasd gezegd dat ze zich nog kon herinneren haar moeder in die kleding te hebben gezien.

'Dit oude ding halen we uit,' zei ze, terwijl ze een vormeloos, oud blauw vest bekeek. 'Van de wol kan ik een nieuw vest voor je breien.'

Onder in de koffer lagen wat oude servetten, een geruit tafelkleed, drie gescheurde kussenslopen en een paar lakens.

'Deze herinner ik me helemaal niet,' zei juffrouw Edie. 'Ik denk niet dat we er nog veel mee kunnen.'

'Mag ik ze dan meenemen naar school?' vroeg Charlotte. 'Juffrouw Gardener van de handwerklessen heeft gevraagd of we restjes stof en zo wilden meebrengen. We maken spullen voor de bazaar.'

'Natuurlijk mag dat,' zei juffrouw Edie. 'Misschien heb ik ook nog wel wat andere dingen.'

Charlotte nam de stapel stof mee naar school. Ze was er dolblij mee. Ze had besloten een patchwork-kussenhoes als kerstcadeau voor juffrouw Edie te maken. Een paar andere meisjes deden hetzelfde, en ze legden al hun restjes op een stapel, zodat ze heel veel kleuren en dessins hadden om uit te kiezen. Charlotte genoot van de handwerklessen. Ze hield van naaien en ontwierp haar kussenhoes met veel zorg, en daarna naaide ze de stukjes patchwork met kleine steekjes aan elkaar. Toen ze klaar was met de voorkant, had juffrouw Gardener nog een stuk effen blauwe stof in de kast liggen voor de achterkant.

Clare bekeek haar voltooide kussenhoes. 'Wat kun je toch goed naaien,' verzuchtte ze. 'Moet je mijn zakdoek zien. Er zitten allemaal kreukels in, en al mijn steken zijn zichtbaar. Ik heb er een eeuwigheid over gedaan, maar juffrouw Gardener zegt dat ik er twee moet maken, anders is het niet genoeg voor een kerstcadeau.'

'Hij ziet er prima uit als je hem eenmaal hebt gewassen en gestreken,' zei Charlotte, hoewel ze dat stiekem betwijfelde. Maar haar vriendin had er zo hard aan gewerkt; mevrouw Prynne, voor wie de zakdoeken bedoeld waren, zou ze vast mooi vinden.

Toen ze eenmaal klaar waren met hun eigen kerstcadeaus, moesten de meisjes nog dingen voor de bazaar maken. Charlotte zoomde met alle plezier vierkante stukken katoen om voor zakdoeken en Molly breide sokken.

De bazaar werd twee weken voor kerst gehouden. Het was een drukte van belang toen die zaterdag de kramen werden opgezet in het dorpshuis. Vlak voordat majoor Bellinger de bazaar opende, kwam de Morgan-tweeling aan om hun waren uit te stallen: twee kruiwagens vol takkenbundels. Ze waren elk weekend sinds de bazaar was aangekondigd gaan sprokkelen, en het verzamelde hout hadden ze in bundels gebonden om de haard mee aan te steken. Ze rekenden sixpence per stuk, thuis afgeleverd.

Mevrouw Prynne bekeek de bundels en zei: 'Dat is best brutaal! Sixpence voor hout dat we zelf ook gratis kunnen sprokkelen.'

De dominee hoorde dat en glimlachte. 'Ja, maar als mensen daar zelf geen zin in hebben... en dit is voor een goed doel!' Hij lachte stralend naar de rood aangelopen mevrouw Prynne, en terwijl zij uit schaamte een bundel hout kocht, liep hij door en kocht een lootje voor de kerstcake van de huisvrouwenclub.

'We hebben al onze boter- en suikerrantsoenen bij elkaar geschraapt,' vertelde Janet Tewson trots. 'Ze zeggen dat het niet lang meer duurt voordat de eieren ook op rantsoen gaan.' Ze grijnsde naar hem. 'Niet dat u tekort zult komen, met die kippen die bij u door de tuin scharrelen, dominee.'

'We kunnen natuurlijk altijd een paar eieren ruilen voor een potje van die heerlijke honing van u, mevrouw Tewson,' zei de dominee.

Charlotte was bij de handwerkkraam bezig toen ze ineens een stem naast zich hoorde.

'Denk je dat mijn moeder deze zou willen hebben?'

Ze draaide zich om en zag Billy Shepherd staan. Hij had twee zakdoeken in zijn handen.

'Ik denk van wel,' zei Charlotte glimlachend. 'Zakdoeken zijn altijd handig, en die heb ik gemaakt.'

'O ja?' Billy bekeek ze nog eens. 'Ik dacht dat ze uit de winkel kwamen! Ik had ze in de winkel gezien met initialen in de hoek, je weet wel, in een andere kleur, maar later waren ze allemaal uitverkocht.'

'Ik kan hier nog wel initialen op maken, als je wilt,' bood Charlotte aan. Ze had Billy in de tussentijd wel eens in het dorp gezien, en ze hadden wel naar elkaar gelachen, maar hij had niet meer met haar gesproken sinds de dag van het welkomstfeestje. Hij zat niet meer op school, want hij was zijn vader gaan helpen op de boerderij, maar ze was niet vergeten hoeveel moeite hij had gedaan om de kleine Val die dag op haar gemak te stellen en ze wilde graag iets terugdoen.

‘Echt waar?’ Billy klonk onder de indruk. ‘Kun je dat?’

‘Als je ze nu koopt, neem ik ze mee naar huis en dan borduur ik ze, zodat ze extra bijzonder zijn. Hoe heet je moeder?’

‘Margaret,’ antwoordde hij. ‘Margaret Shepherd. Kun je een M en een S maken?’

‘Ja, als je wilt,’ antwoordde Charlotte.

‘Hmm, maar ik heb niet veel geld meer over... voor die M en S, weet je?’

Charlotte begon te lachen. ‘Ik hoef er geen geld voor. Ik doe het voor jou, omdat... omdat het bijna kerst is.’

‘Afgesproken!’ Billy betaalde de zakdoeken en gaf ze meteen aan Charlotte.

Ze stopte ze in haar zak. ‘Ik borduur ze vanavond of morgen,’ beloofde ze. ‘Wat voor kleur wil je?’

Billy dacht even na. ‘Ik geloof dat groen haar lievelingskleur is,’ zei hij. ‘Heb je groen?’

‘Ik denk het wel. Ik zal mijn best doen.’

Charlotte vond wat lichtgroen katoen in juffrouw Edies naaimand en borduurde zoals beloofd zorgvuldig een verstrengelde M en S in de hoek van beide zakdoeken. Juffrouw Edie keek belangstellend toe terwijl Charlotte de initialen borduurde zonder hulp van een patroon.

‘Je naait heel goed, Charlotte,’ zei ze. ‘Iemand moet je dat hebben geleerd.’

‘Ik hou van naaien,’ zei Charlotte. ‘Altijd al gedaan.’

Toen ze beseften wat ze eigenlijk had gezegd, glimlachten ze allebei. Het was weer een heel klein stukje van de puzzel van haar leven.

Billy belde een dag of wat later bij Blackdown House aan om de geborduurde zakdoeken op te halen. Charlotte had ze nog een keer gewassen en gestreken, waardoor ze er keurig uitzagen.

‘Dat is prachtig,’ zei Billy. ‘Mijn moeder zal er heel blij mee zijn.’ Hij bleef opgelaten nog even in de keuken staan en vroeg toen ineens: ‘Zou je een keer naar de boerderij willen komen om de dieren te zien? Onze hond Maisie heeft een nestje gekregen. Wil je de jonge hondjes zien?’

'Mag dat?' Charlotte richtte een smekende blik op juffrouw Edie.

Juffrouw Edie glimlachte. 'Dat lijkt me wel goed, in de kerstvakantie.' Ze wendde zich tot Billy en zei ferm: 'Maar dan moet jij haar komen halen en weer thuisbrengen. Ik wil niet dat ze in haar eentje over de heuvels loopt te dwalen.'

De laatste schooldag was de vrijdag voor kerst, en op zaterdag kwam Billy naar Blackdown House om Charlotte op te halen. 'Ik moest van mijn moeder vragen of Charlotte bij ons mag blijven eten,' zei hij.

Tot Charlottes blijdschap ging juffrouw Edie ook daarmee akkoord.

Charlotte trok haar jas aan, en Billy en zij liepen de tweeënhalve kilometer naar Charing Farm, waar Billy's moeder haar begroette. Mevrouw Shepherd was groot, zowel in de lengte als in de breedte, en ze droeg haar grijzende haar naar achteren, vastgezet met twee grote kammen. Ze leek een vriendelijke, moederlijke vrouw.

'Ik ga Charlotte de boerderij laten zien,' zei Billy.

'Ja, maar niet met die schoenen,' zei zijn moeder ferm en met een blik op Charlottes zwarte schoolschoenen. 'Kijk even in het klompenhok. Er liggen vast nog wel een paar oude laarzen van Jane die haar passen.'

Billy nam Charlotte mee naar een ruimte aan de achterkant van het huis, waar een rij rubberlaarzen stond. 'Deze passen je waarschijnlijk wel,' zei hij, terwijl hij een paar laarzen aan het einde van de rij pakte. 'Ze zijn van mijn zus. Ze staan hier voor als ze thuiskomt.'

'Waar is ze dan nu?' vroeg Charlotte.

'Jane? Die volgt een verpleegstersopleiding in Bristol. Hier, pas ze eens aan.'

Charlotte trok de laarzen aan. Ze waren iets te groot, maar ze kon er redelijk goed in lopen.

'Oké,' zei Billy toen hij zijn werklaarzen ook had aangetrokken. 'Kom mee.' Hij ging voorop over het erf. Het was bijna vierkant, bestraat met keien, en er scharrelden wat kippen rond.

'We moeten ze 's nachts insluiten vanwege de vossen,' vertelde Billy, 'maar we hebben altijd eieren, en mam zegt dat we met kerst kip eten.' Hij liep naar een stal toe. 'Hier staat normaal het paard van mijn vader,' legde hij uit, terwijl hij de deur opende en naar binnen stapte. 'Hij is vandaag op pad, kijken bij de schapen op de achterste wei, want er zijn er een paar die binnenkort moeten lammeren. Kom binnen,' ging hij door. 'Dit wilde ik je laten zien.'

Charlotte liep achter hem aan de stal in en wachtte in het schemerduister, terwijl hij een olielamp aanstak en die op een hoge plank zette. Tot haar verrassing keek ze over een halve deur in een paardenbox vol puppy's. De moederhond lag rustig in het hooi, terwijl haar pups hun bescheiden wereldje verkenden. Het waren er vijf, zwartwitte collies, rondsnuffelend door het hooi.

Een ervan kwam meteen naar de deur, en Billy pakte hem op. 'Drie mannetjes, twee vrouwtjes,' zei hij. 'Dit is een mannetje. Hij is altijd het dapperst. Pap zegt dat ik hem mag houden om hem te trainen.' Hij kroelde de puppy achter zijn oren en het beestje kronkelde van blijdschap. 'Hier, hou jij hem maar vast.' Billy gaf haar het zwart-witte bolletje aan.

Charlotte pakte de puppy en drukte zijn warme, donzige lijfje tegen haar hals. 'Wat lief! Wat een geluk, dat je een eigen hond hebt. Hoe heet hij?'

'Jet,' antwoordde Billy, en de hond draaide meteen zijn kop naar hem toe. 'Zie je, hij kent mijn stem al, en zijn eigen naam ook.' Hij nam de pup weer van Charlotte over.

Ze gaf hem met tegenzin uit handen. 'Wat een geluksvogel ben jij,' zei ze nog eens. 'Ik zou dolgraag een hond willen.'

'Ik moet nog een thuis vinden voor dit stel,' zei Billy. 'Misschien mag jij er ook een.'

'Echt waar?' Heel even lichtte Charlottes gezicht op bij het vooruitzicht, maar toen keek ze sip. 'Ik denk niet dat dat van juffrouw Edie zou mogen. Ze houdt niet van rommel in huis.'

'Honden maken geen rommel,' verzekerde Billy haar. 'Niet als je ze goed traint.' Hij zette de puppy terug in de box. 'Maar deze mogen toch pas na de kerst bij hun moeder weg, dus je hebt nog tijd om het haar te vragen.'

Ze liepen verder door de schuren, en Charlotte keek naar het enorme varken in haar hok.

'Zij zou over een week of drie moeten gaan werpen,' zei Billy.

'Werpen? Wat werpen?'

'Haar biggen,' antwoordde Billy, en hij voegde eraan toe: 'Je weet niet veel van dieren, hè?'

'Ik heb nooit op een boerderij gewoond,' protesteerde Charlotte, en terwijl ze het zei wist ze zeker dat het zo was, en ze borg dat beetje informatie op bij de rest.

In de wei keken ze naar de koeien die stonden te grazen in de winterzon, toen het luide klingelen van een bel hen terugriep naar het huis voor het middageten. Billy ging voorop naar de keuken, waar de lange houten tafel was gedekt voor acht personen. Het begon te betrekken buiten, dus stak mevrouw Shepherd drie olielampen aan die een warme gloed verspreidden. Charlotte besefte verbaasd dat ze op de boerderij geen elektriciteit hadden.

'Billy, laat Charlotte zien waar ze haar handen kan wassen,' droeg mevrouw Shepherd haar zoon op. 'De mannen zullen zo ook wel komen.'

Billy bracht Charlotte naar een grote ruimte beneden met een wastafel, haken met jassen eraan, en emmers en bezems tegen de muur. Toen ze de keuken weer in kwam, zag Charlotte dat er vijf mannen waren binnengekomen.

'Ga jij maar hier zitten, Charlotte.' Mevrouw Shepherd wees naar een stoel naast die van haar. 'Dan kan Billy naast jou zitten.' De mannen namen ook aan tafel plaats en mevrouw Shepherd zei: 'Dit is Charlotte, een vriendinnetje van Billy. Ze blijft vandaag ook eten.'

'Je bent heel welkom, Charlotte,' zei meneer Shepherd, die aan het andere eind van de tafel zat.

Mevrouw Shepherd begon stoofpot op te scheppen uit een grote pan op het fornuis.

Terwijl de dampende borden werden doorgegeven, vroeg een van de mannen: 'Jij bent toch een vaccie?'

Voordat Charlotte haar mond zelfs maar kon opendoen, antwoordde mevrouw Shepherd al: 'We gebruiken dat woord hier niet, Bert Gurney.'

'Dat is wat ze is,' mompelde Bert.

'Wat ze is, is een gast in ons huis en iemand die in ons dorp is komen wonen,' kaatste mevrouw Shepherd terug, waarop er een stilte aan tafel viel.

Om van onderwerp te veranderen zei Billy: 'Ik heb tegen Charlotte gezegd dat zij misschien een van de pups kan krijgen, pap.'

'O ja?' Zijn vader trok zijn wenkbrauwen op. 'En wat zei zij daarop?'

'Ze zei –' begon Billy voorzichtig, maar Charlotte viel hem in de rede.

'Ik zei dat ik het dolgraag zou willen, maar juffrouw Edie zal wel nee zeggen.'

'We hebben ze toch nog niet allemaal verkocht, pap?' drong Billy aan. 'Jij zei dat ik Jet mocht houden, maar dan blijven er nog vier over.'

'Daar hebben we het later nog wel over,' zei zijn vader om een einde te maken aan de discussie. 'Vergeet niet dat je vanmiddag moet helpen bij het melken, Billy.'

'Maar ik heb juffrouw Everard beloofd dat ik Charlotte zou thuisbrengen,' protesteerde Billy.

'Dan zul je meteen na het eten moeten gaan, want ik heb je hier nodig. Je hebt de hele ochtend al vrij gehad.'

'Ze kan ook met mij meelopen,' stelde Bert Gurney voor. 'Ik ga ook die kant op.'

Maar Billy zei meteen: 'Nee, dat hoeft niet, ik breng haar wel, want dat had ik beloofd. Ik kom meteen terug voor het melken.'

Charlotte was enorm opgelucht. Ze wilde niet teruglopen naar het dorp met Tommy Gurneys vader, die haar alleen maar een 'vaccie' vond.

Het eten was heerlijk en voedzaam. 'De mannen moeten tussen de middag goed eten,' antwoordde mevrouw Shepherd toen Charlotte dat hardop zei. 'Het is zwaar werk op een boerderij.'

In Blackdown House had Edith ook niet stilgezeten. Ze was naar het bosje aan het eind van het landweggetje gelopen en had er wat takken hulst en strengen klimop afgeknipt, met het idee dat Charlotte en zij er het huis mee konden versieren en misschien een krans konden maken voor de voordeur. Edith had al jaren geen aandacht meer besteed aan kerst, maar nu merkte ze dat ze genoot van de voorbereidingen.

Ze besefte met een steek van spijt dat ze ook een boom had kunnen halen als ze er op tijd aan had gedacht. Nou ja, ze zouden het beste maken van wat ze hadden. Het blauwe vest dat Charlottes kerstcadeau zou worden was klaar, en ze had een atlas en een woordenboek voor haar gekocht bij de boekenkraam op de bazaar. Ze bereidde ook een bijzondere lunch voor kerstdag voor. Het zou geen echt kerstdiner worden, maar ze had haar vleesrantsoen opgespaard om een pastei te maken, Charlottes lievelingskostje.

Bij thuiskomst ging Edith naar de bergzolder. Ergens moest nog een doos met wat oude kerstversieringen staan. Ze opende het driehoekige deurtje en kroop met haar zaklantaarn naar binnen. De dozen lagen nog door elkaar heen van toen Charlotte had vastgezeten. Ze vroeg zich af waar die versieringen waren. Ze had ze niet meer gezien sinds... Maar ze zette gedachten aan Herbert van zich af en begon de etiketten te bekijken, veel ervan beschreven in het keurige handschrift van haar moeder. Op een kleine kartonnen doos bijna achterin stond het woord *Kerst*. Edith nam hem mee naar beneden. Ze besloot hem pas open te maken als Charlotte thuis was.

Haar ochtend werd onderbroken toen de bel ging, en ze was verbaasd de domineesvrouw op de stoep te zien staan.

'Juffrouw Everard,' zei Avril Swanson. 'Mag ik even binnenkomen?'

Edith knikte en stapte achteruit om haar binnen te laten. 'Het zal de keuken moeten worden, vrees ik,' zei ze, terwijl ze vooropging. 'Dat is de enige warme ruimte in huis.'

Ze bood haar gast een stoel aan en ging tegenover haar zitten. 'Wilt u misschien een kopje thee?' vroeg ze wat laat.

Avril schudde haar hoofd. 'Nee, dank u. Ik blijf niet lang. Is Charlotte hier?'

'Nee, die is bij de Shepherds, op Charing Farm.'

Avril keek verbaasd, maar ze glimlachte. 'Wat leuk. Ik ben blij dat ze vriendjes maakt onder de dorpskinderen. Luister, ik zal meteen ter zake komen...'

'Ja, graag.'

'Nou, wat we ons afvroegen, David en ik, was of... nou, of u en Charlotte woensdag bij ons willen komen voor de kerstlunch. David heeft 's morgens een kerkdienst, maar we komen om een uur of een bij elkaar en hoopten dat jullie ook zouden willen komen.' Ze aarzelde en voegde er toen aan toe: 'We hebben de drie Dawson-kinderen in huis, natuurlijk, en we dachten dat Charlotte... dat het leuk voor haar zou zijn om met andere kinderen om te gaan.'

'Nou, ik weet niet...' Edith was totaal overdonderd door de uitnodiging.

'Misschien wilt u er nog even over nadenken,' zei Avril haastig, alsof ze haar niet wilde afschrikken. 'Ik hoef het niet meteen te weten; als ik het de avond ervoor maar weet, zodat ik kan inschatten hoeveel aardappels ik moet schillen. We hebben een kip geslacht, en die is groot genoeg voor ons allemaal. Denk er anders nog even over na, of kijk wat Charlotte ervan vindt.'

'Nee, ik neem hier de beslissingen,' zei Edith kordaat. 'Ik ben heel dankbaar dat u aan ons denkt, en aan Charlotte, die hier zit met alleen mij als gezelschap.' Ze hief haar hand toen Avril leek te willen protesteren tegen haar boude bewoordingen. 'We komen heel graag. Dank u wel.'

'Prachtig,' zei Avril met enige verbazing, alsof ze eigenlijk een bruuske weigering had verwacht. 'Dan zien we jullie rond een uur of een.'

Toen Charlotte terugkwam in Blackdown House, zat juffrouw Edie op haar te wachten in de keuken. 'Heb je het leuk gehad?' vroeg ze.

'Ja, het was heel leuk,' zei Charlotte. 'Ze hebben koeien en schapen, en een varken dat bijna moet werpen.'

'O ja? Dan zul je de volgende keer dat je erheen gaat de biggetjes wel kunnen zien, hè?'

Charlotte was blij dat juffrouw Edie vond dat ze er nog wel een keer heen mocht. 'Ze hadden ook puppy's,' zei ze. 'Die waren zó lief!'

'Je raadt nooit wie hier vandaag is geweest,' zei juffrouw Edie, maar ze gaf zelf al meteen het antwoord. 'Mevrouw Swanson.'

'Mevrouw Dominee?'

'Ja, mevrouw Dominee, en ze heeft ons uitgenodigd in de pastorie voor een kerstlunch. Zou je dat leuk vinden?'

Charlotte beet op haar lip. Het leek haar inderdaad heel leuk, maar ze wist niet zeker of dat het juiste antwoord zou zijn.

Juffrouw Edie redde haar door te zeggen: 'Ik heb gezegd dat we natuurlijk graag komen. En,' ging ze door, 'ik heb vandaag wat hulst en klimop van buiten gehaald om het huis mee te versieren.'

Samen maakten ze aan de keukentafel een krans van het groen. Juffrouw Edie vond een rood lint in haar naaidoos, en toen ze dat om hun creatie hadden geknoopt, hingen ze de krans aan de klopper op de voordeur.

'En dan heb ik deze nog,' zei juffrouw Edie, terwijl ze een doos onder de tafel vandaan haalde. Ze maakte hem open. 'Eens kijken wat hier in zit.'

Charlotte gluurde erin. 'Papieren bloemen,' zei ze en ze trok er een lange slinger van papieren rozen uit. Juffrouw Edie legde hem opzij en Charlotte haalde vier engelen met vleugels van goudpapier uit de doos, elk met een touwtje eraan.

De rest van de avond drapeerden ze het overgebleven groen om schilderijlijsten en hingen ze de oude versieringen op. Toen Charlotte de deur van de zitkamer opende, zag ze dat er was schoongemaakt. Ze was er niet meer geweest sinds haar eerste dag hier in huis, maar nu zag ze dat er was afgestoft en dat zelfs het vuile raam was gelapt. De haard was uitgeveegd en er lag hout klaar voor een vuurtje. Ze keek naar de piano en zag dat ook die was afgestoft en dat er twee nieuwe kaarsen in de kandelaars zaten.

'Hier hing mijn vader vroeger altijd de rozen op,' zei juffrouw Edie. Ze haalde een trapje en Charlotte hield de slinger vast terwijl ze hem aan de muur ophing.

'Zo. Nu zijn we klaar voor de kerst,' zei juffrouw Edie. 'Wat ziet het er allemaal vrolijk uit, hè? Morgen steken we hier de haard aan.'

Eerste kerstdag begon droog en koud. Edith en Charlotte gaven elkaar bij het ontbijt hun cadeaus. Edith vond haar kussenhoes prachtig. Ze had geen idee gehad dat Charlotte ermee bezig was geweest, maar ze herkende de grote zorg en moeite die erin waren gestoken. Het blauwe vest was geen verrassing meer voor Charlotte, maar ze trok hem meteen aan op haar nieuwe donkerblauwe winterjurk, een verstelde jurk uit de koffer op zolder, waar haar blauwe ketting goed bij paste. De atlas en het woordenboek waren wel een verrassing en ze was er dolblij mee.

'Dank u wel, juffrouw Edie, ik ben er heel blij mee,' riep ze, en tot verbazing van hen allebei gaf ze haar pleegmoeder een knuffel. 'Dat woordenboek moeten we op de schoorsteenmantel in de keuken leggen,' zei ze. 'Daar ligt het altijd.'

Edith herkende weer een puzzelstukje uit Charlottes geheugen, hoewel Charlotte in haar opwinding over haar kerstgeschenken niet stilstond bij wat ze had gezegd.

Op haar voorstel had Charlotte van een oud laken nog twee zakdoeken gemaakt en er de initialen AS en DS op geborduurd voor de dominee en zijn vrouw. Op zondagavond, zittend bij de haard in de schoongemaakte zitkamer, had ze Avrils zakdoek met roze en Davids zakdoek met blauw geborduurd. Ze lagen in papier verpakt klaar, versierd door Charlotte en dichtgebonden met gekleurd draad, om straks mee te nemen naar de pastorie.

Even voor elf uur vroeg Edith: 'Zou je naar de kerkdienst willen, Charlotte?'

Charlotte keek bedenkelijk. 'Weet ik niet,' zei ze. 'Ik zou niet weten wat ik dan moest doen.'

'Het wordt heel mooi,' verzekerde Edith haar. 'Er branden kaarsen en er wordt gezongen. We kunnen achterin gaan zitten, dan kun je gewoon kijken wat er gebeurt.'

Charlotte ging akkoord, en ze liepen naar het dorp. Er luidden geen klokken – dat gebeurde sinds het uitbreken van de oorlog al niet meer – maar toen ze naderden leek het wel alsof het hele dorp naar de kerk onderweg was.

De dominee stond bij de kerkdeur om de bezoekers te verwelkomen. Charlotte en Edith wachtten tot iedereen binnen was, en toen schoven ze op de achterste bank.

Edith had zichzelf verbaasd met haar voorstel om naar de kerkdienst te gaan. Ze was al jaren niet meer in de kerk geweest, maar nu ze weer in kerstsferen was gekomen, vond ze dat de ochtenddienst bij de kerst hoorde. Toen de dienst begon met een psalm, zong ze net als vroeger mee. Charlotte kon de tekst meelezen in het psalmenboek dat Edith haar bij binnenkomst had gegeven en zong ook mee.

Na afloop van de dienst, toen de dominee bij de deur stond om iedereen die vertrok een hand te geven, toonde hij geen verbazing bij het zien van Charlotte en juffrouw Edie. Hij zei alleen: 'Blij dat jullie konden komen. Vrolijk kerstfeest.'

Het was een koude dag, maar iedereen bleef nog buiten staan praten en lachen.

Charlotte zag Clare met de Prynnes en rende naar haar toe.

'Vrolijk kerstfeest!' riep Clare. 'Heb je gezien dat Sandra meezong met het koor, met de andere kinderen van school? Wat heb jij voor kerst gekregen?'

'Een atlas en een woordenboek,' zei Charlotte trots, en ze vergat helemaal het blauwe vest dat ze droeg te vermelden. 'En jij?'

'Ze hebben de oude fiets van ma voor me opgeknapt!' antwoordde Clare stralend. 'Nu kan ik overal heen fietsen waar ik wil.'

'Ooo, wat geweldig!' zei Charlotte afgunstig.

Charlotte was verbaasd om hoeveel mensen er naar haar lachten en haar een vrolijk kerstfeest wensten. Voor het eerst had ze echt het gevoel deel uit te maken van Wynsdown en ze lachte terug. Zelfs toen Tommy Gurney zei: 'Vrolijk kerstfeest, vaccie,' bedierf dat haar stemming niet.

Toen ze bij de pastorie aankwamen voor de lunch, onthaalden David en Avril hen heel hartelijk, en David zei nogmaals dat het fijn was geweest om hen te zien bij de kerk. Juffrouw Edie had een fles zelfgemaakte vlierbloesemwijn meegebracht, en Charlotte had haar pakketje met zakdoeken.

'De cadeautjes doen we na de lunch,' zei Avril, terwijl ze de kinderen vanuit de keuken naar de zitkamer joeg, waar speciaal de haard was aangestoken. In de hoek stond een kerstboom met ingepakte geschenken eronder. Charlotte legde haar pakje erbij, en juffrouw Edie haar fles wijn.

De lunch was heerlijk; de kip en gebakken aardappelen verdwenen als bij toverslag en de kerstcake, hoewel er weinig gedroogd fruit in zat, bleek tot blijdschap van de vier kinderen voor elk van hen een threepenny-muntje te bevatten. Na het eten verzamelden ze zich in de zitkamer en luisterden ze naar een toespraak van de koning op de radio. Hij zei dat dit bovenal een feest voor kinderen was en dat hij ervan overtuigd was dat iedereen zijn best deed om er voor hen een mooie dag van te maken, ongeacht waar die kinderen waren.

'Hij weet dat we niet thuis zijn,' zei Paul verwonderd. 'Hoe weet hij dat?'

Na de toespraak werden de cadeaus uitgepakt. Er was speelgoed voor de Dawson-kinderen, een boek over dieren voor Charlotte, een stukje geurige zeep voor juffrouw Edie en een zakje van kleurrijk papier gevuld met snoepjes voor alle kinderen.

Charlotte overhandigde haar cadeau aan de dominee en zijn vrouw.

'Ze zijn heel mooi gemaakt, Charlotte,' zei Avril, terwijl ze het borduurwerk op de zakdoeken bewonderde. 'Wat zul je daar lang aan hebben gewerkt.'

'Niet zo lang als juffrouw Edie erover deed om mijn vest te breien,' antwoordde Charlotte, die haar armen uitstak om hem te laten zien. 'Ze heeft een oud vest uitgehaald om deze voor mij te maken.'

'Hij is heel mooi,' zei Avril. 'En die ketting past er heel goed bij.'

'Van Harry gekregen,' zei Charlotte.

'Harry? Wie is Harry?' vroeg Avril.

Charlotte keek haar even aan. 'Hij komt uit mijn stad. Uit Hanau.'

20

September 1940

Nadat Harry was opgepakt bij het hostel, was hij naar het politiebureau gebracht en in een cel opgesloten. Ze fouilleerden hem en het geld dat hij in zijn zak had, werd in een envelop gestopt.

'Hé!' riep hij en hij graaide ernaar. 'Dat is van mij. Dat is mijn geld. Geef terug! Geef terug!'

'Maak je niet druk, knul,' had de politieman sussend gezegd. 'Het is nog steeds jouw geld. Kijk, het zit in een envelop met je naam erop, zie je?'

Ze hadden zijn identiteitskaart samen met alle documenten die meneer Pate hun had gegeven in een map gestopt met de naam *Heinrich Schwarz* erop, en zijn geld werd daar ook in gedaan.

'Ik moet naar de wc,' zei Harry toen ze hem naar de cellen brachten, in de hoop dat hij ervandoor zou kunnen gaan voordat ze hem insloten.

Maar de agent hield zijn arm stevig vast. 'Sorry, knul,' zei hij, terwijl hij Harry een cel in duwde. Er was een smalle houten plank die dienstdeed als bed, met een deken en een kussen. In een hoek stond een emmer. De agent wees ernaar. 'Moet je pissen? Pis daar maar in.'

Toen de deur achter hem werd dichtgesmeten, keek Harry om zich heen op zoek naar een uitweg. Hoog boven in de muur was een raam met ijzeren tralies ervoor. Daar zou hij nooit doorheen komen. Hij pakte de tralies vast en trok zich op, langs de muur schrapend met zijn tenen, totdat hij door het vuile raam naar buiten kon kijken. Hij zag een binnenplein met een hoge muur eromheen. Aan het eind was een geopende poort, en beneden stonden twee politiewagens geparkeerd.

Voor het donker werd, kreeg hij een bord met vis en wat zompige friet, en daarna werd het licht uitgedaan vanwege de verduisteringsregels. Het was nog maar vroeg in de avond en in zijn donkere cel hoorde Harry dat de buitenwereld gewoon doorging. Toen de maan opkwam en hij omtrekken kon ontwaren in zijn cel, begonnen de sirenes weer met hun nachtelijke gejammer. Bijna meteen hoorde hij vliegtuigen en het geknetter van de luchtafweer in een straat verderop.

Plotseling werd er een sleutel in de deur omgedraaid en zei een stem: 'Oké, Schwarz! We brengen je naar de schuilkelder. Maar geen geintjes, anders doen we je weer handboeien om.' De deur ging open en twee potige politiemannen kwamen binnen, een ervan met een zaklantaarn.

Harry werd meegevoerd naar de kelder van het politiebureau, die was ingericht als schuilkelder. Er stonden een tafel en een paar stoelen, maar je kon nergens liggen. Hij plofte op een stoel in de hoek. Het leek erop dat hij de enige gevangene was en in het gezelschap van een van de politieagenten de luchtaanval zou moeten uitzitten. Even, op weg door de gang naar de keldertrap, had Harry nog overwogen een poging tot uitbreken te doen. Maar zijn gezonde verstand had het gewonnen; hij zou nooit bij de voordeur van het politiebureau zijn gekomen, en zelfs al was hem dat wel gelukt, dan zou hij buiten hebben gelopen in een van de heftigste luchtaanvallen ooit. Ze hoorden het aanhoudende lawaai van de Blitz: het gedreun van vliegtuigen, het gebulder van het luchtafweergeschut, het janken en fluiten van bommen voordat de grond beefde onder de inslagen en explosies. Brandweerwagens scheurden met rinkelende bellen door de straten om branden te blussen voordat ze om zich heen grepen. Het was een verschrikking.

'Zo te horen is het een zware,' zei de agent. 'We zijn hier beneden beter af, maat.'

Hoewel hij had gehoopt weer met Dan branden te kunnen blussen, moest Harry hem wel gelijk geven. Er zouden verschrikkelijk veel slachtoffers vallen tijdens een aanval zoals deze; hij was hier inderdaad beter af. Aangezien de agent wel open leek te staan voor een praatje, besloot Harry te proberen erachter te komen wat er met hem ging gebeuren.

'Waarom zit ik hier?' vroeg hij. 'Ik ben geen vijandige buitenlander. Ik ben ontsnapt aan de nazi's in Duitsland. Met de trein.'

'Ja, nou ja, maar je bent toch nog steeds een Duitser?'

'Niet alle Duitsers zijn nazi's,' zei Harry.

'Maar wij kunnen niet zien wie dat wel is en wie niet.'

'Mijn familie is Joods,' vertelde Harry hem. 'De nazi's hebben mijn vader en moeder vermoord. Ik haat de nazi's.'

'Dat geloof ik best, knul. Maar je bent een Duitser, en volgens je papieren ben je zestien, dus...' Hij wuifde achteloos met zijn hand.

'Maar wat gaat er dan met me gebeuren?'

'Weet ik niet.' Het kon de agent overduidelijk niet schelen. 'Ze zullen je wel eerst naar het noorden brengen of zo, en dan weet ik het niet. Ze hebben een stel van jullie naar Canada en Australië gestuurd, waar jullie geen kwaad kunnen aanrichten. Ik neem aan dat ze je wel ergens zullen onderbrengen, op een veilige plek, en dan laten ze je aan het eind van de oorlog weer vrij.'

Harry staarde hem aan. 'Tot het eind van de oorlog? Stel dat de nazi's winnen? Wat gebeurt er dan met míj?'

De politieman keek hem vijandig aan. 'Wat kan mij dat schelen? Ze gaan niet winnen,' grauwde hij. 'Hou nu je kop.'

Het duurde nog anderhalf uur voordat het sein veilig werd gegeven en Harry werd teruggebracht naar zijn cel. De agent had geen woord meer tegen hem gezegd.

Terug in de cel, waar het licht uit bleef, zag Harry heel weinig. Hij trok zichzelf nog een keer op aan de tralies voor het raam en keek naar buiten. De hele hemel werd verlicht door een spookachtige oranje gloed en rookflarden kringelden traag in de wind. De Luftwaffe had zijn werk gedaan: hele stukken van Londen stonden weer in lichterlaaie. Hij hoorde het gerinkel van brandweerwagens terwijl ze van de ene brand naar de andere snelden. Er klonk geschreeuw, af en toe het gerommel van vallende bakstenen, en hier en daar een knal van een tijdbom.

Toen het licht begon te worden en een paar stralen zonlicht een weg door zijn vuile ruit vonden, kwam er nog steeds niemand en moest hij zijn emmer gebruiken. Hij had erge dorst, maar niemand bracht hem water of iets te eten. Het horloge dat hij bij een van Mikes kramen had gekocht, was in beslag genomen, samen met al zijn andere persoonlijke bezittingen, dus hij had geen idee hoe laat het was, maar uiteindelijk hoorde hij zware voetstappen naar zijn deur komen en verscheen de agent die hem de vorige dag naar zijn cel had begeleid.

'Opstaan en meekomen,' zei de man bij wijze van begroeting.

'Water, ik wil water,' kraste Harry met een droge keel.

'Dat krijg je straks wel,' antwoordde de agent, die hem door een gang naar een verhoorkamer leidde waar al een andere agent wachtte.

'Hier is hij, Dawes,' zei de agent. 'De inspecteur komt ook zo.' Hij wendde zich tot Harry en wees naar een stoel. 'Ga zitten en wacht.'

Harry deed wat hem gezegd werd. Dawes, de agent die op hem moest passen, schonk hem geen aandacht maar bleef met zijn rug naar de deur voor zich uit staan staren. Na ongeveer een halfuur stond Harry op en rekte zich uit. Dawes negeerde hem nog steeds, dus liep Harry naar het raam en keek naar buiten. Het was een zonnige, heldere dag. Hij zag weinig anders dan de muur die hij vanuit zijn cel ook al had gezien, een hoog gebouw aan de overkant en de toppen van een paar bomen, met oranje, rode en gouden bladeren in de herfstzon, en in de verte een kerktoren waarvan het kruis scheef hing.

Harry liep terug naar zijn stoel en plofte neer. 'Ik wil water,' zei hij tegen de man bij de deur. 'Alsjeblieft, ik wil water.'

Dawes bleef hem negeren.

Eindelijk ging de deur open en kwam er een andere man binnen. Hij droeg geen uniform, maar hij was overduidelijk Dawes' superieur, want de agent sprong in de houding. Harry bleef zitten.

De agent in burger nam de stoel tegenover hem. 'Zo, jongeman,' begon hij. 'Ik ben inspecteur Gordon. Begrijp je wat ik zeg?'

'Natuurlijk,' antwoordde Harry. 'Ik wil water.'

'Dat heb je bij je ontbijt gekregen,' snauwde Gordon.

'Geen ontbijt gehad,' zei Harry.

'Hoe bedoel je?' vroeg de inspecteur. Hij keek naar Dawes, die nog steeds met een uitgestreken gezicht bij de deur stond. 'Heeft deze jongeman ontbijt gehad?'

'Weet ik niet, meneer.'

'Nou, ga het dan navragen,' snauwde Gordon, 'en neem wat water voor hem mee.' Hij richtte zijn aandacht weer op Harry. 'We wachten wel.'

Even later keerde Dawes terug met een glas water, dat hij met een klap voor Harry neerzette. Harry griste het van tafel en dronk het in één keer leeg. Het was het eerste drinken dat hij had gekregen sinds het bombardement was begonnen. Een paar minuten later kwam de eerste agent binnen met een boterham met kaas op een bordje, dat ook zonder plichtplegingen voor hem werd neergekwakt. Harry greep de boterham en propte hem naar binnen voordat ze hem weer zouden afpakken.

'Goed, Heinrich, laten we opnieuw beginnen,' zei inspecteur Gordon.

'Harry,' antwoordde Harry met een mondvol brood. 'Ik heet Harry Black.'

'Dat is niet wat er op je identiteitskaart staat.'

'Ik was Heinrich totdat ik hier kwam.'

'Nou, goed, Harry, maar je hebt jezelf hier niet zo populair gemaakt, hè? Eerst ga je ervandoor, dan schop je een van mijn agenten tegen zijn oog, dan verzet je je tegen je arrestatie, en vannacht zei je tegen agent Brown, heb ik gehoord, dat je wilt dat de Duitsers de oorlog winnen. Niet de beste manier om vrienden te maken, hè?'

'Dat heb ik helemaal niet gezegd,' protesteerde Harry vurig. 'Mijn vader is vermoord door de nazi's! Waarom zou ik willen dat zij winnen? Zodat ze mij ook kunnen vermoorden?'

'Het punt is, Harry, dat je een lastpak bent, en we hebben geen tijd om ons bezig te houden met lastpakken. Het is beter als we je opsluiten op een plek waar je geen problemen kunt veroorzaken.'

'Maar ik veroorzaak geen problemen,' schreeuwde Harry bijna. 'Ik woon in een hostel, ik heb een baan, ik help de brandweer.'

'Ja, dat heb ik gehoord. Maar de regering wil zekerheid. Dus vandaag word je naar de gevangenis van Brixton gebracht, waar je een paar dagen blijft terwijl ze besluiten waar ze je naartoe gaan sturen.'

'Ik wil mijn geld terug,' zei Harry. 'Een smeris heeft het gepikt.'

'Nu doe je het weer, Harry: stomme dingen zeggen waarmee je mensen pikeert. Niemand heeft je geld gestolen. Het zit bij je papieren en gaat met je mee, en je krijgt het terug wanneer je wordt vrijgelaten, oké?'

Harry deed zijn mond open om te protesteren, maar inspecteur Gordon kapte hem af. 'Genoeg, Harry. Je gaat nu terug naar je cel totdat je wordt overgeplaatst. Neem hem mee naar beneden, Dawes, en zorg dat hij zijn emmer leegt voordat hij weggaat.'

Dawes ging achter Harry staan en trok hem overeind. 'Kom mee, jij,' zei hij, en met een ferme greep op Harry's arm leidde hij hem terug naar zijn cel.

Harry werd die dag niet overgeplaatst, of de volgende, dus moest hij nog twee nachten in de kelder van het politiebureau doorstaan in het gezelschap van agent Brown. Toen die eerste nacht de sirenes gingen, zei hij tegen Brown dat hij het er liever op zou wagen in zijn eigen cel.

'Wat, zodat je kunt seinen naar die klootzakken daarboven?'

'Hoe dan? Door naar ze te fluiten?' Er borrelde gefrustreerde woede in Harry op.

'Kop dicht, wijsneus,' grauwde Brown, 'en opschieten.'

De volgende nacht was Brown nog minachtender. Ze zaten weer in de schuilkelder beneden, maar nu was Harry geboeid. Ze hadden de wrok in zijn ogen gezien en vertrouwden hem niet meer. Eventuele sympathie die ze mogelijk nog hadden gehad voor een zestienjarige jongen alleen in een vreemd land, was allang verdwenen.

'Ze hebben vannacht vier van je dappere nazi's neergeschoten,' vertelde Brown hem. 'Ik snap niet waarom we jou zo nodig hier beneden moeten beschermen. Als ik jou niet hoefde te bewaken, zou ik naar buiten kunnen om de arme drommels te helpen die door jouw volk aan flarden worden geschoten. Wat heb je daarop te zeggen, Jodenjongen?'

Ineens had Harry er genoeg van. Brown was de Hitlerjugend, de Gestapo, de fascistische Bruinhemden, alles in één. De straatvechter in hem kwam naar boven, en met één sprong was hij de kelder door. Hij duwde Brown tegen de vloer, sloeg zijn armen om diens nek en drukte de metalen handboeien hard tegen zijn keel. Als er op dat moment niet nog een agent was binnengekomen, had Harry misschien wel een moord gepleegd, maar de politieman greep hem vast en stompte hem in zijn gezicht, en daarmee was het afgelopen. Hij werd teruggevoerd naar zijn cel, de deur werd dichtgeslagen en de stem van de agent galmde door de gang toen hij wegliep: 'Verrek daar maar.'

Harry had geluk dat er geen verdere actie werd ondernomen na zijn tweede aanval op een politieagent. De inspecteur wilde waarschijnlijk niet dat nieuws over de provocatie naar buiten kwam. Het publiek begon bedenkingen te krijgen over de detentie van Duitse en Italiaanse staatsburgers. Er waren zo veel mensen bij die waren gevlucht voor de fascisten, dat velen van hen alweer waren vrijgelaten en nu waardevol werk verrichtten voor de oorlog.

Harry werd de volgende morgen naar Brixton gebracht. Een memo bij zijn papieren bevatte de waarschuwing dat hij een politieagent had aangevallen en als gevaarlijk beschouwd diende te worden.

Zijn opsluiting in de gevangenis van Brixton duurde zeven weken, en het waren de zeven ellendigste weken van zijn leven. De gevangenis was overvol. Harry werd nu beschouwd als echte gevangene in plaats van een arrestant en het regime was er streng. Maar Brixton werd alleen gebruikt als doorvoergevangenis, en van daaruit ging hij naar interneringskamp Huyton, bij Liverpool.

In Huyton werd hij ondergebracht in een half afgebouwde woonwijk. Het was er vol en koud, met honderden mannen op een bouwplaats van ruw afgewerkte woningen omringd door prikkeldraad. De herfst had plaatsgemaakt voor de winter en de faciliteiten waren er in het beste geval basaal, en het eten minimaal. De altijd hongerige gedetineerden hadden een strikt regime ingesteld waarin alles wat eetbaar was werd toegevoegd aan hun karige rantsoenen. Het moreel was heel laag, en niet zelden overwoog een gedetineerde zelfmoord als snelle uitweg. Maar de meesten waren vastbesloten zich niet te laten kisten door het harde leven. Sommigen hadden de verschrikkingen van een naziconcentratiekamp meegemaakt en zeiden dat de omstandigheden hier niets waren vergeleken met wat ze al hadden doorstaan. Harry en een paar andere jongere gedetineerden zochten doorlopend naar manieren om te ontsnappen, maar ze werden goed bewaakt en er deden zich geen kansen voor.

Maar op een dag, een week voor kerst, kregen Harry en twintig anderen te horen dat ze weer gingen verkassen.

'Waar nu weer heen?' wilde Harry weten.

'Kop houden,' was het antwoord. 'Je ziet het vanzelf. Pak je spullen.'

Er waren heel weinig 'spullen' te pakken. Harry had zijn koffertje nog; dat had hij teruggekregen toen hij uit Brixton vertrok. Hij had zijn kleren, maar er was geen spoor van zijn geld of zijn horloge. Hij had de hoop allang opgegeven dat hij die ooit nog zou terugzien. De politie was overal hetzelfde; het waren dieven, dat had hij altijd gezegd. Ze hadden zijn spullen gepikt, en hij kon er niets tegen doen.

De volgende dag werden ze naar Fleetwood gebracht en gingen ze aan boord van een schip, *The Lady of Man*, en toen beseften ze dat ze naar het Isle of Man gingen. Iedereen had gehoord over de kampen daar, en ze vrolijkten meteen op. Er waren al een paar gedetineerden daarvandaan vrijgelaten, dus misschien was het einde wel in zicht. Als ze maar op een of andere manier konden bewijzen dat ze geen gevaar vormden voor de veiligheid van Engeland, dat ze echt de nazi's net zo erg haatten als de Engelsen dat deden. Harry besloot dat hij een modelgevangene zou zijn.

Toen ze in Douglas aanmeerden en ontscheepten, werden ze in groepen verdeeld en moesten ze langs de kust lopen. De zee die ze net hadden overgestoken, zag er somber en onheilspellend uit. Terwijl Harry over die eindeloze watervlakte keek, wist hij dat hij hiervandaan nooit zou kunnen ontsnappen, en zijn stemming werd net zo somber en onheilspellend.

Ik wist wel dat ik ervandoor had moeten gaan voordat we op dat schip werden gezet, dacht hij. Nu zit ik hier vast totdat de nazi's binnenvallen en op zoek gaan naar mij en alle andere Joden op dit stomme eiland. Dan zitten we als ratten in de val.

Ze gingen een poort door en liepen over de promenade naar een gebouw dat eruitzag als een hotel met een rij grote huizen, uitkijkend over zee. Het geheel was afgezet met prikkeldraad. De nieuwe gedetineerden werden ingeschreven en kregen een gezamenlijk huis toegewezen. Voor de verandering was hun accommodatie, ook al moesten ze met meerdere mensen een kamer delen, droog en betrekkelijk warm. Ze kregen weekrantsoenen die ze gezamenlijk moesten klaarmaken en delen.

Ze stelden een huishoofd aan, Alfred Muller, een man die in Engeland was geboren, maar met Duits-Joodse ouders. Alfred, een voormalig hoofd van een grote school in Birmingham, had een groot organisatietalent en stelde snel roosters op voor het koken en de andere huishoudelijke taken. Dit was al een stuk beter dan in de houding springen voor de geschreeuwde bevelen van een of andere oud-onderofficier uit het leger. De mannen moesten hun eigen zaakjes regelen. Ze waren verantwoordelijk voor zichzelf, en dat gaf hun enige mate van waardigheid terug. Voor het eerst in maanden hadden ze niet de hele tijd honger. Het eten was eenvoudig, maar het wás er in elk geval.

In het kamp bestond een eigen levenswijze met een vaste routine. De reveille was om zeven uur 's morgens, daarna werd de presentielijst afgevinkt, gevolgd door lichamelijke oefeningen en daarna het ontbijt. En dan strekte de rest van de dag zich voor hen uit. De verveling was de grootste vijand in het kamp.

Op kerstavond werden er diensten gehouden door verschillende geestelijken, en het zingen van kerstliedjes vrolijkte iedereen op. Harry had nooit eerder kerst gevierd. Zijn ouders deden dat niet vanwege hun geloof; zij hadden Chanoeka gevierd. Sinds de dood van zijn ouders had Harry geen geloof meer, en hij miste het ook niet. Hij was Harry, en meester over zijn eigen lot. Toch was hij blij dat er extra eten was op deze dag die zo bijzonder was voor anderen.

Harry's kerstdiner bestond uit stoofpot met konijn, aardappelen en worteltjes, en het was de beste maaltijd die hij in jaren had gegeten.

21

Oktober 1940

Drie weken na het vertrek van Naomi en Shirley nam Dan de trein van station Liverpool Street naar Feneton. Naomi haalde hem op van het station.

Ze wierp zich in zijn armen zonder iets te merken van de half afgunstige, half afkeurende blikken van de andere reizigers. ‘Danny, o Danny, ik heb je zo gemist!’ riep ze. ‘Gelukkig is alles goed met je. Die verschrikkelijke bommen!’ Ze trok hem tegen zich aan en hij omhelsde haar zo stevig als hij durfde.

‘Voorzichtig met de baby,’ zei hij, terwijl hij haar op armlengte hield en in haar ogen keek. De tranen sprongen hem in de ogen toen hij zijn eigen blijdschap en liefde in de hare weerspiegeld zag. ‘Och meisje,’ mompelde hij. ‘Wat heb ik je gemist.’

‘De baby maakt het goed,’ verzekerde Naomi hem, en ze pakte zijn hand. ‘Kom, we gaan.’ Ze leidde hem het station uit naar een kleine tearoom aan de overkant. Toen ze de deur opende, rinkelde er een belletje en Shirley verscheen door een gordijn achterin.

‘Kijk eens wie er is, Shirley,’ zei Naomi. ‘Twee thee, alsjeblieft.’

Ze gingen bij het raam zitten en hielden over de tafel heen elkaars hand vast. Plotseling verlegen zei Naomi: ‘Ik hoop dat je het niet erg vindt, Dan, maar ik heb een kamer voor ons geboekt in de Feneton Arms, de plaatselijke pub.’

‘Erg?’ riep Dan. ‘Waarom zou ik dat erg vinden? Ik wil je helemaal voor mezelf hebben. Ik heb je gemist, meisje.’

Naomi bloosde van plezier. ‘Het leek me beter. Ik deel een kamer met Shirley en natuurlijk heeft ze wel aangeboden om beneden te gaan slapen, maar ik wilde wat meer privacy voor ons... Je weet wel.'

Dan wist dat inderdaad. Hij vroeg zich af waarom ze eerst naar de tearoom waren gegaan terwijl hun tijd samen zo kostbaar was, maar kneep alleen in haar hand. 'Ja, ik wil ook privacy.'

Shirley kwam naar de tafel met een pot thee en twee nogal ingezakte stukken cake. 'We hadden speciaal een stukje van de jouwe bewaard,' zei ze, terwijl ze het dienblad op tafel zette. 'Leuk om je te zien, Dan.'

'Wat bedoelt ze daarmee, "een stukje van de jouwe"?' vroeg Dan, terwijl hij een stukje cake in zijn thee doopte.

'Dat is mijn baantje,' legde Naomi uit. 'Niet meteen zo kijken, Dan. Ik moet iets doen, al is het maar proberen taarten te bakken zonder boter of eieren! Ik bak dingen voor de tearoom en mevrouw Grant, de eigenares, betaalt me ervoor, zodat ik de huur bij Maud kan betalen en nog wat kan sparen voor wanneer ik straks niet meer kan werken vanwege de baby. We hebben een paar van de recepten uitgeprobeerd die de overheid heeft verspreid. Vorige week hebben we Woolton Pie gemaakt. Het smaakte niet eens zo slecht, en daarna hadden we geen honger meer.' Ze keek hem aan. 'Krijg jij wel genoeg te eten, Dan? Nu ik er niet ben om voor je te koken?'

'Natuurlijk wel,' verzekerde hij haar. 'Maak je maar niet druk om mij, ik red me best.' Hij at zijn kleffe cake op en slurpte de rest van zijn thee naar binnen. 'Zullen we dan maar gaan?'

Naomi dronk ook haar thee op. 'Ik wilde je alleen maar even laten zien waar Shirley en ik werken. Ik heb vandaag en morgen vrij.' Ze liep naar het gordijn achter in de winkel en tilde het een stukje opzij. 'We gaan nu, Shirley. Bedankt voor de cake.'

Ze liepen het late herfstzonnetje in en wandelden hand in hand over de dorpsstraat naar een oud koetshuis langs de hoofdweg, met ernaast een boogpoort naar de stalhof erachter. Boven de deur zwaaide krakend een houten bord heen en weer, maar de naam was overgeschilderd met donkerrode verf. 'Omdat het de Feneton Arms heet,' legde Naomi uit toen Dan er verbaasd naar keek. 'Alle dorpsnamen zijn overgeschilderd vanwege Duitse parachutisten. Anders zou de pub de naam van het dorp verraden, snap je?'

‘Laten we hopen dat er vandaag niemand komt,’ zei Dan, terwijl hij de deur openduwde. ‘We willen niet gestoord worden door Hitler of wie dan ook!’

Ze hadden twee heerlijke dagen, weg van de bombardementen van Londen. De rustige avond werd verstoord door het geluid van vliegtuigen en luchtafweergeschut in de verte, maar ze konden in elkaars armen slapen zonder dat er dood en vernietiging uit de nachthemel over hen neerdaalde.

Op kerstavond was Londen onderworpen aan zowat honderd dagen van bijna doorlopende bombardementen. En niet alleen Londen, maar ook andere grote steden die Hitler als doelwitten zag. Coventry, Southampton, Plymouth, Liverpool, Manchester en Bristol waren allemaal getroffen door zware bombardementen en vuurstormen van de Luftwaffe. Maar ondanks die aanvallen op de structuur van Groot-Brittannië en het moreel van haar burgers, en hoe ontzet ze ook waren over de schade, de mensen weigerden zich te laten intimideren. Het was Kerstmis, en oorlog of niet: iedereen was vastbesloten deze tijd van welbehagen te vieren.

‘Tijd van welbehagen, wat een grap,’ zei Arthur somber toen hij en Dan weer op het dak van het verfpakhuis op de uitkijk stonden. ‘Hitler zal ons wel een extra bijzonder cadeautje sturen voor de kerst.’

‘Nou, ik ben er dan niet om het in ontvangst te nemen, vriend. Ik ga morgen weer naar Feneton, op bezoek bij Naomi.’

‘Hoe gaat het met haar?’ vroeg Arthur. ‘Die kleine zal binnenkort wel komen, zeker?’

‘Half januari, zeggen ze.’ Dan klonk onwillekeurig trots.

Arthur, een vader van drie dochters, glimlachte wetend. ‘Nog maar een paar weekjes te gaan, dus,’ zei hij gelijkmoedig. ‘Ik hoop dat alles goed gaat.’

‘Er is geen reden waarom er iets mis zou gaan, volgens de dokter,’ antwoordde Dan. ‘Maar ik verheug me erop om daar met kerst te zijn.’

De volgende dag nam Dan voor de tweede keer de trein naar Feneton. Naomi stond er weer om hem te begroeten, en in de bittere kou en invallende schemering haastten ze zich meteen naar de Feneton Arms. Naomi zag er moe uit en was bleek. Zodra ze boven in hun kamer waren, nam hij haar in zijn armen en kuste haar.

Al snel maakte ze zich van hem los. 'Sorry, schat, maar ik moet even zitten. Ik heb een beetje rugpijn.'

Dan was meteen bezorgd. 'Kom maar.' Hij leidde haar naar de stoel bij de kaptafel, de enige stoel in de kamer. 'Of wil je liever liggen?'

Naomi glimlachte. 'Nee, het gaat zo wel weer over. Het komt waarschijnlijk gewoon doordat je trein een beetje laat was en ik een poosje in de kou heb gestaan. Het gaat wel beter als ik wat ben opgewarmd.'

Toen ze zich wat beter voelde, stelde ze voor om beneden in de bar iets te gaan drinken. 'Het is immers kerst,' zei ze. 'We hebben wel een drankje verdiend.'

De bar was versierd met papieren slingers die de dochter van de waard had gemaakt. Lussen van krantenpapier, in vrolijke kleuren geverfd, hingen langs het plafond. Takjes hulst waren achter schilderijlijstjes aan de muren gestoken en er was klimop om de palen van het afdakje boven de bar gedraaid. Er brandde een vuurtje in een grote, ouderwetse open haard; de houtblokken gloeiden rood op onder de dansende vlammen. De verduisteringsgordijnen zaten potdicht, en in het gele lamplicht zag de ruimte er warm en verwelkomend uit.

Dan bestelde een biertje voor zichzelf en een warme port met citroen voor Naomi, en ze gingen op een bankje bij het vuur zitten.

'Gaat het wel, Naomi?' vroeg Dan. 'Je ziet een beetje pips.'

'Alleen maar moe,' verzekerde Naomi hem. 'Ik ben nu de hele tijd moe. Maak je geen zorgen,' zei ze glimlachend. 'Het komt alleen maar door de baby. De dokter zegt dat het normaal is.'

'Nou, als je dat dan maar zeker weet.'

De waardin bracht hun een maaltijd van lever met uien en ze dronken allebei nog iets bij het vuur voordat Naomi zei: 'Sorry, Dan, maar ik moet naar bed.'

Ze gingen naar boven en kleedden zich uit. Naomi liet zich met een zucht in bed vallen.

Dan keek haar ongerust aan. ‘Weet je zeker dat het wel goed gaat, meiske?’

‘Nog steeds een beetje rugpijn,’ bekende Naomi, ‘maar ik denk dat het morgenochtend wel over is. Kom naast me liggen en warm me op.’

Ze kropen samen onder de dekens en Naomi nestelde zich in Dans armen. Dan, die haar hart voelde kloppen, werd overspoeld door een golf van liefde en mompelde zachtjes in haar oor: ‘Je bent alles voor me.’

Een paar uur later schrok Naomi wakker. Er ging een scherpe pijnscheut door haar lichaam en ze schoot met een kreet rechtop.

Dan was ook meteen wakker. ‘Wat? Wat is er?’

‘Een beetje pijn,’ zei Naomi toen ze weer kon praten.

‘Wat voor pijn?’

‘Laat maar, het is al weer over,’ zei ze. ‘Ga maar weer slapen.’

Dan ging weer liggen, maar Naomi ontspande zich niet.

Het kan nog niet, dacht ze. De baby zou pas over twee weken komen. Dit moet vals alarm zijn.

De volgende pijnscheut, toen ze ongeveer twintig minuten later weer in slaap was gevallen, was heftig. Terwijl de wee wegebde, bleef ze stil liggen en probeerde rustig na te denken. Als de baby inderdaad nu geboren werd, hoe moest ze dan naar het ziekenhuis in Ipswich komen? Toen ze twee weken geleden voor het laatst bij haar arts was, had hij gezegd dat het beter was als ze in het ziekenhuis zou bevallen, aangezien ze al wat ouder was en dit haar eerste kind was. Zij was daarvan geschrokken, maar de arts had haar gerustgesteld dat alles heus wel goed zou gaan. Hij had haar naam genoteerd voor de kraamafdeling gedurende een paar weken rond half januari.

Maar het was pas eerste kerstdag. Dit moest vals alarm zijn. Naomi probeerde zich te ontspannen, maar het had geen zin.

Na de volgende wee schudde ze Dan wakker. ‘Dan,’ fluisterde ze. ‘Danny, ik denk dat de baby komt.’

Dan schoot rechtop. 'Wat zeg je nou?'

'De baby. Ik denk dat het zover is. Ik heb weeën.'

'Maar het zou nog twee of drie weken moeten duren,' zei hij wanhopig.

Naomi lachte zwakjes. 'Ik denk niet dat hij zo lang gaat wachten.'

Dan sprong uit bed en trok zijn broek over zijn pyjama heen aan. 'Wat moeten we doen? Wat moet ik doen?'

'Ik moet eigenlijk naar het ziekenhuis, maar ik denk dat we beter eerst de dokter kunnen bellen. Het nummer zit in mijn tas. De telefoon staat beneden.'

Dan gaf Naomi haar tas aan en ze haalde er een velletje papier uit met een telefoonnummer. Maar toen hij het van haar wilde aanpakken, sloeg ze dubbel van een volgende wee. 'Zeg tegen hem,' zei ze hijgend, 'dat ze ongeveer om het kwartier komen, en vraag of we moeten proberen naar het ziekenhuis te gaan.'

Dan griste het papier uit haar hand en holde naar de deur. 'Ik ben zo terug,' beloofde hij. Hij rende naar beneden, want hij had een telefoon gezien achter de bar, maar daar aangekomen zag hij dat er een metalen hek voor de bar zat. Het zat op slot, waardoor hij niet bij de telefoon kon komen.

'Verdorie!' Hij rende weer naar boven, naar een deur met een bordje *Privé* aan het eind van de overloop, en begon er met beide vuisten op te bonzen. Eerst kwam er geen reactie, dus klopte hij nog eens aan en riep: 'Doe open! Doe alsjeblieft open!'

Even later ging de deur krakend open en tuurde de waard de overloop op. 'Wat is er?' vroeg hij nors. 'Het is al na middernacht, in vredesnaam!'

'Mijn vrouw,' riep Dan. 'De baby komt. Ik moet de dokter bellen.'

De waard draaide zich om en schreeuwde over zijn schouder: 'Jenny, ik heb je hier nodig, en snel!'

Al snel verscheen de waardin, in een oude ochtendjas en met haar haar in een slordige vlecht. 'Wat is er?' vroeg ze.

'Ik moet de dokter bellen,' zei Dan. 'Mijn vrouw gaat bevallen.'

'Oké.' Ze nam meteen de leiding. 'Jim, ga met hem naar beneden zodat hij kan bellen. Heb je het nummer?' Toen Dan knikte, zei ze: 'Goed, ga jij maar bellen, dan ga ik naar je vrouw toe.'

Toen Dan terugkeerde van de telefoon, zat Naomi in bed, knijpend in Jenny's handen, terwijl ze nog een wee wegpufte.

'Wat zei hij?' vroeg ze toen de pijn wegebde.

'De dokter is onderweg,' antwoordde Dan. 'Hij zegt dat je hier moet blijven.' Hij wendde zich tot Jenny. 'Dokter Phelps komt er zo aan, maar hij vroeg of we wat schone handdoeken konden klaarleggen en alvast water konden koken.'

'Natuurlijk.' Jenny stond op, en Dan nam haar plaats naast het bed in. Jenny stuurde Jim weg om water op te zetten en beneden te wachten om de dokter binnen te laten, terwijl zij handdoeken en een paar extra kussens uit een kast op de overloop ophaalde.

De weeën kwamen nu vaker, en Naomi kneep in Dans handen en kreunde van pijn.

'Het komt wel goed,' zei hij sussend. 'De dokter is onderweg, het komt wel goed.' Maar toen er nog een wee begon, vroeg hij zich af waar die dokter bleef.

Even later verscheen dokter Phelps bij de deur, en hij liep met zijn tas in zijn hand meteen door naar het bed. Jenny had intussen een opgevouwen handdoek onder Naomi geschoven en extra kussens achter haar rug gezet. Dan stond er ongerust bij totdat de arts tegen hem zei: 'Gaat u maar liever naar beneden. Maar vraag mevrouw Dow om boven te komen, wilt u?'

Dan bukte zich en kuste Naomi op haar wang. 'Ik ben beneden, meiske,' zei hij. 'Het komt wel goed nu de dokter er is.'

Opgelucht verliet hij de kamer. Hij had zich zo hulpeloos gevoeld bij Naomi's pijn. Hij kon er helemaal niets tegen doen, behalve haar hand vasthouden. Het was beter, dacht hij, om de dokter niet voor de voeten te lopen terwijl die deed wat hij moest doen.

Jenny Dow was al op weg naar boven. Ze glimlachte naar Dan en sloot gedecideerd de deur van de slaapkamer achter zich. Dan bleef nog even op de overloop staan, maar toen hij een kreet van Naomi hoorde, kon hij het niet meer aan en draafde snel naar beneden.

Jim en hij gingen aan de bar zitten en Jim schonk een glas brandy voor hen in. 'Dit is een moment voor een stevige borrel. Wij hebben een dochter, Gwen. Ze is nu acht, maar ik herinner me haar geboorte nog als de dag van gisteren.'

Het leek Dan een eeuwigheid te duren voordat Jenny naar beneden kwam om te melden dat alles goed ging, maar dat het nog een poosje kon duren, en was het niet ontzettend spannend, en o ja, vrolijk kerstfeest!

Jim ging terug naar bed, maar Dan bleef bij het nasmeulende haardvuur zitten en dommelde wat. Hij schrok wakker toen Jenny weer beneden verscheen en de verduisteringsgordijnen openrukte; het was ochtend.

'Gefeliciteerd, Dan,' zei ze met een vermoeide glimlach. 'Je hebt een zoon.'

'Een zoon,' herhaalde Dan. 'En Naomi? Hoe gaat het met Naomi?'

'Ze is moe, zoals te verwachten,' was het antwoord, 'maar verder maakt ze het goed. De dokter komt zo naar beneden, dan kun je bij ze gaan kijken. Ik ga thee zetten. Wil je ook?'

'Een zoon! We hebben een zoon!' zei Dan ademloos, want hij durfde het amper te geloven.

Ongeveer tien minuten later kwam dokter Phelps naar beneden. Hij liep vermoeid naar de bar en gaf Dan een hand. 'Gefeliciteerd,' zei hij. 'Uw zoon besloot iets eerder te komen dan verwacht, waardoor hij wat aan de kleine kant is, maar het komt wel goed.'

'Is mijn vrouw in orde?' vroeg Dan. 'Is alles goed met Naomi?'

'Ja, maar ze moet rusten. Ik stel voor dat u haar een kop thee gaat brengen, uw zoon bewondert, en ze dan allebei laat slapen.'

'Dank u wel, dokter,' zei Dan. 'Bedankt voor alles wat u hebt gedaan, dat u midden in de nacht hierheen bent gekomen en zo. Ik zou niet weten wat we zonder u hadden gemoeten.'

Jenny verscheen bij de deur met een dienblad vol theekopjes. Ze schonk er twee in voor Dan, en hij haastte zich ermee naar boven. Hij duwde de deur open en schuifelde naar binnen.

Naomi zat in bed, bleek maar stralend. Haar haar was geborsteld en in een paardenstaart gedaan, en ze begroette hem met een dolgelukkige glimlach. Naast haar, in een la van de kast, lag een bundeltje.

'Kijk, Danny,' fluisterde ze. 'Onze zoon. Is hij niet prachtig?'

Dan zette de thee neer en keek in de la. De kleine was gehuld in een witte doek waar alleen zijn hoofdje uitstak, met een klein vuistje tegen zijn mond gedrukt. Hij had een kuifje van donker haar dat rechtop op zijn hoofd stond. Dan begon te glimlachen. Nu geloofde hij pas echt dat hij vader was en dat dit kleine mensje zijn zoon was, zijn verantwoordelijkheid.

Hij bukte zich en kuste de baby heel zachtjes op zijn voorhoofd voordat hij naar het bed stapte om zijn geliefde vrouw in zijn armen te nemen.

'Voorzichtig,' waarschuwde ze. 'Ik ben een beetje beurs.'

'Sorry.' Hij schoof een stoel bij en ging naast het bed zitten.

Ze dronken hun thee en keken samen naar het wondertje dat hun zoon was.

'We hebben nog niet eens een naam voor hem,' zei Dan uiteindelijk. 'We hadden een naam moeten bedenken. Heb jij ideeën?'

'Ik wil hem graag Nicholas noemen,' zei Naomi.

'Nicholas,' herhaalde Dan. 'Oké, maar waarom Nicholas?'

'Zo heet dokter Phelps. Als hij niet zo snel was gekomen, hadden we nu misschien geen baby gehad.'

'Nicholas. Nicholas Federman. Dat is een goede naam.' Dan stapte naar de la toe en zei: 'Hallo, Nick, jochie.'

22

December 1940

'Hanau ligt in Duitsland. Ik heet Lisa Becker en ik kom uit Hanau. Ik ben hierheen gekomen met de trein.'

Even bleven de drie volwassenen zwijgend staan, stomverbaasd toen het belang van wat Charlotte zei tot hen doordrong. Ze wist weer wie ze was en waar ze vandaan kwam. Maar was dat het enige? Had ze slechts een paar flarden uit haar vroegere leven terug, of wist ze alles weer?

Charlottes gezicht betrok, en zonder nog een woord te zeggen draaide ze zich om en rende de kamer uit. Avril wilde achter haar aan gaan, maar de dominee legde zijn hand op haar arm, dus bleef ze staan en liet juffrouw Everard gaan.

Niets merkend van wat er gebeurde, speelden de Dawson-kinderen met hun nieuwe speelgoed. Paul had een voetbal gekregen, waarmee hij binnenshuis niet kon spelen, maar de meisjes hadden handpoppen – een hond en een kat – en David stelde voor dat ze poppenkast zouden spelen. Ze doken met een hoop gegiechel achter de bank.

Avril keek ongerust naar David. 'Wat denk je dat ze zich herinnert? Alles?'

David schudde zijn hoofd. 'Wie weet? Ze had het over die Harry, maar ik zou echt niet weten of dat positief of negatief is.'

'Zo te horen zijn ze met zo'n vluchtelingentrein gekomen, je weet wel, die Joodse kinderen hierheen brachten vanuit Duitsland.'

David knikte. 'Ja.'

'Als dat zo is, denk je dan dat juffrouw Everard wel de juiste persoon is om om te gaan met… nou ja, met wat dit dan ook is?' Avril dacht aan juffrouw Everards reactie toen ze had ontdekt dat Charlotte waarschijnlijk Duits was. Nu Charlotte haar geheugen terug had, in elk geval gedeeltelijk, en het erop leek dat ze inderdaad Duits was, hoe zou juffrouw Everard dan reageren?

'Ik weet het niet,' zei David, 'maar ik vind dat we het haar moeten laten proberen. Ze wonen nu al bijna zes weken bij elkaar en er lijkt een bepaalde verstandhouding tussen hen te zijn ontstaan. Ik denk dat het een omslagpunt is geweest voor juffrouw Everard dat ze nu niet meer alleen aan zichzelf hoeft te denken, maar ook aan Charlotte.'

'Ja, dat is waar,' zei een stem.

Ze draaiden zich allebei om toen juffrouw Everard de kamer weer in kwam. Ze had overduidelijk een deel van hun gesprek opgevangen. 'Als u ons wilt verontschuldigen, dominee, mevrouw Swanson, ik denk dat Charlotte en ik nu maar naar huis gaan. Nogmaals bedankt voor de uitnodiging. We hebben een heerlijke kerst gehad.'

'Zal ik met u meelopen naar huis?' bood de dominee aan. 'Ik kan wel een beetje frisse lucht gebruiken.'

Juffrouw Everard schudde haar hoofd. 'Nee, dank u. U hebt de andere kinderen hier. Wij redden ons wel.' Ze glimlachte kort en zei tegen Avril: 'U hoeft zich geen zorgen te maken om Charlotte, mevrouw Swanson, ik zorg wel voor haar.'

'Daar ben ik van overtuigd,' antwoordde Avril, 'maar als ik iets kan doen –'

'Dan zal ik niet aarzelen om het te vragen,' onderbrak juffrouw Everard haar. 'Beloofd.'

Avril liet hen uit en keek de twee na: Charlotte ineengedoken in haar jas en juffrouw Everard die zich aanpaste aan het tempo van haar pleegkind. Het begon te schemeren, en de lichtbundel van juffrouw Everards zaklantaarn danste voor hen uit.

Avril sloot de deur en keerde terug naar de zitkamer, waar David meedeed met de poppenkast en het kerstfeest doorging. De koning had gezegd dat iedereen zijn uiterste best moest doen om er een vrolijke dag van te maken voor kinderen overal, en de Swansons deden dat.

Toen de drie kinderen uiteindelijk in bed lagen, de meisjes met hun handpoppen en Paul met zijn armen om zijn nieuwe voetbal, kwam Avril weer naar beneden en liet zich in de leunstoel vallen.

'Wat een dag!' zei ze. 'Het lijkt wel een eeuwigheid geleden dat we vanochtend beneden kwamen en de kinderen in hun kerstkousen keken.'

David opende juffrouw Everards fles vlierbloesemwijn en schonk voor hen allebei een glas in. 'Proost, schat. Je hebt er een heel bijzondere kerst van gemaakt.' Ze namen allebei een slokje en David proestte. 'Hemeltjelief, wat heeft ze hierin gedaan?'

'Ik weet het niet, maar' – Avril nam nog een slokje en glimlachte – 'ik denk dat ik er wel aan kan wennen!' Ze zette haar glas neer. 'Ik heb nagedacht, David. Misschien moet ik Caro bellen en vertellen dat Charlotte weer weet hoe ze heet en waar ze vandaan komt. Wat denk jij?'

'Ik zou nog een paar dagen wachten, tot we wat meer weten,' antwoordde David, die het erop waagde en ook nog een slokje wijn nam.

'Maar nu ze haar naam weer weet, kan haar familie misschien worden opgespoord.'

'Zo te horen zit haar familie nog in Duitsland.'

'Ja, maar ze moet bij iemand hebben gewoond in Londen. Die mensen zullen wel verschrikkelijk ongerust om haar zijn. Misschien denken ze wel dat ze dood is.'

'Toch lijkt het me beter om nog even te wachten en te kijken wat ze zich nog meer herinnert,' zei David. 'We weten niet of ze haar hele geheugen al terug heeft. En misschien vindt ze het wel moeilijk om om te gaan met wat ze zich wel herinnert, vooral als het pijnlijk is.'

'Wat vind jij dan dat we moeten doen? We kunnen het niet allemaal aan juffrouw Everard overlaten. Charlotte heeft misschien specialistische hulp nodig; ik denk dat ze op z'n minst eens met dokter Masters zou moeten praten.'

'Je kunt een oogje op haar houden, schat,' zei David, 'maar ik denk niet dat je je ermee moet bemoeien.'

'Is het bemoeienis als ik het beste wil voor dat kind?' vroeg Avril vurig.

‘Rustig maar, schat. Ik bedoel alleen maar dat we het nog een paar dagen moeten aankijken, en dan nemen we contact op met Caroline en kijken of we met Charlottes echte naam meer over haar kunnen ontdekken. Wat ze in Londen deed. Wie die Peter Smith was; je weet wel, de man die ze tegelijk met haar vonden. En wat ze op straat deed tijdens een luchtaanval. Dat soort dingen.’

‘Maar hoe eerder we Caro bellen, hoe eerder we antwoorden kunnen gaan zoeken,’ drong Avril aan.

‘Schat, het is kerst, en morgen is het tweede kerstdag. Caro zal met de beste wil van de wereld niets kunnen doen tot na de feestdagen. Laten we dus gewoon nog even afwachten.’

‘Je zult wel gelijk hebben,’ verzuchtte Avril. Ze wilde niet kibbelen met David nu ze eindelijk een paar uurtjes voor zichzelf hadden. Hij vulde hun glazen bij en ze dronken nog wat wijn voordat ze naar bed gingen.

Bij de kamer van de kinderen keek Avril nog even naar binnen, zoals ze altijd deed. De meisjes waren diep in slaap, met hun hoofd onder de dekens, en Paul lag op zijn rug, nog steeds met zijn voetbal in zijn armen. Avril bleef even glimlachend bij de deur staan, maar die glimlach vervaagde toen ze zich omdraaide. Ze vroeg zich af of Charlotte kon slapen of dat ze wakker lag, overspoeld door herinneringen.

Toen juffrouw Edie vanuit de zitkamer van de pastorie achter haar aan was gekomen, had Charlotte op de trap gezeten, haar hele lichaam schokkend terwijl de tranen haar over de wangen stroomden. Hanau. Mutti, papa en Martin. Het was allemaal ineens bij haar teruggekomen. Haar geliefde familie, in de val in Duitsland en verdwenen. De brief met het stempel ‘vertrokken’.

Juffrouw Edie was naast haar komen zitten en had haar alleen maar vastgehouden. Geleidelijk aan waren de snikken afgenomen. Juffrouw Edie had haar een zakdoek gegeven en voor hen beiden afscheid genomen van het domineesechtpaar.

Ze waren zwijgend naar huis gelopen, ieder in hun eigen gedachten verzonken. Binnen had juffrouw Edie het vuurtje in de open haard aangestoken en in de keuken water opgezet. Charlotte was meteen naar haar kamer gegaan.

'Ik ga thee zetten,' riep juffrouw Edie naar boven. 'Kom maar beneden als je er klaar voor bent.'

Charlotte ging op haar bed liggen en staarde somber naar het plafond. Ze wist nu wie ze was, ze kende haar naam, ze herkende de mensen op de foto op haar nachtkastje. Juffrouw Morrison had hem voor haar ingelijst om bij haar bed te zetten, omdat het misschien een zetje voor haar geheugen zou zijn. Ze pakte de foto en bekeek hem. Daar waren ze allemaal: Mutti, papa en Martin, glimlachend naar de camera. Hoe had ze hen nou niet kunnen herkennen? Ze had duizend keer naar die foto gekeken zonder enige herinnering, en nu herkende ze hen meteen.

Ze had deze foto, maar er moesten toch ook brieven zijn? Ze herinnerde zich nu dat ze een brief van Mutti had gekregen met het nieuws dat het goed met hen ging en dat papa weer thuis was gekomen. Ze had teruggeschreven, maar die brief was retour gekomen. Haar brieven, waar waren die? Ze opende de la van haar nachtkastje en haalde alles eruit, maar er lagen geen brieven. Bekropen door paniek liep ze naar de kast in de hoek, waar ze de laden uit trok en ze omkieperde op de vloer. Kleren, ondergoed, sokken, zakdoeken, schoolboeken, potloden, een pen, een potje inkt, een liniaal; alles wat ze bezat lag op een hoop, terwijl ze panisch naar haar brieven zocht. Ze waren er niet. Bedroefd ging ze op haar bed zitten en hield de foto van haar familie vast. Waar konden haar ouders en broer zijn? Harry had gezegd dat ze niet meer zouden terugkomen. *Je moet nu je eigen leven vormgeven*, had hij gezegd, *dat heb ik ook op de harde manier geleerd.*

Harry. Ze bleef maar aan Harry denken. Hij kwam ook uit Hanau. Harry had gezegd dat hij bij haar in de trein had gezeten, maar zij had hem niet gezien. Hij had haar herkend, maar waar ook alweer? Op school. Maar waar was die school?

Charlotte hoorde juffrouw Edie roepen, maar ze ging niet naar beneden. Ze was er nog niet klaar voor om over haar familie te praten. Juffrouw Edie zou niet begrijpen hoe het was om geen idee te hebben wat er met hen was gebeurd. En dus bleef Charlotte op haar bed zitten met haar foto. Ze huilde niet; ze voelde zich verdord van binnen, een leeg omhulsel waar geen tranen meer in zaten.

Uiteindelijk werd er aan de deur geklopt en kwam juffrouw Edie binnen met een kop thee. Ze keek naar alles wat op de vloer lag, maar zei er niets van.

'Charlotte,' zei ze zachtjes. 'Hier, een kopje thee voor je. Je hebt iets nodig om warm te worden. Het is hier koud.' Ze zette de thee op het nachtkastje, kwam naast Charlotte op het bed zitten en pakte haar hand. Charlotte trok hem niet terug. Haar hand voelde ijzig toen juffrouw Edie erover wreef. 'Kom op, Charlotte, drink een beetje thee.' Ze gaf haar de thee aan en hield het schoteltje vast, terwijl Charlotte uit het kopje dronk.

'Ik heb de haard beneden aangestoken,' zei juffrouw Edie, 'dus het is nu lekker warm in de zitkamer. Waarom kom je niet naar beneden? We kunnen brood roosteren bij het vuur en ik heb een potje wilde appeljam van de bazaar.'

Charlotte antwoordde niet, maar toen juffrouw Edie haar zachtjes overeind trok, verzette ze zich ook niet. Met de foto nog in haar hand liet ze zich meeleiden naar de warmte van de zitkamer en in een leunstoel bij het vuur zetten. Juffrouw Edie had het brood en de jam al meegenomen uit de keuken. Ze pakte een vleesvork, spietste er een sneetje brood op en hield het boven het vuur.

Toen het brood begon te roosteren, zei ze: 'O, ik heb mijn thee in de keuken laten staan. Neem jij dit even over terwijl ik het ga halen?' Ze gaf Charlotte de vork en verliet de kamer.

Charlotte bleef in de vlammen zitten staren, dicht bij het vuur, waardoor haar wangen gloeiden. Waar zijn ze nu? vroeg ze zich af. Hoe gaat het met Martin op alweer een nieuwe plek, terwijl hij niets kan zien?

Ze had het niet in de gaten toen het brood vlam vatte, maar gelukkig had juffrouw Edie de brandlucht geroken en kwam ze net op tijd in de kamer terug om de vleesvork uit haar hand te grissen en het verbrande brood in het vuur te schudden.

'Straks brandt het huis nog af,' zei ze mild. Ze maakte nieuwe toast, smeerde er wat jam op, gaf een stuk aan Charlotte en begon zelf ook te eten. 'Ik had niet gedacht dat ik nog trek zou hebben na die heerlijke lunch,' zei ze kauwend. Charlotte reageerde niet, en juffrouw Edie liet de stilte nog even aanhouden voordat ze vroeg: 'Is dat je broer op die foto?'

Charlotte keek naar de foto op haar schoot. 'Martin,' zei ze. 'Hij is mijn broer en hij is blind.' Er viel weer een stilte, totdat ze zei: 'Ik kan mijn brieven niet vinden.'

'Je brieven?'

Charlotte legde het uit.

'Was dat wat je boven aan het zoeken was?'

'Ja, maar ze liggen er niet.'

'Ik geloof niet dat je brieven bij je had toen je hier aankwam,' zei juffrouw Edie. 'En niemand heeft er iets over gezegd. De foto die in je zak zat, was het enige wat je bij je had toen je werd gevonden.'

'Ik moet ze zijn verloren tijdens de luchtaanval,' zei Charlotte droevig.

'Waar was je toen je moeder je schreef? Toen je pas in Engeland woonde? Weet je dat nog? Je zei dat je met de trein was gekomen. Wie haalde je op in Londen?'

'Tante Naomi en oom Dan.'

'En waar woonden die, je oom en tante?'

'Ze waren niet echt mijn oom en tante. Ik heb niemand meer. De Gestapo nam papa mee en we moesten ons huis uit. We hebben een poosje bij mijn tante Trudi gewoond, maar toen vond Mutti een andere plek...' Haar stem stierf weg.

Na een poosje zei juffrouw Edie: 'En toen kwam je met de trein naar Engeland.'

'Ja, maar ik weet nog steeds niet wat er met mijn familie is gebeurd.' Charlottes stem kreeg een jammerende klank en ze keek juffrouw Edie bijna beschuldigend aan. 'Dat kunt u niet begrijpen. U weet niet hoe het is om je familie kwijt te raken en niet te weten waar ze zijn.'

Juffrouw Edie haalde diep adem en pakte Charlottes hand. 'Niet om mijn familie kwijt te raken, nee, dat weet ik niet. Maar ik weet wel hoe het is om iemand te verliezen van wie ik hield, terwijl ik niet wist of hij nog wel leefde. Me elke dag af te vragen of er nieuws over hem zou komen.'

Ze drukte Charlottes hand even tegen haar wang. 'In de oorlog, de vorige oorlog bedoel ik, kende ik een soldaat. Hij heette Herbert en we zouden gaan trouwen. Hij had verlof gehad, en op de dag dat hij terugging naar Frankrijk vroeg hij me ten huwelijk.' Ze hield nog steeds Charlottes hand vast en ging zachtjes door. 'Mijn ouders kenden Herbert nog niet. We kwamen elkaar tegen in Bristol toen ik daar ging helpen bij het Rode Kruis. Hij kwam uit Yorkshire, maar hij was gewond geraakt in Passchendaele en lag al een paar maanden in het ziekenhuis. Mijn ouders zouden hem te min voor me hebben gevonden, want hij was geen officier, alleen maar korporaal bij de infanterie.' Ze zweeg even.

'Wat is er met hem gebeurd?' vroeg Charlotte.

'Toen hij hersteld was, werd hij een paar maanden in het noorden gestationeerd en we schreven elkaar bijna elke dag, totdat ze hem terugstuurden naar Frankrijk. Hij kreeg eerst nog een week verlof, en kwam naar Somerset. Ik stelde hem voor aan mijn ouders. Ze waren heel beleefd tegen hem, maar we wisten allebei dat ze hem... ongeschikt vonden.' Juffrouw Edie sprak dat woord uit op een neerbuigende toon. 'Toen hij de trein nam in Bristol, ging ik mee om hem uit te zwaaien, en daar vroeg hij me ten huwelijk: in de wachtruimte op station Temple Meads.' Ze glimlachte droevig bij de herinnering. 'Hij had zelfs een ring voor me gekocht. En toen ging hij weer naar het front.'

'En hij is niet meer teruggekomen?' vroeg Charlotte zachtjes; haar eigen verdriet was vergeten terwijl ze meeging in dat van juffrouw Edie.

'Nee. Hij sneuvelde, in augustus 1918. Zo kort voor het eind van de oorlog. Er was een veldslag in de buurt van Amiens. Een groot offensief, zeiden ze. Australiërs en Canadezen die samen met de Britten en de Fransen de Duitsers terugdreven. Omdat hij geen familie had en mij als contactpersoon in zijn soldijboekje had genoteerd, kreeg ik het telegram.' Ze veegde snel een traan uit haar ogen. 'Zijn lichaam is nooit gevonden.'

'Hoe weet u dat hij dood is,' vroeg Charlotte, 'als ze hem nooit hebben gevonden?'

'Ze hebben duizenden mannen nooit teruggevonden,' antwoordde juffrouw Edie. 'Natuurlijk bleef ik hopen dat hij toch weer zou opduiken, levend en wel. Jarenlang heb ik gedacht dat hij misschien zomaar ineens weer op de stoep zou staan, maar natuurlijk is dat nooit gebeurd. Ik zal nooit weten wat hem die dag is overkomen. Ik heb geleerd ermee te leven. Ik had mijn ouders te verzorgen. Dat was moeilijk, want ik wist dat het voor hen een opluchting was dat hij was gesneuveld. Ik had mijn verplichting aan hen, maar tegelijkertijd haatte ik hen omdat ze blij waren dat hij dood was, mijn Herbert.'

'Toen ik Harry vertelde dat mijn familie weg was,' zei Charlotte, 'zei hij dat ik nu mijn eigen leven moest vormgeven.'

'Daar had hij gelijk in,' vond juffrouw Edie. 'Dat moet je ook doen. Ik had het ook moeten doen, in plaats van te blijven leven in een verleden vol spijt. Het enige wat ik nog van Herbert heb, is een foto die hij me stuurde toen hij tot sergeant was gepromoveerd.'

'En uw verlovingsring.'

'Die heb ik afgedaan.'

'O ja?'

'Op de dag dat ik dat telegram kreeg.'

'Waarom?' vroeg Charlotte.

'Herbert was niet rijk. Hij had een ring voor me gekocht die hij zich kon veroorloven, maar mijn ouders, nou, die... Ik deed hem af. Ik wilde niet dat ze op zijn ring neerkeken.'

'Ik wou dat ik mijn brieven had,' zei Charlotte.

'Je moet de hoop niet opgeven, Charlotte. "Vertrokken" betekent niet dat ze dood zijn. Het kan ook dat ze weer verhuisd zijn en dat degene die daar nu woont niet weet waarnaartoe.' Er viel een stilte en ze staarden allebei in het vuur alsof ze de gezichten van hun geliefden in de vlammen konden zien.

‘Vertel eens iets over je tante Naomi en oom Dan,’ zei juffrouw Edie.

‘Ik ging bij hen wonen toen ik naar Londen kwam. Op Kemble Street nummer vijfenzestig. Ze waren heel aardig.’

‘Hebben ze telefoon?’ vroeg juffrouw Edie.

Charlotte schudde haar hoofd.

‘Dan denk ik dat je ze gauw een brief moet schrijven om te vertellen waar je bent en wat er is gebeurd. Ze zullen zich wel ontzettende zorgen om je maken.’ Juffrouw Edie stond op en zette een scherm voor het bijna opgebrande vuur. ‘Maar nu denk ik dat we maar eens naar bed moeten gaan om te proberen wat te slapen.’ Ze glimlachte. ‘Ik weet dat je een paar droevige herinneringen hebt, Charlotte, maar nu weet je in elk geval wie je bent. Al met al een mooi kerstcadeau, lijkt me.’ Er leek haar nog iets te binnen te schieten. ‘Heb je liever dat we je nu Lisa gaan noemen?’

Charlotte dacht daar even over na en schudde haar hoofd. ‘Nee. In Wynsdown ben ik Charlotte.’

23

December 1940

Dan was van plan geweest twee nachten in Feneton te blijven, maar met de onverwachte geboorte van zijn zoon plakte hij er nog twee nachten aan vast.

Toen hij hun kamer boven de pub binnenkwam, had Naomi net kraambezoek gehad van Shirley, en ze vertelde haar man dat ze geen huis meer had.

'Hoezo?' vroeg Dan verbaasd.

'Volgens Shirley vindt Maud dat ik niet meer bij haar kan wonen nu de baby er is,' zei Naomi. 'Dat verbaasde me trouwens niets; ik had het al half verwacht. Ik vond het niet zo'n probleem om een kamer te delen met Shirley, hoewel ze zo slordig is dat ik er af en toe gek van werd, maar met drie personen op dat kleine slaapkamertje zou het een hopeloze toestand worden. Eigenlijk ben ik wel blij,' ging ze door. 'We begonnen elkaar al een beetje op de zenuwen te werken. Ik denk dat we beter terug kunnen gaan naar Londen, met jou mee.'

Dan keek naar Nicholas, die aan de borst van zijn moeder lag, en schudde zijn hoofd. 'Nee,' zei hij beslist. 'Het zou waanzin zijn om zo'n jonge baby weg te halen van de betrekkelijke veiligheid van een dorp in Suffolk en mee terug te nemen naar de verschrikkingen van Londen. Dat risico gaan we niet nemen. We zoeken hier wel iets anders. Er zijn vast gezinnen die een kamer over hebben en wat extra geld kunnen gebruiken. Ik vraag het wel aan Jenny, zij weet misschien iemand.' Hij grijnsde geruststellend naar Naomi. 'Niet piekeren, meiske, we vinden wel iets voor jou en de kleine Nick.'

Hij liep naar beneden en ging op zoek naar Jenny.

Toen hij de situatie had uitgelegd, glimlachte Jenny. 'Ik vroeg me al af hoe ze dat allemaal wilde doen, en ik heb het er al over gehad met Jim. We hebben nu niet veel gasten, dus we dachten dat Naomi en Nicholas misschien hier zouden willen blijven, bij ons. Ze kan een paar kamers krijgen, en als ze weer op de been is, kan ze helpen in de bar. Ik weet dat ze wel eens bakte voor het café verderop, dus als ze hier ook in de keuken wil helpen, des te beter.'

'Hoeveel huur zou je vragen?' vroeg Dan. Het leek hem de perfecte oplossing, maar waarschijnlijk zou het duurder zijn dan de kamer bij Maud.

'Je luistert niet, Dan,' zei Jenny lachend. 'Ik bied Naomi en de baby kost en inwoning in ruil voor haar hulp in de pub. Het is hier 's avonds druk, met die RAF-basis slechts vijftien kilometer verderop, dus ik kan wel een extra paar handen gebruiken. Als Naomi hier in de bar werkt, weet ze dat Nicholas veilig boven ligt te slapen. En als ze hem moet voeden, hoeft ze alleen maar even de trap op te lopen.' Ze hield haar hoofd schuin. 'Wat denk je ervan?'

'Ik vind het een geniaal idee,' zei Dan, 'en ik weet zeker dat Naomi het ermee eens is.'

'Mooi zo,' zei Jenny. 'Ga het haar vertellen, kijken wat ze zegt.'

Zo werd het afgesproken. Naomi kon haar kamer houden en de eerste twee weken, waarin ze herstelde van de bevalling, zou Dan Jenny hetzelfde betalen als wat ze Maud hadden betaald. Daarna zou Naomi zelf kost en inwoning verdienen en kon het geld dat ze anders aan Maud hadden betaald worden gebruikt voor Nicholas.

'Je bent wel met je neus in de boter gevallen,' zei Shirley toen ze het haar vertelden. 'Betekent dat dat je niet meer voor mevrouw Grant gaat werken?'

'Dat hangt ervan af wanneer Jenny me nodig heeft,' antwoordde Naomi. 'Als ik tijd over heb, wil ik best voor het café bakken, maar dat weet ik pas als het allemaal loopt. Ik ga wel even bij mevrouw Grant langs als ik weer op de been ben. Dokter Phelps zegt dat ik nog een week rust moet houden.'

Nadat alles geregeld was, ging Dan op zondagochtend terug naar Londen.

'Ik kan het me niet veroorloven om nog langer niet te werken,' zei hij. 'Ik moet met de taxi op pad.' Hij bukte zich en kuste haar vurig op de mond. 'Pas goed op jezelf en de kleine,' zei hij bars. 'Ik kan je hier bellen, want Jenny heeft me het nummer gegeven.' Toen haastte hij zich de kamer uit, voordat de aanblik van zijn vrouw en slapende zoon hem de moed zou doen verliezen.

Hij kwam laat in de middag terug in een koud huis in Kemble Street. Hij smeerde een boterham om mee te nemen en ging meteen weer naar zijn brandweercollega's. Terwijl de duisternis inviel, liep hij door de ijzige straten, denkend aan Naomi en Nicholas in hun warme kamer in de Feneton Arms. Hij glimlachte. Zij waren veilig.

Hij meldde zich bij John Anderson en ging naar Arthur toe.

'Het was rustig met de kerst,' zei Arthur, terwijl ze de ijzeren brandtrap naar het dak van het verfpakhuis beklommen. 'Ging het goed met je vrouw? We hadden je eergisteren al weer terug verwacht.'

'Het gaat heel goed,' zei Dan. 'We hebben een zoon! Geboren op kerstochtend.'

'Maar ze was toch nog niet uitgerekend?' vroeg Arthur.

'Nee,' zei Dan grijnzend. 'Maar de kleine Nicholas dacht daar anders over!'

'Nicholas. Mooie naam. Gefeliciteerd, Dan, je zult wel een heel trotse vader zijn. Blijven zij daar?'

'Ja.' Dan wilde net uitleggen hoe alles was geregeld toen de sirenes begonnen te janken. Ze haastten zich de laatste twee trappen op, en op het dak zagen ze de uitbarsting van luchtafweergeschut verder naar het zuiden en oosten. Ze hoorden het gedreun van de naderende vliegtuigen al: een luide, kwade zwerm aan de hemel. Bommen ontploften links en rechts in de stad, maar de nog verwoestendere brandbommen begonnen ook met honderden tegelijk uit de nachtlucht te komen. Op de donkere straten beneden zagen ze aan alle kanten branden uitbreken; oplaaiende vlammen die sneller om zich heen grepen dan de brandweerlieden ze konden doven.

Een tweede golf bommenwerpers vloog met brullende motoren over. Een brandbom kwam tollend omlaag en belandde met een felle flits op het dak van het pakhuis. Even dook zowel Arthur als Dan weg, maar toen renden ze naar de sissende bom toe, die met helwitte vonken aan zijn dodelijke werk begon. De twee mannen grepen zandzakken van de stapel die op het dak klaarlag. Arthur sneed de zakken open met zijn mes en goot zand op het ontluikende vuur. Dan greep een schep en begon het losse zand op de nu nog kleine vlammen te scheppen. Arthur bleef zakken aanslepen, en toen het vuur geen zuurstof meer kreeg en begon te doven, gooiden ze nog meer zand bovenop, tot ze zeker wisten dat de bom onschadelijk was. Ze waren nog niet eens helemaal klaar met de eerste brandbom toen er een tweede aan de andere kant van het dak viel, gevolgd door een derde bijna boven op de eerste.

'Tering!' riep Arthur. 'Neem jij die, Dan. Ik doe deze.'

Dan rende naar de andere hoek en sleepte een zandzak mee. De bom siste al met een intense hitte waarvan het loden dak van het pakhuis schroeide. Hij gooide zand op het vuur en ging terug om nog meer te halen. Het was niet voldoende. Hij kon het niet snel genoeg smoren, en het brandde nu fel. Terwijl hij terug rende voor meer zandzakken zag hij dat Arthur ook als een gek zand op zijn bom stond te scheppen. Dan greep nog een zak en keerde terug naar de derde bom, maar ondanks zijn inspanningen wist hij dat hij deze brand onmogelijk kon blussen.

'Arthur!' brulde hij om het aanhoudende gedreun van de vliegtuigmotoren te overstemmen. 'Arthur, help!'

Arthur had zijn brand weten te doven onder een hoop zand, maar zelfs samen kregen ze de derde brand niet geblust, en nog terwijl ze het moedig bleven proberen, viel er weer een bom langs hen heen, die op straat belandde.

'We moeten naar beneden!' riep Arthur. 'Kom op, hier kunnen we niks meer doen.' Hij greep Dan bij zijn arm en trok hem mee naar de brandtrap. Dan verzette zich nog even en staarde naar het uitslaande vuur aan de andere kant van het dak. Ze hadden gefaald. Het dak stond in brand, en straks ging het hele pakhuis mee.

'Dan! Kom op!' schreeuwde Arthur, terwijl hij naar de ijzeren ladder rende en over de rand verdween. Na nog een laatste blik op het inferno dat om zich heen sloeg, volgde Dan, met wangen die rood waren van de hitte van het vuur en longen die prikten van de hete rook.

Ze klommen zo snel mogelijk de trap af. Op de grond zagen ze hun hele eenheid vechten tegen brandjes, terwijl er aan alle kanten steeds meer oplaaiden.

'Brand op het dak van het pakhuis,' meldden ze bij John Anderson. 'Drie bommen tegelijk.'

'Te groot voor ons,' besloot John, die de telefoon al pakte. 'Ik bel de brandweer, kijken of zij het nog kunnen redden. Gaan jullie de straat maar op. Er zijn overal brandjes.'

Dan en Arthur verlieten de post en liepen de nacht in. De hemel was niet langer donker, maar vurig rood en oranje. De bommenwerpers bleven komen, de ene golf na de andere, vliegend over de rivier om de haven en de stad te bestoken. Het was zondagavond, dus de gebouwen in het zakendistrict waren grotendeels verlaten, en bij slechts een paar stonden de vaste spotters op de uitkijk. De twee mannen sloten zich aan bij een ander team en bestreden de ene brand na de andere. Soms kwamen ze een bom tegen die nog niet was ontploft, soms moesten ze water pompen op bommen die al waren ontbrand, slepen met zandzakken, zand scheppen. Blusboten op de Theems pompten water uit de rivier de stad in, maar het peil stond laag en de te geringe waterdruk belemmerde de aanhoudende en steeds wanhopigere pogingen om de stad van de verzengende vuurstorm te redden.

Toen uiteindelijk het sein veilig kwam, leek heel Londen in lichterlaaie te staan. De brandbestrijders kregen geen respijt, terwijl ze probeerden huizen, werven, pakhuizen, fabrieken en een paar van de mooie historische gebouwen van Londen te redden. Honderden brandweerlui riskeerden hun leven in een poging het inferno onder controle te krijgen. Tegen de tijd dat John Anderson hen naar huis stuurde, was Dan totaal uitgeput. Arthur en hij hadden allebei prikkende ogen, hun longen zaten vol met de rook die door de lucht wervelde en hun benen konden hen amper nog dragen.

'Slapen,' beval John. 'Kom terug als je hebt gepit. Wij gaan nog wel even door. We laten die smeerlappen niet winnen.'

Dan sleepte zich naar huis. Overal was verwoesting te zien. De ruïnes van gebouwen, sommige ingestort, sommige nog half overeind en als zwartgeblakerde omhulsels afgetekend tegen de gloeiende hemel, waren bewijs van de felheid van deze aanval. Kantoren, fabrieken, kerken, huizen: allemaal bestookt om angst en ellende te zaaien en het moreel van de Londenaren te ondermijnen.

Toen Dan Kemble Street in liep, bleef hij abrupt staan. Eén hele kant van de straat, zíjn kant, was vrijwel totaal vernietigd. De huizen stonden er nog, maar er had brand doorheen geraasd. Zwarte muren, kapotte daken, de punt van een schoorsteen, verbrokkelende bakstenen: dat was alles wat er nog restte van de vijf huizen in hun rij. Er liepen niet veel mensen rond; de meesten zouden de nacht wel hebben doorgebracht in de schuilkelder in Hope Street. Als ze terugkwamen, zouden ze ontdekken dat hun huizen weg waren.

Met lood in zijn schoenen liep Dan de straat door naar de restanten van nummer vijfenzestig. Gelukkig had hij geweigerd Naomi naar huis te laten komen, dacht hij terwijl hij naar de zwartgeblakerde muren keek. Hij staarde naar de overblijfselen van het huis waarin hij was geboren. De brand moest er heel snel doorheen zijn geraasd. Het dak was weg, de ramen stonden zonder glas in beroete muren. Alles binnen was verbrand. Rook dreef nog omhoog in de vroege ochtendlucht en sloot zich aan bij de rook van de tweede Grote Brand van Londen. Alles wat Dan bezat, had in dat huis gelegen. Hij had alleen nog de kleren die hij droeg, het geld in zijn zak en zijn taxi die onder de spoorbrug stond. Behalve, dacht hij ellendig, als die ook is ingestort. Wat was er nog over? De brandweerlieden hadden hun werk gedaan en waren verder getrokken. Het vuur was uit, maar ze hadden weinig kunnen redden.

Dan was zo moe dat hij amper kon bevatten wat hij zag; hij kon er alleen maar aan denken dat Naomi en Nicholas veilig waren. Hij had geen thuis meer, maar hij had in elk geval nog een gezin. Die gedachte gaf hem plotseling weer energie, en hij deed iets wat hij ieder ander dringend zou afraden en wat tegen alle regels in ging. Na een snelle blik om zich heen om te kijken of niemand hem gadesloeg, liep hij naar wat tot de vorige avond zijn voordeur was geweest. De deur was weg en er zat alleen nog een gapend gat. Behoedzaam stapte hij over de drempel.

Binnen hing een zure, vochtige lucht. Hij schuifelde door de gang naar de keuken aan de achterkant. Er lag natte as op de vloer, zwart en plakkerig. In de keuken stonden nog de resten van de paar meubelstukken die ze hadden gehad. Achter in de hoek was de kelderdeur. Die was ook zwart, maar de brandweer moest zijn aangekomen voordat ook die was verteerd door de vlammen. Dan legde zijn hand op de klink en trok eraan. De deur viel naar hem toe en kletterde in de as op de vloer. Hoestend maar vastberaden stapte Dan naar de keldertrap en tuurde het donker in. Bij het weinige licht dat vanuit de keuken binnenkwam, zag hij dat het vuur de schuilkelder die hij voor de bescherming van zijn gezin had ingericht niet had bereikt. Hij schuifelde het trapje af. De matras lag nog op de vloer en de oude leunstoel stond nog in de hoek.

Dan kon voorlopig nergens anders naartoe, dus sleepte hij zich de laatste paar treden af en ging op de matras liggen. Hij sliep binnen een paar seconden, en pas toen het geroep van stemmen hem wekte, kroop hij uit zijn ondergrondse schuilplaats tevoorschijn.

Hij wankelde de straat op en zag een ploeg mannen alle huizen langsgaan om aan te tekenen wat ermee moest gebeuren.

'Hé, kerel!' riep een man met een klembord hem toe. 'Wat deed je daar, verdorie?'

'Dat is mijn huis,' antwoordde Dan.

'Maar wat doe je daar nu nog? Weet je niet hoe gevaarlijk dat is? In vredesnaam, het zijn mensen zoals jij die mensen zoals wij in gevaar brengen. Jullie gaan onveilige gebouwen in, en wij moeten naar binnen om jullie er weer uit te halen.' Hij schudde woedend zijn hoofd. 'Waar heb je vannacht gezeten?'

'Buiten. Branden blussen,' snauwde Dan. 'Jammer dat niemand deze heeft geblust!'

'Nou, hier kun je niet blijven. Je kunt beter naar het opvangcentrum gaan en kijken of zij een plekje voor je hebben om te pitten,' zei de man. 'Dit hier zullen ze binnenkort wel tegen de vlakte gooien. Te gevaarlijk om te laten staan.' Hij zag het afgrijzen op Dans gezicht niet terwijl hij een aantekening op zijn klembord maakte. Toen keek hij weer op. 'Ga niet terug naar binnen, oké? Te gevaarlijk.' Na die waarschuwing liepen hij en zijn mannen door.

Dan keek hen na totdat ze uit het zicht waren verdwenen en ging terug naar huis. Het mocht dan uitgebrand zijn, maar het was nog steeds zijn huis. Hij nam niet het risico om boven te gaan kijken; de trap was trouwens toch weg, en de verkoolde stompjes die er nog zaten, waren te broos om te beklimmen. Hij keek de voorkamer in. Daar was ook niets meer te redden. In de keuken vond hij het blikje met spaargeld in de verstopplaats onder het fornuis. Er zat een rolletje bankbiljetten in, zorgvuldig gespaard en verborgen door Naomi; ze hadden geen van beiden vertrouwen in banken. Nu had hij in elk geval een beetje geld om van rond te komen. Hij was niet van plan om naar het opvangcentrum te gaan; nog niet. Dan zou niet weten waarom hij niet hier kon slapen totdat hij iets beters vond. Hij kon de kelder niet afsluiten, maar al zou hier iemand proberen binnen te komen, er lag toch niets wat het stelen waard was.

Dan stopte het geld in zijn zak en ging op zoek naar een werkende telefooncel. Hoezeer hij er ook tegen opzag, hij moest Naomi vertellen wat er met hun huis was gebeurd.

24

December 1940

Toen Charlotte op tweede kerstdag wakker werd en de verduisteringsgordijnen voor het raam opende, zag ze dat het sneeuwde. Grote witte vlokken dwarrelden zachtjes omlaag en legden een glad wit tapijt over de velden. De heg aan het eind van de tuin begon zijn hoekigheid al te verliezen en te veranderen in een van de vele besneeuwde bobbels, en in de verte waren de bossen niets meer dan een dichter wit tegen de loodgrijze hemel.

Charlotte huiverde, liet de gordijnen open en kroop weer in bed. Terwijl ze lag te kijken naar de vallende sneeuw, dacht ze aan de vorige dag, die in twee afzonderlijke delen was gehakt: voordat haar geheugen terugkeerde en erna. Ervoor had ze genoten van een blije, vredige kerst met cadeaus, de kerkdienst en een lunch. De hartelijke ontvangst in de pastorie had haar omringd met een gloed van geluk. Ze had zich geen andere kerstfeesten herinnerd, en dus had de dag een geheel eigen magie gekregen.

Daarna, toen de poorten van haar geheugen zich openden en haar herinneringen kwamen binnenstromen, had ze zich ellendig gevoeld bij de gedachte aan haar familie. Maar er was geleidelijk een gevoel van rust op gevolgd, toen ze bij het vuur zat met juffrouw Edie en in het reine begon te komen met wat er was gebeurd. Ze moest het al hebben geweten, van haar ouders en Martin, voordat ze haar geheugen was kwijtgeraakt. Toen al moest ze de mogelijkheid hebben leren accepteren dat ze hen kwijt was, dus zou ze dat nu weer moeten kunnen.

Ze herinnerde zich tante Naomi en oom Dan en Kemble Street, een huis dat haar toevlucht en thuis was geworden. Ze herinnerde zich het geduld van tante Naomi en oom Dan terwijl zij wende aan het leven in Engeland, hun genegenheid, en dat zij in dat jaar ook van hen was gaan houden. Waar waren ze nu? Nog in Kemble Street? En waar dachten ze dat zij was?

En dan was Harry er nog. Wat was er met hem gebeurd? Het laatste wat ze zich herinnerde, was dat ze met hem had afgesproken in het park. Die dag zouden ze weer naar het westen gaan, en hij had beloofd haar te trakteren op iets te eten in een echt café. Ze herinnerde zich dat ze het park in was gegaan en dat Harry had zitten wachten in de septemberzon. Ze moest toen de ketting hebben gedragen die ze van hem had gekregen, want die had ze nog. Had hij dat gezien? Maar hoe ze haar best ook deed, ze kon zich van de tussentijd niets meer herinneren, alleen nog dat ze was bijgekomen in het ziekenhuis.

Zijn we de stad in gegaan? vroeg ze zich af. Heb ik met Harry in een café gegeten? Waar zijn we nog meer geweest, en waarom waren we niet samen toen de luchtaanval begon? Waarom is Harry niet bij mij gevonden?

Denkend aan het advies van de verpleegster om niet al te geforceerd te proberen haar herinneringen terug te krijgen, begon Charlotte te denken aan de vorige avond. Dat juffrouw Edie haar over Herbert had verteld, hoe hij vermist was geraakt en dat ze nooit had ontdekt wat er precies met hem was gebeurd. Het was een heel droevig verhaal, maar Charlotte besefte dat het ook een waarschuwing was: laat het verlies van geliefden niet de rest van je leven verpesten. Rouw om ze, denk met liefde aan hen terug en stop ze dan geleidelijk aan in een geheim kistje in je hoofd en ga door met je leven. Maar hoe wijs die woorden ook waren, voor Charlotte was het nog te vroeg. De pijn van haar verlies zou nog een hele poos bij haar blijven.

De sneeuw begon een laag te vormen op het raamkozijn en het vreemde witte licht deed haar kamer nog kouder lijken. Charlotte schoof uit bed en kleedde zich zo snel mogelijk aan. Alles wat ze de vorige dag uit de kasten had gehaald, lag nog op de vloer.

Kon ik mijn brieven maar vinden, dacht ze droevig, terwijl ze naar de rommel keek die ze had gemaakt. Zuchtend begon ze haar kleren op te rapen en ze nog eens te controleren, voor het geval dat ze iets had gemist, en toen legde ze alles opgevouwen weer in de laden. Ze schudde haar schoolboeken uit om zeker te weten dat er niets tussen de bladzijden zat, maar tegen de tijd dat ze alles weer op orde had, moest ze aanvaarden dat de brieven hier niet waren.

Ze hoorde juffrouw Edie beneden rondlopen, sloot haar slaapkamerdeur achter zich en ging de trap af.

'Hallo, lieverd,' zei juffrouw Edie toen ze de keuken in kwam. 'Heb je kunnen slapen?' Juffrouw Edie had haar nog nooit lieverd genoemd, en ze waren allebei een beetje verbaasd. De vertrouwelijkheid van de vorige avond had haar veranderd; hen allebei.

Charlotte glimlachte. 'Ja, dank u,' antwoordde ze.

'Mooi zo. Wat zou je willen eten? Toast met gepocheerd ei?'

Charlotte keek toe terwijl juffrouw Edie twee eieren in de pan liet glijden.

'Hou een oogje op de toast, wil je?' zei juffrouw Edie, terwijl ze twee boterhammen onder de grill legde.

Ze maakten samen het ontbijt klaar en gingen aan tafel zitten.

'Ik heb zitten denken,' zei juffrouw Edie, terwijl ze thee voor hen inschonk. 'Het is misschien een goed idee als je opschrijft wat je je herinnert, zodat we zo veel mogelijk over je weten. Wat denk je ervan?'

Charlotte was het ermee eens. Als ze dat deed, kwamen de uren die ze nog miste misschien ook terug. Na het ontbijt ging ze aan de keukentafel zitten met een leeg vel papier en ze begon te schrijven.

Lieselotte Becker. Geboren in Hanau op 11 juni 1926.
Mijn ouders: Franz en Marta Becker.
Papa is dokter. Mutti is huisvrouw en past op mij en mijn broer Martin.
Martin is twee jaar ouder dan ik en hij is blind.
We woonden op Waldstrasse 9 in Hanau, waar papa zijn praktijk had. Hij werd gearresteerd, en wij werden op straat gezet.

We gingen eerst naar tante Trudi, en toen vond Mutti een flat voor ons.
Ik ben met de trein naar Engeland gekomen in juli 1939.
Ik ging naar tante Naomi en oom Dan, de Federmans, en we woonden op Kemble Street 65. Ze waren heel aardig. Oom Dan is taxichauffeur. Tante Naomi maakt uniformen voor soldaten.
Ik ging naar de Francis Drake-school. Mijn vrienden daar waren Harry Black en Hilda Lang.
Harry komt ook uit Hanau en woont in een hostel. Hij is van school gegaan en werkt voor een man op de markt.
Hilda's moeder is Duits, dus Hilda spreekt Duits en Engels. Zij hebben me geholpen Engels te leren. Ze wonen in Grove Avenue.

Ze stopte en keek even op, kauwend op haar potlood. Wat kon ze nog meer schrijven? Ze dacht aan de brief van Mutti. Haar moeder had geschreven dat papa thuis was gekomen, maar dat hij niet gezond was. Ze zei dat ze naar hen kon schrijven via neef Nikolaus in Zürich.

Mijn ouders wilden proberen naar Zwitserland te gaan, naar papa's neef Nikolaus. Mutti had zijn adres voor me opgeschreven, maar ik weet niet waar dat nu is.

'Dat is uitstekend,' zei juffrouw Edie toen ze over haar schouder kwam kijken. 'Kun je iets schrijven over die laatste dag, met die luchtaanval? Weet je nog waarom je toen buiten was?'

'Een beetje,' zei Charlotte. 'Harry en ik zouden naar het westen gaan. We hadden afgesproken in het park. Het was warm en zonnig.'

'En zijn jullie gegaan?'

Charlotte haalde haar schouders op. 'Dat moet wel.'

'Met de metro?' opperde juffrouw Edie.

'Nee,' antwoordde Charlotte meteen. 'Ik ga nooit onder de grond!'

Juffrouw Edie knikte alleen en zei: 'Met de bus dan.'

Charlotte haalde haar schouders weer op. 'Ik denk het.'

'Wat deed je toen je daar was?'

Het was één vraag te veel, en Charlotte snauwde: 'Ja, dat weet ik toch niet?'

Op dat moment werd er op de achterdeur geklopt, en toen juffrouw Edie hem opende, stond Billy Shepherd daar, met een jas vol sneeuw en zijn pet als een platte pannenkoek op zijn hoofd.

'Billy!' riep ze verbaasd uit. 'Wat doe jij hier?' Maar ze voegde er meteen aan toe: 'Kom maar gauw binnen.'

'Ik zit onder de sneeuw, juffrouw Everard.'

'Dat maakt niet uit. Kom binnen voordat je doodvriest en alle warmte naar buiten ontsnapt!'

Billy stampte op de mat, trok zijn laarzen uit en hing zijn jas en pet aan een haak.

Charlotte lachte breed naar hem. 'Hoi, Billy!'

'Hoe gaat het, Char? Vrolijk kerstfeest.'

Charlotte keek van Billy naar juffrouw Everard en weer terug voordat ze zei: 'Vrolijk kerstfeest, Billy... maar kerst was gisteren.'

Billy lachte. 'Het is vandaag tweede kerstdag, suffie. Dat is ook een feestdag. We vroegen ons af of je op de boerderij wilde komen eten.' Hij keek een beetje onzeker naar juffrouw Everard. 'Jullie allebei, natuurlijk. Ma zegt dat jullie meer dan welkom zijn. Ik weet dat er nogal wat sneeuw ligt,' ging hij snel door, 'maar het sneeuwt niet meer, en ik loop met jullie mee en breng jullie ook weer naar huis.'

Charlotte richtte een hoopvolle blik op juffrouw Edie, die zei: 'Wat aardig, Billy. Ik weet zeker dat Charlotte graag zou komen, maar ik vrees dat ik niet kan. Bedank je moeder hartelijk voor me, maar ik heb hier nog wat dingen te doen voordat ik morgen weer naar mijn werk ga.' Ze keek glimlachend naar Charlottes gretige gezicht. 'Ga jij maar met Billy mee, maar zorg ervoor dat je voor het donker weer thuis bent. Ik wil niet dat jullie door het donker en de sneeuw gaan lopen dwalen. Ga eerst boven wat warmere kleren aantrekken, dan zoek ik laarzen voor je.'

Toen Charlotte en Billy weg waren, ging Edith zitten en schonk het laatste restje thee uit de pot. Een dagje op Charing Farm was precies de afleiding die Charlotte nodig had, dacht ze. Dan zou ze geen tijd hebben om over haar herinneringen te piekeren.

Edith las nog eens wat Charlotte had geschreven, vouwde het vel papier op en stopte het in haar zak. Daarna trok ze haar jas aan en liep naar de pastorie. Het sneeuwde inderdaad niet meer. Een waterig zonnetje filterde door de wolken en tekende fonkelende diamantjes op de gevallen sneeuw. Er stonden al voetsporen op het landweggetje, en op het dorpsplein was een groep kinderen, met rode neuzen van de kou, een sneeuwpop aan het maken. Onder hen waren de Dawson-kinderen en de twee jongens die nu bij de Bellingers woonden. Er werd gelachen en geschreeuwd, en de oudste twee jongens begonnen elkaar te bekogelen met sneeuwballen. Toen Edith door het hekje bij de pastorie liep, vloog er een sneeuwbal langs haar heen. Ze draaide zich om en keek kwaad naar de jongens, maar toen, tot hun verbazing en die van haarzelf, bukte ze zich plotseling, greep een handvol sneeuw en gooide een sneeuwbal terug. De jongens renden gillend van het lachen weg en Edith liep door naar het huis.

Avril had haar blijkbaar gezien vanuit het raam, want ze stond al bij de voordeur toen Edith de veiligheid van de veranda in dook. 'Juffrouw Everard!' riep ze. 'Die ondeugende jongens! Bent u nat geworden? Kom gauw binnen!'

'Ze hebben me niet geraakt,' zei Edith lachend, blij dat ze geen sneeuw in haar kraag had gekregen.

Avril pakte haar jas aan en leidde haar de keuken in. 'Ga toch zitten.' Ze gebaarde naar een stoel bij het vuur, en Edith nam plaats. 'Wilt u iets drinken? Thee?'

'Nee, dank u,' zei Edith. Avril ging zitten en keek haar verwachtingsvol aan. 'Charlotte is naar de Shepherds voor de lunch, dus wilde ik van de kans gebruikmaken om u even bij te praten.' Ze haalde het vel papier uit haar zak en overhandigde het aan de domineesvrouw.

Avril las het snel en keek op. 'Dit is alles wat ze zich herinnert?'

'Ik heb haar nog een paar vragen gesteld, maar ik geloof dat dit tot nu toe alles is. De rest zal waarschijnlijk ook wel snel terugkomen. Mogelijk onderdrukken haar hersenen nog dingen. Maar ik dacht dat u misschien contact kon opnemen met uw zus, kijken of zij die pleegouders kan vinden, de Federmans, om ze te laten weten waar Charlotte is en dat het goed met haar gaat.'

'Ja, inderdaad,' beaamde Avril. 'Caroline kan ze vast vinden nu we een adres hebben. Ik heb geen idee waar Kemble Street is, maar Caro zal het wel weten of erachter kunnen komen.'

'Ik heb tegen Charlotte gezegd dat ze meteen naar hen moest schrijven,' vertelde Edith, 'om die mensen gerust te stellen, maar dat heeft ze nog niet gedaan. Ik heb haar niet onder druk gezet; ze moet het maar doen als ze er zelf klaar voor is.'

Stel dat die pleegouders wilden dat Charlotte bij hen terugkwam? Edith wilde haar niet kwijt, net nu ze eraan begon te wennen om haar leven te delen met iemand die haar nodig had.

Ze sprak haar angsten uit: 'U denkt toch niet dat ze zullen vragen of Charlotte kan terugkomen naar Londen, hè?'

'Dat lijkt me niet,' antwoordde Avril geruststellend. 'Het is veel gevaarlijker voor haar in Londen dan hier.'

'Ja, dat dacht ik ook.'

Op dat moment stapte de dominee naar binnen. Hij schudde sneeuw van zijn jas. 'Sneeuwbal,' zei hij bij wijze van uitleg. 'Die Malcolm Flint kan goed mikken!' Hij glimlachte naar Edith. 'Hallo, juffrouw Everard, wat leuk om u te zien. Hoe gaat het met Charlotte?'

'Goed,' antwoordde Edith. 'De jonge Billy Shepherd kwam langs om haar op de boerderij uit te nodigen voor de lunch. Precies wat ze nodig had, even iets anders aan haar hoofd.' Ze gebaarde naar het papier dat Avril nog vasthield. 'Ik laat uw vrouw net zien wat Charlotte vanochtend heeft geschreven.'

'Laat eens kijken.' David stak zijn hand uit. 'Behoorlijk wat informatie al,' zei hij toen hij het had gelezen. 'Nog maar een paar lacunes.'

'Ik wilde Caro de informatie over de pleegouders doorgeven, kijken of zij ze kan vinden,' zei Avril.

‘Goed idee,’ vond David. ‘Als juffrouw Everard het er tenminste mee eens is. Zij is immers nu Charlottes pleegmoeder.’

De hele weg naar huis koesterde Edith die woorden in haar hart: ‘haar pleegmoeder’. Zij viel in voor Charlottes verloren moeder. Ze was een moeder. Iets wat ze nooit meer had verwacht te zullen worden. *Moeder.*

Tegen de tijd dat Billy en Charlotte op de boerderij aankwamen, was de zon echt doorgebroken en straalde het hele landschap. De bomen en gebouwen staken af tegen de lichtblauwe hemel en de heuvels in de verte tegen de laatste wolken. Het was ijzig koud. De wind die de sneeuwwolken had verdreven, sneed dwars door hun kleding heen, waardoor ze allebei rilden.

‘We gaan maar gauw aan ma vertellen dat jij er alleen bent,’ zei Billy. In het klompenhok trokken ze hun laarzen en jassen uit voordat ze doorliepen naar de warme, gezellige keuken.

‘Charlotte, je bent er, lieverd. Welkom. Is juffrouw Everard er niet?’

‘Nee,’ antwoordde Charlotte, ‘maar ik moest u bedanken voor de uitnodiging. Ze moet morgen weer werken en had nog een paar dingen te doen.’

‘Dat begrijp ik,’ zei mevrouw Shepherd. ‘Nou, de lunch is pas over minstens een uur klaar, dus waarom gaan jullie niet bij de puppy’s kijken?’

Ze gingen terug naar buiten en liepen naar de stal. Het was er koud, maar Billy verzekerde Charlotte dat het dankzij het hooi in de paardenbox warm genoeg was voor de hondjes. Zodra ze de staldeur achter zich sloten, kwamen twee puppy’s naar de deur van de box rennen. Billy opende de deur en ze schuifelden snel naar binnen voordat de nieuwsgierige pups konden ontsnappen. Een ervan was Jet, de hond die Billy al voor zichzelf had uitgekozen, maar Billy negeerde hem nog even en bukte zich om de andere op te tillen. Hij gaf het beestje aan Charlotte, die haar gezicht in de warme vacht drukte.

‘O, wat ben je mooi,’ kirde ze, en als beloning werd haar gezicht afgelebberd door een roze tongetje. Billy ging in het hooi met zijn hond spelen en Charlotte zette haar pup neer en ging naast hem zitten. De pup sprong weer naar voren, maar deinsde weg toen Charlotte haar hand uitstak.

'Je moet je langzaam bewegen, anders schrikken ze,' zei Billy. 'Blijf gewoon zitten, dan komen ze wel naar jou toe. Ze zijn heel nieuwsgierig.'

Hij had gelijk: binnen een paar minuten kwam niet alleen de eerste pup naar haar haar toe, maar de andere, moed puttend uit hun broertjes en zusjes, kwamen ook snuffelend dichterbij.

'Vindt hun moeder het niet erg dat ze naar ons toe gaan?' vroeg Charlotte toen een van de pups over haar benen klom en achterover viel, met zijn pootjes spartelend in de lucht.

Maisie lag tegen een strobaal en keek kennelijk onbezorgd naar haar kroost dat aan het verkennen was.

Bill lachte. 'Nee, ze weet dat ze bij ons veilig zijn. Maar als er een vreemde hond verscheen, zou het een ander verhaal worden.'

Terwijl ze in het hooi met de puppy's speelden, zei Charlotte: 'Ik heb trouwens mijn geheugen terug, of in elk geval een deel ervan.'

'O ja?' Billy klonk niet bepaald geïnteresseerd. 'Wat weet je dan weer?'

'Dat ik Duits ben...'

'Nou, dat wisten we al.' Billy boog zich naar voren om zijn broekspijp tussen Jets vlijmscherpe tandjes vandaan te peuteren.

'Maar ik ben geen nazi, ik ben een vluchteling. Mijn ouders zijn verdwenen, en mijn broer ook. Ik denk dat de nazi's ze ergens heen hebben gebracht, maar ik weet niet waar.'

'Dat is droevig,' zei Billy, 'maar ik neem aan dat je ze wel weer vindt als we de oorlog hebben gewonnen.'

'Gaan wij winnen?'

'Natuurlijk,' zei Billy vol vertrouwen. 'Het kan een poosje duren, maar wij winnen wel, dat beloof ik je.'

Het was Charlotte duidelijk dat hij er geen moment aan twijfelde. Dat vrolijkte haar een beetje op.

'Vind je het niet erg dat ik Duits ben?' vroeg ze aarzelend, bijna bang voor het antwoord.

'Erg? Nee, waarom zou ik dat erg vinden? Jij bent jij. Dat is het belangrijkste.'

Op dat moment klonk de bel voor het eten, en met tegenzin lieten ze de hondjes in de paardenbox achter en gingen naar de keuken. Er zat vandaag maar één extra boerenknecht aan tafel, een kleine, rustige man die mevrouw Shepherd voorstelde als Ned Barnes.

'Jammer dat Jane er niet is,' zei meneer Shepherd toen ze aan tafel gingen zitten. Hij wendde zich tot Charlotte. 'Ze is verpleegster, weet je, en kon geen vrij krijgen met kerst. Maar we hopen dat ze binnenkort een paar dagen naar huis komt.'

Mevrouw Shepherd pakte een enorme pan van het fornuis en begon gloeiend hete stoofpot op te scheppen. De gebakken groenten met zelfgekweekte uien roken heerlijk, en er zaten nog wat stukjes kip doorheen van de maaltijd van de vorige avond. Ze kregen allemaal een groot bord vol met een gebakken ei erbovenop.

Toen iedereen op het eten aanviel, zei Billy: 'Weet je nog wat je had beloofd, pap?'

'Waarover?'

Billy trok een gezicht. 'Je wéét wel waarover.'

'O, dat!' zei zijn vader luchtig. 'Ja, dat weet ik nog.'

'Nou?' Billy klonk gefrustreerd.

'Laat je vader rustig eten,' zei zijn moeder, maar ze glimlachte erbij.

'Nou, weet je, Charlotte,' zei meneer Shepherd. 'Ik vroeg me af of jij me kon helpen.'

Charlotte keek hem verbaasd aan. 'Natuurlijk. Hoe kan ik u helpen?'

'Ik heb een goed thuis nodig voor een van mijn puppy's, en ik vroeg me af of jij haar dat zou willen geven.'

'Een puppy? Voor mij?' Charlottes gezicht klaarde op van pure vreugde, en iedereen lachte met haar mee. 'Geeft u me een puppy?'

'Als je er een wilt, en,' voegde meneer Shepherd er serieus aan toe, 'als het van juffrouw Everard mag.'

Charlottes glimlach vervaagde. 'Dat weet ik niet.'

'Ik zal je een briefje voor haar meegeven,' zei meneer Shepherd. 'De pup kan nog niet meteen bij de moeder weg, en we houden haar toch nog een paar weken hier om haar zindelijk te maken, zodat het geen problemen oplevert voor juffrouw Everard. Kom voordat je naar huis gaat nog even bij me langs voor dat briefje.'

Charlotte was zo opgewonden dat ze niet kon ophouden met glimlachen. Toen ze hun eten op hadden, liepen Billy en zij terug naar de stal.

'Je mag een van de teefjes uitkiezen,' zei Billy, terwijl hij de deur van de paardenbox opende.

'Teefjes? Wat zijn teefjes?'

'Vrouwtjeshonden.'

Net als voorheen kwam Jet aanrennen zodra hij Billy's stem hoorde, en het andere dappere hondje kwam vlak achter hem aan.

Charlotte tilde haar op. 'Is dit een vrouwtjeshond?' vroeg ze.

Billy lachte. 'Ja.'

'Dan kies ik haar.'

'Ik geloof dat zij jou al had gekozen,' antwoordde Billy.

Toen ze vlak voordat het donker werd bij Blackdown House aankwamen, had Charlotte het briefje van meneer Shepherd veilig in haar zak.

'Zeg nog maar niks tegen juffrouw Edie over de puppy,' zei ze tegen Billy. 'Ik vraag het haar later wel.'

Billy haalde zijn schouders op. 'Prima.'

'Heb je het leuk gehad?' vroeg juffrouw Edie toen de gordijnen dicht waren en ze bij het vuur zaten.

'Ja, het eten was heel lekker. Stoofpot met een ei erop.'

'Klinkt heerlijk. Jammer dat ik niet mee kon. Ik ken de Shepherds eigenlijk alleen van gezicht, maar ze klinken erg aardig.'

Dit, besloot Charlotte, was het moment om het briefje tevoorschijn te halen dat een gat in haar zak brandde. Juffrouw Edie leek ontspannen en de familie van Billy goedgezind.

'Meneer Shepherd heeft me dit gegeven,' zei ze, terwijl ze het briefje overhandigde.

Juffrouw Edie maakte de envelop open, en toen ze het korte briefje had gelezen en opkeek, keek Charlotte met hoopvolle, smekende ogen terug.

Juffrouw Edie glimlachte. 'Wat aardig. Een eigen hond. Geluksvogel dat je bent!'

Charlotte staarde juffrouw Edie even aan. Toen sloeg ze haar armen om haar heen en gaf haar een stevige knuffel.

25

December 1940

Toen Dan eindelijk Naomi aan de telefoon kreeg en vertelde dat hun huis verwoest was, begon ze te huilen en smeekte ze hem om ook naar Feneton te komen.

'Je hebt nu geen onderdak meer,' zei ze met een stem die trilde van schrik. 'Ga gewoon uit Londen weg, nu het nog kan.'

'Zo eenvoudig is het niet,' antwoordde Dan vriendelijk. 'Ik moet nog steeds de kost voor ons verdienen. Kan niet zomaar alles laten vallen.'

'Zoek dan hier ergens een baan,' smeekte Naomi. 'Zorg gewoon dat je Londen uit gaat, voordat je omkomt. Nicholas en ik hebben je nodig, Danny. Alsjeblieft?'

Dan wilde daarop reageren, maar er klonken een aantal piepjes en hun gesprek werd afgekapt. Hij had haar tranen gehoord, de wanhoop in haar stem, en dat gaf hem de neiging om meteen terug te bellen en te zeggen dat hij eraan kwam, maar hij aarzelde. Totdat hij al zijn mogelijkheden had overwogen, wilde hij zich niet vastleggen.

Hij keerde terug naar de kelder van zijn huis. Er was geen stroom of water meer en hij keek er niet naar uit om daar te slapen, maar in elk geval zou hij daar zijn als anderen beslissingen wilden nemen over wat er met zijn woning moest gebeuren.

De hemel boven Londen was nog steeds vol rook, wervelend in de wind te midden van de licht deinende sperballonnen, en het was duidelijk dat er nog veel branden woedden. Voordat hij zich bij de kazerne zou melden om te kijken of hij kon helpen, besloot hij eerst naar de spoorbrug te gaan om zijn taxi op te halen. De ochtend was al bijna om, maar misschien kon hij die middag nog wat geld verdienen.

Op weg naar de spoorbrug ging hij de Dog & Duck in en gebruikte het herentoilet van de pub. Het was er kil en vochtig en er was alleen koud water, maar in elk geval kon hij er zijn handen wassen en het roet en vuil van zijn gezicht spoelen. Dan staarde naar zichzelf in de gebarsten spiegel boven de wastafel. Ongeschoren, roodomrande ogen en zijn haar in pieken overeind; zo zou hij vandaag niet veel vrachtjes krijgen, maar tot hij schone kleren kon regelen, was er weinig meer dat hij kon doen. Hij maakte zijn haar vochtig en kamde het glad met zijn vingers. Er hing geen handdoek, dus wapperde hij met zijn handen en veegde ze daarna af aan zijn broek.

Hij voelde zich een stukje beter toen hij een biertje en een boterham had genomen en op weg ging naar de spoorbrug. De taxi stond er nog, onbeschadigd door de luchtaanval. Dan zuchtte van verlichting. Hij had nog steeds een manier om zijn gezin te onderhouden.

Toen hij wilde instappen, verscheen er een man in een brandweeruniform naast hem. 'Is dit jouw taxi?' vroeg de man zonder omhalen.

'Ja,' zei Dan behoedzaam.

'Hij wordt gevorderd. We hebben hem nodig voor de brandweer.'

Dan staarde hem aan. Hij wist dat ze al enige tijd taxi's confisqueerden, maar tot nu toe was dat hem bespaard gebleven. 'Mijn taxi? Mag ik hem zelf besturen?' vroeg hij.

'Nee,' antwoordde de man. 'Hij wordt omgebouwd om watertanks en slangen te vervoeren. Er zal een gewone brandweerman in gaan rijden. Je moet hem naar dit depot brengen.' Hij gaf Dan een officieel uitziend formulier met een adres erop. 'Daar krijg je de benodigde papieren. Er waren niet genoeg wagens vannacht, en we zijn er al te veel kwijtgeraakt.' Hij keek naar de twee andere taxi's die nog onder de brug geparkeerd stonden. 'Weet je toevallig van wie die zijn?'

Dat wist Dan, maar hij was niet van plan het te zeggen. 'Het zijn niet altijd dezelfde die hier staan,' zei hij ontwijkend.

'Oké,' antwoordde de man. 'Nou, ga maar snel naar het depot. Hoe eerder ze kunnen beginnen met het ombouwen, hoe sneller hij kan worden ingezet.'

'Ja, goed dan,' zei Dan, wetend dat hij niets tegen de invordering kon doen.

De brandweerman leek wat te verzachten. 'Goed zo, kerel. We hebben alle hulp nodig die we krijgen kunnen. Zware aanval vannacht.'

'Weet ik,' snauwde Dan, niet blij met de neerbuigende houding van de man. 'Ik heb tot vanochtend vroeg branden bestreden.'

'Wie niet?' kaatste de man terug. 'Die verrekte branden zijn nog steeds niet uit. Maar in elk geval hebben we St Paul's gered.'

Dan reed met zijn taxi naar het depot en stond hem af aan de brandweer. Hij kreeg een reçu en ze zeiden dat hij na de oorlog een verzoek om compensatie kon indienen.

Compensatie, ja natuurlijk! dacht hij, terwijl hij naar zijn kazerne liep. Ik mag van geluk spreken als ik er één cent voor krijg.

John Anderson was al op de brandweerpost toen Dan daar aankwam, maar de omgeving ervan was totaal veranderd. Het pakhuis dat Dan en Arthur hadden bewaakt, had geen dak en geen bovenverdiepingen meer en er steeg nog een dun kringeltje rook op van het zwartgeblakerde restant. Er was een brandweerwagen gekomen zodra de brand was gemeld. Omdat verf zo brandbaar was, hadden ze hun uiterste best gedaan om de vuurzee te bedwingen. Dat was tot op zekere hoogte gelukt: de bovenverdiepingen met de kantoren waren uitgebrand, maar de benedenverdiepingen waren ongedeerd en het gevreesde inferno was niet gekomen. Overal rondom stonden beschadigde gebouwen en de skeletten van bomen. Er waren zwarte vlekken op de straten en stoepen te zien waar brandbommen waren geblust voordat ze nog meer schade konden aanrichten.

'Mensenkinderen, Dan, wat zie jij eruit!' riep John Anderson bij wijze van begroeting.

Dan trok een gezicht. 'Ik ben mijn huis vannacht kwijtgeraakt. Ik heb geen schone kleren en geen plek om me te wassen.'

John leek niet te weten wat hij moest zeggen. Hij sloeg Dan op zijn schouder. 'Wat erg voor je, kerel. Blij dat je terug bent. We hebben iedereen nodig als ze vannacht weer komen.'

‘Waar ga je slapen als je huis weg is?’ vroeg Arthur toen hij hoorde wat er in Kemble Street was gebeurd.

‘De kelder is nog goed,’ liet Dan hem weten. ‘En er ligt een matras, dus ik kan daar pitten.’

‘Doe niet zo stom, man,’ zei Arthur. ‘Kom bij ons. Matty zal blij zijn om je te zien.’

Dan glimlachte vermoeid. ‘Bedankt, vriend, maar ik ga weer naar huis als we hier klaar zijn. Ik moet er een oogje op houden. Er is niet veel te stelen, maar ik wil niet dat iemand anders erin trekt omdat ik er niet ben. Vanochtend kwam er een of andere schade-expert langs. Hij denkt dat ze de boel gaan platgooien. Ik moet daar zijn, snap je?’

Het was weer een drukke nacht; veel branden van de vorige aanval waren nog niet geblust en vormden een baken voor de aanvallende vliegtuigen, maar uiteindelijk stuurde John Anderson hen naar huis.

‘Weet je zeker dat je niet bij ons komt?’ bood Arthur nog een keer aan. ‘Het is echt geen probleem, in elk geval niet voor een paar dagen.’

‘Nee, nogmaals bedankt, maar ik ga liever naar huis. Misschien dat ik me later nog bedenk, als ze de boel toch slopen.’

Dan had geen van de andere brandbestrijders verteld dat zijn taxi in beslag was genomen. Dat zou hij voor zich houden tot hij had besloten wat hij ging doen. Hij had nu geen inkomstenbron meer. Terwijl hij terugliep naar zijn uitgebrande huis, dacht hij aan Naomi en Nicholas in Feneton. Er was nu geen reden meer om niet naar hen toe te gaan, behalve het brandweerwerk, maar dat deed hij alleen maar als vrijwilliger. Niets bond hem meer aan Londen, en misschien had Naomi wel gelijk en kon hij een baan vinden in Suffolk. Plotseling wilde hij terug zijn in de Feneton Arms, met zijn vrouw in zijn armen. Zijn verlangen naar haar was intens, een bijna fysieke pijn.

Het werd al weer bijna licht toen hij thuis de kelder in sloop. Het was er bitterkoud, maar in elk geval kon hij er een paar uur slapen voordat hij de knoop zou doorhakken. Hij ging op de bultige matras liggen en trok de dekens over zich heen in een poging warm te blijven. Uiteindelijk, ondanks de kou en zijn malende gedachten, viel hij in slaap.

Laat in de ochtend werd hij wakker, zijn besluit genomen. Hij zou naar Suffolk gaan om voor zijn vrouw en zoon te zorgen. Hij had zijn steentje bijgedragen in Londen, maar nu zou hij zijn echte taak in het leven gaan vervullen en op een of andere manier zijn vrouw en kind onderhouden.

Hij kroop onder de dekens vandaan, pakte ze bij elkaar en stopte ze terug in de doos. Hij kon ze niet meenemen, en de matras ook niet, dus liet hij die liggen. Plotseling viel zijn blik op het koektrommeltje dat Naomi op de plank had gezet. Toen hij het opmaakte, zag hij dat er nog zes koekjes in zaten. Hij propte er twee tegelijk in zijn mond, stak de rest in zijn zak en speurde de plank af naar wat er verder nog voor eetbaars was. Er stond een halfvolle pot jam, en hij stak zijn vingers erin en at hem met grote happen leeg. Nu pas besefte hij dat hij sinds de vorige middag niet meer had gegeten.

Dan wilde net de kelder verlaten toen hij het koffertje zag staan dat Naomi per se veilig had willen bewaren. Lisa's koffertje. Het was het enige wat ze nog van haar hadden, dus pakte hij het op en droeg het mee naar boven. In de uitgebrande keuken keek hij nog een keer om zich heen. Er lag hier verder niets meer wat het redden waard was. De brandgeur was nog steeds overstelpend. De kelderdeur lag nog in de as op de keukenvloer. Misschien kon hij die vastzetten, zodat iemand moeite zou moeten doen om de kelder binnen te komen en niet zomaar vanaf de straat kon doorlopen. Hij wist dat er een heleboel krakers waren, mensen die slaapplekken zochten omdat ze geen woning meer hadden.

Hij tilde de deur op en zette hem tegen de deurpost, zodanig dat hij op het eerste gezicht dicht leek. Het maakte niet veel uit, eigenlijk, maar op een of andere manier voelde hij zich beter nu een klein stukje van hun huis nog van hen was.

Toen Dan de straat op ging, was die verlaten. Er stond een koude wind en de lucht was donker van de dreigende regen, of misschien wel sneeuw. Hij had zijn plannen gemaakt. Eerst zou hij bij het opvangcentrum gaan kijken of hij er wat kleren en mogelijk zelfs een fatsoenlijke maaltijd kon krijgen, en dan zou hij naar het station gaan en de trein pakken. Voor het donker zou hij Londen uit zijn, voordat de volgende luchtaanval kwam. Dan voelde een steek van schuldgevoel omdat hij John Anderson en vooral Arthur in de steek liet, maar dat zette hij van zich af. Zijn plek was nu bij Naomi en Nicholas. Er was vast ook wel oorlogswerk te doen in Suffolk.

De vrouw bij het opvangcentrum was zo hulpvaardig mogelijk. 'Je zult wel onderdak zoeken,' zei ze vermoeid.

'Nee,' antwoordde Dan. 'Ik heb een plek waar ik naartoe kan. Ik vroeg me alleen af of je misschien extra kleren hebt liggen.' Hij stak zijn armen uit en keek treurig naar zijn smerige, met roet besmeurde mouwen. Zijn overhemd was zwart en de knieën van zijn broek waren gescheurd van het gesleep met puin en het gesjouw met watertanks.

De medewerkster was zo opgelucht dat hij geen onderdak zocht, dat ze stralend naar hem lachte. Ze keek naar zijn vuile kleren en gebaarde naar een deur. 'Je ziet er inderdaad een beetje haveloos uit,' beaamde ze. 'Ga daar maar even kijken. Er ligt vast wel iets.'

Een halfuur later ging Dan in schone kleren naar het station, met zijn vuile kleren bij elkaar gebonden en Lisa's koffertje in zijn hand. Hij verliet Londen zoals zo veel anderen al hadden gedaan. Toen de trein uit station Liverpool Street wegreed, keek hij om naar de rookwolken die nog boven de stad hingen en prees zichzelf gelukkig.

Jenny stuurde hem meteen door naar achteren toen hij onaangekondigd de bar binnenstapte; Naomi was in de keuken van de pub bezig.

Zijn vrouw begroette hem met een gil van blijdschap. Ze liet haar deegroller vallen en wierp zich in zijn armen. 'Danny, o, Danny!' riep ze, terwijl ze hem maar bleef zoenen. 'Gelukkig ben je er. Ik was zo bezorgd om je. Hoelang kun je blijven?'

Ze trok Dan mee naar boven zodat hij zijn zoon kon bewonderen, pas een week oud maar nu al iets aangekomen. Het was nog steeds een wonder dat hij een zoon had, maar toen hij hem zag, zo'n mooie baby met die kleine handjes gebald in zijn slaap, werd hij overspoeld door een golf van geluksgevoel.

'Ze noemen het de Tweede Grote Brand van Londen,' zei Naomi

tegen hem. 'Er stond vandaag een foto van St Paul's Cathedral in de krant. Allemaal vuur en rook rondom de koepel. Dat moet de zwaarste aanval tot nu toe zijn geweest!'

Dan vertelde haar iets van wat hij had gezien. Hij zei niets over de brandbommen op het dak van het pakhuis – ze was al genoeg geschrokken – maar klaagde wel over het feit dat zijn taxi was ingevorderd. 'Ik kan dus niet meer als taxichauffeur werken, snap je, meiske. Toen dacht ik dat ik net zo goed naar jou toe kon komen en proberen hier iets te vinden.'

'Bedoel je dat je... hier blijft?' Naomi's gezicht straalde van blijdschap. 'O Dan, echt waar? Ga je niet meer terug?'

'Ik heb niks meer om voor terug te gaan,' antwoordde Dan. 'Misschien dat het huis op een dag nog kan worden hersteld, maar ik heb daar nu geen werk meer en we moeten samen blijven als gezin.' Hij omhelsde haar nog een keer. 'Hopelijk kan ik hier werk vinden. Ik heb het spaarpotje van onder het fornuis meegenomen, dus we hebben een klein beetje geld.'

'En Lisa's koffer,' mompelde Naomi. 'Ik ben zo blij dat je daaraan hebt gedacht, Dan. Als deze verschrikkelijke oorlog voorbij is, wil ik haar spulletjes aan haar familie kunnen teruggeven.'

'Ja, weet ik,' zei Dan. Ze spraken geen van beiden uit dat Lisa's familie onvindbaar was en waarschijnlijk nooit naar haar op zoek zou gaan. Ze hadden iets nodig om zich aan vast te houden.

26

December 1940

Er lag in de dagen na kerst een dikke laag sneeuw op de heuvels. Wynsdown was ingesneeuwd en de weg naar Cheddar werd versperd door sneeuwhopen. Juffrouw Edie kon niet naar haar werk en de mensen moesten zichzelf bedruipen. Charlotte ging met de andere dorpskinderen in de diepe sneeuw spelen. Billy kwam een paar keer met een slee achter zich aan naar het dorp om boodschappen voor zijn familie te halen, maar hij bleef nooit lang, want zijn vader had hem nodig op de boerderij. De schapen moesten van de weiden gehaald worden voordat ze in sneeuwhopen terechtkwamen of in een greppel vielen waar ze dan niet meer uit konden komen. Sommige stonden op het punt te lammeren en werden dicht bij de schuur gehouden.

Soms ging Charlotte met hem mee naar de boerderij om met haar hond te spelen, die ze Bessie had genoemd. Bessie herkende haar stem al, en elke keer als ze naar de stal ging rende het beestje blij op haar af. En het varken had inmiddels ook geworpen. Charlotte was gecharmeerd door de tien roze biggetjes die om hun moeder heen krioelden.

Hoe druk ze het ook had, mevrouw Shepherd nam altijd de tijd om Charlotte welkom te heten en nodigde haar uit om aan te schuiven bij het gezamenlijke middageten, maar ze hielden zich stipt aan juffrouw Edies regels en zorgden ervoor dat Charlotte voor het donker thuis was.

Op een van die avonden was ze net bij Blackdown House aangekomen toen de sirene in Cheddar begon te loeien. Juffrouw Edie ging meteen de verduistering controleren. Charlotte luisterde huiverend naar de sirene. In elk geval was hier geen kelder. Ze konden nergens anders schuilen dan in de trapkast of onder de zware keukentafel.

'We hoeven ons pas zorgen te maken als we ze boven ons horen,' verzekerde juffrouw Edie haar. 'Ze verspillen geen bommen aan de heuvels. Ze zullen wel weer naar Bristol gaan.'

De vliegtuigen waren hoorbaar, maar ze vlogen hoog en waren nog ver weg, dus gingen ze aan tafel zitten eten alsof er helemaal geen luchtaanval gaande was. Het kwam Charlotte vreemd voor om de Luftwaffe te negeren, maar ze was maar al te blij dat ze niet hoefden te schuilen. Ze gingen zoals altijd gewoon naar bed en sliepen in hun eigen kamer. Het geluid van de vliegtuigen ging de rest van de nacht af en aan door, en pas 's morgens vroeg hoorden ze in de verte het sein veilig.

'Dat moet een zware aanval zijn geweest,' zei juffrouw Edie bij het ontbijt. 'Het heeft bijna twaalf uur geduurd.'

Na het ontbijt ging Charlotte het dorp in om te kijken of Clare er was. Toen ze langs de pastorie kwam, stapte mevrouw Swanson naar buiten en riep haar. 'Charlotte, ga je vandaag naar Charing Farm?'

'Weet ik nog niet,' antwoordde Charlotte.

'Ik heb een boodschap voor de Shepherds,' legde de domineesvrouw uit. 'Er was vannacht een zware aanval in Bristol, maar hun dochter Jane heeft net gebeld om te melden dat ze het goed maakt. Wist je dat ze daar verpleegster is?'

'Ja, dat wist ik. Billy zei dat ze binnenkort thuiskomt.'

'Ja, nou, dat is het tweede deel van de boodschap. Ze zegt dat het ziekenhuis wordt overspoeld door gewonden, dus het zal nog even duren voordat ze naar huis kan komen.'

'Ach, wat jammer.'

'Kun jij de boodschap aan ze overbrengen? Ze hebben geen telefoon en ze zullen zich wel ontzettende zorgen maken.'

'Natuurlijk. Ik ga er meteen naartoe.'

'Dank je, lieverd.' Mevrouw Swanson leek opgelucht dat haar man één zorg minder had en haastte zich terug naar de pastorie.

Charlotte sloeg meteen het inmiddels bekende pad in, over de velden naar Charing Farm.

Mevrouw Shepherd, die de kippen aan het voeren was toen Charlotte het erf op liep, keek haar verbaasd aan. 'Hallo, lieverd,' zei ze. 'Ik wist niet dat jij vandaag zou komen.'

'Mevrouw Dominee heeft me gestuurd,' zei Charlotte. 'Ze heeft een boodschap van Jane voor u.'

'Jane?' Mevrouw Shepherds ogen rimpelden toen ze lachte. 'Heeft ze iets van zich laten horen?'

'Ja. Ze belde vanochtend om te vertellen dat de aanval heel zwaar was in Bristol, maar dat zij het goed maakt. Ze kan alleen niet thuiskomen omdat het zo druk is in het ziekenhuis. Heel veel gewonden van het bombardement. Ze moet daar nog blijven.'

'Dat maakt niet uit,' zei mevrouw Shepherd, en Charlotte zag tranen van opluchting in haar ogen. 'Zij is veilig, dat is het enige belangrijke.' Ze veegde met de rug van haar hand haar tranen weg. 'We moeten het meteen aan John en Billy gaan vertellen. We waren zo ongerust.'

Samen liepen ze over de weiden, waar Billy en zijn vader een omheining aan het repareren waren die was bezweken onder het gewicht van de sneeuw. Ze keken allebei op toen ze Charlotte en mevrouw Shepherd zagen aankomen.

Charlotte zag aan de uitdrukking op meneer Shepherds gezicht dat hij rekening hield met het ergste. Zijn vrouw zag het ook, want ze riep meteen: 'Alles goed! Jane maakt het goed. Ze heeft de pastorie gebeld en Charlotte kwam ons de boodschap brengen.'

'Gelukkig!' riep meneer Shepherd en hij omhelsde opgelucht zijn vrouw.

Ze bleven nog een poosje in de wei staan om het nieuws te bespreken. De Shepherds hadden kennelijk geen last van de kou, maar toen Charlotte rilde, zei mevrouw Shepherd: 'We moeten terug naar de keuken, anders komt er geen eten op tafel. Ik rinkel wel met de bel als het klaar is.'

Zij en Charlotte liepen terug naar de boerderij. 'Ga jij nog maar even naar Bessie toe,' zei ze tegen Charlotte, 'en het zou fijn zijn als je ook nog even eieren kunt rapen. Daar was ik nog niet aan toegekomen.'

Dat liet Charlotte zich geen twee keer zeggen. Ze rende naar de stal, waar de pups nog bij hun moeder waren. Na tien minuten spelen met de honden pakte Charlotte enigszins onwillig het eiermandje uit het klompenhok. De kippen scharrelden rond tussen de mais die mevrouw Shepherd buiten had gestrooid. Billy had sneeuw geruimd, maar de grond was keihard. Charlotte liep naar de achterkant van het kippenhok en stak haar hand tussen het hooi in de nestkasten op zoek naar eieren. Ze vond er acht, nog warm, legde ze in de mand en bracht ze naar de keuken.

'Dank je, Charlotte. Blijf je ook eten?'

'Ja, graag.'

'En als je weggaat, moet je wat eieren meenemen. Een bedankje omdat je ons die boodschap van Jane hebt gebracht.'

Later die middag, toen Billy met haar mee terugliep naar het dorp, had ze zes eieren in een geleend mandje bij zich. Juffrouw Edie zou er vast heel blij mee zijn.

Bij Blackdown House stond juffrouw Edie in de deuropening naar buiten te turen, in het schemerlicht.

'Charlotte!' riep ze. 'Waar heb je in vredesnaam gezeten? Ik had je sinds het ontbijt niet meer gezien en wist niet waar je was.'

Charlotte zag de ongerustheid op juffrouw Edies gezicht en voelde zich schuldig. Ze had er niet eens aan gedacht om haar te vertellen waar ze heen ging.

'Het spijt me, juffrouw Edie,' zei ze. 'Mevrouw Dominee stuurde me met een boodschap naar Charing Farm en toen ben ik daar blijven eten. Mevrouw Shepherd stuurt u deze.' Ze stak het mandje eieren uit als zoenoffer.

'Wat was er zo belangrijk dat je niet eerst even thuis kon komen om te vertellen wat je ging doen? Ik heb in het hele dorp naar je lopen zoeken.'

'Mevrouw Dominee zei –' begon Charlotte, maar Billy viel haar in de rede.

'Ze kwam ons vertellen dat mijn zus het goed maakte na de aanval op Bristol vannacht. Jane had de pastorie gebeld omdat wij geen telefoon hebben, en mevrouw Swanson vroeg Charlotte om het ons te gaan vertellen.'

'Aha. Nou, gelukkig ben je weer thuis. Kom binnen om op te warmen.'

Kennelijk was het Billy duidelijk dat de uitnodiging niet voor hem gold, want hij draaide zich om en zei: 'Dag, Char. Tot gauw.'

Zich plotseling bewust van het mandje dat nog steeds naar haar werd uitgestoken, riep juffrouw Edie hem na: 'Bedank je moeder voor de eieren, Billy. Ik ben er heel blij mee.'

Billy zwaaide nog een keer en liep het landweggetje in.

Die avond toen Charlotte aan de keukentafel zat, zei juffrouw Edie: 'Ik vind echt dat je de Federmans zou moeten schrijven. Ik ben vandaag zo ongerust om je geweest; wat moeten die arme meneer en mevrouw Federman wel niet hebben doorstaan?'

Charlotte knikte en keek naar het papier en de envelop die juffrouw Edie op tafel legde. Wat moest ze schrijven? Ze had nog niet al haar herinneringen terug. Ze dacht even diep na, en uiteindelijk schoof ze het papier naar zich toe en begon te schrijven.

Lieve tante Naomi en oom Dan,

Ik hoop dat het goed met jullie gaat.
Ik raakte verzeild in een zware luchtaanval op weg naar Hilda's huis en brak mijn arm. Ze brachten me naar het ziekenhuis, en toen ik wakker werd wist ik niet meer wie ik was. Ik wist niets meer, ook niet waar ik woonde. In het ziekenhuis hebben ze me een nieuwe naam gegeven: Charlotte Smith. Ik werd naar St Michael's gebracht, maar toen er nog meer aanvallen kwamen hebben ze ons allemaal naar Somerset verhuisd. Daar woon ik nu nog steeds.
Juffrouw Edie zorgt voor me, en ik krijg een puppy. Ze heet Bessie.
Ik zit op school in Cheddar. Er ligt hier heel veel sneeuw.
Zeg alsjeblieft tegen Hilda waar ik ben. Ze zal zich wel afvragen waarom ik nooit ben gekomen.
Als de bommen stoppen, kom ik weer naar Londen. Er waren ook bommen hier in de buurt vannacht, maar niet dichtbij. Ze waren in Bristol.

Wees voorzichtig in Londen. Ik hoor op de radio dat de hele stad in brand staat.
Ik hoop dat jullie me schrijven. Mijn adres staat boven aan de brief.

Liefs van Lisa

Toen ze klaar was, gaf ze de brief aan juffrouw Edie. 'Ik heb geschreven dat ik mijn geheugen kwijt was.'

'Ik zie het,' zei juffrouw Edie toen ze snel de brief had gelezen. 'Nou, schrijf het adres maar op de envelop, dan kun je hem morgen op de post doen. Ze zeggen dat de weg naar Cheddar weer vrij is. Meneer Shepherd is er vanochtend met zijn tractor overheen gereden en heeft hem vrijgemaakt.'

Charlotte deed dat, en de envelop werd bij de voordeur klaargezet voor de post.

Juffrouw Edie had gelijk: de volgende dag kon de schoolbus het dorp weer bereiken. Omdat ze waren gewaarschuwd via een telefoontje aan de pastorie, stonden alle oudere schoolkinderen al voor de Magpie toen hij aankwam. Charlotte stopte de brief in de brievenbus voordat ze zich bij de andere kinderen aansloot, die stampend met hun voeten in de kou stonden te wachten.

Caroline was op tweede kerstdag door haar zus Avril gebeld, die haar had verteld wat Charlotte zich weer herinnerde.

'Ze zegt dat ze in Kemble Street woonde. Ken je dat?'

'Nooit van gehoord,' antwoordde Caroline. 'Maar dat is niet zo gek. Er zijn vast wel duizend straten in Londen waar ik nog nooit van heb gehoord.'

'Dat zal best,' zei Avril lachend. 'Maar kun je het uitzoeken?'

'Ik neem aan van wel,' zei Caroline. 'Wat wil je dat ik daarna doe?'

'Nou, we dachten dat jij misschien even bij haar pleegouders langs kon gaan. De Federmans zullen wel bang zijn dat ze dood is, of zich in elk geval enorme zorgen maken.'

'Kan ze niet gewoon een brief schrijven?' opperde Caroline vermoeid. 'Ik heb eigenlijk geen tijd om door Londen te struinen en mensen te zoeken. St Michael's zit al weer vol en er is geen onderbreking in de bombardementen geweest, behalve gisteren en vandaag. Ik ben er razend druk mee om geschikte huizen voor die kinderen te vinden. Jullie kunnen er zeker niet nog een paar bij hebben?' voegde ze eraan toe, en er kroop een hoopvol toontje in haar stem.

'O, Caro, ik denk niet...' begon Avril.

'Nee, gekkie, dat weet ik best. Ik probeer alleen uit te leggen dat ik tot over mijn oren in het werk zit. Ik zal proberen uit te zoeken waar Kemble Street is, en als het niet te ver weg is zal ik proberen bij de Federmans langs te gaan, maar ik denk niet dat me dat in de komende paar dagen gaat lukken.'

'Geen probleem,' zei Avril toen ze de uitputting in de stem van haar zus hoorde. 'Juffrouw Everard zei dat ze haar zou laten schrijven. Het leek me alleen... Nou ja, laat maar. Trouwens, dokter Masters vroeg wanneer je weer eens op bezoek kwam. Volgens mij is hij behoorlijk van je gecharmeerd, Caro.'

Henry Masters was een introverte man die veel op zichzelf bleef, maar hij scheen Caro erg aardig te vinden.

Caroline wist dat haar zus haar plaagde. Ze lachte. 'Dat kan nog wel even duren, denk ik. Behalve als Hitler besluit ons een poosje met rust te laten.' Het horen van dokter Masters' naam had haar een idee gegeven, en ze vroeg: 'Is hij bij Charlotte geweest? Dokter Masters, bedoel ik? Misschien zou hij haar eens moeten onderzoeken nu haar geheugenverlies voorbij is.'

'Het is nog niet helemaal over,' zei Avril. 'Ze herinnert zich nog steeds de luchtaanval en de uren die eraan voorafgingen niet.'

'Des te meer reden om Henry eens naar haar te laten kijken. Misschien heeft ze toch nog een soort hoofdletsel.'

'Het zou kunnen,' beaamde Avril. 'Nou, ik zal het aan juffrouw Everard voorstellen, want zoals David me steeds helpt herinneren: juffrouw Everard is haar pleegmoeder, niet ik.'

'Hoe gaat dat eigenlijk?' vroeg Caro belangstellend. 'Met juffrouw Everard?'

'Verbazingwekkend goed, voor zover ik kan bepalen. Ze lijken het prima met elkaar te kunnen vinden. Charlotte is niet bang voor haar, als je je daar zorgen om maakt.'

St Michael's zat weer overvol met kinderen die hun huis en soms ook hun familie waren kwijtgeraakt. Zo dicht bij Croydon waren de bombardementen tot aan kerstavond aanzienlijk geweest. Caroline was een sprankje hoop gaan koesteren dat het ergste voorbij was toen er op kerstdag en de twee dagen daarna geen aanvallen kwamen.

Maar dat was niet zo, want op zondagavond 29 december overspoelde de vuurstorm van de Luftwaffe niet alleen de stad en de haven, maar ook omliggende delen van de hoofdstad. Toen de sirene ging, bracht Caroline de kinderen naar de schuilkelder in de tuin, en daar bleven ze van zes uur 's avonds tot de volgende morgen vroeg. Ze hoorden bommen vallen, met bulderende ontploffingen waarvan de grond beefde, ze hoorden vliegtuigen overkomen met een aanhoudend gedreun, ze hoorden het gerinkel van de brandweerwagens die door de vuurzee van Londen rondreden. Toen ze eindelijk de schuilkelder weer uit konden, werden ze geconfronteerd met de restanten van St Michael's. Het dak was weg, de muren waren naar binnen gevallen en alleen een paar vingers van steen wezen nog opstandig de lucht in.

Even bleef Caroline naar de ruïne staan staren, maar toen vermande ze zich, met heel veel moeite. De kinderen die hier woonden, moesten snel ergens anders worden ondergebracht. Ze verzamelde iedereen in de tuin.

'Goed, jongens,' zei ze, 'we moeten nu heel verstandig zijn. We lopen met z'n allen naar het opvangcentrum. Als je mensen ziet die worden geholpen door de brandweer, moet je niet blijven staan, anders loop je ze voor de voeten. Loop twee aan twee en geef elkaar een hand. De oudere kinderen letten op de kleintjes.' Terwijl de matrone voorop ging en mevrouw Downs de rij sloot, liep Caroline Morrison naast de rij kinderen mee om ervoor te zorgen dat niemand afdwaalde.

Het opvangcentrum bleek propvol met mensen van wie de huizen waren verwoest door bommen of brand. En Caroline arriveerde met nog eens vijftien kinderen.

'Ik weet niet waar ik ze allemaal moet laten!' riep de leidster, mevrouw Small, ten einde raad.

Caroline had begrip voor haar situatie, maar hield vol dat er ergens een plekje voor hen moest worden gevonden. Ze bleef de hele dag in het opvangcentrum en eiste dat de kinderen in groepjes werden doorgestuurd naar andere tehuizen in Londen.

'Hoeveel weeshuizen en kindertehuizen zijn er?' vroeg ze aan die arme mevrouw Small. 'Ze hoeven niet allemaal naar dezelfde plek.'

'Ik doe mijn uiterste best,' snauwde mevrouw Small, en dat was inderdaad zo. Aan het eind van de dag was er voor ieder kind een slaapplaats gevonden, al was het maar voor die ene nacht.

Het duurde nog eens vier dagen voordat er een permanentere oplossing voor ieder van hen was gevonden. Caroline weigerde zich te laten afschepen met beloften. 'Dit is de tweede keer dat die kinderen hun onderdak hebben verloren,' zei ze. 'We moeten snel een plek voor ze vinden waar ze zich veilig kunnen voelen.'

Toen alles eindelijk voor elkaar was, hadden Caroline, de matrone en mevrouw Downs plotseling niets meer om handen. Ze wisten geen van drieën waar ze heen moesten, maar dat vonden ze niet erg; als de kinderen van St Michael's maar nieuwe tehuizen hadden, waren zij tevreden. Ze hadden een plaatselijke pub gevonden, die wonder boven wonder nog overeind stond, waar ze kamers verhuurden op de bovenverdieping. Ze moesten er een kamer delen, maar in elk geval hadden ze een dak boven hun hoofd.

'Wat moeten we nu?' vroeg mevrouw Downs.

'Nou, hier zijn we voorlopig niet nodig,' antwoordde Caroline. 'We kunnen niet terug naar het kindertehuis. Ze zullen vast heel snel weer een plek voor ons vinden, maar ik stel voor dat we ieder ergens naartoe gaan om een paar dagen uit te rusten. Of eigenlijk om een paar nachten goed te slapen. We hebben allemaal al meer dan een jaar geen verlof meer gehad, dus is dit de tijd om ons weer op te laden voordat ze een andere plek voor ons kindertehuis aanwijzen.'

‘Maar waar moet ik dan naartoe?’ vroeg mevrouw Downs. ‘Ik kan nergens heen, behalve misschien naar mijn nicht in Yorkshire.’

‘Dan stel ik voor dat u daarheen gaat,’ zei Caroline. ‘Ik ga bij mijn zus logeren. Laten jullie je contactgegevens bij de plaatselijke autoriteiten achter, net zoals ik, dan kunnen ze contact opnemen als er nieuw werk voor ons is gevonden.’

Op de dag dat Caroline de trein naar Somerset zou pakken, herinnerde ze zich haar belofte om naar Kemble Street en de Federmans te zoeken. De snelste manier om het adres te vinden, leek haar, was door een taxi te nemen. Het zou geld kosten, maar ze besloot dat het dat waard was. Ze had zelf pogingen gedaan om Kemble Street op een kaart van Londen te vinden, maar had geen idee gehad waar ze moest zoeken. Van de talloze straten op de kaart waren sommige zo klein dat er niet eens een naam bij stond. Maar taxichauffeurs moesten elke straat in Londen kennen. Ze zou de pleegouders vertellen hoeveel veiliger het was in Wynsdown en proberen hen over te halen Charlotte daar te laten blijven tot het einde van de Blitz of misschien wel de hele oorlog.

Caroline had weinig tot geen bagage. Al haar persoonlijke bezittingen waren verwoest, maar ze had genoeg geld van haar bankrekening gehaald voor wat nieuwe kleding. Dat was snel geregeld, en toen keek ze uit naar een taxi. Ze vond er een op Oxford Circus. De chauffeur kende Kemble Street inderdaad; die was in Shoreditch, zei hij. Terwijl ze door de stad reden, was Caroline onthutst door de vernietiging die afgelopen zondag was gezaaid. In de krant had ze een foto gezien van St Paul’s, waarvan de koepel afgetekend stond tegen de door strijd verscheurde hemel, maar dat had haar niet doordrongen van de schaal van de verwoesting.

De taxi draaide Kemble Street in, maar al terwijl ze door de straat keek, zonk Caroline de moed in de schoenen.

‘Welk nummer, dame?’ vroeg de chauffeur.

‘Vijfenzestig,’ mompelde Caroline.

De chauffeur zette zijn wagen langs de stoeprand en Caroline stapte uit. ‘Wacht u even?’ vroeg ze. ‘Dit duurt niet lang.’ Ze wist het nu al. Een rij huizen aan de oneven kant was uitgebrand en stak kaal en zwart af tegen de middaglucht. Nummer vijfenzestig was in het midden. Ze liep er langzaam naartoe en bekeek de schade. Er woonde nu niemand meer in deze geblakerde huizen zonder daken. Terwijl ze ernaar stond te kijken, kwam er een man aanlopen vanaf het einde van de straat. Hij keek recht vooruit, alsof hij de aanblik van die verwoeste huizen niet kon verdragen.

‘Pardon.’ Caroline stak haar hand naar hem op. De man bleef staan en keek haar met glazige ogen aan, alsof hij haar nu pas opmerkte. ‘Pardon,’ herhaalde ze. ‘Kunt u me vertellen wat er is gebeurd met de mensen die hier woonden? Ik bedoel, gaat het goed met ze? Zaten ze veilig in een schuilkelder?’

Hij keek naar de huizen. ‘Wie weet?’

‘Ik dacht dat u er misschien iets van wist. Ik zoek een echtpaar, de Federmans. Ik had gehoord dat ze hier woonden. Kent u ze?’

De man leek er nog steeds niet helemaal bij, alsof hij de vraag niet begreep. ‘Die zijn weg,’ zei hij.

‘Weg? Waarheen dan?’

Hij lachte verstikt. ‘Hoe moet ik dat weten? Gewoon weg. Verkoold in een flits door Hitlers Blitz.’ De man grijnsde en leek wel ingenomen met zijn rijmelarij, want hij bleef het op zangerige toon herhalen. ‘Verkoold in een flits door Hitlers Blitz. Verkoold in een flits door Hitlers Blitz.’ Hij keek om zich heen en voegde eraan toe: ‘Net zoals mijn Mary. Ik zoek haar. Zij is ook weg. Ik zoek Mary. Heb jij haar gezien?’

Op dat moment kwam er een jongere vrouw aan gerend, die de man ongerust bij zijn mouw pakte. ‘Kom mee, Tom, tijd om naar huis te gaan.’

‘Maar ik zoek Mary,’ protesteerde hij klaaglijk.

‘Weet ik,’ zei de vrouw vriendelijk, ‘maar ze is hier niet meer. Kom mee, Tom, we moeten gaan.’ Ze glimlachte verontschuldigend naar Caroline en leidde de man weg, met zijn hand stevig omklemd alsof hij een klein kind was.

Caroline wilde haar vragen of zij de Federmans kende, maar het leek haar zinloos. Die arme vrouw had wel andere dingen aan haar hoofd, en zelfs als de Federmans de aanval hadden overleefd, dan waren ze hier niet meer.

Ze keerde terug naar de wachtende taxi en stapte in. 'Station Paddington,' zei ze. Het zou bijna net zo snel gaan en een stuk goedkoper zijn om de metro te nemen, zoals ze normaal zou doen, maar ze voelde zich zowel fysiek als mentaal uitgeput. Ze leunde naar achteren en liet zich door Londen rijden.

Ze had nog een lange reis voor de boeg; zoals het treinverkeer tegenwoordig verliep, kon die ergens tussen de drie en de drieëntwintig uur duren. Maar Caroline vond het niet erg. Ze ging naar Avril toe om zich een paar dagen in de watten te laten leggen. Het enige punt was dat ze die arme Charlotte zou moeten vertellen dat haar vroegere huis verwoest was, en daar verheugde ze zich bepaald niet op. Hoeveel meer moest die arme meid nog verdragen?

Het was een lange, koude reis. Toen Caroline eindelijk op het station in Cheddar aankwam, was ze doodop. De trein had geen verwarming en ze had twee keer moeten overstappen en op ijskoude perrons moeten wachten terwijl de avond viel. Ze had in de tussentijd nog een telefoontje weten te plegen naar de pastorie om te melden dat ze op weg was, maar dat ze wel zou overnachten in Cheddar en dan met de ochtendbus naar Wynsdown zou komen.

Maar tot haar verbazing en blijdschap stond Henry Masters op het station op haar te wachten. 'De dominee zei dat je onderweg was, dus dacht ik dat je maar moest gaan ophalen. Anders had je op dit uur van de avond nog een slaapplaats moeten zoeken.' Henry pakte haar tas mee en ging haar voor naar zijn auto.

'O, wat heerlijk,' riep Caroline. 'Heb je lang moeten wachten? Ik wist zelf niet eens wanneer ik zou aankomen.'

'O, niet al te lang,' zei Henry luchtig, terwijl hij het portier voor haar opende. 'Kom, we brengen je naar huis.'

Henry reed langzaam over de landweggetjes naar Wynsdown. Er lag nog sneeuw op de weiden en langs de weg, maar zijn kleine auto redde het met slechts af en toe slippende wielen naar het dorp.

Toen Avril de voordeur opende en een bleke Caroline op de stoep zag staan, omhelsde ze haar meteen. 'Caro!' riep ze. 'Je bent er!'

Er was geen antwoord gekomen op Charlottes brief aan de Federmans. Ze wachtte elke dag op de post, maar tevergeefs. Caroline Morrison kwam kort na haar aankomst in Wynsdown bij haar langs en vertelde heel voorzichtig dat het huis aan Kemble Street een uitgebrande ruïne was.

'Alle huizen aan die kant zijn verwoest door brand,' zei juffrouw Morrison. 'Er kan daar nu niemand meer wonen, maar dat betekent niet dat je pleegouders zijn omgekomen. Ik neem aan dat ze ergens veilig in een schuilkelder zaten.'

Charlotte vreesde dat het anders was. Ze wist dat de Federmans nooit naar Hope Street gingen, de dichtstbijzijnde schuilkelder. Als ze thuis waren, zouden ze schuilen in hun eigen kelder. Ze zag het ondergrondse kamertje weer voor zich met de matras en de twee oude leunstoelen, de kaarsen en de doos met dekens. Oom Dan had altijd gezegd dat de ruimte niet diep genoeg was om hen te beschermen tegen een directe inslag, maar was hij wel diep genoeg, vroeg Charlotte zich nu af, om hen te beschermen tegen een brand die in het huis boven hen woedde?

'Hebt u niemand op straat gezien?' vroeg ze. 'Was er niet iemand die u kon vragen of ze iets wisten?'

'Nee,' antwoordde Caroline. 'Nou, alleen een man die zijn vrouw Mary zocht. Maar ik geloof dat hij een beetje verward was... door de bombardementen, snap je. Sommige mensen reageren er zo op.'

'Hebt u in de kelder gekeken?' vroeg Charlotte.

'In de kelder?'

'Ja. Daar schuilden we altijd. Oom Dan had hem ingericht.'

'Nee,' zei Caroline, 'ik heb niet in de kelder gekeken, vrees ik. Ik wist niet dat er een was. Maar ik weet zeker dat de huizen al door reddingswerkers zijn doorzocht.'

'Dan hebben ze mijn brief dus nooit gekregen,' zei Charlotte. 'Als er geen huis meer staat, zal de postbode er geen brieven bezorgen, hè?

Wat doen ze eigenlijk met alle brieven die naar gebombardeerde huizen worden gestuurd?'

'Dat weet ik niet, lieverd.'

Charlotte knikte. 'Dus hen ben ik ook al kwijt.' De tranen stonden haar in de ogen, maar ze hield zich groot.

27

Januari 1941

Een ijskoude mist kwam aanrollen vanaf de zee en drong door tot in alle hoeken van het kamp, met een vochtige grauwheid die paste bij de stemming van de gedetineerden. Het was al drie weken koud en ellendig weer, en iedereen begon elkaar op de zenuwen te werken. Er braken relletjes uit om de kleinste dingen en de lichtste probleempjes mondden uit in geweld. De kampbewoners hadden weinig anders te doen dan het regelen van de dagelijkse beslommeringen van elk huis, maar die kostten niet veel tijd. Ze kaartten en schreven brieven om contact te onderhouden met hun families. Maar Harry Black wist wel beter dan zich te meten met die gehaaide kaartspelers, en hij had niemand om te schrijven.

Harry haatte het om binnen opgesloten te zitten en dwaalde over het kampterrein in zelfs het guurste weer, gewoon om even weg te komen bij de anderen. Zijn versleten kleding bood weinig bescherming tegen de ijzige wind en mist, en bij terugkeer klapperden zijn tanden van de kou.

'Je kunt beter binnenblijven met dit weer,' zei Alfred Muller op een avond tegen hem. 'Ik snap dat je je verveelt, maar er zijn dingen die je kunt doen om die verveling tegen te gaan, weet je.'

'Wat voor dingen?' snauwde Harry. 'Er is hier in dit schijthuis niks wat ik wil doen.'

'Kwaad op mij worden brengt je niks,' zei Alfred rustig. 'Je bent een intelligente man. Je zou iets nieuws kunnen leren; iets wat je goed van pas komt als je hier straks weg bent.'

Het viel Harry op dat Alfred het woord 'man' gebruikte. Veel andere gedetineerden behandelden hem als een jongen die ze konden commanderen, een kind dat niets in te brengen had, en dat vond Harry vreselijk. 'O ja?' zei hij lijzig. 'Zoals wat dan?'

'Misschien kun je je Engels verbeteren,' opperde Alfred. Aangezien alle bewoners van het huis Duits waren, was dat er de voertaal geworden. 'Ben je van plan om in Engeland te blijven na de oorlog?'

'Nee,' zei Harry overtuigd. 'Ik heb genoeg van Engeland. Ik kwam hier als vluchteling voor de nazi's, en de Engelsen sloten me op. Als er ooit een einde komt aan die rotoorlog, ga ik naar Australië.'

'In Australië spreken ze ook Engels,' merkte Alfred op.

'Ja, nou, ik ook,' grauwde Harry. Hij draaide zich abrupt om en beende de keuken uit.

Harry ging naar boven en dook op zijn bed. Hij was al jaren niet meer naar school geweest en vertikte het om nu weer terug te gaan. Hij hoefde niets nieuws te leren, want hij wist al hoe de wereld in elkaar stak. Het was ieder voor zich, en Harry werkte er hard voor om te krijgen wat hij wilde. Of dat had hij tenminste gedaan, totdat hij hier werd gedumpt.

Hij keek om zich heen in de kamer die hij met drie anderen deelde. De bedden stonden op een rijtje en er was amper ruimte om ertussendoor te lopen. Een smal kastje naast elk bed was de enige plek die je had voor je persoonlijke spullen. Harry had niet veel, alleen zijn koffer met wat kleren. Hij had geen boeken of foto's, niets om hem te herinneren aan zijn ouders of zijn huis in Hanau. Zijn geld, zo was hem verzekerd, zou hij terugkrijgen als hij het kamp verliet. Als hij het kamp verliet! Die woorden maakten hem verschrikkelijk kwaad. Hij moest hier maar wegrotten totdat ofwel de Britten wonnen, wat hem steeds onwaarschijnlijker leek, ofwel tot de nazi's binnenvielen en het land overnamen. Dan zouden ze hem ongetwijfeld herkennen als Jood en zou hij naar weer een ander kamp worden gebracht, en daar had hij genoeg over gehoord om te verkillen bij het vooruitzicht.

De deur ging open en een van zijn kamergenoten, Rolf Heffer, kwam binnen. Hij keek argwanend naar Harry. 'Wat doe je hier?' gromde hij. 'Heb je aan mijn spullen gezeten?'

‘Nee,’ zei Harry nukkig. Een paar weken geleden was hij betrapt door zijn andere kamergenoot, Bernd Bauer, toen hij in Bernds kastje snuffelde. Dat was op knokken uitgedraaid. Bernd was veel ouder en breder dan Harry, maar Harry had zich niet zomaar gewonnen gegeven. Ze waren uit elkaar gesleurd voordat er echte schade kon worden aangericht en hadden allebei een week in de afkoelruimte moeten zitten. Toen ze er weer uit kwamen, was Bernd naar een andere kamer verhuisd en was zijn plek ingenomen door Rolf Heffer.

Rolf was opgepikt uit een stuurloze Duitse vissersboot op de Noordzee en aan land gebracht, maar ondanks zijn redding haatte hij de Engelsen en was hij kwaad omdat ze hem hadden opgesloten. Hij had een kort lontje en was snel met zijn vuisten. Harry wist, net als ieder ander in huis, dat je niet met Rolf Heffer moest sollen. Slechts één keer had hij in Rolfs kastje durven kijken, en toen had hij het gezien: een keukenmes, vlijmscherp geslepen. Harry had snel het deurtje weer dichtgedaan, met bonzend hart. Hij zou nooit meer aan Rolf Heffers spullen zitten.

‘Alfred zegt dat je beneden moet komen voor je keukendienst,’ zei Rolf.

Harry wilde protesteren, maar bedacht zich. Hij stond op en slenterde de kamer uit.

Ik kan niet tot het einde van de oorlog in dit helse kamp blijven, dacht hij terwijl hij de trap af stampte. Er móést een manier zijn om hier weg te komen.

Terwijl Harry hielp met groenten snijden voor de soep voor de lunch overpeinsde hij verschillende mogelijkheden. Het grootste probleem was dat ze op een eiland zaten. Zelfs als hij uit het kamp wist te ontsnappen, waar moest hij dan heen? Er lagen boten genoeg in de haven, maar hij wist niets van varen, niets van navigeren. Dat betekende dat hij het nooit alleen kon klaarspelen. Hij zou een handlanger nodig hebben, iemand die wel verstand had van zulke dingen. Dat maakte het plan twee keer zo gevaarlijk. Als twee mensen een geheim kenden, wist Harry, was dat er één te veel.

‘Jij bent diep in gedachten,’ zei Hans Bruch, die de leiding had genomen over de keuken en met de soep bezig was. 'Bereid je je ontsnapping voor?'

Harry keek scherp op, en Hans lachte verbaasd. 'Ik heb gelijk, hè?' Hij mepte Harry vriendelijk op zijn schouder. 'Doe niet zo stom, knul. Je komt nooit dit kamp uit, en je komt nooit van dit eiland af. Als je hier weg wilt komen, is je beste kans om je aan te melden voor het leger.'

'Het leger?' Harry keek hem stomverbaasd aan.

'Op die manier,' legde Hans uit, 'krijg je de twee dingen die je het liefst wilt: je komt van het eiland af én je kunt Hitler terugpakken.'

'En jij dan?' vroeg Harry kwaad. 'Ga jij je aanmelden voor het leger?'

Hans schudde zijn hoofd. 'Nee,' verzuchtte hij. 'Ik ben geen nazi, ik haat alles waar ze voor staan, maar ik ben wel Duitser, geboren en getogen in Heidelberg. Ik was in Londen voor een koksopleiding toen de oorlog begon, maar ik zal niet uit vrije wil tegen mijn eigen land vechten. Nee, ik zal hier moeten blijven tot het afgelopen is. Maar jij? Toen jij Duitsland verliet, was dat omdat je vervolgd werd, en Duitsland was je thuis niet meer.'

'En dat is anders?' vroeg Harry geïnteresseerd.

'In mijn optiek wel.' Hans gebaarde naar de tafel en veranderde van onderwerp. 'Kom op, Harry. Ga de tafel dekken. De rest komt ook zo.'

Harry deed wat hem werd gezegd, terwijl hij nadacht over wat Hans hem had verteld. Hij had zijn ontsnappingsplannen nog niet helemaal opgegeven, maar bij het leger gaan zou misschien ook een uitweg kunnen zijn.

Na de maaltijd kwam Alfred naar Harry toe, haalde een boek uit zijn zak en gaf het aan hem. 'Ik dacht dat je dit misschien interessant zou vinden,' zei hij.

Harry keek ernaar. Het was een boek over Australië. Hij wist dat alleen omdat er een kaart van Australië op de voorkant stond. Anders zou hij het niet hebben geweten, want hij kon niet lezen. Maar dat zou hij nooit toegeven, dus bladerde hij het vluchtig door en stopte bij de foto's in het midden. 'Over Australië! Ja, dat is interessant.'

Alfred wachtte tot de andere gedetineerden de keuken hadden verlaten en zei toen zachtjes: 'Ik zou je kunnen leren lezen, Harry. Je zou je veel beter redden in Australië als je kon lezen en schrijven.'

'Ik kan best lezen en schrijven!' reageerde Harry verhit.

'Natuurlijk wel,' zei Alfred vriendelijk, 'maar ik dacht dat ik je kon leren lezen en schrijven in het Engels. Daar heb je veel meer aan na de oorlog, vooral als je naar Australië besluit te gaan.'

Harry stak het boek weer naar hem uit. 'Nee, bedankt.'

'Best,' zei Alfred zonder het aan te pakken. 'Ik dacht alleen dat je misschien ook je Engelse conversatie zou willen verbeteren. Het is mijn moedertaal.'

'Maar je spreekt Duits.'

'Ja, klopt. Mijn moeder was Duits, maar ik ben geboren in Engeland.'

'Als je hier geboren bent, wat doe je dan in dit kamp?' vroeg Harry. 'Ben je wel eens in Duitsland geweest?'

Alfred schudde zijn hoofd. 'Nee, nooit. Maar omdat mijn moeder Duits was, heb ik daar nog familie, en dus ben ik verdacht.'

'Kun je niet bij het leger gaan om te vechten?' vroeg Harry. 'Dat zou bewijzen aan welke kant je staat.'

'Te oud,' verzuchtte Alfred. 'Het leger zit niet te wachten op een oude schoolmeester zoals ik.' Hij glimlachte. 'Maar jij zou heel nuttig voor ze kunnen zijn, vooral als je goed Engels sprak.' Hij schakelde over naar het Engels. 'Als jij en ik nou eens Engels praten? Je spreekt het goed genoeg om je verstaanbaar te maken, maar we kunnen het nog verbeteren.'

Harry keek hem argwanend aan, maar antwoordde in het Engels. 'Waarom? Waarom wil je mij helpen?'

'Waarom niet? Het geeft ons allebei iets te doen. Houdt ons bezig.'

'Ik wil niet "bezig zijn",' antwoordde Harry, terugschakelend naar het Duits. 'Ik wil hier gewoon weg.'

'Wie niet?' zei Alfred, nog steeds in het Engels. 'Maar totdat dat kan, moeten we de tijd zien door te komen, en dat kunnen we dan net zo goed op een nuttige manier doen in plaats van alleen maar door de regen te dwalen.'

Harry legde het boek over Australië op tafel. 'Dat wil ik niet lezen,' zei hij, en hij beende de keuken uit.

Later die avond riep Alfred alle bewoners van het huis bij elkaar. 'Ik was hoofdmeester op een grote school voordat ik hierheen kwam,' begon hij. 'En ik heb besloten dat ik hier ook weer kan lesgeven. Is er iemand die iets nieuws zou willen leren? Zijn hier nog meer mannen die de rest iets zouden kunnen leren?'

Er werd geroezemoesd, en toen zei iemand: 'Ik kan niet zo goed rekenen. Heb het nooit onder de knie gekregen op school, maar misschien kun jij me daarbij helpen.'

'Ik kan het beslist proberen,' beloofde Alfred. 'Verder nog iemand?'

'Ik ben kunstenaar,' zei een andere man, Richard Scholz. 'Ik kan tekenles geven als iemand belangstelling heeft.'

'Ik dacht dat Engelse conversatie nuttig zou kunnen zijn,' zei Alfred. 'Ik weet dat sommigen van jullie overwegen na de oorlog in Engeland te blijven, of naar Amerika of Australië te gaan.' Hij richtte zijn blik op Harry. 'Hoe zit het met jou, Heinrich?'

'Ik heet Harry,' grauwde Harry.

'Precies,' zei Alfred glimlachend, niet van zijn stuk gebracht. 'Je bent in Engeland komen wonen en hebt een Engelse naam aangenomen, dan zou ik denken dat je ook goed, idiomatisch Engels zou willen spreken.' Hij keek Harry met vragende ogen aan. Harry wendde zijn blik af.

Er werd gediscussieerd over welke lessen er konden worden gegeven, en hoewel een paar mannen het hele idee maar stom vonden, zagen anderen in dat ze er baat bij konden hebben.

Een paar dagen later kwam Harry Rolf tegen op de gang. De man drukte hem tegen de muur, hield zijn armen vast en zette Harry klem met zijn lichaam. 'Jij bent een knul met lef,' zei hij met verbazingwekkend zachte stem. 'Ik ga hier weg. Ga je mee?'

Harry staarde naar de grote man die boven hem uittorende. 'Weg?' kraste hij.

'Weg uit dit kamp en van dit eiland af.' Rolf keek hem met felle ogen aan. 'Je wilt toch wel van deze schijtplek weg?'

Harry knikte.

'Nou, juist, en dat gaan we doen. Jij en ik.'

Harry kon zijn oren niet geloven. 'Hoe dan?' fluisterde hij.

'Laat dat maar zitten,' snauwde Rolf. 'Dat vertel ik je wel wanneer je het weten moet. Ik heb een plan, maar we moeten met z'n tweeën zijn.'

'Waarom ik?' vroeg Harry aarzelend.

'Je bent een overlever. Je hebt het lef om voor jezelf op te komen. Ik heb een overlever nodig, en iemand die Engels spreekt. Jij dus.'

'Ik spreek redelijk Engels,' zei Harry behoedzaam.

'Ja, nou, dan kun je maar beter nog een paar lessen gaan volgen bij die ouwe Alfred, hè? Zorgen dat we ons straks kunnen redden.'

'Waar gaan we dan heen?' Harry geloofde nog steeds zijn oren niet.

Rolf greep hem bij zijn arm en trok hem mee naar hun kamer. Er was niemand anders, en hij sloot de deur achter zich. 'Als we hier wegkomen, komen we in Engeland of in Ierland terecht. Hoe dan ook moet een van ons dan Engels spreken. Ik ken geen woord Engels, maar jij wel.' Hij pakte Harry's schouders en schudde hem door elkaar. 'Ik heb nog wat dingen te doen voordat we kunnen gaan. Jouw taak is om je Engels te oefenen, oké? En denk eraan,' voegde hij er op gedempte toon aan toe, 'als iemand anders van ons idee hoort, als je tegenover ook maar iemand zinspeelt op wat we van plan zijn, vermoord ik je.' Hij kwam met zijn gezicht heel dicht bij Harry, zo dichtbij dat Harry zijn smerige adem rook. 'Geloof je me, jongen?'

Harry geloofde hem. Hij knikte omdat hij geen woord kon uitbrengen.

'Mooi,' zei Rolf, die hem zo plotseling losliet dat Harry op zijn bed viel. 'Denk eraan: alleen jij en ik. Blijf bij me uit de buurt. Ik kom wel naar jou toe als we moeten praten. Jij leert gewoon je Engels.' Met die woorden beende Rolf de kamer uit.

Harry bleef op zijn bed zitten, enthousiast over het idee, maar ook heel bang. Over ontsnappen nadenken was nog tot daaraan toe, maar het echt doen was iets heel anders. Hij wist niet hoe Rolf dacht hen het kamp uit te kunnen krijgen, maar als ze naar Engeland of Ierland wilden, zouden ze een boot moeten stelen. In elk geval was Rolf een zeeman. Hij zou wel weten hoe je een boot bestuurde en hoe je moest navigeren.

Maar hoewel het idee van een ontsnapping hem enerzijds wel beviel, werd Harry almaar banger hoe langer hij erover nadacht. Ze zouden nooit het kamp uit komen, ze zouden het nooit naar de haven redden, en zelfs als dat wel lukte, hoe konden ze dan met maar twee man een boot stelen die groot genoeg was om de zee over te steken? Harry herinnerde zich de woeste overtocht vanuit Liverpool, en dat was met een veel grotere boot geweest dan zij tweeën zouden kunnen bemannen. Moest hij Alfred vertellen over het plan? Maar nee, Rolf zou erachter komen en hem vermoorden. Hij huiverde toen hij aan het scherpe mes in de kast van de grote man dacht. Stel dat hij gewoon zei dat hij niet meeging? Zou Rolf hem dan alsnog vermoorden, om zeker te weten dat hij zijn mond hield?

De verschillende lessen begonnen. Elke morgen verzamelde Alfred zijn vijf leerlingen in de gezamenlijke zitkamer en gaf hij Engelse conversatieles. Richard Scholz gaf tekenles tijdens de tweede helft van de ochtend, en 's middags gaf Alfred wiskunde.

Alfred zei er niets van toen Harry bij zijn volgende Engelse les verscheen. De vijf die er al zaten, accepteerden simpelweg dat Harry zich had bedacht, maar het viel Alfred op dat Harry was veranderd. Hij was niet meer zo brutaal. Hij maakte geen bijdehante opmerkingen meer en sprak je niet constant tegen. Alfred, met zijn lange ervaring met jongens van Harry's leeftijd, wist meteen dat er iets aan de hand was. Een paar dagen later, na de les, riep hij Harry terug.

'Is alles goed, Harry?' vroeg hij. 'Zit je iets dwars?'

Harry keek op en antwoordde scherp: 'Nee! Hoezo?'

Alfred haalde zijn schouders op. 'Je ziet er een beetje down uit, dat is alles.'

'Nou, wie niet, in dit helse gat?' vroeg Harry kwaad.

'Oké.' Alfred wist wanneer hij afstand moest houden. 'Ik dacht alleen dat ik je misschien ergens mee kon helpen.'

‘Wie denk je dat je bent? Mijn vader?’

‘Ik ben er oud genoeg voor,’ zei Alfred met een spijtig glimlachje. ‘Als het maar goed met je gaat, vind ik het best.’

Alfred dacht na over de verandering in Harry. Het viel hem op dat de jongen Rolf Heffer ontweek, bij hem wegliep als ze elkaar in de gezamenlijke ruimtes tegenkwamen. Rolf leek ook bij Harry uit de buurt te blijven. Was daar iets gaande? Was er iets tussen hen? Rolf was een grote vent, dus het zou hem geen moeite kosten om zich op te dringen aan een mager straatjochie als Harry. Ondanks zijn bravoure was Harry nog jong, en fysiek zou hij nooit op kunnen tegen een man als Rolf. Misbruikte Rolf die knaap? Dat soort dingen gebeurden, vooral wanneer mannen opgesloten zaten zonder vrouwelijk gezelschap. Alfred besloot die twee beter in de gaten te houden. Als het was wat hij vreesde, zou hij beslist tussenbeide komen en Rolf naar een ander deel van het kamp laten verhuizen.

Toen Harry de vorige dag een wandeling door het kamp maakte was Rolf hem gevolgd. Wandelend over het pad langs de promenade, achter het prikkeldraad, zette Rolf zijn plan uiteen. Als vrijwilliger in een ploeg die klussen buiten het kamp deed, had hij een draadschaar in zijn broekspijp verstopt. De bewaker die met hen mee terug was gelopen nadat ze een hek bij een plaatselijke boer hadden gerepareerd, had de gereedschappen die in en uit gingen niet goed nageteld.

‘De eerstvolgende keer dat het ’s morgens mistig is, gaan we het kamp uit en lopen een stuk langs het strand, weg bij de poort. Dan knippen we het hek kapot en staan we buiten. Ik heb een plek gezien waar we ons kunnen verstoppen tot het donker is, en daarna lopen we naar de haven en jatten een boot.’

‘En het avondappel dan?’ vroeg Harry.

‘Wat is daarmee? Dan zijn wij allang weg. De mist is de sleutel, snap je.’

‘Stel dat iemand ons ziet? Een van de bewakers?’

‘Als iemand ons voor de voeten loopt, reken ik wel met hem af. Wees maar niet bang.’ Zijn ogen glansden toen hij zich naar Harry’s oor toe boog. 'Ik heb een mes!' siste hij. 'Niemand houdt ons tegen, knul.'

Kijkend in Rolfs glinsterende ogen werd Harry bijna overmand door angst. Die kerel was gek. Dacht hij echt dat hij gewoon het hek kon doorknippen en weglopen? En als ze in de mist een bewaker tegen het lijf liepen, zou hij die dan echt neersteken?

Rolf zag zijn angst kennelijk, want hij zei: 'Haal je nou maar geen stomme dingen in je kop, jongen. Jij zit hier net zo diep in als ik.' Hij greep Harry bij zijn haar. 'Als ik denk dat ik je niet kan vertrouwen, weet je wat er met je gebeurt.' Hij liet los en voegde er op rustiger toon aan toe: 'Het is al goed, joh, ik doe je toch niks? Ik heb je nodig om Engels te praten als we buiten zijn, hè?'

En zo niet? dacht Harry in paniek. Wat gebeurt er dan met me?

Hij wenste dat hij Alfred kon vertellen over Rolf en zijn plannen, want hij vond ze elke dag enger worden. Maar de gedachte aan het keukenmes in Rolfs kastje hield hem tegen. Hij twijfelde er geen moment aan dat Rolf het zou gebruiken als hij dacht dat Harry hem zou verraden.

Harry keek met angst uit naar de volgende mistige dag. Elke morgen als hij wakker werd en een heldere lucht zag, slaakte hij een zucht van verlichting en ging naar zijn Engelse les. Tot zijn verbazing genoot hij ervan, en met zijn al aanwezige basiskennis en Alfred als geduldige, stimulerende leraar boekte hij snel vooruitgang.

Het was bijna twee weken later dat de mist weer kwam aanrollen. Niet meteen 's morgens, zoals vaak gebeurde, maar laat in de middag kroop de nevel over het eiland. Harry sloop het huis uit, op zoek naar een plek waar hij zich kon verstoppen voor Rolf. Terwijl hij de mist in glipte, verscheen Rolf ineens naast hem.

'Oké,' fluisterde hij. 'We gaan nu.'

'We hebben niks bij ons,' mompelde Harry. 'We hebben eten en water nodig voor de reis.'

'We doen het zonder,' gromde Rolf. 'Dit is onze kans. Kom op.' Hij greep Harry bij zijn arm en sleepte hem over het pad langs de zee. De mist slokte hen op.

Hoewel Alfred Harry en Rolf het huis had zien verlaten, had hij niet gezien waar ze heen waren gegaan. Hij werd bekropen door een akelig voorgevoel. Waar gingen ze heen? Hij haastte zich naar buiten en tuurde door de wervelende mist, maar de twee waren verdwenen. Hij moest een besluit nemen, en snel. Als Rolf en Harry snode plannen hadden, zouden ze vast weglopen bij de hoofdpoort. Hij ging linksaf en volgde het pad langs het prikkeldraad. Eén keer dacht hij stemmen te horen, maar door de mist was lastig te bepalen waar ze vandaan kwamen. Hij liep door, zo stilletjes mogelijk. Rolf en Harry waren nergens te zien, maar Alfred wist dat ze niet ver weg konden zijn. Toen hoorde hij het: een plof en een gemompelde vloek. In de mist was hij bijna boven op hen gestuit.

'Harry?' riep hij.

Er kwam geen antwoord, maar Alfred voelde dat er iemand was. Hij riep nog een keer. 'Harry? Ben je daar?'

Plotseling riep een schrille stem: 'Hij heeft een mes!'

Alfred verstijfde. Bedreigde dat mes Harry, of hem? 'Harry, waar ben je?'

'Blijf waar je bent!' Rolfs stem was een lage grauw. 'Jij hebt hier niks mee te maken.'

'Is alles goed met je, Harry?' Alfred sprak Engels, wetend dat Rolf hem dan niet kon verstaan. 'Antwoord in het Engels.'

'Hij heeft een mes,' zei Harry. 'Hij steekt me ermee als je te dichtbij komt.'

'Duits praten!' brulde Rolf. 'Duits praten, verdomme!'

'Ik kom Harry terughalen,' zei Alfred vriendelijk, terwijl hij rustig naar voren schuifelde door de mist.

'Nou, hij kómt niet terug!' snauwde Rolf. 'Hij gaat met mij mee.'

'Waarheen?' vroeg Alfred, nog iets dichterbij. 'Waar gaan jullie heen?'

'Hij heeft het hek doorgeknipt,' riep Harry in het Engels. Dat werd gevolgd door een schreeuw, en Alfred dook naar voren en zag Rolf met een mes op Harry's keel staan. Er liep al een spoortje bloed langs de hals van de jongen, die zijn rug kromde in een poging om niet nog een keer verwond te worden.

'Ik zei dat je weg moest blijven!' schreeuwde Rolf met een woedende blik in zijn ogen.

'Ik kom niet bij jou in de buurt,' zei Alfred rustig. 'Maar laat hem gaan. Hij is nog maar een kind. Laat hem met mij meegaan, dan kun jij ontsnappen als je wilt. Ik zal je niet verlinken.'

'Nee!' Rolf deed een stap naar Alfred toe, en zijn grip op Harry werd wat losser. Meer had Harry niet nodig: met een scherpe ruk brak hij los. Toen Rolf zich omdraaide om hem weer te grijpen, trapte Harry hem zo hard mogelijk in zijn kruis. Met een brul van pijn sloeg Rolf dubbel en liet hij het mes vallen.

Harry griste het mes van de grond en leek Rolf ermee te willen steken, maar Alfred riep: 'Nee, Harry!' Alfred greep hem vast, trok hem weg en ging tussen Harry en de kermende Rolf in staan. Hij zei tegen Rolf: 'Ik neem Harry nu mee terug naar het huis, Rolf. Wat jij doet, moet je zelf weten. Maar als ik je weer in het kamp zie, geef ik je aan bij de commandant en laat ik je opsluiten voor poging tot moord.' Hoewel zijn hart tekeerging, wist hij dat hij Rolf moest laten zien wie de baas was.

Op dat moment dreef er een mistflard weg en zag hij de plek waar het hek was doorgeknipt. Nog even en die twee zouden aan hun tot mislukken gedoemde ontsnapping zijn begonnen.

Stevig vasthoudend aan Harry liep Alfred achteruit weg bij Rolf. Na een volgende windvlaag verdween Rolf weer uit het zicht in de mist. Dit was hun kans.

'Opschieten!' siste Alfred, en hij draaide zich om en duwde Harry voor zich uit. Dat was een vergissing. Brullend van woede dook Rolf de verhullende mist uit en beukte Alfred tegen de grond. Harry werd opzijgeduwd, het mes viel uit zijn hand en verdween kletterend in de mist. Rolf graaide schreeuwend naar Harry en probeerde hem terug te trekken naar het doorgeknipte deel van het hek.

Weer rukte Harry zich los, en hij krabbelde over de grond in een poging te ontkomen. 'Ga weg!' schreeuwde hij schril van angst. 'Ga weg!'

Alfred hapte naar adem, maar bang voor wat de volslagen manische

Rolf zou gaan doen, sprong hij overeind, greep Rolfs been vast en brulde: 'Rennen, Harry! Rennen!'

Hij was niet heel sterk en het was een zwakke poging, maar hij hield net lang genoeg vast om Harry de kans te geven in de mist te verdwijnen.

Harry zette het op een lopen en bleef de hele weg om hulp roepen. Binnen enkele ogenblikken verschenen er drie kampwachters vanuit de mist, met geweren in hun handen.

'Wat is er aan de hand?'

'Wat gebeurt hier?' schreeuwden ze, terwijl ze Harry vastgrepen.

'Daar!' brulde Harry, wijzend in de mist. 'Daar! Hij vermoordt Alfred!'

Toen de mist weer even uiteenweek, zagen ze Alfred opgerold op de grond liggen in een poging om zichzelf te beschermen. Dol van razernij trapte Rolf hem met zijn zware laarzen tegen zijn zij, zijn rug en zijn hoofd.

'Stop! Stop of ik schiet!' schreeuwde de eerste wachter.

Maar Rolf leek buiten zinnen en scheen hem niet te horen. Niet zeker van zijn doelwit in de mist besloot de bewaker niet te schieten, maar dook op de dolleman af. Er waren drie man nodig om hem te overmeesteren en tegen de grond te werken. Zelfs toen bleef Rolf zich nog fel verzetten, en pas toen een van de wachters hem met de kolf van zijn pistool tegen zijn hoofd sloeg, zakte hij bewusteloos neer.

Daarna ging alles heel snel. Er werd versterking opgeroepen en Rolf werd met handboeien afgevoerd naar de afkoelruimte. Ze legden Alfred op een draagbaar en brachten hem naar het ziekenhuis dat uitkeek over het kamp. Harry werd voor de commandant geleid om te worden verhoord. Terwijl de mist wegdreef op de avondbries, zochten de wachters langs het pad en de omgeving. Ze vonden al snel het mes, en verderop de draadschaar bij het kapot geknipte hek. Harry's verslag over hoe Rolf hem had gedwongen mee te gaan, gestaafd door Alfred toen ook die werd verhoord, werd geloofd. Het was iedereen duidelijk dat een man met het postuur van Rolf weinig moeite zou hebben om een jonge knaap als Harry te intimideren. Het was ook duidelijk dat

Rolf tijdens zijn gevangenschap was doorgeslagen. Hij werd van het eiland afgehaald, terug naar het vasteland en de gevangenis van Liverpool, waar hij geen verder onheil meer kon aanrichten.

Harry mocht Alfred bezoeken in het ziekenhuis. Alfred had zijn leven gewaagd om Harry te redden en hij was hem echt dankbaar; hij hoefde niet te proberen naar de haven te komen, hij hoefde niet de zee op in een gestolen boot.

'Waarom heb je me in vredesnaam niet verteld wat er speelde?' vroeg Alfred zodra hij hem zag. 'Dan had ik iets kunnen doen.'

'Hij had een mes,' antwoordde Harry. 'Hij zei dat hij me zou vermoorden als ik met iemand over zijn plan praatte, en ik geloofde hem.'

28

Januari 1941

Het was een strenge winter en meer dan eens raakten de mensen in Wynsdown ingesneeuwd, afgesneden van de buitenwereld door sneeuwhopen op de toegangswegen. Maar de bewoners droegen de winterse omstandigheden stoïcijns, en met een paar uitzonderingen ging het leven in het dorp grotendeels door zoals normaal. Toen de oudere kinderen niet naar Cheddar konden vanwege de sneeuw, vorderde Michael Hampton het dorpshuis en zette daar schraagtafels neer, zodat ze in elk geval door konden met een paar van hun lessen. De boeren probeerden uit alle macht hun vee te beschermen, en toen het lammeren begon gingen ze dag en nacht de weiden op. Als het af en toe even dooide, veranderden de paden in diepe, zompige modder, die dan bij de volgende temperatuurdaling overging in keiharde, bultige sporen met bevroren plassen ertussen.

De kinderen, vooral de jongere, genoten van het winterse weer en gingen sleeën, maakten sneeuwpoppen of legden glijbanen aan op de bevroren paden. De oudere bewoners waren minder blij met elke nieuwe laag sneeuw, ploeterend naar de dorpswinkel of angstig over de glibberige wegen schuifelend. Dokter Masters moest meer dan eens een gebroken pols zetten omdat een tocht naar het ziekenhuis onmogelijk was.

Juffrouw Edie had een paar stevige laarzen en een dikke overjas voor Charlotte weten te bemachtigen. Met de sokken en handschoenen die ze had gebreid van een andere uitgehaalde trui kon Charlotte met een gerust hart naar buiten.

Doordeweeks bleef ze 's avonds thuis. Ze had meer dan genoeg te doen met haar huiswerk, het maken en herstellen van kleding, en een extra pleziertje: ze leerde pianospelen. Juffrouw Edie had haar op een middag achter de piano in de zitkamer betrapt, waar ze probeerde een melodietje te spelen. Ze gebruikten die kamer zelden nu het zo koud was. De weinige brandstof die ze hadden, kwam van hun sprokkelexpedities, als juffrouw Edie en zij met een oude kruiwagen naar het bosje aan het eind van het landweggetje togen om al het brandhout te verzamelen dat ze konden vinden. Na een van die expedities had Charlotte hun buit opgestapeld bij de haard. Ze was uit nieuwsgierigheid naar de piano in de hoek gelopen, had de klep geopend en een paar toetsen aangeslagen. Juffrouw Edie hoorde dat, kwam bij de deur staan en bood spontaan aan om haar pianoles te geven.

In de weekenden was ze vaak op Charing Farm. Er waren altijd klusjes te doen en dieren te voeren, en ze vond het fijn om mevrouw Shepherd te helpen in de keuken. Als Billy klaar was met zijn werk, gingen ze vaak met de twee jonge honden de heuvels in en wandelden dan over de weiden en door de bossen, volkomen op hun gemak in elkaars gezelschap. Billy kende de heuvels als zijn broekzak. Ze liepen over voetpaden en door bossen, terwijl de honden tussen de bomen door renden op zoek naar konijnen. Steile paden leidden naar een heuveltop waar ze uitzicht hadden over het landschap tot aan het Kanaal van Bristol, met de zee als glanzend, gewreven staal in de winterzon. Ze gingen een keer naar de top van Cheddar Gorge en keken in de diepe kloof, uitgesleten door een oeroude rivier.

Op een zaterdagmiddag waren ze verder weg gedwaald dan anders. Het was een heldere winterdag en toen ze vertrokken, stak de hemel lichtblauw af tegen het grijs, bruin en ruige groen van de winterse heuvels. Een tijdlang warmden zonnestralen hun gezicht, terwijl ze over de velden dwaalden, over muurtjes klommen en via modderige paden en sporen heuvelopwaarts gingen. Charlotte, zich bewust van een nieuwe lichtheid in haar hart als ze naar de honden keek die achter elkaar renden, dacht dat ze nog nooit zo gelukkig was geweest. Ze had een thuis bij juffrouw Edie, ze had een eigen hond, en ze had een vriend in Billy. Ze kon over heuvels lopen die zich tot in de verte uitstrekten en thuiskomen bij een warm vuur en een warm welkom. De oorlog leek heel ver weg.

Ze keek naar Billy, die naast haar liep, en voelde een plotselinge vlaag van genegenheid voor hem. Zijn dikke, krullende blonde haar dat onder zijn pet vandaan stak, zijn sterke handen om de wandelstok die hij altijd bij zich had, zijn brede schouders onder zijn waterdichte jas; het was nu allemaal zo vertrouwd voor haar.

Alsof hij voelde dat ze naar hem keek, bleef Billy staan en keek haar aan. 'Wat is er?' Zijn blauwe ogen namen haar onderzoekend op.

'Niks.' Charlotte voelde haar wangen warm worden en wendde haar blik af. 'Ik begin het koud te krijgen.'

'Kom dan maar,' zei Billy toen ze vanuit een bosje weer op open terrein uitkwamen. 'We gaan terug.'

Het weer verslechterde. Een scherpe wind sneed over de hellingen, en vanuit het westen doemden wolken op die de zon verhulden en regen aankondigden.

Terwijl hij zich omdraaide, floot Billy naar Jet, die verder omlaag langs de heuvel tussen het struikgewas was verdwenen. Charlotte rilde en begon Bessie te roepen. Geen van beide honden kwam terug.

'Jet! Kom hier, beest! Waar ben je?' schreeuwde Billy kwaad. Jet liet zich niet zien. Bessie ook niet. 'Die stomme honden!' Billy beende terug naar het bosje en liep roepend en fluitend tussen de bomen door.

Charlotte liep verder de heuvel op, met samengeknepen ogen tegen de wind, roepend en speurend naar de honden. Haar voeten zakten weg in de diepe modder van het pad terwijl ze doorliep, roepend en roepend, maar de honden kwamen niet.

Billy kwam weer naar haar toe. 'Heb jij ze gezien?' riep hij.

'Nee.'

'Ze jutten elkaar op, dat is het probleem.' Billy liep een ruig pad langs de rand van de bomen op. 'Ze kunnen aan de andere kant het bos uit zijn gelopen,' riep hij achterom. 'Wacht jij hier voor het geval ze toch weer opduiken.'

Charlotte wachtte, stampend met haar voeten om warm te blijven.

De hemel werd almaar donkerder en ze voelde aan dat het zou gaan regenen. Ze vond het niet prettig, helemaal alleen hier op de heuvel. Het was een sombere plek zonder huizen in zicht, en hoewel ze wist dat ze slechts een paar kilometer bij Wynsdown vandaan was, wist ze niet zeker welke kant ze op zou moeten. Ze wenste dat Billy terugkwam. Ze riep Bessie nog een keer, maar hoorde alleen de wind door de donkere boomtakken fluiten. Toen hoorde ze in de verte plotseling een zacht geblaf. Het kwam van de andere kant van het bosje, in de richting waarin Billy was gelopen.

Hij moet ze hebben gevonden, dacht ze, en ik heb Bessies riem.

Blij dat ze weer in beweging kon komen, ging ze hetzelfde pad op dat Billy had genomen. Aan de andere kant van het bosje kronkelde het pad een heuvel op en in de verte zag ze Billy staan, afgetekend tegen de hemel. Er was iemand bij hem, maar Charlotte zag de honden niet. Ze begon te rennen. Haar adem vormde wolkjes toen ze tegen de heuvel op ploeterde.

'Billy!' riep ze. 'Billy! Ik hoorde ze blaffen. Ze zijn de andere kant op!' Billy draaide zich niet om, en toen ze dichterbij kwam besefte ze dat de andere persoon een man in uniform was en dat hij een wapen op Billy gericht had.

'Zo,' zei de soldaat, die over Billy's schouder naar haar keek. 'En wie hebben we hier?'

'Dat is mijn vriendin Charlotte. We zoeken onze honden.'

'Ja, dat zei je al. Maar je zou hier helemaal niet moeten zijn.'

'Waarom niet?'

'Dit is nu Defensieterrein.' De soldaat had zijn wapen laten zakken en gebaarde met zijn hand naar de heuvel achter hem. 'Van het leger. Jullie kunnen maar beter zo snel mogelijk aftaaien. Waar zei je dat je vandaan kwam?'

'Wynsdown,' zei Billy en hij wees achter zich. 'Ongeveer vijf kilometer die kant op.'

'Lange wandeling, dan,' zei de soldaat, turend naar de lucht. 'Dat wordt een nat pak!'

Op dat moment hoorden ze geblaf en kwamen de twee honden verder omlaag langs de heuvel de struiken uit rennen, vrolijk achter elkaar aan jagend.

'Haal jullie honden dan maar,' zei de soldaat. Hij bleef staan kijken toen Billy en Charlotte snel naar hun honden renden en ze de riemen omdeden.

Het was nu echt gaan regenen, en ze volgden het pad over de heuvel en de richel naar het dorp. Boven op de heuvel bleef Billy staan en keek achterom. De soldaat stond nog steeds in de regen naar hen te kijken.

Op weg naar huis zei Billy: 'Ik vind dat we iemand over die kerel moeten vertellen, Char. Het is toch een beetje raar dat hij plotseling op die heuvel stond.'

'Wat deed hij daar, denk je?' vroeg Charlotte.

Billy haalde zijn schouders op. 'Weet ik niet, maar hij droeg een RAF-uniform. Ik denk dat ik mijn vader erover moet vertellen. Je weet dat hij onder majoor Bellinger staat in de Home Guard. We kunnen beter tegen niemand anders iets zeggen tot ik hem heb gesproken.'

Charlotte vond het best. Zij wilde alleen maar warm en droog worden. Het kon haar niet schelen wat een of andere piloot op een heuvel deed.

Tegen de tijd dat ze bij Charing Farm aankwamen, waren ze drijfnat en hadden ze het ijskoud. Charlottes laarzen, met klonters modder eraan, maakten haar voeten loodzwaar en tijdens de laatste kilometer strompelen vroeg ze zich af of ze ooit nog thuis zou komen. De honden, nat en vies, werden meteen naar de stal verbannen, waar Billy en Charlotte ze droogwreven en eten gaven voordat ze de warmte van de keuken opzochten.

'Ik snap niet waarom jullie zo lang buiten zijn gebleven in dit afschuwelijke weer, Billy,' zei mevrouw Shepherd berispend. 'Zag je het niet aankomen? Die arme Charlotte is bijna blauw van de kou!'

'Jawel, mam, maar de honden waren achter de konijnen aan gegaan en we konden ze niet vinden.'

Mevrouw Shepherd zuchtte. 'Nou, zorg maar gauw dat jullie droog worden. Geef me je jas maar, Charlotte, dan hang ik hem bij het fornuis om te drogen. Had je juffrouw Everard verteld dat je hier was?'

'Ik heb gezegd dat Billy en ik met de honden gingen wandelen.'

'Nou, laten we dan maar hopen dat ze begrijpt dat je veilig hier bent, bij ons.'

'Mam, waar is pap?'

'In het dorp, voor een oefening van de Home Guard,' antwoordde zijn moeder. 'Hij zal straks wel komen.'

Het was een vertrouwde aanblik geworden in Wynsdown dat de Home Guard een paar keer per week oefende. Na de val van Frankrijk had de oorlogsminister, Anthony Eden, op de radio een oproep gedaan aan mannen tussen de zeventien en vijfenzestig om zich aan te sluiten bij een plaatselijke verdedigingsmacht. De respons was enorm geweest. Duizenden mannen die niet in het leger zaten vanwege hun leeftijd of beroep meldden zich aan als vrijwilliger en zo ontstonden de Local Defence Volunteers, al snel omgedoopt tot de Home Guard.

In Wynsdown, net als overal elders, was er ook geen gebrek aan vrijwilligers geweest. In een boerengemeenschap zoals de hunne waren een heleboel mannen niet voor actieve dienst opgeroepen, omdat ze te belangrijk waren voor het voeden van de natie. Maar het idee om deel uit te maken van een verdedigingsmacht, om eventuele indringers te verslaan, sprak veel mannen aan.

De landheer, majoor Peter Bellinger, was de voor de hand liggende keus als leider. Hij had eervol gediend in de vorige oorlog en wilde graag helpen in deze. Zijn zoon Felix was piloot bij de RAF en zijn broer James had een of andere geheimzinnige functie bij het ministerie van Oorlog, maar majoor Bellinger had zich buitengesloten gevoeld op het platteland en verlangde naar een actievere betrokkenheid.

Toen zijn vrijwilligers eenmaal waren gerekruteerd, deed de majoor zijn best om hen op te leiden tot een soort gevechtseenheid. In het begin liep het hele dorp uit om hen te zien oefenen op het plein, maar ze hadden geen uniformen of wapens, dus was het nieuwtje er gauw af en werden ze met rust gelaten.

'Ik zou niet weten wat Bert Gurney met een bezemsteel denkt uit te halen,' mompelde mevrouw Prynne op een avond tegen Mabel bij een glaasje port met citroen in de Magpie. 'De Duitsers zullen vast doodsbang voor hem zijn, maar niet heus!'

Zo bekeken veel inwoners van het dorp de plaatselijke Home Guard, maar Peter Bellinger liet zich daar niet door weerhouden en kneedde geleidelijk zijn legertje in vorm. John Shepherd was zijn onderbevelhebber en Billy had ook graag willen meedoen, maar hij was pas zestien en de majoor had hem geweigerd.

'Nee, jongen,' zei hij. 'Jij doet goed werk met je vader daar op de boerderij. Misschien volgende zomer, oké?'

Ondanks de kou ging de Home Guard door met oefenen, soms gezamenlijk met andere divisies om in de praktijk te brengen wat ze hadden geleerd. Alle bewegwijzering was verwijderd om eventuele indringers te verwarren, en bovendien hadden de plaatselijke bewoners toch geen borden nodig; ze kenden de weg in hun eigen heuvels. Oefeningen op het platteland verbeterden hun inzichten en, belangrijker nog, hun moreel.

Mevrouw Shepherd en de twee jongelui zaten aan de keukentafel te eten toen meneer Shepherd binnenkwam.

'Ach, Billy, Charlotte. Blij dat jullie er allebei zijn. Ik moet je even spreken voordat je naar huis gaat, Charlotte. Ik kwam juffrouw Everard trouwens nog tegen. Heb tegen haar gezegd dat ik je na het eten wel even zou thuisbrengen met de auto.'

De twee kinderen keken elkaar aan en Billy zei: 'Goed, pap. Maar wij moeten jou ook iets vertellen.'

'Dat klinkt allemaal heel mysterieus,' zei mevrouw Shepherd, terwijl ze de pan met stoofpot uit de oven haalde en een portie opschepte voor haar man.

'Nee hoor, niet echt,' zei meneer Shepherd met zijn mond vol. 'Ik moet ze alleen wat vragen, dat is alles.'

Hij wachtte daarmee tot ze klaar waren met eten. 'Waar waren jullie vanmiddag?'

'De heuvel over, de kant van Beacon op.'

'Ja, ik dacht al dat jullie het geweest moesten zijn.'

'Hoe bedoel je?' vroeg Billy.

'Op de heuvel bij de kloof. Met de honden.'

'Ja. We waren ze een poosje kwijt, en toen we ze zochten, verscheen er een vent die vroeg wat ik daar deed. Hij droeg een uniform, van de RAF denk ik, en hij had een wapen.'

'Ja,' zei Charlotte, 'en dat richtte hij op Billy.'

'Dat was toch niet een van je Home Guard-collega's, pap?'

'Nee. Luister, Billy, Charlotte,' zei meneer Shepherd ernstig. 'Het lijkt erop dat jullie vandaag nogal dicht bij een nieuwe militaire basis zijn gekomen.'

'Hoe bedoel je?' vroeg Billy geïntrigeerd.

'Het leger heeft dat terrein overgenomen en niemand mag er komen. We weten niet wat ze daar doen, maar dat maakt niet uit. Ze doen iets voor de oorlog en burgers moeten er wegblijven. De man die jullie vandaag tegenkwamen, was een bewaker.'

'Maar hij bewaakte helemaal niks!'

'Jij hebt niet gezien wat daar was, omdat hij jullie tegenhield voordat jullie dichterbij konden komen,' zei meneer Shepherd. 'Het is nu militair terrein, met een grote omtrek. Degene die daar de leiding heeft, hoorde hoe dichtbij jullie waren gekomen en heeft het hoofdkantoor van de Home Guard gebeld. Hebben jullie gezegd dat jullie uit Wynsdown kwamen?'

'Ja,' antwoordde Billy. 'Hij vroeg ernaar.'

'Nou, de boodschap kwam door via majoor Bellinger, en we dachten al dat jullie het waren vanwege de honden. Ik heb gezegd dat ik het er met jullie over zou hebben.'

'Ga je ons vertellen wat ze daar doen?' vroeg Billy opgewonden.

'Nee, want dat weet ik niet. Maar, en dit is heel belangrijk, jullie mogen niemand vertellen wat daar vandaag is gebeurd, begrepen?'

Toen ze allebei knikten, glimlachte meneer Shepherd. 'Het is geheim, en het moet geheim blijven.'

Dat gebeurde natuurlijk niet. Billy en Charlotte waren niet de enigen die er werden weggestuurd, en het duurde niet lang voordat iedereen het erover had. Een paar andere mensen gingen ook kijken en allerlei geruchten deden de ronde.

'Wat denk jij dat ze daar doen?'

'Een kamp voor vijandige buitenlanders?'

'Krijgsgevangenen?'

'Ik heb gehoord dat het een bommenfabriek is.'

'Een geheime wapenfabriek. Dat heb ik gehoord van de broer van een kerel die daar werkt.'

'Ze trainen spionnen. Wacht maar af. Kijk maar naar ze uit.'

'Hoe weten we dat dan?'

'Niet. Als ze goed zijn, tenminste.'

'Volgens mij is het weer een luchtafweergeschut om Bristol en Weston te beschermen.'

'Ik wed dat de Home Guard het weet.'

'Nee, die krijgen dat niet te horen.'

Er was beslist activiteit: manschappen kwamen en gingen, vrachtwagens reden af en aan, maar meestal 's nachts.

'Denk je dat ze er een krijgsgevangenenkamp bouwen, pap?' vroeg Billy zijn vader een keer onder het eten.

'Ik weet het niet,' hield meneer Shepherd vol. 'Misschien.'

'Maar jij bent de nummer twee van de Home Guard. Kun je het niet aan majoor Bellinger vragen? Hij zal het vast wel weten.'

'Misschien, maar zelfs al is het zo, ik betwijfel of hij het aan mij of aan wie dan ook zou vertellen.'

'Nou, er werken een heleboel mannen, wat het ook is,' zei Billy. 'De Morgan-tweeling is wezen kijken en heeft ze gezien. Ze werden weggejaagd door een bewaker met een enorme Duitse herder. Het moet wel heel geheim zijn, hè, pap, als ze de boel bewaken met honden.'

Zijn vader haalde zijn schouders op. 'Daarom weten wij er waarschijnlijk niks van.'

Billy bleef geïntrigeerd, maar hoewel hij het gevoel had dat zijn vader meer wist dan hij vertelde, lukte het hem niet om iets uit hem los te peuteren. De geruchten bleven rondgaan, maar niemand wist zeker wat er in de militaire zone gebeurde. Behalve majoor Bellinger.

Peter Bellinger was geïnformeerd omdat er een dag kon komen dat alle nabijgelegen dorpen met de gevolgen van het geheime project te maken zouden kunnen krijgen. Hij was naar het plaatselijke hoofdkwartier van de Home Guard geroepen, waar de situatie aan hem was uitgelegd.

'De laatste luchtaanvallen op Bristol waren behoorlijk zwaar,' zei de commandant. 'Als de verkenners zijn overgekomen en hun lichtkogels hebben laten vallen, hoeven de bommenwerpers alleen nog maar daar hun lading te droppen.'

Peter Bellinger knikte.

'En dus gaan we ze bedotten.'

'Bedótten?' riep Bellinger.

'Ja. We bouwen een nepstad op de heuvel. Het wordt een nagemaakt Bristol; een lokstad met straten en fabrieken en zelfs spoorwegemplacementen. Als ze weer naar Bristol op weg gaan, schakelen we de boel in en laten wat licht en hier en daar een vlammetje ontsnappen. Met een beetje geluk gooien de verkenners hun lichtkogels op de lokstad en doen de bommenwerpers dan hetzelfde met hun bommen. Dat bespaart Bristol een oplawaai!'

Peter Bellinger staarde hem stomverbaasd aan. 'Denkt u dat dat zal werken?'

'Dat hoop ik verdorie maar,' was het antwoord. 'Deze onderneming heeft genoeg tijd, geld en moeite gekost. Het punt is: als het werkt, kunnen een paar omliggende dorpen meer risico lopen. U en uw mannen moeten 's nachts door jullie dorp patrouilleren en zorgen dat de verduistering heel strikt wordt nageleefd. Het kleinste beetje licht op de verkeerde plek kan het hele plan om zeep helpen, en bovendien uw dorp in groot gevaar brengen.'

'Maar lijkt het vanuit de lucht echt op Bristol?' Peter Bellinger kon het nog niet helemaal geloven.

'Voor zover ik heb gehoord wel,' antwoordde de commandant. 'Ik ben er zelf nog niet wezen kijken. Maar uw taak is tweeledig. U moet de verduistering handhaven en ervoor zorgen dat niemand vanuit uw omgeving erheen gaat om een kijkje te nemen. De omgeving wordt goed bewaakt, maar we moeten ervoor zorgen dat burgers geen lucht krijgen van wat daar gebeurt.'

'Ze zullen het meteen weten als de list lukt,' merkte de majoor op. 'Dan worden die heuvels ineens platgebombardeerd.'

'Met zorgvuldig informatiemanagement kan dat worden afgedaan als een foutje van de Duitsers... Wat het natuurlijk ook zal zijn. Het publiek hoeft niets van de lokstad te weten.'

Majoor Bellinger kreeg geheimhoudingsplicht opgelegd, en dus kon hij bij thuiskomst niets van die ongelooflijke informatie met iemand delen, zelfs niet met zijn vrouw. Hij kon zijn mannen alleen maar vertellen dat niemand bij de nieuwe militaire zone in de buurt mocht komen.

'Als jullie daar mensen zien rondhangen,' zei hij, 'arresteer je ze en breng je ze naar mij toe.'

'Maar wat gebéúrt daar dan, meneer?' vroeg Bert Gurney.

'Ik heb geen idee, Gurney. Wij hebben onze bevelen. Het maakt allemaal deel uit van een oefening waar wij aan moeten meedoen.' Meer verklaring wilde hij niet geven.

Zijn mannen accepteerden dat en zijn bevelen werden uitgevoerd.

Enkele weken later, heel vroeg op een zondagochtend, begonnen de sirenes te loeien. Er was geen maan, maar de hemel was helder en het duurde niet lang voordat het gebrul van naderende vliegtuigen en het geknetter van de luchtafweer te horen waren. De Home Guard ging massaal naar buiten om alle huizen in het dorp en de omliggende boerderijen te controleren op lekkend licht.

Billy en zijn moeder, die nog lagen te slapen op Charing Farm, schrokken wakker, en Billy trok snel een broek en een dikke trui over zijn pyjama heen aan.

'Ik ga naar de schuur, mam,' zei Billy. 'Pap is op patrouille en iemand moet bij de ooien gaan zitten. Ze worden doodsbang van dat lawaai.'

Met tegenzin stond zijn moeder dat toe, en Billy haastte zich naar buiten. Het gedender van de vliegtuigen vulde de hemel. Voordat hij de schuur bereikte, keek hij omhoog. Vanuit het zuiden kwamen de vliegtuigen in formatie aan: donkere, sinistere omtrekken tegen de nachthemel.

Weer op weg naar Bristol, dacht hij terwijl hij ernaar keek. Hopelijk is Jane veilig. De eerste groep vliegtuigen was bijna uit het zicht verdwenen toen ze ineens een spoor van lichten afwierpen. Felle lichtkogels schoten omlaag en barstten uit in geel en wit vuur, als doelwitten voor de bommenwerpers die erachteraan kwamen.

'Ze zijn te vroeg!' riep Billy toen hij de brandbommen voorbij de richel op de verre heuvels zag ontploffen. Luchtafweergeschut, ergens in de heuvel ingegraven, begon de inkomende vliegtuigen te bestoken in een poging ze neer te halen of te verjagen.

De eerste vliegtuigen zwenkten weg, hun taak als verkenners afgerond, maar het gebrul van motoren vervaagde niet. Er kwam een volgende groep over, mikkend op het met lichtkogels verlichte doelwit om hun bommen af te werpen. Ontploffingen lieten de lucht beven toen de bommenwerpers hun lading losten en vervolgens zuidwaarts in de richting van Frankrijk weg zwenkten.

Billy was niet de enige die gefascineerd toekeek terwijl de Luftwaffe het verkeerde doelwit koos en verlaten platteland bombardeerde. De bombardementen waren zo dichtbij dat mensen in de meeste dorpen tussen de heuvels voor het raam stonden en ongelovig de laatste bommenwerpers nakeken. Hoe hadden de Duitsers zo'n domme fout kunnen maken? Ze waren ongetwijfeld op weg geweest naar Bristol. Het was het enige waar iedereen het over had.

'Hoe kunnen ze Bristol zo totaal hebben gemist?' vroeg Billy aan zijn vader toen ze later naar de schapen gingen. 'Jij was op patrouille, dus jij moet de hele aanval hebben gezien.'

'Ik weet het niet,' antwoordde meneer Shepherd. 'De verkenners moeten een fout hebben gemaakt. Zij laten hun lichtkogels vallen, en daar gooien de bommenwerpers hun bommen neer. Als de verkenners het verkeerd doen, zoals vannacht, dan gaat het bij de bommenwerpers ook fout. Nou, gelukkig maar. Het heeft Bristol een zware nacht bespaard.'

'Inderdaad gelukkig,' herhaalde zijn vrouw, die ongetwijfeld aan Jane dacht die in Bristol werkte.

Billy dacht aan die bommen. Er moest enorm veel schade zijn na zo'n zwaar bombardement. Hij wist min of meer waar ze terecht waren gekomen, en dat intrigeerde hem nog meer.

'Weet je wat, pap? Ik denk dat ze op die militaire zone hebben geschoten. Misschien was het geen vergissing. Misschien wisten ze dat daar iets heel geheims gebeurde en hebben ze het expres gebombardeerd.' Hij schudde zijn hoofd. 'Die arme drommels. Wat daar ook was, alles moet totaal zijn vernietigd.'

Het was een plausibele verklaring, en veel mensen in het dorp dachten er zo over: op een of andere manier hadden de Duitsers ontdekt dat daar een geheim project was, en dat hadden ze willen vernietigen. Maar verrassend genoeg waren er nog steeds mensen op het legerterrein, dus moest die opzet zijn mislukt.

Het lag allemaal veilig ondergronds, was de consensus, en dus was het project, wat het ook mocht zijn, niet verwoest.

29

Januari 1941

'Mijn vader zegt dat we een Duitse spion hebben,' verklaarde Tommy Gurney twee dagen later in de schoolbus. 'Hij zegt dat dat het wel moet zijn, want hoe wisten ze anders waar ze moesten bombarderen?'

'Maar ze hebben Bristol gemist,' zei Fred Moore.

'Ja, maar misschien ook niet.'

'Hoe bedoel je?'

'Dat ze niet naar Bristol gingen. Misschien hebben ze hun doelwit wel geraakt. Mijn vader zegt dat ze moeten hebben geweten van die geheime plek en dat ze daarop uit waren.'

'Nou, zeker weten dat het geheim is,' zei Stephen Morgan. 'Sid en ik gingen laatst die kant op, en toen werden we weggejaagd door een vent met een grote hond.'

'Ja,' beaamde Sid. 'We konden nergens wat zien, dus het moet wel heel geheim zijn. Dat zouden de Duitsers dan wel willen bombarderen, hè?'

'Ja, dat zeg ik,' zei Tommy. 'Mijn vader zegt dat iemand ze getipt moet hebben. Iemand die wist wat daar was. Een Duitser!' Hij stond op en keek de bus door. 'En wie kennen wij die Duits is?'

'Ga zitten, Tommy Gurney,' mopperde Sam van achter het stuur. 'Niet staan terwijl we rijden.'

Tommy zakte terug op zijn stoel, maar hij zag dat zijn bedoeling was overgekomen en grijnsde roofdierachtig naar Charlotte, die met een blos op haar wangen halverwege de bus naast Clare zat.

Clare keek hem kwaad aan. 'Heb je het over Charlotte?' vroeg ze.

'Kennen we verder nog Duitsers?'

'Dat is gewoon achterlijk, Tommy Gurney!' schreeuwde Clare tegen hem. 'Hoe moet Charlotte nou een boodschap bij Hitler krijgen?'

'Dat zouden we allemaal wel willen weten,' kaatste Sidney Morgan terug. 'Spionnen hebben zo hun manieren.'

'Ja, ze versturen boodschappen in code!' viel zijn broer hem bij.

'Charlotte is geen spion!' riep Clare.

'Hoe weet je dat? Dat weet je niet. Het zou best kunnen.'

'Niemand weet toch waar ze vandaan komt? Ze is gewoon meegekomen met jullie vaccies.'

'Ze kan wel vijfde colonne zijn,' zei Ernie Clegg. 'Ze vertelt die lui waarschijnlijk al alles over ons sinds ze hier woont.'

'Ze is veertien,' schamperde Clare. 'Welke nazi gaat er nou een veertienjarige inzetten als spion?'

'Ze is Duits,' herhaalde Tommy, niet uit het veld geslagen. 'Ze is Duits en wij haten Duitsers, toch?'

Er werd instemmend gemompeld in de bus.

'Dus,' ging Tommy triomfantelijk door, 'willen we niks met haar te maken hebben.'

'Je bent gewoon stom,' verklaarde Clare. 'Een stom, stom joch!'

'En we willen ook niks met jou te maken hebben, stomme vaccie!'

Tegen de tijd dat ze uit de bus stapten, stonden Charlotte en Clare er alleen voor. Alle andere kinderen schaarden zich liever bij Tommy Gurney en de veiligheid van de groep. Ze wisten niet of Charlotte een spion was en het kon hun ook niet schelen, maar ze was Duits, en dus de vijand, en dus vogelvrij.

Voor Charlotte was het een terugkeer naar die eerste tijd in Londen. Ze herinnerde zich de duistere dagen op de Francis Drake-school nog maar al te goed. Roger Davis en zijn bende met hun gesar en gepest. Totdat Harry haar was komen redden met zijn vuisten. Tranen prikten in haar ogen toen ze aan Harry dacht. Ze kon hem nu best gebruiken. Maar deze keer wist Charlotte dat ze voor zichzelf moest opkomen; er was hier geen Harry om haar te redden.

Ze sleepte zich met grimmige vastberadenheid de dag door en negeerde het gepest van de andere kinderen. Clare bleef 's morgens bij haar op het schoolplein, maar net als Hilda werd ook zij met Charlotte over één kam geschoren. In de bus terug naar huis zat ze weer naast Charlotte, maar het was een oncomfortabele tocht voor hen allebei, terwijl het gesar doorging.

Die avond was Charlotte neerslachtig en bleek. Ze was er in de tussentijd aan gewend geraakt om deel uit te maken van Wynsdown. Dat ze Duits was, was niet langer belangrijk geweest; ze was gewoon Charlotte Smith die bij juffrouw Everard woonde en populair was bij de meisjes op school.

'Wat is er, Charlotte?' vroeg juffrouw Edie tijdens het eten. 'Je lijkt een beetje somber. Voel je je niet goed?'

'Het gaat wel.'

Juffrouw Edies lippen verstrakten. 'Nee, het gaat niet. Kom op, vertel me wat er is.' Ze wachtte af, terwijl Charlotte vocht tegen de besluiteloosheid.

Uiteindelijk slaakte Charlotte een diepe zucht. 'Op school zeggen ze dat een Duitse spion de bommenwerpers over dat legerterrein heeft verteld.'

'Dus?' spoorde juffrouw Edie haar aan.

'Ze zeggen dat ik het was.'

'Jij!' Juffrouw Edie lachte ongelovig. 'Doe niet zo belachelijk, schat.'

'Het is niet belachelijk als je mij bent en niemand meer tegen je praat.'

'Is dat wat er gebeurt?' Juffrouw Edies lach stierf weg.

'Het was Tommy Gurneys idee, geloof ik,' zei Charlotte, en ze legde uit wat hij had gezegd.

'Ik ga morgen met de hoofdmeester praten.'

'Nee... Doe dat maar liever niet,' zei Charlotte. 'Het houdt wel weer op.'

Die avond, terwijl Charlotte haar huiswerk deed, trok Edith haar jas aan.

'Ik blijf niet lang weg,' zei ze, 'ik moet alleen de dominee even iets vragen. Vergeet niet te gaan oefenen op de piano als het wat langer duurt.'

Charlotte, worstelend met een wiskundesom, knikte alleen, en Edith ging naar de pastorie. Als Charlotte niet wil dat ik naar het schoolhoofd stap, zal ik dat niet doen, maar ik zal wel zorgen dat dit ophoudt, dacht ze.

'Is de dominee er?' vroeg ze zodra Avril de deur opende.

'Hij is in zijn werkkamer met Peter Bellinger en John Shepherd. Ik denk niet dat het lang duurt. Wilt u wachten?'

'Ja, graag,' antwoordde Edith. 'Eigenlijk wilde ik de majoor ook spreken, dus misschien kan ik twee vliegen in één klap slaan.'

Ze wachtten in de keuken, en Avril, altijd ongelukkig met onbehaaglijke stiltes, zei ineens: 'Nancy Bright zei dat u vroeger in het kerkkoor zong.'

Edith lachte. 'Nou, laat dat maar aan Nancy Bright over, hè?'

Avril glimlachte wrang. 'We hadden het over het koor en toen kwam u ter sprake. Het is jammer dat u niet meer komt. We hebben tegenwoordig niet meer veel leden, en Nancy zegt dat u een prachtige stem hebt.'

'O ja?' Edith bleef nog even streng kijken, maar toen zei ze: 'Zij trouwens ook!'

'Wilt u niet terugkomen?' vroeg Avril aarzelend.

'Ik zal erover nadenken.'

Op dat moment ging de deur open en kwam de dominee binnen met John Shepherd en Peter Bellinger.

'Juffrouw Everard! Wat een leuke verrassing,' zei de dominee. 'We wilden nog even iets gaan drinken voordat Peter en John vertrekken. Kan ik u ook verleiden tot een drankje?'

Edith schudde haar hoofd. 'Nee, dank u, dominee, maar laat u door mij niet tegenhouden. Ik wilde alleen even met u en majoor Bellinger praten.'

'Klinkt serieus,' zei de majoor, terwijl de dominee voor ieder van hen een beetje whisky inschonk.

'Dat is het ook, vind ik,' antwoordde Edith.

'Goed,' zei David, terwijl hij bij de anderen aan de keukentafel ging zitten. 'Wat is het probleem?'

Zo beknopt mogelijk herhaalde Edith wat Charlotte haar had verteld. 'Ik heb geen idee wat er op dat militaire terrein gebeurt,' zei ze, 'en dat hoef ik ook niet te weten. Maar die jongens zeggen dus dat zij de Luftwaffe heeft verteld waar het lag, zodat ze het konden bombarderen.'

Peter Bellinger lachte. 'Maar dat is belachelijk!'

'Ja, ik lachte ook toen ze het me vertelde,' zei Edith, 'totdat ik haar gezicht zag. Nu laten de andere kinderen haar links liggen en noemen haar een spion. Voor hen is het een lolletje. Charlotte is Duits, en dat is voor hen een excuus om haar te pesten.'

'Dit is absurd,' zei Avril. 'U moet met de hoofdmeester gaan praten. Hij zal dit in de kiem moeten smoren.'

'Dat wil Charlotte niet hebben. Ik geloof dat ze dit soort dingen ook heeft meegemaakt toen ze pas in Londen woonde, en die storm heeft ze doorstaan, maar nu gebeurt het weer. Kinderen kunnen heel wreed zijn, vooral in een groep, en nu hebben ze zich allemaal tegen haar gekeerd.' Edith wendde zich tot Peter Bellinger. 'Ik vroeg me af of u misschien eens met Tommy's vader kon praten. Hij zit toch bij de Home Guard?'

De majoor grimaste. 'Ja, dat klopt, en ik denk dat ik wel weet waar dat stomme idee vandaan is gekomen. Hij zal zelf wel zoiets hebben gezegd, en Tommy praat zijn vader gewoon na. Ik zal kijken wat ik kan doen, natuurlijk, maar Bert Gurney is niet zo'n intelligente man. Als hij zich eenmaal iets in zijn hoofd heeft gehaald, krijg je het er moeilijk weer uit.'

'Billy en Charlotte waren die dag bij de zone,' zei John Shepherd. 'Dat was vóór de luchtaanval. Ze hebben er niets over gezegd, maar iemand kan ze daar hebben gezien. Daar kan het gerucht dus ook vandaan komen.'

'Maar deze hele toestand is volslagen idioot,' verklaarde de dominee. 'Alsof een meisje van veertien de middelen heeft om contact op te nemen met de Duitsers.'

'Ik geloof dat ze denken dat ze contact heeft met de vijfde colonne,' zei Edith.

'Laat het maar aan mij over, juffrouw Everard. Ik zal er alles aan doen om hier een einde aan te maken,' beloofde Peter Bellinger.

Maar het was niet majoor Bellinger die er een einde aan maakte, het was Billy Shepherd. Toen zijn vader thuiskwam en hem vertelde wat er aan de hand was, verstijfde Billy van woede. Hoe durfden ze zijn Charlotte te pesten? Zijn Charlotte. Ze was het eerste en enige meisje waar hij ooit belangstelling voor had gehad, en zo was hij over haar gaan denken. Die nacht lag hij wakker, overpeinzend wat hij eraan zou doen.

De volgende morgen ging hij naar Blackdown House. 'Ik wilde met Charlotte meelopen naar de bus,' zei hij tegen juffrouw Everard toen ze opendeed.

Ze glimlachte. 'Billy, wat aardig. Kom binnen. Ik zal haar roepen.'

Charlotte keek verbaasd omdat Billy zo onverwachts was verschenen. 'Hallo, Billy. Jij bent vroeg in het dorp.'

'Ja,' antwoordde Billy nonchalant. 'Ik moest hier toch zijn, dus dacht ik dat ik met je mee kon lopen naar de bus.'

Charlotte pakte haar jas en tas en ze liepen de deur uit.

Na een poosje vroeg Billy: 'Wat ben je stil. Is alles goed?'

'Ja, prima,' zei Charlotte, en ze liepen zwijgend door.

Toen ze het dorpsplein naderden, stonden de andere kinderen al voor de Magpie op de bus te wachten. Charlotte hield haar pas een beetje in, maar Billy deed alsof hij haar aarzeling niet opmerkte en liep door.

'Die zal haar gezicht vandaag niet durven te laten zien,' schepte Tommy Gurney net op tegen de Morgan-tweeling. 'Nu we haar door hebben. Mijn vader gaat het tegen majoor Bellinger zeggen, dus ik verwacht dat ze snel zal worden gearresteerd.' Hij zag Billy niet aankomen, maar plotseling werd hij met een ruk omgedraaid en in een ijzeren greep gehouden.

'Wat zeg je?' vroeg Billy zachtjes, met zijn gezicht dreigend dicht bij dat van Tommy.

Tommy's ogen werden groot. Billy was twee jaar ouder en vijftien centimeter langer, en hij was gespierd van het zware werk op de boerderij. Tommy zag de kille woede in Billy's ogen en voelde diens warme adem op zijn gezicht. 'N-n-niks,' stamelde hij.

'O, ik denk van wel.' Billy bleef ijzig en was daardoor des te imponerender. 'Zeg dat nog een keer, zodat ik kan horen welke leugens je verspreidt over mijn meisje.'

'Je meisje?' herhaalde Tommy zwakjes.

'Ja, mijn meisje.'

'Je meisje is een Duitse spion!' riep een stem vanuit de veiligheid van de groep.

'Mijn meisje is Duits. Een Duitse die haar ouders, haar broer en haar huis kwijt is. Op de vlucht voor precies die mensen voor wie jij beweert dat ze werkt. Charlotte. Is. Geen. Spion. En als ik nog meer van die totale onzin hoor, van wie dan ook... dan krijgen ze daar spijt van.' Zijn greep op Tommy verstrakte, en de jongen piepte van angst.

'Zo,' ging Billy kletserig door. Zijn blik ging naar de Morgan-tweeling die te midden van de anderen stond. 'Ik weet wie de pestkoppen zijn.' Zijn ogen schoten naar Ernie Clegg, die zich achter Fred Moore verstopte. 'En ik beloof jullie wat: nog één woord van jullie over spionnen, vijfde colonnes en spionerende Duitse meisjes, en ik kom achter jullie aan, stuk voor stuk.'

Hij rukte Tommy's arm scherp omhoog op zijn rug, waarop de jongen een kreet van pijn slaakte. 'Begrepen, Gurney?' Hij wachtte op antwoord, maar toen dat niet kwam, gaf hij nog een ruk aan zijn arm en herhaalde: 'Heb je dat begrepen?'

'Ja,' antwoordde Tommy hijgend.

'Mooi.' Billy liet hem los en richtte zijn aandacht op de andere jongens. 'Jullie kunnen me maar beter geloven,' zei hij. 'Nog één woord van iemand van jullie en ik kom je opzoeken. En dat wil je niet.'

'Pestkop!' mompelde Stephen Morgan.

'Wat je zegt ben je zelf,' zei Billy rustig, en hij keerde hun allemaal de rug toe.

Charlotte, die nog op een afstandje stond, had alles met open mond en een blos op haar wangen staan bekijken. Billy liep naar haar toe.

‘Wie had je dat verteld?’ vroeg ze toen hij bij haar was. ‘Juffrouw Edie?’

‘Nee,’ antwoordde Billy. ‘Via-via gehoord. Zeg het maar als die rotzakken je blijven lastigvallen, dan regel ik het wel.’

Ze hoorden de bus tegen de heuvel op naar het dorp komen en gingen in de rij staan om in te stappen. Billy haakte zijn arm door die van Charlotte en begeleidde haar naar de bus. Hij liet eerst alle anderen instappen en toen gaf hij heel opzettelijk een kus op haar wang voordat zij ook instapte.

Terwijl de bus wegreed, zag Billy dat ze naast Clare ging zitten. Hij had haar geclaimd, zijn meisje, en hij liep met een licht gemoed terug naar Charing Farm om aan het werk te gaan.

De stemming in de schoolbus was aanvankelijk ingetogen, maar geleidelijk zwol het geluid aan tot het normale niveau.

Clare kneep in Charlottes hand. ‘Nu komt het wel goed,’ zei ze. ‘Ze zijn allemaal bang voor Billy.’

Charlotte glimlachte. Ze bevond zich in een eigen wereld. Billy had haar zijn meisje genoemd. Hoe kon iemand nou bang zijn voor Billy? Hij was heel lief en aardig, maar niet, wist ze nu, als iemand zijn meisje bedreigde. *Zijn meisje.* Charlottes hart ging tekeer en ze raakte de wang aan die hij had gekust. Hij had haar openlijk geclaimd, en nu hoorde ze bij hem.

30

1941

Er waren geen repercussies voor Harry op zijn mislukte ontsnappingspoging gevolgd. Iedereen nam aan dat hij het onwillige slachtoffer was geworden van een krankzinnige medegevangene. Harry legde zich graag bij die versie van de gebeurtenissen neer. Hij wist dat Alfred en hij echt in gevaar waren geweest door Rolf en dat Alfreds moed hen had gered. Dat maakte Alfred zijn held. Alleen Hans Bruch keek hem scheef aan toen hij na zijn avontuur terugkeerde naar het huis, en Harry wist dat de man dacht dat hij bereidwillig had meegewerkt aan Rolfs plan. Maar Hans zei er niets over en Harry, die alle gedachten aan ontsnappen uit zijn hoofd bande, ging het algemeen geaccepteerde verhaal zelf ook geloven.

Toen Alfred na een paar weken in het ziekenhuis naar hun huis terugkeerde, was hij nog zwak en had hij rust nodig, maar het lag niet in zijn aard om stil te zitten en al snel begon hij weer met zijn lessen. Deze keer deed Harry enthousiast mee.

Tijdens Harry's bezoekjes aan Alfred in het ziekenhuis was er een band tussen hen ontstaan. Alfred had gezegd dat hij had geweten, ondanks Harry's bewering dat hij te bang voor Rolf was geweest om hem te verraden, dat Harry ook al heel lang had willen ontsnappen. Maar Alfred hoopte dat Harry zulke gedachten na die onaangename ervaring nu uit zijn hoofd zou zetten en zich zou richten op het aanleren van de vaardigheden die hij na de oorlog nodig zou hebben.

'Je Engels moet echt verbeteren,' drong Alfred aan. 'Van nu af aan spreken jij en ik alleen nog Engels tegen elkaar.'

Harry haalde zijn schouders op. 'Best, Alfred. Jij wint. We praten Engels.'

Alfred was een uitstekende leraar, en een veeleisende, en hij verbeterde doorlopend Harry's grammatica, vocabulaire en accent. Na een paar weken was Harry's gesproken Engels al enorm verbeterd.

Alfred had gelijk gehad: Harry was intelligent, en nu hij de motivatie had, kostte het hem weinig tijd om te leren lezen en schrijven. Zodra hij kon lezen, ging er een heel nieuwe wereld voor hem open en verslond hij de boeken uit de kampbibliotheek die Alfred hem aanraadde.

'Het wordt tijd dat we proberen je hier weg te krijgen,' zei Alfred op een avond tegen hem. 'Je weet toch dat ze geleidelijk aan mensen laten gaan?'

Harry haalde zijn schouders op. 'Ja, maar bij mij zullen ze dat niet doen, hè?'

'Waarom niet?'

'Waarom wel?'

'Nou, je bent overduidelijk geen bedreiging voor de staatsveiligheid, hè? En ze zouden je kunnen gebruiken voor de oorlogsinspanningen.'

'Ik denk niet dat iemand weet dat ik hier zit. Wie zal mij eruit laten?'

'Je moet contact opnemen met de juiste mensen, Harry. Vergeet niet dat je je als vrijwilliger kunt aanmelden bij het leger. Het Pioneer Corps neemt mannen uit bezette landen op en laat ze de troepen aan het front ondersteunen. Je kunt eens met de kampcommandant gaan praten, en het wordt tijd dat je brieven gaat schrijven.'

'Maar wie moet ik dan schrijven?'

'Jan en alleman,' antwoordde Alfred, 'van de stafchefs tot de staatssecretaris van Oorlog!'

En zo begon het brieven schrijven.

Die hele lente en vroege zomer ging Harry in werkploegen mee het kamp uit en verdiende wat geld. Dat werd bijgeschreven op zijn kamprekening, en daarmee kon hij de postzegels kopen die hij nodig had voor zijn brieven. Hij was natuurlijk niet de enige die zulke brieven schreef, en sommige brievenschrijvers wisten de juiste mensen te bereiken. Elke dag om vijf uur werden de namen opgenoemd van degenen die de volgende dag zouden worden vrijgelaten. Iedereen die vrijlating had aangevraagd, wachtte met ingehouden adem af of het was gelukt. Zo ja, dan werden ze naar de kampcommandant geroepen. De radertjes van de bureaucratie draaiden ontzettend langzaam en de meeste hoopvolle aanvragers werden teleurgesteld, maar de gelukkigen waren dolblij.

Harry was inmiddels ook naar de kampcommandant gegaan, maar die had niet erg hulpvaardig geleken en alleen maar gezegd dat hij zijn zaak zou bekijken.

'Je bent minderjarig,' had hij gezegd. 'Je kunt pas in dienst als je achttien bent.'

'Maar dan kan ik wel in dienst?'

'Misschien. Dat is niet aan mij.'

'U bedoelt dat ik vastzit in dit... kamp.' Harry veranderde het woord dat hij eigenlijk wilde gebruiken nog net op tijd. 'Sowieso nog tot mijn achttiende? Dat is nog anderhalf jaar.'

De commandant haalde zijn schouders op. 'Waarschijnlijk,' gaf hij toe, 'behalve als iemand voor die tijd een nuttige taak voor je heeft. Dan kom je er misschien uit.'

Harry had neerslachtig het kantoor verlaten, maar Alfred had hem aangemoedigd om te blijven schrijven naar mensen in Londen. 'Je weet nooit, misschien pikt iemand je op.'

Op een avond in juni hoorde Harry de opsomming van namen aan toen er plotseling een naam uit sprong. 'Alfred Muller.' Harry was met stomheid geslagen. Alfred werd naar het kantoor van de commandant geroepen, wat bijna zeker betekende dat hij zou worden vrijgelaten... de volgende dag al. Hij zou naar de haven worden gebracht en op een schip naar Liverpool worden gezet. Alfred zou naar huis gaan, naar zijn familie. Alfred ging weg en Harry had niet eens geweten dat hij een verzoek om vrijlating had ingediend.

Doe niet zo stom! schold hij op zichzelf. Natuurlijk heeft hij dat gedaan. Iederéén doet het! Maar toch voelde hij zich om een of andere reden verraden. Alfred ging weg, terwijl hij op deze rotplek moest achterblijven. Hij keek om zich heen, maar zag Alfred nergens. Dat maakte hem ook kwaad. De man had een verzoek tot vrijlating ingediend en kwam niet eens kijken of het was ingewilligd.

Harry draaide zich om en stampte terug naar hun huis. Alfred was in de keuken met Hans, bezig met de voorbereidingen voor het avondeten.

Harry beende naar binnen. 'Ga je spullen maar pakken, Alfred. Je gaat morgen weg!'

Alfred lachte. 'Wat een geweldig idee, Harry. Weet je, ik denk dat ik dat maar doe, gewoon voor het geval dat!' Hij ging door met zijn werk.

'Luister!' Harry schreeuwde bijna. 'Luister, stomme klootzak, je bent naar de commandant geroepen. Je moet op de vrijlatingslijst staan. Ik wist niet eens dat je je had aangemeld!'

'Natuurlijk heb ik me aangemeld,' antwoordde Alfred rustig. 'Ik stuur al brieven sinds ik hier pas woonde.'

'Waarom ben je dan verdorie niet gaan horen of je erbij zat?' vroeg Harry iets zachter.

'Omdat, Harry,' antwoordde Alfred met een zucht, 'ik er geen zin meer in had om weer teleurgesteld te worden. Laten we dit even vergeten en zorgen dat er eten op tafel komt.'

'Maar Alfred,' zei Harry, 'het is echt zo. Je naam is vandaag genoemd. Je gaat morgen naar huis.'

Alfred draaide zich langzaam naar hem om. 'Maak je geen geintje, Harry? Het zou echt niet leuk zijn als dit een geintje was!'

Harry, die zijn eigen teleurstelling verbeet, glimlachte met moeite. 'Nee, Alfred. Ik zou nooit geintjes maken over zoiets belangrijks.'

Alfred staarde hem nog even aan, en toen klemde hij hem in een stevige omhelzing en begon te huilen.

Harry keek Alfred de volgende morgen na en voelde zich totaal alleen. Alfred was zijn steun en toeverlaat geworden, en nu ging hij weg.

'Blijf die brieven schrijven,' zei Alfred toen hij Harry nog een laatste keer omhelsde. 'Ze laten je vast snel gaan, want ze hebben mensen nodig die zowel Engels als Duits spreken. Ik zal ook voor je blijven schrijven. Hoe dan ook krijgen we je hier wel weg.'

Harry was daar niet zo zeker van.

Nu Alfred weg was, raakte Harry nog gedeprimeerder. Hij zou nooit meer van het Isle of Man af komen.

Harry ging nog steeds mee met werkteams; hij genoot van het lichamelijke werk en zo kon hij in elk geval een tijdje het kamp uit. Door het werken op de akkers en de regelmatige maaltijden werd hij sterker, hij groeide nog wat en werd breder, waardoor hij er meer uitzag als een gezonde jongeman en minder als een mager straatschoffie. Hij miste Alfred erger dan hij voor mogelijk had gehouden, en hoewel hij doorging met lezen en leren, was zijn stemming bedrukt.

Soms werden de gedetineerden het kamp uit gelaten en naar het strand begeleid, waar ze dan mochten hardlopen en in zee zwemmen. Harry ging ook weleens mee, maar hij merkte dat hij het na dat soort uitstapjes steeds moeilijker vond om terug te gaan naar de beperkingen van het kamp. Veel andere bewoners leken er tevreden mee om zo te leven, dag bij dag, maar Harry werd steeds verveelder en depressiever.

Het duurde tot begin augustus voordat zijn naam werd opgeroepen, toen hij het net als Alfred al bijna had opgegeven. 'Heinrich Schwarz. Naar het kantoor van de commandant.'

Eerst reageerde Harry niet. Niemand noemde hem nog Heinrich, maar natuurlijk was dat de naam waaronder hij in het kamp ingeschreven stond. Net als Alfred roerde het nieuws hem bijna tot tranen. Morgen! Morgen zou hij hier weg mogen.

De volgende morgen vroeg meldde Harry zich bij de bewakersruimte, waar hij zijn papieren en de andere bezittingen die bij zijn aankomst waren ingenomen terugkreeg. Het was het begin van een langdurig vrijlatingsproces. Hij stond nog steeds te boek als buitenlander en dus golden er nog beperkingen voor hem, maar hij was niet langer een gevangene. Het schip bracht hem naar Fleetwood, en toen zijn documenten daar nogmaals waren gecontroleerd, was hij vrij om zijn reis voort te zetten. Harry kon met een reispas naar Londen, waar hij zich zou moeten melden bij de politie.

Toen ze hem vroegen een contactadres op te geven, wist hij zich even geen raad. Hij was niet van plan terug te keren naar het hostel waar hij bijna elf maanden geleden was opgepakt, maar hij was bang dat ze hem niet zouden laten vertrekken als hij niets opschreef. Net toen hij op het punt stond dan maar een adres te verzinnen, dacht hij aan Dan Federman. Hij had in Dans huis overnacht en had branden met hem bestreden; Dan vond het vast niet erg als Harry zijn adres opgaf. Het huis waar Lisa had gewoond. Zijn enige connectie met haar.

Harry had tijdens zijn gevangenschap wel af en toe aan Lisa gedacht, maar niet doorlopend. Hij had lang geleden al geleerd om niet te blijven stilstaan bij situaties en mensen uit het verleden. Hoe hij ook op Lisa gesteld was geweest, ze was dood. Hij had haar achter zich gelaten, net zoals zijn ouders. Maar Kemble Street was een andere zaak. Misschien mocht hij weer bij Dan in de kelder slapen tot hij een andere plek vond.

Harry wist niet zeker waarom hij plotseling zijn vrijheid had teruggekregen. Hij was nog geen achttien, maar in al zijn brieven had hij geschreven dat hij alles zou doen om bij de oorlogsinspanningen te helpen als ze hem lieten gaan. Hij had iedereen eraan herinnerd dat hij vloeiend Duits en Engels sprak, hoewel dat laatste nog niet helemaal waar was. Wat de hogere machten er ook van had overtuigd dat hij niet langer een veiligheidsrisico opleverde, het maakte Harry niet uit.

Eenmaal door de formaliteiten in Fleetwood heen stapte hij met blijdschap in zijn hart in de trein naar Londen. Het was druk in de trein, maar dat kon Harry niet schelen. Hij was vrij!

De reis duurde uren, want de trein werd meerdere keren op een zijspoor gezet om belangrijkere treinen voor te laten, en pas vroeg de volgende morgen kwam hij eindelijk op station Euston aan.

Harry had niet alleen zijn koffer, maar ook het geld dat hij bij zich had gehad op de dag van zijn arrestatie. Hij was daar stomverbaasd om geweest. Hij had verwacht dat het ergens onderweg allang in iemand anders zijn zakken zou zijn verdwenen. Daarnaast had hij nog het kleine beetje geld dat hij had verdiend met zijn werk buiten het kamp. Ondanks zijn vermoeidheid liep Harry met lichte tred over het verduisterde perron. Hij was een bemiddeld man, hij kon lezen en schrijven, en hij was vastbesloten het te gaan maken in de wereld.

Terwijl de zon boven de daken van Londen uit begon te komen, liep

Harry vermoeid en met prikkende ogen naar Kemble Street. Maar toen hij de hoek om was, bleef hij abrupt staan. Aan de ene kant van de straat stonden nog huizen, hoewel vele daarvan schade hadden. Deuren en ramen waren dichtgetimmerd en bij een of twee huizen lag zeildoek over het dak. De andere kant van de straat was een rij vervallen huizen. Het was duidelijk dat er brand had gewoed en dat ze leegstonden. De winterkou en noordenwind hadden de huizen nog verder beschadigd, en ze hingen scheef tegen elkaar aan alsof ze alleen nog elkaar overeind hielden.

Harry liep langzaam door naar nummer vijfenzestig. Het huis zag er even slecht uit als de andere: het dak was weggebrand, de raamkozijnen waren verwrongen door de hitte en bevatten alleen nog een paar scherven met roet besmeurd glas. Onkruid tierde welig naast de ontbrekende voordeur.

Wat was er met de Federmans gebeurd? Waren ze omgekomen bij de brand? Harry dacht aan Dan. Die was vast bij de brandweer aan het werk geweest toen dit gebeurde. Had zijn vrouw het overleefd? Zij was in de kelder gebleven, die nacht dat Harry met Dan naar de kazerne was meegegaan.

Harry vroeg zich plotseling af of de kelder nog intact was. Kon hij daar misschien nog komen? Hij had een slaapplek nodig en herinnerde zich dat er in de kelder een matras had gelegen. Misschien kon hij hier toch wonen totdat de Federmans terugkwamen.

Hij keek heen en weer door de straat, maar er was niemand in zicht, dus liep hij naar de voordeur en schuifelde naar binnen.

Het hele huis was uitgebrand. Alle meubels waren verwoest en de zwartgeblakerde muren en plafonds waren bewijs van de felheid van de brand die hier had gewoed. Hij liep door het smalle gangetje naar de keuken. De deur naar de kelder, herinnerde hij zich, was achter in de hoek. De deur was geschroeid, maar het stevige hout leek de brand beter te hebben doorstaan dan de rest van het huis. Er hingen spinnenwebben over de gesloten deur en hij was overduidelijk al een hele poos niet meer geopend. Harry probeerde de klink, maar daar zat geen beweging in. Hij greep hem met beide handen vast en probeerde het nog eens. Deze keer bewoog de deur een beetje, en hij besefte dat het ding niet in de scharnieren hing, maar gewoon tegen het kozijn was gezet en werd vastgehouden door een houten wig aan de onderkant. Eén harde ruk was genoeg om hem los te krijgen. De deur schoot naar hem toe en kegelde hem bijna onderuit. Hij zette de deur tegen de muur en keek langs het trapje naar beneden.

Stoffige stralen zonlicht schenen door het kapotte keukenraam de kelder in en Harry daalde voorzichtig het trapje af. Hij wenste dat hij een zaklantaarn had, maar toen herinnerde hij zich dat hier wat kaarsen en lucifers op een plank hadden gelegen. Hij ging er op de tast naar op zoek. Hij streek een lucifer af en stak een kaarsstompje aan dat nog in een bierflesje stond. In het flakkerende kaarslicht zag hij dat de stoelen er nog stonden en de matras er nog lag.

Dit is prima, dacht hij blij. Het is hier droog, en ik kan hier slapen. Zij zijn er niet, dus ik zou niet weten waarom ik hier niet zou kunnen wonen.

Harry dumpte zijn koffer op de vloer, blies de kaars uit en ging weer naar boven. Hij zette de deur op zijn plek terug, met de wig er weer onder.

Zijn bezoekje aan het politiebureau verliep vlekkeloos. De drukke brigadier achter de balie schreef hem in op Kemble Street 65. Samen met zijn identiteitspapieren had hij ook zijn rantsoenenboekje teruggekregen, en dus haalde hij wat boodschappen. Om de kelder wat huiselijker te maken, kocht hij een olielamp. Daarna ging hij terug naar Kemble Street. Hij zou ervoor moeten zorgen dat er 's nachts geen licht weglekte uit zijn ondergrondse toevluchtsoord, maar verder zou hij er knus en droog zitten en kunnen slapen. Hij wist de kelderdeur achter zich te sluiten, pakte zijn boodschappen uit en at wat brood en kaas. Daarna haalde hij een paar dekens uit de doos in de hoek, dook op de matras en sliep de klok rond.

De volgende avond ging hij naar de brandweerpost waar hij met Dan was geweest. Hij hoopte dat iemand daar nieuws zou hebben over de Federmans. Misschien, dacht hij terwijl hij zich erheen haastte, wonen ze ergens in de buurt en kan ik toch nog bij hen logeren. Hij was zich ervan bewust dat als de politie ging kijken op het adres dat hij had opgegeven, ze zouden beseffen dat hij een kraker was, en misschien werd hij dan op straat gezet.

John Anderson was op de brandweerpost. 'Hé, knul, jou heb ik hier eerder gezien.'

'Klopt. Ik ben een keer meegekomen met Dan Federman.'

'En daarna nooit meer.'

Harry keek Anderson kwaad aan. 'De dag nadat ik hier was, hebben ze me opgepakt als vijandige buitenlander. Ik ben pas net weer vrijgelaten.'

'Ben je dan geen vijand meer?' vroeg Anderson grijnzend.

'Ben ik nooit geweest,' snauwde Harry. 'Ik ben een Joodse vluchteling uit Duitsland. Ik haat de nazi's en ik wil vechten.'

'Nou, als je tegen brand wilt vechten,' antwoordde Anderson, 'dan ben je hier meer dan welkom.'

'Maar waar is Dan Federman?' vroeg Harry. 'Eigenlijk zocht ik hem.'

'Weet ik niet, knul. Zijn huis is afgebrand. We denken dat hij Londen moet hebben verlaten en naar zijn vrouw moet zijn gegaan. Die was naar Suffolk verhuisd om een baby te krijgen. We hebben hem al maanden niet meer gezien. Er zijn sinds eind mei geen luchtaanvallen meer geweest, alleen een paar valse alarmen, dus veel vrijwilligers komen niet meer, net als Dan Federman.'

'O,' zei Harry schouderophalend, 'laat dan maar.' Hij zwaaide en glipte weg. Hij wilde niet worden geronseld als vrijwilliger nu hij wist dat de Federmans hier niet meer woonden. Nu had hij hun huis voor zichzelf.

Als iemand vragen stelde, zou hij gewoon zeggen dat hij een vriend was van Dan Federman en dat die had gezegd dat hij in zijn kelder mocht slapen totdat hij iets beters vond.

Harry haastte zich terug naar Kemble Street. Hij ging naar de kelder en maakte de inventaris op. Hij had heel weinig geld, dus had hij een inkomstenbron nodig. Kon hij weer voor Mikey gaan werken? Nou, misschien als laatste redmiddel.

De volgende dag, net toen hij naar buiten liep, kwam er een man langs. Hij bekeek Harry en vroeg: 'Wie ben jij? Wat doe je hier?'

'Wie wil dat weten?' kaatste Harry terug.

'Albert Johnson, buurtwacht,' was het antwoord. 'Ik hou een oogje in het zeil.'

Harry kwam met het antwoord dat hij had geoefend. 'Ik ben een vriend van Dan Federman...'

'Kelderrat, zeker?' zei de man. 'Nou, ik neem aan dat je een slaapplaats nodig hebt, en als Dan heeft gezegd dat het mocht... Ik hou gewoon een oogje in het zeil, je weet wel, zodat er niet wordt geplunderd.' Albert Johnson knikte en liep door, zijn hoofd heen en weer draaiend alsof hij speurde naar plunderaars te midden van de ruïnes.

Harry's list had gewerkt, en dat gaf hem vertrouwen. Misschien zou de politie het ook geloven als ze de moeite namen om hem na te trekken.

Die buurtwacht maakte zich druk om plunderaars, maar er lag hier vast niets meer wat het plunderen waard was, dacht Harry. De huizen stonden leeg en kaal afgetekend tegen de septemberhemel en er lag waarschijnlijk niets meer van waarde in. Maar het bracht Harry wel op een idee. Misschien waren er nog andere plekken zoals deze, waren er bommen gevallen in rijkere buurten, en was het de moeite waard om daar een kijkje te nemen. En als hij iets vond wat een beetje geld waard was, kon hij altijd weer bij Mikey Sharp langsgaan.

Harry had geld nodig terwijl hij wachtte tot zijn dienstoproep kwam, dus intussen nam hij een baantje in de havens. Het was zwaar werk, maar dat vond hij niet erg. Hij vond het fijn om in de buitenlucht te werken en kreeg genoeg betaald om van te leven. Bovendien gaf zijn werk hem de kans om zijn eigen lucratieve handeltje uit te breiden.

Hij was klein begonnen. Toen hij wat rondliep over een gebombardeerd terrein bij de haven – een braakliggend veld met struiken en onkruid tussen wat brokstukken van gebouwen – zag hij ineens iets blikkeren in een straal zonlicht die door een wilgenroos scheen. Harry keek om zich heen om zeker te weten dat niemand hem gadesloeg, en toen bukte hij zich alsof hij zijn veter wilde strikken, stak zijn hand in het struikje en pakte het op. Het was een ring. Zonder er verder naar te kijken, stopte hij het ding in zijn zak en liep door over het terrein waar ooit een rij huizen had gestaan. Hij speurde de grond af, maar vond verder niets.

Veilig terug in de kelder in Kemble Street haalde hij de ring uit zijn zak en bekeek hem. Een gouden ring, als het echt goud was, met een diamant omringd door rode steentjes. Zou die diamant echt kunnen zijn? Hij was behoorlijk groot. En die kleine rode stenen, waren dat robijnen? Hij overwoog wat hij ermee zou doen. Hij kon naar de markt gaan en hem aan Mikey Sharp verkopen, maar eerst moest hij uitzoeken of die stenen echt waren en niet simpelweg van glas. Als hij wist wat het ding ongeveer waard zou moeten zijn, kon Mikey hem niet afzetten. Harry had veel geleerd tijdens zijn gevangenschap op het Isle of Man, maar lezen en schrijven waren ook niet alles. Hij was altijd gewiekst geweest en wist dat de vondst van deze ring zijn grote kans kon zijn.

De volgende dag, na het werk, vond hij een kleine juwelierswinkel in Hackney. In vervaagde goudkleurige letters stond de naam ING op de etalageruit, en boven de deur waren de drie gouden bollen aangebracht die aangaven dat meneer Ing ook pandjesbaas was. Harry tuurde door het raam naar de sieraden die er te koop waren. Hij had een winkel nodig waar weinig vragen zouden worden gesteld en dit leek hem zo'n soort plek. Hij had zijn verhaal geoefend, en met nog een laatste blik op de horloges en broches in de etalage duwde hij de deur open en stapte naar binnen.

Er rinkelde een belletje, en een kleine man kwam van achter een gordijn tevoorschijn. Hij ging achter zijn toonbank staan en bekeek Harry door een bril met een dun montuurtje. 'Goedemiddag. Kan ik iets voor je doen?' vroeg hij met zachte stem.

'Bent u meneer Ing?' vroeg Harry.

De man knikte. 'Dat ben ik.'

'Mooi,' zei Harry. 'Nou, mijn moeder wil haar ring laten taxeren.' Hij legde de ring op de toonbank.

'Is dat zo?' De man trok zijn wenkbrauwen op.

Onschuldig keek Harry hem aan, alsof hij niets merkte van de scepsis van de juwelier. 'Ja. Er is een bom op ons huis gevallen. Mijn vader is omgekomen en ze is alles kwijt. Ze wil hem niet verkopen, alleen weten wat ze ervoor zou kunnen krijgen mocht het nodig zijn, snapt u wat ik bedoel?'

'Ik begrijp het,' zei meneer Ing. 'Ik zal eens kijken.' Hij zette zijn bril af en pakte een loep, hield de ring tegen het licht en tuurde ernaar. 'Mooi ding. Maar je zegt dat ze hem niet wil verkopen?'

'Nee,' antwoordde Harry ferm. 'Hij is niet te koop.'

Meneer Ing knikte. 'Zou ze hem dan willen verpanden?'

'Nou...' zei Harry zogenaamd aarzelend. 'Wat zou u haar ervoor lenen... als ze dat wilde?'

'Hmm. Voor een lening, misschien tien pond.'

'Neem een ander in de maling,' smaalde Harry. 'Ik weet wat mijn pa ervoor heeft betaald.'

'Dat geloof ik best,' zei meneer Ing op een toon die aangaf dat hij er helemaal niets van geloofde. 'Maar de zaken staan er nu anders voor...' Hij zei niet 'het is oorlog', maar de woorden hingen in de lucht.

Harry pakte de ring en stak hem weer in zijn zak. 'Nee. Daarvoor zou ze hem niet kwijt willen. Sentimentele waarde, weet u? Toch bedankt.'

Terwijl hij zich omdraaide naar de deur, zei meneer Ing: 'Ik kan misschien iets hoger gaan, aangezien de omstandigheden van je moeder zo triest zijn. Twaalf pond tien?'

'Ik zal het haar zeggen.' Harry verliet de winkel. Hij had nu de informatie die hij zocht. Ing zou misschien nog wat meer hebben geboden dan twaalf pond en tien shilling, maar hij zou de ring voor meer geld doorverkopen, dus was Harry ervan overtuigd dat het ding minstens twintig pond waard moest zijn. Hij ging op zoek naar Mikey Sharp.

Vanaf dat moment breidde Harry geleidelijk zijn zaken uit. Als losser in de haven kwamen er af en toe kleine voorwerpen zijn kant op, gemakkelijk te verstoppen in de zakken van zijn werkkleding, maar zijn voornaamste inkomstenbron waren de platgebombardeerde plekken. In het oosten van de stad was nog steeds te zien hoe vastberaden de Luftwaffe was geweest om hen te onderwerpen. Er stonden skeletachtige gebouwen met flarden behang en bungelende schoorstenen. Dergelijke gebouwen waren afgezet, maar voor een straatrat als Harry leverden die barrières geen problemen op. In de schemering sloop hij door ruïnes, klom tegen kapotte muren op en zocht in de resten van slaapkamers naar schatten. En die vond hij. Geen enorme hoeveelheden, maar af en toe spullen die waren achtergebleven of verloren tijdens een luchtaanval. Dingen die snel konden worden omgezet in contanten via Mikey en anderen, zoals meneer Ing, die zich niet al te druk maakten om de herkomst van zulke spullen.

Harry verdiende er geen fortuin mee, maar zijn spaargeld, veilig opgeborgen in de kelder in Kemble Street, groeide gestaag. Het geld zat in een cacaoblikje dat hij in een holte onder de keldertrap had verstopt. Hij wilde nog steeds naar Australië na afloop van de oorlog, en hij was niet van plan met lege handen te vertrekken.

Toen zijn dienstpapieren kwamen, ontdekte hij dat hij vrijstelling had gekregen omdat hij nu havenarbeider was. Hij bleef in de kelder van het huis van de Federmans wonen. De mensen in de buurt raakten eraan gewend om hem te zien komen en gaan. Als hem vragen werden gesteld, zei hij altijd dat hij een vriend van de Federmans was die, zoals ze ongetwijfeld wisten, waren vertrokken toen mevrouw Federman een baby kreeg.

Veel huizen in de straat waren beschadigd en de meeste mensen die de Federmans hadden gekend woonden er niet meer, en de anderen geloofden zijn verhaal. Vanwege de vernietiging van zo veel woningen tijdens de maanden van de Blitz woonden mensen overal waar ze onderdak konden vinden. Die buurtwacht had hem een kelderrat genoemd, maar Harry wist dat hij niet de enige was.

31

Juni 1942

Billy had lid mogen worden van de Home Guard toen hij zeventien was geworden en was sindsdien naar al hun trainingen gekomen. Maar een paar weken geleden was hij uitgenodigd voor een bijzondere bijeenkomst. Toen hij in Cheddar was om boodschappen te doen voor zijn moeder, was hij in een pub even een glas cider gaan drinken voordat hij weer naar huis zou gaan.

Terwijl hij aan de bar zat, schoof er een oudere man in het uniform van de Home Guard op de kruk naast hem. 'Billy Shepherd, toch?' zei de man.

Billy keek opzij en herkende meneer Tavistock, zijn geschiedenisleraar van school. Hij had de leraar niet meer gezien sinds hij met school was gestopt, hoewel hij wel had gehoord dat 'Ouwe Tavy', zoals de leerlingen hem altijd noemden, kort daarna met pensioen was gegaan. Billy had daar niet van opgekeken, want Ouwe Tavy wás ook oud, minstens vijftig; hij had de vorige oorlog nog meegemaakt.

'Meneer Tavistock?'

'Verbaasd mij in uniform te zien, jongen? Ze roepen ons ouwe knarren tegenwoordig ook allemaal op. Zit je bij de Home Guard?'

Billy bevestigde dat.

'Ik dacht al dat ik had gehoord dat je bij het stel van Wynsdown zat,' zei meneer Tavistock. 'Werk je nog steeds op de boerderij van je vader?'

'Ja,' antwoordde Billy behoedzaam; hij vroeg zich af hoe het kon dat die oude man nog zo veel over hem wist.

'Dat is belangrijk werk. Net als de Home Guard.' Meneer Tavistock gaf de barmeid een teken dat ze nog eens voor hem en Billy moest inschenken.

'Zo veel is er niet te doen, vind ik,' zei Billy. 'Heel veel marcheren en zo, en een paar oefeningen in de heuvels, maar niks spannends.'

'Begin je het beu te worden?'

'Iedereen, denk ik,' antwoordde Billy. 'Ik bedoel, ik weet dat het belangrijk is om ons land te verdedigen en dat we moeten blijven trainen, maar op het moment vervelen de meesten van ons zich nogal.'

'Nou, er zijn manieren om het interessanter te maken,' zei meneer Tavistock nadat hij genietend een slok had genomen. 'Speciale taken.'

Billy's nieuwsgierigheid was gewekt. 'Wat voor speciale taken?'

Meneer Tavistock tikte tegen de zijkant van zijn neus. 'Dat kan ik je niet vertellen, knul. Maar als je belangstelling hebt, kom dan zaterdagavond naar het Cliff Hotel.' Toen liet Ouwe Tavy ineens de rest van zijn cider op de bar staan en stond op. 'Ik moet ervandoor. Denk eens na over zaterdag. Kom alleen. Ik zal er ook zijn.'

Billy had er de hele week over nagedacht, en op zaterdagavond fietste hij naar het Cliff Hotel in Cheddar.

Meneer Tavistock stond in de gang. Toen hij Billy zag, glimlachte hij en leidde hem naar een kamer boven, waar al drie andere mannen zaten, in een opgelaten stilte. Een van hen, Kenny Blaker, had bij Billy op school gezeten en knikte begroetend, maar hij zei niets. Toen Billy plaatsnam, vroeg hij zich af of Ouwe Tavy ook Kenny had benaderd. Een paar minuten later kwam er een officier binnen en ze stonden allemaal op.

'Ga zitten, heren,' zei de officier. Hij liep naar de voorkant van de kamer en bekeek hen. De man stelde zich niet voor, maar zei alleen: 'Bedankt voor jullie komst.' Hij bleef staan, ook al stond er een extra stoel voor hem.

'Wat ik zo meteen ga vertellen, is zeer geheim,' begon hij. 'Jullie mogen het aan niemand verder vertellen. Jullie zijn hier uitgenodigd omdat we denken dat jullie de mannen zijn die we nodig hebben voor onze plaatselijke speciale eenheden. Dat betekent extra training, strikte geheimhouding, en bijna zeker gevaarlijk werk ter verdediging van jullie huizen en jullie land. Ieder van jullie is ons aanbevolen door iemand die jullie kent. Als jullie meer willen horen over datgene waar we jullie voor nodig hebben, blijf dan. Zo niet, vertrek dan nu; even goede vrienden. Ik wil benadrukken dat we alleen vrijwilligers zoeken.'

Hij wachtte even en keek naar hen. Billy keek terug. Deze officier vroeg hem iets geheims en bijzonders voor Defensie te doen. Hij wist niet wat, maar als hij zich aanmeldde, zou hij echt iets kunnen bijdragen aan de oorlogsinspanning. Hij bleef zitten, net als Kenny Blaker en de twee andere mannen.

De officier keek verheugd. 'Mooi. Ik zal een korte uiteenzetting geven, en in de komende weken worden jullie opgeroepen voor aanvullende training om lid te worden van een nieuw signaleringscorps. Tenminste, zo zullen jullie de extra training naast de normale oefeningen van de Home Guard verklaren. Er bestaat nog steeds een mogelijkheid van een Duitse invasie,' ging de officier door. 'Daarop willen we voorbereid zijn. We trainen een geheim leger van mannen die verzet zullen blijven bieden in het geval van een Duitse bezetting. Die mannen zullen onderduiken als de Duitsers komen. Die mannen zullen blijven vechten, de binnenvallende troepen bestoken en dan weer verdwijnen. Sabotage zal aan de orde van de dag zijn; de vernietiging van alles wat de Duitsers kan helpen bij hun bezetting. Ze zullen hun leven in de waagschaal leggen bij elke operatie die ze uitvoeren. Velen van hen zullen het niet overleven, maar we laten die nazi's niet zomaar hier binnenwandelen en ons land van ons afpakken.'

Hij zweeg even en keek weer naar de jongemannen die voor hem zaten. 'Jullie zullen enkele van die mannen zijn. In het geval van een invasie verdwijnen jullie simpelweg. Jullie zijn uitgekozen omdat jullie je eigen omgeving door en door kennen. Er worden al voorbereidingen getroffen: verborgen opslagen van wapens, munitie, explosieven en natuurlijk voedsel en water voor jullie overleven. Jullie gaan deel uitmaken van deze verzetsmacht, maar jullie mogen nooit en te nimmer aan iemand onthullen dat zo'n macht zelfs maar bestaat. Jullie zijn de Home Guard, maar jullie zijn veel meer. Jullie zijn ons geheime ondergrondse leger, en jullie overleven kan ervan afhangen dat niemand weet dat zo'n leger bestaat. Wat mensen niet weten, kunnen ze niet verklappen, zelfs niet onder druk.'

'U bedoelt marteling.' Die woorden werden zacht uitgesproken, maar de officier sprong erbovenop.

'Dat is precies wat ik bedoel,' zei hij. 'Als jullie naar huis terugkeren na zulke trainingen, vertellen jullie niemand waar jullie zijn geweest of wat jullie hebben gedaan. Jullie blijven compleet zwijgen over die kwestie, zelfs tegenover jullie beste vrienden en familie... jullie vrouwen en kinderen, jullie ouders en broers en zussen, jullie vriendinnetjes... Niemand mag enig idee hebben waarvoor jullie worden opgeleid. Dat is waarvoor je intekent, dat is wat in stand moet worden gehouden voor je eigen veiligheid, voor de veiligheid van ons allen. Als het ergste gebeurt, zullen veel mensen tegen jullie zijn. Er zullen Duitse vergeldingsmaatregelen komen, zoals in Frankrijk ook is gebeurd. Mensen kunnen zich tegen zo'n verzetsleger keren. Daarom kunnen jullie hier nooit iemand over vertellen. Wat jullie vrienden en familie betreft, en vooral jullie vrouwen, zitten jullie gewoon bij de Home Guard. Voor je eigen veiligheid, maar ook voor die van hen.'

Later, toen Billy heuvelopwaarts terugfietste naar Wynsdown, voelde hij een vreemde mengeling van trots en angst. Hij was uitgekozen om tot het allerlaatst te blijven vechten. Als de Duitsers landden, zou hij bij de laatste verdedigers van zijn land horen.

Een week later werd hij opgeroepen voor een extra training, uitgelegd als een signaalcursus. Het was een totaal ander soort training dan alles wat hij tot dan toe had gedaan. Hij was toegetreden tot een geheime eenheid, niet bekend in de buitenwereld, niet bekend bij buitenstaanders, en had zelfs een geheimhoudingsverklaring moeten ondertekenen.

Billy was speciaal naar het huis van juffrouw Edie gekomen om te vragen of hij Charlotte mocht meenemen naar het midzomerfeest van Wynsdown, dat elk jaar in de dorpszaal werd gehouden.

'Iedereen gaat erheen,' zei hij, 'en ik zou graag met Charlotte gaan. Het wordt een geweldig feest.'

‘O, mag het, juffrouw Edie? Zeg alstublieft dat het mag,’ smeekte Charlotte.

Sinds Billy had gezegd dat ze zijn meisje was, was ze niet meer lastiggevallen door Tommy en zijn vrienden, en daarna dacht bijna niemand er meer aan dat ze een Duitse vluchteling was. Haar vriendschap met Billy werd geaccepteerd, iedereen wist dat hij haar beschermde, maar eigenlijk was er tussen hen weinig veranderd. Billy bleef haar behandelen als een jonger zusje en na de eerste opwinding omdat hij haar had geclaimd als zijn meisje, was Charlotte gaan beseffen dat het alleen maar zijn manier was geweest om haar van die pestkoppen te redden. Ze was gewoon een vriendin, en dat was genoeg.

‘Ik zou niet weten waarom niet,’ zei juffrouw Edie, ‘zolang je haar maar voor elf uur weer thuisbrengt.’

‘O, juffrouw Edie, maar het feest duurt tot halftwaalf,’ zei Charlotte. ‘Mag ik niet tot het eind blijven?’

‘Uiterlijk om middernacht binnen zijn!’ antwoordde juffrouw Edie, en ze werd beloond met een stralende glimlach waardoor Charlottes hele gezicht oplichtte.

Een dag of wat later op weg naar school vroeg Clare: ‘Wat ga je aantrekken?’

‘Juffrouw Edie heeft een oude rok van haar moeder voor me versteld,’ antwoordde Charlotte. ‘Hij is donkergroen met witte madeliefjes, en ik heb er een witte blouse bij.’

‘Wat een geluk,’ verzuchtte Clare. ‘Ma heeft niets meer wat ze voor mij kan verstellen. Ze heeft een sprei vermaakt tot een rok voor Sandra, maar hoewel ze stof genoeg heeft om twee rokken van te maken, vindt ze dat we niet in hetzelfde kunnen gaan.’

Dat betekende dat Clare haar oude zomerjurk zou moeten dragen, vertelde ze Charlotte wanhopig. ‘Hij zat de laatste keer dat ik hem aan had al strak, dus ik zou niet weten hoe ik er nu nog in moet komen! Ik heb geen fatsoenlijke rok en blouse, alleen mijn schooluniform, en dat trek ik niet naar een feest aan! Nee, ik zal me in die oude jurk moeten persen, maar niemand zal met me willen dansen in een oud vod waar ik bijna uit scheur!’

'Malcolm wel!' verzekerde Charlotte haar. 'Je weet dat hij je leuk vindt. Het kan hem niet schelen of je een oude jurk aan hebt.'

'Nee, hem niet,' zei Clare somber, 'maar mij wel.'

'Maar je vindt hem toch ook leuk?'

'Ja,' mompelde Clare. 'Dat is juist het punt!'

Zodra ze thuiskwam vroeg Charlotte aan juffrouw Edie: 'Mag ik Clare mijn geruite gele rok geven, van die stof die u vorig jaar zomer op de markt in Wells had gevonden? Hij is mij eigenlijk toch te klein, hè? Maar hij zou Clare goed passen, en zij heeft niets moois om aan te trekken naar het feest.'

'Je kunt hem haar ook lenen,' opperde juffrouw Edie.

Charlotte schudde haar hoofd. 'Nee, dat is niet hetzelfde. Ik moet hem aan haar geven, zodat hij echt van haar is.'

Juffrouw Edie ging akkoord, dus die avond ging Charlotte met de rok naar het huis van mevrouw Prynne en gaf hem aan Clare.

'Iedereen zal weten dat hij van jou is,' protesteerde Clare.

'Natuurlijk niet!' verzekerde Charlotte haar. 'Ik heb hem al een hele poos niet meer gedragen omdat hij me te klein is. Dat weten ze echt niet meer. En wat dan nog? Sinds de rantsoenering ruilt iedereen kleren met elkaar.'

Eindelijk was het zaterdag, de dag van het feest. Het was de hele dag heet geweest. Veel inwoners van Wynsdown hadden hard in hun tuin gewerkt, om de groenten te verzorgen die zo'n belangrijke bijdrage leverden aan de karige rantsoenen die in de winkels te koop waren. Juffrouw Edie had het groenteperk gewied en Charlotte had tuinbonen geplukt en gedopt, die ze zouden inmaken voor de wintervoorraad.

'Bewaar twee porties voor het eten van vanavond,' riep juffrouw Edie over haar schouder.

'Billy komt me om halfacht halen,' bracht Charlotte haar in herinnering.

'Dat was ik niet vergeten, maar je kunt niet naar een dansfeest zonder iets in je maag.'

Billy stond precies om halfacht op de stoep. Hij wachtte in de gang van Blackdown House toen Charlotte de trap af kwam en in de bocht even stopte om naar hem te lachen. Juffrouw Edie had haar haar opgestoken met twee schildpadkammen en achter in haar nek in een krul gedraaid.

'Charlotte, je ziet er fantastisch uit,' zei Billy, en de bewondering in zijn ogen was onmiskenbaar.

'Ja, hè?' beaamde juffrouw Edie stralend.

'Jij ook,' antwoordde Charlotte, want ze had Billy nooit eerder in een pak gezien, in een overhemd met stropdas, met zijn krullende haar helemaal glad gemaakt. Zijn diepliggende blauwe ogen straalden in zijn zongebruinde gezicht en hij had er nog nooit zo knap uitgezien.

'Middernacht,' bracht juffrouw Edie hun in herinnering, 'en geen minuut later.'

Billy liep met Charlotte aan de arm naar het dorpshuis. Hij had haar meer dan een jaar geleden opgeëist als zijn meisje, maar toen ze de trap af was gekomen, opgedoft voor haar eerste dansfeest, leek het alsof de schellen hem van de ogen vielen en hij haar voor het eerst zag. Ze was niet langer de sjofele Charlotte in een overall en rubberlaarzen die hem hielp de stallen uit te mesten en de kippen te voeren, de Charlotte die met hem over de velden wandelde met de honden, de Charlotte die achter hem aan hobbelde op de fiets van zijn zus. Ze was getransformeerd in een nieuwe en exotische Charlotte die hij amper herkende.

Het verwarde, bange schoolmeisje dat zo'n anderhalf jaar geleden uit Londen was aangekomen, dat niet eens had geweten wie ze was, was opgebloeid tot een lange, zelfverzekerde jonge vrouw met glanzend bruin haar, warme bruine ogen en een gulle mond. Billy was overspoeld door een golf van liefde die hem verwarmde en de adem benam, en had ineens moeten erkennen hoe diep zijn gevoelens voor haar gingen. Charlotte. Zijn meisje. Hij was op haar gesteld geweest, had van haar gezelschap genoten, had de behoefte gevoeld om haar te beschermen, maar in de gang daarnet had hij zich plotseling opgelaten en verlegen gevoeld. Kon dit mooie meisje echt de zijne zijn? Zou ze echt hetzelfde voor hem kunnen voelen als wat hij voor haar voelde? Voor het eerst was Billy beschroomd, aarzelend, niet meer zo zeker van wat tot dan toe zo zeker had geleken.

Het was warm in de dorpszaal, ook al stonden alle ramen en zelfs de deur open om de zwoele zomerlucht te laten circuleren. Zodra het donker werd, zouden ze alles moeten sluiten en de verduisteringsschermen moeten plaatsen, maar nu konden ze nog even dansen in het licht van de avondzon.

Een viermansband speelde muziek, met Paul Rollett op de piano, Bob Fountain op zijn accordeon, Andy Hallman met zijn droevige saxofoongeluid en Dennis Bird op de drums om de maat aan te geven. Iedereen was op het midzomerfeest; het was het hoogtepunt van de zomer waar iedereen gretig naar uitkeek.

Bijna alle gezinnen in Wynsdown hadden iets bijgedragen voor het feest, en Jack van de Magpie leverde bier en limonade. Een paar oudere leerlingen hadden die middag de zaal versierd met vlaggetjes en vazen vol wilde bloemen die ze buiten hadden geplukt. Iedereen had wel iets feestelijks kunnen vinden om te dragen, al was het maar een paar bloemen in het haar van een meisje of een colbert achter uit de kast, uitgeklopt en gestreken om weer een avondje dienst te doen. Mensen kletsten met elkaar, genoten van het eten en dansten.

Charlotte grijnsde naar Clare toen ze haar vriendin bij Malcolm Flint zag, met zijn arm om haar schouder. Clare droeg Charlottes gele rok met een kantachtige witte blouse die misschien ooit vitrage was geweest, stralend van blijdschap terwijl ze naar de kleine ruimte liepen die was aangewezen als dansvloer.

De dominee en zijn vrouw waren er ook, net als veel mensen die evacuees in huis hadden genomen. Caroline Morrison was voor het weekend uit Londen overgekomen en werd begeleid door dokter Masters. Het was een avond die iedereen in het dorp zich nog lang zou herinneren; een avond met goed eten, vrolijkheid en warmte. Toen het buiten donker werd, gingen de deuren dicht en werd de verduistering opgehangen. Dat maakte het verschrikkelijk warm in de zaal, en verschillende stelletjes glipten af en toe even naar buiten.

Charlotte stond samen met Billy naar de dansende mensen te kijken.

'Hé, Billy!' riep Clare hem vanaf de dansvloer toe. 'Waarom dans je niet?'

Charlotte keek Billy aan en grijnsde ondeugend. 'Ja, waarom dansen we niet, Billy?'

'Ik ben niet zo goed in dansen,' antwoordde hij opgelaten.

'Doe niet zo gek,' riep Charlotte. 'Dit is een dansfeest. Laten we dansen!' Ze stak haar hand naar hem uit, en samen stapten ze de dansvloer op.

'Ik zei toch dat ik twee linkervoeten had,' mompelde hij toen hij op haar tenen trapte, maar Charlotte lachte alleen, hield hem stevig vast en weigerde hem te laten wegvluchten.

Toen de band stopte voor een welverdiende pauze, liep Billy naar de bar om iets te drinken voor hen te halen. Charlotte bleef naar de mensen staan kijken die zich in de zaal hadden verzameld, mensen die ze had leren kennen in de tijd dat ze nu in Wynsdown woonde.

'Hallo, Charlotte.' Charlotte draaide zich om en zag een glimlachende juffrouw Morrison staan. 'Zo te zien vermaak je je wel. Ik zag je dansen!'

'O, zeker, juffrouw Morrison,' riep Charlotte. 'We hebben dansles gehad op school en ik vind het heerlijk.'

'Ik ben blij om je zo gelukkig te zien,' zei juffrouw Morrison. 'Hoe gaat het met juffrouw Everard?'

'Juffrouw Edie? O, prima. Ik heb nog geprobeerd haar vanavond mee te krijgen, maar ze zei dat ze een beetje hoofdpijn had en dat ze trouwens toch te oud was om te boemelen.' Ze keek Caroline Morrison aan en zei zachtjes: 'U hoeft zich om mij geen zorgen te maken, juffrouw Morrison. Ik ben heel gelukkig bij juffrouw Edie.'

'Mooi zo. Dat is het enige wat ik wilde weten. Geniet van de rest van je avond.'

'Wat wilde ze?' vroeg Billy toen hij terugkwam met hun drankjes.

'Alleen maar vragen of alles goed ging. Ze is altijd heel aardig voor me geweest, Billy.'

Billy knikte en gaf haar een glas limonade voordat hij een grote slok van zijn cider nam.

'Het is hier warm,' zei Charlotte. 'Zullen we kijken of het buiten wat koeler is?'

Zodra ze het opperde, draaide Billy zich om naar de deur en hield het verduisteringsgordijn voor haar opzij.

'Dat is beter,' zei Charlotte toen ze op een van de bankjes langs het dorpsplein gingen zitten. De maan kwam achter een wolk vandaan en baadde het dorp in zilver, waardoor de kerktoren aan de overkant scherp afstak tegen de nachthemel. Het was beslist koeler buiten, en door de temperatuursverandering rilde Charlotte ineens.

'Je hebt het koud,' zei Billy.

Ze keek naar hem, met haar gezicht naar hem opgeheven. 'Nee,' fluisterde ze, 'niet echt.'

Verlegen legde Billy zijn arm om haar schouders. Zijn kus was teder, een licht strijken van zijn lippen over de hare, maar toen ze zuchtte van genoegen, kuste hij haar nog een keer en ze legde haar armen om zijn nek. Na een poosje lieten ze ademloos los.

'O, Charlotte,' was het enige wat hij zei.

Charlotte zuchtte weer en kroop tegen hem aan.

Er waren nog andere stelletjes naar buiten gedwaald, die terugkeerden naar het feestje toen ze de band weer hoorden beginnen. Plotseling verlegen stond Charlotte op. 'We kunnen beter weer naar binnen gaan.'

Het was een magische avond. Zwevend op een wolk van geluk wilde Charlotte niet dat hij ten einde kwam. Met Billy's armen om haar heen had ze het gevoel dat ze eeuwig kon blijven dansen. Toen de band de laatste wals inzette, verdrong iedereen zich op de dansvloer en was er nauwelijks nog ruimte om je te bewegen. Charlotte danste met haar hoofd op Billy's schouder, in zijn armen, waardoor ze het rustige kloppen van zijn hart voelde, in hetzelfde ritme als haar eigen hartslag.

Zoals beloofd liet Billy Charlotte om één minuut voor twaalf bij de deur van Blackdown House achter. Ze waren langzaam over het landweggetje gelopen, gearmd en opgaand in hun nieuwgevonden geluk. Buiten het hek bleven ze staan voor een laatste kus, en toen maakte Charlotte zich uit zijn armen los en rende ze lichtvoetig naar de voordeur. Met één hand op de klink blies ze hem nog een laatste kus toe, en toen glipte ze naar binnen.

Veilig thuis in Blackdown House ging Charlotte op haar bed zitten om de avond in gedachten nog eens de revue te laten passeren. Haar avond met Billy. Het gevoel van zijn armen om haar heen terwijl ze dansten, zijn wang tegen haar haar, zijn adem op haar wang, de druk van zijn hand tegen haar onderrug, en bovenal de manier waarop hij haar had gekust.

Het was een prachtige avond geweest. Dansen in de zaal, het gelach en plezier ondanks de soberheid van de oorlog, had het hele dorp opgevrolijkt. Ze hadden een collectieve middelvinger opgestoken naar Hitler en zijn trawanten, en na deze prachtige avond was iedereen met een gevoel van welbehagen door de warme duisternis van de midzomeravond naar huis gelopen.

32

Juni 1942

De vredigheid van die zomernacht werd een uur later verscheurd door de sirenes. De meeste bewoners van Wynsdown waren al in hun bed gedoken, doodop na het feest in de dorpszaal, en werden ruw weer gewekt.

Charlotte schoot wakker, uit haar slaap gerukt door het aanhoudende gejank dat door de heuvels schalde, en rende naar juffrouw Edies slaapkamer. Ze liepen samen naar haar raam en trokken voorzichtig het verduisteringsgordijn een stukje opzij. Buiten was nog niets te zien, maar het duurde niet lang voordat de sirenes werden overstemd door het gedreun van vliegtuigen. Toen het lawaai aanzwol, zagen ze hoe in de verte het luchtafweergeschut de lucht in lichterlaaie zette.

'Denkt u dat ze naar Bristol gaan?' vroeg Charlotte, terwijl ze zich naar voren boog om de hemel af te speuren.

'Misschien,' zei juffrouw Edie, 'maar ik zie geen vliegtuigen, jij wel?'

'Nee. Misschien zijn ze niet zo dichtbij als het klinkt.'

Billy sliep nog niet toen de sirene ging. Hij trok snel zijn Home Guard-uniform aan en liep met zijn vader mee naar buiten. De maan stond nog aan de hemel, af en toe oplichtend tussen de wolkenflarden, en ze liepen meteen naar de kleine stenen schuilkelder in de helling boven de boerderij, die als uitkijkpost diende. Toen hun ogen eenmaal gewend waren aan het nachtelijke duister, vonden ze hun weg over de bekende velden met gemak en stonden ze al snel met verrekijkers op het heuveltje, turend in de richting van Weston-Super-Mare, Wales en de zee. De post was uitgerust met een veldtelefoon waarmee ze contact konden opnemen met majoor Bellingers hoofdkwartier in het landhuis, maar hoewel ze daar bleven tot het sein veilig werd gegeven, was er niets te melden.

Andere leden van de Home Guard gingen door met hun patrouilles; donkere omtrekken die waakzaam door het dorp slopen. Ze hoorden explosies in de verte en zagen felle lichtflitsen tegen de westelijke hemel, te ver weg om te bepalen wat de doelwitten waren, maar dichtbij genoeg om de nachtlucht te vullen met het lawaai van de aanval.

Overal in het dorp stonden mensen voor hun ramen en keken naar de hemel. Niet veel dorpelingen gingen tegenwoordig nog schuilen; de luchtaanvallen waren de afgelopen maanden afgenomen en weinigen hadden het gevoel in gevaar te zijn als de sirenes gingen.

'Het lijkt erop dat Weston vannacht het doelwit is,' zei David Swanson tegen zijn vrouw, terwijl ze met hun drie pleegkinderen voor het slaapkamerraam stonden.

De kleine Val pakte zijn hand vast. 'Ik vind het niet leuk,' fluisterde ze.

'Nee,' beaamde David zachtjes. 'Ik ook niet. Maar de bommen zijn te ver weg om ons hier te deren.'

'Maar waarom?' vroeg Avril. 'Waarom Weston, bedoel ik.'

'De Oldmixon-fabriek, denk ik, of misschien Banwell,' antwoordde David. 'Vliegtuigfabrieken zijn voor de hand liggende doelwitten.'

'Maar hoe weten ze daarvan?' vroeg Avril.

David haalde zijn schouders op. 'Verkenningsvluchten, neem ik aan.'

'En het vliegveld,' zei Paul. 'Dat zouden ze ook willen bombarderen.'

'En het vliegveld,' beaamde David. Omdat hij de meisjes niet nog banger wilde maken, zei hij: 'Kom op, jongens, terug naar bed. Jullie vatten nog kou.' Hij tilde Val op, bracht de andere twee terug naar hun eigen bed en bleef bij het kleine meisje zitten tot ze weer in slaap viel.

Toen het sein veilig eindelijk klonk, waren de meeste inwoners van Wynsdown al weer teruggegaan naar bed en werden ze wakker op een vredige zondagochtend. Nieuws over de luchtaanval op Weston bereikte het dorp al snel.

'Er is een heleboel schade,' meldde Martha Mason, lerares op de dorpsschool, toen ze met een groep andere mensen bij de kerk stond te wachten op de ochtenddienst. 'Mijn nicht Angela belde me. Ze woont vlak bij Moorland Road en zegt dat daar heel veel schade is aangericht. Het is vreselijk. De reddingswerkers zijn op zoek naar overlevenden tussen het puin van de huizen.'

Er brak geroezemoes uit onder de parochianen en Martha werd het middelpunt van de aandacht, totdat de dominee naar buiten stapte om hen binnen te roepen voor de dienst. Ook hij had nieuws gehoord over de aanval op Weston, waar een oude tante van hem woonde. Ze had de pastorie gebeld om hem te laten weten dat ze veilig was en haar huis niet was beschadigd. Er waren wel een aantal wegen kapotgeschoten, had ze hem laten weten, maar zij maakte het prima.

Tijdens de kerkdienst baden ze voor de slachtoffers, de gewonden en de mensen die hun huis waren kwijtgeraakt.

Charlotte en juffrouw Edie, die sinds enkele maanden weer bij het kerkkoor zong, waren uitgenodigd bij de pastorie voor de lunch, en ze verzamelden zich met enige bedruktheid in de zonnige tuin om buiten te eten. Caroline Morrison was er ook met dokter Masters.

'Ik ga morgen terug naar Londen,' vertelde Caroline. 'Ik neem een nieuw kindertehuis over in het noorden van de stad. Het gebouw was beschadigd geraakt tijdens de Blitz, maar het is hersteld en weer in gebruik genomen. Het zal een behoorlijke uitdaging worden, maar ik verheug me erop.'

'Zijn de bombardementen op Londen gestopt?' vroeg juffrouw Edie.

'Nou, het zijn niet meer de bommentapijten zoals tijdens de Blitz,' antwoordde Caroline, 'maar er zijn af en toe nog wel aanvallen.'

'We hoorden op de radio dat Hitlers aandacht nu op iets anders is gericht. Dat hij gewoon willekeurig dorpen en steden bombardeert.'

'Zoals Weston, bedoel je?' vroeg Avril somber.

'Caro was hier juist naartoe gekomen om even bij de bommen weg te zijn,' zei dokter Masters, 'en nu beginnen ze hier ook!'

'Nou,' zei David, 'laten we hopen dat dit een eenmalig iets was en dat we ze niet meer terugzien.'

Dat was niet het geval. Die nacht, even na middernacht, waarschuwden de sirenes voor een volgende luchtaanval, en weer verscheen er een groep vijandelijke vliegtuigen aan de horizon. De sinistere donkere omtrekken in de nachthemel werden af en toe even vastgepind in de lichtbundel van een achtervolgend zoeklicht. Luchtafweerinstallaties langs de kust knetterden en schoten de ene na de andere granaat op de vliegtuigen af, maar de ontploffingen beneden maakten duidelijk dat er ook op de grond schade werd aangericht.

Weer werd de Home Guard op patrouille gestuurd. De meeste leden hadden de vorige nacht weinig tot geen slaap gekregen, en dus meldden ze zich die nacht minder snel voor hun dienst.

Billy en zijn vader keerden terug naar hun observatiepost. Vanaf de heuvel konden ze uitkijken over de velden en het dorp aan de ene kant, en naar de kust aan de andere kant.

'Ze willen per se afmaken waar ze aan waren begonnen,' zei Billy's vader, terwijl hij de hemel met zijn verrekijker afspeurde. 'Ze hebben die rotzakken hierheen gestuurd vanuit Frankrijk, neem ik aan. Ze zitten tegenwoordig verrekte dichtbij. Proberen ons murw te krijgen. Ik schat dat een invasie er nog steeds in zit.'

Ondanks de nadruk op totale geheimhouding over zijn extra taken voelde Billy, terwijl zijn vader en hij in de observatiepost zaten te kijken naar de bommenwerpers die dood en vernietiging zaaiden, een enorme drang om zijn vader in vertrouwen te nemen. Híj zou er toch nooit iets over zeggen? Behalve misschien tegen zijn moeder. Maar zij zou het ook niet doorvertellen...

Op dat moment hoorden ze het geluid van een vliegtuig dat heel snel dichterbij kwam. De motor krijste toen het toestel op hen af dook.

'Allemachtig, hij staat in brand!' brulde Billy's vader. Voor hun ogen viel er een donkere gedaante uit de cockpit naar beneden, totdat zijn val met een ruk werd vertraagd door de parachute die boven hem openging. Het vliegtuig bleef tollend afdalen en ontplofte aan de andere kant van de richel in een enorme vuurbol.

Billy's vader greep de veldtelefoon en meldde zich bij de basis. 'Vijandelijk vliegtuig neergestort boven Charing Farm!' schreeuwde hij. 'In brand. Waarschijnlijk geen overlevenden, op één springer na. Parachute geopend.'

Hij luisterde even, en toen zei hij: 'Goed, meneer. We zijn onderweg.'

Terwijl zijn vader de melding deed, keek Billy naar de parachute die omlaagkwam en de man die eronder hing, slap als een lappenpop. Toen de parachute de grond naderde, werd hij door de wind gevangen en weggevoerd bij de observatiepost naar het stukje bos dat Charing Coppice heette, aan de andere kant van de volgende wei. De parachute raakte verstrikt in de bovenste takken en de piloot bleef een meter of vijf boven de grond bungelen.

'Kom op, pap!' riep Billy, die van de observatiepost sprong. 'We kunnen hem oppakken.'

'Majoor Bellinger gaat naar het vliegtuig,' meldde zijn vader. 'Hij stuurt ook versterking naar ons toe.'

Ze grepen hun geweren, klauterden de heuvel af en renden naar de bomen, waar de parachute tussen de takken wit afstak in het maanlicht. Onder het bladerdak hing een man, zachtjes draaiend in de wind.

Ze gingen behoedzaam dichterbij, sluipend tussen de bomen, niet wetend of de man gewapend, gewond of misschien dood was.

'Hou hem onder schot, Billy,' mompelde zijn vader, 'terwijl ik kijk hoe het ervoor staat.'

Billy schuifelde naar voren door het struikgewas tot hij een rechte vuurlijn had, terwijl zijn vader omliep naar de andere kant van de boom, met zijn eigen geweer op de piloot gericht. Er was geen teken van leven te zien.

'Leef je nog? We houden je onder schot,' zei Billy's vader.

Er kwam geen antwoord, maar even later klonk er boven hen een zachte kreun. Billy's vader haalde zijn zaklantaarn tevoorschijn en scheen omhoog. Het gezicht van de vliegenier was verwrongen van pijn, maar zijn ogen waren open en hij staarde doodsbang naar de man die beneden stond met een geweer.

'Niet schieten!' riep hij. *'Beine kaputt.'*

'Nee,' riep Billy's vader terug. 'Ik ga niet schieten.' Zonder zijn blik van de man los te maken, zei hij: 'Kom maar, Billy. We moeten die vent omlaaghalen. Hij is in zijn been geraakt, geloof ik.' Hij keek naar de gescheurde broek van de man en het bloed dat op zijn laarzen droop. Zijn gezicht was een masker van pijn en hij kreunde weer.

'Wat gaan we doen?' vroeg Billy, terwijl hij zijn geweer neerlegde en naar de piloot keek.

'We moeten hem lossnijden,' antwoordde zijn vader. 'Maar dat wordt lastig in het donker. We moeten misschien wachten tot het licht wordt.'

'Ik kan in de boom klimmen en zijn tuig doorsnijden,' zei Billy, 'maar dan belandt hij met een smak op de grond.'

'We moeten met z'n tweeën de boom in, zodat we hem kunnen laten zakken. Maar dan hebben we ook iemand op de grond nodig.'

'Ik ga vast even boven kijken.' Billy klom snel de boom in. Toen hij op de hoogte van de bungelende man was aangekomen, riep hij: 'Schijn even met je licht hierheen, pap.' Zijn vader richtte zijn zaklantaarn op het tuig van de parachute en Billy bekeek het.

'We kunnen hem lossnijden van de parachute en dan rustig op de grond laten zakken.' Hij keek de man aan en knikte naar hem. 'Het is wel oké, kerel.'

De piloot greep zich vast aan het woord 'oké' en raspte: 'Niet oké. *Beine kaputt.*'

'Sorry,' zei Billy nors, 'maar ik spreek geen Duits.' Hij richtte zijn aandacht weer op de touwen van de parachute en riep zijn vader toe: 'Niet al te ingewikkeld, pap. Als er iemand op de grond staat, kan het met twee man vanaf deze kant worden geregeld.'

Terwijl ze wachtten op versterking ging Billy de wei in, waar een paar schotten tegen een hek stonden. Hij tilde er een op en droeg hem terug naar de rand van het bos. 'We hebben iets nodig om die arme donder op te leggen,' zei hij bij wijze van uitleg.

'Goed idee,' zei zijn vader. 'Er zal zo wel hulp komen.'

Nog geen kwartier later kwamen er drie andere leden van de Home Guard uit Wynsdown aan: voorop liep een hijgende Charlie Marston, gevolgd door Bert Gurney en Frank Tewson.

Er begon daglicht te gloren aan de oostelijke horizon, en in het vroege ochtendlicht keken ze allemaal naar de piloot die in de boom hing.

Bert was zijn gebruikelijke onbehouwen zelf. 'Schiet die smeerlap dood, dan is het maar klaar.'

'Doe niet zo achterlijk, Bert,' snauwde Billy's vader. 'Hij is een krijgsgevangene.'

'Wat hij ook is, hij zit mooi in de knoop,' zei Frank, lachend om zijn eigen grapje.

'Hij is gewond,' zei Billy, 'en hij verliest bloed. We moeten hem naar beneden halen.'

'Ach toch!' zei Bert. 'Arm mofje! Heeft-ie dan een au?'

'In vredesnaam, Bert, hou je kop,' bromde Billy's vader. Hij wendde zich tot Charlie met zijn korporaalsstrepen, die na hem de hoogste in rang was. 'Oké, Charlie. We weten al wat we moeten doen, dus jullie hoeven alleen maar onder de boom te gaan staan, terwijl wij hem laten zakken. Hij is gewond aan zijn benen, maar we weten niet hoe ernstig. Jullie moeten hem opvangen en rustig laten zakken, begrepen?'

'Ja, meneer.'

Billy was alweer in de boom geklommen en zijn vader klom achter hem aan.

'Neem jij zijn gewicht over, Billy, terwijl ik de touwen doorsnij.'

Billy's vader had de man snel los van zijn parachute en samen hielden ze hem vast aan zijn tuigje. De piloot kermde, maar hij leek slechts half bij bewustzijn en niet veel te merken van wat er gebeurde.

'We laten hem nu zakken,' riep Billy's vader. 'Klaar, mannen?'

Het was hard werken om de touwen van zijn tuig te laten vieren, maar geleidelijk zakte de man omlaag. Ondanks het feit dat er beneden drie man stond om hem op te vangen, krijste de piloot het uit van pijn toen zijn benen de grond raakten. Tegen de tijd dat Billy en zijn vader weer uit de boom waren geklommen, was de jongeman flauwgevallen. Nu ze zijn gezicht goed konden zien, was duidelijk dat hij niet veel ouder was dan Billy; misschien een jaar of twintig, maar niet ouder.

'Goed,' zei Billy's vader, 'leg hem op dat schot nu hij nog buiten westen is.'

De benen van de piloot waren besmeurd met bloed, en door de flarden van zijn uniform was te zien dat er bot door zijn bleke huid stak. Billy's vader wendde zich tot Billy. 'Ren terug naar de boerderij en laat ma een bed voor hem klaarmaken. Ga dan door naar het dorp en haal dokter Masters. Zeg tegen hem dat hij iets van pijnstillers moet meenemen. De benen van die knul zijn verbrijzeld.'

Billy knikte en begon richting het dorp te rennen.

'Oké, mannen,' hoorde hij zijn vader nog zeggen. 'Eén op elke hoek, en probeer niet te veel te wiebelen...'

Toen de mannen met de vliegenier bij de boerderij aankwamen, had mevrouw Shepherd al een bed gemaakt van de bank in de zitkamer, de zelden gebruikte haard daar aangestoken en thee gezet. Een pan heet water stond op het fornuis en alles was klaar toen Billy kort daarna aankwam met de dokter.

'Ik kwam majoor Bellinger tegen, pap,' zei Billy toen ze in de keuken zaten, wachtend terwijl de dokter de patiënt onderzocht in de kamer ernaast. 'Ik moest je vertellen dat hij naar het vliegtuig is geweest. Het is uitgebrand en er waren drie bemanningsleden aan boord, voor zover er nog iets van over was. Ze maakten geen schijn van kans. Hij heeft een bewaker bij het toestel achtergelaten om souvenirjagers te ontmoedigen, en het hoofdkwartier gebeld om het wrak en onze man hier op te halen.'

'Ik betwijfel of hij zo snel al kan worden vervoerd,' antwoordde zijn vader. 'Gelukkig was hij op weg hierheen buiten westen, maar hij heeft heel veel pijn. Ze zullen hem alleen kunnen vervoeren als ze hem weer bewusteloos slaan.'

Op dat moment kwam dokter Masters de keuken in. Hij keek ernstig. 'Hij is er slecht aan toe,' meldde hij. 'Ik kan hier niet veel voor hem doen, behalve proberen hem rustig te houden en de pijn bestrijden. Ik denk dat er weinig anders op zit dan een amputatie, zeker van zijn ene been. Mogelijk is het andere nog te redden.'

'Arme drommel,' zei mevrouw Shepherd.

'Hij is weer bijgekomen, maar hij spreekt natuurlijk nauwelijks Engels. Ik kan hem niet uitleggen wat er moet gebeuren, of zelfs maar wat ik voor hem kan doen, totdat we hem naar het ziekenhuis kunnen krijgen.'

'Je zou Charlotte kunnen ophalen, Billy,' opperde mevrouw Shepherd. 'Zij kan in elk geval met hem praten, proberen hem gerust te stellen. Wat denkt u, dokter?'

'Het zou kunnen helpen,' antwoordde de dokter, maar hij klonk twijfelend.

Mevrouw Shepherd vatte het op als een ja en stuurde Billy naar Blackdown House om Charlotte op te halen.

Toen ze zag wie er voor de deur stond, werd Charlotte plotseling verlegen. Voelde Billy zich nog net zo als zaterdagavond, of zou het weer net zo gaan als de vorige keer, toen alles terugging naar normaal en hij haar weer gewoon als een klein zusje behandelde?

'Hallo, Billy,' zei ze. Ze zag zijn Home Guard-uniform. 'Ben je de hele nacht op geweest?'

'Ja, sinds de sirenes gingen, in elk geval.'

'Kom binnen.'

'Kan niet. Luister, Charlotte, we hebben je hulp nodig op de boerderij.' Hij vertelde haar snel wat er was gebeurd.

Charlotte was er helemaal niet zo zeker van dat ze met een Duitse piloot wilde praten die hen had gebombardeerd en vervolgens was neergehaald. 'Zijn verdiende loon,' mompelde ze na Billy's uitleg. 'Hij had daar helemaal niet moeten zijn.'

'Kom op, Char, doe nou niet zo,' zei Billy overredend. 'Als je hem zag, zou je medelijden met hem krijgen. Hij zal minstens één been kwijtraken.'

‘Ik ben mijn hele familie kwijtgeraakt dankzij mensen zoals hij,’ snauwde Charlotte.

Maar omdat ze geen onvrede tussen hen wilde, trok ze haar jas aan en ging met Billy mee naar Charing Farm. Daar werd ze begroet door mevrouw Shepherd, die haar hartelijk omhelsde en zachtjes zei: ‘Het is goed van je dat je bent gekomen. Ik weet dat het niet gemakkelijk voor je is. Hij ligt daar.’ Ze leidde haar door de keuken naar de zitkamer. Na een korte aarzeling ging Charlotte naar binnen en mevrouw Shepherd sloot geruisloos de deur achter haar.

Charlotte was geschokt toen ze de jongeman op de bank zag liggen, met zijn benen onder een geïmproviseerde kooiconstructie zodat de dekens er niet op drukten. Hij was asgrauw en zijn ogen waren heel groot. Het was duidelijk dat hij ondanks dokter Masters’ inspanningen ontzettend veel pijn leed. Hij had zijn ogen opengedaan om te kijken wie er binnenkwam, maar zodra hij zag dat het een jong meisje was, sloot hij ze weer.

Charlotte liep naar de bank toe. ‘Hallo,’ zei ze in het Duits. ‘Ik ben Lieselotte, wie ben jij?’

Toen hij haar Duits hoorde praten, schoten zijn ogen weer open en hij staarde haar aan. ‘Waar ben ik?’ kraste hij met een amper verstaanbare stem. ‘Wie ben jij?’

‘Je bent… in Engeland.’ Charlotte aarzelde, omdat ze hem geen exacte locatie wilde geven. ‘Je vliegtuig is neergeschoten. Jullie bombardeerden ons.’

‘Bombarderen?’ Hij klonk verward. ‘Maar jij bent Duits!’

‘Niet meer,’ zei Charlotte ferm, en toen herinnerde ze zich dat ze hem haar Duitse naam had verteld; die was eruit geglipt, besefte ze, omdat ze Duits tegen hem sprak. ‘Ik heb mijn naam veranderd en nu woon ik hier.’ Ze wilde nog zeggen: ‘Duitsland wilde me niet,’ maar dat klonk te dramatisch, dus hield ze het op: ‘Hoe heet je?’

‘Dieter. Dieter Karhausen.’

‘Waar kom je vandaan, Dieter?’

‘Keulen.’ Hij keek haar nu met een wat helderder blik aan. ‘Ga ik dood?’

In weerwil van zichzelf raakte Charlotte een beetje ontroerd. Ze schudde haar hoofd. 'Nee, niet als het aan dokter Masters ligt. Je bent een krijgsgevangene, maar hij laat je naar het ziekenhuis in Bristol brengen.'

'Bristol?'

'Als het tenminste nog overeind staat na jullie luchtaanval,' kon ze het niet nalaten te zeggen. 'Hij zegt dat je je been misschien kwijtraakt, want dat is heel ernstig gewond geraakt toen je vliegtuig neerstortte, maar hij denkt dat je wel beter wordt.'

'En mijn vrienden? De rest van de bemanning?'

Charlotte schudde haar hoofd weer. 'Sorry. Die hebben het niet overleefd.' Ze hoefde hem niet te vertellen over het afschuwelijke einde van de rest van de bemanning, verbrand in het neergestorte vliegtuig. Toch leek het nieuws alle kracht uit hem weg te zuigen. Hij deed zijn ogen dicht en wendde zijn gezicht af, maar Charlotte had zijn tranen al gezien. Met een onverwachte vlaag van medeleven zei ze: 'Vertel me waar je precies woont, Dieter, dan proberen we nieuws naar je ouders te sturen via het Rode Kruis. Ik weet zeker dat majoor Bellinger dat voor je zal doen.' Ze was daar helemaal niet zo zeker van, maar ze voelde een wanhopige behoefte om die arme jongeman gerust te stellen; het was heel wel mogelijk dat hij alsnog zou bezwijken aan zijn letsel. 'Ik beloof je dat we het zullen proberen.'

Dieter, die weer wegzakte door het kalmeringsmiddel dat hij had gekregen, mompelde een adres. Charlotte onthield het en verliet heel stilletjes de kamer.

In de keuken gaf ze door wat ze wist, inclusief zijn naam en adres.

Later kwamen er soldaten om de piloot op te halen. Dokter Masters was vastbesloten dat de Duitser naar het ziekenhuis moest worden gebracht, anders zou hij beide benen kwijtraken en kon de daaropvolgende infectie hem fataal worden.

'Wij hebben het bevel om hem te arresteren en hem naar een kamp te brengen,' zei hun sergeant.

'Dan gaat hij dood,' verklaarde dokter Masters. 'En dan hebt u dat op uw geweten.'

Na een heleboel overleg nam de sergeant contact op met zijn superieur en liet dokter Masters de situatie aan hem uitleggen.

Uiteindelijk kreeg de arts zijn zin en werd de gewonde onder gewapende begeleiding naar het ziekenhuis in Exeter gebracht.

Voordat ze terugging naar Blackdown House, vertelde Charlotte majoor Bellinger over de belofte die ze de jonge piloot had gedaan. Hij zei dat hij zijn best zou doen, maar niets kon garanderen.

33

Juli 1942

Charlotte en Clare stapten uit de schoolbus en liepen over het dorpsplein. Bij de kerkpoort plofte Clare op een bankje. Charlotte zette haar tas op de grond en ging naast haar zitten. Nog een week en dan was het zomervakantie, en beide meisjes keken ernaar uit. Clare zou van school gaan en hoopte een baantje te krijgen in een winkel in Cheddar. Charlotte had nog niet besloten. Juffrouw Edie wilde graag dat ze op school bleef, zodat ze kon doorleren om uiteindelijk lerares te worden, maar Charlotte wist het nog niet zo zeker.

'Dat zou betekenen dat ik nog minstens een jaar naar school moet,' vertelde ze Clare. 'Jij verdient dan al de kost, terwijl ik nog huiswerk moet maken!'

'Nou, ik ben blij dat ik van school ga,' bekende Clare, 'maar ik blijf toch hier in Wynsdown wonen. Ik wil bij de Women's Royal Navy, maar daar ben ik nog te jong voor, en intussen moet ik kost en inwoning betalen aan de familie Prynne.' Ze voegde er grijnzend aan toe: 'Malcolm blijft ook. Hij gaat op Billy's boerderij werken. In elk geval zijn zij hier allebei.'

'Maar ik ben niet zo zeker van Billy,' zei Charlotte. 'Hij gedraagt zich de laatste tijd raar. Is altijd maar weg en wil dan niet zeggen wat hij doet.'

'Je zei toch dat hij een signaalcursus volgde?'

'Ja, dat zegt hij, maar hij is nu de hele tijd bezig met Home Guard-dingen.'

'De Home Guard is belangrijk,' merkte Clare op.

'Weet ik,' verzuchtte Charlotte, 'maar hij doet zo geheimzinnig. Hij lijkt me niet meer te vertrouwen. Ik zie hem de laatste tijd nauwelijks nog. Hij heeft geen tijd meer voor me.'

Het was echt zo, dacht ze even later terwijl ze naar Blackdown House liep. Sinds de nacht van de luchtaanval, waarbij het Duitse vliegtuig was neergehaald, had ze Billy steeds minder vaak gezien. De blijdschap van het midzomerfeest was verwoest door de Duitse bommenwerpers.

Misschien was Billy zich gaan afvragen aan wiens kant Charlotte eigenlijk stond, omdat ze had gesproken met die jonge piloot, Dieter Karhausen, en naar zijn ouders had willen schrijven. Wat ze tot dan toe ook voor Billy had betekend, ze was nog steeds Duits, nog steeds een 'vijandige buitenlander'. Maar sinds die ochtend had ze hem amper nog gezien, en ze miste hun ontspannen samenzijn meer dan ze ooit voor mogelijk had gehouden. Ze was meerdere keren naar Charing Farm gelopen, maar hoewel mevrouw Shepherd blij was geweest om haar te zien en ze had geholpen met de kippen en varkens voeren, zoals ze al zo vaak had gedaan, was Billy dan ook druk bezig en had ze hem alleen gezien als hij samen met de andere mannen binnenkwam voor het middageten.

'Het is een drukke tijd,' had mevrouw Shepherd gezegd. 'Ik zie John ook amper door het werk op de boerderij en de Home Guard.'

Charlotte wist dat het waar was, maar de paar keren dat Billy en zij wel samen met de honden op pad gingen, merkte ze dat alles veranderd was, en ze begreep niet waarom. Het leek wel alsof hij niet met haar alleen wilde zijn. Had Billy spijt van hun avond op het zomerfeest? Had hij spijt van hun kus? Die gedachte was heel pijnlijk – ze had gedacht dat hij net zo gelukkig was als zij – maar als hij er spijt van had, dan zou zij die avond ook achter zich moeten laten. Komend weekend, besloot ze, zou ze niet naar Charing Farm gaan. Ze zou thuisblijven en juffrouw Edie helpen in de tuin, ze zou op de piano oefenen voor haar muziekexamen binnenkort en Billy uit haar hoofd zetten.

Toen ze het pad naar het huis op liep, blafte Bessie in de ren die Billy voor haar in de tuin had gebouwd.

'Koest, Bess,' riep ze, terwijl ze de deur opende en doorliep naar de keuken. 'Ik ben het maar. Ik laat je er zo uit.'

Het leek merkwaardig stil in huis. Charlotte riep: 'Ik ben thuis!' maar kreeg geen antwoord. Ze keek uit het raam, maar juffrouw Edie was niet in de tuin bezig.

'Juffrouw Edie!' riep Charlotte nog een keer. Nog steeds geen reactie. Was juffrouw Edie naar haar werk in Cheddar? Charlotte dacht van niet.

Misschien is ze het dorp in gegaan voor een boodschap en hebben we elkaar misgelopen. De voordeur had niet op slot gezeten, dus ze kon niet ver weg zijn.

Ze gooide haar schooltas op een stoel en liep door. Bessie was opgehouden met blaffen en het huis was weer stil. In de zitkamer opende ze de klep van de piano, ging zitten en liet haar handen over de toetsen glijden. Haar examenstukken stonden op de muziekstandaard, en ze speelde ze allemaal voordat ze nog een kwartiertje toonladders oefende. Sinds de lessen van juffrouw Edie had Charlotte een onverwachte liefde ontdekt voor de piano, en een talent dat hen allebei had verbaasd en verheugd.

Toen ze klaar was met haar oefeningen, ging Charlotte naar boven, maar op de overloop bleef ze abrupt staan, met een kreet van afgrijzen.

Juffrouw Edie lag op de vloer, half in en half buiten haar slaapkamer. Ze lag op haar buik, met haar armen voor zich uit gestrekt alsof ze had geprobeerd haar val te breken. Even bleef de tijd stilstaan, maar toen deed Charlotte een stap dichterbij en staarde naar de vrouw die haar in huis had genomen. Haar ogen waren open, maar haar lichaam was roerloos, zonder enig teken van leven. Voorzichtig raakte Charlotte de uitgestrekte hand van juffrouw Edie aan. Hij was koud.

Langzaam ging ze achteruit de trap af, terwijl de kilte van het ongeloof zich van haar meester maakte. Juffrouw Edie had dood boven gelegen terwijl zij pianospeelde. Even bleef ze nog in de gang staan, in de diepe stilte van het huis, en toen rende ze naar buiten. Misschien vergis ik me, dacht ze terwijl ze over het landweggetje naar het dorp rende. Misschien is ze alleen maar bewusteloos en kan de dokter haar weer bijbrengen.

Een paar minuten later bonsde ze op dokter Masters' deur. Het was bijna tijd voor zijn avondspreekuur en hij deed zelf open.

'Kom snel!' riep Charlotte.

'Charlotte, lieve meid, wat is er gebeurd?' vroeg hij, terwijl hij zijn tas van het tafeltje in de gang griste.

'Juffrouw Edie. Er is iets met juffrouw Edie!' riep Charlotte. 'Kom snel.' Ze trok hem aan zijn hand mee en samen haastten ze zich door het dorp en over het landweggetje naar Blackdown House.

Eenmaal binnen wees Charlotte de trap op. 'Daar,' zei ze met een snik. 'Ze ligt daar.'

Dokter Masters liet Charlotte in de gang staan en beende naar boven.

Toen de dokter even later weer beneden kwam, nam hij Charlotte mee naar de keuken en zette haar op een stoel. 'Het spijt me heel erg, lieverd,' zei hij vriendelijk. 'Ze is overleden. Het was waarschijnlijk een beroerte.'

Charlotte, zittend op juffrouw Edies stoel, staarde hem aan, en stille tranen begonnen over haar wangen te biggelen.

'Ze heeft niet geleden,' voegde hij eraan toe.

'Ik wist niet dat ze boven was,' fluisterde Charlotte. 'Ik zat piano te spelen en wist niet dat zij daar lag.'

'Je had niets voor haar kunnen doen,' verzekerde dokter Masters haar. 'Het is al een paar uur geleden gebeurd, voordat jij thuiskwam van school.'

'Maar ik ben niet rechtstreeks naar huis gekomen!' riep Charlotte. 'Ik heb nog met Clare zitten praten.'

'Het zou geen verschil hebben gemaakt,' zei dokter Masters. 'Je moet jezelf niet kwalijk nemen dat je haar niet eerder vond, Charlotte. Je had haar echt niet kunnen helpen.'

Op dat moment werd er op de achterdeur geklopt. Toen dokter Masters opendeed, stond de dominee daar met een vragend gezicht.

'O, David,' zei dokter Masters opgelucht. 'Jij bent het.'

'Avril zag jullie voorbij rennen. Is er iets gebeurd?' vroeg de dominee. 'Kan ik iets doen?'

'Ik vrees dat juffrouw Everard een beroerte heeft gehad.'

'Hoe gaat het met haar?' vroeg de dominee, maar de uitdrukking op het gezicht van de arts gaf hem het antwoord blijkbaar al.

'Ik vermoed dat ze op slag dood was,' zei dokter Masters. 'Die arme Charlotte heeft haar net gevonden. Kun jij haar meenemen naar de pastorie? Ze kan niet hier blijven, ze is in shock.'

'Natuurlijk,' antwoordde de dominee.

Hij stapte de keuken in, waar Charlotte met ontzette ogen voor zich uit zat te staren. Ze huilde niet meer, maar haar wangen waren nog nat van de tranen.

'Ga maar even met de dominee mee naar huis, Charlotte,' zei dokter Masters.

'Ik wil niet weg,' antwoordde Charlotte mat.

'Je moet, lieverd. Je kunt niet in je eentje hier blijven.'

'Ik kan juffrouw Edie niet alleen laten.'

'Ik zorg wel voor juffrouw Edie,' beloofde de dokter zachtjes. 'Jij moet met meneer Swanson meegaan. Ik regel hier alles, en dan kom ik nog even bij jou kijken. Oké?'

Toen Charlotte niet antwoordde, zei de dominee: 'Kom, Charlotte, ga met mij mee, dan kunnen we overleggen wat er moet gebeuren.' Hij stak zijn hand uit, en hoewel Charlotte die niet pakte, kwam ze wel gehoorzaam overeind.

Charlotte volgde David Swanson naar buiten. Op het landweggetje draaide ze zich om en keek nog een keer naar het huis. Ze zag meteen weer voor zich hoe juffrouw Edie op de overloop had gelegen en er ontsnapte een verstikte snik aan haar keel. David legde een arm om haar heen, maar even later maakte ze zich van hem los, draaide zich om en liep weg bij het huis.

Avril stond al bij de deur toen ze aankwamen. Ze trok vragend één wenkbrauw op, en haar man zei: 'Ik vrees dat juffrouw Edie een beroerte heeft gehad.'

'Is ze...' Avril maakte haar zin niet af.

'Ze is dood!' riep Charlotte wanhopig. 'En ik zat piano te spelen.' Avril nam haar in haar armen en hield haar stevig vast toen ze weer begon te huilen.

Vanaf dat moment werd alles Charlotte uit handen genomen. Avril haalde haar kleren op uit Blackdown House en Charlotte bleef in de pastorie logeren. Ze ging niet naar school in de laatste week voor de vakantie en nam zich voor, zonder dat aan de dominee en zijn vrouw te vertellen, om ook in de herfst niet meer naar school terug te gaan.

Dokter Masters was stellig bij het invullen van de overlijdensakte. Hij vertelde Charlotte dat juffrouw Edie de afgelopen paar maanden een aantal keren bij hem was geweest met hoofdpijnklachten en een te hoge bloeddruk.

'Dat had ze míj niet verteld,' zei Charlotte. 'Ik wist wel dat ze soms last had van hoofdpijn, maar niet dat ze bij u was geweest.'

'Ze wilde waarschijnlijk niet dat jij je zorgen maakte,' antwoordde hij, en hij voegde er vriendelijk aan toe: 'Ze hield heel veel van je, weet je. Jij hebt zo veel vreugde in haar leven gebracht.'

'Zij ook in het mijne,' antwoordde Charlotte.

Juffrouw Edie bleef in een gesloten kist in de zitkamer van Blackdown House liggen tot de dag van de begrafenis. David en Avril hadden de organisatie daarvan op zich genomen, hoewel ze hadden geprobeerd Charlotte erbij te betrekken. Maar Charlotte was kil en afstandelijk gebleven. Ze was in zichzelf gekeerd en sprak alleen als iemand haar iets vroeg. Billy kwam naar haar toe, maar ze wilde hem niet zien. De uitbarsting van liefde die ze nog maar een paar weken eerder voor hem had gevoeld, was een verre herinnering geworden, vervagend als een droom in het kille licht van de realiteit. Ze stootte hem af. Iedereen van wie ze hield verdween, en ze was vastbesloten het lot niet nog meer gijzelaars te geven. Ze zou uit Wynsdown weggaan. Ze was zestien en moest haar leven in eigen hand nemen, van nu af aan verantwoordelijkheid voor zichzelf nemen. Ze vertelde niemand over haar besluit; Billy niet, Clare niet, de dominee of zijn vrouw niet. Ze zou zich door niemand laten beïnvloeden.

De dag van de begrafenis was helder en zonnig. Toen Charlotte wakker werd en de pastorietuin zag baden in het zonlicht, voelde ze een bekende steek van eenzaamheid. Hoe kon de zon blijven schijnen? Hoe kon iedereen gewoon doorgaan met zijn leven alsof er niets was gebeurd?

Het hele dorp leek naar de kerk te zijn gekomen. Charlotte zat voorin met Avril en Caroline, die speciaal vanuit Londen was gekomen, maar de dienst zei haar weinig. David sprak over juffrouw Edies leven in het dorp, over het verlies van haar verloofde, dat ze thuis was blijven wonen om haar ouders te verplegen, hoe ze Charlotte een thuis had geboden. Het koor zong voor haar. Alle dorpsbewoners, van wie de meesten haar altijd hadden beschouwd als een sikkeneurige, excentrieke oude vrouw, waren gekomen om hun respect te betuigen… en te roddelen over wat er was gebeurd en wat er nu zou worden van het Duitse meisje dat juffrouw Everard in huis had genomen. Ze volgden juffrouw Everard naar het kerkhof, waar de dragers de kist in het graf lieten zakken.

Charlotte stond er met droge ogen bij en luisterde naar de dominee, denkend aan alle mensen die ze had verloren. Mutti, papa, Martin, even ver weg als de sepiafoto die ze van hen had, allemaal verdwenen uit Hanau en bijna zeker dood. Tante Naomi en oom Dan, gekomen en gegaan in haar korte leven, hun huis verwoest, mogelijk ook dood. En nu juffrouw Edie, die het echtst leek van hen allemaal, beslist dood, want ze lieten haar nu in de koude bruine aarde zakken. Charlotte probeerde haar weer voor zich te zien als levende vrouw, werkend in haar tuin of worstelend met de nukken van het keukenfornuis, maar ze kon er alleen maar aan denken hoe juffrouw Edie koud en levenloos op de overloop had gelegen. Ze was de vorige middag teruggegaan naar Blackdown House om bloemen uit juffrouw Edies tuin te plukken voor op de kist. Iemand had ze opzijgelegd voordat de kist de grond in ging; Charlotte koos er één roos uit, stapte naar voren en liet hem in het graf vallen.

De mensen begonnen zich te verspreiden. Velen van hen gingen naar de Magpie om iets te drinken en de uitvaart van die vreemde juffrouw Everard te bespreken.

Charlotte ging niet mee, maar bleef met nietsziende ogen in het nog open graf staren.

'Wat ga je nu doen, Charlotte?'

Charlotte draaide zich om en zag juffrouw Morrison naast haar staan. Ze haalde zwijgend haar schouders op.

'Als je even wat anders wilt,' zei juffrouw Morrison, 'zou ik nog wel een paar extra handen kunnen gebruiken in Livingston Road.'

'Livingston Road?' Charlotte keek haar niet-begrijpend aan.

'Het kindertehuis daar. Je weet toch dat ik er de leiding heb sinds het is gerenoveerd? Als je mee zou willen komen om te helpen, is daar meer dan genoeg voor je te doen.' Met een glimlach liep ze weg.

Billy stond op Charlotte te wachten bij de kerkpoort. 'Ik dacht dat je misschien even weg zou willen,' zei hij. 'We kunnen met de honden naar de kloof lopen.'

Ze hadden Bessie niet kwijt gekund in de pastorie, en daarom was Charlottes hond teruggegaan naar de boerderij en zorgde Billy voor haar. Een paar keer had Avril geopperd dat Charlotte naar Charing Farm kon gaan om samen met Billy met de honden te gaan wandelen, maar Charlotte was niet gegaan. Op een of andere manier leek het haar te veel; ze kon zich er niet toe zetten.

'Als je wilt,' zei Charlotte zonder enthousiasme. Ze keek Billy aan, naar die blauwe ogen die haar onderzoekend opnamen, zijn lichte haar zoals gewoonlijk warrig, maar nu kortgeknipt waardoor het niet meer krulde. Allemaal zo vertrouwd en ooit zo gekoesterd, en toch zo ver weg. Wat vreemd dat alles in een paar korte dagen was veranderd. Ze hield zijn blik vast en even kneep ze terug in zijn warme hand, maar het was kort. Ze hield zich aan haar voornemen om het lot geen gijzelaars meer te bieden en trok zich terug.

'Kom op dan,' zei hij, en samen liepen ze over het uitgesleten pad door de velden naar Charing Farm.

Meneer en mevrouw Shepherd waren ook naar de kerkdienst gegaan en waren nog niet thuis. 'Ze zullen wel in de Magpie zijn,' zei Billy. 'Daar eindigen de meeste begrafenissen.'

Hij opende de staldeur, waar de twee honden al verwelkomend

blaften. Ze renden naar buiten en draafden uitgelaten rondjes om hen heen, en Charlotte bukte zich om Bessies warme lijfje tegen zich aan te drukken. Voor het eerst in dagen voelde ze een momentje van troost.

Ze gingen wandelen over de velden, maar hoewel ze naast elkaar liepen voelde Charlotte een afstand tussen hen. De zon scheen volop, en toch had Charlotte het nog koud.

Toen ze zich uiteindelijk omdraaiden om terug te lopen naar de boerderij, vroeg Billy: 'Wat ga je nu doen, Char?'

Charlotte haalde haar schouders op. 'Weet ik niet.' Maar ze wist het wel. De opgelatenheid tussen hen die middag had haar besluit gemakkelijker gemaakt. Ze zou juffrouw Morrisons aanbod aannemen. Ze zou met haar mee teruggaan naar Londen en andere ontheemde kinderen gaan helpen. Ze had immers zelf ervaring met hoe dat was, zij zou begrijpen wat die kinderen doormaakten, en er was niets meer voor haar hier in Wynsdown.

34

Juli 1942

Na haar wandeling met Billy keerde Charlotte terug naar de pastorie, waar juffrouw Morrison met haar zus aan de keukentafel zat, en ze zei: 'Ik wil graag morgen met u mee naar Londen, als het mag.'

'Het lijkt me inderdaad een goed idee,' zei Avril, 'maar morgen is een beetje vroeg, denk ik. Misschien heb je wat tijd nodig om je voor te bereiden.'

'Nee,' hield Charlotte vol. 'Ik ben er klaar voor. Ik wil met juffrouw Morrison mee als ze morgenochtend vertrekt.'

'Ik moet heel vroeg de trein halen,' zei juffrouw Morrison. 'Misschien is het beter om te doen wat mijn zus voorstelt en eerst je zaakjes op orde te brengen.'

'Ik héb mijn zaakjes op orde. Ik kan morgenochtend vertrekken, hoe vroeg ook.'

'Nou, ik weet niet...' zei Avril aarzelend.

'Wat weet je niet?' vroeg haar man toen hij binnenkwam.

Avril legde het uit. 'Maar Caro gaat morgen al, en het leek mij beter als Charlotte eerst hier haar dingen afhandelde en dat we haar dan over een weekje op de trein zetten.'

'Dit is inderdaad wel heel plotseling, Charlotte...' begon de dominee.

Ze keek hem boos aan. 'Juffrouw Edie is dood. Ik heb geen thuis meer in Wynsdown. Ik kan niet bij jullie blijven, want jullie hebben de Payne-kinderen en er is hier geen ruimte voor mij. Ik ben zestien. Ik ga niet meer terug naar school, dus moet ik zelf de kost verdienen.' Ze keek de drie volwassenen aan. 'Juffrouw Morrison biedt me iets aan wat ik kan. Ik heb het zelf ook meegemaakt, weet u wel?'

'Je staat onder toezicht van de rechter...' begon Avril onzeker.

'Zeg dan maar tegen de rechter dat ik nu voor het kindertehuis in Livingston Road werk. Het is mijn bijdrage aan de oorlogsinspanning.'

'Maar iedereen hier zal je missen,' zei Avril in een laatste poging. 'Je bent onderdeel van dit dorp.'

'Nee,' antwoordde Charlotte. 'Dat ben ik niet. Ik ben nooit onderdeel geweest van dit dorp. Daarom konden juffrouw Edie en ik het zo goed met elkaar vinden. Zij was ook geen onderdeel van het dorp.' Haar woorden werden begroet door stilte. Er viel niets meer te zeggen.

'Oké,' zei juffrouw Morrison uiteindelijk. 'Dokter Masters komt me morgenochtend om halfzes ophalen. Als je mee wilt, moet je in de gang klaarstaan als hij komt.'

'Ik zal er zijn,' antwoordde Charlotte, en ze ging naar boven om haar weinige spulletjes te pakken. Daarna liep ze de zomeravond in voor nog een laatste blik op het dorp.

Tot nu toe was ze alleen terug geweest naar de tuin van Blackdown House om bloemen te plukken voor de begrafenis, maar toen de zon warm op het landweggetje naar juffrouw Edies huis scheen, haar thuis, merkte Charlotte dat ze die kant op dwaalde. Ze liep het weggetje over en ging door het tuinhekje naar binnen. Juffrouw Edies bloementuin was al aan het woekeren, maar iemand had zich om de groenten bekommerd. De dominee had gezegd dat juffrouw Edie niet zou willen dat de groenten verloren gingen, en Charlotte was het daarmee eens geweest, maar ze had niet geweten wat eraan was gedaan. Ze zag de pronkbonen tegen de stokken opklimmen, de kroppen sla in nette rijen staan en de tomaten rijpen, en was blij dat al juffrouw Edies moeite niet voor niets was geweest.

Ze keek naar Bessies nu lege kennel en voelde een steek omdat ze haar geliefde hond moest achterlaten, maar Bessie zou doodongelukkig zijn in Londen en Charlotte wist dat Billy goed voor haar zou zorgen.

Billy. Ze had geen afscheid van hem genomen. Ze had hem niet eens verteld wat ze ging doen. Hopelijk zou hij begrijpen dat ze hier niet kon blijven. Dat haar tijd in Wynsdown gewoon een hoofdstuk in haar leven was geweest en dat het, net als alle andere hoofdstukken tot nu toe – Hanau, Kemble Street, St Michael's – nu voorbij was en ze een nieuwe bladzijde moest omslaan.

Ze ging op het bankje onder het keukenraam zitten, met de zon op haar gezicht, en dacht aan juffrouw Edie. Er waren zo veel dingen veranderd door haar; ze was een deel geworden van Charlottes leven, doorslaggevend voor de vormgeving ervan. Wat er van nu af aan ook gebeurde, juffrouw Edies invloed zou altijd blijven.

Toen de zon laag aan de hemel hing, stond Charlotte op. Ze stapte naar de achterdeur, voelde op het plankje waar de reservesleutel altijd lag en ging het lege huis in. Stilletjes liep ze van de keuken naar de gang en bleef een poosje om zich heen staan kijken. Toen vermande ze zich en ging naar boven, naar de overloop. Er was niets te zien. Juffrouw Edies slaapkamerdeur stond open, haar ochtendjas lag over een stoel, haar pantoffels stonden netjes onder het bed alsof ze zo weer kon binnenlopen; maar juffrouw Edie was er niet meer. Het huis was niet koud, alleen maar leeg.

De deur naar de andere slaapkamer zat dicht, en na even rondkijken in haar eigen slaapkamer ging Charlotte naar de kleine zitkamer beneden. Haar muziek stond nog op de piano. Terwijl het buiten begon te schemeren, ging Charlotte achter de piano zitten en speelde haar twee examenstukken. Ze speelde ze foutloos, en toen haar handen uiteindelijk tot stilstand kwamen op de toetsen, wist ze dat ze afscheid had genomen. Ze verliet het huis, legde de sleutel weer op de plank en liep terug naar de pastorie.

Om halfzes de volgende morgen stond ze in de gang klaar met haar koffer.

Avril was vroeg opgestaan om hen uit te zwaaien. Ze omhelsde haar zus. 'Kom zo gauw mogelijk weer langs, Caro. We missen je, en dokter Masters ook,' zei ze plagend.

'Bemoei jij je maar met je eigen zaken.' Caro stompte haar zachtjes op haar arm.

Avril wendde zich tot Charlotte. 'Je weet dat je altijd een thuis hebt hier bij ons in de pastorie, hè? David en ik willen dat je weet dat je hier altijd welkom bent.' Ze omhelsde haar, en toen stond dokter Masters voor de deur en stapten ze in de auto om naar het station te gaan.

Charlotte wende snel op Livingston Road en hielp juffrouw Morrison met de kinderen die aan haar waren toevertrouwd. Ze was verbaasd geweest om te zien dat mevrouw Downs en mevrouw Burton, de kok en matrone van St Michael's, ook in het tehuis werkten. De twee vrouwen hadden haar hartelijk begroet. Ze had een eigen slaapkamertje op zolder gekregen en was blij dat ze een plekje had om zich terug te trekken aan het eind van elke drukke dag.

'De kinderen noemen jou "juffrouw Charlotte",' had juffrouw Morrison gezegd. 'Je hebt geen specifieke taak, maar ik kan je verzekeren dat je het heel druk zult hebben.'

Daar had juffrouw Morrison gelijk in. Charlotte had geen tijd om aan andere dingen te denken dan het volgende klusje dat geklaard moest worden. In het huis woonden vijfentwintig kinderen; kinderen wier huizen waren verwoest, die wachtten om te worden herenigd met hun families, anderen die verweesd waren door de Blitz en nergens anders heen konden, en weer anderen die wachtten totdat iemand zich zou melden om hen op te halen. Charlotte herinnerde zich nog goed hoe gedesoriënteerd ze zich had gevoeld toen ze pas in St Michael's had gewoond en kon zich dus gemakkelijk in die kinderen verplaatsen. Ze was inderdaad een welkom paar extra handen. Ze hielp mevrouw Downs in de keuken, ze hielp de matrone met de was en het nooit ophoudende verstelwerk, ze speelde met de jongere kinderen en hielp de oudere met hun huiswerk. Het was een hectisch en druk leven en Charlotte had weinig tijd voor gepieker. Het was precies wat ze nodig had na het trauma van juffrouw Edies plotselinge dood.

Hoeveel werk er ook te verzetten was aan Livingston Road, juffrouw Morrison stond erop dat Charlotte af en toe een middagje vrij nam. In het begin wilde Charlotte dat niet, ging ze zelden ver bij het tehuis weg en verlangde ze er altijd naar om terug te keren naar de regelmaat daar, maar geleidelijk aan bekroop haar een toenemende drang om in Kemble Street te gaan kijken. Ze wist dat juffrouw Morrison er twee jaar eerder was geweest, dat veel van de huizen daar verwoest waren, ook nummer vijfenzestig, maar ze wilde het zelf zien. Misschien zou ze ook naar Grove Avenue gaan om te kijken hoe het met Hilda ging. Hilda zou ontzettend verbaasd zijn om haar na zo lange tijd weer te zien. En misschien wist zij wel wat er met de Federmans was gebeurd.

Dus op haar volgende vrije middag ging Charlotte op weg door Londen. Ze stapte uit de bus en liep weer door ooit bekende straten. Ze had wel gehoord over de vernietigingen in het East End tijdens de lange nachten van de Blitz, maar toch was ze niet voorbereid geweest op wat ze zag. Verwoeste huizen stonden gebroederlijk naast onbeschadigde huizen, uitgebrande woningen tegenover ongedeerde. Er waren plekken waar puin werd overwoekerd door onkruid, waar vlinderstruiken, boterbloemen en graspollen de harde omtrekken van de gebombardeerde plekken verzachtten, en overal staken de kartelige omtrekken van beschadigde gebouwen in de zomerlucht op. Hoe had iemand zo veel vernietiging kunnen overleven?

Ondanks alles wat ze onderweg had gezien en wat ze al van Caroline Morrison had gehoord, kreeg Charlotte tranen in haar ogen bij het zien van Kemble Street. Ze liep langzaam door de straat en keek naar de huizen. Een of twee waren er gesloopt, waardoor gaten waren ontstaan tussen huizen die nog werden bewoond. Andere waren beschadigd, maar met provisorische reparaties kennelijk weer bewoonbaar gemaakt. Langs de ene kant van de straat, haar kant, stonden de zwartgeblakerde omhulsels van het rijtje waar zij had gewoond. Het was moeilijk te bepalen welk huis nummer vijfenzestig was, en ze moest twee keer tellen voordat ze het zeker wist. Waren tante Naomi en oom Dan ontkomen, of hadden ze ingesloten door het vuur in de kelder gezeten, waren ze gestikt door de rook of erger nog: levend verbrand? Waren ze samen geweest, of was oom Dan buiten op straat toen de sirenes gingen? Ze bleef een hele poos naar het huis staan kijken. Al haar bezittingen hadden daar gelegen. Terwijl zij in het ziekenhuis lag en later naar St Michael's ging, met geheugenverlies, moesten haar pleegouders zich hebben afgevraagd wat er met haar was gebeurd. Hadden ze geprobeerd haar te vinden?

Ze dacht terug aan haar laatste nacht in Wynsdown, toen ze naar Blackdown House was gegaan om afscheid te nemen van juffrouw Edie. Nu stond ze hier, waar ze meer dan een jaar lang had gewoond met tante Naomi en oom Dan. Plotseling wist ze dat ze het hoofdstuk 'Kemble Street' ook moest afsluiten. Ze moest dat huis in en er afscheid van nemen, en van hen.

Aarzelend liep ze ernaartoe. Er was geen voordeur meer; ze kon zo naar binnen lopen. Wilde bloemen waren opgeschoten bij de voordeur en er groeiden er zelfs al een paar in het huis zelf, zich voedend met het vocht in de muren en de wegrottende vloer. Voorzichtig stapte Charlotte over de drempel. Overal lag stof en roet. De muren waren zwart en in de tocht van de kapotte ramen rezen kleine stofwervelingen op, draaiden rond en dwarrelden weer neer. Terwijl ze behoedzaam door de gang naar de keuken liep, liet ze een spoor van voetstappen op de vuile vloer achter.

Achter in de keuken zag ze de kelderdeur. Wat had ze die kelder gehaat. De deur zat dicht. Ze legde haar hand op de klink en probeerde hem om te draaien, maar er zat geen beweging in. Eigenlijk was ze daar wel blij om. Ze had toch niet echt naar beneden gewild. Ze probeerde het nog een keer, maar de deur bleef potdicht.

'Wat denk jij dat je aan het doen bent?'

Ze schrok van de stem achter haar en draaide zich met een ruk om. De deur naar de keuken werd geblokkeerd door een grote man, een silhouet tegen het zonlicht buiten.

'Ik... Ik zocht alleen...' Ze aarzelde.

'Waarnaar?'

'Ik wilde alleen maar...'

'Kijken of er iets te jatten was, zeker.'

'Nee!' schreeuwde Charlotte bijna. 'Natuurlijk niet! Maar ik... Nou, ik heb hier vroeger gewoond.'

'Niet waar,' snauwde de man. 'Ik ken de mensen die hier vroeger woonden, en dat was niet jij.'

'Wel waar,' riep Charlotte. 'Ik woonde hier met de Federmans.'

'O ja? En hoe heet jij dan?'

'Charlotte Smith.'

'Dan heb je hier niet gewoond. Er woonde hier geen Charlotte Smith.'

'Destijds heette ik nog Lisa Becker. Laat me er nu uit.' Ze deed een stap naar voren, maar de man bleef de weg versperren. 'Ga alsjeblieft opzij,' zei ze met meer vastberadenheid dan ze werkelijk voelde. 'Ik wil naar buiten.' Wie was die man, die haar in de weg stond en zo veel vragen stelde? Hij was niet lang, maar wel breed en potig.

'Lisa?' Hij bleef in de deuropening staan. 'Lisa, ben jij dat echt? Ik geloof het niet.'

'Wie ben jij?' vroeg Charlotte kwaad. 'Waarom wil je weten wie ik ben?'

Ze schuifelde iets dichter naar de deur, denkend dat ze er misschien vandoor kon gaan. Terwijl ze dat deed, viel er een stoffige bundel zonlicht op haar gezicht. De man deed een stap achteruit, en met plotselinge moed drong ze zich langs hem heen, rende de gang door en de voordeur uit. Tot haar verbazing deed hij geen pogingen om haar tegen te houden, maar liep achter haar aan naar buiten.

'Lisa,' zei hij nog een keer. 'Je bent het echt. We dachten dat je dood was.'

Charlotte kon hem nu pas goed zien. In twee jaar tijd was hij van een haveloze, magere jongen met felle, donkere ogen uitgegroeid tot een gedrongen man met brede schouders en kortgeknipt haar, maar nu ze hem in het licht zag, herkende ze hem meteen.

'Harry?' Ze staarde naar hem toen zijn gezicht in de onweerstaanbare glimlach plooide die ze zo goed had gekend. 'Harry?' Aarzelend stak ze haar hand uit en raakte zijn arm aan, alsof ze wilde bevestigen dat hij echt was. 'Ben jij dat echt?'

Harry pakte haar hand en hield hem stevig vast. Hij knikte. 'Lisa, ik kan niet geloven dat jij het bent. We dachten allemaal dat je dood was. Dat je was omgekomen bij die luchtaanval.'

Lisa schudde haar hoofd alsof ze haar gedachten op een rijtje wilde krijgen.

Harry bleef haar hand vasthouden. 'Er is een café in Hope Street. Laten we daarheen gaan om een kop thee te drinken. Kom mee,' drong hij aan toen ze aarzelde. 'We hebben een heleboel in te halen.'

Woordeloos liet ze zich door hem meevoeren, langs de verwoeste Duke naar het café naast de schuilkelder op de hoek van Hope Street. Hij duwde de deur open en ze stapten naar binnen. Charlotte ging aan een van de houten tafeltjes bij het raam zitten, terwijl Harry thee bestelde.

Wat vreemd, dacht Charlotte. De laatste keer dat ik bij Harry was, waren we ook in een café. Dat was iets wat ze zich tot dan toe niet had herinnerd, maar nu ze Harry weer zag kwam het terug. Haar hand ging naar de ketting die ze altijd droeg, de blauwe kralen die Harry haar een eeuwigheid geleden had gegeven.

Harry kwam terug naar de tafel en ging tegenover haar zitten. Even bleven ze nog zwijgen, maar toen spraken ze allebei tegelijk.

'Wat is er gebeurd...'

'Waar heb je...'

Ze lachten allebei, en dat brak het ijs.

'Je was met de bus op weg naar huis,' zei Harry. 'Je moet zijn verrast door die eerste luchtaanval van de Blitz.'

'Klopt. Ze vonden me bewusteloos op straat, met een gebroken arm, en brachten me naar het ziekenhuis. Toen ik bijkwam, kon ik me niets meer herinneren. Mijn naam niet, waar ik vandaan kwam niet, niets.'

'En toen?'

'Er was een man bij me gevonden...'

'Een man? Wat voor man?' Harry keek ontzet. 'Ik wist wel dat ik met je mee had moeten gaan!'

'Gewoon een of andere man. Hij was dood. Ze zeiden dat hij boven op me lag, en dat heeft waarschijnlijk mijn leven gered. Volgens zijn identiteitskaart heette hij Peter Smith. Ik had mijn kaart niet bij me, maar ze namen aan dat ik zijn dochter was, dus schreven ze me in onder de naam Smith.'

Harry luisterde met open mond terwijl Charlotte hem over de tussenliggende jaren vertelde.

'We hebben overal naar je gezocht,' zei hij. 'Je tante Naomi is bij alle ziekenhuizen langsgegaan, maar ze kon je niet vinden. Ze dachten dat je naar Hilda's huis moest zijn gegaan en dat je daar was omgekomen.'

'Wat?' Charlotte staarde hem in afgrijzen aan. 'Hoe bedoel je, omgekomen bij Hilda's huis? Is ze dood?'

Harry knikte. 'Het hele gezin. Directe inslag.' Hij zag kennelijk de kleur uit Charlottes wangen wegtrekken. 'Sorry. Dat wist je natuurlijk niet. Naomi en Dan waren wanhopig naar je op zoek, wilden niet geloven dat jij in dat huis was toen het gebeurde, maar het feit bleef dat je daarheen zou gaan die dag. Het huis was totaal verwoest en het was onmogelijk te achterhalen hoeveel mensen er binnen waren geweest.'

De serveerster kwam hun thee brengen, en even zwegen ze allebei. Charlotte was misselijk. Ze had zich voorgesteld dat Hilda doorging met haar leven in Londen, op hun oude school. Ze was van plan geweest vanmiddag naar Grove Avenue te gaan en iedereen daar te verrassen.

'Ik heb de Federmans geschreven,' vertelde ze. 'Zodra ik mijn geheugen terug had. Maar ik kreeg geen antwoord. Juffrouw Morrison, de vrouw voor wie ik nu werk, ging later naar Kemble Street om ze te vertellen waar ik was en dat ik het goed maakte, maar toen zag ze dat het huis was uitgebrand. Ze kon niemand vinden om te vragen wat er was gebeurd.'

'Dus ze weten niet dat je nog leeft?'

'Nee, en ik weet ook niet of zij nog leven.'

'De laatste keer dat ik over ze hoorde wel,' zei Harry. 'Naomi was al uit Kemble Street weg voordat het huis afbrandde, want ze ging naar een veiligere plek om de baby te krijgen.'

'Een baby!' riep Charlotte. 'Welke baby?'

'Wist je niet dat ze zwanger was?'

'Nee.'

'Nou, dat was ze, dus ging ze weg. Dan bleef hier. Hij bleef met zijn taxi rijden, want hij moest de kost nog verdienen, hè?'

'Wanneer is hun huis dan vernietigd?'

Harry haalde zijn schouders op. 'Weet ik niet. Ik zat in de bak.'

'In de bak?' Charlotte wist niet wat hij bedoelde.

'Ja, de gevangenis, je weet wel.'

Maar dat wist ze niet, en Harry deed kort verslag van zijn arrestatie en detentie.

'Dus je weet niet waar de Federmans nu wonen?'

Harry schudde zijn hoofd. 'Nee. Alleen dat ze de stad uit zijn.'

Charlotte was teleurgesteld. Nu ze wist dat de Federmans nog leefden, wilde ze hen vinden. Ze kon niet wachten om hun te vertellen wat er met haar was gebeurd en ze wilde de baby zien. 'Misschien heeft iemand in Kemble Street een adres,' zei ze hoopvol.

'Misschien,' zei Harry, maar hij klonk niet bemoedigend.

Terwijl hun thee koud werd, bleven ze zitten praten aan hun tafeltje bij het raam, totdat de serveerster verscheen en meldde: 'Sorry, maar we gaan sluiten. Ik moet jullie vragen te vertrekken.' Ze keek naar de half leeggedronken theekoppen en snoof. 'Hopelijk vonden jullie de thee lekker. Dat is dan één shilling.'

Harry betaalde, en ze stapten de avondlucht in.

'Waar werk je nu dan?' vroeg hij.

'Livingston Road. Een kindertehuis.'

'En hoe ben je hierheen gekomen?'

'Met de bus, Harry.'

'Nog steeds geen metro?' plaagde hij.

'Nee,' zei ze scherp. 'Niet als het niet per se hoeft.'

'Nou, ik ga wel even met je mee,' zei hij, 'zodat ik weet waar ik je kan vinden.' Hij pakte haar hand en samen liepen ze naar de bushalte.

In Livingston Road bleven ze bij de poort voor het grijze stenen huis met de dubbele voorgevel staan. 'Ziet er een beetje grimmig uit,' zei Harry en hij keek op naar de drie rijen ramen. 'Ik zou er niet willen wonen.'

'Misschien wel als je nergens anders heen kon. De meeste kinderen willen hier ook niet wonen, maar ze hebben geen keus,' snauwde Charlotte.

'Oké, oké, rustig maar.' Hij stak verzoenend zijn handen omhoog. 'Ga je me niet voorstellen aan juffrouw hoe-heet-ze?'

Charlotte had daar niet aan gedacht, maar waarom niet? 'Goed,' zei ze, en ze liepen samen naar de voordeur.

Caroline Morrison zat in haar piepkleine kantoortje langs de gang, waar Charlotte op de openstaande deur klopte.

'O, Charlotte, mooi, je bent terug. Heb je een leuke middag gehad?'

'Ja, dank u, juffrouw Morrison.'

Toen ze in de deuropening bleef staan, keek Caroline op van haar bezigheden. 'Wilde je iets vragen?'

'Ik wilde u even aan iemand voorstellen,' antwoordde Charlotte. 'Ik kwam vanmiddag een oude vriend tegen.'

Caroline legde haar pen neer en stond op. 'O ja? Wie dan?'

Charlotte lachte blij. 'Dit is Harry Black. Hij komt uit mijn stad in Duitsland en ik heb hem ook nog gekend in Londen toen...' Ze aarzelde, zoekend naar de juiste woorden. '...voordat ik naar St Michael's kwam.'

'Aangenaam.' Harry schonk juffrouw Morrison een stralende glimlach en stak zijn hand uit. 'Lisa heeft me alles verteld over wat haar is overkomen tijdens die luchtaanval en zo.'

Caroline Morrison drukte zijn hand. 'Ik heb ook over jou gehoord,' zei ze.

'Harry wilde alleen maar even zien waar ik woon,' legde Charlotte uit, 'en u ontmoeten. Maar nu moet ik weer aan het werk, Harry,' zei ze tegen hem.

'Geeft niet.' Harry liep terug naar de deur. 'Nu weet ik waar je zit.'

Charlotte liep met hem mee. 'Maar ik weet niet waar jij zit. Je woont toch niet in Kemble Street?'

'Nee, ik hou er alleen maar een oogje op voor Dan.' Hij boog zich naar voren en kuste haar op de wang. 'Ik kan nog steeds niet geloven dat ik je gevonden heb, Lisa. Het is een wonder.'

Impulsief sloeg ze haar armen om hem heen en gaf hem een stevige knuffel. 'Ik kan het ook niet geloven.' Ze stapte plotseling verlegen naar achteren. 'Maar ik weet nog steeds niet waar ik jou kan vinden, Harry.'

'Ik heb je al verteld, ik werk in de havens, en daar heb ik ook een kamer. Maak je geen zorgen, Lisa, ik ben niet van plan om je nog een keer kwijt te raken.' Hij draaide zich om en wandelde met een vrolijk zwaaitje weg.

Charlotte keek hem na tot hij om de hoek verdween voordat ze langzaam het huis weer binnenging. Het was een wonder geweest om Harry terug te vinden, en in zijn gezelschap was ze een tijdje het lege gevoel vergeten dat ze al zo'n poos bij zich droeg. Maar toen Harry uit het zicht verdwenen was, keerde het terug, als een smorende wolk die langzaam over haar neerdaalde. Ze was hier in Londen, alleen, en hoewel ze in een huis vol kinderen woonde, had ze zich nog nooit zo eenzaam gevoeld.

Caroline riep Charlotte naar haar kantoortje om even te kletsen. 'Wat leuk dat je Harry tegenkwam,' zei ze. 'Hoe kwam dat eigenlijk?'

'Ik ben naar Kemble Street gegaan,' zei Charlotte. 'Zoals ik u had verteld.'

Caroline knikte. Zij was er niet zo van overtuigd geweest dat dat een goed idee was, omdat het pijnlijk voor Charlotte zou zijn om de resten van haar vroegere thuis te zien. Maar tegelijkertijd zou het haar kunnen helpen dat deel van haar leven achter zich te laten en naar de toekomst in plaats van het verleden te kijken.

'Nou, het zag eruit zoals u had gezegd, of misschien wel erger. Er is nog niets gedaan om puin te ruimen of de huizen te herstellen.' Ze zuchtte en wreef in haar ogen alsof ze dat beeld wilde verdrijven. 'Maar goed, ik ben binnen gaan kijken.'

'O Charlotte, dat was gevaarlijk!' riep Caroline.

Charlotte haalde haar schouders op. 'Dat leek mij niet,' zei ze. 'Het huis stond niet op instorten. Maar goed, binnen was het een puinhoop; alles onder het roet. Ik ging de keuken in en stond naar de kelderdeur te kijken, waar we ons altijd verstopten tijdens luchtaanvallen, en toen kwam hij ineens binnen.'

'Harry?' Caroline was verbaasd. 'Wat deed hij daar?'

'Dat vroeg hij ook aan mij,' antwoordde Charlotte glimlachend. 'Ik herkende hem niet meteen. Ik kon zijn gezicht niet zien, en hij is veranderd. Volwassener, bedoel ik. Hij was nog een jongen toen ik hem voor het laatst zag. Hij is geen jongen meer.'

'Nee,' beaamde Caroline, en ze dacht aan de breedgeschouderde jongeman in de versleten overall, een blauw geruit hemd met een open kraag en grote laarzen, die haar had geprobeerd in te palmen met zijn glimlach. Hij had Charlotte de hele tijd Lisa genoemd, maar dat kwam natuurlijk doordat hij haar alleen als Lisa had gekend.

Charlotte vertelde over hun middag in de theesalon. 'Het leek wel alsof ik hem gisteren nog had gezien in plaats van twee jaar geleden.' Haar gezicht straalde van blijdschap.

'Dat gebeurt volgens mij vaker als je na lange tijd weer een goede vriend tegenkomt. Je gaat gewoon verder waar je gebleven was.' Even gingen Carolines gedachten naar Henry Masters. Zo ging het ook elke keer als zij elkaar ontmoetten, en ze voelde zich warm worden bij de gedachte aan hem.

'Ze dachten allemaal dat ik dood was,' ging Charlotte door. Haar ogen vulden zich met tranen toen ze over Hilda en haar familie vertelde. 'Ik kan gewoon niet geloven dat ze dood zijn. Hilda, haar broer, haar ouders. Allemaal weg.' Ze pakte een zakdoek en snoot haar neus. 'Al die tijd heb ik dat niet geweten.'

'Wat deed Harry in dat huis?' vroeg Caroline nog een keer, meer om van onderwerp te veranderen dan omdat ze het echt wilde weten.

'Hij zei dat hij er een oogje in het zeil hield.'

'O ja?'

'Ja, hij vertelde dat hij een poosje bij de Federmans had gelogeerd toen hij geen onderdak had. Toen zij verhuisden, omdat tante Naomi weg wilde zijn bij de bommen terwijl ze haar baby kreeg, zei hij dat hij daar zou blijven om het in de gaten te houden.'

'Maar het is een ruïne.'

'Weet ik,' beaamde Charlotte, 'maar toen hij mij daar zag, met mijn hand op de kelderdeur, dacht hij dat ik wilde kijken of er iets te stelen was.'

'Is dat dan zo?'

Charlotte haalde haar schouders op. 'Weet ik niet. Ik kreeg de deur niet open, en toen verscheen Harry. Maar,' ze vrolijkte wat op, 'nu weet ik dat tante Naomi en oom Dan nog leven… en dat ze een baby hebben gekregen. Ik wist niet dat ze een baby zouden krijgen!'

'Wat leuk,' zei Caroline. 'En waar zijn zij nu?'

'Dat weet Harry niet. Hij weet alleen dat ze weggingen bij de bombardementen.'

Dat is vreemd, dacht Caroline. Als hij een oogje op hun huis moest houden, zou het handig zijn om te weten waar ze heen waren gegaan. Die gedachte hield ze nog maar even voor zich.

'Ik begrijp het,' zei ze. 'Nou, dat is jammer, want je wilt ze vast opzoeken om ze te laten weten dat het goed met je gaat.'

Dat leverde haar een glimlach op. 'O ja!' riep Charlotte. 'Ik wil ze heel graag vinden.'

'Nou, dan moeten we kijken wat we kunnen doen,' zei Caroline. 'Ik denk dat als we in die buurt wat rondvragen, iemand het wel zal weten. Dan kun je ze in elk geval schrijven.'

'Ik had ze al eerder geschreven,' zei Charlotte, 'maar toen antwoordden ze niet.'

'Ja, maar dat kwam vrijwel zeker doordat ze je brief nooit hebben gekregen. De post raakte helemaal ontregeld tijdens de Blitz. Er kunnen wel honderd redenen zijn waarom je brief niet is aangekomen.' Of slechts één, dacht ze bij zichzelf: Harry.

Toen Charlotte naar bed ging, bleef Caroline achter haar bureau zitten nadenken. Ze was blij geweest te zien dat Charlottes ontmoeting met Harry haar had opgevrolijkt, maar ze was niet zo zeker van die Harry. Ze kon er de vinger niet op leggen, maar hij had iets waardoor ze hem niet vertrouwde. Dat is niet eerlijk, berispte ze zichzelf streng. Je kent die jongen helemaal niet, dus mag je geen oordeel vellen, zeker niet als hij zo belangrijk voor Charlotte is.

In haar la zat een brief die ze een paar dagen eerder van Avril had gekregen. Er stond nieuws in voor Charlotte. Caroline had de opdracht gekregen het haar op een geschikt moment te vertellen. Tot nu toe had ze het juiste moment nog niet gevonden, en met de verschijning van Harry Black was ze daar ook blij om. Dit was nieuws dat ze niet met hem wilde delen. Ze pakte de brief en las hem nog een keer.

St Mark's Pastorie
Wynsdown

Lieve Caro,

Wat fijn dat je veilig terug bent in Livingston Road. Ik hoop dat Charlotte al begint te wennen. Het kan niet gemakkelijk voor haar zijn om alweer een verlies te moeten verwerken, maar je houdt haar vast druk bezig, en dat zal ongetwijfeld helpen!
We hebben laatst wat interessant nieuws gekregen met betrekking tot Charlotte. Een paar dagen na jullie vertrek kwam er een meneer Thompson van Thompson, Harris & Thompson vanuit Cheddar naar ons toe. Hij was juffrouw Everards notaris en wilde David spreken over het testament dat ze een paar maanden geleden had laten opmaken. Blijkbaar heeft ze een klein bedrag nagelaten aan de kerk, maar al het andere is in een fonds gestort voor Charlotte tot ze eenentwintig is. We waren zeer verbaasd, kun je je wel voorstellen! Bovendien had ze David aangewezen als bewindvoerder, samen met meneer Thompson. We vielen bijna van onze stoel! David had er geen idee van, want ze had het er nooit met hem over gehad. Meneer T. zegt dat David kan weigeren, maar dat gaat hij niet doen. Intussen betekent dit dat Charlotte behoorlijk welgesteld is. Juffrouw Everard had wat aandelen of obligaties of zo waaruit ze een redelijk inkomen verkreeg, en dat is nu allemaal van Charlotte. Ze heeft ook Blackdown House geërfd, dus ze heeft een plek om te wonen als ze Londen weer wil verlaten.
Allemaal heel onverwacht. Meneer Thompson is de executeur, maar hij laat het aan ons over om Charlotte over haar erfenis te vertellen. David en ik hebben het besproken en besloten dat dit niet iets is wat je per brief meedeelt. Het is beter om dit te vertellen in een persoonlijk gesprek, zodat we de vragen kunnen beantwoorden die ze onge-

twijfeld zal hebben. Dus, lieve Caro, we laten het graag aan jou over om het haar op een geschikt moment te vertellen. Jij bent nu in loco parentis... misschien niet wettelijk, maar beslist de facto. Goed hè, al dat Latijn! Vader zou onder de indruk zijn geweest, denk je ook niet? Maar goed, je bent het er vast mee eens dat een kwestie als deze persoonlijk moet worden afgehandeld.
Ik geloof dat meneer T. een bankrekening voor haar opent, zodat ze toegang heeft tot een deel van haar geld. Niet de hoofdsom, natuurlijk, alleen genoeg voor haar dagelijkse uitgaven en een paar kleine extra's, maar niet zo veel dat iemand met verkeerde bedoelingen zijn klauwen in haar kan slaan.
Kom gauw weer bij ons op bezoek, Caro. Die arme Henry kwijnt helemaal weg!

Liefs aan Charlotte en aan jou,
Avril xx

Hoewel ze het zelf niet weet, dacht Caroline, is Charlotte een rijk meisje. Denkend aan Harry, die zo charmant en vol zelfvertrouwen in de gang had gestaan, was ze blij dat Charlotte dat nog niet wist. Die Harry leek haar een kruising tussen een zwendelaar en een havenwerker, en ze vertrouwde hem niet.

35

September 1942

Naomi nam een paar minuutjes rust terwijl Nicholas zijn middagdutje deed toen er scherp op de deur werd geklopt. Ze hees zich overeind, deed open en zag Shirley Newman staan.

'Shirley,' zei ze, en ze liet haar binnen. 'Wat kan ik voor je doen?'

'Ik heb nieuws, en ik dacht dat jij het ook zou willen horen,' zei Shirley, terwijl ze op een stoel plofte. Naomi en zij waren bevriend gebleven, maar ze waren niet hecht. Naomi had het druk in de Feneton Arms en Shirley, die het beu was geworden om almaar te rennen en vliegen voor haar nicht Maud, had werk gevonden in een fabriek in de buurt van Ipswich en ging daar dagelijks met de bus naartoe.

'Wat is er gebeurd?' vroeg Naomi.

'Derek is met verlof,' zei Shirley.

Dat was geen nieuws voor Naomi. 'Ja, dat weet ik. Jullie waren zaterdag samen in de bar.'

'Ja, maar op zondag zijn we naar Londen gegaan. Terug naar Kemble Street.'

Naomi keek haar verbaasd aan. 'O ja? Hoe zag het eruit?'

'Nou, er is niks aan ons huis gedaan. Het ziet er nog precies hetzelfde uit, maar dan met onkruid tegen de muren. Maar Derek vindt dat we er iets aan moeten doen voordat het nog erger wordt. De bombardementen zijn gestopt, dus we kunnen proberen het te laten renoveren.'

'Renoveren?'

'Nou ja, in elk geval een paar reparaties. Als we het dak kunnen laten herstellen en glas in de ramen kunnen zetten, zodat de boel weer waterdicht is, denkt Derek dat we er waarschijnlijk wel weer kunnen gaan wonen.'

'Terug verhuizen?' Naomi kon haar oren niet geloven.

'Niet meteen, natuurlijk, maar na de oorlog.'

'Dat klinkt nog heel ver weg,' zei Naomi.

'Weet ik, maar als de oorlog voorbij is, zal iedereen op zoek gaan naar een woning, hè? Zo hebben we een voorsprong. Mensen gaan toch niet in beschadigde huizen wonen?'

Naomi haalde haar schouders op. Zo ver had ze nog niet vooruitgedacht. Ze was best tevreden met haar leven hier. Zij had haar baan bij Jenny en Dan werkte op de nabijgelegen RAF-basis. Toen Dan hierheen was verhuisd, had Jenny hun twee kamers gegeven, en daar redden ze zich prima.

Zouden ze ooit nog teruggaan naar Kemble Street? Het was altijd Dans thuis geweest, maar het was niet hun eigendom, en toen de brand het onbewoonbaar had gemaakt, waren ze gestopt met het betalen van de huur. Al hun bezittingen waren samen met het huis verwoest. Naomi stond niet te springen om de ruïne van hun oude thuis te bekijken. Ze hadden een nieuw leven hier in Suffolk. Nicholas, nu tweeënhalf, had zijn groeiachterstand ingehaald en maakte het goed. Hij werd niet bedreigd door bommen, hij had te eten, warmte en verzorging. Waarom zouden ze dat veranderen?

'Wie gaat al die reparaties dan betalen?' vroeg ze.

'Dat zal de huisbaas moeten doen,' zei Shirley. 'Maar luister, Naomi, dat is niet wat ik je kwam vertellen.'

'Wat dan?'

'Terwijl we naar ons huis stonden te kijken, zag ik iemand jouw huis in gaan.'

'Wat?' Naomi staarde haar aan. 'Wie dan?'

'Weet ik niet,' antwoordde Shirley. 'Een of andere kerel. Hij ging naar binnen, maar we hebben hem niet meer naar buiten zien komen.'

'Maar wat deed hij daar dan?' vroeg Naomi. 'Ik bedoel, Dan zegt dat alles binnen is uitgebrand.'

'Ik weet niet wat hij daar deed. Alleen maar rondsnuffelen, neem ik aan. Misschien is hij wel weer naar buiten gekomen en heb ik dat niet gezien. Voordat we weggingen, is Derek er nog heen gelopen en heeft naar binnen gekeken. Hij is niet binnen geweest, maar hij zag niemand en er kwam geen reactie toen hij riep. Maar goed, Derek vond dat ik je dat moest vertellen, voor het geval dat Dan er zelf een kijkje wil gaan nemen.'

'Bedankt,' zei Naomi. 'Ik zal het aan Dan vertellen als hij thuiskomt, maar ik denk niet dat we er veel aan kunnen doen. Er zullen wel vaker mensen rondsnuffelen op plekken waar bommen zijn gevallen.'

Toen Dan die avond thuiskwam, vertelde Naomi hem wat Shirley had gezegd. 'Wie denk jij dat dat was?' vroeg ze. 'En wat hij in ons huis deed?'

'Weet ik niet,' zei Dan schouderophalend, 'maar ik denk dat er in heel Londen mensen zoals hij zijn.'

'Er ligt daar toch niks van ons wat hij zou kunnen stelen? Ik bedoel, je hebt alles wat niet verbrand was toch meegenomen?'

'Alles wat ik kon dragen, ja,' zei Dan. 'Er lagen nog wat dingen in de kelder, natuurlijk, maar dat is allemaal niks waard.'

'Heb je de kelderdeur op slot gedaan?'

'Dat kon niet, want de scharnieren waren kapot.'

'Dus iedereen zou er binnen kunnen komen.'

'Nou ja, ik neem aan van wel. Ik heb de deur wel teruggezet met een wig eronder, maar met een beetje moeite kan iedereen hem open krijgen. Maar waarom zou iemand zo'n huis in gaan, laat staan de kelder?'

Na een snelle maaltijd ging Naomi naar beneden voor haar dienst in de bar. Soms ging Dan mee om bij de haard te gaan zitten, maar dit keer bleef hij boven.

Na afloop van Naomi's dienst in de bar ging ze nog even bij Nicholas kijken voordat ze naast haar man in bed kroop.

'Ik heb nagedacht,' zei hij toen ze bij hem lag. 'Ik denk dat ik er zondag even heen ga.'

Naomi zuchtte vermoeid. 'Waarheen?'

'Naar Londen. Kemble Street. Even rondkijken. Ik ben er al maanden niet meer geweest. Het bevalt me niet dat er iemand in ons huis rondsnuffelt, zelfs al is het dan een ruïne.'

'Er is vast niks te zien,' zei Naomi. 'Die vent zal wel allang weer weg zijn.'

'Misschien,' beaamde Dan, 'maar ik wil toch even een kijkje nemen.'

'Nou, ik kan niet met je mee.'

'Weet ik, schat, maar als ik het heb gezien, kunnen we het uit ons hoofd zetten.' Hij glimlachte. 'Ik kan ook even bij het huis van de Newmans kijken, inschatten of ze het echt met wat reparaties nog kunnen redden.'

Op zondagmiddag liep Dan van de bushalte in Hope Street naar Kemble Street. Hij liep langzaam door de straat waar hij zijn hele leven had gewoond; het was allemaal zo vertrouwd, en tegelijkertijd zo pijnlijk veranderd.

Er waren wel wat mensen op straat, maar niemand besteedde aandacht aan hem. Voor nummer vijfenzestig bleef hij even op de stoep staan en hij keek door de gapende deuropening. Toen stapte hij plotseling vastberaden over de drempel. Een blik in de voorkamer vertelde hem dat daar niemand was, en niemand zou het wagen om de resten van de trap naar boven te beklimmen.

Behoedzaam liep hij door de gang naar de keuken. Er waren voetafdrukken in het stof te zien, maar die konden al maanden oud zijn. De keuken was nog net zoals hij hem had achtergelaten op die vreselijke dag na de brand… behalve de deur naar de kelder. Die zat nog dicht, maar aan de vegen in het stof op de vloer was te zien dat hij geopend was, waarschijnlijk nog onlangs. Van dichterbij zag Dan dat de deur op zijn plaats werd gehouden met een brok puin als wig. Dat had hij zelf ook gedaan, maar hij had er een stukje hout voor gebruikt. Dan keek er peinzend naar, en toen schopte hij met een paar ferme trappen de steen los, zette de deur opzij en tuurde het trapje af. Niemand.

Hij had een zaklantaarn meegenomen, en daarmee liep hij nu voorzichtig naar beneden. Toen hij met de zaklantaarn om zich heen scheen, zag hij dat de kelder inderdaad was gebruikt. De dekens lagen op de matras. De stoelen en het tafeltje stonden er nog, maar nu was er ook een olielamp. Die hadden zij niet gehad. Dat bewees het: iemand sliep in hun kelder. Dan keek rond. Er stonden een fles water en wat blikken voedsel op de plank. Hij wist zeker dat hij hier zelf geen voedsel had achtergelaten. Waar was dat allemaal vandaan gekomen? Het was te veel om legaal gekocht te zijn, vermoedde hij. Hij wenste dat hij een tas bij zich had, zodat hij het kon meenemen. Geen idee wie die spullen hier had achtergelaten, maar dit was zijn kelder, en dus waren ze van hem. Hij pakte een paar blikjes zalm, die hij al jaren niet meer had gezien, en stopte ze in zijn zak. Een traktatie voor Naomi en de kleine. Zo hield hij in elk geval iets aan zijn tocht naar Londen over.

Hij ging weer naar boven en zette de kelderdeur terug, met het stuk puin eronder om hem stevig op zijn plek te houden. Na nog een laatste blik om zich heen liep hij het huis uit en de straat op. Het was nog licht, maar het zou niet lang meer duren voordat het donker werd.

Onderweg terug naar de bushalte zag hij iemand zijn kant op komen. De man liep langzaam en keek voortdurend om zich heen. Een gedaante die hij meteen herkende.

'Albert?' riep Dan. 'Ben jij dat?'

Albert bleef staan en tuurde naar hem. 'Dan Federman?'

'Ja, ik ben het. Ik ben net even bij mijn huis wezen kijken. Wat doe jij hier?'

'Burgerwacht,' zei Albert. 'Een oogje in het zeil houden… Je weet wel.' Hij keek ongerust om zich heen alsof hij misschien werd gadegeslagen. 'Toezicht houden…'

'Mooi,' zei Dan. Hij kende Albert al heel lang. Hij was geen helder licht, zou Dans vader hebben gezegd, maar er zat geen kwaad in hem. 'En heb je iets gezien?'

'Ik zie heel veel.' Albert tikte tegen de zijkant van zijn neus. 'Je zou niet geloven wat ik allemaal zie.'

'Dat geloof ik meteen.' Dan wilde al doorlopen. 'Goed werk, Albert.'

'Ik ben niet de enige.' Albert legde een hand op Dans arm om hem tegen te houden. 'Er past toch ook een vent op jouw huis?'

Dan keek hem aan. 'Wat voor vent?'

'Je weet wel,' zei Albert. 'Van wie je zei dat hij er mocht pitten. Kelderrat. Dat is wat hij is. Een kelderrat. Daar zijn er een heleboel van. Ik vond het best, die vent, omdat jij had gezegd dat hij op je huis moest passen. Hoef ik dat van jou niet in de gaten te houden.'

'Hoe heet hij dan, die vent?'

Albert fronste peinzend zijn voorhoofd. 'Weet ik niet. Jonge kerel, donker haar. Jij weet hoe hij heet, hij weet hoe jij heet. Hij zei dat Dan Federman hem had gevraagd een oogje op zijn huis te houden... Jij kent hem.' Er kroop wat twijfel in zijn stem.

Om hem gerust te stellen zei Dan: 'Natuurlijk ken ik hem. Ik was het alleen even vergeten. Bedankt, Albert.'

'Het is mijn werk,' zei Albert gewichtig. 'Burgerwacht. Een oogje in het zeil houden... Je weet wel.'

Nou, dacht Dan terwijl hij doorliep naar de bushalte, dus er woont iemand in de kelder. Een jonge vent met donker haar. Iemand die weet dat ik daar woonde, die weet hoe ik heet.

Hij kon niemand bedenken. Waarschijnlijk een kraker die had gehoord wie de vorige bewoners waren en gewoon deed alsof hij hen kende. Maar daar was nu niets aan te doen, dus stapte hij in de bus naar station Liverpool Street.

Terug in de Feneton Arms overhandigde Dan de twee blikjes zalm aan Naomi.

'O, Dan!' riep ze. 'Zalm in blik. Dat heb ik niet meer gezien sinds mijn moeder het speciaal kocht toen we nog verkering hadden en jij op zondag kwam eten!'

'Volgens Albert was de vent die in ons huis bivakkeert een jongeman met donker haar, die zei dat hij mij kende.'

'Kan dat niet die jongen zijn die toen naar ons huis kwam, op zoek naar Lisa? Hoe heette hij ook alweer? Die de volgende dag met je meeging naar de brandweerkazerne.'

'O ja, ik weet wie je bedoelt,' zei Dan. 'Ja, die had donker haar. Ik weet alleen niet meer hoe hij heette, jij wel?'

'Hij was toch Duits? Een vluchteling, net als die arme Lisa?'

'Klopt. Hij zei dat hij de volgende dag weer mee zou gaan, maar kwam toen niet opdagen.'

'Hij was blijven slapen,' bracht Naomi hem in herinnering. 'In de kelder.'

'Dat is zo,' beaamde Dan. 'Hij sliep inderdaad in de kelder... dus zou hij weten dat we die hadden.'

'Ik kan niet meer op zijn naam komen.'

'Nou ja, dat maakt niet uit,' zei Dan. 'We weten ook niet wat er met hem is gebeurd.'

'Wie het ook is,' zei Naomi, 'hij zit in de zwartemarkthandel. Dat moet wel, met al die blikken die je daar zag.'

'Misschien.'

'Natuurlijk,' hield Naomi vol. 'Net als elke andere handige Harry.'

'Harry! Heette hij niet zo? Harry? Had bij Lisa op school gezeten?'

'Ja, dat zou kunnen. Maar als het inderdaad Lisa's vriend is, vind ik het niet zo erg dat hij in onze kelder slaapt, zelfs al zit hij in de zwartemarkthandel.'

'Maar dan wel met twee blikken zalm minder,' zei Dan grijnzend.

'Ik ga er een aan Jen geven. Zij zal het ook lekker vinden.'

'Nou ja,' zei Dan zuchtend. 'Als we niet bij dat huis willen blijven wachten tot hij zich weer laat zien, zullen we hem toch nooit betrappen.'

Dan wist niet dat dat bijna wel het geval was geweest. Harry Black was die avond op weg naar Kemble Street. Hij was aan komen lopen aan het eind van de straat toen hij iemand uit een van de huizen zag komen. Was dat nummer vijfenzestig? Hij dook achter een muurtje en keek de man na toen die wegliep.

Wie was dat, en wat had hij daar gedaan?

Harry zag dat de man bleef staan om met iemand te praten. Hij wist wie dat was. Burgerwacht. Ja, die kerel kende hij! Harry had hem een paar keer gezien sinds hun eerste ontmoeting en had hem daarna meestal weten te ontlopen. Hij vroeg zich af of die eerste man inderdaad uit het huis van de Federmans was gekomen. Kon het Dan

Federman zelf zijn? Hoopten hij en zijn vrouw terug te komen om het huis te laten herstellen? Nog maar de week ervoor had Harry de overbuurvrouw gezien met haar man, kijkend naar hun eigen huis. Londen was al een poos niet meer gebombardeerd. Misschien begonnen mensen te overwegen naar huis terug te keren. Harry hoopte dat dat niet voor de Federmans gold. Het was handig om een plek te hebben voor zijn privéspullen. Hij was enige tijd geleden naar een kamer bij de haven verhuisd en had zijn nieuwe adres doorgegeven aan de politie, dus er zou niets moeten zijn wat hem in verband bracht met Kemble Street als er ooit iets misging en zijn voorraadje daar werd gevonden.

Burgerwacht Albert ging verder met zijn patrouille en de andere man liep ook door. Harry haastte zich achter hem aan en volgde hem niet alleen naar de bushalte, maar naar station Liverpool Street, waar de man in de stoptrein naar Ipswich stapte. Slechts één keer kwam hij dichtbij genoeg om het gezicht van de man te zien. Hij had Dan Federman bijna twee jaar niet meer gezien, maar Harry wist vrij zeker dat hij het was.

Toen de trein was vertrokken, ging Harry meteen terug naar Kemble Street, en in de invallende schemering glipte hij de donkere deuropening van nummer vijfenzestig binnen en liep op de tast naar de kelderdeur. Bij het flakkerende licht van een lucifer zag hij meteen dat de deur open was geweest. Toen de lucifer zijn vingers bijna brandde, liet hij hem op de grond vallen en streek een nieuwe af. De deur zat nog dicht, maar met de wig op een andere plek. Snel maakte Harry de deur los en zette hem opzij. Eenmaal binnen zette hij de deur weer terug, en op de bovenste tree stak hij nog een lucifer aan.

Bij het licht van de olielamp inspecteerde hij de kelder grondig. Hij wist precies wat er hoorde te liggen, en er waren twee blikken zalm verdwenen. Verder wees niets erop dat iemand zijn domein was binnengedrongen. Zijn geld lag nog in de holte onder de trap; hij haalde het eruit en telde het na. Misschien zou het beter zijn om het ergens anders te bewaren. Als Dan Federman besloot naar de politie te stappen met wat hij had ontdekt, kwamen ze hier misschien kijken. Het zou al erg genoeg zijn om zijn waren kwijt te raken, maar hij kon dat risico met zijn geld niet lopen. Hij zou er een andere bergplaats voor moeten vinden, maar voorlopig stopte hij het in zijn broekzak.

Harry had Dan in de trein zien stappen, dus wist hij dat de politie nog niet onderweg was, maar hij besloot alvast wat kleine dingen mee te nemen voor het geval dat ze toch kwamen. Blikken met voedsel konden hier immers door iedereen zijn achtergelaten, zelfs door de Federmans zelf. Hij draaide de matras om en stak zijn hand erin om er een doosje uit te halen met twee broches en een ring, gevonden in de slaapkamer van een gebombardeerd huis. Hij had die nog niet verkocht, want hij had nog niet besloten naar wie hij zou gaan: Mikey of Ing. De twee mannen wisten niets van elkaar af; Harry hield zijn opties graag open. Hij bekeek de sieraden en schatte dat ze beslist iets waard waren.

Hij stopte het doosje in zijn zak, deed het licht uit en ging terug naar boven. Bleek maanlicht scheen door het raam naar binnen terwijl Harry de deur weer vastzette, met de wig op dezelfde plek als waar Dan Federman hem had gestopt voor het geval dat hij terugkwam en besefte dat Harry hier weer was geweest. Vanuit de donkere deuropening keek hij de straat door, zag dat er niemand was en stapte naar buiten. Hij zou hier een paar weken wegblijven, besloot hij, totdat hij zeker wist dat niemand verder aandacht besteedde aan het huis.

En komend weekend, dacht hij, ga ik naar Livingston Road om Lisa op te halen. Misschien kunnen we naar de film.

Net zoals toen ze elkaar pas hadden leren kennen, in 1939, was hij bekoord door haar. Ze had iets wat hem aantrok en wat bij hem bleef, zelfs als zij er niet was. Hij had haar van zich af gezet toen hij dacht dat ze dood was – de doden waren dood – maar nu hij haar had teruggevonden, was ze weer in zijn hoofd gekropen en dacht hij aan haar op de meest onverwachte momenten.

Toen hij haar had getroffen in de keuken van Kemble Street en had beseft wie ze was, was Harry geschrokken van zijn eigen reactie. In het café in Hope Street had hij de spanning en het verdriet bij haar gezien, maar ook hoe ze was veranderd. Ze was niet langer het kleine, opstandige schoolmeisje in een overgooier en blouse met haar haar naar achteren gekamd, vechtend tegen pestkoppen. Ze was opgebloeid tot een aantrekkelijke jonge vrouw met glanzend haar, een hartvormig gezicht, volle lippen en heldere, intelligente ogen. Toen ze naast hem liep, was hij zich bewust geweest van de bewegingen van haar lichaam, niet langer onbeholpen, maar soepel en lenig en met een onbewust deinen van de heupen. De jongen Harry was gefascineerd geweest door het meisje Lisa; de jongeman Harry was opnieuw gefascineerd door de jonge vrouw Lisa.

Harry was niet onbekend met de charmes van vrouwen. Sinds zijn vrijlating van het Isle of Man had hij er een paar gehad. Een ervaren prostituee had zich over hem ontfermd als gunst aan Mikey en hem de genoegens van haar vak bijgebracht. Hij wist dat vrouwen hem aantrekkelijk vonden en hij genoot van wat ze met hem deden, het gevoel dat ze hem gaven. Maar ze waren er alleen voor zijn plezier; als hij met hen klaar was, dacht hij nooit meer aan ze.

Maar nu bleef Lisa zijn gedachten binnendringen, en hij wist niet of hem dat wel beviel. Hij hield graag de controle over zichzelf, over zijn geest en zijn lichaam, en Lisa bedreigde dat. Hij was een paar weken lang niet teruggegaan naar het kindertehuis aan Livingston Road, om aan zichzelf te bewijzen dat hij haar niet nodig had. Ze was gewoon een vrouw, weliswaar een aantrekkelijke, maar volwassen kerels zoals hij lieten zich niet in de war brengen door een vrouw.

Ondanks die goede voornemens klopte Harry het volgende weekend op de deur van het tehuis in Livingston Road. Het was niet Charlotte die opendeed, maar een vrouw die Harry nooit eerder had gezien. Ze glimlachte beleefd. 'Kan ik je helpen?'

'Ik kom voor Lisa,' zei Harry. 'Is ze er?'

'Lisa?' De vrouw keek verward. 'Ik vrees dat we hier geen Lisa hebben.'

'Maar ze werkt hier,' zei Harry. En toen schoot het hem weer te binnen. 'Sorry, even vergeten. Ze heet nu Charlotte.'

Het gezicht van de vrouw klaarde op. 'Charlotte. Ja, natuurlijk. Als je hier even wacht, kijk ik of ze in de buurt is.'

Harry bleef in de gang wachten. Hij hoorde kinderstemmen ergens in huis, een deur die dichtsloeg en luid gelach. Het was zaterdagmiddag en de kinderen hoefden niet naar school. Misschien kon Lisa helemaal niet met hem mee. Harry wilde zich net weer omdraaien en vertrekken toen juffrouw Morrison verscheen.

'Hallo,' zei ze. 'Ik heb begrepen dat u Charlotte zoekt.' Toen herkende ze hem. 'Harry, toch? Charlottes vriend Harry? We hebben elkaar al eens ontmoet. Ik ben Caroline Morrison, huisbewaarster.'

'Ja, juffrouw, dat weet ik nog.' Harry glimlachte breed. Hij had ontdekt dat vrouwen van een bepaalde leeftijd dol waren op zijn glimlach.

'Ben je hier voor Charlotte? Verwacht ze je?'

'Nee, juffrouw. Ik bedoel, ja, maar ze verwacht me niet.'

'Ik geloof dat ze in de tuin is met een paar jongere kinderen. Ik breng je er wel even heen.'

Ze leidde hem door het huis en via een zijdeur naar de achtertuin. Harry bleef op de drempel staan. Lisa was met een paar kleine meisjes aan het voetballen op het gras. Ze droeg een eenvoudige gele rok en een witte blouse en haar haar was bij elkaar gebonden met een geel lint. Ze rende lachend achter de bal aan, en even stond Harry alleen maar naar haar te staren, op dat moment wetend dat hij haar wilde hebben, op alle mogelijke manieren. Hij trok zijn gezicht in de plooi toen hij zag dat Caroline met een lichte frons naar hem keek.

'Charlotte!' riep ze.

Charlotte draaide zich om en zag Harry staan. Ze gooide de bal naar de kinderen en rende naar hem toe. 'Harry!' riep ze. 'Ik dacht dat je me vergeten was.'

'Nooit, Lisa,' zei hij. Toen wendde hij zich tot Caroline. 'Kan Lisa later vanavond met mij mee? Ik zie dat ze het nu druk heeft.'

'Natuurlijk,' antwoordde Caroline. 'Na het avondeten kan ze best weg, als ze dat wil. Rond een uur of zeven? Daarna kan ik haar wel missen.'

Charlotte bleef van de een naar de ander staan kijken alsof ze zich buitengesloten voelde.

'Zou je dat willen, Lisa?' vroeg Harry.

'Ja, dank je,' antwoordde ze. 'Dat lijkt me leuk.'

'Dan kom ik om zeven uur terug.' Hij glimlachte nog een keer naar Caroline, met het idee dat hij haar te vriend moest houden, en liep toen terug door het huis en de voordeur uit.

Zoals hij had beloofd, stond Harry precies om zeven uur weer op de stoep. Zodra hij aanbelde, deed Charlotte open en ze stapte naar buiten. Ze had zich omgekleed in de groene rok met madeliefjes en de witte blouse die ze ook naar het midzomerfeest had gedragen en had een handtasje bij zich dat Caroline haar had geleend.

'Kom niet te laat thuis,' waarschuwde Caroline. 'Je weet dat je morgen weer vroeg op moet.' Ze gaf Charlotte een sleutel mee.

Harry pakte Charlottes hand. 'Waar zou je heen willen?' vroeg hij.

'Het maakt mij niet uit,' antwoordde Charlotte. 'Ik vind het gewoon al fijn om even weg te zijn.'

'Ik dacht dat we naar de film konden,' zei Harry. 'Misschien eerst iets eten. En daarna dansen?'

Charlotte keek hem argwanend aan. 'Heb je geld, Harry?' vroeg ze. 'Ik heb geen zin meer om bussen uit te moeten rennen.'

'Natuurlijk heb ik geld.' Harry reikte in zijn zak en haalde er twee briefjes van een pond uit.

'Harry! Hoe kom je aan zo veel geld?'

'Verdiend,' zei Harry. 'Zoals ik zei, ik werk in de haven.'

'Maar het is zo veel!'

'Ik had niks om het aan uit te geven totdat jij kwam. Kom mee, Lisa! Laten we het er een avondje van nemen.'

'Maar ik kan het niet te laat maken,' zei Charlotte. 'Dat heb ik juffrouw Morrison beloofd.'

'Wel een beetje een dragonder, hè?'

'Nee, helemaal niet,' zei Charlotte scherp. 'Ze is heel aardig, en ik heb het beloofd.'

'Oké, oké.' Harry stak verzoenend zijn handen op. 'Het maakt mij niet uit waar we heen gaan.' Hand in hand liepen ze een stukje door totdat ze bij een café aankwamen. Na een maaltijd van fish and chips gingen ze naar het Odeon.

Harry leidde haar naar de achterste rij. Charlotte was nog nooit naar de bioscoop geweest. Er was in Kemble Street geen geld geweest voor zulke uitspattingen, en sindsdien had er zich geen kans voorgedaan. Ze gingen zitten en keken naar een tekenfilmpje.

Zodra het licht uitging voor de hoofdfilm, *The Road to Zanzibar* met Bob Hope en Bing Crosby, gleed Harry's arm om Charlottes schouders. Eerst verstijfde ze, maar toen hij zijn arm gewoon rustig liet liggen, ontspande ze zich weer. Dit was immers Harry. Even later pakte hij haar hand vast en masseerde met de andere zachtjes haar schouder. Ze voelde een rilling door haar heen gaan. Zijn hand schoof rustig onder haar arm, waardoor zijn vingers op haar borst lagen. Charlotte voelde een vlaag van hitte door zich heen gaan en draaide zich een stukje naar hem toe. Dat was alle aanmoediging die hij nodig had. Hij liet haar hand los en draaide haar gezicht naar zich toe. Zachtjes begon hij haar te kussen, streek met zijn lippen over haar huid totdat die in brand leek te staan. Zijn lippen waren veeleisend, zijn tong drong tussen haar lippen.

Even dacht Charlotte aan Billy, die lieve, tedere Billy. Ze was door hem ook gekust, maar zijn kus had niet dezelfde reactie bij haar opgeroepen als deze van Harry. Billy was een jongen, Harry was heel beslist een man. Hij kuste haar innig en zijn handen gingen door met hun verkenningstocht totdat zijn vingers haar bovenbenen begonnen te strelen door het lichte katoen van haar rok. Plotseling maakte ze zich van hem los en duwde hem weg.

'Wat is er, Lisa, schat?' fluisterde hij. 'Voelt het niet lekker? Vind je het niet fijn?'

Charlotte antwoordde niet. Ze draaide zich weer naar voren en staarde naar het bioscoopscherm, waar Bing Crosby 'It's Always You' tegen Dorothy Lamour zong.

'Toe nou, schat,' mompelde Harry. 'Het is maar een kus en een knuffel.' Hij pakte haar hand weer en streelde met zijn duim over haar handpalm. 'Alleen maar een kus, omdat je zo mooi bent en ik dacht dat ik je kwijt was.'

Charlotte trok haar hand niet terug, maar toen hij zijn arm weer om haar schouders legde, weerde ze hem af met een gemompeld: 'Nee, Harry!'

Harry zuchtte en haalde zijn arm weg, blijkbaar begrijpend dat hij te snel ging voor haar.

Toen de film eindelijk afgelopen was en het licht weer aanging, keek Charlotte langs de achterste rij en zag dat er allemaal stelletjes zaten die op dezelfde manier gebruik hadden gemaakt van het donker.

Het volkslied werd gespeeld, en iedereen stond op. Charlotte bleef met een rechte rug staan; Harry stond wel op, maar hing tegen de rugleuning van de stoel voor hem.

'Harry,' fluisterde ze. 'Het is het volkslied.'

'Niet mijn volkslied,' siste hij terug.

Ze liepen de nacht in. Het was pikkedonker en Harry haalde een zaklampje tevoorschijn om de weg te verlichten.

'Waar zullen we nu heen gaan?' vroeg hij.

'Ik moet terug,' zei Charlotte. 'Ik had je gezegd dat ik het niet te laat kon maken.'

Harry zuchtte. 'Oké, schat. Maar doen we dit nog een keer… volgende week zaterdag? Ik ken een tent waar we kunnen dansen. Hou je van dansen?'

'Ja,' zei Charlotte. 'Heel erg.'

'Mooi. Dan kom ik je volgende week zaterdag weer ophalen. Zelfde tijd. Zeg maar tegen die Morrison-dame dat je weer uitgaat. Ze kan je toch niet tegenhouden?'

'Nee,' zei Charlotte, 'niet als ik niet nodig ben in het tehuis.'

Voordat hij haar bij de voordeur achterliet, trok hij haar in zijn armen, waardoor ze de kracht van zijn lichaam tegen de zachtheid van haar eigen lichaam voelde. Even hield ze zich nog aan hem vast, en toen maakte hij zich rustig van haar los.

'Ga maar naar binnen,' zei hij. 'Tot volgende week.'

‘Heb je een leuke avond gehad?’ vroeg Caroline toen Charlotte door de voordeur naar binnen stapte. ‘Wat hebben jullie gedaan?’

‘Fish and chips gegeten, en daarna zijn we naar de bioscoop geweest.’

‘Klinkt leuk. Welke film?’

‘*The Road to Zanzibar*.’

‘O ja? Die heb ik nog niet gezien, maar ik vond *The Road to Singapore* erg goed.’

Charlotte zei welterusten en ging naar haar zolderkamertje. Toen ze in bed lag, dacht ze aan haar avond met Harry, en het duurde een hele poos voordat ze sliep.

36

September 1942

'De Jodenjongen is op de markt,' meldde Snout op zaterdagochtend bij Ginger Allsop, Mikeys rechterhand.

Ginger knikte. 'Hou een oogje op hem, Snout. Mikey wil weten waar hij heen gaat en wat hij doet.'

De jongen rende weg en zag Harry al snel weer staan bij een sieradenkraam, waar hij de waren stond te bekijken.

Ginger Allsop ging naar de Black Bull en trof Mikey zoals gebruikelijk in de achterkamer. 'De Jodenjongen loopt op de markt rond,' meldde hij.

Mikey grijnsde wolfachtig. 'O ja? En waar is Parker?'

'Die heb ik niet gezien, Mikey.'

'Nou, ga hem dan verdomme opzoeken! Wat heb ik aan een corrupte smeris als hij er niet is wanneer ik hem nodig heb?'

'Wat moet ik tegen hem zeggen?'

'Dat hij moet opletten. Als die Jood hierheen komt om me iets te verkopen, zeg ik dat ik erover na moet denken en stuur ik hem weg. Als hij weer de straat op gaat, informeer ik Brenda, zodat ze haar ding kan doen, en dan pakt Parker hem op, oké?' Hij dacht even na en vroeg toen: 'Is Snout hem gevolgd, de vorige keer dat hij hier was?'

'Ja, hij woont in een kamer in de haven, maar zijn spullen liggen in een uitgebrand huis in Shoreditch.'

'Oké. Blijf hier een poosje weg, zodat hij je niet ziet als hij hierheen komt, oké?'

'Goed, baas.'

‘Maar zorg dat jullie klaarstaan. Als hij ervandoor gaat, en dat zal hij doen, laat hem dan lopen.’

‘O?’

Mikey boog zich naar voren en vertelde Ginger op gedempte toon over zijn plan.

Ginger grijnsde. ‘Oké, baas, ik regel het.’

Ginger haastte zich terug naar buiten. Het was een warme dag en erg druk op de markt. Iedereen was op zoek naar koopjes en spullen die onder de toonbank werden verkocht, maar het duurde niet lang voordat hij Harry Black zag lopen.

‘Je weet wel, die smeris die bij de kerk aan het eind van de straat staat,’ zei Ginger tegen Snout. ‘Agent Parker.’

‘Ja, die met die snor.’

‘Die, ja. Nou, zeg dat hij naar mijn kraam moet komen, zo snel mogelijk. Zeg maar dat Ginger je gestuurd heeft, oké?’

‘En die Jodenjongen dan?’

‘Dat regel ik wel. Haal jij die smeris.’

Harry wandelde door Petticoat Lane. Het was een zonnige septemberdag en hij voelde zich één met de wereld. Hij had een vroege dienst gedraaid in de haven en de rest van de dag lag nog voor hem. In zijn zak zat een gouden armband die hij had ‘gevonden’ in een gebombardeerd huis in Kensington, waarschijnlijk verloren toen de eigenares vluchtte. Het was een zware schakelarmband met een opgerolde slang als sluiting. Hij had het ding in een rijke buurt gevonden, dus hij hoopte er een goede prijs voor te krijgen. Nadat hij eerst had overwogen ermee naar de winkel van Ing te gaan, had hij zich bedacht. Hoewel Ing heel goed wist waar de sieraden die Harry bij hem bracht vandaan kwamen – dat het gestolen waar was – gingen de zaken slecht en stelde hij meestal geen vragen. Maar de vorige keer dat Harry met een ketting met medaillon naar hem toe was gekomen, had Ing zijn hoofd geschud.

‘Nee, jongeman, die kan ik niet van je overnemen. Te herkenbaar. De smeris houdt mijn etalage in de gaten.’

Dat was voldoende waarschuwing. Harry had het medaillon weer meegenomen en was sindsdien niet meer terug geweest. Hij had het ding aan Mikey Sharp verkocht voor een fractie van de werkelijke waarde, wist hij, maar toch had hem dat behoorlijk wat contanten opgeleverd die hij weer kon investeren in zijn zwartemarkthandeltje.

Deze gouden armband was ook opvallend, maar hij dacht er een redelijke prijs voor te kunnen krijgen van Mikey. Mikey had de contacten om het ding snel en discreet door te verkopen en er zelf ook nog een leuke winst op te maken.

Harry dacht aan Lisa, die hij die avond weer zou zien. Hoewel hij het eigenlijk niet wilde toegeven, keek hij ernaar uit. Hij zou haar meenemen naar het Palais om te dansen, en daarna…

Hij had besloten een cadeautje voor haar te kopen. De blauwe kralenarmband die hij had gekocht voordat ze verdween had hij haar nooit kunnen geven, maar nu kon hij zich iets veel mooiers veroorloven, vooral als hij de gouden armband in zijn zak aan Mikey verkocht.

Hij had een broche gezien waarvan hij dacht dat Lisa hem mooi zou vinden: een zilveren vlinder met fijne filigraanvleugeltjes. Het was een duur ding, maar Harry besloot hem te gaan kopen nadat hij zijn deal had gesloten met Mikey.

Harry hield de hele tijd zijn hand op de armband in zijn zak, want er waren hier veel zakkenrollers. Ze zouden nooit iemand durven bestelen die voor Mikey Sharp werkte, maar dat deed Harry niet meer. Hij was nu eigen baas.

Hij liep tussen de drukte door en ging de Bull in. Daar bestelde hij iets te drinken en ging een tijdje aan de bar zitten, rondkijkend en afwachtend. Toen hij zeker wist dat niemand speciale belangstelling voor hem had, liep hij naar achteren, klopte op de deur en stapte meteen naar binnen. Vroeger zou hij dat nooit hebben gedurfd, maar nu was hij een grotere speler, een man met een eigen handeltje en Mikeys gelijke.

'Harry, jongen!' Mikey begroette hem met een grijns. 'Leuk om je te zien, maat. Iets drinken?' Hij schonk een bel whisky voor Harry in. 'Wat brengt je hierheen?'

'Zaken.' Harry keek om zich heen. Een paar van Mikeys mannen zaten aan een tafeltje in de hoek; grote kerels met gehavende gezichten, die korte metten konden maken met problemen en onruststokers.

Mikey keek naar hen en zei met een korte knik: 'Charlie, Jumbo, ophoepelen.'

De twee mannen stonden op en klosten de kamer uit.

Mikey gebaarde naar een stoel. 'Oké, Harry, knul. Wat heb je voor me?'

Harry haalde de armband uit zijn zak en legde hem op tafel. 'Ik dacht dat je hier wel oren naar zou hebben, Mikey. Massief goud. Een bom duiten waard!'

'Bevrijd door een bom, zeker?' Mikey lachte om zijn eigen grapje, pakte de armband en woog hem op zijn hand. Hij keek naar de schakels en de slangsluiting. 'Mooi ding, als hij echt is.'

'Natuurlijk is hij echt,' kaatste Harry terug. 'Iedere idioot ziet dat.'

Even betrok Mikeys gezicht – werd hij nu voor idioot uitgemaakt? – maar toen keek hij grijnzend op. 'Die slang is een beetje opvallend,' zei hij. 'Lastig te verkopen als iets zo herkenbaar is.'

'Dat zou geen probleem moeten zijn voor een man met jouw contacten,' zei Harry.

Mikeys gezicht vertoonde alleen vage belangstelling. 'Ik moet erover nadenken, maat, even polsen bij een paar mensen, snap je wat ik bedoel?'

'Ik laat hem niet hier achter,' zei Harry.

'Nee! Natuurlijk niet. Dat zou ik ook niet verwachten, ook al hebben we altijd goede zaken met elkaar gedaan. Nee, hou hem maar bij je. Ik zal wat voelhoorns uitsteken, kijken wie er voor zoiets in de markt is. Kom volgende week terug, dan heb ik een antwoord en waarschijnlijk ook wat geld voor je.'

Harry pakte de armband van tafel en stopte hem weer in zijn broekzak. 'Volgende week zaterdag, dan.'

Mikey stak een hand op. 'Ik ben hier.'

Harry verliet de kamer en liep naar de voordeur.

Buiten bleef hij even staan, overpeinzend of hij toch naar Ing moest gaan om de armband te laten taxeren. Terwijl hij daar stond, botste een jonge vrouw tegen hem aan. Hij stak zijn hand uit om haar op te vangen, maar ze gilde doordringend.

'Laat me los! Laat me los! Blijf van me af. Politie!'

Vanuit het niets verscheen er een smeris in uniform, die zijn arm vastgreep. 'Hé, hé, wat is hier aan de hand?'

'Hij heeft mijn armband gejat!' riep de vrouw. 'Botste tegen me aan en trok hem van mijn pols. Hij heeft mijn armband!'

De politieman verstrakte zijn greep op Harry's arm. Harry probeerde zich los te rukken, maar zijn arm werd op zijn rug gedraaid. 'Zo, jongeman, zullen we dan maar even in je zakken kijken? Eens kijken of die dame de waarheid vertelt.'

Harry had de betreffende 'dame' al herkend: Brenda, een van Mikeys Sharps hoeren. Harry had zelf ook een of twee keer van haar diensten gebruikgemaakt. Hij keek om naar de pub en zag Mikey glimlachend bij het raam staan. Hij was erin geluisd.

'Oké,' zei hij. 'Hij zit in mijn zak.' De agent liet los en stak zijn hand uit voor de armband. Meer kansen had Harry niet nodig. Met een zwaai haakte hij zijn voet om het been van de agent en smeet hem tegen de grond. Hij haalde uit naar het meisje en raakte haar vol in het gezicht, waardoor ze met een bloedneus op de stoep belandde.

Ginger, Charlie en Jumbo kwamen uit de menigte rennen, maar Harry gaf met zijn schouder een beuk tegen Ginger, die tegen Charlie aan viel. Jumbo zette brullend de aanval in en greep Harry's jas vast. Net als lang geleden in Hanau trok Harry zijn armen uit de mouwen en Jumbo stond met de gescheurde jas in zijn handen, terwijl hij zelf vrij was om ervandoor te gaan. Een paar mensen deden pogingen om hem tegen te houden, graaiden naar hem, maar de straatrat was onhoudbaar op zijn vlucht.

Toen hij nog een keer omkeek naar de Black Bull, kwamen Mikeys tamme politieman en zijn trawanten met rode gezichten kwaad overeind. De menigte die was toegelopen begon zich te verspreiden, aangespoord door agent Parkers kwade geroep: 'De opwinding is voorbij! Er valt hier niks te zien, dus loop door voordat ik jullie arresteer voor samenscholing.'

Zodra Harry zeker wist dat hij zijn achtervolgers had afgeschud, ging hij terug naar Shoreditch. Hij dacht dat Mikey waarschijnlijk wel zou weten waar hij woonde, in de haven, maar dat zijn schuilplaats in Kemble Street voorlopig nog veilig zou zijn. Maar hij vermeed alle risico en nam verschillende bussen en twee metro's om zeker te weten dat hij niet werd geschaduwd.

Halverwege de middag kwam hij in Kemble Street aan. Hij ging naar de kelder, trok de deur achter zich dicht, stak de olielamp aan en overwoog zijn volgende stappen. Het was overduidelijk dat Mikey achter zijn 'arrestatie' zat. Een van zijn hoeren had die hele toestand in gang gezet en zijn trawanten hadden zich op hem willen storten. Harry wist dat hij geluk had gehad dat hij was ontkomen.

Hij haalde de armband uit zijn broekzak en stopte hem bij het geld in zijn verborgen binnenzak. Weer was bewezen hoe nuttig het was om nooit waardevolle dingen in de zakken van je jas te stoppen. Dat was het enige wat hij kwijt was: zijn jas. Hij zou van nu af aan bij Petticoat Lane uit de buurt moeten blijven, maar er waren nog meer markten, in andere delen van Londen die niet Mikey Sharps domein waren.

Hij keek langs de rijen blikken, de flessen whisky en de doos met zijden kousen die hij van een vent in een pub had gekocht. Er stond hier genoeg om een poosje van te leven. Hij gaf zijn contactpersonen maar een beetje tegelijk... dat hield de prijzen hoog. En hij had een nieuwe bron voor drank, niet alleen whisky. Harry had weer contact opgenomen met Dickett en had iets meer betaald voor een levering die eigenlijk bestemd was voor Mikey. Niet de verstandigste zet, besefte hij nu, maar het aanbod was te mooi geweest om af te slaan en hij begon zijn eigen klantenkring op te bouwen. Hij moest de toevoer op gang houden.

Als hij niet nog een keer op Mikeys tenen trapte, dacht hij dat hij wel veilig was. Hij zou ergens anders heen verhuizen. Intussen had hij de armband nog, die hij elders zou kunnen verkopen, zelfs al leverde het ding dan iets minder op.

Hij zou wat later naar Livingston Road gaan dan gepland. Intussen kon hij net zo goed nog een uurtje gaan pitten, en dan zou hij zich bij het badhuis opfrissen zodat hij met Lisa kon gaan dansen. Hij plofte op de matras neer en sliep bijna ogenblikkelijk.

Een uur later schrok hij wakker doordat iemand hem vastgreep en overeind sleurde. Hij verzette zich, maar zijn armen en benen waren al stevig vastgebonden en hij werd in een van de oude leunstoelen gegooid. De kelder stond vol mannen. Mikeys mannen. Jumbo hield met een gemeen uitziend mes de wacht bij hem, terwijl Charlie, Ginger en agent Parker de spullen op de planken inspecteerden.

'Beslist spul voor de zwarte markt, denkt u ook niet, agent?' vroeg Ginger zogenaamd formeel.

'Heel beslist,' beaamde de politieman.

Een paar blikken en flesjes bier bleven op de planken staan, maar de rest verdween in dozen die Ginger en Charlie hadden meegebracht.

'En hij?' Charlie gebaarde met zijn kin naar Harry.

'We fouilleren hem,' zei Ginger, 'en als we denken dat hij nog iets anders verstopt, vragen we hem heel beleefd waar het is.'

Toen ze klaar waren met de spullen van de zwarte markt, richtten ze hun aandacht op Harry. 'Zet hem overeind, Jumbo,' zei Ginger. Jumbo trok Harry overeind en hield hem vast terwijl Ginger hem fouilleerde. 'Ik voel iets in zijn zakken,' zei Ginger. 'Trek hem zijn broek uit.' Charlie sneed de touwen om Harry's benen door.

Harry verzette zich tegen hen, maar met zijn armen nog vastgebonden en terwijl Jumbo hem van achteren in een ijzeren greep hield, kon hij weinig uitrichten. Zijn broek werd uitgetrokken en de inhoud van zijn zakken werd op tafel gekieperd.

'Nou, nou, wat hebben we hier?' Ginger had de geheime binnenzak ontdekt en haalde er Harry's rol bankbiljetten en de gouden armband uit.

'Mikey zal blij zijn om dit te zien,' zei Ginger. 'Maakt al zijn inspanningen de moeite waard.' Hij stopte het geld in zijn eigen zak, maar propte de armband in Harry's zak terug. 'Bind zijn benen weer vast en haal de boel overhoop, kijken of er nog meer ligt.'

Harry kon alleen maar machteloos toekijken terwijl ze de kelder doorzochten, maar hij wist dat ze verder niets zouden vinden. Ze hadden alles van waarde al gevonden.

'Verder nog iets, Jodenjongen?' vroeg Ginger. Harry schudde zijn hoofd.

'Oké.' Ginger geloofde hem. 'Zodra het donker is, brengen we dit allemaal naar de Bull.' Hij wendde zich tot agent Parker. 'U kwam hier naar aanleiding van een tip en trof deze man hier aan, kamperend in een uitgebrand huis dat niet van hem is, juist?'

'Juist,' beaamde agent Parker.

'Natuurlijk pakte u hem toen op. Al die spullen hier bewijzen dat hij zich bezighoudt met illegale handel.'

Harry zag dat de whisky en de zijden kousen weg waren. Ze hoefden alleen maar genoeg bewijs achter te laten om hem te arresteren, en de rest zou naar Mikey gaan.

'Roep er maar beter nog een agent bij,' adviseerde Ginger. 'Mikey betaalt wel. Zorg ervoor dat dit legaal en waterdicht is. Mikey wil hem niet meer zien, hij wil dat hij achter de tralies verdwijnt en de sleutel wordt weggegooid.'

'Ja, geen probleem. Ik heb een maat die hier wel in meegaat. We staan er goed op als we een zwarthandelaar oppakken. Levert beslist een eervolle vermelding op.'

Harry zat de rest van de middag in de stoel in de kelder met Jumbo tegenover zich, die zijn vuile nagels zat schoon te maken met de punt van zijn mes. Harry keek naar dat mes. Het deed hem aan Rolf denken, en er liep een rilling over zijn rug.

Jumbo grijnsde zijn onvolledige gebit naar hem bloot. 'Je gaat een hele tijd de bak in,' zei hij. 'Je moet niet met de grote jongens mee willen spelen totdat je zelf een grote jongen bent.'

Zodra het buiten donker werd, keerden Ginger en Charlie terug en werden de dozen vol spullen stilletjes de trap op gezeuld naar een wachtend busje.

'Parker komt straks terug,' zei Ginger tegen Jumbo. 'Hij neemt hem mee, en dan kun je naar huis. Maar hou hem in de gaten, want hij is glibberig als een aal. Laat hem vastgebonden zitten en hou je mes in je hand.'

Het duurde nog eens een uur voordat Harry in de keuken stemmen hoorde. Hij keek naar Jumbo. De man zat te dommelen in de stoel tegenover hem, maar het mes lag naast hem. Harry keek ernaar, zo dichtbij en toch zo ver weg. Zijn polsen waren zo strak vastgebonden dat hij zijn armen helemaal niet kon bewegen en zijn handen gevoelloos waren geworden. Hij overwoog Jumbo te trappen met zijn vastgebonden benen, maar dat zou niets uithalen. Dat zou hem alleen maar een stomp op zijn gezicht opleveren.

De deur boven aan het trapje ging open en twee politiemannen in uniform kwamen naar beneden.

'Mijn tipgever had gelijk, Davidson,' zei Parker luid, terwijl ze de kelder bekeken. 'Zo te zien hebben we hier een kelderrat, en moet je die blikken zien. Dat moet spul van de zwarte markt zijn.'

'Daar lijkt het wel op,' beaamde Davidson.

Parker liep naar Harry toe en negeerde Jumbo in de andere stoel totaal. 'Heinrich Schwarz, alias Harry Black, ik arresteer je op verdenking van illegale handel.'

Hij trok Harry overeind, pakte Jumbo's mes en sneed er het touw om zijn polsen mee door, maar verving het meteen door een stel handboeien.

'Dus je wou je verzetten tegen je arrestatie, hè?' grauwde hij, en hij stompte Harry op zijn gezicht. 'Die had je nog tegoed.'

Harry viel met suizende oren en een bloedneus terug in de stoel.

Parker sneed het touw van Harry's benen af en vervolgens sleurden de twee agenten hem de trap op en het huis uit. Het was nu helemaal donker. Niemand zag hen het huis uit komen, niemand zag dat Harry in een wachtende politiewagen werd geduwd, niemand zag Jumbo een doos vol ingeblikt voedsel in de achterbak van de auto zetten.

Terwijl Harry naar een politiebureau op een behoorlijke afstand werd gereden, vroeg hij zich af waarom ze hem zo ver weg brachten. Parkers bureau, dacht hij somber. Parkers bureau en Mikeys benzine.

Wederom bracht Harry een weekend in een politiecel door, en op maandagochtend moest hij voor de politierechter verschijnen. De doos met blikken werd aangevoerd als bewijs van wat de politie in de kelder had aangetroffen. Hij werd ook aangeklaagd voor het aanvallen van een politieman, voor verzet tegen zijn arrestatie en voor de diefstal van een kostbare gouden armband. Hij werd veroordeeld. Heinrich Schwarz, alias Harry Black, bevond zich weer in de klauwen van justitie.

37

September 1942

Charlotte wachtte de hele zaterdagavond, maar Harry kwam niet. Het was allang zeven uur geweest. Ze zat met de kinderen in de zitkamer en las een paar van de kleintjes voor, terwijl ze met één oor luisterde of de deurbel ging, maar dat gebeurde niet. Om acht uur lagen de meeste kinderen in bed. Nog een handjevol oudere meisjes was wakker, luisterend naar de radio terwijl ze hielpen met verstelwerk. Charlotte hielp ook, maar haar gedachten waren er niet bij.

Toen Caroline de kamer in kwam om de kinderen naar bed te sturen, zat Charlotte met een half gestopte sok ongelukkig voor zich uit te staren. 'Hij is niet gekomen, juffrouw Morrison,' zei ze droevig. 'Harry is niet gekomen. Hij had gezegd dat we zouden gaan dansen.'

De volgende morgen stelde Caroline voor: 'Waarom ga je niet nog een keer naar Kemble Street? Kijken of iemand daar weet waar de Federmans naartoe zijn gegaan. Een van de buren, misschien. Het is zondag, dus er zouden mensen moeten zijn.'

Charlotte zag er de zin niet van in, maar aangespoord door Caroline ging ze toch. In de bus naar Shoreditch dacht ze meer aan Harry dan aan de Federmans. Ze vroeg zich af, net zoals de vorige avond, waarom hij niet was gekomen zoals hij had beloofd.

Misschien kom ik hem wel weer tegen in Kemble Street, dacht ze met een sprankje hoop. Daar was hij de vorige keer ook.

Op weg van de bushalte naar haar oude straat bekeek ze iedereen die ze passeerde, maar er was geen spoor van Harry. Ze ging Kemble Street in en liep langzaam langs de uitgebrande huizen. Voor de deur riep ze zijn naam, maar er kwam geen antwoord. In de keuken aangekomen zag ze meteen dat de kelderdeur scheef tegen de muur ernaast stond. Ze schuifelde verder en tuurde het trapje af. Er was heel weinig te zien, maar stel dat Harry daar gewond lag? Of ziek?

Ze daalde een paar treden af en riep hem nog eens. 'Harry? Harry, ben je daar? Ik ben het, Lisa.'

Er kwam geen reactie, en de stilte van het huis was bedrukkend. Haar angst voor die kelder overspoelde haar ineens, ze verloor de moed en rende terug naar boven en meteen door naar buiten. Hijgend bleef ze op de zonverlichte stoep staan, vechtend tegen haar angst.

'Zeg, gaat het wel?'

Charlotte draaide zich om en zag een vrouw die haar vaag bekend voorkwam aan komen lopen. Omdat ze nog niet op adem was gekomen, kon Charlotte niet antwoorden.

'Je ziet vreselijk bleek, lieverd. Is er iets?'

'Nee,' wist Charlotte uit te brengen. 'Nee, het gaat wel.'

'Wat deed je in dat huis?' vroeg de vrouw. 'Je moet dat soort vervallen panden niet binnengaan, weet je, het is niet veilig.'

'Ik...' Charlotte aarzelde. 'Ik zocht iemand.'

'Wie dan?' vroeg de vrouw. 'De Federmans wonen er niet meer.'

'De Federmans!' Charlotte keek nu pas goed naar de vrouw. 'Kent u de Federmans?'

'Dat lijkt me wel. Het waren mijn buren. Ik ben Shirley Newman. Ik woonde hier vroeger aan de overkant.' Ze tuurde naar Charlotte. 'Ken ik jou niet?'

'Mevrouw Newman, en uw man voer op zee?'

'Ja, dat ben ik. We zijn even terug bij het oude huis, kijken wat eraan moet gebeuren.' Ze keek Charlotte weer aan. 'Hoe heet je?'

'Charlotte Smith.'

'En je zocht meneer en mevrouw Federman?'

'Nee,' zei Charlotte, nog steeds denkend aan Harry. 'Ik bedoel, ja.'

'Die zijn allang weg. Ze zijn meer dan anderhalf jaar geleden verhuisd.'

Charlotte voelde een steek van opwinding. 'Weet u waar ze heen zijn?' vroeg ze. 'Waar ze nu wonen, bedoel ik?' Alle gedachten aan

Harry verdwenen toen ze besefte dat mevrouw Newman haar misschien kon vertellen waar de Federmans waren.

'Ja, dat weet ik, maar ik wil eerst weten wie ernaar vraagt.'

'Lisa. Lisa Becker. Ik woonde vroeger bij ze.'

'Net zei je nog dat je Charlotte nog-iets heette.' Shirley keek haar argwanend aan.

'Nu wel, toen nog niet.'

'Dus jij bent Lisa Becker, dat Duitse meisje dat is omgekomen in de Blitz?'

'Ja, dat ben ik!' riep Charlotte.

'Ze denken dat je dood bent,' zei Shirley beschuldigend. 'Waar heb je al die tijd gezeten?'

'Ik was mijn geheugen kwijt,' zei Charlotte, 'maar het is een lang verhaal. Ik wilde ze opzoeken, maar ik weet niet waar ze zijn. Vertel me alstublieft waar ze heen zijn gegaan.'

Shirley Newman keek haar bedenkelijk aan en zei niets.

'Wilt u me vertellen waar ze zijn? Alstublieft?' smeekte Charlotte. 'Geef me gewoon hun adres, dan kan ik ze schrijven dat het goed met me gaat.'

'Ik zal je vertellen wat ik ga doen,' zei Shirley. 'Geef me jouw adres maar, en als ik thuiskom, vertel ik ze waar je bent. Als ze je na al die tijd willen zien, kunnen ze naar jou toe komen.'

Charlotte gaf haar het adres van het kindertehuis. 'Ik zou het eigenlijk even moeten opschrijven,' zei ze. 'Hebt u papier bij u?'

'Nee,' zei Shirley, 'maar ik onthou het wel.' En toen draaide ze zich om en liep terug naar wat er over was van haar eigen huis.

Charlotte staarde haar na. Waarom wilde die buurvrouw niet zeggen waar de Federmans waren? Ze liep een stukje verder langs de straat en keek naar de andere huizen, overpeinzend wie ze het nog meer kon vragen. De voor de hand liggende plek zou de Duke zijn geweest, maar die bestond allang niet meer. Er was alleen nog een braakliggend terrein waar de pub ooit had gestaan.

Achter zich hoorde ze voetstappen, en toen ze omkeek zag ze Shirley Newman met ferme pas weglopen. In een impuls volgde Charlotte haar. Shirley had gezegd 'als ik thuiskom'. Ze moest nu dus dicht bij de Federmans wonen.

Ik hoef haar alleen maar naar huis te volgen, dacht Charlotte opgewonden.

Op een afstandje, zodat Shirley haar niet meteen zou zien als ze omkeek, volgde Charlotte haar door de straten. Maar Shirley keek niet om; ze had blijkbaar haast. Zelfs toen ze in de bus stapte was ze zich niet bewust van Charlotte, die er ook in sprong vlak voordat de bus wegreed.

Toen ze bij station Liverpool Street aankwamen en Charlotte besefte dat Shirley de trein zou nemen, zonk de moed haar in de schoenen. Ze had wel wat geld voor een kaartje, maar zelfs al zou ze Shirley volgen, ze had geen idee waar de vrouw zou uitstappen.

Ze zag Shirley een conducteur aanspreken en sloop dichterbij om het antwoord op haar vraag te horen.

'Feneton? Perron tien. Hij vertrekt over tien minuten.'

Feneton. Meer hoefde ze niet te weten. Charlotte haastte zich naar het loket, kocht een kaartje naar Feneton en rende naar perron tien. Ze zag Shirley niet meer, maar dat maakte niet uit. Nu ze wist waar de vrouw heen ging, hoefde ze haar niet meer in het zicht te houden totdat ze daar aankwam. Ze ging in een hoek zitten, en even later begon de trein te rijden. Toen pas dacht ze aan Caroline Morrison. Die zou zich over niet al te lange tijd gaan afvragen waar Charlotte bleef. Ze zuchtte. Het was nu te laat om zich daar druk om te maken. Als ze in Feneton was, zocht ze wel een telefooncel op om juffrouw Morrison te bellen.

In Feneton stapten maar een paar mensen uit. Charlotte bleef een stukje achter Shirley toen die het station uit beende. Het was nog licht, dus volgde ze op een afstandje, maar Shirley, die kennelijk in gedachten verzonken was, liep stevig door en keek niet om. Charlotte volgde haar. Toen Shirley bij een pub aankwam, de Feneton Arms, aarzelde ze even alsof ze naar binnen wilde gaan, maar vervolgens liep ze door.

Charlotte, die in een portiek was weggedoken, bleef ook bij de pub staan. Moest ze Shirley blijven volgen? Ze vertrouwde er niet op dat de vrouw de Federmans over haar zou vertellen. Ze zou ze zelf proberen te zoeken, besloot ze, en waar kon ze beter vragen of iemand de Federmans kende dan in de pub? Oom Dan had altijd graag een biertje gedronken in de Duke, dus misschien was hij nu hier vaste klant geworden. Charlotte haalde diep adem, duwde de deur open en stapte naar binnen.

Het was niet druk. Een paar RAF-officiers stonden aan de bar en een echtpaar zat aan een tafeltje bij het raam. De vrouw achter de bar keek op en glimlachte toen Charlotte in de deuropening bleef staan. Aangemoedigd door haar glimlach liep Charlotte naar haar toe.

'Kan ik iets voor je doen?' vroeg de vrouw, die overduidelijk kon zien dat Charlotte nog te jong was om alcohol te drinken.

'Ik vroeg me af…' begon Charlotte, maar toen aarzelde ze.

'Ja?'

'Ik vroeg me af of u toevallig een meneer en mevrouw Federman kent.' Charlotte voelde haar wangen warm worden.

'Misschien wel,' antwoordde de barvrouw. 'Wie ben jij?'

'Ik ben Lisa. Ik zoek tante Naomi en oom Dan.'

De vrouw staarde haar even aan, zei 'wacht heel even', en verdween door een deur.

Charlotte wachtte, zich bewust van de geïnteresseerde ogen van de RAF-mannen aan de bar naast haar.

Even later vloog de deur achter de bar weer open en verscheen er een andere vrouw. Ze staarde naar Charlotte en werd heel bleek.

'Lisa?' fluisterde ze. 'Lisa? Ben jij dat echt?' Ze gooide de klep in de bar open en kwam naar Charlotte toe. 'O, mijn lieve meisje, waar heb je toch gezeten? We dachten dat je dood was. O, Lisa!' Ze sloeg haar armen om Charlotte heen en barstte in tranen uit. Charlotte huilde ook.

'Neem haar maar mee naar boven, Naomi,' zei de barvrouw. 'Ik regel het hier verder wel. Het is niet druk.'

Naomi pakte Charlottes hand en leidde haar mee naar boven. Ze duwde een deur open en ze stapten een zitkamer in.

Een man, die de krant zat te lezen, keek op toen ze binnenkwamen. 'Hallo, schat,' zei hij. 'Wie is dit?'

'Oom Dan?' zei Charlotte. 'Ik ben het, Lisa.'

Dan sprong uit zijn stoel op en staarde haar ongelovig aan. 'Lisa? Onze Lisa?' Hij stak zijn armen uit en Charlotte liet zich omvatten door zijn warme omhelzing. 'Waar heb je gezeten? Wat is er met je gebeurd?'

'We dachten dat je dood was...'

'Ik was gewond geraakt bij een luchtaanval...'

Ze praatten allemaal door elkaar heen, maar zwegen toen en begonnen bibberig te lachen.

'Laten we even gaan zitten,' zei Naomi. 'Dan kunnen we fatsoenlijk praten. O Lisa, ik kan mijn ogen niet geloven.'

'En ik kan niet geloven dat ik jullie eindelijk heb gevonden,' zei Charlotte. 'Ik had geschreven...'

Terwijl het daglicht plaatsmaakte voor schemering en het donker werd, vertelden ze elkaar hun verhalen.

'Maar hoe heb je ons gevonden?' vroeg Naomi.

Charlotte bekende dat ze Shirley had geschaduwd. 'Ik wist niet waar in het dorp jullie woonden, maar dacht dat iemand in de pub het misschien zou weten.'

'Waarom heeft dat stomme mens je niet gewoon ons adres verteld?' vroeg Dan boos. 'Ze wist dat we wanhopig naar je op zoek waren.'

'Ze wilde het ons waarschijnlijk zelf vertellen,' zei Naomi. 'Zodat ze zich belangrijk zou voelen.'

'Waar zei je dat je nu woonde?' vroeg Dan.

Terwijl Charlotte begon te vertellen over het kindertehuis in Livingston Road, sloeg ze plotseling haar hand voor haar mond. 'Ze weten niet waar ik ben!' riep ze. 'Juffrouw Morrison zal zo ongerust zijn.'

'Je moet haar meteen bellen,' zei Naomi scherp. 'Kom mee naar beneden, daar staat een telefoon. Het is al donker, dus ze zal zich wel enorme zorgen maken.'

Ze gingen naar beneden, en toen ze de situatie hadden uitgelegd, gebaarde Jenny naar de telefoon. 'Ga je gang.'

De opluchting en ondertoon van boosheid waren duidelijk in Carolines stem te horen toen Charlotte haar eindelijk aan de lijn kreeg.

'Gelukkig, Charlotte. Ik dacht al dat je verdwaald was. Je had niet zo in je eentje op pad moeten gaan. We hebben ons vreselijke zorgen gemaakt.'

'Het spijt me, juffrouw Morrison, maar ik moest de kans aangrijpen om tante Naomi en oom Dan te vinden toen die zich voordeed.'

'Dat snap ik wel,' gaf Caroline toe, maar ze klonk nog steeds een beetje gepikeerd. 'Wanneer kom je terug? Ik neem tenminste aan dat je terugkomt?'

'Ja, natuurlijk. Ik neem morgen de trein.'

'Heb je genoeg geld?'

'Jawel,' verzekerde Charlotte haar, al had ze geen idee of dat zo was.

Toen hun drie minuten beltijd om waren, namen ze afscheid en legde Charlotte de hoorn op de haak.

'Neem de rest van de avond maar vrij,' zei de barvrouw tegen Naomi. 'We sluiten toch om tien uur omdat het zondag is. Jim en ik redden ons hier wel.' Ze glimlachte naar Charlotte. 'Jullie zullen wel een heleboel in te halen hebben.'

Naomi bedankte haar en ze gingen weer naar boven, waar Dan in de zitkamer zat te wachten. Naast hem stond een koffertje. 'We dachten dat je deze wel terug zou willen hebben,' zei hij.

Charlottes ogen werden groot toen ze het koffertje herkende dat ze bij zich had gehad toen ze uit Hanau was aangekomen. 'Mijn spullen?' fluisterde ze. Ze pakte het koffertje en maakte het open, en daar, bovenop, precies zoals Naomi's bedoeling was geweest, was de brief van haar moeder het eerste wat ze zag. Met een gil pakte ze hem op, streek de kreukels glad en las de woorden weer die haar moeder drie jaar geleden had geschreven.

Ze keek met tranen in haar ogen naar haar pleegouders. 'Ik dacht dat ik alles kwijt was, ook mijn brief van Mutti. Maar jullie hebben hem voor me bewaard.'

Naomi warmde wat soep op op het gasstelletje in de hoek en smeerde er boterhammen met kaas bij, en onder het eten vertelden ze elkaar meer over wat er was gebeurd sinds die noodlottige dag twee jaar eerder.

Charlotte mocht op de bank in de zitkamer slapen, al vroeg ze zich af of ze de slaap wel zou vatten na alle emoties van die dag. Maar zodra ze onder de deken kroop die Naomi haar had gegeven, viel ze uitgeput in slaap.

De volgende morgen werd ze wakker door twee handjes die aan haar haar trokken. Ze richtte zich geschrokken op en zat oog in oog met een peuter.

'O, Nicky, stoute jongen!' riep Naomi, die de kamer in rende en de kleine optilde. 'Sorry, Lisa, hij had je niet wakker mogen maken.' Ze glimlachte toen Charlotte haar armen naar het kind uitstak. 'Dit is je grote zus Lisa,' zei ze tegen de peuter. 'Kun je Lisa zeggen?'

Nicky liet zich op Charlottes knie zetten en bekeek aandachtig haar gezicht. 'Lie?' zei hij.

'Bijna goed, slimme jongen. *Lisa.*'

Ze gingen aan tafel zitten voor een ontbijt van havermout, toast en thee. Onder het eten keek Charlotte naar haar familie, haar Londense familie, en weer liepen de tranen haar over de wangen.

'Lie huilt,' verklaarde Nicky vanuit zijn kinderstoel.

'Ja,' beaamde Charlotte, 'maar van blijdschap.'

Later die ochtend ging er weer een trein naar station Liverpool Street. Dan moest werken, maar Naomi en Nicky gingen met Charlotte mee naar het station en Naomi kocht haar kaartje.

'Je hebt ons telefoonnummer, hè?' zei ze, terwijl ze op het perron wachtten. 'We kunnen elkaar nu schrijven, maar als er iets dringends is, kun je de pub bellen.'

'En jullie kunnen Livingston Road bellen. O, tante Naomi, ik kan nog steeds niet geloven dat ik jullie gevonden heb!'

'Nou, nu zorgen we ervoor dat we je niet meer kwijtraken, Lisa.'

De trein kwam binnenrijden en met een snelle kus op Naomi en Nicky's wang stapte Charlotte in, weer met haar bruine koffertje in de hand. Ze boog zich uit het raampje en riep: 'Ik kom heel snel weer langs, beloofd.' De trein begon te rijden, en ze bleven allemaal zwaaien totdat hij uit het zicht verdween.

In Livingston Road liep ze meteen door naar Carolines kantoortje.

'O, juffrouw Morrison,' riep ze. 'Het spijt me zo dat u zich zulke zorgen moest maken.'

Caroline Morrison zuchtte vermoeid. 'Het geeft niet, Charlotte, zolang het maar goed met je gaat. Vertel me alles.'

Toen Harry ook de twee weken erna niet verscheen, besloot Caroline dat het tijd werd om Charlotte over haar erfenis te vertellen. Ze werd daartoe aangespoord door een telefoontje van Avril, die zei dat Charlotte wat papieren moest ondertekenen bij de notaris. Dus die avond, toen het eindelijk stil was in huis, ging ze met Charlotte zitten en vertelde haar over juffrouw Edies testament.

Charlotte staarde haar aan, niet in staat het allemaal te bevatten. 'Bedoelt u dat alles wat van haar was nu van mij is? Al haar spullen?'

'Ja, alles. Maar de financiële kant wordt beheerd door David Swanson en meneer Thompson. Zij zullen je zaken behartigen totdat je meerderjarig bent.'

'Heeft juffrouw Edie me echt alles nagelaten?'

'Ja,' beaamde Caroline glimlachend. 'Ze hield heel veel van je.'

38

Oktober 1942

Charlotte ging de week erna terug naar Wynsdown. Terwijl de trein naar het westen pufte, overpeinsde ze de onvoorstelbare wendingen die haar leven de afgelopen weken had genomen. Ze had Harry gevonden en verloren, ze had de Federmans teruggevonden, en ze had ontdekt dat ze nu een eigen huis en eigen geld had.

De kleren die Naomi zo netjes in haar oude koffertje had opgevouwen, waren haar inmiddels veel te klein, dus had ze ze aan Caroline gegeven voor de kinderen in het tehuis. De brief van haar moeder, haar paspoort, haar immigratiedocumenten, haar oude rantsoenenboekje en haar oorspronkelijke identiteitskaart zaten veilig in haar handtas. Ze kon nu bewijzen dat ze was wie ze beweerde te zijn, en dat vond ze erg geruststellend.

Ze had Avril gebeld om te zeggen dat ze kwam, waarop de domineesvrouw had aangeboden dat Charlotte bij hen kon komen logeren. Ze was daar graag mee akkoord gegaan, want ze wilde niet in haar eentje in Blackdown House slapen. Het zou druk worden in de pastorie, maar wel gezellig. Hoewel ze er nog maar een paar maanden weg was, wist Charlotte dat ze een ander mens was dan toen ze Wynsdown had verlaten.

Avril had beloofd dat iemand haar van het station zou halen, en Caroline had verwacht dat het dokter Masters zou zijn, omdat hij benzine had.

Maar het was niet dokter Masters die op het station op Charlotte stond te wachten, maar Billy.

Hij glimlachte stralend en was met een paar grote stappen bij haar.

Hij pakte het koffertje uit haar hand, liet het met een plof op de grond vallen, nam haar in zijn armen en drukte haar stevig tegen zich aan.

Billy deed geen pogingen om haar te kussen, maar ze bleven een hele poos zo staan voordat hij zich voorzichtig van haar losmaakte en haar aankeek. 'O, Char,' zei hij. 'Wat heb ik je gemist!' Hij pakte haar koffertje en leidde haar naar de auto van de boerderij. Bij de auto werden ze begroet door dol geblaf. Zodra Billy het achterportier opende, schoot Bessie eruit en rende kwispelend op Charlotte af.

Charlotte bukte zich en werd gewassen door een uitbundige roze tong. 'Bessie!' riep ze. 'Ik heb je gemist, Bessie.' Ze keek met stralende ogen op. 'O, Billy, dank je wel dat je haar hebt meegebracht.'

Ze zetten de opgewonden hond weer in de auto, en toen Charlotte eenmaal op de passagiersstoel zat, liep Billy naar de voorkant van de auto en draaide aan de startzwengel. De motor kwam sputterend tot leven en hij sprong achter het stuur.

Terwijl ze over de vertrouwde landweggetjes naar het dorp reden, hing er enige tijd een opgelaten stilte tussen hen en leken ze geen van beiden te weten wat ze moesten zeggen.

'Hoe gaat het met je?' vroeg Billy uiteindelijk.

'Goed,' antwoordde Charlotte. 'Met jou ook?'

'Ja, prima,' verzekerde Billy haar. 'Druk op de boerderij, je weet wel. Hoe was Londen?'

'Groot. Lawaaiig.'

'Bommen?'

'Nee, kinderen!'

Ze lachten allebei, maar toen viel er weer een stilte.

'Bedankt dat je voor Bessie hebt gezorgd,' zei Charlotte. 'Ik hoop dat ze zich heeft gedragen.'

'Ja, hoor. Ik train haar samen met Jet. Ze is een intelligent beest.'

'Ik wou dat ik haar kon meenemen naar Londen. De kinderen in het tehuis zouden dol op haar zijn.' Ze zuchtte. 'Maar ik weet dat ze beter af is hier op het platteland.'

‘Hoelang blijf je?’ vroeg Billy.

‘Weet ik nog niet. Dat hangt van een heleboel dingen af.’

‘Mam hoopt dat je tijd hebt om een keer bij ons op de boerderij te komen eten. Dat doe je toch wel, Char? We willen alles horen over je leven in Londen.’

‘Natuurlijk doe ik dat. Heel graag.’ Ze keek naar hem terwijl ze dat zei, zag de schaduw van zijn gezicht in het schemerlicht, zag zijn sterke handen op het stuur, en voor het eerst sinds haar aankomst voelde ze weer een vlaag van haar vroegere genegenheid voor hem. ‘Ik vind het echt fijn dat je me bent komen halen, Billy,’ zei ze zachtjes.

‘Geen probleem. Ik wilde je even voor mezelf hebben. Iedereen staat al op je te wachten in de pastorie.’

Hij had gelijk. Toen ze voor het hek van de pastorie stopten, werd de deur opengegooid en kwamen Avril en David hen uitgelaten begroeten.

‘Charlotte, lieverd, je ziet er goed uit. Heb je een goede reis gehad?’

‘Het zal wel een lange dag zijn geweest. Kom binnen, dan eten we iets. Het is gewoon shepherd’s pie, maar ik weet dat je daarvan houdt.’

De Dawson-kinderen, al omgekleed in hun pyjama en klaar om naar bed te gaan, stonden in de gang. Charlotte omhelsde hen stuk voor stuk. Billy was meegelopen naar binnen en werd uitgenodigd om ook een stuk shepherd’s pie te eten, maar dat sloeg hij af.

‘Ik kan beter teruggaan,’ zei hij. ‘Ik kom morgenmiddag wel bij je langs, Charlotte. Misschien kunnen we dan met de honden gaan wandelen.’

Charlotte glimlachte. ‘Ja, dat lijkt me leuk.’

De volgende morgen kwam meneer Thompson aan uit Cheddar. Hij, de dominee en Charlotte bleven een groot deel van de ochtend in Davids kantoor om de voorwaarden van juffrouw Edies testament te bespreken.

Juffrouw Edie had een verklaring aan haar testament toegevoegd.

Ik heb alles nagelaten aan Lieselotte Becker, ook bekend als Charlotte Smith, zodat ze na deze vreselijke oorlog in staat zal zijn zich ten volle te ontplooien. Het leven is te kostbaar om te verspillen aan spijt over wat had kúnnen zijn. Kijk vooruit, Charlotte, niet achterom. Ik heb een te groot deel van mijn leven daarmee verspild. Doe jij dat alsjeblieft niet ook.

'Ik heb een bankrekening voor je geopend, Charlotte,' vertelde meneer Thompson, 'en elke maand storten we daar een bedrag op, zodat je altijd voldoende geld hebt.'

'Maar dat heb ik niet nodig,' protesteerde Charlotte. 'Ik verdien mijn eigen geld in het tehuis.'

'Ja, dat weten we,' zei meneer Thompson. 'Het is ook geen grote som, slechts tien pond per maand...'

Charlottes ogen werden groot bij het horen van dat bedrag. Voor haar klonk dat heel beslist wel als een grote som.

'...maar,' ging hij glimlachend door, 'dan heb je wat extra voor het geval dat je het nodig hebt. Je kunt het altijd sparen als je het niet gebruikt.'

Hij legde uit dat Blackdown House van haar was en dat zelfs de kosten van het onderhoud van het huis door het fonds zouden worden gedekt.

'Je hoeft je nergens zorgen om te maken, lieverd,' zei de dominee. 'Alles wordt voor je geregeld totdat je eenentwintig bent. Daarna is het aan jou, maar meneer Thompson en ik zullen er altijd zijn om je te adviseren.'

Die middag liep Charlotte naar Blackdown House en ging naar binnen. Ze dwaalde door de stille kamers, elk met een eigen herinnering. Zittend op het bankje voor het raam van haar oude slaapkamer keek ze over de velden naar het uitzicht dat ooit zo vertrouwd voor haar was geweest. Het was nog net zoals ze het zich herinnerde, nu gehuld in herfstkleuren: het kreupelhout was bruin, het gras vergeelde, de bomen waren goudgeel, rood en oranje, en de heuvels staken scherp af tegen de lichtblauwe oktoberhemel. Zo anders dan de daken die ze vanuit haar zolderkamertje aan Livingston Road zag, zo vredig vergeleken met het aanhoudende rumoer van de Londense straten.

Ze keek om zich heen, maar er lag niets meer van haar in het kamertje. Ze had alles meegenomen op haar vlucht naar Londen. Want het was een vlucht geweest, besefte ze nu, hier in het toevluchtsoord dat haar thuis was geweest. Ze was gevlucht voor haar verdriet.

Maar het is te laat om hier terug te komen, dacht ze. Mijn leven is nu in Londen, mijn werk in Livingston Road. Ze dacht aan Harry en vroeg zich nogmaals af waar hij was. Sinds ze tante Naomi en oom Dan had teruggevonden, was Harry vrijwel uit haar gedachten verdwenen. Maar hij zat er nog steeds en dook af en toe weer op wanneer ze dat het minst verwachtte, in en uit haar gedachten schietend zoals hij in en uit haar leven was geschoten. Charlotte was het ene moment kwaad op hem, dan maakte ze zich zorgen om hem, en dan was ze weer kwaad. Hij had minimaal even kunnen zeggen dat hij niet kwam, of het tehuis kunnen bellen, of een boodschap kunnen sturen, wat dan ook, zodat zij niet voor gek had gestaan tegenover juffrouw Morrison en de anderen; helemaal opgedoft terwijl niemand haar kwam ophalen.

Misschien zou hij nog een keer langskomen als ze weer terug was in Londen. Hoe zou ze dat dan vinden? Zou ze blij zijn om hem te zien? Ze wist het niet. Dat zou ze pas weten als het zover was.

Met een zucht zette ze gedachten aan hem van zich af, stond op en liep naar juffrouw Edies kamer. Ook die was niet verstoord, alsof juffrouw Edie elk moment kon terugkomen. Charlotte pakte de foto van Herbert van het nachtkastje. Ze keek naar zijn glimlachende gezicht en merkte dat ze teruglachte.

'Jou zal ik meenemen,' zei ze hardop. 'Ik laat je hier niet achter, want dan word je misschien weggegooid.' Ze opende het laatje van het nachtkastje en zag een potje aspirine, een paar zakdoekjes, een beduimeld telegram en een brief met een stempel van het leger, geadresseerd aan juffrouw Edie. Die laatste twee pakte ze op en stopte ze samen met de foto in haar zak. Ze zou de brief en het telegram ongelezen verbranden zodra ze de kans had, maar de foto zou ze houden.

Uiteindelijk kwam ze bij de extra kamer aan, die met het deurtje naar de bergzolder.

Meneer Thompson had gezegd dat ze alles op zolder ook even zou moeten bekijken voordat het werd weggehaald. Hij verwachtte dat veel van die spullen eigendommen van de familie Everard waren die haar niets zouden zeggen, maar mogelijk lag er iets bij wat ze wilde houden. Eventuele papieren zou hij doornemen om te kijken of ze belangrijk waren.

Deze kamer had altijd op slot gezeten. Met de sleutelbos die ze had gekregen, maakte Charlotte de deur nu open en stapte naar binnen. Het zag er nog net zo uit als voorheen: een keurig bed, een ladekast en kledingkast, en in de hoek het driehoekige deurtje naar de bergzolder.

Charlotte keek naar de kast, die juffrouw Edie ook afgesloten had gehouden. Ze had nooit verteld waarom, maar Charlotte besloot dat zij hem als eerste moest openen nu juffrouw Edie er niet meer was. Ze bekeek de sleutelbos en koos er een sleutel uit die leek te passen. Hoewel het slot stroef liep, kreeg ze het open.

In de kast hing één kledingstuk: een witkanten trouwjurk. Charlotte staarde ernaar en kreeg tranen in haar ogen. Juffrouw Edie had haar trouwjurk al gemaakt voordat ze had gehoord dat Herbert was gesneuveld. Ze had hem bewaard, opgesloten bij haar hoop en dromen, voor het geval dat het telegram niet klopte. Voor het geval dat Herbert toch thuiskwam.

Toen ze beneden een geluidje hoorde, deed Charlotte snel de kast weer dicht en op slot.

'Wie is daar?' riep ze, terwijl ze naar de overloop liep.

'Ik ben het,' riep Billy. 'Mevrouw Swanson zei dat je hier was.'

Charlotte liep de trap af. 'Ik keek nog even rond,' zei ze. 'Maar ik ben nu klaar.'

'Ik heb de honden bij me,' zei Billy, terwijl ze de tuin in liepen en Charlotte de deur afsloot.

'Juffrouw Edie zou blij zijn met de tuin,' zei ze en ze keek naar de keurige groenteperken. 'Ik vraag me af wie er al die tijd voor heeft gezorgd.'

Billy antwoordde niet, en ze keek hem scherp aan. 'Was jij het, Billy?'

'Ik heb geholpen,' zei hij nonchalant. 'Ik dacht dat we vandaag naar de kloof konden lopen. Wat vind jij?'

Het was een zonnige dag; de zon liet de felle kleuren van de herfstbomen stralen. Ze liepen over het pad het dorp uit, door het bosje naar de open heuvels erachter. Toen ze langs de observatiepost kwamen waar Billy en zijn vader het Duitse vliegtuig hadden zien neerstorten, vroeg Charlotte: 'Kom je hier nog steeds om uit te kijken naar vijandelijke vliegtuigen?'

'Alleen als er een waarschuwing is,' antwoordde Billy. 'We zien ze nog steeds af en toe, al lijkt de dreiging van een invasie te zijn afgenomen nu Hitler is vastgelopen bij de Russen. Hij zal het daar wel druk hebben, en zijn aandacht is afgeleid.'

Op de top van de heuvel lieten ze de honden los. De frisse bries bracht een kleur op Charlottes wangen en ze werd vrolijker terwijl ze over het bekende pad liepen.

'Ik heb dit allemaal wel gemist,' zei ze, gebarend naar het uitzicht. 'Londen is heel ingesloten. De gebouwen staan dicht om je heen en je kunt alleen in rechte lijnen kijken.'

'Vertel eens over Londen,' zei Billy. 'Hoe was het om daar terug te komen nadat je zo lang hier op het platteland had gewoond?'

'Lastig, in het begin,' bekende Charlotte, 'maar je went eraan. Het lawaai, de drukte, de mensenmenigten. Maar het is een droevige plek met alle schade van de bommen. Lege stukken waar ooit huizen stonden, kapotte gebouwen die nog moeten worden gesloopt.'

Onder het lopen vertelde Charlotte Billy alles over haar bezoek aan Kemble Street, over Hilda, en uiteindelijk over tante Naomi en oom Dan. Terwijl ze dat deed, leek het alsof er een zware last van haar schouders viel. Ze had sinds juffrouw Edies dood niemand meer gehad die ze haar gedachten en angsten kon toevertrouwen. Iedereen was heel aardig geweest, maar ze had haar diepste gevoelens met niemand gedeeld. Op een of andere manier was het met Billy anders, en bijna zonder het te beseffen voelde ze weer de vertrouwdheid van vroeger en vertelde ze hem alles over haar leven in Londen en haar werk in het kindertehuis. De enige over wie ze niets zei was Harry. Billy was niet de juiste persoon om Harry mee te bespreken.

Ze gingen op een omgevallen boom zitten. 'Wanneer ga je terug?' vroeg Billy. 'Ik neem tenminste aan dat je teruggaat.'

'Over een paar dagen. Hooguit drie. Juffrouw Morrison heeft me een tijdje vrij gegeven, maar ze heeft me daar weer nodig. Dat is nu mijn werk, weet je. Ik help niet alleen maar een handje, ik verdien er de kost mee.'

'Je zou hier ook de kost kunnen verdienen.' Billy pakte haar hand. 'Ik mis je.'

Charlotte liet haar hand in de zijne liggen, maar ze glimlachte en schudde haar hoofd. 'Ik mis jou ook, Billy, maar mijn plek is nu in Londen. De kinderen in het tehuis moeten worden verzorgd. Ze zijn allemaal hun huis kwijt, en velen van hen ook hun familie. Dat is mij ook allemaal overkomen, dus ik weet hoe het is. Soms kan ik ze helpen erdoorheen te komen.'

De wind stak op en Charlotte huiverde. 'We kunnen beter teruggaan,' zei ze, terwijl ze opstond. 'Ik heb gezegd dat ik naar de pastorie zou komen voor een vroeg avondmaal met de kinderen.'

Billy floot naar de honden, die hadden lopen snuffelen bij een konijnenhol ergens onder een heg, en ze liepen terug in de richting van het dorp. Charlotte haakte haar arm door die van Billy. Toen ze het dorpsplein bereikten, was de zon verdwenen en was het een stuk kouder geworden.

'Kom je morgen naar de boerderij?' vroeg Billy, terwijl hij de honden aan de riem deed. 'Kom je bij ons eten?'

Charlotte knikte. 'Ja, graag. Hoe laat zal ik komen?'

Er verscheen een glimlach op Billy's gezicht. 'Kom maar wanneer je zin hebt. Ma zal je verwachten.'

De dag die ze doorbracht op de boerderij was heerlijk. De ochtend besteedde ze zoals ze al zo vaak had gedaan door Billy's moeder te helpen op het erf en in de keuken tot de mannen binnenkwamen voor het middagmaal.

Terwijl ze groenten sneden, zei mevrouw Shepherd: 'Het is fijn om je hier weer te hebben, Charlotte, al is het maar voor een paar dagen. We hebben je allemaal gemist, maar vooral Billy, natuurlijk.'

'O ja?' Charlotte kon niet voorkomen dat er een bittere toon in haar stem kroop. Ze dacht terug aan hoe haar blijdschap van het midzomerfeest was verdampt door Billy's koelte nadat het Duitse vliegtuig was neergestort. Nadat zij Duits had gesproken; woorden ter geruststelling van een gewonde piloot, woorden van troost voor een vijand.

'Natuurlijk,' berispte mevrouw Shepherd haar vriendelijk. 'Je weet best hoe dol hij op je is. Ik weet dat hij... nou, een poosje niet helemaal zichzelf leek, maar hij was betrokken bij iets geheims wat hem heel erg bezighield.'

'Iets geheims?' herhaalde Charlotte. 'Wat dan?'

Mevrouw Shepherd haalde haar schouders op. 'Weet ik niet, schat, want hij heeft niets tegen zijn vader of tegen mij gezegd, maar we kennen hem, en hij maakte zich beslist ergens druk om. Iets wat te maken had met die trainingen waar hij heen ging.' Ze glimlachte geruststellend. 'Maar het lijkt erop dat dat nu voorbij is. Onze Billy is weer onze Billy.'

Die middag gingen ze naar een wei met de honden, waar Billy de twee dieren trainde met een paar schapen. De honden leerden samenwerken, en Charlotte besefte dat ze Bessie nooit kon meenemen naar Londen. De hond had haar plek hier in Wynsdown, ook al was Charlottes plek niet hier.

Ze gingen op tijd terug om meneer Shepherd te helpen bij het melken, en daarna liep Billy met haar mee naar de pastorie.

De laatste paar dagen gingen heel snel, en plotseling was Charlotte weer op weg terug naar Londen. Billy ging met haar mee in de bus naar Cheddar om haar uit te zwaaien op het station.

'Hoe kom je straks terug naar het dorp?' vroeg ze toen ze in de bus zaten.

'Lopen, natuurlijk,' antwoordde Billy grijnzend. 'Zo ver is het niet.'

Terwijl ze op het perron wachtte, met haar koffertje aan haar voeten, voelde Charlotte tranen in haar ogen prikken. Ze wist dat ze terug moest naar Londen, maar ze vond het erg om Wynsdown achter te laten, en alle mensen daar die hun best hadden gedaan om haar een thuis te bieden.

Toen de trein om de bocht kwam aanrijden, sloeg Billy zijn armen om haar heen. 'Pas op jezelf in Londen,' zei hij met zijn gezicht in haar haar. 'Verdwijn niet nog een keer.'

Charlotte omhelsde hem ook, maar ze maakte zich los toen de trein naast haar tot stilstand kwam.

Billy liep met haar mee naar binnen en tilde haar koffertje op het bagagerek. 'Tot gauw,' zei hij, terwijl hij het perron weer op sprong. 'En je weet nooit, misschien kom ik wel een keertje bij jou op bezoek.'

De conducteur blies op zijn fluit en de trein kwam in beweging. Billy rende naast het open raampje mee over het perron, en Charlotte boog zich naar buiten en riep terug: 'Ja, Billy, dat moet je doen!'

Terwijl de trein de bocht om ging, deed ze het raampje dicht en ging zitten. Ze knipperde de tranen weg die dreigden te komen.

Caroline was nog wakker toen Charlotte terugkeerde in Livingston Road. 'Ach, lieve meid, je zult wel doodmoe zijn,' zei ze, terwijl ze Charlotte meetroonde naar de warmte van de grote keuken en een pannetje soep op het fornuis zette. 'Hoe is het gegaan? Hoe ging het met mijn zus? Het moet heerlijk zijn geweest om even uit Londen weg te zijn, al was het maar een paar dagen.'

Ze schepte hete soep in een kom, sneed een boterham en een stuk kaas af en zette het eten voor Charlotte neer.

Charlotte was inderdaad moe. Tijdens de reis was de trein een paar keer op een zijspoor gezet om een belangrijkere trein te laten passeren, en ze was uiteindelijk drie uur later dan gepland in Londen aangekomen. Ze had trek, en terwijl ze at, vertelde ze juffrouw Morrison over haar tijd in Wynsdown.

'Is alles geregeld met de notaris?'

'Meneer Thompson zorgt voor het onderhoud van het huis,' zei ze. 'Hij denkt dat we het voorlopig gemeubileerd kunnen verhuren. Ik heb een paar kleine dingen uitgezocht die ik wilde hebben; die kist blijft in de pastorie staan tot ik er een andere plek voor vind.' Ze dacht weer aan de trouwjurk die ze zo zorgvuldig in de kist had opgevouwen, met de sluier erbij. Niemand had die gezien behalve zij. Ze had er Herberts foto, de brief en het telegram bij gelegd die juffrouw Edie al die jaren had bewaard. Charlotte had ze op het laatste moment toch niet verbrand, maar in de kist gestopt.

Het enige wat ze mee terug had genomen naar Londen was de pianomuziek die ze had geoefend voor haar examen voordat juffrouw Edie overleed. Ze had het pianospelen ontzettend gemist. Er stond wel een oude piano in het tehuis aan Livingston Road, maar ze had er alleen nog maar simpele deuntjes op gespeeld die de kinderen konden meezingen.

Als ik nu echt een beetje eigen geld heb, dacht ze, ga ik misschien weer iemand zoeken die me les kan geven.

Behalve de muziek had ze niets meegenomen. Charlotte had niet de wens gehad om de bergzolder op te gaan en de dozen en kisten die daar stonden te doorzoeken. Ze had tegen Avril Swanson gezegd dat zij dat maar moest doen, en dat ze alles wat nog voor iemand in de parochie van nut kon zijn mocht meenemen. Avril had beloofd dat als ze iets van waarde vond, iets wat geld zou kunnen opleveren op een veiling, ze het opzij zou leggen.

Terwijl Caroline luisterde, worstelde ze met haar geweten. Toen Charlotte in Wynsdown was, had zij haar zus Avril opgebeld. Avril had verteld hoe blij ze was te zien dat de vriendschap tussen Charlotte en Billy weer nieuw leven was ingeblazen. Billy Shepherd was een grootmoedige, betrouwbare man, niet vies van hard werken, en met een goed hart. Daarop had Caroline haar twijfels uitgesproken over de jonge Duitse vluchteling Harry.

'Ik denk niet dat hij haar ergens mee onder druk zet,' had Caroline haar zus verteld, 'maar er is een heel speciale band tussen hen, misschien omdat ze met dezelfde trein vanuit Duitsland zijn aangekomen. Maar ik vertrouw hem niet echt. Ik heb Charlotte in elk geval pas over juffrouw Edies testament verteld toen ik vrij zeker wist dat hij niet meer terugkwam, maar nu is er een brief voor haar gekomen. Met een stempel van HMP Brixton erop.'

'Bedoel je de gevangenis?' riep Avril uit.

'Ja. Ik vermoed dat hij dáár zit. Hij was twee jaar geleden opgepakt als vijandige buitenlander, dus misschien is dat nu weer gebeurd. Het punt is: geef ik haar die brief, of vergeet ik gewoon dat hij bestaat?'

'O, Caro, ik weet het niet,' zei Avril. 'Hoe denk je er zelf over?'

'Het ene moment denk ik dat ik er niks over moet zeggen. Als hij dan weer opduikt, zullen ze het gewoon wijten aan de chaos bij de posterijen. Maar dan denk ik weer dat dat moreel niet juist is. Dat ik niet mag besluiten wat het beste voor haar is. Ik zou woedend zijn als iemand dat bij mij deed, jij niet?'

'Zelfs als het voor je eigen bestwil was?'

'Maar wie mag bepalen wat al dan niet voor haar bestwil is? Dat is toch niet aan mij?' Ze zuchtte toen er een pieptoon klonk. 'De tijd is om,' zei ze. 'Ik denk dat ik...' Maar voordat ze Avril haar besluit kon vertellen, was de verbinding verbroken.

Moest ze Charlotte de brief geven waarvan ze vrij zeker wist dat die van Harry kwam? Het was erg verleidelijk geweest om hem open te maken, gewoon om het zeker te weten; maar van wie anders kon hij komen? Wie anders zou Charlotte moeten kennen in de gevangenis van Brixton? Ze had besloten de brief nog een paar dagen bij zich te houden en een geschikt moment uit te kiezen om hem aan haar te geven.

'Heb je iemand over je erfenis verteld?' vroeg ze nu.

Charlotte schudde haar hoofd. 'Nee, nog niet. Het leek de dominee beter als het nog niet algemeen bekend werd. Het nieuwtje zou zich binnen de kortste keren door het dorp verspreiden.'

'Ga je het de Federmans vertellen?'

'Waarschijnlijk wel,' antwoordde Charlotte. 'Ik wil niet dat ze denken dat ze me nog moeten onderhouden. Ze weten dat ik een baan heb, maar oom Dan had het erover dat ze me af en toe wat extra's zouden toestoppen, zodat ik bij ze langs kon komen. Maar met de toelage die ik van meneer Thompson krijg, hoeft hij mijn treinkaartjes niet te betalen.'

Zou Charlotte Harry in vertrouwen nemen? Als Caroline haar de brief gaf, zou ze Harry dan over haar gelukkige omstandigheden vertellen? Om een of andere reden had ze het gevoel dat als Harry ontdekte dat Charlotte geld had, er meteen hebzucht in zijn ogen zou verschijnen.

39

Juni 1944

Billy Shepherd stapte uit de trein en nam een bus naar Livingston Road. Hij had deze tocht de afgelopen anderhalf jaar een aantal keren gemaakt. Charlotte werkte nog steeds in het kindertehuis. Ze was niet teruggekeerd naar Wynsdown, maar toen ze weer in Londen was, had ze Billy geschreven, en hij had teruggeschreven. Hun correspondentie had aangehouden tot de kerst, toen Billy de trein naar Londen had genomen om de feestdagen bij Charlotte en de andere bewoners van het tehuis in Livingston Road door te brengen. Hij was een grote favoriet van de kinderen. Hij had zich verkleed als de Kerstman en cadeautjes uitgedeeld.

Ze waren allemaal dolblij geweest met hun bijzondere cadeautjes, en toen Billy later weer verscheen, dit keer zonder rode jas en witte baard, was hij begroet door een uitgelaten Mary, een van de jongste kinderen.

'Oom Billy, oom Billy, de Kerstman was hier!'

'Nee! Echt waar?' riep hij met een verbaasd gezicht.

'Ja, echt! Hij was hier!' gilde Mary. 'Maar o, oom Billy.' Haar gezicht betrok. 'Jij hebt hem gemist!'

Billy omhelsde haar. 'Geeft niet, Mary. Misschien zie ik hem volgend jaar.'

'Maar volgend jaar is nog zo ver weg,' jammerde het kleine meisje. 'Kun je wel zo lang wachten?'

Billy glimlachte en dacht aan Charlotte. 'Ik kan zo lang wachten als nodig is.'

De bezetting van het tehuis veranderde voortdurend, maar alle kinderen leken uit te kijken naar Billy's bezoekjes. Charlotte ook. Ze verwelkomde hem met open armen en ze omhelsden elkaar altijd stevig, maar Billy deed voorzichtig, en behalve een lichte kus onder de mistletoe met kerst had hij nooit méér geprobeerd. Hij wist dat ze hem op afstand hield, en ook dat dat zijn eigen schuld was. Hij had zelf een beetje afstand genomen van Charlotte toen hij lid was geworden van de geheime verzetsmacht. Nu was hij bang dat als hij dingen overhaastte, hij haar helemaal kwijt zou raken. Hun vriendschap was sterk, en in elk geval voorlopig was hij bereid zich daar tevreden mee te stellen.

Toen Billy uit de bus stapte, ging zijn hart sneller slaan bij de gedachte om haar weer te zien. Twee minuten lopen en hij zou er zijn. Bij een kiosk onderweg kocht hij een krant. Iedereen was vol van het nieuws over de landingen in Normandië, nog maar een paar weken geleden, en het feit dat de geallieerden eindelijk de oorlog naar de Duitsers brachten, waardoor het einde van het conflict steeds dichterbij kwam.

Maar de bombardementen op Londen waren weer begonnen, alleen nu hadden de bommenwerpers die dood en vernietiging kwamen zaaien geen bemanning meer aan boord. Ze vlogen zonder piloot door de nacht en de motoren bleven snorren tot aan het fatale moment dat ze afsloegen. Soms vielen ze meteen en vernietigden wat er dan ook beneden lag, soms bleven ze nog een poos geruisloos zweven totdat ze onaangekondigd neerdoken en ontploften op de huizen beneden. Honderden mensen waren weer dakloos, honderden mensen waren gedood of gewond geraakt. De vliegende bommen, zoals ze werden genoemd, waren Hitlers wraak.

Zodra Billy arriveerde, stuurde Caroline Charlotte en hem weg om zich een avondje te ontspannen. Het leven in het tehuis was plotseling hectischer geworden. Caroline had ruimte moeten vinden voor meer en meer kinderen die hun thuis waren kwijtgeraakt door de nieuwe aanvallen. Haar kleine staf werkte de klok rond. Ze hadden hun eigen kamers afgestaan om er extra kinderen onder te brengen. Er sliepen nu vier kleine meisjes in Carolines kamer, en zelf sliep ze in haar kantoortje. Charlotte had een veldbed in de woonkamer samen met een paar oudere meisjes, omdat haar zolderkamertje was overgenomen door drie jongens die op een rijtje op de vloer sliepen. Tot aan deze hernieuwde bombardementen had Billy altijd op een matras in de kleine personeelskamer kunnen slapen wanneer hij op bezoek kwam, maar nu sliepen de matrone en mevrouw Downs daar. Deze keer zou hij het moeten stellen met een deken op de vloer van de bijkeuken.

'Je zult wel niet erg lekker slapen met alleen een deken,' zei Charlotte, terwijl ze hand in hand naar huis wandelden na een bezoek aan de bioscoop.

'Het zal wel goed komen,' verzekerde Billy haar. 'Het is tenslotte zomer.'

'Ja, maar niet zo'n warme.' Charlotte had gelijk. Het was een koele avond, en hoewel een halvemaan de straten verlichtte, was het fris en liepen er weinig mensen buiten.

En toen hoorden ze het: het opvallende, pulserende gesnor van een motor hoog boven hen. Ze keken allebei op en zagen een donkere, dodelijke omtrek tegen de wolkenflarden voor de maan, en nog terwijl ze ernaar keken, stopte het gesnor.

'Vliegende bom!' riep Billy. Hij greep Charlottes hand, sleurde haar mee naar de voordeur van een winkel en hield haar dicht tegen zich aan, terwijl ze ineendoken in de beperkte veiligheid van het portiek. Even bleef het stil en zweefde de vliegende bom verder, maar toen viel hij met een zoevend geluid uit de lucht. Het geluid van de ontploffing weerkaatste door de smalle straten, en door de klap werden de ramen en deuren van de huizen aan de overkant eruit geblazen. De explosie werd gevolgd door het lawaai van instortend metselwerk, brekend glas en geschreeuw. Billy en Charlotte hielden elkaar vast, maar de portiek had hen afgeschermd. De kracht van de explosie was over het midden van de straat geblazen en het rondvliegende glas had hen niet geraakt.

Een hele poos bleef ze nog verstijfd staan, en toen vroeg Billy: 'Alles goed, Char?'

Charlotte knikte een beetje beverig. 'Ja,' zei ze ademloos, 'ik geloof van wel.'

‘Kom,’ zei Billy. ‘Kijken of we kunnen helpen.’

Hij pakte haar hand en ze liepen terug over de verwoeste straat. Overal lagen brokstukken, glasscherven, stukken hout, hopen bakstenen. Ze volgden de kreten om hulp, gingen een hoek om en zagen tot hun afgrijzen dat de vliegende bom recht op de bioscoop was neergekomen. Het enige wat er over was van het gebouw waar ze hun avond hadden doorgebracht, was een krater in de grond en een berg puin. De gebouwen eromheen hingen scheef, uit hun evenwicht gebracht; sommige bleven nog staan, andere verbrokkelden verder totdat ze uiteindelijk instortten, de ene verdieping op de andere, boven op iedereen die nog binnen was.

Mensen stroomden uit de gebouwen die nog overeind stonden. Velen van hen waren gewond. Sommige hadden alleen schrammen en snijwonden, anderen gebroken ledematen of bloederige wonden, waardoor ze moeite hadden om naar buiten te komen. Alles en iedereen zat onder het stof dat nog als rook door de lucht wervelde.

Ze staarden vol afgrijzen naar het tafereel. Vanuit de duisternis riepen stemmen om hulp; kreten van pijn, wanhopig geroep van onder de brokstukken. Er werden lampen gehaald en reddingswerkers begonnen hun panische zoektocht naar overlevenden tussen het puin.

‘Wacht hier. Ik ga helpen,’ zei Billy, en voordat Charlotte kon reageren, was hij al naar een gapend gat gerend dat ooit de voordeur van een kleine flat was geweest. De bovenverdieping was weg en de muren staken kaal af tegen de maanverlichte hemel. Hij drong zich door de opening naar binnen, pakte zijn zaklantaarn en scheen ermee om zich heen. Overal lagen stukken metselwerk, stenen en stukken hout. Glas kraakte onder zijn voeten en stof vulde zijn longen, maar het trappenhuis leek nog intact, in elk geval naar de eerste verdieping. Hij wilde net de trap op gaan om te kijken of daar overlevenden waren, toen hij een vrouw hoorde roepen.

‘Help, help, we zitten hier beneden!’ Het geroep kwam van ergens onder de trap. Billy schuifelde tussen de brokstukken door en scheen met zijn zaklantaarn het donker in.

‘Ik hoor je,’ riep de vrouw. ‘Kun je mij horen? Ik kan jou horen. Haal ons er alsjeblieft uit. Haal ons eruit voordat het plafond instort.’

'Ik kom al!' riep Billy terug. In het licht van de zaklantaarn zag hij dat er een deur was naar een ruimte onder de trap, maar de weg ernaartoe werd versperd door gevallen puin.

'De deur is geblokkeerd!' riep hij. 'Ik ga hulp halen.'

Hij ging buiten kijken of iemand hem kon helpen het puin weg te halen, maar iedereen op straat was druk bezig om anderen uit de ruïnes te slepen. Billy stond er alleen voor. Hij zou het zelf moeten proberen.

Hij ging weer naar binnen, legde zijn zaklantaarn op een stapel brokstukken en begon puin voor de deur weg te slepen. 'Geen zorgen,' riep hij. 'Ik ben hier. Ik haal je er wel uit. Wie zijn daar binnen? Iemand gewond?'

'Nee, alleen ik en mijn baby.'

Billy voelde een opwelling van paniek. Een baby. Er was daar een baby. Hij moest hen eruit halen. 'Oké,' riep hij. 'Hou vol, ik doe mijn best.'

Plotseling voelde hij iemand naast zich. Hij keek dankbaar opzij en zag Charlotte een stuk hout vastgrijpen, het lostrekken en opzij gooien.

'Char,' zei hij ademloos. 'Jij moet hier niet zijn, het is te gevaarlijk.'

'Niet gevaarlijker dan voor jou,' zei ze, terwijl ze nog een stuk hout opzij sleepte. 'Met z'n tweeën hebben het twee keer zo snel voor elkaar.'

Het had Charlotte elk greintje moed gekost om Billy dat inktzwarte gebouw in te volgen. Haar angst voor kleine, donkere ruimtes had haar overspoeld toen ze naar de gapende deuropening was gestapt, maar Billy was daar. Ze had hem een keer naar buiten zien komen om hulp te zoeken, maar er was niemand geweest, en dus wist ze dat ze zelf naar binnen moest. Hoe kon zij op straat blijven staan, terwijl er mensen vastzaten in dat ingestorte gebouw? Billy waagde zijn leven om hen te redden, en hoewel het haar ergste nachtmerrie was, wist Charlotte dat ze haar angst eens en voor altijd onder ogen moest zien en hem moest gaan helpen.

Samen sleepten ze met blote handen de brokstukken voor de deur weg. Het leek een eeuwigheid te duren, maar met hun tweeën hadden ze vrij snel een smalle doorgang naar de deur vrijgemaakt.

'We zijn er bijna,' riep Billy bemoedigend tegen de vrouw binnen. 'Naar welke kant gaat de deur open? Naar binnen, naar jou toe, of naar buiten?'

'Naar buiten,' kwam het beverige antwoord. 'O, schiet alsjeblieft op! Er komen stukjes van het plafond omlaag.'

Billy greep de deurklink en trok, maar de deur bleef dicht. 'Ik krijg hem niet open,' zei hij. 'De deur zit klem. Kun je achteruitgaan? Is daar ruimte?'

'Niet veel, maar ik sta er zo ver mogelijk bij vandaan.'

'Oké,' zei Billy rustig. 'Ik ga proberen de deur open te breken.' Hij keek Charlotte aan. 'Ga naar buiten en kijk of je hulp kunt vinden. Ik weet niet of ik sterk genoeg ben om dit in mijn eentje te klaren.'

Charlotte knikte en haastte zich weer naar buiten. Alles was een chaos. Overal renden mensen rond, luchtaanvalspotters gaven instructies, mannen sleepten brokstukken uit een ingestorte portiek, reddingswerkers droegen gewonden weg op provisorische draagbaren, brandweerlui blusten een brand die in een van de beschadigde gebouwen verderop was uitgebroken. Er leek niemand te zijn die ze kon vragen om Billy te helpen. Toen zag ze dat een van de brandweerlieden een bijl had; hij hakte puin weg om toegang te krijgen tot de vlammen die nog in een gebouw oplaaiden.

Ze rende naar hem toe. 'O, kom alsjeblieft snel!' riep ze. 'Er zit iemand vast in dat appartement daar. Mijn vriend Billy probeert ze eruit te halen, maar hij krijgt de deur niet open.'

'Natuurlijk, meid, laat maar zien.'

Ze leidde de man terug naar het appartement.

Hij wierp één blik op de situatie en vloekte binnensmonds. 'Tering, de hele zooi kan elk moment naar beneden komen!' Hij keek Charlotte aan. 'Wacht jij maar hier, meid. We hebben ze er zo uit. Hou afstand.' Hij gebaarde dat ze moest blijven staan en richtte zijn aandacht op de klus die moest worden geklaard.

'Billy?'

'Ja, dat ben ik.'

'Laat dat maar aan mij over, maat. Ik heb een bijl. Ik heb die deur zo open. Wie zit er binnen?'

‘Een vrouw met een baby.’

‘We halen u er wel uit, dame,’ riep de brandweerman door de deur. ‘Ik moet de deur inhakken, dus hou afstand. Zijn daar nog meer mensen?’

‘Nee, alleen ik en Josie.’

‘Oké. Nog even volhouden, en wees klaar om gauw naar buiten te rennen. Ik kom eraan.’

Billy stapte opzij en richtte zijn zaklantaarn op de deur, terwijl de brandweerman uithaalde met zijn bijl. Het metaal hakte in het hout. Binnen klonk een gil.

‘Nog even volhouden, dame,’ zei de brandweerman, en hij haalde nog eens uit met zijn bijl. De deur trilde, maar bezweek niet.

‘O, schiet op, schiet alsjeblieft op!’ klonk een kreet van binnen. ‘Er vallen dingen op mijn hoofd!’

De derde klap van de bijl maakte een gat in de deur en Billy, die nog steeds bijlichtte met zijn zaklantaarn, zag twee bange ogen door de spleet turen.

‘Achteruit!’ brulde de brandweerman, en de ogen verdwenen. Toen hij nog eens uithaalde met de bijl, begaf de deur het. Hij wrikte de stukken opzij. ‘Opschieten, dame!’ De vrouw kwam met de baby in haar armen naar buiten. Zodra ze dat deed, klonk er gerommel boven hen.

Billy greep de vrouw vast en duwde haar de straat op. Hij wilde volgen, maar keek nog even achterom en zag de brandweerman tegen de grond gaan toen er een stuk steen op zijn hoofd viel. Het onheilspellende gerommel werd luider, maar Billy trok zich er niets van aan en draaide zich om naar de gevloerde brandweerman. Terwijl nog meer brokstukken om hem heen begonnen te vallen, wist Billy zijn handen onder de armen van de brandweerman te krijgen. De man was geen lichtgewicht, en hoewel Billy sterk was, had hij toch moeite om hem te verslepen. Bij een geluid als van een pistoolschot keek hij om. De trap was gebarsten, de middenpilaar had het begeven onder de druk en het plafond erboven zakte door; er verscheen al een spinnenweb van barsten van de ene kant naar de andere. Over enkele ogenblikken zou het hele gebouw naar beneden komen.

Achteruitlopend door de deur wist Billy de man met een bovenmenselijke inspanning half tillend, half slepend naar de veiligheid van de straat te krijgen. Op dat moment barstte met een luid gekraak het plafond. Stukken beton denderden op de vloer waar hij net nog had gestaan.

Iemand schreeuwde en handen trokken hem weg bij het instortende gebouw. 'Kijk uit! Kijk uit, het gaat neer. Het gaat neer!'

Met een laatste gerommel zakten de muren naar binnen en stortte het gebouw in, waarop een golf van stof en puin naar buiten kolkte.

Charlotte wierp zich in de armen van een nog half verdwaasde Billy. 'Billy, o, Billy! Ik dacht dat je dood was. O, gelukkig, gelukkig!'

Even stonden ze daar, zich aan elkaar vasthoudend te midden van het tumult en het wervelende stof, totdat de realiteit van de verwoesting rondom zich weer aan hen opdrong en ze uit elkaar stapten.

Billy keek naar de brandweerman, die nog buiten westen op een draagbaar werd gehesen. Een van zijn collega's legde een hand op Billy's schouder. 'Bedankt, vriend. Als jij hem er niet uit had gehaald, had hij daar onder gelegen.' Hij gebaarde met zijn kin naar het ingestorte gebouw. Zuchtend voegde hij eraan toe: 'Ik betwijfel of iemand anders in dat gebouw nog leeft. Voor hen kunnen we nu niets meer doen.' Hij keek naar de chaos die was achtergelaten door de vliegende bom. 'We kunnen voor niemand hier veel doen, niet tot het licht wordt en we kunnen zien hoe het ervoor staat. Neem jij je meisje nu maar mee naar huis. Zo te zien hebben jullie wel genoeg doorstaan.' Hij knikte naar Billy's gezicht. 'Je zou ook even bij een eerstehulppost moeten langsgaan om die snee te laten bekijken,' adviseerde hij. 'Volgens mij moet dat gehecht worden.' Hij stak groetend zijn hand op en liep met zijn collega mee, die samen met andere gewonden in een ambulance werd geladen.

Billy betastte zijn voorhoofd en er kwam bloed op zijn hand terecht. Hij had niet eens gevoeld dat hij gewond was geraakt. Toen hij zich omdraaide, zag hij dat Charlotte de vrouw probeerde te kalmeren die ze hadden gered. Ze stond met haar baby in haar armen en tranen op haar wangen.

'Wat moet ik nu?' De vrouw was helemaal in de war. 'Waar moet ik heen?'

'Was er nog iemand anders bij je?' vroeg Charlotte.

'Nee, alleen Josie en ik. We sliepen in de bezemkast onder de trap.' Ze keek naar het ingestorte gebouw. 'We zijn alles kwijt,' jammerde ze. 'Alles. We hebben niks meer. Wat moet ik nou? Waar moet ik heen?'

'Kom maar met mij mee,' zei Charlotte. 'Ik werk in een kindertehuis hier in de buurt. Daar kun je vannacht slapen.' Ze wendde zich tot Billy. 'Kom mee, Billy, we moeten...' Ze keek de vrouw weer aan. 'Hoe heet je?'

'Ethel, Ethel Shilton.'

'We moeten Ethel en Josie wegbrengen.'

Samen leidden ze Ethel, met de kleine Josie in haar armen, door de straten naar Livingston Road. De vliegende bom had grote schade aangericht: in een omtrek van een kilometer lagen gebroken glas, omgevallen schoorstenen en andere brokstukken.

Toen ze bij het tehuis naar binnen stapten, verscheen Caroline met een bleek gezicht in de gang. 'Charlotte, Billy, gelukkig!' riep ze. 'Ik was bang dat jullie ergens in de buurt van die bom waren.' Toen zag ze hun stoffige kleren en de snee in Billy's voorhoofd. 'Dat was ook zo! Gaat het wel? Billy, die snee ziet er akelig uit, laat eens kijken.'

'Caroline,' viel Charlotte haar in de rede, 'dit is Ethel Shilton met haar baby Josie. De bom heeft hun huis verwoest. Billy heeft ze naar buiten gekregen, maar ze kunnen nergens heen, dus heb ik ze meegebracht.'

'Goed van je,' zei Caroline, al vroeg ze zich waarschijnlijk af waar ze in vredesnaam ruimte moest maken voor een vrouw en een baby. 'Kom mee, Ethel, dan vinden we wel een plekje voor jou en Josie.' Ze draaide zich naar Charlotte en Billy om. 'Gaan jullie maar naar de keuken om bij te komen. De ketel staat op het fornuis. Zet maar vast thee.' Toen liep ze met Ethel naar boven.

Charlotte pakte Billy's hand en trok hem mee naar de keuken. 'Kom,' zei ze, 'laten we die wond even schoonmaken. Dat ziet er niet best uit.'

Billy duwde de deur achter hen dicht.

'Laat me die snee eens bekijken,' begon Charlotte, maar Billy stapte naar haar toe en nam haar in zijn armen. Toen boog hij zijn hoofd en kuste haar. Hij kuste haar net zoals hij zo lang geleden op die midzomeravond had gedaan.

Toen ze niet anders kon dan reageren, ging hij uiteindelijk een stukje achteruit en zei: 'O, Charlotte, mijn lieve Charlotte, wat hou ik van je.'

40

Mei 1945

Het gevangenisleven had Harry geen goed gedaan. Hij was in Brixton vastgehouden tijdens zijn voorarrest, maar toen hij eenmaal was veroordeeld tot drie jaar gevangenisstraf werd hij naar de gevangenis van Gloucester gebracht.

Hij had één brief mogen schrijven, en dus had hij Lisa geschreven wat hem was overkomen, maar hij had nooit antwoord gekregen. Hij wist niet of ze de brief ooit had ontvangen, maar zo wel, dan moest ze hebben teruggeschreven nadat hij naar Gloucester was overgeplaatst. En smerissen hadden geen zin om je post door te sturen.

Zoals hij tijdens zijn detentie op het Isle of Man vriendschap had gesloten met Alfred Muller en van hem had geleerd, vond hij in de gevangenis van Gloucester een nieuwe mentor, maar hij kreeg een ander soort opleiding.

In zijn eerste nacht had hij zich moeten verweren tegen de attenties van zijn celgenoot, Puggy Merton. Puggy was klein en dik, met hangende mannenborsten en een kwabbig achterwerk. Zodra Harry bij hem in de cel werd gezet, bekeek Puggy hem met ogen vol lust. Hij had altijd een voorliefde gehad voor jonge jongens, hoorde Harry later; dat was ook waarvoor hij nu in de gevangenis zat. Die nacht was hij bij Harry op zijn brits gekropen, had hem tegen de muur gedrukt en hem met zijn lichaamsgewicht vastgepind.

'Zo, jongen,' mompelde Puggy, terwijl hij tegen hem aan schurkte, 'nu kunnen we een beetje pret maken. Werk een beetje mee' – hij giechelde – 'dan zorg ik goed voor je.'

Hij streek met zijn handen over Harry's bovenbenen, pakte zijn achterwerk vast en maakte toen de fout om te proberen hem om te draaien. Harry, die zijn kans afwachtte, stompte Puggy op zijn gezicht en ramde zijn knie in Puggy's vette kruis. Met een kreet van pijn rolde Puggy van de smalle brits op de vloer, maar voordat hij kon opstaan zat Harry al boven op hem, met zijn handen op Puggy's polsen en zijn knie op zijn luchtpijp.

'Flik dat nog een keer,' fluisterde Harry, 'en je bent dood.'

Hun andere celgenoot, Rick Richards, had tot dan toe geen aandacht besteed aan wat er op de brits onder hem gebeurde – hij was blijkbaar gewend aan Puggy – maar toen hij besefte dat die nieuwe knaap in staat was om Puggy te vermoorden, riep hij: 'Kappen, jonkie, anders zit je hier voor de rest van je leven, en dat zal een kort leven zijn.'

Harry liet Puggy los en ging weer op zijn brits liggen, maar denkend aan de angst die Rolfs mes ooit bij hem had opgeroepen, besloot hij zichzelf te bewapenen. Een paar dagen later wist hij een mes de kantine uit te smokkelen. Het was niet bepaald scherp en het zag er niet erg angstaanjagend uit, maar hij sleep het urenlang aan de ruwe stenen muur van zijn cel. De volgende keer dat Puggy iets bij Harry probeerde, smekend om hem een plezier te doen, haalde Harry het mes tevoorschijn, hield het tegen Puggy's kruis en dreigde hem ermee te ontmannen. Hij was nog jong, maar de andere gevangenen hoorden al snel dat er niet met hem te spotten viel en lieten hem met rust.

De grote baas in Harry's vleugel was een zware jongen uit het East End die Dennis Duncan heette en die zowel door de gedetineerden als het personeel Denny Dunc werd genoemd. Hij had nog tien jaar te gaan van zijn gevangenisstraf voor ernstige lichamelijke mishandeling, maar Denny Dunc had iets te vertellen in de gevangenis. Wat hij zei, gebeurde. Zelfs de cipiers wisten wel beter dan Denny Dunc dwars te zitten.

Om een of andere reden haalde Denny de cipiers over om Harry Black uit Puggy's cel weg te halen en bij hem onder te brengen. Teddy Thomas, Denny's meest loyale trawant, die tot dan toe altijd zijn cel had gedeeld, werd zonder pardon bij Puggy gezet.

Vanaf dat moment was het voor zowel de gedetineerden als de staf duidelijk dat Harry onder Denny Duncs bescherming stond.

Harry was ook veroordeeld tot dwangarbeid, en het eerste halfjaar moest hij in een groeve stenen hakken die voor de reparatie van bomschade dienden. Het was zwaar werk, maar hij bouwde zijn kracht verder op en ondanks zijn geringe lengte zouden weinig mannen hem uitdagen.

Net zoals Alfred ooit had gedaan, besloot Denny om Harry op te leiden. 'Het is een keiharde wereld, knul. De sterken maken misbruik van de zwakken. Je moet dus zorgen dat jij de grootste en sterkste bent, snap je wat ik bedoel?'

Dat snapte Harry. Hij wist dat hij erin was geluisd door Mikey Sharp en overpeinsde de wraak die hij zou nemen als hij vrijkwam. Toen hij Denny vertelde wat er was gebeurd, lachte die.

'Nou, wat had je dan verwacht, Harry? Dat hij je met open armen zou verwelkomen terwijl jij een stukje van zijn handel inpikte? Ik zou hetzelfde hebben gedaan, knul, als je je op mijn terrein had gewaagd. Je hebt geluk dat hij je alleen maar heeft verlinkt. Ik was misschien minder aardig geweest en had iets meer blijvends gedaan. Snap je?'

Harry begreep het en grijnsde spijtig. 'Het was stom om te denken dat ik hem aan kon, maar ik leer snel en zal die fout niet nog een keer maken.'

'Dat geloof ik,' zei Denny. 'Jij redt je wel. Wat ga je doen als je hier weg mag? Heb je al plannen? Ik zou een knaap zoals jij best kunnen gebruiken.'

'Nee.' Harry schudde zijn hoofd. 'Bedankt, Denny, maar als ik hier weg mag en die kloteoorlog voorbij is, haal ik mijn meisje op en gaan we naar Australië. Er zijn daar kansen zat voor een man met talent.'

'O, dus je hebt een meisje?'

'Min of meer. Wel als ik hier weg ben.'

'Je beseft toch wel dat de Aussies je waarschijnlijk niet zullen toelaten nu je een strafblad hebt?' zei Denny.

'Hoe moeten ze dat weten?' zei Harry. 'Ik neem een andere naam aan. Ik ben een vluchteling. Ben al mijn papieren toch kwijtgeraakt tijdens mijn ontsnapping uit Duitsland?'

'Dan zul je nieuwe nodig hebben,' zei Denny. 'Ze willen toch iets zien; een identiteitskaart, rantsoenenboekje, een of ander document om te bewijzen dat je bent wie je beweert te zijn.' Hij keek Harry indringend aan. 'Als jij een paar dingen voor mij doet als je straks vrij bent, dan kan ik regelen dat je krijgt wat je nodig hebt, als je snapt wat ik bedoel.'

'Zoals wat dan?'

'Geboorteakte, identiteitskaart, rijbewijs, noem maar op.'

'Nee, ik bedoel: wat moet ik dan voor jou doen?'

Denny grijnsde goedkeurend. 'Je leert het al. Niet veel, alleen maar een paar berichten overbrengen aan vrienden van me.'

'Berichten?'

'Een paar brieven. De cipiers zullen je niet fouilleren als je weggaat, daar zorg ik wel voor.'

'En dan krijg ik...'

Denny Dunc glimlachte. 'Jij, mijn jongen, krijgt een nieuwe identiteit.'

Het ging zoals Denny Dunc had voorspeld. Op de ochtend dat Harry de lentezon in stapte, na net iets minder dan zijn drie jaar te hebben uitgezeten, sloten de zware poorten zich zonder plichtplegingen achter hem. Hij was vrij, en in zijn broek zaten brieven verstopt voor drie van Denny Duncs 'kompanen'.

'Ze moeten wat dingen voor me regelen,' had Denny gezegd. 'Als je die brieven hebt afgeleverd, ga je naar de Crooked Billet, de pub bij het Isle of Dogs. Vraag naar Freddie. Hij verwacht je. Hij zal nieuwe identiteitspapieren voor je regelen, en dan kun je verdwijnen en weer boven water komen in Sydney of waar dan ook. Misschien kom ik daar ook wel heen. Ik ben niet van plan om hier veel langer te blijven.'

Denny's kompanen waren niet moeilijk te vinden en Harry leverde de brieven af. Hij paste goed op, zoals Denny hem had gewaarschuwd, dat hij niet werd gevolgd. Daarna ging hij op zoek naar de Crooked Billet.

Freddie verwachtte hem inderdaad. 'Kom straks maar naar mijn atelier,' zei hij en hij keek nerveus om zich heen. Hij gaf Harry het adres. 'Als het donker is. Kom naar de achterdeur, dan laat ik je binnen.'

In het atelier maakte Freddie een foto van hem en noteerde wat gegevens. 'Kom volgend weekend terug,' zei hij. 'Zondagavond, om een uur of negen. Dan zijn je spullen wel klaar.'

Toen Harry de zondag erop terugkwam bij het atelier stond Freddie al te wachten. Hij deed open voordat Harry kon aankloppen. 'Kom binnen,' fluisterde Freddie, en met een snelle blik naar buiten sloot hij haastig de deur achter hem. 'Hier is alles wat Denny Dunc me had gevraagd te maken.' Hij gaf Harry een envelop.

Harry liet de inhoud op tafel glijden en zag dat hij een heel nieuwe persoon was geworden. Een beduimelde identiteitskaart meldde dat hij Victor Merritt heette, net als het rantsoenenboekje waar een paar bonnen al uit waren geknipt en een geboorteakte: Victor Merritt, zoon van Doris en William Merritt, geboren in Hackney op 25 juli 1925. Het belangrijkste van alles was een paspoort: Victor Merritts paspoort met Harry's foto erop. Hij kon overal naartoe.

'Wie is Victor Merritt?' vroeg hij.

Freddie keek hem fronsend aan. 'Dat ben jij,' zei hij. 'Het adres dat op die papieren staat is verwoest door een V2, dus daar zouden geen vragen over moeten komen. Je huis is platgebombardeerd, punt uit.'

Harry knikte, veegde de documenten bij elkaar en schoof ze terug in de envelop.

'En jij zegt tegen Denny Dunc dat ik goed werk heb geleverd, hè?' Freddie keek hem ongerust aan. 'Zeg maar dat de zijne ook klaar liggen als hij ze wil hebben.'

'Ik zal het hem vertellen,' beloofde Harry, die maar al te goed wist dat hij Denny Dunc nooit meer zou zien. Nu hij zijn nieuwe papieren had, zou Harry Black verdwijnen. Vic Merritt zou binnenkort naar Australië vertrekken, en hij was van plan Lisa mee te nemen.

Harry wilde Lisa opzoeken, met haar praten, uitleggen wat zijn plannen voor hen waren, maar hij wilde dat doen zonder dat die dragonder van een juffrouw Morrison erbij was. Hij wist dat de vrouw hem niet vertrouwde en vermoedde dat ze zou proberen te voorkomen dat Lisa met hem meeging. Hij reisde naar Livingston Road in de hoop haar te zien.

Er hing opwinding in de lucht. Op straat gonsde het van het onbevestigde nieuws over een Duitse capitulatie. Duitsland was eindelijk verslagen. De oorlog was voorbij.

Charlotte was nog altijd druk in het tehuis. De kinderen waren wat eerder van school gestuurd, en er werd over niets anders gepraat dan de naderende capitulatie.

'Ik kan nog steeds niet geloven dat het echt voorbij is,' zei de matrone, terwijl de kinderen aan tafel gingen zitten voor het eten. 'Geen bombardementen meer. Het leven kan terugkeren naar normaal.'

'Maar het is nog niet officieel,' waarschuwde Caroline. 'Laten we afwachten wat ze er straks over melden op het journaal.'

Na het eten verzamelde Caroline iedereen in de zitkamer en ze zette de radio aan. Er werd luid gejuicht toen het nieuws officieel bekend werd gemaakt: de Duitsers hadden gecapituleerd. Iedereen vloog elkaar in de armen, opgewonden pratend, lachend en zingend.

Charlotte hielp zoals altijd bij het in bed stoppen van de jongere kinderen, maar om een of andere reden kon ze niet helemaal zo blij en uitgelaten zijn als alle anderen. Ze was blij dat de oorlog voorbij leek te zijn, maar ze wist dat het voor haar nog niet voorbij was. Nu moest ze nog ontdekken of iemand van haar familie het had overleefd.

'Je zou naar buiten moeten gaan om feest te vieren, niet hier in huis rondhangen,' zei Ethel Shilton tegen haar. 'Waarom ga je niet naar het westen? Daar is alle gezelligheid.'

Ethel en haar baby Josie waren vaste bewoners geworden van het tehuis. Caroline had een plekje voor hen gevonden in de nacht na de raketaanval, en sindsdien was Ethel gebleven. Ze verdiende de kost door in het tehuis te helpen en Josie, de jongste in huis, was het lievelingetje geworden van iedereen, hoewel ze overal rondkroop en iedereen voor de voeten kwam.

'Nee, bedankt, Ethel,' zei Charlotte. 'Ik vier het wel hier met jullie.'

Maar de volgende dag was heel anders. Heel Londen leek de straat op te zijn gegaan. Charlotte ging met een paar kinderen naar het park, terwijl Caroline buiten op straat een groot feest voor hen organiseerde. Het had die nacht gestormd, maar dat had niemand ontmoedigd, en nu de zon doorbrak begon het een prachtige, warme dag te worden. Terwijl de kinderen in een opgewonden stoet naar het park liepen, hoorden ze de klokken van de kerken in de omgeving luiden voor de overwinning; een nieuw en vrolijk geluid. Tijdens de oorlog waren de kerkklokken stil gebleven en zouden ze alleen zijn geluid om te waarschuwen voor een invasie, maar nu de dreiging verdwenen was, bleven ze luid en langdurig beieren. Er waren niet veel auto's op straat, maar veel mensen liepen naar het centrum, overal klonk gelach en blij geroep en werd spontaan gedanst.

Bij de poorten van het park aangekomen liet Charlotte de kinderen naar de speeltuin rennen. Ze bleef nog even staan kijken voordat ze rustig doorliep naar het kindergedeelte dat in een hoek van het park was afgezet.

'Lisa!'

Charlotte draaide zich om en daar was hij, Harry Black, grijnzend op die kenmerkende manier van hem. Ze staarde hem aan.

'Ben je niet blij om me te zien? Ik ben vrij.'

'Vrij? Natuurlijk, ik bedoel… Ik… Waar was je, Harry?' Charlotte probeerde haar gedachten op een rijtje te krijgen.

'Gezeten,' antwoordde hij kortaf.

'Gezeten?' Charlotte begreep het niet. 'Waar dan?'

'In de gevangenis. Maar luister, ik ben nu vrij en ik kwam je opzoeken.'

'In de gevangenis? Waarom, ik bedoel wanneer… O, Harry, wat had je gedaan?'

'Niks,' zei Harry. 'Nou, niks wat een heleboel andere mensen niet ook deden. Maar dat maakt nu niet meer uit, hè? Ik bedoel, ik heb mijn tijd uitgezeten en nu ik weer vrij ben, ben ik meteen naar jou toe gekomen. Met jou is alles goed, toch?'

Charlotte knikte. 'O, Harry, waarom heb je niks van je laten horen? Ik wist niet wat er met je was gebeurd. Je verdween gewoon.'

‘Net zoals jij,’ bracht Harry haar in herinnering. ‘Maar ik heb je wel geschreven, alleen heb je mijn brief dan zeker niet gekregen.’

‘Nee. Je zou die zaterdag erop weer komen, maar je kwam niet opdagen.’

‘Omdat ik was opgepakt. Ik had je geschreven vanuit Brixton, maar misschien sturen de klabakken geen brieven door. Ik weet het niet.’

‘Klabakken?’

‘Gevangenbewaarders. Varkens zijn het. Maar goed, ik ben nu hier, dus laten we hen vergeten. Laten we naar het westen gaan en het einde vieren van die klootzak van een Hitler.’

‘Misschien later,’ zei Charlotte en ze keek naar de groep kinderen die ze bij zich had. ‘Ik kan hen niet zomaar achterlaten. En ik moet straks met ze terug naar het feest.’

‘Feest? Wat voor feest?’

‘Er wordt een straatfeest gehouden in Livingston Road. Ik heb de kleintjes mee hiernaartoe genomen zodat ze niemand voor de voeten lopen terwijl alles wordt voorbereid.’

‘Nou, dan gaan we daarna,’ zei Harry vrolijk, zich er kennelijk niet van bewust dat ze niet zomaar kon weglopen bij haar werk in het tehuis wanneer ze daar zin in had. Hij keek haar grijnzend aan. ‘Je ziet er geweldig uit, Lisa.’ Hij trok haar ruw in zijn armen en begon haar te zoenen.

Ze voelde zijn lippen op de hare en zijn tong die met de hare danste, maar toen rukte ze zich los en plofte zwaar ademend op het gras.

Harry liet zich naast haar zakken en pakte haar hand. ‘Sorry,’ zei hij snel. ‘Sorry, dat hoor je niet te doen in het openbaar, ik weet het. Maar ik heb je gewoon gemist, Lisa. Ik heb de hele tijd aan je gedacht toen ik… daar zat. Jij hebt vast ook aan mij gedacht, hè?’

‘Af en toe,’ bekende Charlotte, maar ze zei er niet bij: maar al maanden niet meer.

‘Ik heb grote plannen voor ons,’ vertelde Harry. ‘Nu dat die klo… verschrikkelijke oorlog voorbij is, kunnen we dit land uit. Ik had je toch weleens verteld dat ik naar Australië wilde?’ Hij wachtte niet op antwoord, maar ging meteen door. ‘Opnieuw beginnen in een jong land. We kunnen daar een heel goed leven krijgen... We kunnen –'

'Harry! Stop!'

'Hoezo, stop? Jij en ik samen, schat, precies zoals we altijd hebben gedacht.'

'We hebben niet altijd gedacht –' begon Charlotte, maar hij leek haar niet te horen.

'We hebben alles overleefd, Lisa. We hebben wel wat verdiend, jij en ik.'

'Maar ik wil niet naar Australië, Harry.' Charlotte probeerde rustig en redelijk te praten en haar stijgende paniek niet in haar stem te laten doorklinken.

'Jawel, dat komt wel, als je erover nadenkt. Luister, laat dat nu maar even zitten, oké? Laten we gewoon het einde van de oorlog vieren. Jij en ik. We hebben Hitler verslagen, want we hebben het overleefd!'

Charlotte had geen zin in discussies over wat ze ging doen nu Duitsland had gecapituleerd. Haar eerste prioriteit was te ontdekken hoe het met haar familie ging. Ze keek op haar horloge, forceerde een glimlach voor Harry en zei: 'We kunnen beter teruggaan.' Ze riep de kinderen van de speelplaats bij elkaar. 'Kom op, jongens, tijd om naar huis te gaan voor het feest.'

'Komt oom Billy ook?' vroeg Mary Beale. Als een van de kinderen die al meer dan een jaar in het tehuis woonde, keek ze altijd uit naar Billy's bezoekjes.

'Nee, niet vandaag,' antwoordde Charlotte.

'O!' riep Mary. 'Ik wilde zo graag dat hij kwam. Jij toch ook, juffrouw Charlotte?'

'Het zou leuk zijn geweest,' beaamde Charlotte voorzichtig, 'maar hij kan vandaag niet.'

'Wie is die oom Billy?' wilde Harry weten, terwijl de kinderen zich in een rij opstelden om terug te lopen naar Livingston Road.

'Gewoon een vriend,' zei Charlotte. 'Iemand die soms komt helpen in het tehuis.' Terwijl ze het zei, vroeg ze zich af waarom ze de waarheid voor Harry verborgen hield. Waarom ze niet wilde dat hij van Billy afwist.

Toen ze bij het tehuis aankwamen, kwam Caroline naar buiten lopen. Ze fronste even toen ze Harry's bezitterige hand op Charlottes arm zag, maar ze trok haar gezicht in de plooi en stapte hem met uitgestoken hand tegemoet. 'Harry, toch?'

'We kwamen elkaar tegen in het park,' zei Charlotte. 'Hij komt ook naar ons feestje.'

'Prachtig,' zei Caroline. 'Je bent van harte welkom, Harry. We hadden je al een poos niet meer gezien. Goed, Charlotte, als jij met de kinderen naar binnen gaat zodat ze hun handen kunnen wassen, dan kunnen ze daarna aan tafel.'

Midden op straat was een lange rij tafels tegen elkaar aan gezet. Ze waren gedekt met witte lakens en versierd met rode, witte en blauwe linten en er was een ballon aan elke stoel vastgebonden. De kinderen staarden stomverbaasd naar alles wat er al uitgestald stond. Ze hadden nog nooit zo veel eten bij elkaar gezien. Voor andere huizen in de straat stonden ook tafels, en iedereen leek bij elkaar te komen voor één enorm feest.

Terwijl Charlotte snel de kinderen naar binnen bracht, sprak Harry met Caroline. 'Lisa en ik gaan straks naar het westen voor alle feesten daar,' vertelde hij haar. 'Als u haar niet meer nodig hebt. Geweldige dag, hè?' Harry wist intuïtief dat Caroline hem niet mocht, of niet vertrouwde, of allebei. Terwijl hij met haar praatte, lette hij heel goed op zijn taalgebruik en zijn accent. Dankzij Alfred sprak hij vloeiend Engels, met mogelijk een spoortje van een Birminghams accent, en aangezien Harry Harry was, paste hij zich altijd aan zijn gesprekspartner aan; hij zorgde ervoor dat er nu niets van het oosten van Londen in zijn stem te horen was.

'Dat klinkt leuk,' was het enige wat Caroline zei.

Ze wilde zich net omdraaien toen Harry zei: 'Ik bleef niet zomaar weg, weet u. Ik was weer opgepakt. Een of ander misverstand dat ik nog steeds een vijandige buitenlander was. Ik had wel aan Lisa geschreven om het uit te leggen, maar ze zegt dat ze mijn brief nooit heeft gekregen.'

Carolines gezicht bleef uitgestreken, maar er kroop een blos naar haar wangen. 'Dan zal hij wel zijn kwijtgeraakt,' zei ze. 'Er ging zo veel mis met de post, hè? Vooral in Londen, met al die luchtaanvallen.'

'Ja, dat zal het wel zijn.' Harry keek haar veelbetekenend aan. Hij geloofde haar geen seconde. Toen trok hij een vrolijk gezicht en zei: 'Maar ik ben er weer, dus het maakt niet meer uit.'

Het straatfeest was een groot succes; de hoeveelheid voedsel die bij elkaar was gesprokkeld uit kasten en voorraadkelders was onvoorstelbaar. Mevrouw Downs had twee taarten weten te bakken met de kostbare voorraden die ze had opgespaard, en andere families in de straat hadden ook allemaal iets bijgedragen, waardoor het een echt feestmaal was geworden. Een man die een paar huizen verderop woonde, kwam met een accordeon naar buiten en begon te spelen. Iemand anders begon te zingen, en al snel deed iedereen mee. Weer een ander kwam aanlopen met een viool, sprong op een stoel en begon uitbundige deuntjes te spelen, waardoor zowel volwassenen als kinderen al snel meetikten met hun voeten en veel mensen gingen dansen. Harry greep Charlotte vast en draaide met haar rond in een overwinningsdans, samen met de andere stellen. De drank vloeide, de vrolijkheid nam toe en de grimmigheid van de oorlog werd vergeten terwijl ze de vrede vierden.

'Ik heb tegen je juffrouw Morrison gezegd dat we naar het westen zouden gaan na afloop van dit feest,' mompelde Harry, terwijl hij haar dicht tegen zich aan hield.

'Heb je het haar gevraagd?'

'Neuh,' Harry grijnsde. 'Ik heb het haar vertéld!'

'O.' Charlotte probeerde haar verbijstering te verbergen. Ze wilde best de stad in om feest te vieren met de honderden andere mensen die naar Buckingham Palace, Trafalgar Square en Piccadilly Circus dromden, natuurlijk, maar ze was niet blij met de manier waarop Harry de leiding nam.

'Gaan jullie nu maar,' zei Caroline toen de vermoeide kinderen naar binnen werden gedirigeerd. 'Ga jullie vermaken. Doe de groeten aan de koning als je hem ziet… en aan meneer Churchill!'

Charlotte haalde haar handtas en controleerde of haar portemonnee erin zat. In elk geval had ze nu zelf geld en was ze niet afhankelijk van Harry. Ze namen een bus naar het West End en sloten zich aan bij de menigten op Trafalgar Square. Mensen zongen en dansten. De vrolijkheid was aanstekelijk. Een paar keer werd Charlotte vastgegrepen en rondgedraaid aan de arm van een lachende soldaat of zeeman, voordat Harry haar dan weer beetpakte en met haar door de menigten manoeuvreerde die zich overal hadden verzameld.

'Ik wil de koning zien!' riep Charlotte.

'Waarom dat nou weer?'

'Omdat hij de koning is!' Ze trok hem mee naar The Mall. Harry haalde zijn schouders op en liep mee, maar hij hield haar hand stevig vast, want ze konden gemakkelijk van elkaar gescheiden raken in deze drukte.

Geleidelijk liepen ze door naar The Mall, totdat ze eindelijk in de mensenmassa rondom het Victoria Memorial stonden. De menigte deinde heen en weer, en degenen vooraan werden bijna geplet tegen de dranghekken rondom het plein.

'We willen de koning zien! We willen de koning zien!' Het geroep ging onophoudelijk door, steeds luider. Charlotte zong mee met de rest. Ze wilde dolgraag de koning en koningin zien. Hoog boven hen zag ze het balkon waar ze zouden kunnen verschijnen. Er hingen rode en gouden draperieën en alles leek klaar voor de koning en zijn familie.

'Ze zijn al een keer naar buiten gekomen,' zei een man naast haar, met een kind op zijn schouders. 'Je had ons moeten horen juichen!'

'Denk je dat hij nog een keer zal komen?' vroeg Charlotte.

De man lachte. 'Dat weet ik toch niet? Maar ik verwacht van wel.'

'We willen de koning zien!' Zelfs Harry riep mee.

Plotseling gingen de hoge balkondeuren open en stapten de koning en de koningin naar buiten, gevolgd door de prinsessen. Ze werden begroet met een brullend gejuich van het publiek, dat bleef juichen totdat ze hees waren. Even later stapte ook Winston Churchill het balkon op. Hij ging tussen de koning en de koningin in staan, zwaaide en maakte zijn bekende V-gebaar voor de vrede, en de menigte beneden scandeerde zijn naam en bejubelde hem.

Toen ze allemaal terug waren gegaan het paleis in en de hoge deuren achter hen waren gesloten, trok Harry aan Charlottes hand. 'Kom mee, Lisa. Je hebt de koning nu gezien. Laten we ergens anders heen gaan.'

Het was nog steeds warm toen het begon te schemeren, maar nu brandde er overal licht. Ze liepen door de zee van mensen naar Green Park, waar iets meer ruimte was.

Charlotte ging op het gras zitten, schopte haar schoenen uit en zuchtte. 'Dat was zo opwindend, de koning en koningin zien... en meneer Churchill.'

'Ja.' Harry klonk niet bepaald enthousiast.

'O, kom op, Harry!' riep Charlotte. 'Jij juichte net zo hard als ieder ander.'

'Maar ze zeggen me niks,' zei Harry. 'Koningen en koninginnen. We hebben ze niet nodig.'

Charlotte was geërgerd. 'Nou, denk eraan dat hij ook de koning van Australië is, als je daarheen gaat.'

'Hoe bedoel je, als ík daarheen ga?' zei Harry. 'Natuurlijk ga ik erheen. Met jou. Jij en ik samen.'

'Harry, ik kan niet.'

'Waarom nou niet? We krijgen daar een geweldig leven.' Hij gebaarde weids met zijn hand. 'Een nieuw, jong land. Een plek met toekomst.'

'Ten eerste kan ik nog helemaal nergens naartoe. Ik moet eerst uitzoeken wat er met mijn familie is gebeurd.'

'Lisa,' zei Harry vriendelijk. 'Je wéét wat er met je familie is gebeurd.'

'Nee,' snauwde ze, 'dat weet ik niet. Ze hoeven niet per se dood te zijn. Misschien moesten ze gewoon verhuizen. Of misschien zijn ze ergens gevangen gehouden en worden ze nu weer vrijgelaten.'

'O, kom op, Lisa. Je hebt gehoord wat ze daar hebben aangetroffen, die kampen. Mensenkinderen, daar hebben we zelfs in Gloucester over gehoord.'

‘Ze záten misschien helemaal niet in zo’n kamp. Harry, ik moet het uitzoeken. Begrijp je dat niet?’ Charlotte schreeuwde nu bijna.

‘Nee, dat begrijp ik niet. Je moet realistisch zijn, Lisa. Je staat er nu alleen voor, net als ik, en we moeten elkaar steunen. Het heeft geen zin om in dit stomme land te blijven. Het duurt nog jaren voordat ze over deze oorlog heen zijn, en ik ben niet van plan om een dag langer dan nodig op zo’n grauwe, ellendige plek te blijven.’

‘Het is wel het land dat je een veilig toevluchtsoord heeft geboden,’ bracht Charlotte hem in herinnering.

‘Het is het land dat me heeft opgesloten, vier van de zes jaar dat ik hier nu ben,’ antwoordde Harry bitter. ‘Het heeft me niks te bieden. Ik wil hier zo gauw mogelijk weg.’

‘Maar ik niet,’ zei Charlotte. ‘Ik heb hier een thuis.’

‘Wat,’ schamperde Harry, ‘een slaapkamertje in een kindertehuis?’

‘Nee. Op het platteland, waar ik heen was geëvacueerd.’

‘Wat, bij die Federmans? Heb je ze opgespoord?’

‘Ja, dat heb ik gedaan, en ik zie ze nog af en toe, maar dat bedoel ik niet. Je weet toch nog wel dat ik toen ik geheugenverlies had naar een dorp in Somerset ben gegaan?’

‘Ja. Dus je hebt een paar jaar in een dorp gewoond. Dat betekent toch nog niet dat het je thuis is? En trouwens, je zei dat die ouwe tante bij wie je daar woonde dood was.’

‘Klopt,’ antwoordde Charlotte, ‘maar ze heeft mij haar huis nagelaten, dus ik heb wel echt een thuis hier in Engeland.’

‘Heeft ze jou haar huis nagelaten?’

Als Caroline bij hen was geweest, zouden haar ergste angsten over Harry zijn uitgekomen: er verscheen een gretige glans in zijn ogen.

‘Inderdaad.’

‘Maar Lisa, dat is fantastisch!’ Harry sloeg zijn armen om haar heen. ‘Als je het verkoopt, hebben we geld om ons leven samen in Australië te beginnen!’

‘Harry, ik zei toch al, ik ga niet naar Australië. Ik moet op zoek –’

‘Je moet eerst op zoek naar je familie, dat snap ik best, Lisa, natuurlijk wel, maar als je dat gedaan hebt...' Hij hield zijn hoofd schuin en grijnsde, maar zij ontweek zijn blik.

'Kom op, Lisa,' drong hij aan. 'Je bent het me verschuldigd, zoals ik het voor je heb opgenomen, voor je heb gevochten. Ik zal er altijd zijn om op je te passen, beloofd.'

'Zoals de afgelopen drie jaar?' zei Charlotte sarcastisch.

'Dat is wat anders,' snauwde Harry. 'Daar kon ik toch niks aan doen? En ik ben toch weer naar je toe gekomen zodra het kon?' Hij pakte haar hand. 'Laten we geen ruziemaken,' zei hij op verzoenende toon. 'Je bent mijn meisje, Lisa. We horen bij elkaar, jij en ik.'

41

Mei 1945

Billy en zijn ouders hadden het nieuws over de Duitse capitulatie ook op de radio gehoord en elkaar omhelsd van blijdschap. Nu waren ze allemaal veilig. Jane was nog steeds verpleegster in Bristol, maar ze liep geen gevaar meer van bommen.

'Ik ga naar Charlotte toe,' zei Billy. 'Ze is eindelijk veilig.' Hij dacht aan de V2-raketten die de afgelopen negen maanden op Londen en het zuidoosten van Engeland waren neergedaald. Billy had gezien wat een V1 kon aanrichten, maar de mannen van het luchtafweergeschut waren er vrij goed in geworden om die neer te schieten. Aangezien er geen piloot in zat, konden ze geen ontwijkende manoeuvres maken als ze door een zoeklicht werden vastgepind. Maar V2's waren een heel andere zaak. Ze gingen sneller dan het geluid en suisden door de lucht voordat ze zonder enige waarschuwing een duikvlucht maakten naar een nietsvermoedend doelwit. Duizenden burgers waren in de afgelopen maanden omgekomen door die afschuwelijke raketten, die al ontploften voordat het geluid van hun komst ze had ingehaald.

Elke keer als Billy Charlotte in Londen had achtergelaten, was hij doodsbang geweest dat zij een slachtoffer zou worden van die aanvallen, de doodsstuipen van het naziregime. Londen was het doelwit, angst en ellende het oogmerk, en de aanvallen waren op beide fronten succesvol geweest.

'Ik ga morgenochtend meteen,' besloot hij.

Zijn vader keek hem aan. 'De koeien moeten nog steeds worden gemolken, zelfs als Hitler dood is.' Hij onderdrukte een glimlach. 'Ik weet niet of ik je op zo korte termijn wel kan missen.'

'O, pap, kom op –' begon Billy, maar zijn moeder onderbrak hem.

'Let maar niet op hem, Billy,' zei ze. 'Hij neemt je in de maling. Ik help hem wel met melken. En trouwens, Wynsdown kennende zal er morgen toch niet gewerkt worden. Het zal er één groot feest zijn.'

Zijn moeder had gelijk, zag Billy de volgende morgen. Wynsdown vierde de vrede in typische Wynsdownse stijl. De voorbereidingen voor de festiviteiten in het dorp waren al in volle gang. Overal waren mensen in de weer om vlaggetjes tussen de bomen te hangen, tafels neer te zetten en eten klaar te maken voor een feestmaal. Jack Barrett zette een bar op voor de Magpie. Blijkbaar dacht niemand aan drankwetten op zo'n prachtige dag, want hij begon nu al bier te tappen voor iedereen die hem hielp.

Billy liet de vreugdevolle voorbereidingen achter en fietste heuvelafwaarts naar het station. Hij wist niet hoelang hij erover zou doen om naar Londen te komen, maar dat maakte hem niet uit. Hij was vastbesloten er te komen, om Charlotte te zien en, nu de oorlog voorbij was, het erop te wagen en voor te stellen dat ze misschien een toekomst samen hadden.

Sinds de nacht van de bom die hen bijna fataal was geworden, had Charlotte hem wat dichterbij laten komen, maar Billy wist dat hij haar nog steeds langzaam en rustig moest benaderen. Zoals zijn moeder hem een keer had verteld toen ze het over Charlotte hadden: 'Je kunt het dat meisje niet kwalijk nemen dat ze terughoudend is, Billy. Denk er maar eens over na. Bijna iedereen van wie ze hield, is verdwenen of dood. Ze is bang, dus doe rustig aan.'

Billy zag de wijsheid van haar woorden in, en de twee keer erna dat hij een paar dagen naar Livingston Road had kunnen gaan, had hij zich ingehouden. Een bom had haar in zijn armen gedreven, en hij hoopte niet dat hetzelfde nog een keer nodig zou zijn voordat hij haar weer in zijn armen kon houden. In de trein die hem door het platteland naar haar toe bracht, vroeg hij zich af of het niet eindelijk tijd werd dat hij haar nog eens vertelde hoeveel hij van haar hield.

Toen hij in Londen uitstapte, kwam hij in een uitgelaten menigte terecht die zingend en feestvierend door de straten liep. Aangestoken door de stemming liep Billy lachend mee, op zijn rug geklopt door volslagen vreemden. De hele hoofdstad was barstensvol mensen, velen aangeschoten maar goedgeluimd terwijl ze samendrongen op Trafalgar Square, een polonaise deden langs Piccadilly en om de koning riepen bij Buckingham Palace. Met enige moeite wist Billy naar Livingston Road te komen, grotendeels te voet, omdat de weinige rijdende bussen uitpuilden van de feestvierende Londenaren.

Zodra hij Livingston Road in liep, zag hij dat er een straatfeest was gehouden. De tafels en stoelen stonden er nog, met de restanten van het feest eromheen. Verder langs de straat zaten gezinnen nog buiten, drinkend en verhalen vertellend over wat er met hen was gebeurd in de oorlog. Terwijl Billy langsliep, werden hem meerdere keren glazen in de hand gedrukt om een toost uit te brengen op de koning en de overwinning.

Toen hij eindelijk bij het kindertehuis aankwam, begon het al te schemeren. Hij liep naar de voordeur, die openstond, en ging naar binnen.

De eerste die hij zag was de kleine Mary. 'Oom Billy!' gilde ze blij. 'Juffrouw Charlotte had gezegd dat je niet kwam! Je hebt het feest gemist.'

'O nee! Echt waar? Was het een mooi feest?'

'We hadden taart en ballonnen.'

'Dan was het zeker een mooi feest,' zei Billy. 'Is juffrouw Charlotte boven, Mary?'

'Nee,' antwoordde het kind. 'Ze is weggegaan. Ze is uit met haar vriend Harry.'

'Harry?' Billy had het gevoel dat hij een emmer koud water over zich heen had gekregen. Wie was Harry in vredesnaam?

'Hij was ook op het feest,' zei Mary. 'Ik vond hem niet aardig.'

Dit beviel Billy niets. Harry? Zou hij Charlotte verliezen aan iemand van wie hij nog nooit had gehoord?

Op dat moment kwam Caroline Morrison haar kantoortje uit. 'Wat doe jij nog beneden, Mary?' zei ze streng. 'Naar boven jij. We hebben een heerlijke dag gehad, maar nu is het bedtijd.'

Mary draafde de trap op en Caroline keek glimlachend naar Billy. 'Is het niet geweldig?' vroeg ze. 'Ik kan amper geloven dat het allemaal voorbij is.'

'Voor ons wel,' beaamde hij. 'Nu moeten we alleen nog die Japanners kwijt.'

'Ik weet het,' zei Caroline somber, 'maar in elk geval zijn de bombardementen hier opgehouden, zodat deze kinderen geen gevaar meer lopen.'

'Is Charlotte er?' vroeg Billy, ook al wist hij het antwoord al.

'Nee. Ze is de stad in gegaan voor de feesten daar.'

'In haar eentje?' Billy legde verbazing in zijn vraag.

'Nee, met een oude vriend. Luister, Billy, kom even mee naar mijn kantoortje, dan leg ik het uit.' Caroline leidde hem haar kantoor in en sloot de deur achter hen. Ze gebaarde naar een stoel en ging achter haar bureau zitten.

Even zwegen ze allebei, en uiteindelijk zei Caroline: 'Toen Charlotte als kind in Londen aankwam, ging ze naar een pleeggezin in Shoreditch.'

'Ja, dat weet ik allemaal.'

'Nou, je kunt je wel voorstellen dat ze als Duitse niet zo populair was bij haar klasgenootjes op school en veel werd gepest.'

Billy knikte; hij had hetzelfde zien gebeuren in Wynsdown.

'Maar een jongen uit dezelfde stad waar zij vandaan kwam, met dezelfde trein geloof ik zelfs, pakte die pestkoppen aan en daarna lieten ze haar met rust. Hij heette Heinrich Schwarz, maar dat veranderde hij later in Harry Black.'

'En met hem is ze nu de stad in?'

'Er zit wat meer achter het verhaal.' Caroline vertelde wat er sindsdien met Harry was gebeurd. 'Hij kwam haar opzoeken, kort nadat ze hier was komen werken. Ik geloof dat ze elkaar tegenkwamen bij het huis waar Charlotte vroeger met haar pleegouders woonde. Dat was beschadigd in een luchtaanval.'

'Ja, dat weet ik, dat heeft ze me verteld.'

'Over haar ontmoeting met Harry?'

'Nee, over het huis en dat ze haar pleegouders had teruggevonden.'

'Oké,' zei Caroline. 'Nou, na dat ene bezoekje verdween Harry weer, en later bleek dat hij in de gevangenis zat.'

'En jij hebt hem Charlotte laten meenemen?' Billy was van afgrijzen vervuld. 'Een bajesklant?'

'Ik weet niet van de hoed en de rand,' zei Caroline defensief. 'Hij kwam pas vandaag weer opdagen, en het was niet bepaald een dag om naar zijn bedoelingen te vragen. Charlotte is op hem gesteld. Hij is haar enige link met haar leven van voor de oorlog, met haar familie. Ze was verbaasd om hem na zo lange tijd weer te zien, maar ook blij. Als ik had geweten dat jij zou komen, Billy… Als zíj had geweten dat jij zou komen, weet ik zeker dat ze op je zou hebben gewacht, zodat jullie met z'n drieën hadden kunnen gaan. Maar dat wisten we dus niet, en ik vond dat ze het verdiend had om het einde van de oorlog te vieren net zoals iedereen.'

'En zij wist al die tijd dat hij weg was niet waar hij zat?' vroeg Billy.

'Nee. Hoewel ik moet toegeven dat ik er zelf wel een vrij aardig idee van had.'

'Hoezo?'

Caroline zuchtte en vertelde hem over de brief uit de gevangenis van Brixton. 'Ik mag hem niet en vertrouw hem niet, maar ik dacht dat als ik zou proberen haar tegen hem op te zetten, ik haar juist in zijn armen zou drijven.'

'Heb je die brief nog?' vroeg Billy.

'Nee,' zei Caroline. 'Die heb ik verbrand.'

'Heb je hem gelezen?'

'Nee, maar ik wilde niet dat Charlotte wist dat ik hem voor haar had achtergehouden.'

'Maar nu weet ik het ook,' zei Billy. 'En ik zou het haar kunnen vertellen.'

'Natuurlijk kan dat,' gaf Caroline toe, 'maar het zal niets veranderen. Ze weet al dat Harry in de gevangenis heeft gezeten, en het zal alleen maar alles oprakelen.'

Billy dacht even na. 'Is ze verliefd op hem?' vroeg hij uiteindelijk.

'Weet ik niet. Ik denk van niet, maar ze voelt wel iets voor hem;

dankbaarheid misschien, vriendschap, een band vanuit een gedeeld verleden?'

'Heeft hij een of andere greep op haar?'

Caroline haalde haar schouders op. 'Wie zal het zeggen? Niet als zodanig, denk ik, maar ik durf wel te stellen dat hij een manipulator is. Misschien legt hij haar emotionele druk op. Hij is beslist een overlever, en overlevers kunnen heel goed op zichzelf passen. Misschien is hij niet zo kieskeurig in hoe hij zijn zin krijgt.'

'En jij hebt haar Londen in laten gaan met zo'n vent?' Billy kon zijn weerzin bijna niet verbergen.

'Billy, ik kon haar niet tegenhouden. Ze wordt volgende maand negentien. Ze moet haar eigen beslissingen nemen. Ik vond het niet leuk dat ze ging, maar ik kon er niets tegen doen.'

'Wanneer komt ze terug?'

'Weet ik niet, Billy. Laat, denk ik, met alle festiviteiten die volgens de BBC in het West End gaande zijn. Ik denk niet dat je bezorgd hoeft te zijn om haar veiligheid. Ik denk niet dat Harry haar iets zal doen.' Ze stond glimlachend op. 'Kom, je zult wel honger hebben. Er is vast nog wel iets te eten voor je. Je hoeft in elk geval deze keer niet in de bijkeuken te slapen,' zei ze, terwijl ze hem voorging naar de keuken. 'Er zijn een paar kinderen verhuisd, dus we hebben allemaal onze eigen kamer terug. Jij kunt het veldbed in de woonkamer nemen.'

Nadat de meeste bewoners van het huis naar bed waren gegaan, bleven Caroline en Billy in de zitkamer op Charlotte wachten. Ze hoorden dat het feest buiten nog steeds doorging; het gezang van de feestvierders werd steeds valser, terwijl het bier bleef vloeien.

Het was al na middernacht toen de voordeur openging en ze gestommel in de gang hoorden. Billy liep er meteen naartoe en zag Charlotte naar binnen sluipen, fluisterend tegen een jongeman die vlak achter haar liep.

Toen ze Billy zag, slaakte ze een kreetje en haar hand vloog naar haar mond. 'Billy!' riep ze blij, en ze stapte naar hem toe.

Zonder ook maar een tel te aarzelen, sloeg hij zijn armen om haar heen. Alle eerdere voorzichtigheid vergeten, boog Billy zijn hoofd en kuste haar langdurig en intens. Hij eiste haar weer op, vastbesloten om die Harry geen twijfels te geven over zijn aanspraak.

'Billy,' zei ze toen ze weer kon praten. 'Ik wist niet dat je zou komen.'

Nog steeds met zijn armen om haar heen keek hij haar glimlachend aan. 'Geeft niet. Ik vond dat we het samen moesten vieren, en daarom ben ik hier.' Hij keek even naar Harry, die bij de deur rondhing met een gezicht dat op onweer stond. 'Wie is dit?' vroeg Billy alsof hij geen idee had.

Voordat Charlotte kon antwoorden, stapte Harry naar voren. 'Ik ben Harry Black, een oude vriend van Lisa. We kennen elkaar al heel lang.'

'Lisa?'

'Lieselotte Becker, uit Hanau... net als ik.'

Ze waren steeds harder gaan praten, en Caroline stak haar hoofd om de hoek. 'Zachtjes, anders maken jullie iedereen wakker. Kom naar de zitkamer.'

Binnen keek Harry naar het kampeerbed dat opgemaakt in een hoek stond.

Charlotte volgde zijn blik. 'Billy slaapt altijd ergens in huis op een opklapbed als het heel vol is,' legde ze uit.

Harry gromde. 'Komt hij hier dan zo vaak? Het verbaast me dat hij niet in het leger zit.'

'Het is al laat,' zei Caroline, die zijn opmerking negeerde. 'We moeten morgen zoals altijd weer vroeg op, dus je kunt nu beter gaan, Harry.' Ze draaide zich om en opende de deur naar de gang.

Harry kwam niet in beweging. 'Gaan? Waarheen? Ik kan nergens heen.'

'Nou, dat spijt me, Harry,' zei Caroline ferm, 'maar hier kun je ook niet blijven. We hebben geen plek.'

'Jullie hebben plek voor hem.' Harry gebaarde met zijn hoofd naar Billy. 'Hij woont hier ook niet.'

'Billy komt hier vaker,' zei ze. 'Hij is geweldig met de kinderen en we vinden het allemaal fijn als hij komt.'

Ze liep door de gang en opende de voordeur. De geluiden van feestvierders waren te horen van verderop, waar voor het eerst in bijna zes jaar tijd de straatlantaarns weer aan waren en bleke lichtpoelen op de stoepen wierpen. Voor het eerst in even zo lange tijd kon Caroline in het licht in de deuropening staan, een teken dat er echt geen gevaar meer uit de lucht te vrezen was.

Harry staarde met een ijzig gezicht naar Charlotte en Billy, die laatste met zijn arm nog om Lisa heen. Niemand sprak. Hij haalde overdreven zijn schouders op. 'Ik kom morgenochtend wel terug, Lisa. Dan kunnen we onze plannen maken.' Toen slenterde hij de kamer uit.

Hij bleef nog even in de gang staan, bij Caroline die de deur openhield. 'Morgen kom ik terug,' zei hij, 'en dan vertel ik Lisa dat je mijn brief aan haar hebt gestolen. Ik weet het zeker. Ik zag het aan je gezicht. Daar zou je nog wel eens spijt van kunnen krijgen, juffrouw Majesteitelijke Morrison. Ze zou die vent nooit hebben zien staan als ze had geweten dat ik terugkwam.'

'Welterusten, Harry,' zei Caroline, en ze sloot de deur achter hem.

Harry bleef nog een poosje naar de gesloten deur staan staren. Hij vroeg zich af of Lisa achter hem aan zou komen, dus wachtte hij verderop in de straat nog even, maar de voordeur bleef dicht, en uiteindelijk gaf hij het op en beende weg.

Na zijn vrijlating uit de gevangenis was hij één keer terug geweest naar Kemble Street, met het idee dat hij de kelder misschien weer tijdelijk kon gebruiken, maar die huizen waren intussen afgebroken. Het enige wat er nog over was, was een braakliggend terrein dat wachtte op een einde aan de vijandelijkheden.

Daarna was hij naar een opvangcentrum gegaan en had daar voor het eerst zijn nieuwe papieren laten zien. Hij had zijn adem ingehouden toen de vrijwilligster zijn adres bekeek en zei: 'Dat blok ligt al weken plat. Waar heb je sinds die tijd gezeten?'

Harry glimlachte droevig. 'Ik ben net terug,' zei hij. 'Ik zat destijds op zee. Kwam naar huis, maar vond alleen nog maar een gat in de grond.'

'O, arme jij!' riep de vrouw, vol sympathie voor de dappere jongeman die zijn huis was kwijtgeraakt terwijl hij zelf op zee diende. 'Maak je geen zorgen, we vinden snel een plekje voor je. Intussen, meneer Merritt, kun je hier blijven. Er is alleen een slaapzaal, maar daar is nog wel een bed vrij.'

'Dat is prima,' verzekerde Harry haar. 'Het is toch alleen maar tot het einde van mijn verlof.'

Die avond was hij niet de laatste die terugkeerde naar het centrum. Hoewel er normaal gesproken een bepaalde tijd was waarop iedereen binnen moest zijn, zodat mensen die al sliepen niet werden gestoord, gaf daar nu niemand om en bleven veel bedden op de slaapzaal leeg, omdat haast iedereen buiten bleef om de vrede te vieren.

Toen Caroline de deur achter Harry had gesloten, ging ze terug naar de zitkamer. Billy stond bij het raam op de straat uit te kijken, maar Charlotte stond bij de koude open haard. Toen ze de uitdrukking op het gezicht van het meisje zag, wist Caroline dat Harry's afscheidswoorden waren gehoord.

'Wat voor brief?' vroeg Charlotte meteen. 'Over wat voor brief had Harry het?'

Caroline zuchtte en keek even naar Billy, maar zijn gezicht bleef onbewogen. 'Ga even zitten, Charlotte,' zei ze. Charlotte ging op het puntje van de leunstoel zitten, alsof ze elk moment weer wilde opspringen.

'Die zaterdag, toen Harry niet kwam zoals hij had beloofd, was je zo van streek. Ik was woest op hem omdat hij je liet zitten. Weet je nog dat ik je de volgende dag naar Kemble Street stuurde om uit te zoeken wat er met de Federmans was gebeurd?'

Charlotte knikte, maar zei niets.

'Nou…' Caroline haalde diep adem. 'Je vond ze terug, en plotseling veranderde je hele wereld. Je was zo blij dat je ze weer gevonden had, en om de baby te zien…'

'Hoe zit het met die brief?'

'Dat komt zo,' zei Caroline. 'Je leek gelukkiger dan ik je in tijden had gezien. Toen jij in Wynsdown was voor je gesprek met meneer Thompson, kwam er op een ochtend een brief voor je. Er stond een stempel op van de gevangenis in Brixton. De enige die ik kon bedenken die je vanuit de gevangenis zou schrijven, was Harry.'

'En wat stond er in die brief?' vroeg Charlotte kil.

'Dat weet ik niet,' zei Caroline zachtjes. 'Ik heb hem niet opengemaakt.'

'Maar ook niet aan mij gegeven.'

'Nee. Een paar keer stond ik op het punt om hem aan je te geven, maar je leek de controle te hebben genomen over je leven, en' – ze keek even naar Billy – 'ik wilde niet alles weer overhoophalen.'

'Je hebt Harry nooit gemogen.' Charlottes stem sloeg over. 'Je wilde niet dat hij terugkwam in mijn leven, hè? Maar het was mijn leven en ik wilde hem wél terug.'

Caroline zag de tranen in Charlottes ogen en werd vervuld van spijt. Charlotte had gelijk: ze had het recht niet gehad om die brief voor haar achter te houden, hoe goed haar bedoelingen ook waren.

Charlotte vocht zichtbaar tegen haar tranen. 'Waar is hij nu?' vroeg ze boos, 'die brief?'

'In mijn bureau.'

Billy keek geschrokken naar haar.

Caroline draaide zich om, liep naar haar kantoortje en keerde even later terug met een vaalgele envelop die ze aan Charlotte gaf.

Zonder een woord te zeggen of naar Caroline of Billy te kijken, liep Charlotte de deur uit en rende naar haar eigen kamertje, haar toevluchtsoord. Ze ging op haar bed zitten, bleef een hele poos naar de envelop zitten kijken en maakte hem uiteindelijk open. Er zat één velletje papier in; een brief geschreven met potlood op gelinieerd papier.

Lieve Lisa

Ik ben gearresteerd en voor van alles aangeklaagd. De meeste van die dingen zijn niet waar. Ik ben erin geluisd. Ik weet niet wanneer ze me er weer uit laten. Ergens volgende maand moet ik voorkomen. Als ik vrij ben, kom ik je opzoeken en kunnen we weer samen zijn.

Ik zit hier nog wel een poosje, in Brixton, dus je kunt me hier schrijven. Niet te geloven dat ik weer in de bak zit, terwijl ik net uit dat interneringskamp was.
Schrijf alsjeblieft.

Liefs, Harry

Charlotte las de brief twee keer en liet eindelijk de tranen komen. Harry had haar geschreven, maar omdat Caroline de brief had verstopt, dacht hij dat ze hem in de steek had gelaten. Ze ging huilend op haar bed liggen.

De volgende morgen werd ze moe en ongelukkig wakker. Het leek alsof alles in haar leven zich had bewogen naar een soort besluit, een evenwicht. De oorlog was voorbij, in elk geval hier in Londen, ze kon op zoek naar haar familie, ze had een huis als ze terug wilde naar Somerset, ze wist dat Billy van haar hield en was gaan geloven dat het veilig kon zijn om ook van hem te houden.

En nu, vanwege deze brief, een brief die ze bijna drie jaar geleden had moeten krijgen, was alles ingestort. Haar plannen om op zoek te gaan naar haar familie leken net zo stom als Harry had gezegd dat ze waren. Haar reünie met de Federmans leek ver weg. Zij waren niet meer verantwoordelijk voor haar, zij hadden de kleine Nicky, die nu vierenhalf was. Haar broertje hadden ze hem genoemd, maar dat was hij niet, en nu leek het dwaas om te doen alsof het wel zo was. Zij en de Federmans zouden uit elkaar groeien terwijl Engeland opkrabbelde, de oorlog achter zich liet en doorging met het leven.

Beneden hoorde Charlotte de geluiden van het ontbijt, maar zij had geen trek.

Na een uurtje werd er op haar deur geklopt. Toen ze niet reageerde, ging de deur open en stapte Billy naar binnen. Charlotte lag volledig aangekleed op haar bed naar het plafond te staren. Hij kwam naast haar zitten.

Ze keek niet naar hem, maar hij pakte haar hand en streelde er zachtjes over. 'Vertel eens over Harry.'

Harry was vroeg wakker, en nadat hij was aangeschoven voor het ontbijt in het opvangcentrum, besloot hij op pad te gaan om wat geld te verdienen. Het kleine beetje dat hij had meegekregen toen hij Gloucester verliet, raakte snel op, en op een of andere manier moest hij genoeg geld bij elkaar zien te krijgen om naar Australië te komen. Samen met Lisa. Hij had de hoop dat ze met hem mee zou gaan nog niet helemaal opgegeven. Als hij haar weer zag, zou hij haar vertellen dat dat mens van Morrison zijn brief achterover had gedrukt, en dan zou ze weten dat hij al die tijd aan haar had gedacht. Die boer van het platteland zou zien dat Lisa voor Harry koos in plaats van voor hem. Ze hoorden bij elkaar.

Hij propte zijn nieuwe papieren in zijn zak – die liet hij echt niet liggen zodat een of andere dief in het centrum ze kon jatten – en liep tussen de menigten op de straten door. Een van de vaardigheden die Denny Dunc hem in Gloucester had aangemoedigd te leren, was zakkenrollen. Een oude rot, die bekendstond als 'Vingervlug' vanwege zijn talent op dat vlak, had Harry onderwezen, en tegen de tijd dat hij vrijkwam was Harry een vaardige zakkenroller.

'Je weet nooit wanneer je een paar pond nodig hebt om rond te komen,' had Denny Dunc tegen hem gezegd, en Harry stond op het punt het uit te proberen. Nu de mensen nog feestvierden en velen van hen dronken en suf van de alcohol waren, zou het een makkie moeten zijn.

Harry liep net The Strand op toen hij een hand op zijn arm voelde. Hij draaide zich om en zag Mick Derham staan, een van de mannen bij wie hij een boodschap van Denny had gebracht.

'Alles goed, Harry?' vroeg Mick.

'Ja, hoezo? Wat is er?'

'Denny wil je spreken.'

'O ja? Denny zit in de bak.'

Mick grijnsde zijn onvolledige gebit bloot. 'Niet meer, dus. We hebben hem gisteren opgehaald.'

'Opgehaald?' Harry kon niet verwerken wat Mick zei.

'Iedereen had het druk met feestvieren.' Mick grijnsde. 'Leek ons een goed moment om het te proberen. Maar goed,' ging hij door, 'kom met mij mee. Denny wil je spreken.'

Harry wilde protesteren, maar toen hij de staalharde blik in Micks ogen zag, leek het hem beter om maar mee te gaan. Mick leidde hem door een doolhof van straten en keek af en toe achterom om zeker te weten dat ze niet werden gevolgd.

'Hoe wist je waar je me kon vinden?' vroeg Harry.

Mick grijnsde weer. 'We wisten altijd waar je zat, maat. Denny wist dat hij je vroeg of laat nodig zou hebben. Onderdeel van het plan, was je.'

Uiteindelijk kwamen ze aan in een smal straatje bij de havens, ingesloten tussen hoge gebouwen. Mick klopte op een deur met bruine, afbladderende verf en even later werd er opengedaan. Een andere kompaan van Denny Dunc leidde hen naar boven, waar een klein kamertje met uitzicht op straat was, en daar zat de man zelf in een leunstoel, met een glas whisky naast hem.

'Harry, jongen!' riep hij toen Harry binnenkwam. 'Fijn om je te zien.' Hij keek even naar Mick. 'Geen problemen? Mooi. Geef die knul iets te drinken.' Mick schonk wat whisky in een glas en gaf het aan Harry.

'Ga zitten, Harry,' zei Denny plotseling serieus, 'dan zal ik je vertellen wat er gaande is. Je bent zeker verbaasd om me te zien?'

Harry nam een slok whisky en knikte. 'Ja, hoe heb je het voor elkaar gekregen?'

'Laten we het erop houden dat het al maanden in voorbereiding was. Ik zat alleen te wachten op de juiste dag. Jij hebt je rol gespeeld, en nu krijg je je beloning.'

'Mijn beloning?' Harry wist niet of hij blij moest zijn of niet.

'Je gaat naar Australië, jongen. Je gaat met mij mee naar Australië.'

Harry staarde hem aan. 'Australië?'

'Dat is toch wat je wilde? Een blanco strafblad. Een paspoort. Een nieuwe naam. Dat heb ik je allemaal gegeven, Harry, of moet ik je nu "Vic" noemen? Maar goed, alles is geregeld.'

'Wat is er allemaal geregeld, Denny?'

'Ik heb een paar plekken geboekt op een koopvaardijschip. De *Maiden Lady*. Ze vertrekt morgen.'

'Morgen!'

'Dat is je zeker weer niet snel genoeg, hè? Maar het was het beste wat ik kon regelen.'

'Maar hoe...'

Denny grijnsde zelfingenomen. 'Geld, jongen, geld. Als je maar genoeg geld hebt, kun je alles kopen. Wij hoeven alleen maar te zorgen dat de smerissen ons niet vinden voordat we gaan. Ze zullen ook naar jou uitkijken, omdat ze weten dat jij iets te maken had met mijn ontsnapping.'

'Maar ik heb niks gedaan,' wist Harry uit te brengen.

'Natuurlijk wel, jongen. Ik moest mijn berichten toch versturen? En als ze mijn corrupte smeris eenmaal onder druk zetten, wat ze zeker zullen doen, wordt alles bekend. Dus we moeten wegwezen voordat ze erachter komen hoe het zit. Gelukkig voor ons zijn smerissen niet zo snugger. Ze zullen er wel even mee bezig zijn. Maar we kunnen geen risico's nemen, dus jij en ik blijven binnen totdat we morgenavond aan boord gaan.'

'Waarom ik?' vroeg Harry, die zich afvroeg hoe hij in vredesnaam kon wegkomen.

'Omdat jij schone handen hebt, jongen. Vic Merritt heeft geen strafblad, en jij bent nu Vic Merritt, precies zoals je wilde. Ik? Ik ben George Merritt, je ouwe vader. We reizen samen een nieuw leven tegemoet nu we dakloos zijn geworden in Londen.'

'Maar... Lisa...' Terwijl hij haar naam zei, wist Harry al dat hij haar niet had moeten noemen.

Denny keek hem zo fel aan dat zijn woorden wegstierven. 'We weten dat je een meisje hebt, Harry... Vic, bedoel ik; ik moet eraan wennen dat ik je zo noem. We weten van Lisa en waar ze is. Als je haar nog steeds wilt als we daar eenmaal zijn, kan Mick regelen dat ze ook overkomt. Geen probleem, toch, Mick?'

Mick knikte. 'Geen probleem, baas.'

Harry dacht aan Lisa, zo kwetsbaar, zich er niet van bewust dat iemand van haar afwist of haar in de gaten hield, en zei zo achteloos mogelijk: 'Dat is dan prima, als ik haar kan laten halen zodra we daar gesetteld zijn.'

Hij dacht een korte glimp van ontspanning op Denny's gezicht te zien, maar die was snel weer verdwenen. 'Ik wist wel dat je het zou begrijpen, jongen. Er komen altijd problemen van als we de vrouwtjes erbij betrekken… maar toch zijn we dol op ze!' Hij zuchtte diep. 'Mijn vrouwtje blijft hier. Ik kan niet eens bij haar langsgaan voordat ik vertrek, want de smerissen houden haar huis ongetwijfeld als haviken in de gaten, hopend me daar te grijpen. Maar ze weet hoe het ervoor staat en ze komt niks tekort.'

Ze bleven in het bovenkamertje tot het eind van de volgende dag. Mick had een krant meegebracht waar iets in stond over Denny's ontsnapping, maar met de opwinding van het einde van de oorlog was het een heel klein stukje onder aan de achterpagina.

'Des te beter,' zei Denny toen hij het zag, maar Harry had stiekem het vermoeden dat hij het jammer vond dat zijn ontsnapping geen grotere sensatie was.

Terwijl de schemering plaatsmaakte voor het nachtelijke duister, werd de *Maiden Lady* losgemaakt en gleed ze de Theems op. Harry stond aan dek en keek naar de lichtjes die nu langs de oever brandden, die kleiner werden toen ze de zee bereikten. Hij was op weg naar Australië; niet helemaal zoals gepland met Lisa aan zijn zijde, maar, dacht hij, zodra hij er was zou hij haar schrijven en uitleggen dat het niet zijn schuld was dat hij zonder haar was vertrokken. Lisa zou het wel begrijpen.

42

Juni 1945

Het was een moeilijke maand geweest sinds de vrede was uitgeroepen. Charlotte werkte nog steeds in Livingston Road, maar er was beslist een afkoeling ontstaan tussen haar en Caroline. Ze had ongeduldig gewacht tot Harry terugkwam, zoals hij had beloofd, maar toen hij niet kwam opdagen, was ze geleidelijk gaan accepteren dat hij dat ook niet meer zou doen. Het had geen zin om Caroline daarvan de schuld te geven. Zij had zijn verdwijning niet veroorzaakt, en hoe langer Harry wegbleef, hoe meer Charlotte moest toegeven dat Caroline had gedacht, hoe misleid ook, dat ze in Charlottes belang handelde toen ze zijn brief achterhield.

Billy had weer naar huis moeten gaan, maar voor die tijd had Charlotte hem alles verteld over Harry, hoe ze vrienden waren geworden en wat hij voor haar betekende. Ze had hem ook verteld over juffrouw Edies nalatenschap.

Hij had haar een poosje aangestaard. 'Bedoel je dat Blackdown House van jou is?'

Ze knikte.

'En de Nicholsons dan, die daar nu wonen?'

'Dat zijn huurders. Zij wonen er alleen maar zolang de oorlog duurt.'

'Dus je zou daar weer kunnen gaan wonen nu de oorlog voorbij is.'

'Ik weet het niet, Billy. Het hangt er helemaal van af.'

'Weet Harry dit?'

'Ja, ik heb het hem verteld.'

Vandaag was Charlotte met een paar kinderen in het park. Ze zat op een bankje terwijl de kleintjes schommelden en dacht aan de keer dat Harry haar hier had opgezocht. Ze keek om zich heen, half in de verwachting hem weer te zien verschijnen, maar tot haar verbazing zag ze Caroline aan komen rennen.

'Caroline? Wat is er?'

'Er is een brief voor je gekomen, en ik dacht dat je hem meteen zou willen zien.'

Charlottes gedachten vlogen naar Harry, maar toen ze de brief aanpakte, zag ze dat het postzegel buitenlands was… Zwitsers.

'Ik pas wel op de kinderen,' zei Caroline. 'Ga jij maar naar huis om hem rustig te lezen.'

Dat liet Charlotte zich geen twee keer zeggen. Achter op de envelop, in het kleine, puntige handschrift dat ze eerder had gezien, stonden de naam Nikolaus Becker en een adres in Zürich. Ze rende terug naar het tehuis en ging meteen naar haar kamer. Nikolaus had eindelijk de brief beantwoord die ze hem had gestuurd zodra ze zijn adres weer in haar oude koffertje had gevonden. Ze ging op haar bed zitten en keek een hele poos naar de envelop voordat ze de moed verzamelde om hem open te maken. Ze nam aan dat er nieuws in stond over haar familie, maar zou het het nieuws zijn waar ze al zo lang op wachtte? Harry had gezegd dat ze allemaal wel in de moordmachine van de nazi's zouden zijn verdwenen. Zou hij gelijk krijgen?

Langzaam scheurde ze de envelop open en trok de brief eruit. Hij was tien dagen geleden geschreven.

Mijn lieve Lieselotte,

Ik ben zo blij dat je me weer hebt geschreven met een nieuw adres. Ik had je al eerder geschreven, op je vorige adres, maar kreeg geen antwoord. Later wist ik contact te krijgen met Bloomsbury House en ontdekte ik tot mijn wanhoop dat ze daar een melding hadden dat je in september 1940 was omgekomen.

Nu de vijandelijkheden in Europa voorbij zijn, zijn er vele honderden overlevenden van de nazikampen gevonden, en sommigen zijn via Amerikaanse ziekenhuizen en het Rode Kruis weer in contact

gebracht met hun familieleden. Het verheugt me je te kunnen vertellen dat je moeder een van hen is. Ze heeft in een Amerikaans legerziekenhuis gelegen sinds ze uit een werkkamp is gered, ik weet niet waar, maar ze herinnerde zich mij en het Rode Kruis nam contact met me op. Ik heb regelingen getroffen zodat ze naar Zürich kon komen. Het spijt me te zeggen dat er geen spoor is van je broer of je vader. Er worden dagelijks namen gepubliceerd van slachtoffers, maar tot nu toe geen goed of slecht nieuws over hen. Ik weet niet hoe je moeder heeft weten te overleven, maar dat is zo, hoewel ze extreem zwak is.
Als je naar Zürich zou kunnen komen, zou dat haar heel gelukkig maken. Ze is niet sterk genoeg om naar Engeland te reizen en jou te bezoeken. Om eerlijk te zijn weet ik niet of ze ooit weer helemaal de oude zal worden. Misschien zal ze met goede verpleging hier in Zwitserland wel enigszins herstellen, maar als je kunt komen, denk ik dat je dat zo gauw mogelijk moet doen. Ik zal mijn telefoonnummer onder aan deze brief vermelden, maar misschien is het niet mogelijk om me aan de lijn te krijgen. Zoals je je kunt voorstellen, met het einde van de oorlog, is alles een chaos en zelfs ons neutrale Zwitserland heeft er erg veel last van.
Mijn vrouw Anna en ik zouden het heel fijn vinden als je een paar dagen bij ons komt logeren. Schrijf me alsjeblieft snel of je kunt komen, zodat we regelingen kunnen treffen voor je verblijf.

Groeten,
Nikolaus Becker

Charlotte voelde een plotselinge uitbarsting van vreugde. Mutti leefde nog en was naar Zwitserland gebracht. Dat er geen nieuws was over papa of Martin, hoefde niet te betekenen dat ze dood waren; ze waren alleen nog niet gevonden. Mutti leefde nog en Mutti had haar nodig. Charlotte sprong overeind en rende naar beneden op zoek naar Caroline. Ze moest haar geweldige nieuws met iemand delen.

Toen ze in de gang aankwam, keerde Caroline net uit het park terug met de kinderen. Ze zag de vreugde op Charlottes gezicht, en alle onmin tussen hen verdween toen ze zich in elkaars armen wierpen.

'Ze leeft!' riep Charlotte, terwijl de tranen over haar wangen stroomden. 'Mijn moeder leeft nog.'

Caroline omhelsde haar stevig en haar tranen vermengden zich met die van Charlotte. 'Wat een prachtig nieuws! Gewoonweg prachtig,' zei ze. 'O Charlotte, lieverd, ik ben zo blij voor je.'

Wat later, toen ze de kans hadden om even te zitten met een kop thee, vroeg Caroline: 'En wat ga je doen?'

'Ik heb alles al op een rijtje,' antwoordde Charlotte. 'Morgen ga ik naar Somerset om met meneer Thompson en de dominee te overleggen. Ik heb wat geld uit mijn fonds nodig om naar Zürich te gaan.'

'Maar hoe kom je daar dan?'

'Boot, trein, hoe dan ook.'

Charlotte vertrok de volgende dag naar Somerset. Ze had de Swansons gebeld om te zeggen dat ze kwam en Avril had beloofd dat iemand haar van het station zou ophalen.

Billy stond op het perron te wachten toen Charlotte uit de trein stapte. Ze omhelsden elkaar en Billy kuste haar kort op de lippen voordat hij haar meenam naar John Shepherds auto.

'Wat een plotseling bezoek,' zei Billy, terwijl ze de heuvel op reden naar Wynsdown. 'Is er iets gebeurd?'

Charlotte zei dat ze alles zou uitleggen als iedereen bij elkaar was.

De Swansons begroetten Charlotte uitgelaten.

'Charlotte, lieve meid, wat heerlijk om je te zien,' zei Avril terwijl ze haar omhelsde. 'We willen dolgraag horen hoe alles in Londen gaat.'

'Wacht even, Avril,' zei de dominee lachend, terwijl ook hij Charlotte omhelsde. 'Dat arme kind is nog niet eens fatsoenlijk binnen. Geef haar eerst wat te eten, dan kunnen we daarna kletsen.'

'Ja, ja, natuurlijk.' Avril keek even naar Billy, die in de deuropening stond. 'Blijf je eten, Billy?'

Na het eten zaten ze om de vertrouwde keukentafel en luisterden naar haar verhaal.

'Dus je snapt wel,' voltooide Charlotte haar verhaal, 'dat ik wat geld nodig heb zodat ik mijn moeder kan bezoeken in Zürich.'

'In je eentje?' Avril klonk geschrokken.

'Natuurlijk niet,' zei Billy. 'Ik ga met haar mee.'

Charlotte staarde hem aan. 'Billy, dat kan niet.'

'Waarom niet? Waarom zou dat niet kunnen?'

'Het is zo ver weg. Ik weet niet wat ik daar zal aantreffen. Ik weet niet eens hoelang ik wegblijf.'

'Weet ik,' antwoordde Billy. 'Daarom ga ik ook met je mee.'

'Ik... Ik weet niet...' begon Charlotte, met hoop en onzekerheid in haar ogen.

'Ik wel,' zei Billy ferm. Hij pakte haar hand. 'Je denkt toch niet dat ik je in je eentje zou laten gaan, Char? Geen gemaar, ik ga mee.'

'Dan zullen we genoeg geld moeten vrijgeven om jullie allebei daarheen en weer terug te krijgen,' zei David. 'Ik zal morgenochtend Thompson bellen, dan regelen we het.'

Die avond, toen Charlotte in bed lag in de pastorie, dacht ze aan de reis die ze ging maken. Het zou niet gemakkelijk worden om het door oorlog verscheurde Frankrijk te doorkruisen. Maar hoewel ze vastbesloten was geweest om hoe dan ook te gaan, de gedachte dat Billy bij haar zou zijn had de last verlicht waarvan ze niet eens had beseft dat ze die meedroeg.

De volgende morgen troffen ze meneer Thompson en werd het geld vrijgegeven dat Charlotte en Billy nodig hadden. Ze verlieten Wynsdown met de middagtrein.

Ze maakten de oversteek naar Frankrijk en namen eerst een trein naar Parijs. De Franse spoorwegen functioneerden nog, en ze konden op een late trein naar Strasbourg overstappen voor het volgende deel van de tocht. Terwijl ze samen in de coupé zaten, omringd door mensen die in slaap gesust waren door de bewegingen van de trein, kroop Charlotte tegen Billy aan, met haar hoofd op zijn schouder en zijn arm om haar heen. Zij dommelden ook af en toe in, maar Charlotte was te opgewonden om echt te slapen. Ze had geen idee hoe haar moeder eraan toe was, alleen dat ze in het ziekenhuis had gelegen en heel zwak was.

Drie dagen later waren ze eindelijk in Zürich. Vermoeid en hongerig, omdat ze alleen de boterhammen hadden gegeten die ze zelf voor onderweg hadden meegebracht, gingen ze eerst naar een café op het station en aten daar iets. Er stonden taxi's voor het station, en Charlotte gaf de chauffeur het adres van Nikolaus Becker.

'Nogal extravagant, om een taxi te nemen,' zei ze, terwijl ze door de stad reden, die schoon en stralend en onaangetast was door de verwoestingen van een oorlog, 'maar ik zou niet weten hoe we hem anders moeten vinden.'

Billy kneep in haar hand. 'Precies. En het is ook de snelste manier om bij je moeder te komen.'

Nikolaus Becker woonde in een appartementengebouw in een zijstraat niet ver van het zakendistrict. De taxi zette hen voor de deur af en Charlotte keek naar de rij bellen naast de gezamenlijke voordeur. Daar stond het: BECKER N. Ze glimlachte nerveus naar Billy en belde aan. Zou Nikolaus haar verwachten? Ze had geprobeerd hem te bellen zodra ze zijn brief had gekregen, maar het was onmogelijk geweest om telefonisch verbinding te krijgen met Zürich, dus had ze hem geschreven, maar ze had geen idee of hij haar brief al had ontvangen. De deur ging zoemend open en ze gingen naar binnen. Er was een kooilift, maar ze namen de trap.

Er waren twee appartementen per verdieping, elk met een bel en een naambordje bij de deur. De Beckers woonden op de tweede etage.

Toen Charlotte op de bel drukte, werd er bijna meteen opengedaan door een bediende in een zwart uniform. 'Ja?'

'Lieselotte Becker, ik kom voor Herr Becker.' Charlotte sprak Duits, hoewel het zelfs in haar eigen oren vreemd klonk. Ze had al geen Duits meer gesproken sinds de avond dat ze de piloot Dieter Karhausen had gerustgesteld.

De bediende stapte opzij en liet hen een grote hal binnen. 'Wacht hier, alstublieft. Ik zal kijken of Herr Becker thuis is.'

Nikolaus Becker verscheen al snel, turend naar het stel dat in de gang stond. 'Lieselotte?' vroeg hij. 'Ben jij dat echt?'

Charlotte beaamde dat en stelde Billy aan hem voor, die geen Duits sprak en dus maar gewoon glimlachte en de man een hand gaf. Nikolaus leidde hen naar een grote zitkamer met uitzicht op de straat.

Toen ze binnenkwamen, stond er een vrouw op uit een stoel bij het raam, en Nikolaus stelde haar voor als zijn echtgenote Anna. Ze was langer dan haar man, elegant gekleed en met haar haar in een knot gedraaid.

'Lisa,' zei ze lijzig. 'We zijn zó blij dat je er bent. We hoopten al dat je zou komen.'

'Ik had geschreven,' zei Charlotte, 'maar misschien ben ik mijn brief voor. Hoe gaat het met mijn moeder?'

'En wie is dit?' In plaats van haar vraag te beantwoorden, keek Anna belangstellend naar Billy.

'Dit is mijn vriend Billy Shepherd,' zei Charlotte. Ze had geen tijd om uitvoerig uitleg te geven over haar relatie met Billy. 'Hoe gaat het met mijn moeder? Waar is ze?'

'In een verpleeghuis,' antwoordde Anna. 'We konden haar hier niet verzorgen.'

'Kunnen we naar haar toe?'

'Natuurlijk,' zei Anna gladjes, 'maar jullie willen toch vast wel eerst iets drinken?'

'Nee, dank u,' zei Charlotte. 'We hebben al iets gehad. Alstublieft, kunt u ons naar dat verpleeghuis brengen?'

Anna glimlachte. 'Natuurlijk. Nikolaus brengt jullie wel. Waar waren jullie van plan te slapen?'

Billy merkte blijkbaar dat Charlotte opgewonden raakte. 'Wat is er, Char?' vroeg hij zachtjes.

'Niets, meneer Shepherd, verzeker ik u,' zei Anna in perfect Engels. 'Ik vroeg alleen waar jullie van plan waren te logeren. Lisa is natuurlijk van harte welkom bij ons, maar aangezien u er nu ook bent, is het waarschijnlijk comfortabeler voor jullie in een hotel.'

Billy glimlachte beleefd, maar Charlotte kon zien dat hij boos was. 'Natuurlijk,' antwoordde hij. 'Maakt u zich maar geen zorgen om ons. We gaan op zoek naar een hotel zodra Charlotte haar moeder heeft gezien.'

'Charlotte?'

'Lisa. Ik bedoel Lísa's moeder.'

'Aha. Nou, misschien willen jullie je handen wassen, je een beetje opfrissen terwijl Nikolaus de auto haalt.' Ze wees naar de andere kant van de gang.

Charlotte ging als eerste, en toen ze de deur van de grote badkamer achter zich had gesloten, keek ze in de spiegel boven de wastafel. Ze keek in het bleke gezicht van een meisje met enorme, vermoeide ogen. Ze hadden zo ver gereisd, en even had ze gedacht dat haar moeder in het appartement zou zijn. Ze had het moeten weten, dat Mutti intensieve verzorging nodig zou hebben, maar toen ze het weelderige appartement was binnengekomen, was ze heel even blij geweest dat haar moeder in zo'n prettige omgeving woonde.

Nikolaus bracht hen naar het verpleeghuis, dat niet ver weg was. Hij leek zich meer te ontspannen nu ze nog maar met hun drieën waren en sprak vrijuit.

'Je arme moeder wist vlak voor de capitulatie contact met ons te leggen via het Rode Kruis,' zei hij. 'Tot die tijd hadden we niets gehoord. Ik heb haar hierheen laten halen, maar ze was er veel slechter aan toe dan ik had verwacht.' Hij zuchtte. 'We konden haar thuis niet verzorgen, Lisa. Anna, mijn vrouw...' Zijn stem stierf weg en hij zweeg opgelaten.

'Ik weet dat je al het mogelijke hebt gedaan,' verzekerde Charlotte hem. 'Dank je wel dat je voor haar hebt gezorgd en dat je mij hebt geschreven.'

'Ik vrees dat ze erg is veranderd,' zei Nikolaus droevig.

'Heeft ze iets over papa of Martin gezegd?' vroeg Charlotte. 'Weet zij waar ze zijn?'

Nikolaus zuchtte weer. 'Ik zal je vertellen wat ze zei.' Hij stopte op de parkeerplaats voor een groot huis, zette de motor af en draaide zich naar haar om. 'Het is geen goed nieuws, vrees ik. Je vader is opgepakt en we weten verder niets over hem. Martin woonde nog een tijdje bij je moeder, maar toen hebben ze hem weggehaald. Omdat hij blind was, stuurden ze hem naar een tehuis voor gehandicapten ergens in Beieren, waar hij is overleden.'

'Hoe?' fluisterde Charlotte.

'Dat weten we niet. Je moeder kreeg alleen een kaartje met de mededeling dat hij dood was.'

'Wat deed zij toen? Waar ging ze heen?'

'Ze werd geholpen door een van je vaders vroegere patiënten. Je vader had het leven van haar zoon gered na de vorige oorlog, en dat was ze nooit vergeten. Ze was niet Joods, maar ze nam je moeder in huis en verstopte haar. Helaas verraadde iemand hen aan de Gestapo. Ze werden allebei opgepakt en naar een kamp gestuurd. Ik weet niet wat er met die andere vrouw is gebeurd, maar je moeder wist in leven te blijven totdat de Amerikanen kwamen.' Nikolaus zweeg even. 'Ik vond dat je dit moest weten voordat je haar zag. Mensen die de kampen hebben overleefd... Het verklaart hoe ze eraan toe is.' Hij gebaarde naar het huis. 'Ga maar naar binnen. Ik wacht hier wel op jullie.'

Ze hadden Duits gesproken, maar Billy had blijkbaar de strekking van het gesprek meegekregen door de toon van hun stemmen en gezien dat Charlotte tegen tranen vocht. Hij hield haar hand vast, en ze was hem steeds harder gaan knijpen terwijl ze kaarsrecht op de achterbank naar Nikolaus' verhaal luisterde.

Toen hij eindelijk zweeg, was de sfeer in de auto beladen. Charlotte deed het portier open en stapte uit. Billy volgde, even wachtend toen ze zich de auto in boog en nog iets tegen Nikolaus zei. Toen zei ze: 'Kom, Billy. Ze is hier.' Ze draaide zich om, liep resoluut naar de voordeur en belde aan.

Een verpleegster ging hen voor. 'Dit is haar kamer. Ze is een beetje zwak vandaag.' Ze opende de deur en zei monter: 'Zo, Marta, je dochter komt even bij je kijken.'

'Ik wacht wel op de gang,' zei Billy.

Maar Charlotte schudde haar hoofd. 'Nee. Ga mee naar binnen. Alsjeblieft?'

Samen gingen ze de kamer in. Die was klein, maar vol zonlicht dat naar binnen scheen door een raam met uitzicht op de tuin. In het midden stond een bed, met een stoel aan weerskanten.

In het bed lag een uitgemergelde gedaante, amper groter dan een kind. Als Charlotte niet had geweten dat dat haar moeder was, zou ze haar niet hebben herkend. Haar armen en benen waren skeletachtig, haar gezicht weinig meer dan een met huid bedekte schedel. Ze had nog wat slierten dun grijs haar op haar hoofd en hoewel haar ogen open waren, waren ze glazig en nietsziend.

Charlotte staarde een hele poos naar haar, onthutst door die aanblik en niet in staat het te verwerken. Neef Nikolaus had wel gezegd dat haar moeder ziek was, maar hierop was ze niet voorbereid geweest. De tranen sprongen haar in de ogen, maar ze knipperde ze weg. Ze moest sterk zijn. Ze had haar moeder terug en moest sterk zijn, voor haar.

Ze stapte naar het bed en pakte de benige hand die op de dekens lag. 'Mutti?' fluisterde ze. 'Mutti? Ik ben het, Lisa.'

Ze ging in de stoel zitten en streelde over haar moeders hand. Er kwam geen reactie van de kleine gedaante in bed, maar Lisa bleef met een zachte, rustige stem tegen haar praten. 'Mutti, ik ben hier. Lisa. Ik ben vanuit Londen hierheen gekomen om je te bezoeken, en als je je beter voelt, ga je met mij mee naar huis.'

Ze bleef praten, gewoon voor het geval dat Mutti ergens in dat omhulsel zat en haar kon horen. Zachtjes vertelde ze over haar leven in Engeland, over de Federmans en hoe die voor haar hadden gezorgd, over haar evacuatie naar Wynsdown, over juffrouw Edies vriendelijkheid en dat ze nu in een kindertehuis werkte.

Eén keer slechts voelde ze druk terugkomen van de hand die ze vasthield. Ze keek in haar moeders gezicht en zag iets flikkeren achter die ogen.

'Billy is ook bij me,' vertelde Charlotte haar. 'Hij is helemaal met me meegekomen om jou te zien.' Ze keek naar Billy, die bij het raam stond, waar de zon op zijn blonde haar scheen en een stralenkrans om zijn hoofd vormde. 'Hij is mijn beschermengel geweest, Mutti.'

Ze voelde beweging op het bed en keek terug, net op tijd om een moment van lucideteit in haar moeders ogen te zien en haar ene, ademloze woord te horen: 'Lisa!'

En toen verliet het licht haar ogen. Marta Becker was er niet meer.

Charlotte wist het meteen. Haar moeder had haar herkend, en toen ze eenmaal wist dat haar dochter nog leefde, had ze gewoon losgelaten en was ze weggeglipt in de vredige vergetelheid. Charlotte zag Marta's gezicht ontspannen, de pijn weggestreken door de dood, en ze ving een glimp op van de moeder die ze meer dan zes jaar geleden voor het laatst had gezien.

Ze bleef met droge ogen zitten en hield Mutti's hand nog een hele poos vast voordat ze rustig losliet en opstond.

Ze stak haar armen naar Billy uit, die zo stilletjes bij het raam stond, en hij nam haar in zijn armen en drukte zijn gezicht in haar haar.

De zon scheen nog steeds door het raam naar binnen, baadde de stille kamer in licht en warmte, en een hele poos bleven ze zo staan, totdat Charlotte Billy aankeek en zei: 'Kom mee, Billy. Het is tijd om naar huis te gaan.'

Epiloog

September 1945

Het hele dorp was uitgelopen om het eerste huwelijk in Wynsdown sinds het einde van de oorlog te vieren. De kerk, prachtig versierd met dahlia's en chrysanten, was vol opgewonden, blije, roezemoezende mensen. De herfstzon die door het gebrandschilderde glas scheen, tekende patronen op de tegelvloer.

Billy stond nerveus naast zijn getuige Malcolm, wachtend op Charlotte. Achter hem zaten zijn ouders en Jane. Zijn moeder keek stralend naar iedereen van onder de rand van haar nieuwe strohoed; zijn vader zag er nogal opgelaten uit in zijn pak met stropdas en haakte steeds zijn vinger achter de kraag van zijn nieuwe overhemd, maar ze keken allebei apetrots naar hun lange, knappe zoon.

In het nabijgelegen Blackdown House werd Charlotte in haar bruidsjurk geholpen; de bruidsjurk die juffrouw Edie vijfentwintig jaar eerder met zo veel liefde had gemaakt. Na een paar kleine aanpassingen zat hij Charlotte als gegoten.

'Denk je niet dat juffrouw Edie het erg vindt als ik hem draag?' had ze ongerust aan Avril gevraagd.

'Nee,' had Avril haar met een glimlach verzekerd. 'Ik denk dat ze het geweldig zou vinden.'

'Je hebt maar geluk,' zei Clare afgunstig, terwijl ze Naomi hielp om de sluier op haar hoofd te schikken. 'Niemand heeft tegenwoordig nog een echte trouwjurk.'

'Je ziet er mooi uit, Lisa,' zei Naomi met betraande ogen. 'We zijn allemaal zo trots op je. Je ouders en juffrouw Edie zouden ook trots zijn. Billy is maar een gelukkig man.'

Er ontstond beroering achter in de kerk toen Naomi Federman binnenkwam en door het middenpad liep om haar plaats op de voorste bank in te nemen. Iedereen wilde Charlottes pleegmoeder zien, de moeder van de bruid, die helemaal uit Suffolk was gekomen.

Daarna liep Charlotte de kerk in aan de arm van haar pleegvader, oom Dan. Toen ze bij de deur bleven staan om de dominee te begroeten, schikte Clare Charlottes rokken, pakte Nicky's hand en zette hem voor Charlotte neer. 'Denk eraan,' fluisterde ze hem toe, 'gewoon voor Charlotte uit lopen... Lisa, bedoel ik... tot ze bij de treden aankomt, en dan kun je bij je moeder gaan zitten.'

Nicky knikte ernstig, zich bewust van zijn speciale rol bij Lisa's bruiloft. Hij had zelfs nieuwe schoenen gekregen voor de gelegenheid. Het jochie keek even naar de glanzende bruine sandalen aan zijn voeten en glimlachte stralend.

Het orgel begon te spelen en Billy maakte zijn blik niet los van zijn Charlotte, die aan de arm van haar oom Dan langzaam over het middenpad kwam aanlopen om met hém te gaan trouwen. Tranen van blijdschap vulden zijn ogen, en toen Charlotte bij hem was en haar sluier naar achteren vouwde, zag hij zijn eigen vreugde op haar gezicht weerspiegeld.

Charlotte gaf haar boeket aan Clare, draaide zich weer om naar Billy en pakte zijn uitgestoken hand. Samen stapten ze naar voren, klaar om hun leven samen te beginnen.

Lees ook deze hartverscheurende bestseller van Diney Costeloe:

Engeland, 1948. Rita en Rosie Stevens zijn pas negen en vijf jaar oud als hun moeder Mavis, een oorlogsweduwe, zwanger raakt van de gewelddadige Jimmy. Hij stelt haar voor de keuze: als zij wil trouwen om hun kind te erkennen, moeten haar dochters het huis uit. Mavis denkt dat dat tijdelijk is, maar als het tehuis Rita en Rosie naar Australië stuurt 'om daar een nieuw leven op te bouwen' ontdekt Mavis pas wat voor fout ze heeft gemaakt…

ISBN 9789026147524 | ISBN e-book 9789026140631
paperback, 496 blz.